BASTEI
LÜBBE

BASTEI LÜBBE

WOLFGANG HOHLBEIN IM TASCHENBUCH-PROGRAMM:

13 969 Die Rückkehr der Zauberer
14 197 Wolfsherz
14 478 Dunkel
24 232 Nach dem großen Feuer
20 130 Die Heldenmutter
21 204 Die Kinder von Troja
13 328 Geisterstunde
13 421 Die Moorhexe
13 453 Die Hand an der Wiege
13 627 Der Inquisitor
13 871 Der Widersacher
28 319 Im Schatten des Bösen
28 323 Von Hexen und Drachen

CHARITY
Bd. 1 23 243 Charity - Die beste Frau der Spaceforce
Bd. 2 23 248 Charity - Die Sonnenbombe

DER HEXER-ZYKLUS
Bd. 1 14 336 Der Hexer von Salem
Bd. 2 14 337 Neues vom Hexer von Salem
Bd. 3 14 338 Der Dagon-Zyklus
Bd. 4 14 339 Die sieben Siegel der Macht
Bd. 5 14 340 Der Sohn des Hexers
Bd. 6 14 341 Das Labyrinth von London / Auf der Spur des Hexers

DER DRACHEN-ZYKLUS
Bd. 1 20 152 Die Töchter des Drachen
Bd. 2 20 306 Der Thron der Libelle

KEVIN VON LOCKSLEY
14 354 Kevins Reise
14 392 Kevins Schwur

14 612 Das Jahr des Greifen
(mit Bernhard Hennen)

Wolfgang Hohlbein

DER DAGON-ZYKLUS

Ein Hexer-Roman

BASTEI LÜBBE

BASTEI LÜBBE TASCHENBUCH
Band 14 338

1. Auflage: März 2000
2. Auflage: August 2002

Vollständige Taschenbuchausgabe

Bastei Lübbe Taschenbücher ist ein Imprint
der Verlagsgruppe Lübbe

Lektorat: Stefan Bauer
Titelillustration: Arndt Drechsler
Umschlaggestaltung: QuadroGrafik, Bensberg
Satz: KCS GmbH, Buchholz / Hamburg
Druck und Verarbeitung: 60736
Société Nouvelle Firmin-Didot, Mesnil-sur-l'Estrée, Frankreich
Printed in France
ISBN 3-404-14338-8

Inhalt

PROLOG

Wäre dies eine Gespenstergeschichte gewesen, dachte Howard, so hätte er sich kaum eine bessere Szenerie für ihren Anfang wünschen können. Spielten nicht die meisten davon nachts, bei unheimlich heulendem Wind, huschenden Lichtreflexen, Schatten, die irgendwie voller huschender, wispernder Dinge schienen; und nach Möglichkeit noch bei ein bißchen Nebel?

Nun – es *war* dunkle Nacht, der Wind heulte unheimlich um die Dächer der Häuser, die hinter einer dichten Nebelwand nur noch zu ahnen waren, und die Schatten *waren* voller huschender, wispernder Dinge. Die Hufe der Pferde und die Räder der Kutsche riefen lang widerhallende, gebrochene Echos hervor, und die Feuchtigkeit legte sich wie ein schmieriger, eiskalter Film nicht nur über die Scheiben der Kutsche, sondern auch auf die Körper der Pferde, das Gesicht des Kutschers und seine Hände, die von Kälte bereits steif und rot geworden waren und die Zügel kaum noch zu halten vermochten.

Perfekt, dachte Howard spöttisch. Und die Szene wäre vermutlich *noch* perfekter gewesen, hätte sie nicht einen kleinen, aber entscheidenden Schönheitsfehler gehabt: Es war nicht der Anfang einer erdachten Geistergeschichte, deren einziger wirklicher Schrecken möglicherweise in der Art lag, in der sie erzählt wurde. Es war die Realität. Was bei näherer Betrachtung um keinen Deut besser war.

Er riß sich vom Bild des Londoner Hafenviertels los, das vor den beschlagenen Scheiben der Kutsche vorbeizog (sehr viel hatte er ohnehin nicht sehen können, denn der Nebel wurde immer dichter, je mehr sie sich dem Wasser näherten), und tauschte einen langen, schweigenden Blick mit dem rothaarigen Hünen, der ihm gegenüber saß und mit seinen breiten Schultern und den dazu passenden Hüften gleich zwei Plätze der zweiten Sitzbank ausfüllte. Sie waren die einzigen Passagiere, und das würden sie auch bleiben. Ein großzügiges Trinkgeld – und die Aussicht auf einen ebenso großzügigen Nachschlag desselben – hatte dafür gesorgt, daß der Kutscher weder anhalten noch irgendwelche überflüssigen Fragen nach dem Wohin oder Weshalb dieser mitternächtlichen Fahrt stellen würde.

Allerdings war ein neugieriger Kutscher im Moment Howards geringste Sorge.

Eine ganze Weile sah er Rowlf nur durchdringend an, dann griff er in die Tasche seiner Seidenweste, zog Streichhölzer, eine schwarze Brasilzigarre und in der gleichen Bewegung auch noch ein Blatt Papier hervor, dem man ansah, daß es schon oft auseinander- und wieder zusammengefaltet worden war. Howard schätzte, daß er den Brief an die fünfzigmal gelesen hatte, obwohl er ihn erst seit wenigen Stunden besaß. Nicht, daß das irgend etwas an der Mischung aus Erstaunen und ungläubigem Schrecken änderte, mit dem ihn sein Inhalt erfüllte. Das hätte sich vermutlich auch nicht geändert, wenn er ihn *fünfhundert*mal gelesen hätte.

Wieso jetzt, nach all dieser Zeit? Und wieso ausgerechnet hier? Das Risiko für den Verfasser der Zeilen, hierher zu kommen, war ungeheuerlich.

Howard verscheuchte auch diesen Gedanken, faltete das Blatt auseinander und las den Text, der in einer schmalen, gestochen scharfen Handschrift darauf stand, zum einundfünfzigsten Mal, obwohl er ihn längst auswendig kannte:

Lieber Freund!

Du wirst sicher erstaunt sein, nach so langer Zeit und so plötzlich wieder von mir zu hören. Leider stehen mir im Moment weder die nötige Zeit noch Muße zur Verfügung, Dir die notwendigen Erklärungen zu geben. Eingedenk unserer alten Freundschaft aber möchte ich Dich bitten, Dich umgehend mit mir zu treffen. Es geht um das Schicksal eines gemeinsamen Freundes, der uns beiden am Herzen liegt.

Wäre Dir der heutige Abend recht? Wenn ja, schlage ich Mitternacht vor, Nummer drei an der üblichen Stelle der Straße. Alle Vorbereitungen sind getroffen.

London, im Jahre den Herrn 1885, den 12. September

N

Howard hatte den Brief wieder und wieder gelesen. Für jeden anderen wären die wenigen Zeilen völlig bedeutungslos gewesen, allenfalls, daß er sich über den etwas holprigen Stil des Schreibers amüsiert hätte. Aber die ungewöhnliche Ausdrucksweise des Briefeschreibers war kein Zufall. Vielmehr war der Text in einem ganz bestimmten Code abgefaßt, den nur zwei Menschen kannten; nämlich Howard selbst und der Absender dieses Briefes. Der scheinbar unverfängliche Text enthielt außer der Einladung zu einem Treffen auch noch eine Warnung; und einen Hinweis, der die besagte Einladung so dringlich machte, daß sie praktisch zu einem Befehl wurde, so drängend, daß Howard es nicht einmal riskieren konnte, eine Nachricht für Robert zu hinterlassen. Denn die Identität des geheimnisvollen ›N‹ gehörte vermutlich zu den zehn bestgehüteten Geheimnissen der Welt.

Howard seufzte tief, riß das Streichholz an und hielt das brennende Ende unter den Brief. Er wartete geduldig, bis die Flamme das Blatt fast zur Gänze ergriffen hatte, dann entzündete er sich umständlich seine Zigarre damit, ließ das Blatt im allerletzten Moment fallen und zertrat das geschwärzte Papier sorgsam mit dem Absatz, bis nur noch schwarze Flocken den Boden der Kutsche bedeckten.

»Isses noch weit?« nuschelte der stoppelhaarige Hüne auf der gegenüberliegenden Bank.

Howard lächelte beiläufig, blickte in den Nebel hinaus und zuckte mit den Schultern. Er hatte keine Ahnung, wo sie waren. Lächerlich, dachte er – es ging hier vielleicht um die Zukunft der gesamten Menschheit, zumindest aber um das Leben eines Freundes –, und sie waren auf Gedeih und Verderb der Ortskenntnis eines Mietkutschers ausgeliefert. Flüchtig fragte er sich, wie viele weltbewegende Entscheidungen wohl schon von solchen Trivialitäten bestimmt worden waren.

Als hätte der Kutscher oben auf dem Bock Rowlfs Frage gehört, änderte sich etwas im gleichmäßigen *Klackedi-Klack* der Pferdehufe. Der Wagen wurde langsamer und hielt schließlich an. Howard wollte die Tür öffnen, aber Rowlf kam ihm zuvor; mit einer Behendigkeit, die selbst Howard immer wieder überraschte, bei einem Mann seiner Größe und Massigkeit, stand er von seinem Platz auf, öffnete die Tür und sprang aus der Kutsche. Rowlf und er waren längst zu Freunden geworden, wie man sie sich besser kaum vorstellen konnte; aber der rothaarige Riese nahm seine Aufgabe als Diener und vor allem *Leibwächter* seines Herrn noch immer sehr ernst. Manchmal ernster, als Howard lieb war.

»Is gut«, sagte er, nachdem er sich kurz, aber sehr aufmerksam draußen umgeblickt hatte. »Du kannst rauskommen, H. P. Is keener nich da.«

Während Howard aus dem Wagen stieg, wurde er sich unangenehm der Tatsache bewußt, daß der Kutscher sein und Rowlfs sonderbares Benehmen zwar wortlos, aber sehr aufmerksam und mit vielsagendem Gesichtsausdruck beobachtete. Er fügte der Summe, die sie abgesprochen hatten, noch einen ansehnlichen Betrag hinzu – aber nicht so viel, daß der Mann nun etwa durch die Höhe des Trinkgeldes mißtrauisch wurde –, wartete, bis der Wagen gewendet hatte und im Nebel verschwunden war, und drehte sich dann schaudernd herum.

Schaudernd vor Kälte, denn vom Wasser stieg ein eisiger, klammer Hauch empor, der binnen Sekunden durch seine Kleider drang.

Aber es war nicht die Kälte, die ihn mit einem unwirklichen Gefühl erfüllte. Im nachhinein betrachtet kam es ihm fast verwunderlich vor, daß der Kutscher sie überhaupt hierher gefahren hatte. Schon am Tage gehörte dieser Teil der Stadt nicht unbedingt zu denen, die man Besuchern gerne zeigte: die Straße Nummer drei, von der in dem Brief die Rede gewesen war, war das dritte Themsebecken – und jeder, der schon einmal im Londoner Hafen gewesen war, wußte, was das bedeutete. Die Häuser und Lagerschuppen waren hier besonders alt und verfallen. Schon tagsüber wagten sich selbst die für ihre Unerschrockenheit bekannten Londoner Bobbys nur zu zweit (und am liebsten gar nicht) hierher, und es hieß, daß nach Dunkelwerden sogar das übliche Gesindel, das man in einer solchen Gegend anzutreffen vermutete, dieses Viertel mied.

Howard konnte nicht beurteilen, ob das stimmte. Er konnte auch nicht beurteilen, ob diese Gegend ihren üblen Ruf zu Recht hatte oder nicht – im Grunde konnte er gar nichts beurteilen, weil er nämlich so gut wie gar nichts sah: alles, was weiter als drei Schritte entfernt lag, war hinter einer Mauer aus undurchdringlichen grauen Schwaden verborgen. War der Nebel schon die ganze Zeit über so dicht gewesen, oder kroch er tatsächlich näher?

Howard lächelte, um sich selbst Mut zu machen, schlug den Jackenkragen hoch und trat mit vorsichtigen kleinen Schritten an den Kai heran. Das Wasser, obwohl nur zwei Yards unter ihnen, war wie alles andere im Nebel verschwunden. Aber er sah immerhin die *getroffenen Vorbereitungen*, von denen in Ns Brief die Rede gewesen war: die im Nebel zerfasernden Umrisse eines kleinen Bootes. Eine eiserne Leiter, deren Sprossen feucht und glitschig waren, führte zum Wasser hinunter.

Diesmal überließ ihm Rowlf den Vortritt. Aber er schüttelte nur stumm den Kopf, als Howard nach einem der beiden Ruder greifen wollte, nahm im Heck des kleinen Kahnes Platz und tauchte die Blätter ins Wasser. Das Boot drehte sich schwerfällig auf der Stelle und nahm rasch Fahrt auf, als Rowlf mit aller Kraft zu pullen begann.

Mitternacht an der üblichen Stelle der Straße – das hieß nichts anderes als die Mitte des Hafenbeckens, und zwar eine halbe Stunde *vor* Mitternacht. Howard sah auf die Uhr, stellte fest, daß sie fast auf die Sekunde pünktlich waren, und blickte zum Ufer zurück, während er den Deckel der Taschenuhr mit einem hörbaren Geräusch wieder zuklappen ließ. Es war, als wäre der Nebel ihnen nachgekrochen und läge jetzt wie eine vom Himmel gestürzte Wolke auf dem Wasser. Die Stadt war mit dem Ufer verschwunden. Er sah nichts als graue Unendlichkeit, in der hier und da ein paar verschwommene Lichtflecke schwammen. Ganz weit entfernt hörte er das Geräusch eines Nebelhorns.

Rowlf hörte plötzlich auf zu rudern. Howard sah ihn fragend an, aber Rowlf reagierte nicht auf seinen Blick, sondern schloß im Gegenteil die Augen und legte den Kopf schräg, um zu lauschen.

Nach einigen Augenblicken hörte Howard es auch: ein dunkles, machtvolles Rauschen, das absurderweise *aus der Tiefe* des Wassers zu kommen schien, als bewege sich etwas Riesiges auf dem Grund des Hafenbeckens auf sie zu. Das Boot begann ganz leicht zu zittern; in einem Takt, der nicht dem der Wellen entsprach.

Howard tauschte einen besorgten Blick mit Rowlf. Sein Diener schwieg noch immer, aber der Ausdruck auf seinem Gesicht war jetzt verbissen. Er hatte Angst.

Howard übrigens auch. Daß er ahnte, was geschehen würde, änderte nichts daran. Es gab Dinge, an die man sich nie gewöhnte. Er lächelte Rowlf aufmunternd zu, richtete sich ein wenig auf und konzentrierte sich auf das schwarz daliegende Wasser.

Nach einer Weile erkannte er einen blassen Lichtschimmer; irgendwo eine viertel oder auch halbe Meile links und *unter* ihnen. Sehr schnell und beinahe lautlos wurde das Licht heller und kam gleichzeitig näher, bis es zu einem unheimlichen, blaßgrünen Balken aus Helligkeit herangewachsen war, der zehn Yards unter dem kleinen Ruderboot durch das Wasser schnitt.

Und dann ging alles unglaublich schnell.

Von einer Sekunde auf die andere hüllte grünes, gleißendes Licht das kleine Boot und seine Passagiere ein. Das Wasser begann zu brodeln. Weiße Blasen stiegen an die Oberfläche, vereinigten sich zu einem zischenden Teppich aus Schaum, auf dem das winzige Boot hilflos hin und her geworfen wurde, so daß sich Howard und Rowlf mit aller Kraft festklammern mußten, und plötzlich brach etwas Riesiges, Glänzendes aus dem Wasser und bäumte sich brüllend neben dem kleinen Boot auf …

Erstes Buch

Im letzten Licht des Tages betrachtet, das bereits von den ersten grauen Streifen der Dämmerung durchdrungen wurde, sah der See aus wie ein gewaltiger, runder Spiegel. Obwohl das rote Licht des Sonnenunterganges den Eindruck von Wärme erweckte, strahlte die Wasserfläche einen Hauch eisiger Kälte aus, und das kaum hörbare Plätschern, mit dem die Wellen gegen das Boot schlugen, klang in Jennifers Ohren wie das Wispern höhnischer, heller Stimmen.

Aber vielleicht kam die Kälte auch aus ihr selbst, und vielleicht war das, was sie für ein böses Flüstern hielt, nur das Echo ihrer eigenen Angst.

Sie wußte, daß sie die Nacht nicht überleben würde.

Zum wahrscheinlich hundertsten Male, seit man sie in das kleine, ruderlose Boot gelegt und in die Mitte des Sees hinausgezogen hatte, versuchte sie sich aufzusetzen und zerrte dabei mit aller Kraft an den Fesseln, und zum ebensovielten Male war es vergebens. Die fingerdicken Hanfstricke waren fachkundig angelegt; von Männern, die wußten, was sie taten. Sie waren nicht einmal sehr fest, aber Jennifers Hand- und Fußgelenke waren trotzdem blutig gescheuert und schmerzten. Zu oft hatte sie versucht, sich von ihren Fesseln zu befreien.

Es war ihr nicht einmal gelungen, sich aufzusetzen.

Durch ihr verzweifeltes Hin- und Herwerfen in Bewegung gesetzt, begann das Boot auf den Wellen zu schaukeln. Jennifer erstarrte vor Schreck und hielt für einen Moment sogar den Atem an. Das Boot schaukelte noch einen Moment weiter. Jennifer wußte sehr wohl, daß es noch nicht an der Zeit war, nicht, solange die Sonne nicht vollends versunken und der Mond wie eine silberne Scheibe am Himmel aufgegangen war, aber es war nur ein Teil von ihr, der das wußte: der logische, überlegende Teil. Die andere Jennifer, das Mädchen, das wußte, daß es sterben würde, und vor Angst halb wahnsinnig war, hörte Geräusche unter dem Plätschern der Wellen, die es nicht gab: ein dumpfes Brausen und Rauschen, als stiege ein kolossaler finsterer Körper aus den eisigen Tiefen des Lochs empor, ein schweres mühsames Atmen, das Plätschern, mit dem gewaltige flossenbewehrte Arme die Fluten teilten. War da nicht ein Reiben und Schaben unter dem Boot, ein Laut, der sie an das Kratzen horniger Fingernägel erinnerte? Klang der Rhythmus der Wellen nicht plötzlich anders, als wäre ein großer Körper irgendwo in der Nähe des Bootes aufgetaucht und störe das sanfte Hin und Her des Wassers?

Mit aller Macht kämpfte das schwarzhaarige Mädchen die aufsteigende Panik nieder, schloß die Augen und preßte die Lider so fest aufeinander, daß es weh tat und farbige Kreise vor ihren Augen erschienen. Ihr Herz schlug noch immer wie rasend, aber zumindest im Moment hatte sie sich noch weit genug in der Gewalt, die Panik ein letztes Mal zurückzudrängen.

Als sie die Augen öffnete, war der See wieder normal. Die Geräusche, die sie umgaben, waren die des Wassers, mehr nicht, und das einzige, vor dem sie Angst haben mußte, war ihre eigene Furcht.

Aber sie wußte, daß das nicht so bleiben würde. Der Anteil von Grau in der Farbe des Himmels war größer geworden, und hinter den Wolken war eine verwaschene helle Scheibe aufgetaucht.

Der Mond. Bald würde das Licht der Sonne vollends erlöschen, der Mond würde herrschen wie ein böses kaltes Auge, und kurz darauf würde *er* erscheinen.

Dann würde sie sterben.

Jennifer dachte es ganz kalt. Sie war vor drei Wochen

neunzehn geworden – eigentlich noch ein Kind, wenn man ihren Eltern glauben wollte –, und vielleicht war sie einfach zu jung, um zu begreifen, was das Wort Tod bedeutete. Sie hatte keine Angst davor. Sie hatte ihre eigene Philosophie, schon seit langer Zeit, und alles, was sie empfand, war eine gelinde Neugier, ob und – wenn ja, – was es danach geben würde.

Aber sie hatte panische Angst vor dem Sterben, vor dem, was *er* mit ihr tun würde, vor dem, was kommen würde, obwohl sie gar nicht wußte, was. Aber das war ja gerade das Schlimme. Die Ungewißheit. Die Schrecken, die ihr die eigene Phantasie vorgaukelten.

Sie spürte, wie sich das hektische Pochen ihres Herzens beruhigte, sah noch einmal in den Himmel und stellte voller Schrecken fest, daß sich in das Grau jetzt ein sanfter Schimmer von Schwarz gemischt hatte. Noch Minuten, und die ersten Sterne würden wie kleine Leuchtkäfer am Himmel erscheinen, und dann ...

Wieder wollte Panik wie eine graue Woge aus ihrem Inneren aufsteigen, und wieder kämpfte sie das Gefühl nieder. Aber diesmal kostete es sie sehr große Anstrengung, und zurück blieb eine Furcht, die wie das Fieber einer Krankheit in ihren Eingeweiden wühlte.

Es wurde jetzt rasch dunkel. Von Westen – vom Meer her – trieben schwarze Wolken wie rauchige Fäuste heran, und obgleich sie so lag, daß ihr der Bootsrand den Blick auf den See verwehrte, wußte sie, daß seine Oberfläche jetzt gekräuselt und vom Wind zu einem Muster aus Millionen ineinanderlaufender Kreise gemacht wurde. Es hatte einmal eine Zeit gegeben – und sie lag noch nicht einmal sehr lange zurück –, da hatte sie diesen Anblick geliebt. Manchmal war sie sogar die drei Meilen vom Dorf her heraufgekommen, nur um diesen flüchtigen Augenblick zwischen Dämmerung und Nacht zu erleben, den kurzen Moment, in dem sich Licht und Dunkelheit zu einer verzauberten Welt vermischten.

Aber das war gewesen, bevor sie das Geheimnis von Loch Firth kennengelernt hatte.

Bevor die Angst Einzug in ihr Leben gehalten hatte.

Ein eisiger Windhauch strich säuselnd über den See, und wieder schaukelte das Boot wie von unsichtbaren Händen bewegt auf den Wellen. Diesmal war sich Jennifer nicht mehr sicher, ob das Kratzen und Schaben, das sie zu hören glaubte, wirklich nur ihrer Einbildung entsprang. Sie hatte gehört, daß *er* erst kommen würde, wenn der Mond vollends aufgegangen war – aber wer sagte ihr, daß das stimmte? Vielleicht war *er* schon da, lauernd und unsichtbar, verborgen hinter den dichter werdenden Schatten der Nacht und auf eine Gelegenheit wartend, sie zu packen und zu sich herabzuziehen in die eisigen schweigenden Tiefen seines Reiches.

Noch einmal bäumte sich Jennifer mit aller Kraft gegen die Fesseln auf, zerrte und zog mit aller Macht an den verdrillten Hanfschnüren, die ihre Gelenke banden.

Dann riß einer der Stricke. Plötzlich waren ihre Füße frei und schlugen hart gegen den Bootsrand. Die Erschütterung ließ das kleine Schiffchen noch stärker schaukeln. Ein Schwall eisigen Wassers schwappte über seine niedrige Bordwand, durchnäßte Jennifer bis auf die Haut und drang ihr in Mund und Nase.

Aber der Schock, mit dem das Wasser wie eine Hand in ihr Gesicht klatschte, wirkte wie eine Ohrfeige. Jennifer hustete, setzte sich umständlich auf und spie Wasser und bittere Galle aus. Jetzt, da ihre Beine frei waren, konnte sie auch die Stricke abstreifen, die sie am Boden des Bootes gehalten hatten. Mit der Kraft der Verzweiflung warf sie sich herum, schüttelte die Hanfschnüre ab und hob die gefesselten Hände an den Mund. Wie besessen zerrte sie mit den Zähnen an ihren Fesseln, riß sich dabei die Lippen blutig und spürte den Schmerz nicht einmal.

Irgendwo hinter ihr erscholl ein helles, lang anhaltendes Platschen.

Jennifer erstarrte. Ihr Herz schien für eine schreckliche, endlose Sekunde auszusetzen und dann schneller und unrhythmisch weiterzuhämmern. Entsetzt fuhr sie herum. Ein heller, halb erstickter Schrei kam über ihre Lippen, während der Blick ihrer geweiteten Augen über den See raste. Die Nacht war vollends hereingebrochen, und der See erstreckte sich wie eine Ebene aus stumpfem Silber vor ihr, tausendmal größer, als sie ihn in Erinnerung hatte. Schatten huschten über seine Oberfläche, und plötzlich waren da Wellen, die nicht sein durften, eine Bewegung, die anders und machtvoller war als die des Windes. Etwas am Schaukeln des Bootes änderte sich, der See schien zu beben, und mit einem Male spürte sie, wie sich etwas Großes, unglaublich Machtvolles dem Boot näherte.

Jennifer schrie. Plötzlich war der Rest ihrer Selbstbeherrschung dahin, alles, was sie noch empfand, waren Angst und Grauen und eine Panik, die jeden vernünftigen Gedanken erstickte. *Er* war da!

Das Boot erzitterte, als irgend etwas unten gegen seinen Rumpf stieß. Jennifer schrie abermals, stemmte sich in die Höhe – und ließ sich über die Bordwand fallen.

Das Wasser schlug wie eine eisige Decke über ihr zusammen. Sie wußte, daß sie es nicht schaffen würde, im gleichen Moment, in dem sie ins Wasser eintauchte und die Kälte fühlte. Sie war eine ausgezeichnete

Schwimmerin, aber ihre Hände waren noch immer gefesselt, und das Wasser war so kalt, daß sich jeder einzelne Muskel in ihrem Körper zu verkrampfen schien.

Blindlings warf sie sich herum, strampelte mit den Beinen und bekam den Kopf über Wasser. Sie wollte atmen, aber die Kälte lähmte sie. Ihr Mund stand weit offen, aber sie bekam keine Luft, und die schwarze Tiefe unter ihr schien sie herabzuziehen wie eine unsichtbare Faust.

Und dann berührte etwas ihren Fuß.

Die Berührung brach den Bann. Jennifer schrie auf, bekam für eine halbe Sekunde Luft und tauchte abermals unter. Bitter schmeckendes, eisiges Wasser drang in ihren Mund. Sie kam mit einer verzweifelten Anstrengung noch einmal an die Wasseroberfläche.

Das Ufer lag wie ein schwarzer Tuschestrich in der Nacht vor ihr, Meilen entfernt, wie es ihr vorkam. Vielleicht nur ein paar hundert Fuß in Wirklichkeit, aber genausogut hätten es zehntausend Meilen sein können. Ihre Kräfte erlahmten bereits. Die aneinandergebundenen Hände schienen sie wie Zentnerlasten in die Tiefe zu zerren, und die Kälte kroch auf unsichtbaren Spinnenbeinen in ihren Körper. Selbst, wenn ihre Hände nicht gefesselt gewesen wären, würde sie ertrinken, lange bevor sie das rettende Ufer erreichte.

Und trotzdem erschien ihr dieser Gedanke mit einem Male verlockend. Vielleicht war es besser so. Ein schneller Tod, eine Minute der Agonie, nach der sie in das große Vergessen sinken würde, *seinem* Zugriff und dem Schrecken, den er für sie bereit hielt, entzogen. Vielleicht war der Tod die Erlösung, die einzige Flucht vor *ihm*, die ihr blieb.

Es kostete sie all ihre Kraft, es zu tun. Sie hatte nicht geglaubt, daß es so schwer sein würde. Aber sie hatte auch nicht geglaubt, daß sie den Mut aufbringen würde.

Sie atmete aus, hob die Hände aus dem Wasser und über den Kopf und ließ sich in die Tiefe sinken.

Dunkelheit und Kälte umgaben sie wie ein schweigendes Grab. Sie spürte, wie sie in die Tiefe sank, tiefer und tiefer hinab in das eisige Schweigen des Sees, wie das Wasser in ihren Mund und ihre Nase drang. Farbige Kreise erschienen vor ihren Augen, und irgendwo in ihrer Brust erwachte ein sonderbares Gefühl der Endgültigkeit. Fast fühlte sie Triumph. Sie würde sterben, aber sie war *ihm* entkommen.

Plötzlich war etwas neben ihr. Etwas Großes, das unsichtbar hinter der Schwärze des Wassers gelauert hatte, und plötzlich fühlte sie sich gepackt und in die Höhe gerissen. Eine weiche, starke Hand schmiegte sich um ihren Hals, zerrte sie nach oben und zwang ihren Kopf über die Wasseroberfläche. Sie sah nichts, nichts außer kochendem Wasser und Schatten, die ihrer eigenen Phantasie entsprangen, aber sie spürte, wie irgend etwas an ihrem Leib entlang tastete, auf ihren Magen drückte und sie zwang, wieder zu atmen. Verzweifelt trat sie unter Wasser um sich, spürte einen weichen, schwammigen Widerstand und schrie erneut auf, als sie von unsichtbaren Händen in die Höhe gehoben und gehalten wurde, so daß sie atmen mußte, ob sie wollte oder nicht.

Etwas tastete nach ihren Händen, glitt beinahe sanft über die Stricke, die ihre Gelenke aneinander banden – und zerriß sie. Dann war der Widerstand verschwunden, das unsichtbare Etwas, das sie gerettet und befreit hatte, versank wieder in der Tiefe des Sees, und sie spürte wieder die saugende Kraft des eisigen Wassers.

Instinktiv warf sie sich nach vorn, machte mit Armen

und Beinen ungeschickte Schwimmbewegungen und atmete tief und gierig ein. Der See drehte sich vor ihren Augen wie in einem irrsinnigen Tanz, die schwarzen Regenwolken am Himmel schienen zu kochen, und die Kälte betäubte sie fast, aber irgendwo in ihrem halb erloschenen Bewußtsein hatte sich der Gedanke festgesetzt, daß sie gerettet war, daß *er* ihr Opfer nicht wollte. *Er* hatte sie berührt und begutachtet und abgelehnt, und sie würde weiterleben, wenn es ihr gelang, das Ufer zu erreichen, bevor die Kälte sie vollends lähmte.

Allmählich fanden ihre Muskeln wie von selbst in den gewohnten Rhythmus der Schwimmbewegungen. Sie bewegte sich schneller und atmete gezwungen ruhig ein und aus. Das Ufer kam näher, zwar langsam, aber sichtbar. Noch hundert dieser unendlich mühsamen Schwimmzüge, und sie war gerettet.

Der Wind frischte auf, als sie noch zwanzig Yards vom Ufer entfernt war. Das Wasser kräuselte sich stärker, und plötzlich fuhr eine Bö wie eine unsichtbare Faust unter die Wolken und zerriß die schwarze Decke, die sie über dem See gebildet hatten. Groß und rund wie ein bleiches, pupillenloses Riesenauge stand der Mond am Himmel.

Jennifer begriff den grausamen Irrtum, dem sie erlegen war, erst, als sie die Bewegung unter sich spürte und das Wasser vor ihr zu schäumen begann. Aber ihr blieb nicht einmal mehr Zeit, zu schreien.

Es waren die gleichen, unmenschlichen starken Hände, die sie gerettet hatten, die sie jetzt in die Tiefe zogen.

Vor den Fenstern des Hauses am Ashton Place dämmerte der Morgen. Der große, von einer doppelten Reihe sorgsam gestutzter Bäume gesäumte Platz in einem der vornehmsten Londoner Wohnviertel lag noch verschlafen da. Hinter einigen Fenstern brannte bereits Licht, meistens in den unteren, halbwegs im Keller liegenden Räumen, in denen die Dienerschaft das Frühstück vorbereitete oder einfach noch eine Weile plauderte, bis ihre Herrschaften erwachten und der gewohnte Tagesablauf beginnen würde. Hier und da kräuselte sich dünner grauer Rauch aus den Kaminen, aber sonst zeigte sich nirgends eine Spur von Bewegung. Über dem sorgsam gekehrten Kopfsteinpflaster des Platzes lag ein klammer Nebelhauch wie ein letzter Gruß der Nacht. Nicht einmal die Tauben, die normalerweise als erste mit ihrem unablässigen Gurren und Schimpfen die Sonne begrüßten, waren an diesem Morgen zu sehen. Es war, als hätte der Tag verschlafen.

Das leise Geräusch der Tür drang wie ein Laut aus einer anderen Welt in meine düsteren Gedanken und ließ mich aufsehen. Es war Mary, meine Haushälterin. Sie sah so übernächtigt aus, wie ich mich fühlte, aber auf ihren bleichen Zügen lag ein Lächeln, und der Anblick der dampfenden Kaffeekanne, die sie zusammen mit zwei Tassen und einer silbernen Zuckerschale auf einem Tablett vor sich hertrug, hob meine Stimmung wenigstens um eine Kleinigkeit.

Ich raffte mich dazu auf, ihr Lächeln zu erwidern, ließ die Gardine fahren und trat vom Fenster zurück. Erst jetzt fiel mir auf, wie kühl es im Zimmer war. Obwohl der Kalender erst Ende September anzeigte, wurden die Nächte bereits empfindlich kalt, und das Feuer im Kamin war heruntergebrannt, während ich am Fenster gestanden und hinausgestarrt hatte. Fröstelnd ging ich vor dem fast erloschenen Kamin in die Knie, legte einen neuen Scheit in die Glut und rieb die Hände ineinander.

»Sie haben wieder nicht geschlafen, Robert«, sagte Mary vorwurfsvoll. Porzellan klirrte, und als ich aufstand und mich herumdrehte, war sie gerade dabei, die zweite Tasse mit dampfend heißem Kaffee zu füllen.

»Doch«, log ich. »Ich bin nur früh aufgestanden.« Ich setzte mich, griff nach der Tasse und nippte vorsichtig an dem heißen Getränk. Mary ließ sich auf den zweiten Stuhl vor dem kleinen Tischchen nieder und sah mich mit einer Mischung aus Vorwurf und Sorge an. Ich war froh, daß sie da war. Mary Winden war viel mehr für mich als eine Haushälterin oder ein weiblicher Majordomus. Sie war einer der ganz wenigen Menschen, für die ich Zuneigung empfand und die dieses Gefühl erwiderten.

»Sie haben kein Auge zugetan«, sagte sie streng. »Das Licht hat die ganze Nacht gebrannt ...«

»Ich schlafe oft bei Licht«, sagte ich, aber Mary fegte meine Worte mit einer fast ärgerlichen Handbewegung zur Seite.

»...und ich habe während der ganzen Nacht Ihre Schritte gehört«, fuhr sie unbeeindruckt fort. »Sie bringen sich um, Robert, ist Ihnen das klar?«

»Und wenn«, murmelte ich. »Ich glaube nicht, daß es ein großer Verlust für die Menschheit wäre.« Ich lächelte schief, als ich sah, wie es in Marys Augen aufblitzte, beugte mich vor und nippte wieder an meinem Kaffee. Das Getränk war so heiß, daß ich seinen Geschmack nicht einmal spürte, und ich hatte in den letzten Tagen zu viel davon in mich hineingeschüttet, als daß er noch eine irgendwie geartete belebende Wirkung gehabt hätte.

»Macht es Ihnen großen Spaß, sich in Selbstmitleid zu ergehen?« fragte Mary plötzlich. »Oder ist es einfach nur Feigheit?«

»Wie ... meinen Sie das?« fragte ich verwirrt. Marys plötzliche Aggressivität überraschte mich. Ich hatte sie als zwar energische, aber doch durch und durch sanftmütige Frau kennengelernt, über deren Lippen kaum je ein böses Wort kam.

»Das wissen Sie sehr gut, mein Junge«, sagte sie scharf. »Seit nahezu zwei Wochen verbarrikadieren Sie sich in diesem Zimmer, leben nur von Kaffee und Tabletten und richten sich selbst zugrunde.« Mit einer zornigen Geste deutete sie auf die Bücher und Manuskripte, die sich in fast meterhohen Stapeln auf dem Boden, dem Schreibtisch und jedem nur erdenklichen freien Fleck gesammelt hatten.

»Ich weiß nicht, was Sie da tun«, fuhr sie fort, »aber was immer es ist, Sie werden es nicht zu Ende führen, wenn Sie sich vorher umbringen.«

»Was ich tue?« Ich leerte meine Tasse und hob abwehrend die Hand, als Mary nachschenken wollte. »Ich suche, Mary«, sagte ich. »Ich suche nach einem Hinweis, einer Möglichkeit ...«

»Suchen Sie sich ein Bett und schlafen Sie sechsunddreißig Stunden aus«, fiel mir Mary ins Wort. »Vielleicht haben Sie dann mehr Erfolg.«

Ich starrte sie an, aber mit Augen, die seit Tagen kaum mehr Schlaf gefunden haben und vor Müdigkeit ständig von selbst zufallen wollen, starrt es sich schlecht, und Mary hielt meinem Blick gelassen stand. Ich konnte ihr nicht einmal böse sein. Sie meinte es gut, und sie wußte ja nicht, wonach ich suchte, und warum.

Nun, was das *wonach* anging, wußte ich es selbst nicht einmal. Einen Hinweis. Irgendeine versteckte Andeutung, vielleicht nur ein Wort, dessen Bedeutung mir bis jetzt entgangen war.

»Sie verstehen das nicht, Mary«, murmelte ich.

»Glauben Sie?« fragte sie gereizt. »Sie scheinen zu glauben, daß in meiner Brust ein Stein ist, wo das Herz sein sollte. Wofür halten Sie mich – für blind oder herzlos? Sie sind seit zwei Wochen zurück, und seit der gleichen Zeit sind Howard und Rowlf verschwunden. Und warum auch immer, Sie geben sich die Schuld daran.«

Ich verzichtete auf eine Antwort. Es wäre ziemlich lächerlich gewesen, Mary belügen zu wollen. Aber sie kannte nur einen Teil der Wahrheit.

Sie wußte weder von den GROSSEN ALTEN noch von dem schrecklichen Erbe, das mein Vater mir nebst einigen Millionen Pfund Sterling und einer weißen Strähne im Haar hinterlassen hatte. Und das war auch gut so. Bisher war jeder – *fast* jeder –, der *diesen* Teil meines Erbes kennengelernt hatte, auf die eine oder andere Art und Weise zu Schaden oder gar ums Leben gekommen.

Sicher – gerade die Ereignisse von vor zwei Wochen, auf die Mary anspielte, bewiesen, daß das nicht zwingend so sein mußte; ganz im Gegenteil hatte Lady Audrey McPhearson sogar davon profitiert. Aber die Geschehnisse hatten mir auch mit furchtbarer Deutlichkeit bewiesen, *wie* gefährlich die GROSSEN ALTEN noch immer waren. Und wie leicht es war, ihre fürchterliche Macht zu wecken. Die Wand, die das, was die meisten Menschen für die Wirklichkeit hielten, von der Welt des Wahnsinns und der Alpträume trennte, war dünn. Und sie hatte Risse bekommen in der letzten Zeit. Ich *mußte* etwas tun.

Und dazu kam noch etwas: Mein Freund Howard Lovecraft und sein Diener Rowlf waren verschwunden. Seit jener Nacht vor zwei Wochen, in der wir das Erwachen Shub-Niggurath' gerade noch hatten verhindern können, hatte ich kein Lebenszeichen der beiden mehr erhalten.

»Sie müssen endlich aufhören, sich selbst zu quälen, Junge«, fuhr Mary fort, als ich auch nach einer Weile noch keine Anstalten machte zu antworten. »Mit Selbstvorwürfen helfen Sie niemanden. Auch Howard und Rowlf nicht.«

»Es sind keine Selbstvorwürfe, Mary«, antwortete ich ernst. »Ich wollte, sie wären es. Aber es ist die Wahrheit. Es ist ein Fluch, Mary. *Mein Fluch*.«

»Unsinn«, widersprach sie, aber diesmal ließ ich ihre Worte nicht gelten.

»Es ist kein Unsinn«, sagte ich heftiger, als nötig gewesen wäre. »Ich weiß nicht, was es ist, aber ich scheine Unglück zu verbreiten wie ein tollwütiger Hund seine Krankheit. Jeder, mit dem ich zusammentreffe, kommt auf die eine oder andere Weise zu Schaden oder verschwindet.«

»Sie haben Pech gehabt, Robert«, begann Mary, aber ich ließ sie nicht weiterreden.

»Pech?!« Ich schrie fast. »Pech, Mary? Ein Pech, wie es Priscylla hatte, als sie den Fehler beging, sich ausgerechnet in mich zu verlieben? Oder Shannon, der dumm genug war, mich zu retten, statt mich umzubringen?« Ich ballte die Hand zur Faust, schüttelte ein paarmal hintereinander den Kopf und ließ sie so fest auf den Tisch klatschen, daß die Kaffeetassen zu klirren begannen. Erschrocken setzte ich mich wieder auf und wischte die Kaffeetropfen, die auf die Platte geraten waren, mit dem Jackenärmel fort. Mary runzelte tadelnd die Stirn.

»Das hat nichts mehr mit Pech zu tun, Mary«, sagte ich, etwas leiser, aber noch immer sehr erregt. »Sehen Sie denn nicht das System darin? Ich selbst scheine immun zu sein, aber wer immer längere Zeit in meiner Nähe ist, geht auf die eine oder andere Weise zugrunde.«

»Bis jetzt fühle ich mich noch ganz lebendig«, konterte Mary.

»Und was ist mit Ihrer Tochter?« fragte ich spitz. Meine Worte taten mir fast augenblicklich leid, denn ich sah, wie Mary zusammenfuhr und heftig die Lippen aufeinanderpreßte. Ich kam mir gemein vor. Es ist nicht besonders tapfer, alte Wunden aufzureißen. Schon gar nicht bei einem der wenigen Menschen, die wirklich uneingeschränkt auf meiner Seite standen. Aber auch das schien irgendwie dazuzugehören. Ich bezeichne mich nicht als Heiligen, nicht einmal als besonders guten Menschen, aber ich wache auch nicht jeden Morgen mit dem festen Vorsatz auf, jeden, der mir über den Weg läuft, vor den Kopf zu stoßen. Und trotzdem tat ich es immer wieder, ohne es zu wollen.

»Es tut mir leid«, sagte ich leise.

Mary winkte ab. »Schon gut, Robert. Sie haben ja recht. Vielleicht sollte ich mich nicht in Dinge mischen, die mich nichts angehen.«

Ihre Worte trafen mich wie glühende Pfeile. Ich hatte ihr weh getan, sehr weh, und das war so ungefähr das Letzte, wonach mir der Sinn stand.

»Wie … geht es Ihrer Tochter überhaupt?« fragte ich.

Mary versuchte zu lächeln, aber es wirkte sehr gezwungen. »Gut«, sagte sie. »Sie hat letzte Woche geschrieben. Das Internatsleben scheint ihr zu bekommen.« Aber ihr Blick war starr, als sie diese Worte sprach, und was immer sie dabei sah – ich war es nicht. Plötzlich stand sie auf und begann beinahe hektisch, Tassen und Kanne wieder auf ihr Tablett zu laden.

Ich griff nach ihrer Hand und hielt sie fest. »Es tut mir leid, Mary«, sagte ich. »Verzeihen Sie.«

Ich hatte halbwegs damit gerechnet, daß sie ihre Hand zurückziehen würde, aber sie tat es nicht, sondern hielt meine Finger im Gegenteil nur noch fester und schenkte mir ein warmes, verzeihendes Lächeln. »Schon gut, Robert«, sagte sie. »Wir sind beide nervös. Ich habe Howard auch gemocht, wissen Sie?« Sie setzte das Tablett noch einmal ab und sah mich fragend an. »Was hat dieser Inspektor Cohen gesagt?«

»Nichts, was uns weiterhelfen würde«, murmelte ich. »Sie haben seinen Bruder und die meisten dieser Rattenanbeter gefunden. Nur von Howard und Rowlf ist keine Spur zu entdecken. Aber sie suchen weiter.«

Mary wollte etwas erwidern, aber in diesem Moment erscholl die Türglocke, und ich fuhr wie unter einem Hieb zusammen. In den letzten Tagen reagierte ich extrem auf alles Unerwartete. Meine Nervenkraft war wirklich am Ende.

»Wer mag das sein?« wunderte sich Mary. »Um diese Zeit? Es ist nicht einmal fünf.«

Ich zuckte mit den Schultern, ging zur Tür und strich mir automatisch mit den Händen über die Jacke, obgleich das bei einem Gehrock, den ich seit vier Tagen nicht vom Leibe genommen und in dem ich stundenweise geschlafen hatte, ein recht aussichtsloses Unterfangen war.

Charles, der die Stelle des alten Henry als Majordomus eingenommen hatte, war bereits an der Tür, als ich in die Halle kam.

Das helle Licht blendete meine überreizten Augen, so daß ich den morgendlichen Besucher nur als finsteren Umriß sehen konnte, als Charles die Tür öffnete. Aber mehr war auch nicht nötig, denn ich erkannte ihn im gleichen Moment, in dem er die Hand an den Hut hob und Charles begrüßte. Ich würde seine Stimme niemals im Leben vergessen, denn er war dabei gewesen, als dieser ganze schreckliche Alptraum begann.

Abrupt blieb ich stehen und starrte den stämmigen, in einen zerschlissenen grauen Mantel gekleideten Mann an. »Bannermann!«

Der ehemalige Kapitän der *Lady of the Mist* nickte, nahm seinen Hut ab und trat an Charles vorbei ins Haus. Als er näher kam, sah ich, daß er sich verändert hatte; weitaus stärker, als es in den über zwei Jahren seit unserer letzten Begegnung normal gewesen wäre. Er wirkte bleich, was noch an der frühen Stunde oder einer Nacht mit zu wenig Schlaf liegen mochte. Aber er hatte auch abgenommen, und in seinem Gesicht waren tiefe, scharf wie Narben gezeichnete Linien erschienen, die ich damals nicht bemerkt hatte. Ein stummer Vorwurf lag in seinem Blick, dazu ein Ausdruck von Schmerz, der sich über unzählige lange Monate hineingegraben haben mußte.

Ich wurde mir der Tatsache bewußt, daß ich ihn anstarrte, löste mich mit einem verlegenen Lächeln von meinem Platz an der Treppe und streckte ihm die Hand entgegen. Bannermanns Haut fühlte sich kalt und klebrig an, als hätte er Fieber.

»Bannermann!« sagte ich noch einmal. »Kapitän Bannermann – welche Freude, Sie endlich wiederzusehen. Welcher Wind hat Sie zurück nach London getrieben?«

Bannermann starrte mich an, und als ich seinem Blick begegnete, schauderte ich. Es war der Blick eines Verzweifelten.

»Ich brauche Ihre Hilfe, Craven«, antwortete er.

Thruman setzte das Fernrohr ab und schob es zusammen, ohne den Blick vom Meer zu nehmen. Der Sturm, der das kleine Küstenpatrouillenschiff während der letzten zwei Tage und drei Nächte gebeutelt hatte, war mit dem ersten Licht des Tages zu einer zwar noch immer steifen, aber nicht mehr gefährlichen Brise abgeflaut, und verglichen mit dem grauen Schäumen und Toben, durch das die *Silver Arrow* während der vergangenen beinahe sechzig Stunden gestampft war, lag das Meer fast ruhig da.

Was nicht bedeutete, daß es wirklich *ruhig* war. Jemandem, der zum erstenmal in seinem Leben einen Fuß auf die Planken eines Schiffes gesetzt hätte, wäre das Schaukeln und Wiegen der *Arrow* wie ein wütendes Aufbäumen vorgekommen, und der Wind riß noch immer eisiges Salzwasser von der Meeresoberfläche hoch und hüllte das Schiff in eine Wolke aus Kälte und alles durchdringender Feuchtigkeit.

Kapitänleutnant Thornton Thruman nahm das alles nur am Rande wahr; mit einem winzigen Teil seines Bewußtseins, der beinahe unabhängig von seinem normalen Denken und Handeln funktionierte. Sein Hauptaugenmerk galt dem Meer, genauer gesagt, einer ganz bestimmten Stelle weniger als eine halbe Seemeile leewärts der *Arrow*.

Thruman sah sich unschlüssig um, winkte seinen Ersten Offizier heran und zog das Glas wieder auseinander, als der Mann einen Schritt neben ihm stehenblieb, die Absätze zusammenknallte und zackig salutierte. Thruman zog eine Grimasse.

»Hören Sie gefälligst mit dem Quatsch auf, Mister Spears«, sagte er. »Wir sind hier nicht auf der Marineakademie und auch nicht im Hafen. Hier – schauen Sie lieber dorthin und sagen Sie mir, was Sie sehen.«

Spears griff gehorsam nach dem Glas und blickte konzentriert in die Richtung, in die der ausgestreckte Arm des Kapitäns deutete. Thruman beobachtete aufmerksam seinen Gesichtsausdruck. Zuerst waren die Züge des IO schlaff und blaß wie immer, dann, ganz plötzlich, erschien ein zuerst überraschter, dann beinahe erschrockener Ausdruck darauf. Thruman unterdrückte im letzten Moment ein zufriedenes Nicken, als Spears das Glas absetzte und nun mit bloßem Auge nach Osten starrte.

»Was ist das?« murmelte er.

Thruman hob die Schultern. »Das weiß ich so wenig wie Sie, Mister Spears«, antwortete er. »Zuerst hielt ich es für ein Tier. Es haben sich schon Wale in diese Gewässer verirrt.«

»Ich weiß.« Spears nickte, ohne den Blick von dem grauschwarzen Schatten zu nehmen, der immer wieder hinter den Wellen verschwand und erneut auftauchte, ein ewiges Auf und Ab, das eine beinahe einschläfernde Wirkung auf jeden Betrachter hatte. »Aber dafür ist es zu groß. Ich kenne mich da aus, Sir.«

»Ich weiß. Deshalb habe ich Sie gerufen. Sie haben früher auf einem Walfänger gearbeitet, nicht wahr? Was könnte das sein?«

Spears wiegte unschlüssig den Kopf. »Ich habe keine Ahnung, Sir«, gestand er schließlich. »Es muß fast doppelt so groß sein wie der längste Blauwal, von dem ich je gehört hätte. Das Ding ist mindestens viermal so groß wie die *Arrow*. Vielleicht ein Riff, ein Felsen, der nicht auf den Karten verzeichnet ist.«

Thruman blickte ihn eine endlose Sekunde lang an, dann schüttelte er den Kopf und deutete auf den monströsen Schatten hinaus. »Es bewegt sich, Spears.«

Spears erschrak sichtlich. »Sind Sie … sicher, Sir?« fragte er. »Ich meine, die See ist unruhig, und …«

»Ich *bin* sicher«, sagte er betont. »Ich beobachtete dieses Ding schon die halbe Nacht hindurch. Es bewegt sich. Es hält immer den gleichen Abstand zur *Arrow*, Spears.« Er atmete ein, ganz in der Art, als wolle er weiterreden, besann sich aber dann anders und nickte nur bekräftigend. »Ich irre mich nicht, Spears. Das Ding bewegt sich. Mit der exakt gleichen Geschwindigkeit wie wir.«

Es gab etwas, was er nicht aussprach. Es war nicht nur die Größe des *Dinges,* die ihn beunruhigte. Er war sicher, daß es keiner der anderen bemerkt hatte, denn das knappe Dutzend Männer, das die gesamte Besatzung des kleinen Schoners bildete, hatte während der Nacht alle Hände voll zu tun gehabt, das Schiff gegen den Sturm zu legen und der berüchtigten Steilküste nicht zu nahe zu kommen. Aber er hatte es gesehen. Den Schatten.

Seine Bewegung, gleichzeitig träge wie elegant, ein ungeheuer machtvolles Pflügen und Gleiten immer dicht unter der Wasseroberfläche. Und das Licht. Drei- oder viermal hatte er einen schwachen, aber trotzdem deutlichen Lichtschein gesehen, einen Punkt grünlich-gelber, flackernder Helligkeit dicht *unter* der Wasseroberfläche.

Aber das sprach er lieber nicht aus.

»Seetang«, sagte Spears plötzlich.

Thruman schrak aus seinen Gedanken hoch, blinzelte einen Moment verstört und sah den IO fragend an. »Wie meinen Sie das?«

»Es kommt vor«, antwortete Spears, noch immer aus eng zusammengekniffenen Augen nach Osten starrend. »Nicht in diesem Teil der Welt und auch nicht sehr häufig. Aber es kommt vor. Manchmal bilden sich gewaltige schwimmende Inseln aus Seetang, so groß wie eine Stadt. Haben Sie schon einmal von der Sargasso-See gehört?«

Thruman lächelte verzeihend. »Ich bin in Ihren Augen vielleicht nur ein Süßwassermatrose, IO«, sagte er. »Aber ich kann lesen.«

Der Offizier schluckte nervös, schien plötzlich nicht mehr zu wissen, wohin mit seinen Händen, und rettete sich in ein gequältes Lächeln. »Es tut mir leid, Sir. Ich wollte Sie nicht beleidigen.«

Thruman winkte ab. »Schon gut. Sie denken also, es könne sich um Seetang handeln?«

»Ich ... weiß nicht, Sir«, stotterte Spears, der über seine eigene Idee plötzlich gar nicht mehr so glücklich zu sein schien wie noch vor Sekunden. »Das Ding muß an die siebzig Yards messen.«

»Vielleicht wäre das eine Erklärung«, murmelte Thruman. »Sie haben den letzten Befehl aus London erhalten, nehme ich an. Wir sollen nach allem Ungewöhnlichen Ausschau halten. Es sind mehrere kleine Schiffe verschwunden seit dem Winter.«

Spears antwortete nicht, und nach einer Weile fuhr der Kapitän fort: »Diese Sargasso-See, Mister Spears ... man sagt, daß schon Schiffe hineingeraten und so vom Tang umschlungen worden sind, daß sie nie wieder herauskamen. Stimmt das?«

»Ich habe keine Ahnung«, gestand Spears. »Aber wenn Sie meine persönliche Meinung hören wollen ...«

»Das will ich«, sagte Thruman, als der IO nicht weitersprach.

»Seemannsgarn«, sagte Spears. »Eine kleine Segeljolle kann sich vielleicht darin verfangen oder ein Ruderboot . Aber kein Schiff wie die *Arrow*. Nicht einmal eines der Fischerboote, die hier verschwunden sein sollen.« Er deutete mit einer Kopfbewegung auf die Steilküste Schottlands, die auf der anderen Seite des Schiffes wie ein weißer Kreidestrich zwischen Himmel und

Meer sichtbar war. »Die Küste hier ist für ihre Strömungen und Tücken bekannt.«

»Ich weiß«, sagte Thruman seufzend. »Aber trotzdem … Befehl ist Befehl. Mister Spears, wir nehmen Kurs auf diese Erscheinung. Mal sehen, ob sie unserem Motor davonläuft.«

Spears salutierte hastig, fuhr herum und lief, schräg gegen den Wind geneigt, zum Steuerruder zurück. Thruman hörte ihn Befehle brüllen. Wenige Augenblicke später begann sich die stumpfe Nase mit einer täuschend langsamen Bewegung nach Osten zu drehen, genau auf den gewaltigen, langgestreckten Umriß eine halbe Meile entfernt zu. Kurz darauf begann das Deck unter seinen Füßen sanft zu beben, als das Patrouillenboot Fahrt aufnahm.

Ganz langsam kam der Schatten näher. Es war wie die Male zuvor – er entfernte sich von der *Arrow* und schien dabei ein Stück tiefer unter die Meeresoberfläche zu gleiten, aber Thrumans Rechnung schien aufzugehen. Der vollen Kraft der beiden Motoren, die im Bauch der *Arrow* tuckerten, hatte die Erscheinung nichts entgegenzusetzen. Langsam, sehr sehr langsam, aber trotzdem unaufhaltsam, verringerte sich die Entfernung zwischen dem Patrouillenschiff und dem sonderbaren Ding.

Aus dem zerfaserten, scheinbar formlosen Schatten, der das Schiff die ganze Nacht über begleitet hatte, wurde ein langgestreckter, gewaltiger Umriß. Thruman erschrak insgeheim, als er sah, daß Spears Schätzung eher zu vorsichtig gewesen war. Der Schatten war so breit, wie die *Arrow* vom Bug bis zum Achtersteven maß, und dabei gut fünfmal so lang wie sein Schiff. Mindestens achtzig Meter, schätzte er, wenn nicht mehr. Es gab auf der ganzen Welt kein Tier, das *so* groß war.

Keines, das der Wissenschaft bekannt gewesen wäre, verbesserte er sich in Gedanken. Die Meere waren groß und selbst heute noch zum Teil unerforscht, und in ihren lichtlosen Tiefen mochten Geschöpfe leben, die sich selbst die gewaltigste Phantasie nicht vorzustellen vermochte. Was, wenn das *Ding* da vorne nun keine schwimmende Tanginsel war, sondern ein Meeresungeheuer, das sie mit ihrer beharrlichen Verfolgung reizten? Er hatte Spears vorhin mit voller Absicht nicht die ganze Wahrheit gesagt. Zwei von den Schiffen, die in den letzten Wochen in diesem Teil Schottlands gesunken oder schlichtweg verschwunden waren, waren größer als die *Arrow* gewesen. Weitaus größer.

Aber es gab etwas, was sie nicht gehabt hatten.

Mit einer entschlossenen Bewegung drehte sich Thruman vom Schanzkleid weg, machte Spears oben am Steuerruder mit einer Handbewegung auf sich aufmerksam und deutete dann zuerst auf den Schatten, dann auf die wuchtige, mit wasserdichten Planen abgedeckte Kanone am Bug des Schiffes. Spears schien einen unmerklichen Moment zu zögern, dann nickte er übertrieben pantomimisch, damit Thruman die Bewegung auch sah, und löste das Sprechrohr neben sich aus der Halterung.

Nicht einmal zwei Minuten später erschienen drei Männer an Deck, eilten zum Bug und begannen, das Geschütz feuerbereit zu machen. Das hochspritzende Wasser durchnäßte sie in wenigen Augenblicken bis auf die Haut, aber sie waren Männer, die wußten, was sie taten, und jeden Handgriff hundertmal geübt hatten.

Die Entfernung zwischen dem fliehenden Schatten – denn anders konnte man sein Verhalten beim besten

Willen nicht mehr benennen – und der *Arrow* war auf weniger als zweihundert Yards zusammengeschmolzen, als die Kanone feuerbereit war. Aber Thruman zögerte noch. Sie waren dem Ding sehr nahe gekommen, und was er sah, verstörte ihn zutiefst. Es war ein Gigant, ein titanisches langgestrecktes Etwas wie ein ins Absurde vergrößerter Delphin, ohne sichtbare Flossen oder andere Fortbewegungsmittel, der sich trotzdem mit fast unglaublicher Schnelligkeit zu bewegen wußte. Wenn es ein Tier war, dachte er, dann mußte es stark genug sein, ein Schiff wie die *Arrow* schlichtweg zu zermalmen.

Wenn er ihm die Chance dazu ließ. Für einen Moment dachte er noch an das halbe Dutzend Schiffe, das mitsamt seinen Besatzungen spurlos verschwunden war, dann hob er den Arm, sah den Mann an der Kanone auffordernd an – und senkte mit einem Ruck die Hand.

Mit einem dumpfen Krachen entlud sich die Waffe. Das Geschoß raste in einer langgestreckten Parabel auf den Schatten zu, brach gischtend durch die Wasseroberfläche und traf ihn dicht hinter der Stelle, an der sein Schädel sitzen mußte; wenn er so etwas wie einen Schädel besaß. Einen Sekundenbruchteil später blitzte es zwanzig Fuß unter dem Meer grell auf, und dann nahm ein wahrer Vulkan von hochspritzendem Schaum und Wasser und wirbelnden silbernen Luftblasen Thruman und den anderen die Sicht.

Es war ein Blattschuß. Ein Treffer wie aus dem Lehrbuch, wie er genauer nicht mehr sein konnte. Ein dumpfer, berstender Ruck ging durch den Rumpf des Schiffes, und irgend etwas Gigantisches, Graues, schien sich hinter dem Vorhang aus kochendem Schaum aufzubäumen. Plötzlich begann das Meer zu zittern. Ein ungeheuerlicher Schatten huschte unter der *Arrow* hindurch, vollführte eine fast unmögliche Drehung und versank wie ein Stein. Die gewaltige Masse des Ungeheuers reichte, für Sekunden einen Sog zu erzeugen, der selbst die *Arrow* in Bewegung setzte. Der kleine Schoner legte sich auf die Seite, wurde nach vorne und herab gesogen und begann sich wie ein Kreisel zu drehen, ehe die Kraft der Motoren den Sog des Wassers brach und es stampfend und bockend zum Stillstand brachte.

Mühsam rappelte sich Thruman auf. Der plötzliche, mehrfache Ruck hatte nicht nur ihn von den Füßen gerissen, aber keiner seiner Männer schien ernsthaft verletzt zu sein, wie er mit einem raschen Blick feststellte. Einer von ihnen war sogar schon wieder dabei, die Kanone neu zu laden, falls das Monstrum ein zweites Mal auftauchen sollte.

Allmählich beruhigte sich das hektische Schaukeln und Zittern des Schiffes. Das Meer schäumte noch immer, und aus der Tiefe stiegen unablässig große, glitzernde Luftblasen empor und zerplatzten rings um die *Arrow* – aber von dem Ungeheuer war keine Spur mehr zu sehen. Die Granate mußte es auf der Stelle getötet und zurück in das eisige dunkle Grab geschleudert haben, aus dem es auferstanden war.

Und gleichzeitig wußte Thruman, daß es nicht so war. Die Kanone war eine gewaltige Waffe; ihre Granaten mochten in ihrer Wirkung fürchterlich genug sein, einen Elefanten zu töten, vielleicht sogar einen von Spears Blauwalen. Aber ein Lebewesen von der fünffachen Größe der *Arrow*? Wie ein Jäger, der einer noch unsichtbaren Beute auflauert, spürte er einfach, daß das Ungeheuer noch da war, tief unter ihnen, verborgen und versteckt, aber lauernd.

Plötzlich erbebte das Schiff unter seinen Füßen wie unter einem Hammerschlag, er hörte Schreie, ein gewaltiges Rauschen und Klatschen, als breche etwas Riesiges unmittelbar hinter der *Arrow* durch die Meeresoberfläche, fuhr herum – und erstarrte vor Entsetzen.

Das letzte, was Kapitänleutnant Thruman in seinem Leben sah, war eine haushohe, wie eine Wand aus Glas nach vorn geneigte Bugwelle, hinter der ein gewaltiger, schwarzgrau glänzender Schatten heranraste und die *Arrow* unter sich zermalmte.

Wir waren hinaufgegangen – nicht in die Bibliothek, denn nach vier Tagen, in denen ich mich darin eingeschlossen und praktisch ununterbrochen gearbeitet hatte, glich sie eher einem Trümmerhaufen als einem bewohnbaren Zimmer –, und Mary hatte uns frischen Kaffee gebracht, dazu ein Tablett mit belegten Broten, über die Bannermann ohne ein weiteres Wort hergefallen war, als wäre er ausgehungert. Und obwohl ich vor Neugierde schier aus den Nähten platzte, hatte ich mich geduldet und die Zeit genutzt, ihn eingehend zu mustern.

Sein Anblick erschütterte mich. Ich hatte Bannermann als zwar ernsten, aber durchaus lebensbejahenden Menschen in Erinnerung, als einen Mann, der vielleicht nicht glücklich war mit dem Platz, den ihm das Schicksal zugewiesen hatte, aber das Beste daraus zu machen verstand.

Jetzt saß ich einem körperlichen und seelischen Wrack gegenüber. Mein erster Eindruck, daß er krank sei, war falsch gewesen. Die dunklen Linien in seinem Gesicht waren Spuren, die Sorge und Not hineingegraben hatten, und das Feuer in seinen Augen brannte vor

Verbitterung. Seine Hände zitterten unentwegt, und obwohl er vier oder fünf Tassen Kaffee in sich hineinschüttete, blieben seine Lippen trocken und rissig. Ich war nicht sehr überrascht, als er sein Frühstück beendet hatte und mich um einen Whisky bat.

Schweigend stand ich auf, füllte ein Glas und nahm vorsichtshalber die Flasche gleich mit zurück zum Tisch. Bannermann leerte den ersten Drink, schenkte sich das Glas erneut – und bis unter den Rand – voll und trank beinahe gierig. Als er meinen Blick bemerkte, stockte er für einen Moment. Aber nur für einen Moment.

»Wie lange trinken Sie schon?« fragte ich, als er sich den dritten Whisky eingoß.

Bannermann sah mich ernst an, nahm einen gewaltigen Schluck und drehte das Glas in den Fingern. »Seit ein paar Wochen«, sagte er. »Ich habe noch nicht viel Übung darin. Aber ich lerne es schon.« Er sah auf, starrte mich einen Moment lang an und verzog die Lippen zu einem schmerzlichen Lächeln. »Ich habe versucht, mich zu Tode zu trinken. Aber es geht nicht.«

Als er das Glas das nächste Mal ansetzte, griff ich nach seiner Hand und drückte sie herunter. Bannermann grunzte unwillig und versuchte meine Hand abzustreifen, aber ich schüttelte nur den Kopf, beugte mich vor und nahm ihm Glas und Flasche weg.

»Sie wollten etwas von mir«, sagte ich. »Schon vergessen, Bannermann?«

Bannermann griff nach dem Glas und funkelte mich ärgerlich an, als ich abermals abwehrte. »Zum Teufel, geben Sie die Flasche her, Craven«, raunzte er. »Ich brauche einen Schluck!«

Ich blieb stur. »Warum sind Sie gekommen, Bannermann?« fragte ich scharf. »Wollen Sie meine Hilfe oder meinen Whisky?«

»Beides«, murmelte Bannermann.

»Das geht nicht. Sie können die Flasche haben und damit verschwinden – oder Marys vorzüglichen Kaffee trinken und mit mir reden. Entscheiden Sie sich.« Ich verkorkte die Flasche, stand umständlich auf und trug sie fort. Bannermanns Augen schienen zu brennen, als ich zurückkam. Seine Finger spannten sich so fest um die Tischkante, als wolle er das Möbelstück zerbrechen. Plötzlich nickte er.

»Sie haben recht. Entschuldigen Sie, Craven. Es tut mir leid.«

»Was ist geschehen?« fragte ich. »Was ist mit Ihnen passiert, Kapitän?«

Bannermann schürzte die Lippen. »Vergessen Sie den Kapitän«, sagte er. »Ich bin es nicht mehr.«

»Sie haben abgeheuert?« fragte ich überrascht.

Bannermann lachte rauh. »Nicht direkt. Ich habe mein Kapitänspatent zwar noch, aber es gibt im ganzen Empire keinen Reeder mehr, der mir noch sein Schiff anvertrauen würde.« Er schwieg einen Moment, und wieder schien sein Blick geradewegs durch mich hindurch zu gehen. Seine Kiefer preßten sich aufeinander.

»Ich bin am Ende, Craven«, sagte er. »Erledigt. Ich habe mein Schiff verloren. Mein Name steht ganz oben auf allen schwarzen Listen, die Sie sich denken können. Ich habe versucht, einen Job zu finden, aber niemand will mich mehr.«

Einen Moment lang blickte ich ihn verständnislos an. »Ich begreife nicht ganz, wovon Sie reden«, gestand ich schließlich. »Dr. Gray sagte mir, er hätte die Sache in Ordnung gebracht, und ...«

»Ich spreche nicht von der *Lady*«, unterbrach mich Bannermann. »Ihr Anwalt hat sein Wort gehalten. Das Seegericht hat mich freigesprochen.«

»Das will ich hoffen«, murmelte ich. »Der Spaß hat mich genug Geld gekostet.«

»Geld?« Bannermann runzelte die Stirn.

Ich nickte. »Aber natürlich. Warum, glauben Sie wohl, hat die Reederei nicht auf einer vollständigen Aufklärung der Sache bestanden? Ich habe die *Lady of the Mist* bezahlt, bis auf den letzten Penny. Ganz abgesehen davon waren Sie unschuldig.«

»Wen interessiert das schon?« murmelte Bannermann.

»Ich werde mit Ihrer Reederei sprechen«, sagte ich. »Ich bin sicher, in dieser Angelegenheit etwas für Sie tun zu können. Schlimmstenfalls«, fügte ich mit einem nicht ganz echt klingenden Lachen hinzu, »kaufe ich Ihnen ein Schiff.«

Bannermann starrte mich an, und ich begriff, daß ich wieder einmal das falschestmögliche überhaupt gesagt hatte. In diesen Dingen begann ich ein gewisses Talent zu entwickeln.

»Geld«, murmelte er. »Sie gehören wohl auch zu den Menschen, die glauben, alles mit *Geld* erreichen zu können, wie?« Er spie das Wort hervor, als wäre es eine Obszönität. »Zum Teufel, Craven, wenn ich Geld von Ihnen haben wollte, hätte ich Ihnen einen Brief geschrieben. Ich bin hier, weil ich am Ende bin. Ich ... ich kann nicht mehr. Ich weiß nicht mehr, was ich tun soll. Wenn es mir nicht gelingt, meine Unschuld zu beweisen, finde ich nicht einmal mehr einen Job als Parkwächter. Wissen Sie, was einem Kapitän passiert, der zweimal hintereinander sein Schiff und den größten Teil seiner Mannschaft verliert? Sie könnten die gesamte englische Flotte kaufen, Craven. Niemand würde mehr unter meinem Kommando fahren.«

»Was ist passiert?« fragte ich zum zweitenmal.

Bannermann starrte mich an und schwieg, und nach einigen Sekunden stand ich auf, schenkte ihm noch einen Whisky ein. Seine groben Finger spannten sich so fest um das Glas, daß ich fürchtete, es würde zerbrechen. Aber er schüttete den Alkohol wenigstens nicht mehr in sich hinein wie Wasser, sondern trank langsam und fast bedächtig.

»Lesen Sie keine Zeitung?« fragte er plötzlich.

Ich verneinte. »Fast nie. Warum?«

»Sie wüßten, warum ich hier bin, täten Sie es«, antwortete Bannermann. »Es war vor ... vor zweieinhalb Monaten. Ich habe ziemlich schnell wieder ein Kommando bekommen, nach der Geschichte mit der *Lady*, wissen Sie? Nichts Besonderes, nur ein altersschwacher Schoner, der Bananen und Taranteln von Britisch Kolumbien nach Aberdeen brachte, aber es war ein Kommando. Wir waren dicht unter der Küste, keine zwei Stunden mehr vom Hafen entfernt, als wir in einen Sturm gerieten. Nicht besonders schlimm, aber heftig genug, um draußen zu bleiben. Ich wollte ... abwarten, bis das Schlimmste vorbei war, und dann in aller Ruhe in den Hafen einlaufen.« Er stockte, trank wieder einen kleinen Schluck und fuhr sich nervös mit der Zungenspitze über die Lippen.

»Ich habe das Schiff verloren«, sagte er plötzlich. »Außer mir ist nur ein einziger Mann der Besatzung mit dem Leben davongekommen. Wir sind gesunken.«

»Der Sturm?« fragte ich leise.

Bannermann starrte mich an, trank nervös und schüttelte plötzlich den Kopf. »Nein ... Sie ... Sie sind der einzige, dem ich es erzählen kann. Der einzige, der mir glauben würde. Ich habe versucht, die Wahrheit zu sagen, aber sie halten mich für verrückt. Sie glauben, ich wäre ein Feigling und Versager. Sie denken, ich hätte alles erfunden, um mich zu rechtfertigen.«

»*Was* sollen Sie erfunden haben?« fragte ich.

»Das Ungeheuer«, antwortete Bannermann.

Fragend sah ich ihn an, aber es dauerte eine geraume Weile, bis er begriff, daß ich nicht lachen würde, und weitersprach: »Ich weiß nicht, was es war.« Sein Blick wich dem meinen aus, und seine Finger fuhren in einer unablässigen Folge kleiner, unbewußter nervöser Bewegungen über den Rand des Glases, das ich ihm gereicht hatte. Seltsamerweise trank er nicht mehr. Es schien ihm zu genügen, es in der Hand zu halten. »Zuerst dachten wir, es wäre ein Wal. Sie verirren sich manchmal in diese Gewässer, wissen Sie?«

Ich nickte, obwohl ich das ganz und gar nicht wußte, aber Bannermanns Frage war ohnehin rein rhetorisch gewesen.

»War es einer?« fragte ich.

Bannermann lachte, hob nun doch das Glas an die Lippen, trank einen mächtigen Schluck und hustete. »Nein«, sagte er, nachdem sich sein Atem wieder beruhigt hatte. »Es ... es kam näher, und da konnten wir sehen, wie groß es war. Viel größer als unser Schiff. Viel zu groß für einen Wal. Mein Gott. Craven, ich ... ich habe niemals ein Lebewesen gesehen, das so verdammt *groß* war.«

»*Wie* groß?« fragte ich betont. »So groß wie ...«

»Wie das Ding, das die *Lady* vernichtet hat?« führte er den Satz zu Ende.

Ich nickte, und Bannermann schüttelte den Kopf.

»Nein. Es war größer, viel größer. Achtzig Yards, schätze ich. Wenn nicht mehr. Und es bewegte sich unglaublich schnell. Es ... es kam näher wie ein Torpedo.«

»Sind Sie sicher, daß es ein Lebewesen war?« fragte ich.

Bannermann lachte rauh. »Was soll es sonst gewesen sein?«

»Es hat das Schiff ein paarmal umkreist. Es war riesig, groß wie ein Berg, aber es hat sich so elegant bewegt wie ein Delphin. Ein paarmal ist es untergetaucht und wieder hochgekommen. Und dann ... dann ...« Er stockte, leerte sein Glas mit einem hastigen Zug und hielt es mir hin. Ich schüttelte den Kopf.

»Was dann?« fragte ich.

»Dann hat es das Schiff gerammt«, sagte Bannermann. Seine Stimme begann zu zittern, und als ich in seine weit aufgerissenen Augen blicke, begriff ich, daß er in diesem Moment alles noch einmal erlebte.

»Es ... es ging alles so schnell«, sagte er. »Ich weiß nicht einmal, was wirklich passiert ist. Es gab einen Schlag, und dann brach das Schiff auseinander, einfach so, wie von einer Breitseite getroffen. Ich selbst stand vorne am Bug, als es passierte, zusammen mit McGillycaddy.«

»McGillycaddy?« unterbrach ich ihn.

»Der Mann, von dem ich Ihnen erzählt habe, Craven«, antwortete Bannermann. »Der einzige Überlebende, außer mir. Mein Zahlmeister. Wir wurden über Bord geschleudert, aber ich konnte deutlich sehen, wie das Ungeheuer das Schiff in die Tiefe gerissen hat. Es ... es ist nichts übriggeblieben, Craven, buchstäblich nichts. Nicht einmal Trümmer.«

»Und die Besatzung?« fragte ich.

Bannermanns Miene verdüsterte sich. »Tot«, sagte er. »Sie müssen ertrunken sein. Ertrunken oder von diesem Monstrum verschlungen.«

Er sprach nicht weiter, und auch ich schwieg eine ganze Weile. Bannermann war niemand, der mit dem Entsetzen Scherze trieb. Und ich konnte ihm ansehen, daß er nicht log. Nein – er glaubte an das, was er sagte. Was nicht hieß, daß es die Wahrheit war.

»Was geschah weiter?« fragte ich schließlich.

»Wir wurden gerettet«, sagte Bannermann. »Ich weiß selbst nicht genau, wie, aber McGillycaddy und ich schafften es, dem Ungeheuer zu entgehen. Ein Fischerboot kam und holte uns raus. Ich bin dann zur Hafenverwaltung gegangen.«

»Aber niemand hat Ihnen geglaubt«, sagte ich.

Bannermann nickte. »Natürlich nicht«, sagte er. »Niemand hat dieses Ding gesehen oder jemals von einem solchen Wesen gehört. Ich hätte es selbst nicht geglaubt, wäre ich an ihrer Stelle gewesen.«

»Aber Sie hatten einen Zeugen«, erinnerte ich. »Diesen Macgullygally …«

»McGillicaddy«, half Bannermann aus. »Lachen Sie nicht – er heißt wirklich so. Er war meine ganze Hoffnung. Er hat das Ding genauso gesehen wie ich; sogar noch deutlicher. Aber er ist verschwunden. Ich habe nach ihm gesucht, aber niemand hat ihn gesehen, seit wir an Land gegangen sind. Wahrscheinlich ist er vor Angst halb verrückt geworden und hat sich irgendwo verkrochen.«

»Und was geschah weiter?«

»Nichts«, murmelte Bannermann. »Es wird eine offizielle Untersuchung geben, heißt es. Aber ich kann mir denken, wie sie ausgeht. Sie haben keinen Hehl daraus gemacht, daß sie mir nicht glauben. Seither laufe ich durch die Gegend und versuche, einen Job zu bekommen. Aber niemand gibt mir einen. Sie jagen mich davon, wenn sie nur meinen Namen hören, Craven. Sie behandeln mich wie einen Aussätzigen.«

»Und was wollen Sie jetzt von mir?« fragte ich sanft.

Bannermann starrte mich aus brennenden Augen an. »Ihre Hilfe, Craven«, sagte er. »Sie sind der einzige, der mir helfen kann. Sie ... Sie wissen, daß es solche Dinge gibt. Sie haben Einfluß. Sie ... Sie sind ...«

»Ein Hexer?« unterbrach ich ihn scharf. »Sprechen Sie es ruhig aus. Was erwarten Sie von mir? Daß ich mit den Fingern schnippe und einen Zauberspruch sage, der alles wieder in Ordnung bringt?«

Meine Worte waren von unangemessener Schärfe und taten mir beinahe sofort wieder leid. Ich lächelte entschuldigend. »Tut mir leid, Kapitän«, fuhr ich fort. »Aber im Ernst: Was glauben Sie, sollte ich tun? Ich weiß, wie man das Wort *Schiff* schreibt, und damit hört meine Erfahrung mit der christlichen Seefahrt auch schon auf.«

»Sie sind der einzige, der mir helfen kann«, murmelte Bannermann. »Craven – ich beschwöre Sie! Ich bin erledigt, wenn es mir nicht gelingt, zu beweisen, daß dieses Ungeheuer existiert.«

»Und Sie glauben, ich könnte es?« Ich seufzte, schüttelte den Kopf und senkte für einen Moment den Blick. »Es tut mir leid, Bannermann«, fuhr ich fort. »Selbst wenn ich wollte – ich kann London nicht verlassen. Nicht im Moment.«

»Ich brauche Ihre Hilfe, Craven«, sagte Bannermann. Seine Stimme klang nicht nur verzweifelt, sondern flehend. »Sie ... Sie schulden es mir.«

Mit einem Ruck sah ich auf. Bannermanns Blick flackerte wie der eines Wahnsinnigen, aber er war trotzdem so fest, daß ich es nach einer Weile war, der das stumme Duell aufgab und wegsah.

Sie schulden es mir. Seine Worte schienen auf unheimliche Weise hinter meiner Stirn nachzuhallen.

O ja, ich schuldete es ihm. Ich schuldete ihm mehr, als ich ihm jemals geben konnte. Sein Leben hatte sich geändert, im gleichen Moment, in dem ich hineingetreten war.

Vielleicht hatte er recht. Ich hatte in den letzten Monaten immer nur genommen. Ich schuldete nicht nur Bannermann etwas, sondern beinahe jedem, mit dem ich in Berührung gekommen war, seit ich aus den Staaten nach England übergesiedelt war. Vielleicht war es an der Zeit, daß ich anfing, meine Schulden zurückzuzahlen.

Kälte umgab sie, eine Kälte, wie sie sie nie zuvor im Leben gespürt hatte, und gleichzeitig ein eigentümliches Gefühl des Schwebens und Gleitens. Irgend etwas Körperloses schien sie zu berühren, überall zugleich und doch nirgends, und als sie die Augen öffnete, war das einzige, was sie sah, eine fast stoffliche Dunkelheit.

Wieso lebte sie noch?

Sekundenlang überlegte Jennifer ernsthaft, ob das der Tod war, verwarf diesen Gedanken aber rasch wieder. Obwohl alles fremd und furchteinflößend in seiner Unverständlichkeit war, war es auf der anderen Seite doch wieder zu profan, zu lebendig, als daß es das Reich jenseits des Sterbens sein konnte.

Sie versuchte sich zu erinnern, aber die Bilder hinter ihrer Stirn wirbelten ziellos durcheinander und weigerten sich, eine sinnvolle Folge zu ergeben. Sie war über Bord gestürzt und hatte versucht zu schwimmen, und dann waren die Hände gekommen und hatten sie herabgezerrt, hinunter in das Schweigen und die Eiseskälte des Sees.

Aber wieso lebte sie? Schon die Kälte und der Druck, der auf dem Grund dieses meilentiefen Schachtes herrschen mußte, hätten sie töten müssen, wäre sie nicht vorher schon ertrunken.

Wieder wurde sie sich der Kälte und des Gefühles einer unsichtbaren, aber sehr kraftvollen Berührung bewußt, und plötzlich erinnerte sie sich auch wieder, woher sie diese Empfindung kannte.

Schwimmen. Es war das Gefühl, in eiskaltem, unbewegtem Wasser zu sein.

Erschrocken hob sie die Hand ans Gesicht. Sie fühlte den Widerstand, als ihre Finger das Wasser teilten und ihre eiskalte, nasse Haut berührten, über ihre Wangen und ihr Kinn glitten, die Lippen ertasteten …

Ihr Herz schien mit einem schmerzhaften Schlag aus dem Takt zu geraten, als sie begriff, daß sie *unter Wasser* war, tief unten auf dem Grunde von Loch Firth, Hunderte und Aberhunderte von Fuß unter seiner eisigen glitzernden Oberfläche. Sie schwebte frei in einem grenzenlosen schwarzen Nichts, eingeschlossen von Wasser – Wasser, das ihren Mund füllte, das sie töten würde!

Jennifer unterdrückte im letzten Moment den Impuls, zu schreien. Ihre Gedanken überschlugen sich, Todesangst überschwemmte den winzigen Rest klaren Bewußtseins, der ihr geblieben war. Sie fuhr hoch, spürte, wie sie in der sanften Umarmung des Wassers zu schweben begann und stieß mit der Schulter gegen muschelverkrusteten Stein. Verzweifelt preßte sie die Kiefer aufeinander, hielt den Atem an, um bloß den winzigen Rest kostbarer Luft, der noch irgendwo in ihren Lungen sein mußte, nicht zu verschwenden, tastete im Dunkeln um sich und fühlte rauhen Fels – die Decke einer unterseeischen Höhle, in die sie hineingezerrt worden war!

Wie von Sinnen fuhr sie herum, drehte sich fünf-,

sechsmal um ihre eigene Achse und machte ziellose Schwimmbewegungen, prallte gegen eine Wand, wurde zurückgetrieben und griff abermals mit den Händen in die Schwärze. Plötzlich war der Stein verschwunden, der Fels wich eisigem, leicht bewegtem Wasser, und nach einigen hastigen Schwimmzügen sah sie einen verschwommenen hellen Fleck vor sich. Licht! Das Licht der Sonne, das grünlich durch die Wassermassen über ihr drang!

Mit aller Macht kraulte sie los.

Das Mädchen dachte in diesem Moment nicht mehr logisch. Hätte es Zeit zum Überlegen gefunden, wäre ihm rasch klar geworden, daß es gar nicht mehr leben durfte. Seit ihrem Erwachen waren Minuten vergangen, Minuten, in denen sie längst hätte ertrinken müssen, und sie brauchte noch einmal endlose Minuten, um das Ende des unterseeischen Tunnels zu erreichen und sich mit einer kraftvollen Bewegung abzustoßen, dem grünlichen Licht und der Luft unendlich weit über ihr entgegen.

Ihr Herz hämmerte wie rasend. Sie atmete noch immer nicht, und der Druck auf ihre Brust stieg ins Unermeßliche, aber sie schwamm weiter, widerstand mit aller Macht dem Impuls, den Mund zu öffnen und tief einzuatmen, denn sie wußte, daß es den Tod bedeutete, betete, daß der winzige Rest von Luft in ihren Lungen noch einige Sekunden reichen würde – und durchstieß die Wasseroberfäche mit solcher Macht, daß sie fast bis zu den Hüften aus den eisigen Fluten herausschoß und klatschend zurückfiel. Ihr Gesicht geriet abermals unter Wasser, und sie konnte noch immer nicht atmen, aber der Sekundenbruchteil hatte immerhin gereicht, ihr zu zeigen, daß das Ufer nur wenige Schwimmzüge entfernt lag.

Sie verlangte ihrem Körper noch einmal das Letzte ab und fühlte plötzlich rauhen, mit spitzem Lavagestein durchsetzten Kies und Sand unter Knien und Brust.

Sie richtete sich auf, taumelte mit letzter Kraft ans Ufer und brach auf dem feuchten Sand in die Knie. Mit einem erleichterten Schrei öffnete sie die Lippen und sog die lebensrettende Atemluft in die Lungen.

Es ging nicht.

Sosehr sie sich auch anstrengte – sie konnte nicht atmen. Ihre Kehle war wie zugeschnürt, und der Druck auf ihre Brust wuchs ins Unerträgliche.

Vor Jennifers Augen begann die Welt zu verschwimmen. Sie fiel, rollte sich instinktiv herum und hob den Kopf so, daß ihr Gesicht über Wasser geriet, riß noch einmal mit aller Macht den Mund auf und versuchte, Luft in ihre Lungen zu füllen. Aber es ging noch immer nicht.

Schwarze Nebel begannen vor ihren Augen zu wogen. Sie spürte, wie ihre Kräfte erlahmten. Ihr Körper schien plötzlich Tonnen zu wiegen. Langsam sank sie zurück. Das Wasser stieg an ihren Wangen empor, umspülte ihr Gesicht wie eine seidige, streichelnde Hand, berührte ihre Lippen und floß, zuerst nur tropfenweise, dann schneller und schneller in ihren Mund.

Das ist der Tod, dachte sie. Das Schicksal hatte sie nicht verschont, sondern sich nur einen letzten Scherz mit ihr erlaubt, ein winziger Funke von Hoffnung, dem eine um so größere Enttäuschung folgte.

Jennifer gab endgültig auf. Die schwarzen Schleier vor ihren Augen verdichteten sich, und die Kraft floß jetzt so rasch aus ihrem Körper, als wäre irgendwo eine unsichtbare Schleuse geöffnet worden. Ein furchtbarer Schmerz pochte unterhalb ihres Herzens.

Irgendwo hatte sie einmal gelesen, daß es schneller ginge, wenn man sich nicht wehrte und den Kampf auf diese Weise abkürzte.

Mit aller Macht überwand sie den instinktiven Impuls, den Atem anzuhalten, öffnete noch einmal den Mund und sog das Wasser tief in die Lungen.

Und im gleichen Moment konnte sie atmen.

Zwei Tage und endlose Stunden voller kopfschmerzverursachender Diskussionen später standen wir vor dem Büro der *Scotia*-Reederei in Aberdeen. Wir waren nicht sofort aufgebrochen, wie Bannermann halbwegs gehofft haben mochte, sondern ich hatte einen weiteren Tag darauf verwandt, den ehemaligen Kapitän der *Lady of the Mist* in Marys Obhut zu entlassen, damit sie aus dem Wrack, als das er in meinem Haus erschienen war, wieder einen Menschen machte. Ich meinerseits hatte die Zeit genutzt, mich gründlich auszuschlafen – und gleichzeitig das, was man gemeinhin Beziehung nennt (und was in Wahrheit in den meisten Fällen schlichtweg *Geld* heißt) spielen zu lassen, um mehr über den geheimnisvollen Schiffsuntergang und seine Begleitumstände zu erfahren. Meine Anstrengungen hatten sich gelohnt. Ich hatte einiges in Erfahrung gebracht, was selbst Bannermann überrascht hätte. Nur ergab alles noch keinen rechten Sinn.

»Glauben Sie wirklich, es nutzt etwas?« fragte Bannermann. Es war nicht das erstemal, daß er diese Frage – wenigstens dem Sinn nach – stellte, seit wir den Zug verlassen und eine Mietdroschke zum Hafen genommen hatten. Und ich spürte auch, was sich dahinter verbarg.

Er wollte nicht hierher. Nicht zu dieser Reederei und

schon gar nicht in den Hafen. Hinter seinem gefaßten Äußeren war er halb verrückt vor Angst.

»Irgendwo müssen wir anfangen, oder?« sagte ich achselzuckend. Ich lächelte aufmunternd, drehte mich herum und wollte die kurze Eisentreppe hinaufsteigen, die zum Büro der *Scotia* hinaufführte, aber Bannermann hielt mich mit einem übermäßig kräftigen Griff am Ärmel zurück.

»Ich ... möchte nicht mit«, sagte er. »Es wäre mir lieb, wenn ...«

»Wenn Sie hier warten können?« Ich löste seine Hand von meiner Jacke und schüttelte entschieden den Kopf. »Kommt nicht in Frage, Bannermann. Sie wollten, daß ich Ihnen helfe, und ich tue es gern. Aber Sie müssen mich schon begleiten.«

Ohne auf seine Reaktion zu warten, wandte ich mich endgültig um, lief das halbe Dutzend Stufen hinauf und öffnete die Tür, ohne anzuklopfen. Bannermann folgte mir zögernd.

Das Büro der *Scotia* überraschte mich. Das Haus, zu dem Bannermann mich geführt hatte, war alles andere als vornehm gewesen, und sein Zugang lag in einem heruntergekommenen Hinterhof, der nach faulendem Fisch und Pferdemist stank. Ich hatte einen winzigen, mit schmuddeligen Aktenschränken und verstaubten Regalen vollgestopften Raum erwartet, in dem mich ein kurzsichtiger Angestellter mit abgewetzten Ärmelschonern begrüßte, aber das genaue Gegenteil war der Fall. Hinter den blinden Scheiben der ärmlichen Tür lag ein großzügig angelegter, beinahe kostbar eingerichteter Salon, der durch ein Oberlicht mit buntgetönten Scheiben hell erleuchtet war. Eine Anzahl großvolumiger Blumenkübel schufen eine behagliche Atmosphäre, und auf einem marmornen Sockel gleich neben dem Eingang stand das Modell eines prächtigen Viermasters. Auf der anderen Seite des Raumes, gut fünfzehn Schritte entfernt, thronte der gewaltigste Schreibtisch, den ich jemals zu Gesicht bekommen hatte. Der Mann dahinter war wenig kleiner als Rowlf, aber hinter dem monströsen Möbel schien er zu den Dimensionen eines Zwerges zusammenzuschrumpfen.

Beim Geräusch der Tür sah er auf, musterte erst mich, dann Bannermann mit unverhohlener Neugier und zauberte schließlich ein ebenso berufsmäßiges wie kaltes Lächeln auf seine Züge.

»Meine Herren?« fragte er. »Was kann ich für Sie tun?«

Ich wartete, bis Bannermann die Tür hinter uns wieder geschlossen hatte, räusperte mich übertrieben und ging mit festen Schritten durch den Raum. Die Blicke des Riesen folgten uns, und etwas an der Art, in der er Bannermann und mich abwechselnd ansah, gefiel mir nicht. Trotzdem lächelte ich so freundlich, wie ich nur konnte, blieb einen halben Schritt vor seinem Schreibtisch stehen und angelte eine Visitenkarte aus meiner Westentasche.

»Mein Name ist Craven«, sagte ich, während ich die Karte vor ihm auf den Tisch legte. »Robert Craven. Wenn Sie die Freundlichkeit besäßen, mich und meinen Partner bei Mister Jameson anzumelden?«

Der Vierschrötige musterte mich einen Moment stirnrunzelnd, griff mit spitzen Fingern nach meiner Karte und drehte sie ein paarmal in der Hand, ehe er sie scheinbar achtlos in der Jackentasche verschwinden ließ. »In welcher Angelegenheit?«

»In einer geschäftlichen«, antwortete ich, schon eine Spur schärfer. »Warum melden Sie mich nicht einfach Ihrem Boß? Meine Zeit ist kostbar, wissen Sie?«

Der Mann starrte mich an, und die Herablassung in seinem Blick machte kaum noch verhohlener Wut Platz. Aber meine Rechnung ging auf – nach einer weiteren Sekunde erhob er sich und verließ das Zimmer durch eine ledergepolsterte Tür hinter seinem Schreibtisch.

Ich wandte mich an Bannermann. »Wer ist der Kerl?«

Der Kapitän zuckte mit den Achseln. »Ich habe keine Ahnung. Einer von Jamesons Angestellten. Er liebt es, sich mit solchen Muskelpaketen zu umgeben.« Er lächelte nervös. »Ziehen Sie jetzt bloß keine falschen Schlüsse, Craven. Jameson ist ein gefährlicher Mann. Er wird nicht sehr erbaut sein, mich zu sehen.«

Ich wollte antworten, aber in diesem Moment kam der Riese schon zurück und deutete mit einer knappen Handbewegung auf die offenstehende Tür hinter sich. »Mister Jameson erwartet Sie«, sagte er kurz angebunden.

Ich bedankte mich mit einem übertrieben freundlichen Kopfnicken – was mir einen zyankaligeschwängerten Blick des Vierschrötigen einbrachte –, winkte Bannermann, mir zu folgen, und trat durch die Tür.

Der Raum dahinter war so groß wie die Empfangshalle, entsprach aber schon mehr meiner Vorstellung eines Reedereibüros. Es gab den obligatorischen Schreibtisch und die ebenso obligatorischen Schiffsmodelle, dazu aber auch eine kleine, bequem aussehende Sitzecke, auf die der Riese jetzt deutete.

»Mister Jameson kommt sofort«, knurrte er. »Nehmen Sie Platz.«

Wir gehorchten. Der Riese musterte mich noch einen Augenblick lang mißgelaunt, drehte sich auf dem Absatz herum und trollte sich. Bannermann sah ihm mit offenkundiger Besorgnis nach. Ich sah ihm an, daß er längst bereute, mich um Hilfe gebeten zu haben Wahrscheinlich wünschte er sich jetzt weit, weit weg.

Es dauerte lange, bis Jameson kam. Sein ›sofort‹ zog sich drei, vier, fünf Minuten hin, und schließlich stand ich auf und begann, eigentlich ziellos, im Raum auf und ab zu gehen. Nur, um mir die Zeit zu vertreiben, besah ich mir die Schiffsmodelle, die auf kunstvoll geschnitzten Sockeln im Raum standen.

Es waren wirklich sehr prachtvolle Modelle. Wer immer sie angefertigt hatte, mußte ein wahrer Künstler sein, denn sie zeigten jede noch so winzige Einzelheit ihrer Vorbilder. Vor allem das Modell eines gewaltigen, fünfmastigen Kriegsschiffes zog mich in seinen Bann.

Sein Original mußte ein wahrer Gigant sein; ein Ungeheuer mit vier Reihen übereinander angeordneter Geschütze auf jeder Seite, zwei gewaltigen, unter der Wasserlinie angebrachten Schaufelrädern und einem mächtigen Schornstein mittschiffs, der die Dampfturbine unter Deck verriet. Wie ich schon zu Bannermann gesagt hatte, verstand ich nichts von Schiffen und wußte mit Mühe und Not, daß das britische Empire die unumstritten größte Seemacht der Welt war. Trotzdem wunderte es mich ein wenig, noch nie von diesem Giganten der Meere gehört zu haben.

Dann fiel mein Blick auf das Messingschildchen daneben, das seinen Namen zeigte. Das Schiff hieß *Dagon*.

»Gefällt Ihnen das Modell?«

Die Stimme drang unangenehm schneidend in meine Gedanken, und ich wußte, daß mir ihr Besitzer nicht gefallen würde, noch bevor ich mich umdrehte und Jameson wie einen fetten Buddha unter der Tür stehen sah. In seinen kleinen, in fettig glänzende Wülste eingelassenen Augen stand ein mißtrauisch-lauernder Ausdruck, und das Lächeln auf seinen Zügen war nicht echt. Er war ungefähr so hoch wie breit.

Automatisch nickte ich. »Es ist … beeindruckend«, sagte ich. »Unter welcher Flagge fährt es?«

Jamesons Lächeln wurde wehmütig. »Unter keiner, fürchte ich.« Er zuckte mit den Achseln, schloß die Tür hinter sich und watschelte auf seinen kurzen Beinen näher. Irgendwie erinnerte er mich an eine bärtige Qualle. »Was Sie da sehen, Mister Craven«, sagte er, »ist eine kleine Marotte von mir. So eine Art Traum, wissen Sie? Ich habe mir immer gewünscht, einmal ein solches Schiff bauen zu können, aber ich fürchte, es wird stets ein Traum bleiben.« Er kam näher und strich mit seinen kurzen, dicken Wurstfingern beinahe liebkosend über den geschnitzten Achtersteven der *Dagon*.

»Was bedeutet der Name?« fragte ich.

Jamesons Lächeln wurde ein wenig unsicherer. »Dagon?« wiederholte er. »Nichts. Nichts, was irgendeine Bedeutung hätte, jedenfalls. Er geht auf eine alte Legende zurück. Ein Meeresgott, den die Maori verehren.« Er lächelte noch einmal, nahm plötzlich die Hand vom Mast des Schiffsmodelles und wurde übergangslos ernst.

»Was verschafft mir die Ehre Ihres Besuches, Mister Craven?« fragte er.

»Ich«, antwortete Bannermann an meiner Stelle.

Jameson erstarrte, drehte sich mit einer sonderbar mühsamen, abgehackten Bewegung herum und stieß ein ersticktes Keuchen aus.

»Bannermann!« krächzte er. »Sie … Sie wagen es, hierher zu kommen?«

»Wie Sie sehen, ja.« Bannermann schob trotzig das Kinn vor und trat einen Schritt auf Jameson zu. »Es gibt da ein paar Dinge zwischen uns, die noch zu klären sind.«

»Ich wüßte nicht, was!« schnappte Jameson. Plötzlich war der Ausdruck auf seinen feisten Zügen nur noch blanke Wut. »Ich habe Ihnen verboten, jemals wieder hierher zu kommen, Bannermann«, sagte er. »Und ich dachte, ich hätte mich deutlich genug ausgedrückt.«

Ich sah, wie sich Bannermanns Hände zu Fäusten ballten, und trat rasch zwischen ihn und den Reeder, um das Schlimmste zu verhindern. »Kapitän Bannermann ist auf meine Bitte hin hier«, sagte ich schnell. »Er wollte es nicht, aber ich habe darauf bestanden, daß er mich begleitet, Mister Jameson.«

Jameson funkelte mich an. »Ich weiß nicht, wer Sie sind oder was Sie wollen, Craven«, sagte er leise. »Aber Sie sollten sich Ihre Freunde besser aussuchen.«

Sein überheblicher Ton brachte mich in Rage. Ich schluckte die noch halbwegs freundlichen Worte, die mir auf der Zunge gelegen hatten, herunter, bedachte ihn mit einem Blick, der einen Geysir zum Gefrieren gebracht hätte, und fuhr in hörbar kälterem Ton fort: »Gut, Jameson, vielleicht ist es besser, wenn wir gleich zur Sache kommen. Ich bin hier, um die Vorgänge zu untersuchen, die zum Untergang von Kapitän Bannermanns Schiff führten.«

»Untersuchen?« Jameson lachte häßlich. »Da gibt es nichts zu untersuchen, Craven. Und wenn, dann werden sich andere Stellen darum kümmern.«

»Die gleichen, die verhindert haben, daß gegen Kapitän Bannermann offiziell Anklage erhoben wurde, Jameson?« fragte ich.

Es war ein Schuß ins Blaue, aber er traf. Jameson erbleichte, und aus den Augenwinkeln sah ich, wie Bannermann ebenfalls überrascht zusammenfuhr und mich verwirrt ansah. Aber das war noch lange nicht die einzige Überraschung, die ich parat hatte. Manchmal ist es ganz nützlich, über weitreichende Verbindungen zu verfügen.

»Was wollen Sie damit sagen?« fragte Jameson unsicher.

»Nichts«, antwortete ich. »Aber ich verfüge über gewisse ... sagen wir: Kontakte zu offiziellen Stellen. Ihr Bananenfrachter ist nicht das einzige Schiff, das in den letzten Monaten in diesen Gewässern gesunken ist, nicht wahr? Wenn meine Informationen richtig sind, hat Ihre Gesellschaft in den letzten drei Monaten genau so viele Schiffe verloren. Alle drei unter ungeklärten Umständen.«

Jameson atmete hörbar ein. Sein Blick irrte unstet zwischen Bannermann und mir hin und her. Ich spürte, daß ich ihn in die Enge getrieben hatte.

»Was ... was geht Sie das an?« schnauzte er schließlich.

»Eigentlich nichts«, antwortete ich. »Vielleicht frage ich mich einfach, warum Ihnen als Besitzer der *Scotia*-Reederei so wenig daran gelegen ist, die genauen Umstände aufzuklären, unter denen Ihre Schiffe gesunken sind. Im Grunde bräuchte mich das nicht einmal zu interessieren, aber ich habe prinzipiell etwas dagegen, jemanden für Dinge bezahlen zu lassen, an denen er unschuldig ist. Vor allem, wenn es sich dabei um einen Freund handelt.«

Jameson wand sich wie ein getretener Hund. »Das sind unhaltbare Anschuldigungen, Craven«, krächzte er. »Sie können nichts von dem beweisen, was Sie da behaupten.«

»Was habe ich denn behauptet?« fragte ich lauernd.

Jameson starrte mich an, fuhr sich nervös mit dem

Handrücken über die Lippen und schluckte schwer. Dann hatte er sich wieder in der Gewalt.

»Verschwinden Sie«, sagte er. Plötzlich klang seine Stimme ganz kalt. »Machen Sie, daß Sie wegkommen, Craven, bevor ich Sie hinauswerfen lasse.«

Bannermann wollte auffahren, aber ich brachte ihn mit einer raschen Geste zum Verstummen, hob meinen Spazierstock und stupste Jameson damit spielerisch in den Bauch. »Ich gehe«, sagte ich. »Aber ich verspreche Ihnen, daß ich wiederkomme, wenn ich nicht innerhalb von vierundzwanzig Stunden von Ihnen höre, Jameson.«

Jameson starrte aus geweiteten Augen auf die Spitze meines Spazierstockes. Sein Adamsapfel hüpfte hektisch auf und ab. »Ich verstehe nicht, was Sie von mir wollen«, sagte er.

»Ich glaube, Sie verstehen recht gut«, antwortete ich kalt. »Und wenn nicht, werden Sie vielleicht verstehen, wenn die Behörden Ihnen die gleichen Fragen stellen. Zum Beispiel die Frage nach dem Verbleib eines gewissen McGillycaddy. Oder die, warum es fast ausschließlich Schiffe Ihrer Gesellschaft sind, die auf so sonderbare Weise verschwinden, Jameson.« Ich lächelte, zog meinen Stock zurück und maß ihn mit einem kalten Blick.

»Aber wie gesagt, Mister Jameson – das alles geht mich nichts an. Überlegen Sie sich, wie Sie Kapitän Bannermann rehabilitieren können, und ich bin bereit, die ganze Angelegenheit zu vergessen. Ich gebe Ihnen genau vierundzwanzig Stunden Zeit zum Nachdenken. Guten Tag, Mister Jameson.«

Damit wandte ich mich um, bedeutete Bannermann mit einer Kopfbewegung, mir zu folgen, und wandte mich zur Tür.

Sie wurde aufgerissen, noch bevor wir sie erreicht hatten, und die hünenhafte Gestalt von Jamesons ›Portier‹ erschien wie eine lebende Barriere unter der Öffnung. Ich zweifelte keine Sekunde daran, daß er jedes Wort mit angehört hatte.

»Geben Sie die Tür frei, Sir«, sagte ich steif.

Der Riese grinste kalt, baute sich breitbeinig vor mir auf und hob die Fäuste. Eine Sekunde später hockte er, nicht mehr ganz so breitbeinig, vor mir auf dem Boden, preßte die Hände auf eine Stelle zwei Handspannen unterhalb seines Magens und schnappte röchelnd nach Luft. Bannermann betrachtete stirnrunzelnd seinen Fuß. Der Wucht nach, mit der er zugetreten hatte, mußte er ihn sich halbwegs verstaucht haben.

Ich bedachte Bannermann mit einem tadelnden Blick, schüttele unmerklich den Kopf und wandte mich noch einmal an Jameson. »Vierundzwanzig Stunden, Mister Jameson«, sagte ich, »keine Sekunde länger. Denken Sie daran. Sie finden uns im Hotel *Four Seasons.*«

Er war sehr sicher, den *Ruf* gehört zu haben. Es war nicht an der Zeit, und es waren auch nicht die richtigen Umstände, aber die Stimme war unverkennbar gewesen, die dumpfe, unausgesprochene Drohung darin schlimmer als normal, das Drängen ungeduldiger.

Es war Nacht, als McGillycaddy Loch Firth erreichte. Der Mond stand wie eine angeknabberte Dreiviertelscheibe am Himmel, und die Schatten der Wolken lieferten sich ein stummes Rennen auf der silbernen Oberfläche des Sees.

McGillycaddy spürte den Hauch eisiger Kälte, der vom Wasser emporwehte wie ein Guß aus einer anderen, düsteren Welt. Diese Kälte, das wußte er, war nichts Natürliches. Es war das Zeichen *seiner* Anwesenheit. *Er* war hier, unsichtbar, aber so deutlich zu spüren wie die Spannung vor einem Gewitter.

McGillycaddy atmete tief und gezwungen ruhig ein, straffte die Schultern und ging weiter, bis seine Füße dicht vor der Wasserlinie waren. Jetzt fiel ihm auch der Geruch auf: ein strenges, fremdes Aroma wie nach Seetang und Salz, ein Geruch, der nicht hierher gehörte. Lautlos nickte der hochgewachsene Schotte. Ja, *er* war hier. Es gab keinen Zweifel.

Zeit verging. McGillycaddy wußte nicht, wie viel. Der Mond wanderte ein Stück weiter über den Himmel, und das lebende Bild der Wolken über ihm änderte sich unablässig, aber er wußte hinterher nicht zu sagen, ob es Minuten oder Stunden gewesen waren. Auch das war ein untrügliches Zeichen für *seine* Anwesenheit. Die Zeit schien immer ein bißchen anders zu laufen, wenn *er* da war.

Irgendwann, nach endlosen Ewigkeiten, begann sich das Wasser in der Mitte des Sees zu kräuseln. Es sah aus, als wäre ein unsichtbarer Stein in die eisigen Fluten geworfen worden; kleine, kreisförmige Wellen liefen über den silbernen Spiegel des Sees, verebbten wieder und wurden von neuen abgelöst, immer schneller und schneller und schneller. Schließlich schien das Wasser zu kochen. Blasiger Schaum brach sich sprudelnd seinen Weg an die Oberfläche, und dann stieg etwas Dunkles, Formloses aus dem See, fiel mit einem hörbaren Klatschen wieder zurück und schoß dicht unter der Wasseroberfläche auf das Ufer zu, dunkel und langgestreckt, einem riesigen Raubfisch gleich.

McGillycaddy unterdrückte die Angst, die aus seinem Inneren emporkriechen wollte. *Er* verachtete die Angst, obgleich *er* es liebte, Angst und Schrecken zu verbreiten. Es war nicht logisch, aber Götter scheren sich einen Dreck um Logik.

Der dunkelhaarige Mann trat ein paar Schritte vom Ufer zurück, verschränkte die Hände zu einer sonderbar betenden Haltung vor der Brust und senkte das Haupt. Wenige Yards vor ihm, einen halben Steinwurf vom Ufer entfernt, begann das Wasser zu schäumen, und etwas Großes, Dunkles wuchs in der Nacht empor.

»Herr«, murmelte McGillycaddy.

Das Wesen betrachtete ihn eine Weile stumm. McGillycaddy gab sich fast krampfhaft Mühe, es nicht anzuschauen, wie immer wenn er *ihm* gegenüberstand, und wie immer verlor er den Kampf. Nach einer Weile hob er den Kopf und starrte in die beinahe faustgroßen, in allen Farben des Regenbogens schimmernden Augen seines Gegenübers.

Es war wie immer, und doch ganz, ganz anders. Sein freier Wille zerbrach unter dem Blick der starren Fischaugen wie eine Nußschale unter dem Tritt eines Giganten, und alles in ihm war Furcht und Panik und Grauen, aber anders als sonst war *er* nicht nur gekommen, um sein Opfer zu holen.

»Du hast lange gebraucht.«

McGillycaddy fuhr zusammen wie unter einem Peitschenhieb. *Seine* Stimme war unangenehm, kalt und schneidend wie Glas und von einem metallischen, beinahe körperlich schmerzenden Schnarren begleitet. Der Wind drehte sich und trug einen flüchtigen Hauch *seines* Geruches mit sich, eines Geruches nach See und Tiefe und unbezähmbarer Wildheit. So ähnlich, dachte McGillycaddy schaudernd, mußte ein Haifisch riechen.

»Ich bin gekommen, so schnell ich konnte«, verteidigte er sich. »Es wird immer schwerer, Herr. Die ... die Geschehnisse sind nicht unbemerkt geblieben. Es sind Soldaten an der Küste gesehen worden. Ein Kriegsschiff ist gekommen.«

»Ich weiß«, antwortete *er* kalt. »Es wurde versenkt.«

McGillycaddy erschrak. »Versenkt?« keuchte er. »Das hätte nicht geschehen dürfen. Sie werden andere Schiffe senden, und ...«

»Ich habe dich nicht gerufen, um mit dir zu diskutieren«, unterbrach *er* ihn zornig, »sondern um dir meine Befehle mitzuteilen.«

McGillycaddy schluckte mühsam. Sein Blick tastete unsicher über die schlanke, von schuppiger grüner Haut überzogene Gestalt seines Gegenübers. Die dünnen Schwimmhäutchen, die seine Arme mit dem Körper verbanden, glitzerten im Licht des Mondes wie bizarre Fledermausflügel. »Ja, Herr«, flüsterte er demütig.

»Der Augenblick der Entscheidung naht heran«, fuhr *er* mit leicht erhobener Stimme fort. »Unsere Feinde sind auf uns aufmerksam geworden. Die Zeit des Versteckens und Verbergens ist vorüber. Du wirst in die große Stadt am Meer gehen und ihnen sagen, daß sie sich bereithalten sollen. Ich erwarte sie zum verabredeten Zeitpunkt am Strand.«

»Aber Herr«, entfuhr es McGillycaddy. »Die Vorbereitungen sind noch ...«

»Schweig!« donnerte *er*. »Du hast gehört, was ich gesagt habe. Geh und richte meine Befehle aus.«

Damit verschwand er. Anders als sein Auftauchen geschah es vollkommen undramatisch. Die Nacht schien die schlanke, grünschimmernde Gestalt aufzusaugen, und plötzlich war der See wieder ein See und die Nacht nichts weiter als die Abwesenheit des Tages.

Und trotzdem hatte McGillycaddy das Gefühl, daß

ein kleiner Teil in ihm gestorben war, als er sich umwandte und mit steifen Schritten zum Dorf zurückging.

Die Droschke war verschwunden, als wir das Gebäude verließen. Ich hatte dem Fahrer zwei Pfund und den Auftrag gegeben, auf uns zu warten, um uns zum Hotel zurückzufahren, aber dem Mann schien wohl der Spatz in der Hand lieber zu sein als die Taube auf dem Dach; er hatte das Geld genommen und sich getrollt, und Bannermann und ich konnten sehen, wie wir zurückkamen. Ich schluckte einen Fluch herunter, sah mich suchend um und ging los, als Bannermann mit einer stummen Kopfbewegung nach rechts deutete.

Es war kühl, und die grauen, halbverfallenen Häuser, die die heruntergekommene Straße säumten, schienen die Kälte noch zu verstärken, als hätten sie den eisigen Seewind wie riesige steinerne Schwämme in sich aufgesaugt und gäben ihn nun ganz allmählich wieder frei.

Trotz der noch frühen Stunde war kaum ein Mensch auf der Straße zu sehen, und Bannermann und ich beschleunigten unwillkürlich unsere Schritte. Wir waren eine gute halbe Stunde mit der Droschke unterwegs gewesen – was bedeutete, daß wir mindestens die dreifache Zeit zurück zum Hotel brauchen würden, wenn es uns nicht gelang, ein Fuhrwerk aufzutreiben.

Bannermann sah sich immer wieder nervös um, und auch ich konnte mich eines gewissen Gefühles der Unruhe nicht erwehren; einer Unruhe, die durch nichts begründet war, aber mit jedem Moment an Intensität zunahm. Einen Moment lang versuchte ich mir einzureden, daß es schlichtweg an unserer Umgebung lag – die Gegend war nicht dazu angetan, einen Fremden sofort in unlöschbare Liebe zu Aberdeen entbrennen zu lassen. Wie fast alle Hafenviertel der Welt war sie eher schmutzig und heruntergekommen, und sie entbehrte auch ganz jenes abenteuerlichen Flairs, der zum Beispiel Städte wie Marseille oder Algier auszeichnet. Das einzige Flair, das sie hatte, war die Erwartung, hinter der nächsten Ecke eins über den Schädel zu bekommen und seiner Habseligkeiten beraubt zu werden.

Aber das war es nicht. Ich war in einer Gegend wie dieser aufgewachsen und trotz allem hier noch viel mehr zu Hause als in meinem piekfeinen Haus am Ashton Place, und auch Bannermann war nicht gerade ein Feigling.

Nein – es war das Gefühl, belauert zu werden.

Wir sahen oder hörten niemanden, aber die Schatten schienen voller unsichtbarer Bewegung zu sein, die leeren Fensterhöhlen voller unsichtbarer Augen, und das Heulen des Seewindes erfüllt von lautlos flüsternden Stimmen. Es hatte begonnen, nachdem wir das Büro der *Scotia* verlassen hatten. Und es wurde mit jedem Moment stärker.

Schließlich faßte Bannermann das Gefühl in Worte: »Irgend etwas stimmt hier nicht, Craven.«

Ich blieb stehen, sah erst ihn und dann die lauernden Schatten beiderseits der Straße an und nickte schließlich. »Das Gefühl habe ich auch. Wir sollten …«

Ich sprach nicht weiter. Einer der Schatten hinter Bannermann hatte sich bewegt; nicht sehr stark, aber doch deutlich genug, daß ich sicher war, mich nicht getäuscht zu haben. Ein dunkles Augenpaar blitzte.

»Was ist los?« fragte Bannermann, dem mein Stocken natürlich auffiel.

»Nichts«, antwortete ich hastig. Metall schimmerte in der Schwärze der Gasse hinter dem Kapitän. Ein Messer? »Ich mußte nur an etwas denken, das Jameson gesagt hat.« Ich lächelte aufmunternd, ging einen Schritt auf ihn zu und hob meinen Stock, aber ganz bewußt in einer Art, als würde ich in Gedanken damit spielen.

»War das eigentlich die Wahrheit, was Sie Jameson gesagt haben?« fragte er. »Das mit den verschwundenen Schiffen?«

»Zum Teil«, sagte ich.

»Zum anderen auch nur eine Ahnung – aber ich schätze, ich bin der Wahrheit ziemlich nahe gekommen. Ich habe einiges herausgefunden, bevor wir aus London abgereist sind, wissen Sie? Hier, schauen Sie selbst.« Damit griff ich in die Rocktasche, zog den säuberlich zusammengefalteten Bericht hervor, den mir mein Mittelsmann kurz vor unserer Abfahrt hatte zukommen lassen, trat einen weiteren Schritt auf Bannermann zu und hielt ihm das Blatt hin.

Als er danach griff, warf ich mich vor.

Es war ein ziemlich plumpes Ablenkungsmanöver gewesen, aber es erfüllte seinen Zweck. Mit einem Zweiyardsatz warf ich mich in die finstere Gasse, sah einen Schatten vor mir und griff instinktiv zu. Meine Hände schrammten über reißendes Metall, ich fühlte einen kurzen Schmerz, dann klirrte das Messer zu Boden, eine halbe Sekunde später gefolgt von seinem Besitzer, der aus ungläubig aufgerissenen Augen abwechselnd auf seine leeren Hände und mich starrte.

Ich begriff eine Sekunde zu spät, daß ich einen Fehler begangen hatte. Mein Angriff hatte den Burschen so vollkommen überrascht, daß er nicht einmal auf die Idee kam, sich zur Wehr zu setzen oder mich gar seinerseits anzugreifen.

Seine sieben oder acht Kameraden, die hinter ihm im Schatten der Gasse gelauert hatten, schon.

Von einer Sekunde auf die andere sah ich mich von finsteren, zerlumpten Gestalten umringt. Sie waren mit Knüppeln, Messern oder anderen Mordwerkzeugen bewaffnet, einer schwang sogar einen altertümlichen Vorderlader, und der Lärm, der plötzlich hinter mir laut wurde, sagte mir deutlich, daß auch Bannermann nicht mehr allein auf der Straße stand.

Eine Falle! schoß es mir durch den Kopf. Diese ganze Straße war nichts als eine einzige verdammte Falle!

Mir blieb keine Zeit, meinen Leichtsinn weiter zu verfluchen, denn das halbe Dutzend Schläger griff beinahe augenblicklich an.

Mit einem entsetzten Hüpfer brachte ich mich in Sicherheit, als einer der Kerle einen mit rostigen Nägeln verzierten Knüppel in meine Richtung schwang, tauchte unter einem ungeschickten Faustschlag eines anderen hindurch, packte seinen Arm und riß den Kerl wie einen lebenden Schild an mich heran.

Es war ein aussichtsloser Kampf. Die Enge der Gasse behinderte die Burschen, und ich bin alles andere als ein Schwächling. Aber einer gegen acht ist auch alles andere als ein faires Verhältnis. Binnen Sekunden prasselten Schläge und Püffe auf mich herunter und ließen mich zurücktaumeln. Etwas traf mich an der Schulter und ließ mich zusammenbrechen.

So hart der Schlag war, er rettete mir das Leben, denn plötzlich schien dicht hinter mir eine Kanone abgefeuert zu werden, und eine halbe Sekunde später schlug etwas eine Handbreit über mir in die Wand. Ein Hagelschauer von Staub und Steinsplittern überschüttete mich, und mit einem Male war die Gasse voller Schreie.

Hustend richtete ich mich auf, packte einen der

Schatten und stieß ihn gegen die anderen. Zwei, drei Männer stürzten in einem Knäuel ineinander verstrickter Leiber zu Boden.

Als sich der brodelnde Pulverdampf lichtete, bot sich mir ein schreckliches Bild. Der Mann, der das Gewehr gehabt hatte, hockte mit schmerzverzerrtem Gesicht auf dem Boden, schrie unentwegt und starrte auf seine geschwärzten Finger. Rechts und links von ihm krümmten sich drei seiner Kameraden und preßten die Hände auf die Wunden, wo sie Splitter der explodierten Waffe getroffen hatten, und ein anderer lag ein Stück hinter ihnen und regte sich gar nicht mehr. Vielleicht war es doch keine so gute Idee gewesen, mit einer Waffe auf mich zu schießen, die wahrscheinlich noch aus den Beständen der *Mayflower* stammte und wohl schon damals alt gewesen sein mußte.

Trotzdem war es nichts als eine Verschnaufpause, die mir gegönnt war, denn mit Ausnahme des Bewußtlosen und des Mannes mit den angesengten Fingern, erhoben sich die anderen bereits wieder auf die Füße und kamen torkelnd, aber nichtsdestotrotz zu allem entschlossen auf mich zu.

Blitzschnell zog ich meinen Stockdegen aus seiner Umhüllung, sprang rücklings aus der Gasse und rannte dabei fast Bannermann über den Haufen, der sich mit Händen und Füßen gegen zwei finster aussehende Gestalten wehrte. Ich stieß einen zu Boden und zog dem zweiten mit dem Kristallknauf meines Degens den Scheitel gerade.

»Danke!« keuchte Bannermann. »Das war in letzter Sekunde. Ich fürchte, ich werde langsam alt.«

»Bedanken Sie sich später«, sagte ich mit einer Geste hinter ihm. »Wenn Sie es dann noch können.«

Bannermann fuhr mit einem halb unterdrückten

Fluch herum. Auch auf der anderen Seite der Gasse waren Männer aufgetaucht – vier oder fünf abenteuerlich aussehende Gestalten, ebenfalls mit Knüppeln, Messern und anderen Schlagwerkzeugen bewaffnet. Und im gleichen Moment tauchten auch die Männer aus der Gasse hinter uns auf. Es waren weniger geworden, aber das tröstete mich nicht mehr. Es macht keinen großen Unterschied, ob man zu zweit gegen zwölf oder vierzehn Gegner steht.

Hastig wichen wir zurück, bis wir in der Mitte der beiden ungleichen Gruppen standen. Die Männer kamen jetzt langsamer näher. Sie wußten, daß sie jetzt keinen Grund mehr hatten, sich zu beeilen. Die Straße war auf beiden Seiten abgeriegelt. Wir hatten keine Möglichkeit mehr, ihnen zu entkommen. Als sich uns die beiden Reihen bis auf zwei Schritte genähert hatten, blieben sie stehen.

Drohend hob ich meinen Degen – gegen eine zwölffache Übermacht eine eher lächerliche Geste. Trotzdem machte keiner der Burschen Anstalten, wirklich anzugreifen.

Schließlich trat einer von ihnen vor, hob die Hände und schüttelte rasch den Kopf, als ich mit dem Degen fuchtelte.

»Hören Sie auf, Craven«, sagte er. »Wir wollen nichts von Ihnen. Verschwinden Sie.«

Verwirrt starrte ich ihn an. »Sie kennen mich?«

Der Mann grinste, aber es sah nicht sehr humorvoll aus. Er war einen guten Kopf kleiner als ich und so dürr, daß ich mich fragte, wieso er nicht bei der ersten unvorsichtigen Bewegung in der Mitte durchbrach. Aber er strahlte irgend etwas Gefährliches aus.

Plötzlich begriff ich. »Jameson«, sagte ich. »Ihr gehört zu Jamesons Leuten.«

»Nicht direkt«, antwortete der Dürre. »Mister Jameson war so freundlich, uns zu benachrichtigen, daß dieser Kerl«, er deutete mit einem schmutzigen Zeigefinger auf Bannermann, »wieder hier ist. Der Informationsfluß läuft hier ganz gut, müssen Sie wissen.«

»Was wollen Sie von uns?« fragte ich. Ich zögerte, senkte behutsam den Degen und griff, ganz langsam, um die Männer nicht durch eine unbedachte Geste zum Angriff zu verleiten, unter meine Jacke. In den Augen des Dürren blitzte es spöttisch auf, als ich meine Brieftasche hervorzog und sie ihm hinhielt. »Wenn Sie auf unser Geld aus sind, nehmen Sie es. Es ist nicht nötig, uns dafür umzubringen.«

»Sie täuschen sich, Craven«, sagte der Dürre scharf. »Wir sind keine Straßenräuber, sondern ehrliche Männer. Wir wollen Ihr Geld nicht. Wir wollen ihn.«

Wieder deutete er auf Bannermann, und der Ausdruck, der dabei in seinen Augen stand, ließ mich schaudern.

»Was soll das heißen?« fragte ich.

Der Mann lächelte kalt. »Fragen Sie Ihren Freund, Craven.«

Ich musterte ihn noch einen Moment scharf, hob noch einmal drohend den Degen und wandte mich an Bannermann. »Was meint er damit, Kapitän?«

Bannermann schluckte nervös. Er war bleich geworden, und seine Hände, obwohl zu Fäusten geballt, zitterten. »Er hat recht, Craven«, murmelte er. »Gehen Sie, solange Sie es noch können. Sie wollen nichts von Ihnen. Ich hätte nicht hierher kommen sollen.«

»Das bist du aber, Bannermann«, schnauzte der Dürre. »Wir haben dich gewarnt. Jetzt ist es zu spät.«

»Was wollen Sie von ihm?« fragte ich betont. Die Reihe schob sich drohend ein Stück näher, aber der

Dürre hielt sie mit einer raschen Handbewegung zurück.

»Wir wollen nichts *von* ihm, Craven. Wir wollen *ihn.*« Plötzlich verzerrte sich sein Gesicht zu einer Grimasse.

»Dieser Mann war Kapitän eines Schiffes, Craven. Eines Schiffes, auf dem unsere Freunde und Brüder und Väter gefahren sind. Er hat sie im Stich gelassen. Er ist wie ein Feigling geflohen und hat seine Leute jämmerlich ersaufen lassen, statt sich wie ein Mann zu benehmen und ...«

»Und mit seinem Schiff unterzugehen?« unterbrach ich ihn. »Machen Sie sich nicht lächerlich, Mann. Wir leben im neunzehnten Jahrhundert, nicht mehr im Mittelalter!«

Der Dürre fegte meine Worte mit einer wütenden Bewegung beiseite. »Das hat keiner verlangt!« schnappte er. »Niemand ist unfehlbar, auch ein Kapitän nicht. Aber er hat schon einmal ein Schiff verloren, mit Mann und Maus. Jeder Mann mit einem Funken Anstand im Leib hätte die Konsequenzen gezogen und nie wieder einen Fuß auf ein Schiff gesetzt. Er nicht. Im Gegenteil – er mußte eine zweite Mannschaft in den Tod führen.«

»Das ist doch Unsinn!« begehrte ich auf. »Kapitän Bannermann wurde in einer ordnungsgemäßen Seegerichtsverhandlung freigesprochen ...«

»Seegericht!« unterbrach mich der Dürre. »Ihr verdammtes Seegericht interessiert mich nicht. Da kriegt ja doch nur der recht, der das meiste Geld hat!« Er spie aus. »Wir Seeleute haben unsere eigenen Gesetze, Craven. Ein Kapitän darf sich jeden Fehler erlauben, aber er muß dazu stehen. Und er darf nicht feige sein.«

»Bannermann ist unschuldig«, sagte ich. Allmählich kam mir die ganze Situation mehr als nur absurd vor – da stand ich, in einem der verrufensten Viertel von

Aberdeen, den Degen in der Faust und einer zwölffachen Übermacht gegenüber, und *diskutierte* mit ihnen, als wäre ich im Gerichtssaal!

Mein Gegenüber schien ähnlichen Gedanken nachzuhängen, denn er trat – meinen noch immer drohend erhobenen Degen ignorierend – auf mich zu, schob kampflustig das Kinn vor und deutete fordernd auf Bannermann.

»Wir werden ihn mitnehmen, Craven«, sagte er. »Und dann werden wir unsere eigenen *Seegerichtsverhandlung* führen.«

»Das glaube ich nicht«, sagte ich ruhig.

Der Dürre atmete scharf ein, öffnete den Mund, um zu antworten – und erstarrte.

Es hatte eine Weile gedauert, bis sich meine Aufregung wieder so weit gelegt hatte, daß ich in der Lage war, die notwendige Konzentration aufzubringen. Aber jetzt spürte ich, wie sein instinktiv aufflammender geistiger Widerstand beinahe sofort zusammenbrach. Einen Moment lang wehrte er sich noch, aber es war ein lautloser, nach außen hin vollkommen unbemerkt bleibender Kampf, und schon nach zwei oder drei Sekunden erlosch das trotzige Feuer in seinen Augen vollends.

»Sie werden Kapitän Bannermann nichts antun«, sagte ich und fügte, mit erhobener Stimme und deutlich lauter, hinzu: »Und auch Sie nicht, meine Herren. Niemand von Ihnen. Bannermann und ich werden jetzt gehen, und Sie werden uns weder daran hindern noch auf irgendeine andere Weise behelligen. Haben Sie das verstanden?«

Der Dürre starrte mich aus großen Augen an, schluckte hörbar und nickte, wenn auch langsam und mühevoll, als wäre die Bewegung gar nicht seine eigene.

»Sie werden vergessen, was hier geschehen ist«, fuhr ich fort. »Sie haben Bannermann und mich niemals gesehen. Sie kennen nicht einmal unsere Namen. Ist das klar?«

Wieder nickte der Dürre, und wieder spürte ich, wie schwer ihm die Bewegung fiel.

Etwas war anders als sonst. Es ist mir noch nie leicht gefallen, einem anderen Menschen meinen Willen aufzuzwingen, schon gar nicht in einer Situation wie dieser, und schon gar nicht, wenn ich gleich einem Dutzend Gegner gegenüberstand. Und trotzdem unterschied es sich drastisch von den wenigen Malen, da ich die Gabe, die mir mein Vater gegen meinen Willen vererbte, eingesetzt hatte. Ich sprach sehr langsam, beinahe schleppend, und ich spürte, wie meine Handflächen feucht wurden vor Anstrengung. Ein dumpfer, lastender Druck, der mit jeder Sekunde stärker wurde, war hinter meiner Stirn. Mit einem Male sah ich die Gesichter des Dürren und seiner Kumpane nur noch wie durch einen nebeligen Vorhang. Meine eigenen Worte klangen seltsam verzerrt in meinen Ohren, als befände ich mich plötzlich nicht mehr unter freiem Himmel, sondern in einer Höhle. Ich vernahm ein dumpfes Rauschen und Pochen, das ich erst nach einer Weile als das Geräusch meines eigenen Blutes identifizierte.

Ich verdoppelte meine Anstrengungen, fühlte, wie auch der unsichtbare Widerstand wuchs – und plötzlich war er verschwunden. Wer oder was immer sich gegen meinen hypnotischen Angriff gewehrt hatte, es hatte aufgegeben.

Wenigstens dachte ich das für die Dauer einer Sekunde.

Genau bis zu dem Moment, in dem mir der Himmel auf den Kopf fiel.

Jennifers zweites Erwachen war so qualvoll wie das erste; vielleicht schlimmer, ahnte sie doch, daß der Alptraum längst nicht zu Ende war. Es war wie beim erstenmal – ein Gefühl des Gleitens und Streichelns überall an ihrem Körper, Kälte, das Empfinden, schwerelos zu sein. Nur eines war anders.

Sie empfand es jetzt als angenehm.

Es dauerte einen Moment, bis Jennifer der Unterschied zu Bewußtsein kam. Beim erstenmal, als sie in der finsteren Höhle unter dem See erwacht war, waren all diese Empfindungen fremd und erschreckend gewesen.

Jetzt waren sie vertraut, so wie die Berührung der Luft auf der Haut, das Atmen oder das Gefühl, sich in frisch gemähtes Gras zu legen.

Behutsam öffnete Jennifer die Augen. Es war nicht dunkel wie beim erstenmal; trotzdem hatte sie Mühe zu sehen, denn es war ein Licht ganz anderer Art, als sie es jemals erlebt hatte. Es war viel milder als der Schein der Sonne, und es kam aus keiner bestimmten Quelle, sondern war einfach da, als leuchte die Luft – *das Wasser!* – um sie herum. Sie blinzelte, fuhr sich, einer Gewohnheit folgend, die jetzt sinnlos geworden war, mit dem Handrücken über die Augen, richtete sich auf und spürte, wie sie den Halt verlor und schwerelos in die Höhe und zur Seite zu treiben begann. Instinktiv griff sie haltsuchend mit den Händen um sich, erreichte aber damit nicht mehr, als sich nun noch zusätzlich in Drehung zu versetzen und wie ein lebender Kreisel zuerst gegen die Decke, dann gegen die Wand zu stoßen, ehe sie ganz langsam zu Boden sank.

Ein leises, sonderbar hallendes Lachen erklang. Jennifer fuhr hoch, verlor dadurch schon wieder den Halt und klammerte sich im letzten Augenblick an einem Stein fest.

Wieder ertönte das Lachen, und diesmal identifizierte sie seine Herkunft. Behutsam drehte sie den Kopf in die Richtung, aus der das Geräusch erschollen war, und blinzelte durch das sanft leuchtende Wasser.

Sie sah erst jetzt wirklich, wo sie war. Es war eine Höhle wie beim erstenmal, aber sie war größer, viel, viel größer. Die Decke, gewölbt wie die eines gotischen Domes, spannte sich gute fünf Yards über ihr, und zwei der vier Seitenwände waren so weit entfernt, daß sie in der grünen Unendlichkeit des Wassers verschwammen. Grün und grau verkrustete Steine bedeckten den Boden, und in einiger Entfernung erhob sich ein Umriß, der ihr irgendwie künstlicher Natur zu sein schien, ohne daß sie ihn erkannte.

Auf der anderen Seite, vielleicht zehn, vielleicht auch dreißig Schritte entfernt – es war sehr schwer, unter Wasser die richtige Entfernung abzuschätzen, wie sie überrascht feststellte –, gab es einen bogenförmigen, etwa mannshohen Durchgang, hinter dem das dunklere Wasser des Sees wogte. Davor, nur als flacher schwarzer Schatten zu erkennen, schwebte eine menschliche Gestalt.

Unwillkürlich hob sie die Hand, um ihr zuzuwinken, verlor durch die abrupte Bewegung wieder den Halt, prallte ziemlich unsanft gegen die Wand und sank ganz langsam wieder zu Boden.

»Du mußt vorsichtig sein«, sagte eine Stimme. Dieselbe Stimme, die vorher gelacht hatte, aber sie war jetzt deutlicher, lauter und sehr viel näher. Sie klang nicht sehr angenehm. Ihr Ton erinnerte Jennifer an das Knirschen von brechendem Metall.

»Es dauert eine Weile, bis man sich daran gewöhnt

hat, weißt du?« fuhr die Stimme fort. »Aber wenn du es erst einmal gelernt hast, wirst du sehen, wie frei du dich bewegen kannst.«

»Wer … wer sind Sie?« fragte Jennifer. Auch ihre Stimme klang fremd in ihren Ohren; dumpf und hallend und fast ohne hohe Töne. *Die Stimme eines Menschen, der unter Wasser spricht*, dachte sie schaudernd.

»Wer sind Sie und wieso … wie komme ich hierher? Wo bin ich?«

»Du wirst alles erfahren, wenn es an der Zeit ist«, antwortete der Fremde. Jennifer war jetzt sicher, daß es ein Mann war, obgleich sie ihn noch immer nur als schwarzen Schatten vor dem noch tieferen Schwarz des Sees erkennen konnte.

»Jetzt komm.«

Der Mann hob die Hand, und fast ohne ihr Zutun setzte sich Jennifer auf und begann ungeschickte Schwimmbewegungen zu machen. Dann geschah etwas Seltsames. Plötzlich, von einer Sekunde zur anderen, wurden ihre Bewegungen eleganter, die ungeschickten Stöße zu einem eleganten Gleiten und Fließen, als fände ihr Körper in einen Rhythmus, den er schon immer gekannt und nur für eine Weile vergessen hatte. Leicht und schnell wie ein Fisch glitt sie auf den Fremden zu.

Als sie näher kam, wurde aus dem flachen Schatten ein Körper, aus dem dunklen Wabern und Wogen vor dem Hintergrund des Wassers ein Gesicht.

Es war kein menschliches Gesicht, aber es war auch nicht abstoßend. Jennifer erschrak nicht. Alles, was sie fühlte, war eine gelinde Verwunderung. Und Neugier.

Der Mann war sehr groß. Seine Haut war rauh und von zahllosen winzigen Schuppen bedeckt wie die eines Fisches, und zwischen seinen Fingern und Zehen spannten sich dünne, halbdurchsichtige Schwimmhäutchen, genau wie zwischen den Armen und dem Leib. Wenn er mit ausgebreiteten Armen schwamm, dachte Jennifer mit einem Gefühl widerwilliger Bewunderung, mußte er aussehen wie ein gewaltiger, in allen Farben schimmernder Rochen.

Das sonderbarste aber war sein Kopf. Sein Gesicht glich viel mehr dem eines Fisches als dem eines Menschen, und von seiner Stirn aus zog sich ein stacheliger, aber offensichtlich sehr weicher Kamm über Kopf und Nacken und verschwand auf seinem Rücken. Seine Augen waren so groß wie Kinderfäuste und schillerten in allen Farben des Regenbogens.

»Wer bist du?« fragte sie, noch immer ohne Angst. Alles, was sie empfand, war Bewunderung für dieses fremdartige, wunderschöne Wesen.

»Auch das wirst du später erfahren«, sagte der Fremde. Seine Stimme klang noch immer wie Metall, aber der unangenehme Unterton schien daraus verschwunden, und plötzlich begriff Jennifer, daß das Verziehen seiner dünnen Fischlippen nichts anderes als ein Lächeln bedeutete.

Sie erwiderte es, verhielt, das Gefühl der Schwerelosigkeit genießend, dicht vor dem Fremden im Wasser, und machte eine weit ausholende Geste, die die gesamte Höhle einschloß. »Das hier ist dein Reich?« fragte sie.

Der Fischmann nickte. »Ein Teil davon. Bald wird es auch dir gehören.«

Jennifer begriff nicht gleich. Der Fremde lächelte wieder sein eigentümliches Fischlächeln, kam näher und streckte die Hand aus. Erst als seine schlanken Finger Jennifers Brust berührten, wurde sie sich überhaupt der Tatsache bewußt, daß sie nackt war.

Noch einen Tag zuvor, in jenem anderen, ihr plötzlich fremd erscheinenden und unendlich weit zurückliegenden Leben, wäre sie vor Scham gestorben. Jetzt erschien es ihr ganz natürlich, mit nichts anderem als herrlich streichelndem Wasser bekleidet und seinen Blicken preisgegeben zu sein. Die Berührung seiner Finger war sanft und doch gleichzeitig fordernd, und sie spürte das Verlangen, das dahinter war.

Etwas in ihr erwiderte es. Es war nichts, was sie kannte, sondern die Frau, die tief in dem Mädchen, das sie bis zu diesem Moment gewesen war, gewartet hatte. Ihre Lippen begannen zu zittern, als sich seine Hand vor ihrer Brust löste und ganz sanft an ihrem Körper hinabglitt.

Dann zog er die Finger zurück, abrupt und mit einem raschen, bedauernden Kopfschütteln.

»Noch nicht«, sagte er. »Wir müssen Geduld haben.«

»Geduld?«

Der Mann mit dem Fischgesicht lächelte. »Du wirst meine Braut«, sagte er.

»Und die Mutter meines Kindes. Aber noch ist es nicht soweit. Komm.«

Jennifer nickte, griff nach seiner ausgestreckten Hand und schwamm Seite an Seite mit ihm hinaus in die lockende Schwärze jenseits des Höhleneinganges.

Jemand weckte mich auf. Er tat es auf die direkteste und wohl auch erfolgversprechendste Weise, die er kannte; allerdings auch die brutalste:

Mit einem Eimer Wasser.

Prustend setzte ich mich auf, fuhr mir mit dem Handrücken über die Augen und sah einen riesigen Schatten, der wie ein Berg auf zwei Beinen über mir aufragte. Instinktiv griff ich nach meiner Waffe.

»Das ist nicht nötig, Mister Craven«, sagte eine dunkle Stimme.

Ich zog die Hand zurück, blinzelte nochmals nach oben und erkannte ein breites, kantig geschnittenes Gesicht, das sich über einer dunkelblauen Marineuniform erhob. Stahlblaue Augen musterten mich mit einer Mischung aus Sorge und unterdrücktem Spott.

»Wir stehen auf Ihrer Seite, mein Freund«, fuhr der Fremde fort. »Und so, wie es aussieht, haben Sie Verbündete bitter nötig.« Er grinste, beugte sich vor und streckte mir die Hand entgegen, um mir auf die Füße zu helfen. Sein Griff war sehr fest.

Verwirrt sah ich mich um. Ich konnte nicht sehr lange bewußtlos gewesen sein, denn ich befand mich noch auf derselben Straße, in der Bannermann und ich in den Hinterhalt von Jamesons Schlägern geraten waren. Von den Wegelagerern war keine Spur mehr zu sehen. Dafür gewahrte ich fast ein Dutzend Marinesoldaten, die mit angelegten Gewehren im Halbkreis um mich und mein Gegenüber herumstanden und sich bemühten, möglichst finster auszusehen.

Wen ich nicht sah, war Bannermann.

»Wer … wer sind Sie?« fragte ich stockend. »Und wo ist Bannermann?«

»Mein Name ist Spears«, antwortete mein Gegenüber. »Fregattenkapitän Jerry Spears vom Marinegeheimdienst Ihrer Majestät.« Er salutierte – eher spöttisch als militärisch präzise –, lächelte flüchtig und wurde sofort wieder ernst. »Wir sind leider eine Minute zu spät gekommen, Mister Craven. Ich fürchte, Kapitän Bannermann befindet sich in den Händen der Männer, die Ihnen aufgelauert haben.«

»Dann müssen wir ihn befreien!« sagte ich erschrocken. »Wir …«

Spears machte eine Handbewegung, die mich zum Verstummen brachte. »Immer mit der Ruhe, Craven«, sagte er. »Seien Sie froh, daß wir Sie rausgehauen haben.« Er runzelte die Stirn, sah mich von oben bis unten an und schüttelte den Kopf. »Nach allem, was ich über Sie gehört habe, hätte ich Sie nicht für so dumm gehalten. Ich schätze, ich werde mir einen mächtigen Rüffel von meinem Vorgesetzten einhandeln. Aber was geschehen ist, ist geschehen.«

»Wer sind Sie überhaupt?« fragte ich verstört. Ich begriff nichts mehr. »Sie sind doch nicht zufällig aufgetaucht, oder?«

Spears zögerte einen Moment. »Was wollen Sie hören?« fragte er dann. »Eine glaubhafte, kurze Ausrede oder die unglaubhafte und sehr lange Wahrheit?«

»Die Wahrheit«, grollte ich. Spears schien es zu lieben, in möglichst langen und komplizierten Sätzen zu reden.

»Wie Sie wollen«, sagte Spears. »Aber dann lassen Sie uns irgendwohin gehen, wo es sich besser redet.«

Es war wie ein Rausch. Ein Taumel von Gefühlen, die sie nie zuvor kennengelernt hatte, außer bei den wenigen Gelegenheiten, da sie ihren Körper mit den eigenen Händen erforschte, aber da war es anders gewesen. Sie war sich schmutzig und besudelt vorgekommen, und stets war das Gefühl dabei gewesen, etwas Verbotenes und Schlechtes zu tun. Jetzt empfand sie nichts dabei, nichts als Glück und das unvergleichbare Empfinden, *frei* zu sein. Alles, was sie empfand, war neu und berauschend, und doch war es, als hätte sich etwas in ihr schon immer danach gesehnt, als entdecke sie einen Teil ihres Selbst, von dem sie bisher überhaupt nicht gewußt hatte, daß es existierte. Seine Berührungen setzten sie in Brand, erweckten ein verzehrendes, unlöschbares Feuer in ihr. Sie spürte die Berührung seiner glatten, unmenschlich starken Arme, seine Küsse, das Streicheln seiner Hände auf ihrer Haut, auf dem Rücken, ihren Schultern, ihrer Brust, überall, auch an Stellen, an die sie bisher nicht einmal zu denken gewagt hatte, seine Küsse, die ihren Mund, ihre Augen, ihr Gesicht und schließlich jeden Quadratzentimeter ihres Körpers bedeckten.

Als er sie schließlich nahm, war es wie ein Schritt in eine neue Welt.

Plötzlich waren Gefühle in ihr, die zu beschreiben ihr die Worte fehlten, ein Taumel von Sinnlichkeit, der sie davonzuspülen schien. Sie war er und er war sie; für Sekunden, die sich zu Ewigkeiten dehnten, waren sie *ein* Wesen. Sie spürte seinen schlanken, kräftigen Körper, seine Umarmung, die so fest war, als wolle er sie zermalmen, die gleichzeitig weh und unglaublich wohl tat, sein Verlangen und Begehren, das von ihr erwidert wurde, ohne und fast gegen ihren Willen.

Irgendwann war es vorbei. Jennifer wußte nicht, wie viele Minuten oder auch Stunden vergangen waren. Es war ihr auch gleich. Nichts zählte mehr als die Erinnerung an dieses berauschende, unglaublich schöne Gefühl, seine Berührung, seine Wärme, das Empfinden, eins mit ihm zu sein. Da war ein winziger Teil in ihr, der ihr zuflüstern wollte, daß es falsch und gotteslästerlich sei, was sie getan hatte, daß er kein Mensch, sondern ein unbeschreiblich fremdes Wesen war, und das, was immer aus dieser Vereinigung erwachsen mochte, nur von Übel sein konnte. Sie verscheuchte den Gedanken.

Allmählich begann sie die Welt um sich herum wieder wahrzunehmen, und erst jetzt, fast, als hätte bisher ein Schleier über ihren Gedanken gelegen, der nur ganz allmählich zerriß, erinnerte sie sich wieder, wie sie hierher gekommen waren. Sie waren geschwommen, zuerst durch die schweigende Schwärze des Sees, dann durch schier endlose Stollen und Tunnel voll leuchtendem Wasser und sonderbaren Dingen, und schließlich hatte er sie hierher geführt, in ein phantastisches Reich tief auf dem Grund des Sees.

Sie öffnete die Augen, setzte sich auf und sah sich um. Er war nicht da, aber sie fühlte seine Nähe, als wäre sie jetzt wirklich ein Teil von ihm.

Ein paarmal rief sie nach ihm, bekam aber keine Antwort, und begann schließlich, ihre Umgebung auf eigene Faust zu erforschen. Das Gebäude, in dem sie war, war nur Teil einer gewaltigen, in ihren ganzen Dimensionen nicht überschaubaren Anordnung mehr oder weniger verfallener Häuser und Säulenhallen, die den Grund des Sees fast vollständig bedeckte.

Jennifer blieb eine Weile vor dem halb niedergebrochenen Eingang des Kuppelhauses stehen, wandte sich unschlüssig nach rechts und links und schwamm schließlich los, auf kein bestimmtes Ziel zu. Das Wasser spielte mit ihrem Haar und streichelte ihren Körper, und allein diese Berührung ließ abermals einen wohligen Schauer der Erinnerung durch ihren Leib fließen. Das Bizarre ihrer Situation kam ihr nicht einmal zu Bewußtsein. Alles, was vorher gewesen war, war vergessen. Sie war glücklich, und das allein zählte.

Eine Zeitlang schwamm sie ziellos zwischen den geborstenen Säulen und Wänden der versunkenen Stadt hin und her, spielte mit Fischen, die zutraulich näher kamen, oder ließ sich einfach in der Strömung treiben. Schließlich gewahrte sie einen Schatten, weit entfernt, fast am Rande der Stadt.

Neugierig schwamm sie darauf zu. Der Schatten wuchs heran und wurde zu einem Schacht, der senkrecht in den Meeresboden hineinführte und sich in Dunkelheit verlor. Jennifer spürte einen raschen Schauer eisiger Kälte, als sie sich ihm näherte. Salzgeschmack war auf ihren Lippen. Der Schacht mußte eine Verbindung zum Meer hin haben, dachte sie überrascht.

Plötzlich glaubte sie eine Bewegung in der Schwärze tief unter sich zu erkennen. Etwas Dunkles, Glitzerndes wogte dort, und für einen ganz kurzen Moment spürte sie ein Gefühl, das an Furcht grenzte, aber es nicht wirklich war.

Sie verscheuchte es. Konnte es in diesem unterseeischen Märchenreich irgend etwas Schlechtes oder gar Gefährliches geben?

Jennifer drehte sich mit einer eleganten Bewegung herum und schwamm los. Die versunkene Stadt und der Grund des Sees blieben über ihr zurück, und Kälte und Dunkelheit begannen sie einzuweben wie das Netz einer unsichtbaren Spinne.

Wieder sah sie die Bewegung, und diesmal war sie so deutlich, daß sie sicher war, sich nicht getäuscht zu haben. Sie hielt inne, sah zu dem kleinen runden Fleck trübgrüner Helligkeit über sich hinauf und erschrak, als sie erkannte, *wie* tief sie bereits in den Schacht vorgedrungen war, ohne es zu bemerken.

Die Bewegung wiederholte sich abermals, und Jennifer sah, daß sie von mehreren Stellen zugleich kam, als huschten tief unter ihr finstere Dinge über den Grund des Schachtes. Allmählich begann das Gefühl von Furcht in ihr stärker zu werden, aber im gleichen

Maße nahm auch ihre Neugier zu; sie zögerte noch einen Moment, wandte sich dann entschlossen nach unten und schwamm weiter.

Der Grund kam rasch näher, und im gleichen Maße, in dem sich ihre Augen an das sonderbar schwarze Licht hier unten gewöhnten, erkannte sie mehr Einzelheiten.

Das Bild traf sie wie ein Schlag

Im ersten Moment glaubte sie, eine Anzahl großer, schwarzglänzender Würmer über den felsigen Boden kriechen zu sehen, dann erkannte sie, daß es andere Wesen waren; Wesen, wie sie sie noch nie zuvor gesehen hatte, und die sie trotzdem auf fürchterliche Weise an irgend etwas erinnerten.

Sie ähnelten gewaltigen, augenlosen Kaulquappen. Ihre Leiber waren so groß wie die von Menschen, versehen mit gewaltigen, schwimmflossenbewehrten Froschbeinen und meterlangen Drachenschwänzen. Sie hatten keinen erkennbaren Kopf, sondern nur einen aufgedunsenen schwarzen Leib, in dessen Vorderseite ein fürchterliches, dicklippiges Froschmaul klaffte. Ihre Arme schienen Jennifer lächerlich klein im Verhältnis zum Rest des Körpers, aber sie endeten in furchteinflößenden, dreifingrigen Klauen.

Der furchtbare Anblick lähmte das Mädchen so sehr, daß sie die Gefahr, in der sie schwebte, erst bemerkte, als etwas schleimig und tastend über ihre Beine fuhr.

Jennifer fuhr mit einem Schrei herum, trat blindlings nach dem schwarzen Ding, das sich an ihren Fuß geklammert hatte, und schrie abermals auf, als sich hornige Krallen in ihre Haut gruben.

Der Tritt schleuderte das Ungetüm davon, aber er trieb auch sie selbst zur Seite und ließ sie gegen die Wand des Schachtes prallen. Ihr Kopf stieß gegen einen hervorstehenden Stein. Für Sekunden war sie benommen.

Als sie wieder klar sehen konnte, hatte sich der Anblick verändert. Aus einer kleinen, nicht einmal sonderlich tiefen Wunde in ihrer Wade sickerte Blut und verteilte sich wie eine rosige Wolke rings um sie im Wasser – und sein Geruch schien die Kaulquappenmonster auf fast magische Weise anzuziehen! Von überallher strömten sie herbei, mit rohen, tolpatschig aussehenden Bewegungen, schnüffelnd wie große blinde Hunde. Ihre Schwänze peitschten das Wasser, und die kleinen, dreifingrigen Klauen vollführten schnappende Bewegungen. Der ganze Meeresgrund schien zu schwarzglänzendem, schrecklichem Leben erwacht zu sein.

Eines der Ungeheuer kam näher. Jennifer fuhr erschrocken zusammen, preßte sich gegen den Fels und hielt instinktiv den Atem an. Das Monster glitt mit plumpen Schwimmbewegungen zu ihr hinauf, sog das Wasser durch sein riesiges Fischmaul ein und bewegte sich ruckhaft von rechts nach links und wieder zurück.

Und jedesmal kam es um ein winziges Stückchen näher ...

Mit einem kleinen, klar gebliebenen Teil ihres Bewußtseins begriff Jennifer, daß die schwarzen Monster blind waren. Der Blutgeruch schien sie anzulocken, und wahrscheinlich orientierten sie sich an Bewegungen wie Fledermäuse an unhörbaren Schallwellen. Aber sie konnten nicht *sehen*.

Sie hatte eine winzige Chance. Wenn sie die Nerven behielt, dann konnte sie mit dem Leben davonkommen.

Die Riesenquappe kam unerbittlich näher. Ihr dicklippiges Maul schnappte wie eine Falle, und Jennifer sah die scharfen Zähne dahinter. Jennifer glaubte die Wildheit der Bestie regelrecht zu spüren.

Mit angehaltenem Atem wartete sie, bis das Wesen ganz dicht heran war. Dann trat sie zu.

Ihre Ferse traf den Schädel des Monstrums eine Handbreit über dem Maul. Es war ein unbeschreiblich ekelhaftes Gefühl, ein Empfinden, als trete sie in fauliges Obst, glitschig und Übelkeit erregend, aber dann traf ihr Fuß auf harten Knochen, der sich unter der Gummihaut des Wesens verbarg.

Die Bestie wurde zurückgeschleudert. Sofort wirbelte sie herum und drang mit gierig schnappendem Maul erneut auf sie ein, aber Jennifer wartete nicht, bis sie abermals heran war, sondern stieß sich mit aller Macht vom Felsen ab und schwamm mit kräftigen Stößen in die Höhe.

Unter ihr schien ein Vulkan auszubrechen. Wie eine Woge aus schwarzem Morast erhob sich die Masse der Horrorkaulquappen. Klauen und Haifischgebisse schnappten nach ihr, das Wasser brodelte, als würde es kochen, und plötzlich lösten sich zwei, drei, vier der schwarzen Bestien aus der zitternden Masse und jagten zu ihr hinauf. Jennifer warf sich verzweifelt zur Seite, trat und schlug um sich und spürte, wie hornige Krallen ihre Beine ergriffen und sie in die Tiefe zu zerren versuchten.

Dann jagte ein grünsilberner Blitz heran, ergriff ihre verzweifelt ausgestreckten Arme und riß sie in die Höhe, aber Jennifer schrie und trat und schlug weiter um sich, selbst, als sie der Schacht längst wieder freigegeben hatte und unter ihnen wieder die versunkene Stadt lag. Nur ganz langsam beruhigte sie sich, und es dauerte noch länger, bis aus den Bildern des Schreckens, die ihr ihre eigene Furcht vorgaukelten, wieder *sein* Gesicht wurde, das Fischgesicht mit den großen, regenbogenfarbigen Augen.

»Es ist alles in Ordnung«, sagte er. »Du bist in Sicherheit. Beruhige dich.« Seine Hand streichelte ihr Haar, und die Berührung tat gut. Jennifer schluchzte verzweifelt, warf sich an seine Brust und umschlang ihn mit den Armen, preßte sich so fest an ihn, wie sie nur konnte. Sie war noch immer halb wahnsinnig vor Angst, aber jetzt war *er* da, und seine Nähe versprach Schutz und Sicherheit.

»Es ist meine Schuld«, sagte er sanft. »Ich hätte dich nicht allein lassen sollen. Es gibt Gefahren hier unten, weißt du? Aber jetzt ist alles in Ordnung. Du bist nicht mehr in Gefahr.«

Er schob sie sanft von sich, legte die Hand unter ihr Kinn und zwang sie mit sanfter Gewalt, ihn anzusehen. »Aber du darfst nie wieder dort hinuntergehen, verstehst du?«

Sie nickte. Tränen füllten ihre Augen und vermischten sich mit dem Meerwasser, das sie umgab. Aber die Angst schwand, jetzt, wo sie in *seiner* Nähe war. »Was … was waren das für Ungeheuer?« fragte sie stockend.

Er lächelte. »Keine Ungeheuer«, sagte er. »Sie sind nicht böse. Sie wissen es nicht besser. Du mußt ihnen vergeben, mein Liebes. Es sind Kinder, die noch nicht gelernt haben, zu unterscheiden.«

»Kinder?«

Das Wort brachte irgend etwas in ihr zum Erstarren. Eine furchtbare Ahnung stieg in ihr empor, aber der Gedanke war zu schrecklich, um ihn zu Ende zu denken. Plötzlich war seine Umarmung nicht mehr sanft und beschützend, sondern nur noch stark. Kalt. Kalt wie Eis.

»Wessen … Kinder?« fragte sie stockend.

Sein Lächeln wurde noch breiter. Aber mit einem Male kam es ihr vor wie ein höhnisches Grinsen.

»Meine, mein Liebling«, sagte er.

Für die Dauer einer Sekunde setzte ihr Herz aus. Und plötzlich glaubte sie seine Worte noch einmal zu hören, so deutlich, als flüstere er sie ihr ins Ohr, in diesem Moment.

Du wirst meine Braut, hatte er gesagt. *Und die Mutter meiner Kinder.*

Jennifer begann zu schreien.

»Wir haben Jameson schon lange im Verdacht«, sagte Spears ernst. »Aber bisher konnten wir ihm nichts beweisen. Offiziell, heißt das.«

»Und inoffiziell?«

Spears lächelte, hob seine Tasse zum Mund, wobei er den kleinen Finger geziert abspreizte, trank einen winzigen Schluck und sah mich über den Rand der Tasse hinweg durchdringend an.

»Das spielt keine Rolle«, sagte er schließlich. »Jameson ist nur ein kleiner Fisch. Der Strohmann, sozusagen.«

»Strohmann für wen?« fragte ich.

Spears setzte seine Tasse ab und schmatzte hörbar. Er schien den schlechten Tee, den uns sein Adjutant gebracht hatte, mit Wein zu verwechseln. »Wenn ich das wüßte, wäre ich nicht hier«, sagte er. »Und außerdem ein Stück weiter. Die Sache ist nicht so leicht zu erklären, Craven. Eigentlich dürfte ich Ihnen kein Sterbenswörtchen verraten. Aber …«

»Aber?« fragte ich, als er nicht weitersprach.

Der Fregattenkapitän zögerte einen Moment. Schließlich stand er – ohne zu antworten – auf, zündete sich eine Zigarre an und trat ans Fenster. Wir befanden uns im zweiten Stock eines nach außen hin vollkommen normalen Mietshauses, nicht mehr als drei oder vier Straßenzüge vom Büro der *Scotia* entfernt. Wie gesagt – das Haus war nach außen hin ganz normal. In seinem Inneren schon nicht mehr ganz. Ich hatte nicht alle Räume gesehen, aber ich schätzte, daß sich zusammen mit Spears' Truppe an die fünfzig Marinesoldaten in dem Haus aufhalten mußten, und es schienen mir ausnahmslos ausgesuchte Leute zu sein. Leute von der Art, der man ansieht, daß sie zu kämpfen versteht. Möglicherweise täuschte ich mich auch – aber in diesem Moment war ich sicher, es mit allem anderem als normalen Marineinfanteristen zu tun zu haben.

Das einzige, was den Eindruck, mich inmitten einer Eliteeinheit zu befinden, störte, war Spears. Er schien mir ein wenig zu jung und unausgereift, um einen solchen Einsatz zu leiten.

»Sie haben ... gewisse Erkundigungen eingezogen, bevor Sie London verlassen haben, Mister Craven«, sagte er plötzlich.

Ich sah auf. »Sie sind gut informiert«, gestand ich.

Spears lächelte. »Das ist mein Beruf«, antwortete er. »Ich frage mich nur, was der Ihre ist, Craven.« Er trat vom Fenster zurück, schnippte seine Zigarrenasche zielsicher einen Fingerbreit neben den Aschenbecher und klappte eine lederne Schreibmappe auf, die zwischen uns auf dem Tisch lag. Neugierig beugte ich mich vor.

Ich war nicht sehr überrascht, auf dem obersten Blatt in fetten Buchstaben meinen Namen zu lesen. Was mich überraschte, war der Umfang des Papierstapels, den er bedeckte.

Spears bemerkte meinen befremdeten Blick und lächelte. »Das hier kam heute morgen mit einem Kurier«, sagte er. »Es enthält eine Menge interessanter Dinge, glauben Sie mir. Was es nicht enthält, ist die Antwort auf die Frage, die mich im Moment am allermeisten interessiert.«

»Und die wäre?« fragte ich harmlos.

»Schlicht und einfach die, was Sie hier zu suchen haben«, antwortete Spears. Plötzlich war er ganz ernst. Er beugte sich vor, legte die Zigarre aus der Hand, stützte sich mit beiden Fäusten auf der Tischplatte ab und sah mich aus seinen durchdringenden blauen Augen an.

»Wenn Sie jetzt sagen, es wäre Zufall, lasse ich Sie von meinen Leuten ins Meer schmeißen«, sagte er. Und so, wie er es sagte, glaubte ich ihm. »Also?«

»Bannermann«, antwortete ich. »Ich bin wegen Bannermann hier. Er bat mich um Hilfe.«

»Hilfe?« schnappte Spears. »Wobei?«

»Zum Teufel, was soll das?« antwortete ich scharf. »Sie wissen so gut wie ich, wobei. Dieser saubere Jameson versucht irgend etwas zu vertuschen, und Bannermann ist der, den er dafür über die Klinge springen lassen will. Zufällig ist Bannermann aber auch ein Freund von mir.« Wütend stand ich auf, ging um den Tisch herum und baute mich drohend vor Spears auf. Wenigstens versuchte ich es. Aber bei einem Mann, der fast einen Kopf größer war als ich, fiel es mir schwer.

»Bannermann ist kein Freund von Ihnen, Craven«, sagte Spears ruhig. »Sie haben sich in Ihrem ganzen Leben nur genau einmal vorher gesehen, vor mehr als zwei Jahren. Aber lassen wir das – was wollen Sie hier?«

»Das gleiche könnte ich Sie fragen«, schnappte ich.

Spears seufzte. »Begreifen Sie denn nicht, Craven?« fragte er. »Zum Teufel – ich habe hier auf dem Tisch«, er pochte mit den Fingerknöcheln auf den Papierstapel mit meinem Namen obenauf, »das dickste Bulletin, das ich jemals über einen einzelnen Mann gesehen habe, und es enthält ungefähr hundertmal mehr Fragen als Antworten. Sie sind ein recht geheimnisumwitterter Mann, Craven – vorsichtig ausgedrückt. Alles, was ich von Ihnen verlange, ist eine ehrliche Antwort auf die Frage, ob ich Ihnen vertrauen kann oder nicht.«

»Das ist eine ziemlich blöde Frage«, entfuhr es mir. »Was soll ich darauf antworten – *nein*?«

Spears starrte mich an. Für einen Moment blitzte Zorn in seinem Blick auf, aber dann begannen seine Mundwinkel zu zucken, und plötzlich lachte er. »Entschuldigen Sie, Craven«, sagte er. »Es war wirklich eine dumme Frage. Aber es geht hier um viel. Vielleicht um die Sicherheit des Empires.«

Vielleicht um die Sicherheit der Welt, fügte ich in Gedanken hinzu. Aber das sprach ich vorsichtshalber nicht laut aus.

Spears seufzte, schüttelte abermals den Kopf und trat wieder ans Fenster. Schweigend sog er an seiner Zigarre, blickte auf die Straße hinunter und wippte dabei auf den Zehenspitzen. Nach einer Weile trat ich neben ihn. Das Zimmer lag so, daß der Blick über die Dächer des Hafenviertels bis aufs Meer hinausfiel. Auch das war mit Sicherheit kein Zufall.

»Ich bin seit mehr als sechs Wochen hier«, sagte Spears plötzlich. »Die ganze Zeit über ist nichts passiert, Craven. Und kaum tauchen Sie auf, wird ein Mann auf offener Straße entführt, und Jamesons Speichellecker schwärmen aus wie die Ameisen.« Er schüttelte den Kopf, drückte seine Zigarre am Glas der Scheibe aus und sah mich durchdringend an.

»Was wissen Sie über Jameson und seine Bande?« fragte er.

»Nicht sehr viel«, gestand ich. Das war nicht ganz die Wahrheit, aber auch nicht wirklich gelogen. Außerdem hätte es bis zum nächsten Morgen gedauert, ihm zu erzählen, was ich zu ahnen glaubte; und warum.

»Sie haben Nachforschungen angestellt«, erinnerte er. »Ich habe in meinen Unterlagen eine Kopie des Berichtes, den Ihr Verbindungsmann Ihnen zugestellt hat, ehe Sie hierher gekommen sind. Warum helfen Sie mir nicht, kostbare Zeit zu sparen, und erzählen mir, was Sie sonst noch wissen?«

»Nicht sehr viel«, wiederholte ich. »Ich weiß nicht einmal, ob alles, was in diesem Bericht steht, auch der Wahrheit entspricht.«

»Beinahe«, sagte Spears. »Bis auf ein paar unwesentliche Details.« Er atmete hörbar ein, wandte sich wieder zum Fenster und deutete durch die beschlagene Scheibe nach Osten.

»Es begann vor ein paar Monaten«, sagte er.

»Was?«

»Die Schiffe«, sagte Spears. »Es sind Schiffe verschwunden, Craven. Zuerst nur wenige – ein Fischerboot hier, ein altersschwacher Kahn mit Sommerfrischlern da ... Nicht besonders viel, aber immerhin mehr als gewöhnlich. Vor einem Vierteljahr verschwand dann die *Brigitta Daranda*, ein Kohlefrachter, der für die *Scotia* fuhr. Es hieß, er wäre im Sturm gekentert, aber es gab im Umkreis von fünfhundert Seemeilen nicht einmal eine starke Brise. Danach sank die *Cassiopeia*, ein 10000-Bruttoregistertonnen-Segler, auch unter der Flagge der *Scotia*. Schließlich das Schiff Ihres Freundes

Bannermann, die *Poseidon*. Und das war erst der Anfang.«

Der letzte Satz hatte bitter geklungen, und als ich Spears ansah, sah ich, daß seine Lippen zu einem dünnen, blutleeren Strich zusammengepreßt waren.

»Das waren noch nicht alle?« fragte ich.

Spears schüttelte heftig den Kopf. »Nein. Es gab natürlich eine Untersuchung. Ganz gegen die öffentliche Meinung sitzen nämlich in den Ministerien in London nicht *nur* Vollidioten, wissen Sie? Ein paar von ihnen sind durchaus in der Lage, bis drei zu zählen.« Er lächelte flüchtig und fuhr fort. »Es ging weiter. Die Untersuchung verlief im Sande, aber die geheimnisvollen Havarien hörten nicht auf. Bis heute ist ein gutes Dutzend Schiffe dort draußen verschwunden.«

»Ein *Dutzend*?« Ich erschrak. »Ein Dutzend Schiffe?« wiederholte ich ungläubig.

»Und niemand hat davon erfahren?«

»Sie haben es selbst gesagt, Craven«, antwortete Spears ernst. »Bis auf eines waren es ausschließlich Schiffe der *Scotia*-Reederei. Und aus diesem Grund, den ich noch nicht kenne, ist sie stark daran interessiert, nichts davon an die Öffentlichkeit dringen zu lassen.«

»Ein Racheakt?« vermutete ich. »Vielleicht die Konkurrenz?«

»Kaum«, antwortete Spears. »Wir haben jeden, der auch nur entfernt in Frage käme, durchleuchtet.«

Seine Antwort gab mir endlich Gelegenheit, die Frage loszuwerden, die mir schon die ganze Zeit auf der Zunge brannte. »Welche Rolle spielen Sie in dieser Sache, Spears?« fragte ich. »Sie und Ihre Leute. Was hat der Geheimdienst damit zu tun, wenn jemand Jameson und seine Firma fertigmacht?«

Spears lachte humorlos. »Sie machen mir Spaß, Craven«, sagte er. »Wenn es dort draußen jemanden oder etwas gibt, der in der Lage ist, ein Dutzend Schiffe spurlos verschwinden zu lassen, dann interessiert das die Marine mit Sicherheit. Ich sagte es bereits – es ist gut möglich, daß die Sicherheit des Empires selbst bedroht ist.«

»Dieses eine Schiff, das nicht zur *Scotia* gehörte ...« begann ich.

»War ein Kriegsschiff Ihrer Majestät«, sagte Spears. »Die *Silver Arrow*. Sie war nicht sehr groß, Craven, aber gut genug bewaffnet, es mit jedem dahergelaufenen Piraten aufnehmen zu können.« Er ballte zornig die Hände zu Fäusten. »Wir haben nicht einmal mehr eine Planke von ihr gefunden.«

Ich starrte ihn an, aber ich sah ihn gar nicht. Vor meinen Augen stand plötzlich das Bild eines kunstvoll angefertigten, großen Schiffsmodelles. Das Modell eines Kriegsschiffes, groß wie eine schwimmende Stadt und stark genug bewaffnet, es mit einer ganzen Flotte aufnehmen zu können. Und mit einem kleinen Messingschildchen am Bug, auf dem sein Name stand: *Dagon*.

Der Ausdruck auf Jamesons Gesicht war immer betroffener geworden, mit jedem Wort, das er hörte. Feinperliger kalter Schweiß bedeckte seine Stirn, trotz der unangenehmen, klammen Kälte, die in dem unterirdischen Gewölbe herrschte. Seine Handflächen waren feucht, und sein Blick irrte unstet zwischen dem bärtigen Gesicht McGillycaddys und dem schwarzen, glitschigen *Ding* hin und her, das neben und hinter ihm in den stinkenden Abwässern schwamm, die das Siel füllten. Von Zeit zu Zeit glaubte er, ein leises Schlürfen und

Schmatzen zu vernehmen, und im gleichen Rhythmus stiegen blubbernde Luftblasen aus dem schlammigen Wasser. Jameson versuchte krampfhaft, an etwas anderes zu denken, um sich nicht übergeben zu müssen.

»Ich ... finde die Idee nicht besonders gut«, sagte er stockend. Die gewölbte Decke des Tunnels fing seine Worte auf und warf sie als verzerrtes Echo zurück, und wie zur Antwort bewegte sich die schwarze Scheußlichkeit hinter McGillycaddy unruhig. Ein langer, stachelbewehrter Schwanz zuckte wie der Kopf einer Schlange aus dem Wasser und fiel klatschend zurück. Jamesons Magen begann sich zu einem schmerzhaften Knoten zusammenzuziehen.

»Ich kann mich nicht erinnern, dich nach deiner Meinung gefragt zu haben«, antwortete McGillycaddy scharf.

Jameson fuhr wie unter einem Hieb zusammen, aber irgendwie brachte er es fertig, McGillycaddys Blick standzuhalten und ein zweites Mal mit dem Kopf zu schütteln. »Darum geht es nicht«, sagte er stockend. »Wir ... wir sind noch nicht soweit. Wir brauchen noch Monate, um ...«

McGillycaddy unterbrach ihn mit einer wütenden Handbewegung. »Du hast genau zwei Tage!« sagte er heftig. »Nicht mehr.«

»Aber das ist vollkommen unmöglich!« keuchte Jameson. »Allein die ...«

»Unmöglich?« unterbrach ihn McGillycaddy. »Nun, wenn es wirklich *unmöglich* ist, Jameson, dann schlage ich vor, du begleitest mich und sagst es *ihm* selbst. Ich bin sicher, daß er dir nichts antun wird, wenn du die Wahrheit sagst.« Er lachte böse. »Du weißt doch – *er* ist hart, aber nicht ungerecht.«

Jameson erbleichte noch mehr. Seine Zunge fuhr nervös über die Lippen, die trotz der mit Feuchtigkeit gesättigten Luft mit einem Male trocken und rissig waren. Für eine Sekunde saugte sich sein Blick an dem widerlichen schwarzen Etwas hinter McGillycaddy fest.

Schließlich nickte er. »Wir werden es versuchen.«

McGillycaddy schüttelte den Kopf. »Nicht *versuchen*, Jameson. Ihr werdet es *tun*.«

Jameson nickte. »Wir werden da sein«, sagte er. »Aber es ist gefährlich. Die Soldaten sind noch immer in der Stadt.«

»Es ist euch nicht gelungen, ihr Mißtrauen zu besänftigen?« fragte McGillycaddy. »Du hattest Zeit genug.«

»Es ... es war alles in Ordnung«, stammelte Jameson hastig. »Sie haben keine Ahnung, daß wir von ihrer Anwesenheit wissen. Sie wären gegangen, wenn nicht ...« Er brach ab, biß sich auf die Lippen und senkte hastig den Blick.

»Wenn nicht?« wiederholte McGillycaddy. »Wenn nicht *was*, Jameson?«

Der dickleibige Reeder begann unruhig von einem Fuß auf den anderen zu treten. Plötzlich schien er nicht mehr zu wissen, wohin mit seinen Händen. »Wenn Bannermann nicht aufgetaucht wäre«, stieß er schließlich hervor.

Eine einzelne, endlose Sekunde lang starrte McGillycaddy Jameson nur an. Sein breitflächiges, bärtiges Gesicht verzerrte sich zu einer Grimasse. »Bannermann?« keuchte er. »Bannermann ist *hier*? Hier in Aberdeen?«

»Er kam heute morgen«, bestätigte Jameson leise. »Zusammen mit einem Fremden, einem Mann namens Raven – oder so ähnlich.«

»Du Idiot!« zischte McGillycaddy. »Du verdammter Trottel! Ich hatte dir befohlen, Bannermann zu erledigen! Er hätte niemals hierher zurückkehren dürfen. Verdammt – er *hätte Aberdeen nicht lebend verlassen dürfen*!«

»Ich hatte alles in die Wege geleitet«, verteidigte sich Jameson. »Ich konnte ihn nicht umbringen lassen, ohne noch mehr Aufsehen zu erregen. Himmel, McGillycaddy – glaubst du denn, es wäre niemandem aufgefallen, daß fast unsere gesamte Flotte innerhalb eines Vierteljahres abgesoffen ist? Bannermann hätte den Untergang der *Poseidon* nicht überleben dürfen.«

McGillycaddy tat so, als überhöre er den Vorwurf in Jamesons Worten. »Er hat es aber!« schnappte er. »Und ich gab dir Befehl, ihn zu ...«

»Du hast mir nichts zu befehlen!« sagte Jameson in einem schwachen Anflug von Trotz.

In McGillycaddys Augen blitzte es auf. »Nein?« fragte er lauernd. »Nun, vielleicht hast du sogar recht, Jameson. Wäre es dir lieber, in Zukunft deine Befehle gleich von *ihm* zu erhalten?«

Jameson erbleichte noch weiter. »So ... so war das nicht gemeint«, stammelte er. »Es ist nur ... ich ... ich habe es nicht gewagt, ihn zu töten, nachdem diese verdammten Soldaten anfingen, hier herumzuschnüffeln. Ich hatte alles genau geplant, McGillycaddy. Es war alles in Ordnung! Ich habe es so gedreht, daß jeder Bannermann die Schuld am Untergang der *Poseidon* gab. Früher oder später hätte er selbst der Sache ein Ende bereitet und uns noch einen Gefallen damit getan. Alles war in bester Ordnung, bis dieser Raven oder Craven aufgetaucht ist!«

McGillycaddy schwieg einen Moment. Seine Kiefer mahlten, und seine Unruhe schien sich auf das formlose schwarze Etwas hinter ihm im Wasser zu übertragen, denn seine Bewegungen wurden hektischer.

»Wer ist dieser Kerl?« fragte er schließlich.

Jameson zuckte mit den Schultern. »Ich weiß es nicht«, gestand er. »Irgendein Freund von Bannermann, vermute ich. Er kommt aus London. Und er schien sehr gut informiert zu sein.«

»Was hast du getan?« fragte McGillycaddy.

»Nichts«, antwortete Jameson. »Ich habe ihn fortgeschickt. Er will wiederkommen.«

»So«, sagte McGillycaddy, »will er das? Nun, das werden wir sehen. Vielleicht finde ich einen Weg, ihn davon abzuhalten. Hat er gesagt, in welchem Hotel er wohnt.«

»Im ... im *Four Seasons*«, sagte Jameson stockend. »Aber da ist er nicht.«

McGillycaddy blinzelte, legte den Kopf auf die Seite und sah Jameson durchdringend an. »Und wo«, fragte er betont, »ist er jetzt?«

Jameson druckste herum. »Bei Spears«, sagte er schließlich.

McGillycaddy erbleichte. »Spears? Bei ... bei den Soldaten?«

»Ja«, gestand Jameson. »Ich habe Clanston und ein paar seiner Jungs hinter Bannermann und ihm hergeschickt. Bannermann haben sie erwischt, aber dann kamen die Soldaten dazwischen, und ...«

»Du hast *WAS*?« brüllte McGillycaddy. Von der Ruhe, die er bisher trotz allem bewahrt hatte, war nichts mehr geblieben. »Willst du damit sagen, daß dieser Craven jetzt bei Spears ist und sich vermutlich glänzend mit ihm unterhält?«

»Was sollte ich denn tun?« wimmerte Jameson. »Spears' Leute waren in der Überzahl, und sie waren bewaffnet. Und selbst wenn nicht – hätte ich eine Schlacht mit der Marine anfangen sollen?«

McGillycaddys Lippen begannen zu zittern. »Du Idiot«, sagte er. »Du hirnverbrannter, dämlicher Idiot! Du läßt Bannermann am hellichten Tage entführen und läßt es auch noch zu, daß der einzige Zeuge schnurstracks zu Spears rennt! Bei allen Seeteufeln – einen besseren Vorwand kann sich Spears doch gar nicht mehr wünschen, dich hochzunehmen!«

»Das wird er nicht tun!« stammelte Jameson. »Er ... er wird abwarten. Und selbst wenn nicht, kommt er zu spät. Selbst wenn ...«

»Selbst wenn er es tut«, fiel ihm McGillycaddy ins Wort, »ändert das nichts mehr, Jameson. Nicht für dich.«

Jameson erstarrte. Es schien ein paar Sekunden zu dauern, bis ihm die Bedeutung von McGillycaddys Worten wirklich zu Bewußtsein kam.

»Es war nicht meine Schuld!« wimmerte er. »Ich ... ich habe ...«

»Versagt«, sagte McGillycaddy kalt.

»Bitte!« stöhnte Jameson. Seine Augen wurden rund vor Angst, während sich sein Blick an dem schwarzglänzenden Etwas hinter McGillycaddy festsaugte. Das brackige Abwasser, das den gewaltigen Körper bedeckte, schien stärker zu wogen und brodeln. »Das ... das kannst du nicht tun«, stammelte er. »Ich habe alles getan, was ich konnte. Woher sollte ich wissen, daß ...«

McGillycaddy hob die Hand, und Jameson brach mit einem krächzenden Schrei ab.

»Du hast versagt«, sagte McGillycaddy noch einmal. Plötzlich war jedes Gefühl aus seiner Stimme verschwunden. Sie war kalt wie Stahl. »Du warst schon immer ein Narr, Jameson, aber ein nützlicher Narr. Jetzt hast du einen Fehler zuviel begangen. Du weißt, was das bedeutet.«

»Nein!« stöhnte Jameson. »Bitte, ich … ich will alles tun, was du willst. Ich gehe zu Spears und stelle mich ihm. Damit wird er sich zufriedengeben, ganz bestimmt. Bis er merkt, was wirklich passiert, ist es längst zu spät. Ich gehe gleich zu ihm, wenn du es willst.«

»Du wirst nirgendwo mehr hingehen«, sagte McGillycaddy leise. Seine Hand vollführte eine rasche, kaum merkliche Bewegung.

Jamesons Schrei ging im Klatschen und Rauschen des hochspritzenden Wassers unter. Der braune Schlick hinter ihm schien zu explodieren. Etwas Gigantisches, Schwarzes erhob sich wie ein Schatten aus einer längst vergessenen Zeit hinter dem Schotten aus dem brackigen Wasser, klatschte gegen die niedrige Decke des gewölbten Tunnels – und schoß auf Jameson zu.

Jameson reagierte im letzten Moment. Mit einem verzweifelten Schrei warf er sich zur Seite, spürte einen Schlag gegen Hüfte und Schulter und verlor auf dem glitschigen Boden den Halt. Hart schlug er auf, wälzte sich mit einer Behendigkeit herum, die man einem Mann seiner Statur kaum zugetraut hätte, und sprang auf die Füße.

Er führte die Bewegung nicht zu Ende.

Plötzlich war das aufgedunsene Etwas über ihm, warf ihn zurück und preßte ihn gegen den schmierigen Stein. Jameson schrie, stieß das Ding mit der Kraft der Verzweiflung von sich und brüllte ein zweites Mal, als sich scharfe Zähne durch seine Hose gruben und sein Bein aufrissen. Blind vor Angst und Schmerz trat er um sich, spürte, wie er etwas Weiches traf, und kam endlich auf die Füße.

Jameson wirbelte herum, stieß McGillycaddy zur Seite und rannte los, verfolgt von den Dämonen der

Furcht und einem gräßlichen, platschenden Geräusch, als schleife ein riesiges Stück nassen Leders über den Stein. Ein fürchterliches Lachen erscholl, und dann – schon weit entfernt – hörte er ein letztes Mal McGillycaddys Stimme.

»Lauf nur, Jameson!« schrie der Schotte. »Lauf zu deinem Spears. Vielleicht hilft er dir ja!«

Jameson torkelte weiter. Seine Lungen begannen zu stechen, und der gewölbte Gang verschwamm immer wieder vor seinem Blick, aber die Angst gab ihm schier übermenschliche Kräfte. Immer wieder glitt er auf dem glitschigen Stein aus und schlug schmerzhaft zu Boden, und immer wieder sprang er hoch und torkelte weiter. Wie von Furien gehetzt rannte er durch den unterirdischen Gang, erreichte eine Abzweigung und warf sich blindlings nach rechts. Vor ihm war ein heller Fleck. Tageslicht!

Der Anblick gab ihm noch einmal zusätzliche Kraft. Jameson verdoppelte seine Anstrengungen, fiel abermals hin und spürte die rauhe Kante einer Stufe unter den Fingern, als er sich hochstemmte.

Dann hörte er das Geräusch. Ein Schleifen und Gleiten wie von nassem Fleisch, ein Laut, als versuchten kleine Arme und Beine einen viel zu schweren Körper über den Stein zu schieben.

Jameson sprang auf die Füße und rannte, immer drei, vier Stufen auf einmal nehmend, die Treppe hinauf. Der helle Fleck vor ihm wurde größer, wurde zu einem Ausschnitt des Himmels, und plötzlich fühlte er einen kalten Luftzug im Gesicht. Noch einmal raffte er alle Kräfte zusammen, warf sich nach vorne – und prallte gegen die rostigen Stäbe des mannshohen Gitters, das den Stollen vor ihm abschloß.

Jameson Herz schien auszusetzen. Eine Sekunde

lang starrte er aus hervorquellenden Augen auf das Hindernis, das zwischen ihm und dem rettenden Tageslicht lag, dann begann er mit aller Macht an den rostigen Stäben zu rütteln.

Hinter ihm, schon am Fuße der Treppe, klang ein gräßliches Schlürfen und Schmatzen auf, ein Laut, der ihm schier das Blut in den Adern zum Gerinnen brachte. Und während er wie von Sinnen schrie und ebenso verzweifelt wie vergeblich an den fingerdicken Eisenstäben zerrte, wurde das Geräusch lauter, immer lauter und lauter ...

Äußerlich hatte sich nichts an dem pompös eingerichteten Büro verändert. Alles schien noch immer eine Spur zu groß und zu prachtvoll, und alles übte noch immer die gleiche, eher protzige als beeindruckende Wirkung auf mich aus. Und doch ... Ich konnte den Unterschied nicht in Worte fassen, aber er war da.

Spears sah mich fragend an, und ich deutete mit einer ebenfalls stummen Kopfbewegung auf die Durchgangstür zu Jamesons Büro. Spears nickte, drehte sich herum und gab zweien seiner Männer mit Handzeichen zu verstehen, den Raum zu durchqueren und das Büro zu durchsuchen.

Ich wußte, was sie finden würden.

Nichts. Das Gebäude war leer, vom Keller bis zum Dach. Es ist nicht so, daß ich die Anwesenheit von Menschen direkt spüre – nicht, wenn ich mich nicht mit aller Macht darauf konzentriere –, aber hier fühlte ich ihre *Ab*wesenheit. Es gab in diesem Haus nichts Lebendes, sah man von Spears und seinen Leuten ab. Die Leere schien mir direkt entgegenzuschreien. Aber ich schwieg und wartete geduldig, bis die beiden Marineinfanteristen zurückkamen. Es wäre einfach zu umständlich gewesen, Spears erklären zu wollen, woher ich meine Überzeugung nahm.

Es dauerte annähernd zehn Minuten, bis sich die beiden Männer wieder bei uns einfanden. Einer der beiden verließ ohne ein Wort das Haus und gesellte sich zum Rest der kleinen Streitmacht, die das Gebäude umstellt hatte, während der andere nur stumm mit dem Kopf schüttelte und mit angelegtem Gewehr neben der Tür Aufstellung nahm.

Spears zog eine Grimasse. »Nichts«, sagte er. »Die Vögel sind ausgeflogen.«

»Was haben Sie erwartet?« fragte ich. »Daß Jameson mit einem unterschriebenen Geständnis in seinem Büro auf uns wartet?« Ich lachte leise, deutete mit einer Kopfbewegung auf die jetzt offenstehende Tür und ging los, ohne auf Spears zu warten. Der Fregattenkapitän folgte mir.

Das Büro war leer, und damit meine ich nicht nur die Abwesenheit von Jameson. Die Regale waren leergeräumt, Schranktüren standen offen und zeigten uns sorgsam geleerte Fächer, und selbst die Schubladen des gewaltigen Schreibtisches waren halb herausgezogen und von allem Inhalt befreit. Ich stöhnte enttäuscht, als mein Blick auf den verwaisten Sockel neben dem Schreibtisch fiel.

»Nun, Craven?« fragte Spears bissig. »Wo ist jetzt Ihr famoses Schiff?«

Zornig drehte ich mich herum und schluckte im letzten Moment die ärgerliche Antwort herunter, die mir auf der Zunge lag. »Heute mittag war es jedenfalls noch da«, knurrte ich. »Sie müssen es weggeschafft haben.«

Spears kam näher, sah sich lange und eingehend um und wandte sich schließlich wieder an mich. »Warum geben Sie nicht zu, daß Sie sich geirrt haben, Craven?« fragte er. »Sie sagen selbst, daß Sie ein Schiff kaum von einem Rollschuh unterscheiden können.«

»*Dieses* Schiff schon«, sagte ich wütend. »Sie haben es nicht gesehen, Spears.«

»Natürlich nicht«, antwortete Spears. »Und nach allem, was Sie mir erzählt haben, werde ich es auch niemals sehen. Ein solches Schiff gibt es nicht.«

»Daß Sie es nicht kennen, muß nicht heißen, daß es nicht existiert, oder?«

»Nicht zwangsläufig«, antwortete Spears. »Aber doch sehr wahrscheinlich. Ich kenne mich mit Schiffen aus, vergessen Sie das nicht. Und ein Schiff, wie Sie es mir beschrieben haben, ist technisch erstens nicht machbar und zweitens vollkommen unsinnig.«

»Unsinnig?« wiederholte ich.

Spears nickte. »Unsinnig«, bestätigte er. »Glauben Sie mir, Craven – im Zeitalter der Panzerschiffe und Kanonenboote sind solche Schiffe nicht mehr gefragt.«

»Sie haben es nicht gesehen!« wandte ich zornig ein.

Spears machte ein Gesicht, als versuche er zum achtenmal, mir zu erklären, warum zwei und zwei nicht Mittwoch ergeben können.

»Das ist auch gar nicht nötig«, sagte er geduldig. »Ich kann mir ganz gut vorstellen, was Sie gesehen haben. Es ... gab einmal Pläne für solche Schiffe. Vor zwei- oder dreihundert Jahren«, fügte er rasch hinzu, als ich triumphierend auffahren wollte. »Damals wäre ein Fünfmaster mit dreihundert Geschützen auf jeder Seite eine unbesiegbare Waffe gewesen«, fuhr er fort. »Aber sie sind nie gebaut worden. Die technischen Probleme waren unlösbar.«

»Heute sind sie es nicht mehr!«

»Sicher«, sagte Spears. »Bloß wäre ein solches Schiff

viel zu plump und schwerfällig. Ich gebe zu, daß es mit einer Breitseite halb Aberdeen in Schutt und Asche legen könnte, aber diese Riesenpötte sind ungefähr so schnell und wendig wie ein arthritischer Walfisch.« Er lächelte. »Was nutzt Ihnen eine schwimmende Festung, wenn ein Kreuzer wie die kleine *King George* ihr den Fangschuß geben kann?«

»*King George*?« fragte ich.

»Mein Schiff«, antwortete Spears, tippte mit dem Zeigefinger gegen die Offiziersstreifen an seiner Schulter und grinste. »Dachten Sie, ich habe die Dinger fürs Fahrradfahren bekommen? Es kreuzt draußen vor der Küste, und es ist nicht besonders groß, aber glauben Sie mir – dieses Schiff allein wäre durchaus in der Lage, mit ihrer famosen *Dagon* fertig zu werden.«

»Wie die *Arrow*?« fragte ich giftig.

Spears Lächeln gefror, und mit einem Male hatte ich das Gefühl, etwas ziemlich Dummes gesagt zu haben. »Ich weiß nicht, was die *Arrow* zerstört hat«, sagte er leise und mit seltsam zitternder, ja, beinahe haßerfüllter Stimme. »Aber ich schwöre Ihnen, daß derjenige, der dafür verantwortlich ist, bezahlen wird. Und wenn es das letzte ist, was ich in meinem Leben tue.«

Er brach ab, starrte mich einen Herzschlag lang an und fuhr sich nervös mit der Hand über das Kinn; fast, als merke er erst jetzt, was er eigentlich gesagt hatte, und bereue es.

»Verzeihen Sie, Spears«, sagte ich. »Ich wollte Sie nicht verletzen.«

Spears winkte ab. Die Bewegung wirkte gezwungen. »Schon gut, Craven«, sagte er. »Sie können es nicht wissen. Mein ... mein Bruder war auf der *Arrow*.«

»Das tut mir leid«, murmelte ich.

Spears starrte mich noch eine Sekunde lang an, dann

drehte er sich abrupt herum und begann nach seinen Männern zu brüllen. Ein ziemlich bleicher Marinesoldat erschien unter der Tür, und Spears fuhr ihn an: »Durchsucht das Haus. Jeden einzelnen Raum. Ich will alles, was ihr findet, hier haben, verstanden? Jedes Stück Papier, jeden Fetzen. Und beeilt euch.«

»Was versprechen Sie sich davon?« fragte ich, als wir wieder allein waren.

»Was haben Sie sich davon versprochen, mich hierher zu schleifen?« fauchte Spears ärgerlich.

»Zum Beispiel Kapitän Bannermanns Leben«, antwortete ich ruhig.

Spears sog hörbar Luft ein, aber statt zu explodieren, wie ich halbwegs erwartet hatte, senkte er plötzlich den Blick, ging zum Schreibtisch hinüber und setzte sich auf dessen Kante.

»Verzeihen Sie, Craven«, sagte er. »Ich war unbeherrscht.« Plötzlich lächelte er, wenn auch sehr wehmütig. »Es scheint, als wäre unsere Rettungsaktion ein glatter Fehlschlag gewesen, wie? Wenn Ihnen eine gute Ausrede einfällt, die ich in meinen Bericht schreiben kann, lassen Sie sie mich wissen. Sieht so aus, als hätte ich es gründlich verpatzt.«

»Es war nicht Ihre Schuld«, sagte ich. »Ich fürchte, ich bin Jameson ein bißchen zu heftig auf die Zehen getreten. So, wie es hier aussieht, muß er mit Packen begonnen haben, ehe ich richtig aus dem Haus war.«

»Es scheint so«, sagte Spears. »Aber keine Sorge – ganz so leicht läßt sich der Geheimdienst Ihrer Majestät nicht austricksen. Es gibt eine ganze Menge Leute hier in der Stadt, denen ich in den nächsten Tagen die eine oder andere unangenehme Frage stellen werde. Und wenn er auch nur einen Zeh ins Wasser steckt, läuft er der *King George* direkt vor die Kanonen.«

Seine Worte hätten mich aufmuntern müssen, aber sie taten es nicht. Spears war sicher ein Mann, der viel von seinem Handwerk verstand. Aber wenn die dumpfe Ahnung, die von mir Besitz ergriffen hatte, auch nur zu einem geringen Teil zutraf, dann hatte er es mit Gegnern zu tun, von deren Existenz er bisher nicht einmal in seinen schlimmsten Träumen gewußt hatte.

Kanonen nutzten nicht viel gegen Magier und Dämonen.

Etwas von meinen Gedanken mußte ziemlich deutlich auf meinem Gesicht zu lesen gewesen sein, denn Spears sah mich plötzlich scharf an und fragte: »Was haben Sie, Craven? Habe ich etwas Falsches gesagt? Oder gibt es etwas, was ich nicht weiß?«

»Weder – noch«, antwortete ich hastig. »Es ist nur ...« Weiter kam ich nicht, denn in diesem Moment wurde die Tür hinter uns abermals aufgerissen, und der immer noch bleiche Marinesoldat stürmte herein. Spears fuhr wie von der Tarantel gestochen herum. Mit einem Male war er wieder ganz Konzentration und gespannte Aufmerksamkeit.

»Was gibt es?« schnappte er.

»Jameson«, antwortete der Mann. Sein Atem ging schnell, als wäre er gerannt, und trotz der schlechten Beleuchtung im Raum konnte ich erkennen, wie blaß er war. Seine Lippen zitterten. »Wir haben Jameson gefunden. Aber er ist ...« Er stockte, suchte einen Moment sichtlich nach Worten und fuhr sich hektisch mit dem Handrücken über das Gesicht, als gelte es, unsichtbare Spinnweben fortzuwischen.

»Verdammt noch mal! Mann – reden Sie!« schnauzte Spears, als der Soldat nicht weitersprach. »Was ist mit Jameson?«

»Am ... am besten sehen Sie ihn sich selbst an, Sir«,

antwortete der Mann mit zitternder Stimme. »Er liegt ... draußen. Auf der anderen Hofseite.«

Spears sog scharf die Luft ein, wie um den Mann abermals anzufahren. Aber das hörte ich schon kaum noch, denn ich war bereits herum und an dem Soldaten vorbei aus dem Zimmer gestürzt.

Das Gurgeln und Rauschen des Wassers war das einzige Geräusch hier unten. Von irgendwoher kam Licht und brach sich auf feuchtem Stein und der braunen Oberfläche des Kanals, aber wie alles hier unten wirkte es schmutzig; wenn McGillycaddy sich nur lange genug darauf konzentrierte, dann glaubte er es sogar zu *riechen*. Und es war kein guter Geruch: nach Fäulnis und Abfällen und Verwesung wie alles hier unten.

McGillycaddy fühlte sich nicht wohl. Es lag nicht nur an seiner Umgebung – er war diesen Weg unzählige Male gegangen; das Labyrinth aus Abwasserkanälen und Stollen tief unter den Straßen Aberdeens war ihm so vertraut, daß er sich mit geschlossenen Augen zurechtgefunden hätte. Es lag auch nicht an dem, was er getan hatte. Für McGillycaddy zählte ein Menschenleben wenig, zumal, wenn es sich um das eines Verräters handelte. Er hatte mehr als einmal töten lassen und selbst getötet. Es war nicht einmal die Art, auf die es geschehen war. Er kannte *seine* Diener zur Genüge, um – wenn er sich schon nicht an ihren Anblick gewöhnt hatte, was unmöglich war, so doch wenigstens – damit fertig zu werden.

Es war das Gefühl der Erwartung, das ihn quälte.

Bald, in wenigen Stunden schon, würde er den Augenblick der Erfüllung erleben. Der Moment, von dem er die letzten dreißig Jahre geträumt hatte.

McGillycaddy hatte den allergrößten Teil seines Lebens darauf verwandt, sich auf diesen Moment vorzubereiten, jedes Detail, jede Einzelheit zu planen, jeden Schritt hundertmal zu überdenken, jeden auch nur im entferntesten vorstellbaren Fehler aufzuspüren und auszumerzen. Es war sein Lebensinhalt gewesen, sein Leben überhaupt.

Jetzt hatte er Angst davor.

Es fiel ihm schwer, es sich selbst gegenüber zuzugeben, und trotzdem war es so: er fürchtete den Augenblick beinahe mit der gleichen Macht, mit der er ihn bisher herbeigesehnt hatte.

Das Wasser zu seinen Füßen begann zu brodeln, und ein dunkler, mehr als mannslanger Körper zeichnete sich unter den braunschillernden Fluten ab. Der Anblick erinnerte McGillycaddy daran, daß es noch etwas zu tun gab, ehe es soweit war.

Lautlos erhob er sich aus der unbequem hockenden Stellung, in der er dagesessen und seinen Gedanken nachgehangen hatte, wandte sich nach rechts und huschte davon, in den Schutz der Schwärze hinein, die den Gang ausfüllte. Das schwarze Ding im Wasser folgte seiner Bewegung wie ein dämonischer Schatten.

Inmitten des Hofgevierts gähnte ein Loch im Boden. Es war gezackt und unregelmäßig und sonderbar eckig, wo die Pflastersteine herausgebrochen und in die Tiefe gestürzt waren, und ein durchdringender Gestank nach faulem Wasser und Abfällen drang daraus empor, dazu das gedämpfte Rauschen und Klatschen von Wasser, das tief an seinem Grunde floß. Aber das registrierte ich kaum. Wie versteinert stand ich da und starrte auf den verkrümmten Körper Jamesons, der sich mit letzter Kraft aus dem Loch herausgezogen und gestorben war, ehe er die Bewegung vollends zu Ende hatte führen können.

Seine eleganten Kleider waren zerfetzt und durchtränkt von schmutzigem Wasser, und auf seinen erstarrten Zügen lag noch der Ausdruck des unbeschreiblichen Grauens, das er in seinen letzten Sekunden empfunden haben mußte.

Er hatte keine Haare mehr.

Ich erwachte erst aus meiner Erstarrung, als ich Spears' Schritte hörte, und die Marinesoldaten, die den gezackten Krater im Boden und mich umstanden, hastig beiseite traten, um dem Fregattenkapitän Platz zu machen. Spears langte keuchend neben mir an, fuhr beim Anblick des Toten sichtlich zusammen und ließ sich auf die Knie sinken.

Als er nach dem Toten greifen wollte, fiel ich ihm in den Arm. »Nicht«, sagte ich hastig. »Rühren Sie ihn nicht an.«

Spears blinzelte, verzichtete aber zu meiner eigenen Überraschung darauf, mich anzufahren, sondern wandte sich statt dessen in scharfem Ton an einen seiner Männer. »Was ist hier passiert?« schnappte er. »Wo kommt er her?«

Der Mann versuchte seinem Blick auszuweichen, aber es gelang ihm nicht. »Ich … weiß es nicht, Sir«, gestand er.

»Was soll das heißen?« fauchte Spears. »Sie hatten Wache hier, Mann! Tote fallen nicht vom Himmel!«

»Das nicht«, antwortete der Mann. »Aber aus der Erde. Das … das Loch war plötzlich da. Ich habe nur ein Krachen gehört, und als ich hinsah, war der Boden eingesunken, und er lag da. Genau so.«

Spears sog hörbar die Luft ein, schluckte ein paarmal und sah dann erst den Toten, dann mich an. »Was, zum Teufel, geht hier vor?« flüsterte er.

Ich zuckte mit den Achseln. »Das weiß ich so wenig wie Sie«, antwortete ich. »Aber irgend etwas stimmt hier nicht. Vielleicht wäre es besser, wenn wir hier verschwinden. Alle.«

Spears lachte spöttisch, wurde aber sofort wieder ernst, als ich zornig den Kopf schüttelte und einen der herausgebrochenen Steine aufhob. »Sehen Sie sich das an, Spears«, sagte ich. »Dort unten muß ein Abwasserkanal oder sonstwas sein, aber die Decke ist mindestens einen Yard dick. Dieses Loch hat kein Mensch aufgebrochen.«

»Unsinn«, sagte Spears. Aber seine Stimme klang nicht annähernd so selbstsicher. Verstört betrachtete er den gut zehn Inches dicken Pflasterstein, den ich unter seiner Nase schüttelte, beugte sich vor und lugte in die Tiefe. Es war nicht zu erkennen, was unter uns lag, aber meine Schätzung war wohl eher zu vorsichtig als zu optimistisch gewesen.

»Sehen Sie sich den Toten an«, sagte ich. »Irgend etwas stimmt nicht mit ihm – milde ausgedrückt.«

Spears wurde noch eine Spur blasser und sah abermals auf Jamesons bleiches Gesicht hinab. Dem Toten fehlten nicht nur die Haare, sondern auch Wimpern und Augenbrauen. Und als ich ihn genauer betrachtete, fiel mir auf, daß auch seine Zähne und Fingernägel verschwunden waren. Dabei war nicht die allerkleinste Wunde zu erkennen.

»Was, zum Teufel, hat ihn getötet?« murmelte Spears verstört. Wieder blickte er in die Tiefe. »Vielleicht irgendein Zeug dort unten. Irgendeine Chemikalie oder ...« Er sprach nicht weiter, sondern streckte abermals die Hand aus, berührte vorsichtig Jamesons Arm und hob ihn hoch.

Der Anblick war entsetzlich. Spears hatte Jamesons Arm dicht unterhalb des Ellbogengelenkes ergriffen und wollte ihn anheben, aber es war, als versuche er einen leeren Schlauch zu heben. Jamesons Unterarm und Hand fielen mit einem widerlichen weichen Klatschen zurück auf den Stein.

Als wäre kein Knochen mehr darin, dachte ich schaudernd. Und mit einem Male fiel mir auch auf, wie sehr Jameson sich verändert hatte. Alles an ihm war schwammig und auf schwer zu beschreibende Weise weich. Ich war sicher, daß er regelrecht auseinandergeflossen wäre, hätten wir versucht, ihn hochzuheben.

»Teufel!« keuchte Spears und ließ Jamesons Arm so abrupt los, als wäre er plötzlich glühend heiß. »Was bedeutet das?«

»Ich habe keine Ahnung«, gestand ich. »Aber was immer es ist – wir sollten machen, daß wir wegkommen. Es ... es ist noch in der Nähe.«

Spears sah mit einem Ruck auf. Ich konnte direkt sehen, wie es hinter seiner Stirn zu arbeiten begann. Dann nickte er plötzlich auf sonderbar steife, abgehackte Weise und stand mit einem Ruck auf. »In Ordnung«, sagte er. »Wir ziehen ab. Sammeln!«

Das letzte Wort hatte er mit hoch erhobener Stimme gerufen, und wo es nicht mehr verstanden wurde, gaben andere Männer den Befehl weiter. Binnen weniger Minuten sammelten sich die zwei Dutzend Bewaffneten, die uns begleitet hatten, auf dem kleinen, gepflasterten Innenhof. Spears blickte ungeduldig über die Doppelreihe blaugekleideter Marinesoldaten, nickte schließlich und wollte sich zum Tor wenden, blieb dann aber noch einmal stehen und sah erneut zu den Männern hinüber.

»Johnson fehlt«, sagt er. »Zum Teufel, wo bleibt der Kerl? *Johnson! Korporal Johnson, sofort hierher!*«

Spears wiederholte seinen Befehl noch vier- oder fünfmal, aber er bekam keine Antwort.

»Verdammt!« murmelte er. »Wo steckt der Kerl? Fredkins, Leroy – sucht ihn. Aber ein bißchen dalli, wenn ich bitten darf!«

Die beiden Angesprochenen verschwanden lautlos wieder im Haus, um ihren Kameraden zu suchen, während sich die anderen dichter um uns zusammenzudrängen begannen. Obwohl der Hof groß genug war, der gut dreifachen Anzahl von Männern Platz zu bieten, wichen sie alle rein instinktiv so weit wie nur möglich von der aufgebrochenen Stelle und Jamesons Leichnam weg. Selbst ich vermochte mich einer dumpfen Bedrückung nicht zu erwehren. Immer wieder ertappte ich mich dabei, aus zusammengekniffenen Augen auf die aufgedunsene Leiche und das finstere Loch hinter ihr zu blicken. Meine Hand strich nervös über den Griff meines Stockdegens.

Schließlich kamen die beiden Soldaten zurück. Sie waren totenblaß, und das Gesicht des einen war zu einer Grimasse verzerrt, während der andere mühsam um seine Fassung rang. Ich war nicht der einzige, der wußte, was sie sagen würden, noch bevor sie uns erreichten.

»Johnson ist tot, Sir«, stammelte einer der Soldaten. »Er liegt ... im Keller. Und er ist ...«

»Was ist er?« fauchte Spears, als der Mann nicht weitersprach.

»Tot«, wiederholte der Soldat. Seine Stimme zitterte so heftig, daß das Wort kaum zu verstehen war. »Genau wie Jameson. Er ist ... etwas hat ihn ... mein Gott!«

Spears starrte ihn einen Herzschlag lang an, ballte die Hände zu Fäusten und blickte zum Haus hinüber. Seine Kiefer mahlten. Als er sprach, konnte man seiner Stimme anhören, wieviel Mühe es ihn kostete, sich noch zu beherrschen.

»Im Keller? Wo genau?«

Der Soldat machte eine vage Kopfbewegung hinter sich. »Unten. Im ...« Er stockte, suchte einen Moment sichtlich nach Worten und setzte erneut an: »Es gibt eine Treppe nach unten, Sir. Zur ... Kanalisation. Er muß dort unten ... er hat ...«

Spears schnitt ihm mit einer befehlenden Geste das Wort ab, als er abermals zu stammeln begann. »Okay«, sagte er laut, trat einen Schritt zur Seite und deutete mit einer befehlenden Geste auf den ausgezackten Krater auf der anderen Seite des Hofes. »Korporal Jennings – Sie nehmen zehn Mann und steigen dort hinab. Die andern kommen mit mir.«

»Sind Sie verrückt?« entfuhr es mir, aber Spears ließ mich nicht zu Wort kommen, sondern fuhr wie von der Tarantel gestochen herum und fauchte mich an:

»Halten Sie den Mund, Craven! Das hier geht Sie nichts an. Es ist mir ziemlich egal, wer Jameson umgebracht hat, und warum. Aber wenn einer meiner Männer getötet wird, dann will ich wissen, wer es war. Und er wird dafür bezahlen. Vorwärts, Jennings! Die anderen folgen mir. Und Sie, Craven«, fügte er, nach einer winzigen Pause und wieder an mich gewandt, hinzu, »werden entweder hierbleiben und Ihrer Wege gehen oder mitkommen und meinem Befehl gehorchen.«

Eine Sekunde lang starrte ich ihn an, dann nickte ich fast unmerklich und setzte mich in Bewegung, auf das Haus zu.

Der Tote sah aus wie Jameson, aber die Tatsache, daß er halb über den ersten Stufen der Treppe zusammengebrochen war, machte das Bild tausendmal schlimmer, denn sein Körper war wie eine haltlose Stoffpuppe die Stufen hinabgerutscht; es sah aus, als hätte er zusätzliche Gelenke in Armen und Beinen, dort, wo seine Glieder die Konturen der steinernen Treppe nachzeichneten. Seine Augen standen offen wie die Jamesons, aber wo im Blick des Reeders ein grenzenloses Entsetzen gestanden hatte, las ich in seinem nur Erschrecken und Unglauben. Jameson hatte gewußt, was ihn tötete, er nicht.

Die Männer bewegten sich lautlos wie Schatten in die Tiefe, und obgleich sie sich instinktiv bemühten, ihrem toten Kameraden nicht näher zu kommen als unbedingt nötig, gingen sie in militärischer Präzision, die Waffen schußbereit in den Händen und mit ganz gespannter Aufmerksamkeit. Fast gegen meinen Willen mußte ich Spears und seinen Leuten Anerkennung zollen. Obwohl ich in solcherlei Dingen kaum Erfahrung hatte, spürte ich doch, daß ich mich inmitten einer Eliteeinheit befand. Der Mann, dessen Leichnam wir passierten, war zweifellos Opfer eines überraschenden Angriffes geworden. Wer immer versuchte, *diese* Männer auf die gleiche Weise zu überrumpeln, würde eine sehr unangenehme Überraschung erleben.

Was nicht bedeutete, daß ich mich etwa sicher fühlte.

Die Treppe führte auf einer Strecke von vielleicht zehn Yards steil in die Tiefe, knickte dann nach rechts ab und endete in einem gekrümmten, nicht ganz mannshohen Stollen, der bis auf einen schmalen Sims an der rechten Seite mit widerlich stinkendem Abwasser gefüllt war. Die Luft fühlte sich schleimig an, und der Geruch nach Fäulnis und Fäkalien, der von den braunen Fluten aufstieg, nahm uns schier den Atem.

Spears wartete, bis der letzte Mann den Fuß der Treppe erreicht hatte, deutete mit einer befehlenden Geste nach rechts, wo sich der Stollen in finsteren Schatten verlor, und entzündete eine Rumkorff-Lampe. Der bleiche Schein riß eine mannsbreite Spur aus Helligkeit in die Schwärze des Tunnels, aber das Licht schien die Dunkelheit dahinter eher noch zu verstärken. Das Wasser schoß gurgelnd zu unseren Füßen dahin, dunkle, formlose Dinge mit sich reißend.

Fast mit Gewalt löste ich meinen Blick von dem Anblick und sah in die andere Richtung. Ein Stück hinter uns, zwanzig, allerhöchstens dreißig Schritte entfernt, fiel blasses Licht durch ein gezacktes Loch in der Gangdecke. Darüber bewegten sich Schatten. Spears' Leute, die durch den zweiten Eingang in das Kanalsystem einzudringen versuchten. Von drei, vielleicht sogar vier Yards. Welche unglaublichen Gewalten waren nötig, diese Schicht aus Felsen und Erdreich zu durchstoßen?

Aber ich behielt meine Überlegungen auch diesmal für mich und sah Spears nur nachdenklich an. Der Fregattenkapitän rief seinen Leuten ein paar militärische Kommandos zu, die ich nicht verstand. Augenblicke später setzte sich der kleine Trupp, im Gänsemarsch und hintereinander auf dem schmalen Steinsims, dem bleichen Schein der Lampe folgend, in Bewegung.

Der Kanal zog sich eine gute halbe Meile gerade wie mit einem Lineal gezogen dahin, dann vollführte er eine scharfe Wendung nach rechts und mündete in einen größeren Gang; aus dem schmalen schnellfließenden Bach neben uns wurde ein reißender Strom stinkend-braunen Wassers, und der Gestank wurde noch übermächtiger. Ich hatte das Gefühl, kaum mehr atmen zu können, und aus meinem Magen kroch langsam, aber unaufhaltsam, eine dumpfe Übelkeit empor. Im flackernden Licht der Lampen konnte ich erkennen, daß auch Spears' Männer bleich geworden waren.

Plötzlich erscholl irgendwo weit vor mir ein Schrei. Der Lichtkegel von Spears' Lampe begann einen Moment wild auf und ab zu hüpfen, strich an der Decke und den Gangwänden entlang und richtete sich schließlich auf die Wasseroberfläche.

Unter den braunen Fluten war ein mächtiger, dunkler Umriß zu erkennen. Er war größer als ein Mensch, von länglicher Form und ungeheuer massig. Und er bewegte sich *gegen* die reißende Strömung!

»Was ist das?« brüllte Spears. »Fredkin – schießen Sie!«

Ich begriff den Inhalt von Spears' Worten eine Sekunde zu spät. Im auf und ab hüpfenden Schein der Lampe konnte ich erkennen, wie der Angesprochene das Gewehr an die Wange riß und zielte. Aber mein Warnschrei ging bereits im Krachen des Schusses unter.

Der Lärm war unbeschreiblich. Der gekrümmte Gang fing das Krachen des Schusses auf und warf es tausendfach verstärkt zurück. Ein Bersten und Peitschen erscholl, als wäre direkt neben uns eine Kanone abgefeuert worden, und der gesamte Stollen schien zu beben.

Unmittelbar über dem dunklen Umriß spritzte das Wasser hoch. Das *Ding* zuckte, sackte wie von einem Faustschlag getroffen ein Stück in die Tiefe – und schoß wie ein schwarzer Blitz auf das Ufer und die Männer zu!

Die Soldaten begannen zu feuern. Über, neben und vor dem schwarzen Etwas explodierte die Wasseroberfläche unter den Einschlägen Dutzender von Geschossen, aber die Wirkung war gleich Null. Der Schatten kam rasend schnell näher, prallte mit einer Wucht, die ich durch den Stein hindurch spüren konnte, gegen das gemauerte Ufer und …

Es ging zu schnell, um Einzelheiten zu erkennen. Braunes, zähflüssiges Wasser spritzte bis unter die Gangdecke und besudelte die Soldaten, stinkender Schaum schoß wie eine Fontäne in die Höhe, und inmitten des Chaos war plötzlich etwas Dunkles, Formloses, einer riesigen schwarzen Qualle gleich und mit dünnen Ärmchen und Tentakeln das Wasser peitschend. Das Krachen der Schüsse, die entsetzten Schreie der Männer und das Klatschen und Rauschen des auseinanderspritzenden Wassers vermischten sich zu einer höllischen Melodie.

Die Bestie war größer als ein Mensch, aber ihre Form war auch jetzt noch nicht wirklich zu erkennen. Sie ähnelte einer ins Groteske überzeichneten Kaulquappe, hatte weder Augen noch andere sichtbare Sinnesorgane, dafür aber ein Maul, an dem jeder Mörderhai seine helle Freude gehabt hätte. Ein langer, stachelbesetzter Drachenschwanz peitschte aus dem Wasser und riß vier oder fünf der Männer von den Füßen.

Eine ganze Salve von Schüssen krachte. Trotz der großen Entfernung konnte ich sehen, wie die Kugeln in den schwammigen Balg der Bestie schlugen – und ohne Wirkung blieben!

Das Ungeheuer fuhr mit einem zornigen, blubbernden Laut herum. Sein gewaltiges Maul klaffte auf, und ein dünner, fadenähnlicher Tentakel peitschte in die Höhe, wickelte sich wie ein Seil um den Arm eines Soldaten und riß ihn nach vorn. Der Mann fiel auf die Knie und ließ sein Gewehr fallen. Verzweifelt versuchte er, sich irgendwo festzuklammern, aber so dünn der Tentakel war, so kräftig schien er zu sein. Unaufhaltsam wurde der Mann nach vorn gezogen, bis sein Oberkörper halbwegs im Wasser hing.

Spears war mit einem Schrei bei ihm. In seinen Händen blitzte ein Messer. Ungeachtet der Gefahr, in der er sich selbst befand, riß er den Mann mit aller Gewalt zurück und ließ die Klinge auf den dünnen, ölig glänzenden Strang niedersausen.

Sie federte zurück, als hätte er auf ein Stahlseil geschlagen, wurde ihm aus der Hand geprellt und klatschte ins Wasser. Spears fluchte, warf sich mit aller Gewalt zurück und zerrte den Soldaten dabei mit sich.

Aber nur für einen Moment. Die Riesenqualle bäumte sich auf, schlug ärgerlich mit den kleinen verkrüppelten Händchen in die Luft und sank mit einem Klatschen zurück. Der unglückselige Soldat wurde mitgezerrt, fiel vollends ins Wasser und versank.

Als sich Spears keuchend wieder aufrichtete, war ich neben ihm. Alles war so furchtbar schnell gegangen, daß ich noch kaum richtig begriff, was geschehen war. Seit dem Augenblick, in dem der erste Schuß gefallen war, war wenig mehr als eine Minute vergangen, und doch war – daran zweifelte niemand – jetzt einer der Männer tot, und eine Anzahl weiterer blutete aus Wunden, die sie beim Angriff des Monsters davongetragen hatten.

Spears kam fluchend hoch und zog seine Pistole, obwohl er sehr gut wissen mußte, wie wenig die Waffe gegen den unheimlichen Angreifer nutzte.

Ein Schrei aus einem Dutzend Kehlen warnte uns. Spears und ich fuhren herum, gerade noch rechtzeitig, um den schwarzen Schatten erneut wie einen lebenden Torpedo durch das schlammige Wasser auf uns zuschießen zu sehen. Spears hob seine Pistole und feuerte, und gleichzeitig begannen auch seine Männer wieder zu schießen.

Es nutzte so wenig wie beim erstenmal. Das Ungeheuer jagte heran, bäumte sich auf und schoß mit einem grotesken Sprung aus dem Wasser.

Direkt in meinen Degen hinein.

Ich hatte die Waffe im selben Augenblick hochgerissen, in dem das Monstrum aus dem Wasser schnellte. Die Klinge durchstieß die schwarze Haut der Bestie ohne fühlbaren Widerstand, schnitt eine armlange Wunde in ihre Flanke und trennte eines der kleinen Ärmchen ab, ohne daß ich auch nur einen Ruck gefühlt hatte. Aus dem wütenden Glucksen und Schnattern des Ungeheuers wurde mit einem Male ein lautes Schmerzgebrüll. Wie ein Sack voll nassem Leder klatschte es zwischen Spears und mir auf den Stein.

Dann starb es.

Es ging ganz schnell. Ausgehend von der Stelle, an der mein Degen sie berührt hatte, verlor seine Haut ihren feuchten Glanz, wurde trocken und rissig wie altes Leder und zerfiel zu grauem Staub. Ein pestilenzartiger Gestank nahm uns den Atem, und plötzlich klang ein Zischen auf, als streue man Schießpulver ins Feuer. Weniger als dreißig Sekunden nach dem Angriff war von dem Ungeheuer nur ein Häufchen grauer Asche übrig.

Es zerstob, als Spears mit dem Fuß hineinstieß.

»Mein Gott, Craven«, murmelte er. »Was … was war das? Was war das für eine Kreatur und was … was haben Sie getan?«

Seine Augen wurden rund, während er abwechselnd mich, meine Waffe und den schmierigen grauen Fleck auf dem Boden anstarrte, zu dem die Bestie zerfallen war.

Das *Ding*, von dem ich nun wußte, daß es nichts anderes als eine *Shoggote* gewesen war, ein Dienerwesen der GROSSEN ALTEN …

»Es würde zu lange dauern, Ihnen alles zu erklären«, sagte ich hastig, »später, Spears. Jetzt müssen wir hier weg.«

Spears schluckte nervös. Sein Blick huschte unstet über die quirlende Wasseroberfläche. »Sie … Sie glauben, es wären noch mehr von diesen … *Dingern* hier?« flüsterte er.

Ich wollte antworten, aber dann gewahrte ich eine Bewegung aus dem Augenwinkel, fuhr herum und deutete statt dessen stumm in die Richtung, aus der wir gekommen waren.

Auch Spears hatte das Geräusch gehört. Eine Sekunde lang starrte er aus schreckgeweiteten Augen in die Schwärze des Ganges, dann bückte er sich, hob seine Lampe auf, ließ den Strahl wie eine bleiche einfingrige Hand über das Wasser tasten und richtete ihn schließlich in den Gang.

Oder – genauer gesagt – dorthin, wo vor Augenblicken noch nichts anderes als der Abwasserkanal gewesen war.

Natürlich war das Wasser noch immer da.

Aber es war kaum mehr zu erkennen, zwischen der Flut braunschwarzer, augenloser Kaulquappenmonster, die sich auf uns zuwälzten wie eine lebende Lawine!

»Um Gottes willen!« keuchte Spears. Seine Hände begannen zu zittern, so stark, daß der Lichtstrahl über den Kanal und den Fluß zu hüpfen begann. Eine Sekunde lang sah es so aus, als würde er nun vollends die Kontrolle über sich verlieren, dann hatte er sich wieder in der Gewalt.

»Zurück!« brüllte er. »Alles zurück! Schießen hat keinen Sinn! *Lauft!*«

Sein Befehl wäre kaum mehr nötig gewesen, denn der schreckliche Anblick allein hatte gereicht, unter den Männern beinahe eine Panik ausbrechen zu lassen. Einige vereinzelte Schüsse krachten noch, und zwischen der Phalanx der heranschießenden Ungeheuer stob das Wasser hoch wie unter Faustschlägen, aber die meisten Männer taten instinktiv das einzige, was überhaupt Sinn hatte – sie liefen, als wäre der Teufel höchstpersönlich hinter ihnen her.

Auch Spears und ich setzten uns in Bewegung, wenn auch als letzte und in gehörigem Abstand. Der Degen in meiner Hand verlieh mir ein Gefühl trügerischer Sicherheit, wenngleich ich mir vollends darüber im klaren war, daß mich auch diese Waffe nicht gegen eine solche erdrückende Übermacht schützen würde.

Verzweifelt sah ich mich im Laufen um. Wir rannten wie von Sinnen, aber die Bestien holten unbarmherzig auf. Trotz ihres plumpen Äußeren bewegten sie sich elegant wie Fische im Wasser. Und es waren viele, sehr viele. Ich schätzte, daß auf jeden unserer Männer gut drei oder vier der schwarzen Bestien kamen.

Mir blieb keine Zeit, weiter über unsere Chancen nachzudenken, denn die erste Riesenquappe war bereits heran. Ein augen- und nasenloser Schädel brach schäumend aus der braunen Brühe hervor. Im Laufen versetzte ich ihm einen Hieb mit dem Degen, verlor dadurch fast den Boden unter den Füßen und nickte Spears dankbar zu, als er mich im letzten Moment zurückriß. Das Ungeheuer zerfloß unter Wasser zu einer Wolke aus grauem Schlamm, aber schon nahm ein neues seinen Platz ein; ein dünner, ölig glänzender Strang zuckte nach Spears, wickelte sich wie eine Peitschenschnur um seinen Hals und schnappte zurück, als ich ihn mit dem Degen durchtrennte. Blitzschnell wirbelte ich herum, tötete einen dritten *Shoggoten* mit einem raschen Hieb und brachte mich mit einem verzweifelten Sprung in Sicherheit, als eine der schwarzen Riesenkreaturen aus dem Wasser schnellte und mit einem widerlichen Platschen neben mir auf den Sims fiel.

Sie lebte nicht lange genug, um nach mir schnappen zu können.

Die nächsten Minuten waren die reine Hölle. Spears und ich vollführten einen wahren Veitstanz, um den schnappenden Schwänzen und den immer wieder hochzüngelnden tödlichen Tentakelzungen der Bestien zu entgehen, und mein Degen wütete unter den Bestien. Ich schätzte, daß ich mehr als ein Dutzend der schrecklichen Ungeheuer vernichtete, aber ihre Zahl war schier endlos. Aus dem hinteren Teil des Ganges, dort, wo Spears' Leute waren, gellten Schreie und das ununterbrochene Stakkato von Gewehrsalven und Geräusche, als würden schwere Körper ins Wasser gerissen.

Allmählich begann sich der Angriff der *Shoggoten* auf Spears und mich zu konzentrieren. Immer mehr und mehr der Quallenwesen erschienen im Wasser, und obwohl ich den Degen jetzt mit beiden Händen führte und wie wild um mich schlug, war der Augenblick abzusehen, an dem mich eine der Bestien erwischen oder meine Kräfte einfach erlahmen würden.

Plötzlich erscholl ein urgewaltiges Krachen. Felsbrocken und Schmutz regneten von der Decke, und mit einem Male zuckte ein blauweißer, greller Blitz hinter uns auf. Instinktiv duckte ich mich, als ein wahres Bombardement von Steinen und Kalk auf Spears und mich herabregnete. Aus dem Augenwinkel sah ich einen dünnen Faden auf mich niederstoßen, schlug mit dem Degen danach und spürte, wie ich traf.

Es war der letzte *Shoggote*, den ich vernichtete.

Als das Zittern des Bodens und der Steinhagel aufhörten, hatten sich die Ungeheuer zurückgezogen. Irgend etwas hielt die Bestien davon ab, Spears und mich abermals anzugreifen – obgleich wir beide auf dem Boden lagen und in diesem Moment hilflos gewesen wären.

Eine Sekunde später zuckte ein zweiter, noch hellerer Blitz auf und verwandelte den Stollen in ein gräßliches Schwarzweißgemälde. Ein vielstimmiger, gellender Schrei klang auf – und plötzlich kamen Spears' Männer zurückgerannt, manche aus tiefen Wunden blutend und verfolgt von einer schwarzen, brodelnden Flutwelle.

Ich begriff, warum die Ungeheuer von ihrem Angriff abgelassen hatten. Obgleich sie nicht viel mehr als geistlose Protoplasmaklumpen waren, mußten sie doch über eine Art Selbsterhaltungstrieb verfügen.

Sie hatten schlicht und einfach das gleiche getan, was auch ein General tun würde, der begriff, daß er zu hohe Verluste hatte. Sie hatten auf Verstärkung gewartet.

Der zweite Trupp *Shoggoten* mußte am unteren Ende des Kanals auf uns gewartet haben. Und er war womöglich noch größer als der erste. Wenn sich die beiden furchtbaren Armeen vereinigten, dann würden sie das Dutzend Männer und mich schlichtweg überrollen, Degen hin oder her. Auch diese Waffe konnte immer nur an einer Stelle zuschlagen.

Spears richtete sich mühsam neben mir auf und half mir auf die Beine.

Er war bleich, und in seinen Augen loderte die Angst. Trotzdem wirkte er gefaßt.

»Das war's dann wohl, Craven«, sagte er leise. »Sieht so aus, als würden wir in ein paar Sekunden erfahren, ob es ein Leben nach dem Tode gibt.«

Ich antwortete nicht, sondern starrte verbissen auf den Kanal hinaus. Spears' Männer waren mittlerweile herangekommen und hatten einen dichten Kordon um uns gebildet, eine Mauer aus Gewehren, deren Läufe drohend auf die mächtigen schwarzen Schatten deuteten.

»Liefern wir ihnen wenigstens einen guten Kampf, Craven«, sagte Spears leise. »Und noch etwas. Ich ...«

»Nicht, Spears«, unterbrach ich ihn. »Ich mag keine großen Abschiedsszenen. Stellen Sie sich vor, wie peinlich es sein kann, wenn wir es überleben.«

Spears starrte mich einen Moment unverstehend an, dann lächelte er und konzentrierte sich wieder auf den Kanal.

Die zweite *Shoggoten*-Welle raste heran, eine Armee menschengroßer schwarzglitzernder Schatten, die das Wasser pflügten wie lebende Torpedos und unter die Masse der wartenden Ungeheuer fuhr, ohne ihr Tempo merklich zu verringern.

Es dauerte Sekunden, bis ich begriff, daß irgend etwas nicht so war, wie es sein sollte.

Die Bewegung der dunklen Körper im Wasser war einzeln nicht zu erkennen, aber es war etwas an ihrer Gesamtheit, was mich alarmierte. Der zweite, rasend schnell heranschießende Trupp *Shoggoten* schien nicht mit dem ersten zu verschmelzen, sondern wie eine gewaltige dunkle Faust unter ihn zu fahren. Es war wie eine Folge lautloser, optischer Explosionen; dunkle Körper trafen auf schwammige schwarze Umrisse, Knäuel von Leibern bildeten sich und stoben auseinander, und plötzlich begannen sich drei, vier *Shoggoten* unmittelbar vor uns aufzulösen, zerfaserten einfach zu Wolken grauschwarzen Schleimes und vergingen im Wasser.

»Sie ... sie kämpfen gegeneinander!« keuchte Spears. Seine Augen weiteten sich vor Unglauben.

Der Kampf war bizarr. Trotz der Verbissenheit, mit der er geführt wurde, war er nahezu lautlos. Die neu hinzugekommenen Wesen fuhren unter die *Shoggoten*, griffen sie zu zweit oder zu dritt an.

Und wo immer die *Shoggoten* auf ihre unheimlichen Gegner stießen, verloren sie den Kampf.

Ich mißachtete die Gefahr, in der ich schwebte, trat so dicht an das Ufer heran wie möglich und starrte aus angestrengt zusammengekniffenen Augen in das tobende Chaos.

Die neu aufgetauchten Wesen waren keine *Shoggoten*! Sie hatten die Form und Proportion von Menschen, waren aber viel größer und massiger, und ihre Körper waren tiefschwarz wie die ihrer furchtbaren Feinde. Bewaffnet waren sie mit langen, eigentümlich gezackten Stöcken, mit denen sie nach den Quallenwesen stießen und sie gleich reihenweise in verkochenden Schlamm verwandelten. Wie immer es auch zuging, mußten ihre Waffen eine ähnliche Wirkung auf die Protoplasmawesen haben wie mein Stockdegen.

Schon nach wenigen Sekunden waren die Reihen der *Shoggoten* sichtbar gelichtet, und mehr und mehr der unheimlichen Bestien wandten sich zur Flucht. Der Kampf dauerte nicht einmal eine Minute.

Schließlich fuhren die wenigen überlebenden Quallenungeheuer wie auf ein gemeinsames Kommando hin herum und suchten ihr Heil in der Flucht. Aber ihre Gegner ließen nicht von ihnen ab, sondern verfolgten sie mit der gleichen Verbissenheit, mit der sie sie bekämpft hatten. Das Brodeln und Zischen des Wassers wanderte langsam nach links aus, und noch immer starben *Shoggoten*, getroffen von den tödlichen Zackenstäben ihrer Feinde.

Aber nicht alle der unheimlichen Wesen verfolgten die Bestien. Spears berührte mich erschrocken am Arm und deutete nach rechts, und ich sah, wie drei der sonderbaren Gestalten mit eleganten Schwimmstößen ans Ufer kamen und sich schwerfällig auf den steinernen Sims hinaufzogen. Spears Männer wichen instinktiv vor ihnen zurück, und ich sah, wie sich einige Gewehre auf die schwarzglitzernden Gestalten richteten und sich Finger nervös um Abzüge spannten.

Ich konnte den Männern ihre Furcht nicht einmal übelnehmen, denn die drei Gestalten wirkten alles andere als vertrauenserweckend.

Es waren Riesen.

Der kleinste von ihnen mußte eine gute Handbreit über zwei Yards messen, und seine Schultern waren so breit, daß er schon fast mißgestaltet wirkte. Seine Haut glänzte wie poliertes schwarzes Eisen, und wo sein Gesicht sein sollte, schimmerte ein riesiges, spiegelndes Auge im Licht der Lampe. Seine Hände waren dreifingrige Klauen, in denen die gezackte Harpune eher wie ein Spielzeug aussah.

Dann machte er einen Schritt, und es war diese Bewegung, die die Illusion zerplatzen und mich erkennen ließ, wem ich wirklich gegenüberstand.

Es waren Menschen. Menschen in wuchtigen, aus Eisen und zähem schwarzem Leder gefertigten Tauchmonturen. Jetzt, als sie aus dem Wasser heraus waren, hatten ihre Bewegungen alle Eleganz verloren und wirkten eher plump. Ich dachte schaudernd daran, wie schwer ein solcher Anzug an Land sein mußte.

Der vorderste der drei gepanzerten Riesen trat vor, legte umständlich seine Harpune zu Boden und hob die rechte Hand zum Kopf. Ein leises Quietschen erscholl, als er die wasserdichte Glasplatte löste, die seinen Helm schloß.

Dahinter kam ein schmales, von einem wild wuchernden Vollbart bedecktes Gesicht zum Vorschein. Ein Paar eisgrauer, wacher Augen musterte die Männer, blieb einen Moment an Spears' Gesicht haften und richtete sich dann auf mich. Es war sonderbar, aber ich begann beinahe sofort, mich unter dem Blick dieser Augen unwohl zu fühlen.

Dann begann der Mann zu sprechen. Seine Stimme klang verzerrt und hohl unter dem wuchtigen eisernen Helm hervor, und trotzdem erschien sie mir in diesem Moment unendlich wohltönend, denn es war wenigstens eine *menschliche* Stimme.

»Nun, Monsieur, mir scheint, wir sind gerade noch zum rechten Zeitpunkt gekommen. Hatten Sie Verluste?«

Spears, an den die Frage gerichtet war, fuhr sichtlich zusammen. »Einen ... einen Mann«, antwortete er stockend. »Vielleicht mehr. Aber wenn Sie eine Minute später erschienen wären ...«

Der Mann in der Tauchermontur winkte ab und kam mit schwerfällig-taumelnden Bewegungen näher. »Meine Mannschaft wird sich um diese Mißgeburten kümmern, mein Wort darauf, Monsieur«, sagte er. »Trotzdem wäre es wohl angeraten, wenn Sie und Ihre

Männer diesen ungastlichen Ort schnellstmöglich verlassen würden. Ich habe ein Boot, wenige hundert Meter flußab. Es wäre mir eine Ehre, wenn Sie uns begleiten würden. Überdies gibt es die eine oder andere Information, die ich Ihnen zukommen lassen und die auf Ihr Interesse stoßen könnte.«

Spears starrte das Gesicht hinter der Tauchermaske verwirrt an. Wahrscheinlich war er noch nie auf jemanden gestoßen, der sich noch komplizierter und umständlicher ausdrücken konnte als er. Aber der Fremde gab ihm keine Zeit, seiner Verwirrung Herr zu werden, sondern fuhr, mit einem fragenden Blick in meine Richtung, fort:

»Monsieur Craven, nehme ich an?«

Instinktiv nickte ich. »Sie … kennen mich?«

Ein flüchtiges Lächeln huschte über die ausgemergelten Züge hinter der Tauchermaske und erlosch wieder. »Wir hatten das Vergnügen leider noch nicht persönlich, mein lieber junger Freund, aber ich darf mich rühmen, schon eine Menge über Sie und Ihre tolldreisten Streiche gehört zu haben.« Er lächelte noch einmal, kam näher und streckte mir die dreifingrige Metallklaue seines Anzuges wie zur Begrüßung hin. Ich widerstand im letzten Moment der Versuchung, sie zu schütteln. Wahrscheinlich hätte er mir glatt die Hand abgerissen.

»Ich soll Ihnen Grüße ausrichten, Monsieur«, fuhr der Fremde fort. »Von einem gemeinsamen Freund. Aber vielleicht bereden wir das später, in meiner Kabine und bei einem guten Glas Portwein?«

»Gern«, stotterte ich, noch viel zu perplex, um etwas anderes sagen zu können. »Aber von welchem gemeinsamen Freund sprechen Sie? Und wer sind Sie überhaupt?«

»Mein Name ist Nemo«, sagte der Fremde. »Kapitän Nemo.«

»Nemo?« Ich starrte ihn an. »Sie sind ...«

»Warum unterhalten wir uns nicht später darüber!« unterbrach mich Nemo, und irgend etwas war in seiner Stimme, was mich aufhorchen ließ. Sie klang ... ja, alarmiert. Alarmiert und zugleich besorgt. Und ich hatte das sichere Gefühl, daß es nicht allein die Anwesenheit der *Shoggoten*-Monster war, die ihn ängstigte. Fast gegen meinen Willen nickte ich.

»Gehen wir.«

Vier Stunden später verließen wir das unterirdische Labyrinth wieder. Der Mann in der Tauchermontur deutete nach vorn, dorthin, wo sich das Wasser in einem gewaltigen steinernen Becken sammelte, einen künstlichen Katarakt überwindend und durch schräg gegen die Strömung geneigte eiserne Gitterkonstruktionen fließend.

Es mußte auf Mitternacht zugehen, denn der Mond, der dann und wann hinter den tiefhängenden Regenwolken hervorlugte, stand nahezu im Zenit, und die Stadt lag wie eine dunkle, formlose Masse hinter uns. Ein geradezu atemberaubender Gestank stieg von der Oberfläche des Sammelbeckens auf und verpestete den kühlen Salzwasserhauch, der vom Meer heraufwehte.

Trotzdem erschien mir die übelriechende Luft wie ein kühler Frühlingshauch nach den mehr als vier Stunden, die ich unter der Erde und bis zu den Knien in Abwässern watend zugebracht hatte. Mehr als einmal während dieser Zeit hatte ich ernsthaft zu zweifeln begonnen, ob wir das Tageslicht überhaupt noch einmal wiedersehen würden. Selbst das schlammverkrustete Becken unter uns kam mir im Moment wunderschön vor, war es doch wenigstens ein Teil der Welt, die ich kannte.

Ich fühlte mich schmutzig wie niemals zuvor in meinem Leben; und ich war es auch. Alles an mir schien irgendwie zu kleben, und auf meiner Zunge lag ein Geschmack, als hätte ich versehentlich eine Kuh am falschen Ende geküßt. So absurd es war, sehnte ich mich nach vier Stunden, die ich größtenteils im Wasser watend verbracht hatte, nach nichts mehr als nach einer Badewanne voller Wasser. Voll *sauberem* Wasser allerdings.

Etwas zwickte mich in den Ellenbogen, und die Berührung erinnerte mich daran, daß wir noch lange nicht außer Gefahr waren und zwischen mir und der Badewanne noch ein ganzes Becken voller Schlamm und vielleicht noch ein paar Dinge mehr lagen, an die ich lieber nicht denken wollte.

Ich sah auf, begegnete Nemos ernstem, beinahe besorgt wirkendem Blick und sah in die Richtung, in die die dreifingrige Eisenklaue seines sonderbaren Anzuges deutete. Auf der anderen Seite des Sammelbeckens, dicht hinter der Stelle, an der das Wasser ein letztes, gemauertes Wehr durchfloß und sich gurgelnd und schäumend ins offene Meer ergoß, bewegten sich Schatten. Meine Augen hatten Mühe, mit dem silbergrauen Zwielicht der Nacht zurechtzukommen, aber ich mußte die Schatten auch nicht wirklich erkennen, um zu wissen, wer dort drüben auf uns wartete. Die Bewegungen der Männer wirkten plump und ungelenk, und dann und wann brach sich ein verirrter Lichtstrahl auf ihren Gestalten und ließ sie wie schwarzpolierten Stahl aufblitzen.

»Ihre Männer?« flüsterte ich.

Nemo nickte; jedenfalls nahm ich an, daß das kurze Beben seiner schwerfälligen Tiefseemontur ein Nicken sein sollte. »Oui«, sagte er. »Ein wenig zu spät, aber besser spät als gar nicht.« Er seufzte und blickte zum Mond hinauf. Ich war mir nicht sicher, denn sein Gesicht war hinter der schmalen Öffnung des Taucherhelmes nur undeutlich zu sehen, aber ich glaubte, einen raschen Ausdruck von Sorge über seine Züge huschen zu sehen.

»Was haben Sie?« fragte ich.

Nemo fuhr zusammen, sah mich einen ganz kurzen Moment lang fast schuldbewußt an und rettete sich in ein Lächeln. »Nichts«, log er. »Kommen Sie. Das Boot wartet.«

Hinter uns wurde die Nacht lebendig, als nach und nach auch die anderen Mitglieder unserer verunglückten Expedition aus dem Kanal kamen. Der kleine Trupp bot einen genauso seltsamen wie bemitleidenswerten Anblick. Spears' Männer – mit ihm selbst an der Spitze – sahen ungefähr so aus, wie ich mich fühlte, nämlich gräßlich. Das Dutzend Marinesoldaten wankte mehr ins Freie, als daß es ging. Kaum einer von ihnen war ohne Blessuren davongekommen, und alle waren sie über und über mit Schmutz und glitzerndem Schlamm bedeckt. Und Nemos Männer boten keinen besseren Anblick. Ihre Unterwasserpanzer waren über und über mit Schlamm und fauligem Tang bedeckt, und die Last der Kleidungsstücke, für ein anderes Element als die Luft geschaffen, ließ ihre Träger gebeugt und schleppend gehen wie uralte Männer.

Nemo und ich traten zur Seite, um die Männer passieren zu lassen. Der Platz auf dem schmalen, auf einer Seite von einem rostigen Gitter begrenzten Sims über dem Sammelbecken wurde eng, als auch der letzte aus dem Kanal heraus war, und zwei von Spears' Männern brachen schlichtweg vor Entkräftung zusammen.

Auch ich spürte Müdigkeit wie eine betäubende Woge durch meine Glieder kriechen. Jetzt, als die Anspannung allmählich von mir abfiel, verlangte mein Körper den Preis für die Stunden der Anstrengung. Was ich fühlte, war die normale, körperliche Erschöpfung, die mit der Erleichterung, einer drohenden Gefahr entronnen zu sein, einhergeht. Aber gleichzeitig fühlte ich auch, daß es noch lange nicht vorbei war. Nemos Eingreifen hatte uns zweifellos das Leben gerettet, aber wir hatten nur ein kleines Scharmützel gewonnen, nicht einmal eine Schlacht.

Geschweige denn den Krieg.

Mühsam blinzelte ich die Müdigkeit weg, lehnte mich schwer gegen das eiserne Schutzgitter und starrte auf das rechteckige Wasserbecken hinunter. Das Licht war sehr schwach, aber ich konnte erkennen, daß die Männer dort unten einen dunklen, langgestreckten Körper heranzogen; das Boot, von dem Nemo gesprochen hatte. Ein Licht begann zu blitzen, sorgsam gegen das Land hin abgeschirmt, so daß ich selbst von hier oben aus nur seinen rhythmischen Widerschein auf dem Wasser ausmachen konnte. Neugierig hob ich den Blick und sah in östliche Richtung, dorthin, wo sich hinter der Schwärze der Nacht das Meer verbarg. Mein Verdacht bestätigte sich: nach einer Weile antwortete weit draußen auf dem Meer ein winziger Leuchtpunkt auf das Flackern der Lampe. Plötzlich bedauerte ich, das Morsealphabet niemals gelernt zu haben.

»Ihr Boot?« fragte ich, an Nemo gewandt, aber ohne den Blick vom Meer zu nehmen.

Der Mann in dem schwerfälligen Unterwasserpanzer antwortete nicht auf meine Frage, und als ich mich nach einer Weile doch zu ihm umwandte, bemerkte ich, daß sein Blick besorgt über Spears' zusammengekauerte Gestalt huschte. Der Fregattenkapitän war auf die Knie gesunken, wie die meisten seiner Männer, und rang nach Atem. Ich glaube nicht, daß Nemo meine Worte überhaupt vernommen hatte, denn ich hatte sehr leise gesprochen, und das Gurgeln und Rauschen des Wassers übertönte ohnehin fast jeden anderen Laut. Trotzdem wiederholte ich meine Frage nicht noch einmal, sondern sah Nemo nur stirnrunzelnd an und begnügte mich mit dem unmerklichen Nicken, das er mir schließlich zur Antwort gab.

»Vorwärts«, sagte Nemo plötzlich laut. »Wir müssen weiter. Schaffen Ihre Männer den Abstieg noch, Kapitän Spears?«

Der Fregattenkapitän sah auf, starrte Nemo einen Moment lang aus dunklen, vor Erschöpfung und Müdigkeit trüb gewordenen Augen an und rang sich ein mattes Nicken ab. Nemo streckte ihm die Hand entgegen, um ihm auf die Füße zu helfen, aber Spears ignorierte die Geste, griff mit zitternden Fingern nach dem rostigen Eisengitter neben sich und zog sich aus eigener Kraft in die Höhe. »Wo ... wo sind wir überhaupt?« murmelte er. »Noch in Schottland oder bereits auf der anderen Seite des Erdballs?«

Nemo lachte leise. »Keine Sorge, Kapitän. Wir sind nur ein paar Meilen von Aberdeen entfernt. Aber dieser Weg erschien mir am sichersten, die Kanalisation zu verlassen. Sie werden einsehen, daß meine Leute und ich ein ... äh, gewisses Aufsehen erregt hätten, hätten wir die Stadt auf dem Landwege zu verlassen versucht.«

Spears starrte ihn an und preßte die Lippen aufeinander. Ich konnte direkt sehen, wie es hinter seiner Stirn arbeitete. Aber zu meinem und wohl auch Nemos Erstaunen ging Spears nicht weiter auf seine Worte ein, sondern drehte sich herum und begann ohne ein weiteres Wort, die rostzerfressene Eisenleiter hinunterzusteigen, die zum Rande des Sammelbeckens führte. Konnte es wirklich sein, daß er nicht wußte, wem er gegenüberstand?

Wieder fing ich einen Blick Nemos auf, und wieder gewahrte ich diese sonderbare Mischung aus Sorge und angespannter Bereitschaft auf seinen Zügen. Er schien so deutlich wie ich zu spüren, daß mit Spears irgend etwas nicht stimmte.

Nemo und ich waren die letzten, die den gemauerten Sims verließen. Der Kanal mündete – aus einem Grund, den allerhöchstens die Architekten dieser Anlage und vermutlich nicht einmal sie – kannten gute fünf Yards über dem riesigen Schlammbecken, so daß die Leiter dicht neben einem schäumenden Wasserfall entlangführte und das rostige Eisen schlüpfrig und glatt war, als wäre es mit Schmierseife überzogen. Nach dem kräftezehrenden Marsch durch die Unterwelt Aberdeens überstieg diese letzte Kletterpartie beinahe meine Kräfte. Ich wankte, als ich unten ankam, und hätte Nemo nicht wortlos zugegriffen und mich gestützt, dann hätte mein Ausflug wohl in einem Schlammbad seinen krönenden Abschluß gefunden. Nicht, daß das noch einen großen Unterschied gemacht hätte.

Ich schenkte ihm einen dankbaren Blick, trat naserümpfend ein Stück von der ölig glänzenden Brühe im Becken zurück, und schlurfte mit hängenden Schultern hinter ihm her.

Es war ein ziemlich zerschlagener Haufen, der

schließlich das Meeresufer erreichte. Ein paar von Spears' Männern ließen sich erschöpft auf die Knie sinken oder warfen sich gar der Länge nach in die eiskalte Brandung, um den Schlamm und das stinkende Wasser abzuwaschen, während Nemos Leute wie durch Zufall ein Stück zurückblieben und sich im Halbkreis hinter den Marinesoldaten aufstellten. Auch von Nemo selbst hatte eine fühlbare Anspannung Besitz ergriffen. Von der Erschöpfung, die ich ihm noch vor Augenblicken angemerkt hatte, war keine Spur mehr geblieben.

Auf ein Zeichen des Kapitäns hin kam das Boot, das ich von oben aus gesehen hatte, näher. Ich erkannte jetzt, daß es weitaus größer war, als ich bisher geglaubt hatte. Gute zwanzig Fuß lang und mit einem – wenn auch im Moment zurückgelegten – Mast. Es mußte mehr als zwei Dutzend Männern Platz bieten und war schon fast eine kleine Pinasse. An seinem Heck befand sich ein sonderbarer Aufbau, den ich in der herrschenden Dunkelheit zwar nicht genau erkennen konnte, der aber einen irgendwie bizarren Eindruck machte, gezackt und dabei geschwungen, so daß er dem ganzen Boot etwas von einem Haifisch zu verleihen schien, trotz seiner plumpen Form. Bemannt war das Schiff nur mit drei Matrosen, die die gleichen schwerfällig wirkenden Monturen trugen wie Nemo und seine Leute.

Auch sie waren bewaffnet. Und ich war ziemlich sicher, daß es kein Zufall war, daß die Spitzen ihrer Zackenharpunen auf die Gruppe erschöpfter Marinesoldaten am Ufer deuteten.

»Bitte, meine Herren – gehen Sie an Bord«, sagte Nemo. Seine Stimme klang ungeduldig, fast gereizt.

Spears sah auf. Auf seinen Zügen mischten sich Überraschung und Müdigkeit mit einem langsam aufkeimenden immer stärker werdenden Schrecken.

»Was soll das heißen?« fragte er. »Wieso …«

»Bitte, Kapitän«, unterbrach ihn Nemo. »Befehlen Sie Ihren Leuten, an Bord der Pinasse zu gehen. Meine Zeit ist knapp bemessen.«

Spears schluckte krampfhaft. Seine Hand senkte sich auf die Pistolentasche an seiner Seite, aber er führte die Bewegung nicht zu Ende, als Nemos Harpune hochruckte.

»Begehen Sie jetzt bitte keinen Fehler«, sagte Nemo ruhig. »Ich bin nicht Ihr Feind.«

Spears keuchte. »Was soll das bedeuten?« fragte er noch einmal.

»Nicht das, was Sie denken«, antwortete Nemo ruhig. »Ich muß Sie lediglich bitten, mich an Bord mei nes Schiffes zu begleiten.«

»Ihr Schiff?« Spears schüttelte verwirrt den Kopf. Entweder, dachte ich, begriff er wirklich nicht, was hier vor sich ging, oder er versuchte bewußt den Idioten zu spielen, um Nemo zu täuschen. »Was soll der Unsinn?« fragte er. »Meine Männer und ich müssen zurück in die Stadt!«

Nemo seufzte. »Seien Sie vernünftig, Spears«, sagte er, beinahe sanft, aber trotzdem mit einer hörbaren Spur von Ungeduld. »Sie wissen so gut wie ich, daß ich das nicht zulassen kann. Gehen Sie an Bord. *Bitte.*«

»Dann sind wir Ihre Gefangenen?« fragte Spears.

Nemo seufzte. »Das Wort *Gäste* wäre mir lieber, Kapitän, aber wenn Sie Wert darauf legen – bitte.«

»Aber warum?« fragte Spears verwirrt. »Wir kämpfen auf derselben Seite, Nemo. Sie und ich …«

»Verdammt noch mal, Spears, halten Sie endlich den Mund!« unterbrach ich ihn ärgerlich. »Begreifen Sie immer noch nicht, wer dieser Mann ist?«

Spears starrte erst mich, dann Nemo an, öffnete den

Mund, wie um etwas zu sagen, brachte aber nur ein halbersticktes Krächzen hervor. Plötzlich wurden seine Augen rund vor Schrecken.

»Nemo«, murmelte er. »Sie ... Sie sind Kapitän Nemo? *Der* Nemo?«

Statt einer direkten Antwort senkte Nemo seine Harpune und trat ein paar Schritte auf Spears zu. Sein ausgestreckter Arm deutete nach Osten, auf das Meer hinaus.

Ein Stück vor der Küste, vielleicht eine halbe Seemeile entfernt, begann das Wasser zu schäumen. Zuerst war es nur ein leichtes Kräuseln der Oberfläche, als spiele der Wind mit den Wellen, dann wurden die Blasen größer und mächtiger, und mit einem Male übertönte ein gewaltiges Rauschen den monotonen Rhythmus der Brandung. Immer stärker und stärker schäumte das Meer, und plötzlich, als wäre an seinem Grund ein unterseeischer Vulkan ausgebrochen, schoß eine gewaltige Fontäne aus Wasser und weißem Schaum in die Luft, erhob sich bis auf dreißig, vierzig Yards Höhe und fiel zurück, als blase ein riesiger Wal Wasser ab.

Dann erschien der Gigant.

Trotz seiner ungeheuerlichen Größe hatte sein Auftauchen etwas fast Schwereloses. Majestätisch wie ein Wal, aber viermal so groß, durchbrach er die Wasseroberfläche, sank mit einem gewaltigen Rauschen und Krachen zurück und kam schaukelnd zur Ruhe; ein Riese wie ein finsterer Meeresgott, aber aus schwarzem Stahl gefertigt. Eine doppelte Reihe winziger, gelb erleuchteter Bullaugen an seiner Flanke zauberte hüpfende Lichtflecke auf das Wasser, und plötzlich strahlte an seinem Bug ein helles, gleißendes Licht auf, tastete wie ein suchender Finger über das Meer und erlosch wieder.

Aber so kurz der Scheinwerferstrahl auch nur geleuchtet hatte, sein Licht hatte ausgereicht, mir den Namenszug zu zeigen, der in geschwungenen goldenen Lettern unter dem zwanzig Yards langen Rammsporn am Bug des Giganten prangte.

NAUTILUS

Zweites Buch

Der Raum war nicht sehr viel größer als eine Gefängniszelle, zwei Schritte in der Breite und kaum doppelt so lang, dazu so niedrig, daß ich mich nicht einmal vollends aufrichten konnte, wollte ich nicht mit dem Kopf gegen die sanft gekrümmte Decke stoßen.

Aber er war sehr viel behaglicher eingerichtet. Die Wände, aus härtestem Stahl geschmiedet, lugten nur hier und da hinter kostbaren Vorhängen und Gobelins hervor, und auf dem Boden lag ein wolkenweicher Teppich. Ein buntbestickter Diwan nahm fast die Hälfte des vorhandenen Platzes ein, und vor der gegenüberliegenden Wand, gleich neben einer niedrigen, halbrunden Tür, war ein niedriger, kunstvoll gedrechselter Tisch am Boden verschraubt, auf dem noch die Reste des üppigen Mahles standen, das mir einer von Nemos Männern vor Stundenfrist gebracht hatte; dazu eine Flasche des köstlichsten Champagners, der mir jemals untergekommen war.

Auf einem Wandbord daneben standen eine kostbare, goldgeschnittene Bibel und zwei kleine metallene Kistchen, von denen eine eine Anzahl teurer Havanazigarren und die andere drei Lagen likörgefüllter Pralinés enthielt. Mein Gastgeber schien großen Wert darauf zu legen, für mein körperliches und seelisches Wohl zu sorgen.

Was nichts daran änderte, daß die Kammer ein Gefängnis war. Ein sehr komfortables Gefängnis vielleicht, aber trotzdem nicht mehr.

Es gab kein Fenster, und die Tür hatte auf der Innenseite keinen Griff, sondern nur einen runden Knauf, an dem ich ziehen konnte, bis ich schwarz wurde. Es *war* ein Gefängnis.

Mißmutig wälzte ich mich auf dem Diwan von einer Seite auf die andere, knuffte das bestickte Seidenkissen zu einem Ball zusammen und versuchte vergeblich, das Gefühl der Übelkeit zu ignorieren, das in gleichmäßigen Wellen aus meinem Magen emporstieg. Mir war schlecht wie selten zuvor in meinem Leben.

Aber die Übelkeit, die mich quälte, kam weder von dem zu reichlichen Essen noch von der Flasche Champagner, die ich fast zur Gänze geleert hatte, sondern resultierte einzig aus dem beständigen Stampfen und Schaukeln, das begonnen hatte, als ich diesen Alptraum von Schiff betrat, und seither – von einer einzigen, kurzen Unterbrechung abgesehen – nicht mehr aufgehört hatte.

Ich war seekrank.

Ich habe Schiffe nie gemocht, sondern ihnen immer ein natürliches Mißtrauen entgegengebracht; seit ich denken konnte, ist mir stets alles, was sich nicht auf festem Boden oder wenigstens Rädern oder Schienen bewegt, irgendwie suspekt gewesen.

Aber seit ich an Bord der NAUTILUS war, hatte ich angefangen, sie zu hassen.

Dabei war das beständige Schaukeln und Wiegen des Bodens nicht einmal sehr schlimm. Immerhin befanden wir uns gute zehn Faden unter der Oberfläche des Meeres, so daß das Schiff vom Wellengang weitgehend unberührt blieb, aber die Strömung war hier, nahe der schottischen Küste, selbst unter Wasser so stark, daß sich das Boot beständig mit der Kraft seiner Maschinen gegen den Druck des Wassers stemmen mußte.

Wenigstens war das die Erklärung, die ich mir selbst zurechtgebastelt hatte, in den Stunden, die ich wach auf dem Diwan gelegen, die Decke angestarrt und versuchte hatte, der Übelkeit in meinen Eingeweiden Herr zu werden.

Ich wußte nicht einmal, wie lange ich mich an Bord dieses phantastischen Schiffes befand. Trotz allem war ich eingeschlafen, kaum daß mich Nemo unter Deck gebracht und mir meine Kabine gezeigt hatte, und der Schwere meiner Glieder nach zu urteilen, die ich nach dem Erwachen verspürte, mußte es ein sehr langer Schlaf gewesen sein.

Seitdem lag ich hier, starrte die Decke mit der runden, elektrischen Lampe darunter an und wartete; worauf, wußte ich selbst nicht, Kapitän Nemo hatte auf keine meiner Fragen – und es waren ihrer eine Menge gewesen! – wirklich geantwortet, sondern sich in geheimnisvollen Andeutungen ergangen, nach denen ich mich verwirrter fühlte als vorher.

Ein metallisches Schaben von der Tür her ließ mich aus meinen düsteren Gedanken auffahren. Ich blinzelte, setzte mich mit einem Ruck auf den Diwan auf und sank gleich wieder zur Seite, als mein Magen die unvorsichtige Bewegung mit einem neuerlichen Schub saurer Galle in meinen Mund quittierte. Das wuchtige Schott glitt mit einem hörbaren Quietschen zur Seite, und ein hochgewachsener Mann im blau-weiß gestreiften Bordhemd des Schiffes und in schwarzen Hosen trat gebückt durch die Öffnung: Es war derselbe Mann, der mir vor Stundenfrist das Essen gebracht hatte.

Schweigend wartete er, bis ich mich – weitaus langsamer und vorsichtiger als beim erstenmal – erhoben hatte, trat zur Seite und machte eine einladende Handbewegung auf den Gang hinaus. Ich trat an ihm vorbei und rammte mir prompt den Schädel an der niedrigen Kante des Schotts an. Die Mundwinkel des Matrosen zuckten verdächtig, aber er verbiß sich mit Macht das Grinsen, das mein Mißgeschick ihm aufdrängen wollte, als er meinem finsteren Blick begegnete, sondern beeilte sich, sich an mir vorbeizuschieben und gebückt vorauszugehen.

Trotz meiner Übelkeit, die jetzt, als ich auf dem schwankenden Boden auch noch *gehen* mußte, noch weiter zunahm, erweckte der Anblick sofort meine Neugier. Der Gang war so niedrig, daß auch ein sehr viel kleinerer Mann als ich schwerlich hätte aufrecht gehen können. Alles an Bord dieses phantastischen Schiffes war irgendwie eng und klein. Seine Wände, die leicht einwärts gebogen waren, wie um der Krümmung des Rumpfes zu folgen, waren mit schweren, goldbemalten Tapeten und Stoffen verziert, nur hier und da lugte ein sonderbares technisches Gerät hervor, aber auch dieses verkleidet und kaschiert, so gut es ging. Wie in meiner Kabine verbreiteten wundersame elektrische Lampen unter der Decke mildes, nahezu schattenloses Licht, und wie dort lagen auf dem Boden weiche Teppiche, gegen die selbst die Bodenbeläge meines gewiß nicht ärmlichen Hauses in London schäbig ausgesehen hätten. Wäre das rhythmische Pochen der schweren Maschinen nicht gewesen, die tief unter uns im Leib des Schiffes wie gewaltige stählerne Herzen schlugen, hätte ich eher angenommen, mich in einem feudalen Landhaus zu befinden, nicht in einem Schiff, das zehn Faden *unter* der Wasseroberfläche die Meere durchkreuzte.

Der Gang schien wie eine gewaltige stählerne Aorta durch die gesamte Länge des Schiffsrumpfes zu gehen, denn wir legten eine Distanz von gut fünfzig Schritten zurück, ehe der Matrose vor einem weiteren halbrunden Schott stehenblieb und mit einer auffordernden Handbewegung zur Seite wich. Die zollstarke Panzertür glitt nahezu lautlos nach oben, als ich darauf zutrat, und gab den Blick auf eine eng gewundene, metallene

Treppe frei, die dahinter gleichzeitig nach unten und in die Höhe führte.

Mein schweigsamer Führer lächelte auffordernd, trat zurück und wies mit einer Handbewegung nach oben, wie um mir mit Gesten zu verstehen zu geben, daß ich weitergehen sollte, ohne auf ihn zu warten. Wahrscheinlich, überlegte ich, war er des Englischen nicht mächtig und versuchte sich auf diese Weise verständlich zu machen.

Die Sicherheitstür fiel hinter mir zu, kaum daß ich den Fuß auf die erste Stufe der Eisentreppe gesetzt hatte. Instinktiv blieb ich stehen, sah kurz nach oben und beugte mich dann über das schmale Geländer, um in die Tiefe zu blicken. Viel gab es allerdings nicht zu sehen. Die Treppe endete nach drei, vier weiteren, engen Windungen in einem winzigen Raum, dessen Wände von vier niedrigen gepanzerten Türen durchbrochen waren, ähnlich der, durch die ich selbst gerade gekommen war. Der Boden war dort unten nackt, und auch an den Wänden sah das unverkleidete Eisen des Schiffsrumpfes hervor, übersät mit einer Unzahl sinnverwirrenden technischen Gerätes. Das rhythmische Pochen des stählernen Pulsschlages dieses Giganten der Meere schien dort unten lauter zu sein, und als ich mich darauf konzentrierte, vermeinte ich ein ganz sanftes Vibrieren unter meinen Füßen zu spüren. Dort unten mußten die geheimnisvollen Maschinen liegen, die die NAUTILUS antrieben.

Ich ging weiter. Ganz sicher wartete man oben auf mich, und solange ich nicht wirklich wußte, auf welcher Seite der Herr dieses geheimnisvollen Schiffes stand, hatte es wenig Sinn, sein Mißtrauen zu wecken.

Das Messer fühlte sich kalt in ihrer Hand an, kalt und glatt wie Eis und sonderbar schwer, und obwohl die schmale, auf beiden Seiten geschliffene Klinge noch immer sorgsam unter einem Streifen dunklen Stoffes verborgen war, damit sich kein Lichtstrahl auf dem Stahl brach und sie etwa im letzten Moment verriet, glaubte sie den Metallgeschmack auf der Zunge zu fühlen.

Sie wußte, daß sie sterben würde. Die Klinge unter ihrer Schürze, um die sich ihre rechte Hand mit fast verzweifelter Kraft krallte und die für einen anderen bestimmt war, würde auch sie töten.

Aber das war ihr egal. Sie war ohnehin schon tot. Sie war vor drei Tagen gestorben, innerlich, und daß sie noch weiterlebte und atmete und sprach und dachte, war eigentlich nur noch ein bloßer Reflex, ein blindes Weiterfunktionieren ihres Körpers ohne Sinn und Zweck. Sie war gestorben, als sie das kleine Zimmer unter dem Dach ihres Hauses betreten und Jennifers Bett leer vorgefunden hatte. Als sie begriffen hatte, was das unbenutzte weiße Laken bedeutete. Ihr Leben hatte jeden Sinn verloren, im selben Augenblick, in dem sie ans Fenster getreten und den Vollmond wie ein höhnisch blinzelndes Auge am Himmel stehen gesehen hatte.

Seitdem war sie tot, aber niemand hatte es bemerkt; niemand aus der Stadt, keiner ihrer Nachbarn und Freunde, keiner von *ihnen*, nicht einmal ihr eigener Mann, den sie seit diesem Moment mit der gleichen Inbrunst haßte, wie sie ihn all die Jahre zuvor geliebt hatte. Etwas in ihr war gestorben, und wenn sie jetzt noch weiterlebte, dann nur zu dem einzigen Zweck, Rache zu üben. Sie würde McGillycaddy töten. Erst ihn, dann James, den Mann – selbst in Gedanken weigerte sie sich jetzt, ihn weiter als *ihren* Mann zu bezeichnen, geschweige denn als Jennifers Vater –, den Mann, der sein eigenes Fleisch und Blut verraten hatte, um es einer blasphemischen Gottheit zu opfern. Und dann so viele von ihnen, wie sie erwischen konnte, ehe sie sie überwältigten und töteten.

Vielleicht – auch dessen war sie sich vollkommen im klaren – würden sie sie auch nicht töten, sondern etwas Schlimmeres mit ihr tun, aber selbst das war ihr egal. Es gab nichts mehr von Wichtigkeit. Nichts außer dem Stück rasiermesserscharfem, beißendem Stahl in ihrer Hand.

Das Haus wirkte sonderbar kalt, als sie Jennifers Zimmer verließ und auf den schmalen, fensterlosen Korridor hinaustrat. Unten, in der Stube, hörte sie James mit den anderen reden, aber sie achtete nicht auf die Worte, denn auch sie hatten keine Bedeutung mehr, sondern ging mit ruhigen Schritten ins Schlafzimmer hinüber und betrachtete sich noch einmal kritisch in dem großen Spiegel, der neben dem Bett aufgestellt war.

Es war ein kostbarer Spiegel, in goldbemalte Holzschnitzereien gefaßt und aus dem allerfeinsten Kristallglas geschliffen. Wie jedes Teil hier im Haus hatte sie ihn mit großer Sorgfalt und Liebe ausgewählt, und wie alles in diesem Haus war er etwas, um das sie die meisten anderen Frauen beneidet hätten. Bis vor drei Tagen war er ihr ganzer Stolz gewesen.

Jetzt war das alles unwichtig geworden.

Kritisch musterte Several Borden ihre Erscheinung. Nein, es fiel nicht auf, daß sie die rechte Hand unter der Schürze trug. Sie hatte ihr bestes Kleid angezogen, wie immer, wenn sie zu einer Versammlung gingen, dazu eine Schürze aus Brüsseler Stickerei, über der der Schal wie ein modisches Accessoire wirkte; nicht wie das Versteck, in dem sie den tödlichen Dolch trug. Niemand würde etwas merken.

Und auch ihr Gesicht wirkte gefaßt und glatt und schön wie immer. Für ihre vierzig Jahre war sie noch immer eine sehr schöne Frau. Es war kein Wunder gewesen, daß sie einen der reichsten Männer des Ortes hatte heiraten können. Es war ihr auch ganz selbstverständlich vorgekommen, ein Leben in einem – wenn auch bescheidenen – Luxus und frei aller Sorgen führen zu können. Bis jetzt. Bis zu jenem schrecklichen Moment vor drei Tagen, in dem sie begriffen hatte, wie furchtbar hoch der Preis war, den sie letztendlich dafür zahlen mußte.

Langsam wandte sie sich um, schloß die Schlafzimmertür hinter sich und wandte sich zur Treppe. Sie hörte das Geräusch der Tür, kurz bevor sie die Treppe hinuntergekommen war, und als sie die Stube betrat, sah sie gerade noch das geschauspielerte Lächeln auf James' Zügen erlöschen, mit dem er den letzten Besucher verabschiedet hatte.

»Several, Liebling«, begrüßte sie ihr Mann. »Du bist schon fertig. Wie schön.« Er kam auf sie zu, schloß sie kurz und heftig in die Arme und küßte sie auf die Wange. Several hatte das Gefühl, sich übergeben zu müssen. Aber ihr Gesicht blieb ausdruckslos wie Stein.

»Ich bin bereit«, sagte sie ruhig. »Und ich glaube, es wird auch Zeit. Die Versammlung beginnt bald.«

James nickte, eilte zum Kamin und klopfte seine Pfeife über den Flammen aus. »Ich weiß«, sagte er. »Aber ich komme nicht mit.«

Several erschrak, so sehr, daß sie nur mit Mühe den geschauspielert-gleichmütigen Ausdruck auf ihren

Zügen halten konnte. »Du kommst nicht mit?« wiederholte sie. »Du weißt, daß McGillycaddy ...«

»Gesagt hat, daß alle kommen müssen, ich weiß«, unterbrach James sie. »Aber er weiß Bescheid. Es reicht aus, wenn du gehst und mich vertrittst. Und ich komme ja nach.« Er lächelte aufmunternd, eilte geschäftig durch das Zimmer und stellte den rechten Fuß auf die Tischkante, um seinen Schuhriemen zu binden.

»Wohin ... gehst du?« fragte Several stockend. Ihre Gedanken überschlugen sich fast. Er *mußte* mitgehen. Nach McGillycaddy selbst war er der zweite, der bezahlen mußte. Er vor allem. »Ich ... ich möchte nicht allein gehen«, fügte sie hinzu.

James sah auf, lächelte und beugte sich dann wieder über seinen Schuh. »Ich komme so rasch nach, wie ich kann«, versprach er. »Und ...« Er stockte wieder, als der Schuhriemen unter seinen Fingern zerriß, runzelte ärgerlich die Stirn und versuchte, die abgerissenen Enden zusammenzuknoten.

»Warum eigentlich nicht«, sagte er plötzlich. »Es sollte eigentlich eine Überraschung sein, aber was soll's? Ich fahre zur Bahnlinie hinunter, um Jennifer abzuholen.«

»Jennifer?« Several erschrak, als sie den fast hysterischen Ton in ihrer eigenen Stimme vernahm. Aber James war so sehr mit seinem Schuhriemen beschäftigt, daß er nichts zu bemerken schien.

»Sie ... Sie kommt zurück?« sagte sie stockend. Ihr Herz schien auszusetzen. Dann begriff sie, und ein Gefühl eisiger Kälte begann sich in ihrem Inneren auszubreiten.

James nickte. »Ja. Ich habe dir doch gesagt, daß sie in ein paar Tagen wieder hier ist. Du hast dich umsonst gesorgt, Liebling. Schließlich ist Aberdeen nicht aus der

Welt, und ein Mädchen von neunzehn Jahren kann ganz gut einmal für drei Tage allein bleiben.«

Lautlos trat Several hinter ihren Mann. Er mußte ihre Annäherung bemerken, aber natürlich dachte er sich nichts dabei. Ihre Augen füllten sich mit heißen Tränen. Für wie dumm hielt er sie? Wie sehr mußte er sie verachten, wenn er glaubte, sie selbst jetzt noch belügen zu können?

»Sie ... Sie kommt zurück?« fragte sie noch einmal.

James nickte, ohne von seinem Schuh aufzusehen, riß ein weiteres Stück des mürbe gewordenen Schnürsenkels ab und fluchte leise. »Warum sollte sie nicht kommen?« fragte er. »In ein paar Stunden seid ihr wieder zusammen, du wirst sehen.«

Several begann zu weinen, lautlos und ohne daß sich in ihrem Gesicht auch nur ein Muskel rührte. Sie hatte ihr Sterben gespürt, vor drei Tagen.

»Ja«, sagte sie leise. »Bald sind wir wieder zusammen, James. Wir alle.«

Vielleicht ahnte er jetzt, was der sonderbare Ton in ihrer Stimme zu bedeuten hatte, denn er hielt plötzlich in seinem Tun inne und richtete sich auf. Aber wenn, dann kam diese Erkenntnis zu spät.

Several stieß ihm den Dolch mit solcher Wucht in den Rücken, daß die Klinge abbrach.

Ich war schon fast daran gewöhnt, daß die Tür am oberen Ende der Treppe wie von Geisterhand aufschwang, kaum daß ich mich ihr näherte. Dahinter lag ein Gang, der etwas größer und heller erleuchtet war als der untere und womöglich noch verschwenderischer eingerichtet. Ich konnte noch immer nicht aufrecht gehen, ohne mir den Kopf an der Decke zu stoßen, aber trotzdem hatte ich das Gefühl, plötzlich freier atmen zu können. Vielleicht war es auch nur das Wissen, mich ein paar Yards näher an der Wasseroberfläche zu befinden. Es war nicht gerade ein erhebender Gedanke, zehn Faden tief unter dem Meer zu sein, eingeschlossen in einen schwimmenden Sarg, der allen Naturgesetzen und jeglicher Logik zu spotten schien.

Seit ich erwacht war, nagte eine unbestimmte Furcht an meinen Gedanken. Der eine, streng logisch funktionierende Teil meines Bewußtseins sagte mir, daß die NAUTILUS nichts als das Erzeugnis einer fortgeschrittenen Technik war, die ich nicht verstand, die aber sichtlich funktionierte, denn wenn nicht, wäre ich wohl kaum in der Lage gewesen, diesen Gedanken zu denken. Aber es gab noch einen anderen Teil in mir, dem es reichlich egal war, was Logik und gesunder Menschenverstand sagten; einen Teil, der nicht von der fürchterlichen Vision abzubringen war, das Schiff jeden Moment wie einen Stein absinken und zehntausend Klafter tief auf dem Grunde des Meeres zerschellen zu fühlen.

Solche und ähnliche Gedanken schossen mir durch den Kopf, während ich durch den gewölbten Gang schritt.

Dann hörte ich die Musik.

Zuerst war es nicht viel mehr als ein Summen, ein Ton, der fast im Grollen der Schiffsmaschinen unterging, aber er schwoll rasch an und übertönte bald den Motorenlärm, wechselte, schwoll an und sank wieder herab und schwoll wieder an. Dann wußte ich, was es war.

Orgelmusik.

Vor Überraschung blieb ich stehen.

Was ich hörte, war eine Kantate von Johann Sebastian Bach, frei und mit erstaunlichem musikalischem Gespür intoniert auf einer aufs Allerfeinste gestimmten Kirchenorgel. Zehn Faden unter dem Meer!

Verwirrt ging ich weiter und blieb vor einer weiteren Tür stehen, die auf die schon bekannte Weise in der Decke verschwand, kaum daß ich bis auf Armeslänge herangekommen war – und blieb abermals stehen, als wäre ich gegen ein unsichtbares Hindernis geprallt.

Nach allem, was ich in den letzten Stunden erlebt und gesehen hatte, hatte ich geglaubt, gegen jede Überraschung gefeit zu sein. Aber ich sah mich getäuscht.

Hinter der Tür lag ein schmaler, von einem kunstvoll geschmiedeten eisernen Gitter begrenzter Balkon, hinter dem sich ein weitläufiger, äußerst geschmackvoll eingerichteter Salon erstreckte. Seine Größe mochte gute zehn auf zwanzig Schritte betragen, und die Decke, von der ein gewaltiger, elektrisch betriebener Lüster hing, wölbte sich gute drei Yards über mir.

An der linken Seite, gleich neben dem Eingang, stand eine großzügig bestückte Bar, daneben in gemütlicher Unordnung eine Chaiselongue und zwei kleine, behaglich aussehende Sessel. Es gab Bücherregale und große hölzerne Gefäße voller wuchernder tropischer Pflanzen, und an den Wänden hingen kunstvoll gerahmte Gemälde. Ein Salon wie dieser hätte ebensogut in jedes vornehme Londoner Stadthaus gepaßt.

Beinahe, heißt das. Es gab zwei Dinge, die den auf den ersten Blick so normalen Eindruck störten. Das eine war eine gewaltige Orgel, die die gesamte gegenüberliegende Wand einnahm und aus der die Musik ertönte, die ich vernommen hatte, gespielt von einem schmalschultrigen, dunkelhaarigen Mann, der mit dem Rücken zur Tür saß und so in sein Spiel versunken schien, daß er mein Eintreten nicht einmal bemerkte.

Das andere war das Fenster.

Oder das, was ich im ersten Moment für ein Fenster gehalten hatte.

Es war rund wie ein Bullauge, aber mehr als mannshoch und aus gut fünf Inches starkem, leicht nach außen gewölbtem Glas gefertigt. Dahinter lag die Unendlichkeit.

Der Anblick war im wahrsten Sinne des Wortes atemberaubend, denn für Augenblicke vergaß ich sogar, Luft zu holen, so sehr schlug mich das phantastische Bild in seinen Bann.

Die NAUTILUS bewegte sich tief unter der Wasseroberfläche, genau auf der Trennlinie zwischen Licht und ewiger Nacht, so daß es aussah, als glitte sie lautlos auf der Oberfläche eines zweiten, tintenschwarzen Meeres entlang, das sich unter der des bekannten Ozeans verbarg. Ein unwirkliches, blausilbernes Licht drang durch den flackernden, immer wieder in blitzende weiße Splitter zerbrechenden Himmel, den das Meer dreißig oder vierzig Yards über uns bildete, und in einiger Entfernung konnte ich einen gewaltigen Schwarm silbern glitzernder Fische erkennen, der das Unterseeboot wie im Spiel begleitete.

»Gefällt Ihnen, was Sie sehen, mein junger Freund?«

Ich fuhr zusammen und merkte erst jetzt, daß die Orgelmusik aufgehört und sich Nemo zu mir umgewandt hatte. Ein sanftes, zugleich stolzes wie auch irgendwie trauriges Lächeln lag auf seinen schmalen Zügen, als er aufstand und auf mich zukam.

Widerstrebend nickte ich. Seine Worte hatten den Zauber zerstört, und obwohl ich genau wußte, wie unlogisch es war, verspürte ich für einen Moment einen tiefen Groll auf ihn. Mit einemmal war die Übelkeit

wieder da, und mit ihr kamen all die finsteren Gedanken zurück, mit denen ich mich seit meiner Ankunft auf dem Schiff getragen hatte.
Noch einmal sah ich zu dem blau erleuchteten Riesenbullauge hinüber, dann drehte ich mich vollends zu ihm um und nickte knapp. »Es ist beeindruckend«, sagte ich kurz angebunden und fügte mit einer raschen, meine ganze Umgebung einschließenden Handbewegung hinzu: »So wie alles hier, Kapitän Nemo. Aber ich weiß nicht, ob ich wirklich Ihr lieber junger Freund bin.«

Nemo seufzte. Auf seinem Gesicht mischte sich Enttäuschung mit einem fast resignierenden Ausdruck, als hätte er etwas gehört, was er erwartet hatte. Kopfschüttelnd kam er näher, streckte die Hand aus und berührte mich mit einer fast väterlichen Geste an der Schulter, aber ich entwand mich seinem Griff, trat rasch einen Schritt zurück und starrte ihn finster an.

Nemo hielt meinem Blick einen Moment lang stand, schüttelte abermals den Kopf und deutete auf die Bar neben der Tür. »Darf ich Ihnen ein Glas guten Portwein anbieten, mein Freund?« fragte er.

»Sie dürfen mir eine Erklärung anbieten«, sagte ich übellaunig. Nemo fuhr unter meinen Worten sichtlich zusammen, und für einen kurzen Moment tat er mir beinahe leid; er machte den Eindruck eines Mannes, der einem gestrauchelten Kind auf die Füße helfen wollte und zum Dank einen Tritt vor das Schienbein bekommen hat. Aber dann meldete sich meine Übelkeit wieder, und das Gefühl ließ mich jegliche Gewissensbisse vergessen.

»Was hat das alles hier zu bedeuten?« fauchte ich. »Was soll diese Entführung? Wo bringen Sie mich hin, und warum?«

Nemos Gesicht wurde noch betroffener. »Sie enttäuschen mich, Robert«, sagte er. »Ich habe Sie keineswegs entführt. Wenn ich mich recht erinnere«, fügte er in leicht beleidigtem Tonfall hinzu, »habe ich Ihnen und Ihren Freunden das Leben gerettet.«

»Das bestreitet niemand«, antwortete ich ärgerlich. »Und ich bin Ihnen dankbar dafür, Nemo. Aber warum haben Sie Spears und mich dann gezwungen, an Bord dieses Schiffes zu gehen? Ich muß zurück nach Aberdeen. Ein Freund von mir ist in Gefahr.«

»Ich weiß«, antwortete Nemo traurig. »Sie reden von Kapitän Bannermann.«

Ich blinzelte überrascht. »Sie wissen davon?«

Nemo lachte leise. »Es ist nicht viel, was ich weiß, mein lieber junger Freund«, sagte er. Allmählich begann er, mir mit seinem *junger-Freund*-Gesülze ernsthaft auf die Nerven zu gehen. Aber ich schluckte die wütende Entgegnung, die mir auf der Zunge lag, im letzten Moment herunter und starrte ihn nur an.

»Kapitän Bannermanns Schicksal ist einer der Gründe für Ihr Hiersein, Robert«, fuhr Nemo fort. »Er ist längst nicht mehr in Aberdeen. Sie hätten dort ohnehin nicht mehr viel für ihn tun können.«

»Und Spears?« fauchte ich.

Diesmal wirkte Nemo ehrlich betroffen. Einen Moment lang starrte er mich an, und seine Augen wurden dunkel vor Schmerz, dann wandte er sich mit einem Ruck um, ging zum Fenster und blieb mit hinter dem Rücken verschränkten Händen vor dem gewaltigen Bullauge stehen.

»Warum fragen Sie das?« sagte er plötzlich, sehr leise und in verändertem Tonfall. »Macht es Ihnen Freude, mir Schmerz zu bereiten?«

Ich setzte zu einer neuerlichen, wütenden Entgegnung an, aber plötzlich bekam ich keinen Ton mehr hervor. Mit einem Male kam ich mir gemein vor. Ich bedauerte meine Worte.

»Es … tut mir leid, Nemo«, sagte ich stockend. »Ich wollte Sie nicht verletzen. Aber es ist alles so verwirrend.«

Er seufzte, drehte sich halb herum und sah mich mit einem sonderbaren Blick an. Das blaue Licht, das durch das riesige Fenster hereinfiel, zeichnete huschende Schatten auf seine Züge und ließ die Falten darin tiefer erscheinen, als sie waren; beinahe wie dünne, mit einem Messer eingeschnittene Narben. »Ich weiß, mein Junge«, sagte er. »Für Sie muß das alles hier sehr verwirrend sein. Aber glauben Sie mir – es ist für alle Beteiligten am besten so.«

»Sie wissen, warum Spears und seine Leute nach Aberdeen gekommen sind?« fragte ich.

Nemo nickte betrübt. »Ich weiß es, Robert. Ich weiß auch, daß er mich hassen muß wie den Teufel. Und ich kann es ihm nicht einmal verdenken. Ich habe seinen Bruder getötet.«

Er sprach nichts anderes aus als das, was ich die ganze Zeit über geahnt hatte. Trotzdem erschrak ich so heftig, daß Nemo rasch hinzufügte: »Es war nichts als ein Unfall, Robert, das müssen Sie mir glauben. Ein bedauerliches Mißverständnis, für das es keine Entschuldigung gibt, aber trotzdem nicht mehr. Zu gegebener Zeit werde ich die Verantwortung dafür übernehmen. Aber im Moment gibt es Wichtigeres zu tun.«

»Haben Sie die *Silver Arrow* versenkt?« fragte ich, sehr leise und mit nur mühsam beherrschter Stimme. »Und auch all die anderen Schiffe?«

Nemo nickte. »Ja. Im Falle der *Silver Arrow* war es ein Mißverständnis, wie ich bereits sagte.«

Er sprach nicht weiter, aber das erschien mir in diesem Moment auch nicht notwendig. Das, was er *nicht* sagte, war weitaus schlimmer als alles, was er hätte sagen können.

»Dann … dann ist das Seeungeheuer, das seit drei Monaten vor der Küste kreuzt und Schiffe verschlingt …«

»Die NAUTILUS«, bestätigte Nemo. »Ja. Aber es ist nicht so, wie Sie jetzt vielleicht glauben. Robert.« Er seufzte, trat einen Schritt auf mich zu und senkte die Rechte in die Tasche seiner blauen Kapitänsjacke. Als er die Hand wieder hervorzog, hielt sie einen schmalen, mit einem roten Siegel verschlossenen Briefumschlag.

»Lesen Sie, Robert«, sagte er. »Danach werden Sie verstehen.«

Zögernd griff ich nach dem Brief, drehte ihn zweimal in den Händen und erbrach dann das Siegel, das mir ohnehin nichts sagte.

Dafür sagte mir die Handschrift, in der der säuberlich zusammengefaltete Brief abgefaßt war, um so mehr.

Es war Howards Schrift!

Verstört sah ich auf und starrte Nemo an. Ein sanftes Lächeln glomm in den dunklen Augen des Kapitäns auf. »Lesen Sie, Robert«, sagte er noch einmal. »Ich schenke uns derweil einen guten Tropfen ein.«

Während er zur Bar eilte und geschäftig mit Gläsern und Flaschen zu hantieren begann, faltete ich mit zitternden Händen das Blatt auseinander und überflog hastig seinen Inhalt, der nur aus wenigen Zeilen bestand.

Mein lieber Robert, mir bleibt keine Zeit, Dir an dieser Stelle alle Erklärungen zu geben, die notwendig und angebracht wären. Wenn Du diese Zeilen liest, halte ich mich an einem

Ort auf, von dem es mir unmöglich ist, direkten Kontakt mit Dir aufzunehmen; überdies mögen sich die Dinge anders entwickeln, als es im Moment den Anschein hat. Ich überlasse es also meinem Freund Nemo, Dir das Nötigste zu erklären und Dich einzuweisen.

Vertraue ihm.

Howard

Ich las den Brief dreimal hintereinander, faltete ihn zusammen, starrte Nemo an, hob das Blatt noch einmal in die Höhe und las seinen Inhalt ein viertes Mal.

Nemo lächelte, aber er brachte selbst jetzt das Kunststück fertig, dabei noch irgendwie traurig auszusehen. »Nun?« fragte er.

Ich setzte zu einer Antwort an, schüttelte aber dann bloß den Kopf, steckte den Brief in die Tasche und ging zur Bar hinüber. Nemo reichte mir schweigend ein Glas mit Portwein, das ich in einem Zug leerte.

»Erzählen Sie«, sagte ich.

Es war dunkel geworden, als sie das Haus verließ. Sie hatte James' Leiche in die Kammer geschleift, wo sie sicher gefunden werden würde, aber nicht sofort, so daß ihr Zeit genug blieb, ihr Vorhaben auszuführen. Anschließend hatte sie sich gründlich gesäubert und ein neues Kleid angezogen. In ihrer Hand lag jetzt eine andere Waffe, eines von James' Jagdmessern: eine schwere, nur auf einer Seite geschliffene Klinge, plump und schwerfällig im Vergleich zu dem Dolch, mit dem sie ihren Mann umgebracht hatte. Vielleicht die richtige Waffe, um McGillycaddy zu töten.

Sie fühlte nicht einmal Triumph. Der Mord an James war etwas gewesen, das getan werden mußte und das sie nicht berührt hatte; und so würde es auch mit McGillycaddy sein. Vielleicht, dachte sie müde und mit einer sonderbaren Klarsicht, war ihre Art zu denken jetzt nicht mehr ganz menschlich. Vielleicht war sie selbst jetzt – auf ihre Weise – zu einem ebensolchen Ungeheuer geworden wie McGillycaddy und seine dämonischen Anhänger. Aber wenn, dann hatten sie sie dazu gebracht.

Die Nacht breitete sich wie eine schwarze Decke über der Küste aus, während sie den schmalen, steinigen Pfad zum Gut hinaufging. Es gab eine Straße, eine knappe halbe Meile weiter westlich, auf der sie leichter und schneller vorangekommen wäre, aber sie wollte keinem der anderen begegnen. Sie wußte nicht, ob sie sich gut genug in der Gewalt haben würde, nicht das Messer zu ziehen und jeden zu töten, der sich ihr in den Weg stellte. Aber sie durfte es nicht.

Ein scharfer Wind kam auf, als sie die Steilküste erreichte und sich nach Norden wandte, zum Gut und dem See hin, der selbst in der Nacht wie ein mattes silbernes Auge zu erkennen war. Die Luft roch nach Regen, und vom Meer wehte das schwache Echo eines entfernten Gewitters herüber. Ganz automatisch glitt ihr Blick über die unendliche, schwarz daliegende Fläche.

Several stockte mitten im Schritt.

Der See war nicht mehr leer. Ein Stück vor der Küste, vielleicht eine halbe Meile entfernt, vielleicht weniger, war ein gewaltiger Schatten erschienen, formlos und dunkel in der Nacht, nicht mehr als ein Klumpen aus Schwarz vor dem noch tieferen Schwarz des Meeres, aber zu gleichmäßig geformt, um der Schatten einer Wolke sein zu können, und viel zu groß für ein Tier. Ein Schiff. Es kam ihr sonderbar vor, daß sich ein Schiff so nahe an die berüchtigte Steilküste heranwagen sollte, noch dazu bei einer Witterung wie dieser.

Dann dachte sie den Gedanken ein zweites Mal, und es war, als bohre sich ein glühender Dolch in ihre Brust.

Ein Schiff!

Es gab nur ein Schiff, das es wagen würde, in einer Nacht wie heute so nahe an die Küste heranzukommen, nur ein einziges Schiff, das einen Grund hatte, ein solches Risiko einzugehen.

Zehn, zwanzig endlose schwere Herzschläge lang stand Several Borden reglos wie eine Statue da und starrte auf den monströsen schwarzen Schatten, der da aus dem Meer aufgetaucht war. Etwas bewegte sich, tief unter ihr und auf halber Strecke zwischen dem Schiff und der Küste. Das Licht reichte nicht aus, sie erkennen zu lassen, was es war, aber das war auch nicht nötig. Sie wußte es.

Er! Er war gekommen, *er* selbst! Immer wieder und wieder und wieder hämmerten ihre Gedanken dieses eine, schreckliche Wort, und mit jedem Male schien die Kälte in ihrem Innern tiefer zu werden.

Several erwachte mit einem Ruck aus ihrer Erstarrung, wandte sich um und begann geduckt den Weg zurückzulaufen, den sie gekommen war. Ihre Hand schloß sich so fest um das Messer, daß das grobe Leder ihre Haut aufriß und Blut an ihrem Arm hinablief.

Sie merkte es nicht einmal.

»Wo ist Howard?« fragte ich. »Und was sind das für geheimnisvolle Anweisungen, die Sie mir geben sollen?«

Nemo hob besänftigend die Hand, um meinen Redefluß zu unterbrechen, schenkte mir Portwein nach und nippte an seinem eigenen Glas, ehe er antwortete. »Immer eines nach dem anderen«, sagte er. »Zuerst möchte ich wissen, ob Sie mir vertrauen. Es ist wichtig.«

Ich starrte ihn an. Nemo hielt meinem Blick scheinbar gelassen stand, und sein Gesicht blieb dabei so ausdruckslos wie immer. Aber ich war nicht unbedingt darauf angewiesen, im Gesicht meines Gegenübers zu lesen, um herauszubekommen, ob er mir die Wahrheit sagte oder nicht. Es war ein Teil meines magischen Erbes, daß ich immer – nun gut, *fast* immer – spürte, ob mein Gesprächspartner mir die Wahrheit sagte oder nicht. Das war der angenehmere Teil der ganzen Geschichte. Es gab auch einen anderen, einen, der mit Buchstaben des Schreckens und Worten der Furcht geschrieben war, aber das gehörte nicht hierher. Wenigstens im Moment nicht.

»Sind Sie wirklich ein Freund von Howard?« fragte ich.

Nemo blinzelte, als hätte er nicht verstanden, was ich meinte. »Natürlich«, sagte er. »Sie haben den Brief gelesen, oder?«

Er sprach die Wahrheit. Ich wußte es im selben Moment, in dem ich die Frage ausgesprochen hatte.

»Wo ist er?« fragte ich. »Und warum kann er nicht selbst kommen?«

»An einem Ort, über den Ihnen mehr zu sagen mir verboten ist«, antwortete Nemo. »Er ist in Gefahr – eine Gefahr, die uns alle bedroht. Vielleicht sogar die ganze Welt. Ich kann Ihnen jetzt nicht alles erklären, denn manche Zusammenhänge sind mir selbst noch nicht ganz klar, und das allermeiste wissen Sie bereits.«

»Ich weiß überhaupt nichts«, fauchte ich. Nemos Geheimnistuerei begann mir ernsthaft auf die Nerven zu gehen. »Ich weiß, daß Kapitän Bannermann entführt wurde und die *Scotia* keine so harmlose Reederei ist, wie alle Welt zu glauben scheint, und …«

»Und um das herauszufinden, haben Sie sich und ein Dutzend anderer Männer in Lebensgefahr gebracht«, unterbrach mich Nemo ruhig.

Ich starrte ihn an. Die Bedeutung – die wahre Bedeutung seiner Worte ging mir nur ganz allmählich auf. Ich begriff, daß Nemo ein Mann von viel zu feiner Art war, den Vorwurf, der sich hinter seinen Worten verbarg, direkt auszusprechen. Aber ich hörte ihn trotzdem. Und er tat weh. Sehr weh.

»Ich verstehe«, sagte ich. »Sie wollen sagen, daß alles nicht nicht passiert wäre, hätte ich meine Nase nicht in Dinge gesteckt, die mich nichts angehen.«

Nemo lächelte. »Ich hätte es etwas weniger drastisch ausgedrückt, mein Junge – aber bitte. Ja, wir wissen schon seit Monaten über Jameson und seine sogenannte Reederei Bescheid, aber wir haben abgewartet. Wir wollten nicht Jameson selbst. Er war nur ein ganz kleines Licht, ein zweitklassiger Betrüger, der im Grunde nicht einmal wußte, was er tat.« Sein Lächeln wurde schmerzlich. »Ein winziges Rädchen im Getriebe, das nach Belieben ersetzbar war. Wie sich gezeigt hat.«

»Dann wäre alles nicht passiert«, murmelte ich. »Bannermann wäre nicht entführt worden und ihre Pläne …«

»Der Schaden ist nicht so groß, wie es auf den ersten Blick den Anschein hat«, sagte Nemo. »Im Gegenteil. Ihr Auftauchen hat sie nervös gemacht. Vielleicht fangen sie jetzt an, Fehler zu machen.«

»Vielleicht bringen sie Bannermann auch um«, fügte ich hinzu. Meine Worte mußten sehr düster geklungen haben, denn Nemo sah mich einen Moment lang mit undeutbarem Ausdruck an, seufzte plötzlich und streckte die Hand aus, um mich mit einer fast väterlichen Geste an der Schulter zu berühren. Sein Griff war überraschend stark.

»Was geschehen ist, ist geschehen«, sagte er sanft. »Es nutzt weder uns noch Kapitän Bannermann, wenn wir uns gegenseitig irgendwelche Schuld zuschieben. Außerdem lebt er noch.«

Ich sah auf. »Sind Sie sicher?«

Nemo setzte zu einer Antwort an, schwieg dann aber einen Moment und seufzte nur. »Ich hoffe es«, gestand er. »Meine ... Männer haben ihn aus den Augen verloren. Aber wir wissen, wohin sie ihn gebracht haben.«

»Dann müssen wir ihn befreien!« sagte ich erregt.

Nemo schüttelte den Kopf. »Es tut mir leid, Robert«, sagte er. »Aber das ist etwas, was Sie allein tun müssen. Ich kann auf keinen Mann verzichten, so, wie die Dinge liegen. Und die NAUTILUS wird für ... für eine andere Aufgabe gebraucht.«

Das fast unmerkliche Stocken in seinen Worten fiel mir auf, aber ich tat so, als hätte ich es überhört. Ich hatte eine ziemlich feste Vorstellung von dem, was er mit einer ›anderen Aufgabe‹ meinte.

»Wo ist er?« fragte ich, als Nemo auch nach einer Weile noch nicht weitersprach.

»Bannermann?« Nemo wies mit einer Kopfbewegung auf das Bullaugen-Fenster. »Nicht sehr weit von hier. Ich bringe Sie zur Küste, so nahe heran wie möglich und ...«

»So nahe wo heran?« unterbrach ich ihn.

Nemo zögerte. Seine Gelassenheit verflog zusehends. Ganz offensichtlich hatte das ganze Gespräch bisher nur einem einzigen Zweck gedient – nämlich mich möglichst schonend auf das vorzubereiten, was er wirklich von mir wollte. Ich verbiß mir im letzten Moment die scharfe Bemerkung, die mir auf der Zunge lag. Manchmal vergaß ich, wie schwer es für meine Mitmenschen sein mußte, sich mit einem Mann zu unterhalten, den man nicht belügen konnte.

»Nach Firth'en Lachlayn«, sagte Nemo schließlich, nachdem er eine Weile herumgedruckst hatte.

»Was ist das?« fragte ich. »Eine Halskrankheit?«

Nemo lächelte pflichtschuldig. »Nein«, sagte er. »Der Ort, an dem ihr … nun, sagen wir: Hauptquartier liegt.« Er fuhr sich nervös mit der Zungenspitze über die Lippen, verkroch sich für endlose Sekunden hinter dem Rand seines Portweinglases und fuhr, hörbar nervöser und beinahe gehetzt, fort: »Aber Sie haben nicht viel Zeit, Robert. Ich wollte, es wäre anders, aber Sie haben erlebt, wozu sie fähig sind. Wir müssen diese Brut auslöschen, ehe noch mehr Unschuldige sterben.«

Ich nickte. Nicht, daß ich auch nur ein Wort verstand, aber ich hatte das bestimmte Gefühl, daß ich das auch nicht sollte. »Sie meinen diese Shoggoten-Bestien?« vermutete ich.

Nemo nickte. »Wir wissen, wo ihre Brutstätte ist«, sagte er. »Und wir werden sie vernichten. Es gibt noch etwas, das getan werden muß, aber danach wird die NAUTILUS Kurs auf Loch Firth nehmen und diese Brut auslöschen, ein für allemal.«

Er sah mich an, und er tat es auf jene ganz bestimmte Art und Weise, auf die man jemanden ansieht, von dem man eine bestimmte Reaktion erwartete. Nemo wartete wohl allerdings eher auf ein Stichwort.

Ich tat ihm den Gefallen.

»Ich nehme an, der Ort, an dem Bannermann gefangen gehalten wird, ist identisch mit dieser … Wie haben Sie sie genannt? Brutstätte?«

Nemo nickte.

»Und ich nehme weiter an«, sagte ich, so ruhig ich konnte, »Sie werden keine Rücksicht darauf nehmen, wenn Bannermann oder ich noch da sein sollten, wenn Sie zuschlagen?«

»Das kann ich nicht, Robert«, murmelte Nemo. »Es … es steht zu viel auf dem Spiel. Wir dürfen kein Risiko eingehen. Wenn auch nur ein einziges dieser Ungeheuer entkommt …«

Er sprach nicht weiter, sondern schwieg, aber er tat es auf eine sehr vielsagende Weise. Und es war ein sehr beredtes Schweigen. Ein Schweigen, das die Erinnerungen an einen nach Abfällen und Fäulnis riechenden Schacht in mir wachrief, die Erinnerung an brackiges braunes Wasser und große, augenlose Kaulquappenmonster, an schnappende Haifischgebisse und die Todesschreie von Menschen.

Ich nickte. »Wieviel Zeit habe ich?«

»Vierundzwanzig Stunden, Robert«, sagte Nemo. »Nicht einmal ganz vierundzwanzig Stunden.«

Der Wind war kälter geworden; böig, schneidend und auf schwer in Worte zu fassende, aber dafür um so deutlicher fühlbare Weise boshaft. Es kam Several viel weniger wie das Heulen des Seewindes vor, sondern mehr wie das Wimmern gefangener Seelen. Die eisigen Böen, die wie unsichtbare Messer in ihr Gesicht schnitten, ihr Haar peitschten und ihr die Tränen in die Augen trieben, kamen ihr wie Hiebe unsichtbarer Krallen vor, das Heulen und Pfeifen, mit dem sich die Luft an den Felsvorsprüngen und Graten der Küste brach, wie das düstere Versprechen auf Tod und endlose Qual, die sie erwartete, wenn sie nicht von ihrem Tun abließ.

Sie verscheuchte den Gedanken. Sie war noch immer ganz ruhig, und alles, was sie in sich fühlte, waren eine sonderbare, körperlose Kälte und Entschlossenheit, aber Gedanken wie diese mochten die Furcht mit sich bringen, die Dämonen der Angst, die sie ihr Leben lang gepeinigt hatten und die keineswegs vollends besiegt waren. Sie durfte es ihnen nicht erlauben, abermals Gewalt über sie zu erlangen. Nicht in diesem Moment. Später, wenn alles getan war, war Zeit genug, Angst zu haben.

Beinahe lautlos näherte sie sich der Stelle, an der das Boot die Küste erreichen mußte. Several kannte jeden Fußbreit Bodens der unwegsamen Steilküste genau; sie wußte, daß es auf Meilen hin nur eine einzige Stelle gab, an der ein Boot das Land erreichen konnte, ohne Gefahr zu laufen, von den wütend gegen den Kreidefelsen anrennenden Wogen zerschmettert zu werden. Der gewaltige schwarze Schatten draußen auf dem Meer war wieder verschwunden, so lautlos und rasch, wie er aufgetaucht war, aber der kleinere Schatten, den er geboren hatte, war noch da, näherte sich, auf und ab hüpfend und im Zickzack dem willkürlichen Kurs folgend, den ihm die Wellen aufzwangen, dem Fuß der gewaltigen Kreidemauer.

Several ergriff das Messer fester. Für einen ganz kurzen Moment überkamen sie Zweifel – was, wenn das Messer, das für sterbliches Fleisch gedacht war, *seine* Haut nicht zu durchschneiden vermochte. Was, wenn sie *ihn* nicht töten konnte, weil *er* unsterblich war und nur wie ein Gott einen Gott zu vernichten wußte? Was, wenn *er* bereits wußte, daß sie hier oben stand, bereit, *ihn* zu töten, und sich darauf vorbereitete?

Plötzlich fiel ihr ein, daß James einmal, als er betrunken und vom Punsch redselig geworden war, wie im Scherz erwähnt hatte, daß *er* sich ohne Worte und über große Entfernung zu verständigen wußte, und mit einem Male sah sie wie in einer blitzartigen Vision das Bild von Männern auftauchen, Männern mit Fackeln und Gewehren und Stricken, die *seinen* Ruf gehört hatten und kamen, um sie zu fassen, lange, ehe sie ihre Rache vollziehen konnte.

Several erhob sich ein Stück aus dem Gebüsch, in dem sie Schutz gesucht hatte, und sah zum Land zurück. Der Schatten des Gutes ragte wie eine finstere Trutzburg vor dem Nachthimmel empor, durch das Spiel der Schatten und Wolken und ihre eigene Angst zu einem bizarren, grausigen Etwas verzerrt, eine dreifingrige gemauerte Klaue, die gierig nach dem Himmel zu greifen schien, als wolle sie den Mond herabzerren und zermalmen.

Aber das war nur ein Schatten. Nichts regte sich dort drüben, nichts mit Ausnahme des Lichtes, das durch die Fenster im Erdgeschoß schien und flackerte, wenn sich jemand davor bewegte.

Nein – *er* wußte nicht, daß sie hier war. Niemand wußte es, niemand würde es merken, bis es zu spät war. Sie wandte ihre Aufmerksamkeit wieder dem Meer und dem winzigen langgestreckten Schatten darauf zu.

Langsam kam das Boot näher, wie ein trockener Ast auf den Wellen auf und ab hüpfend.

»Dort hinauf?« Auf dem Gesicht meines Gegenübers war keine Reaktion auf meine Worte abzulesen, denn es lag nicht nur hinter einem Schleier aus rabenschwarzer Finsternis, sondern zusätzlich hinter einer runden, auf der äußeren Seite verspiegelten Glasscheibe verborgen, die zu seinem wuchtigen Taucherhelm gehörte. Aber meine Stimme mußte wohl ziemlich entsetzt geklungen haben, denn der Mann nickte übertrieben und lachte; ein Laut, der vom Metall seines Helmes sonderbar verzerrt wurde.

»Es ist nicht so schwer, wie es aussieht«, antwortete er. Seine behandschuhte Rechte deutete nach hinten, dorthin, wo sich die Steilküste sieben oder acht Meilen weit lotrecht in den Himmel erstreckte. Jedenfalls kam es mir so vor. Im schwachen Licht des Mondes war die Wand nicht als solche zu erkennen. Die Welt schien am Ende des kaum drei Schritte breiten Sand- und Geröllstreifens einfach aufzuhören.

Mißtrauisch äugte ich in die angegebene Richtung hinüber. Vielleicht hatte der Mann ja sogar recht; aber nach vierundzwanzig Stunden, in denen meine Seekrankheit von Minute zu Minute schlimmer geworden war, wäre es mir schon schwer erschienen, einen Bordstein hinaufzusteigen.

Geschweige denn eine hundert Fuß hohe Felswand ...

Der Matrose richtete sich auf, hob beide Hände an den Helm und drehte die wuchtige Metallkugel nach links. Etwas klickte, dann hob er den ganzen Taucherhelm ab, setzte ihn vor sich in den Sand und fuhr sich mit den gespreizten Fingern der Rechten wie mit einem Kamm durch das Haar.

Ich sah, daß er noch sehr jung war; kaum so alt wie ich. Irgendwie schien mir sein jugendhaft glattes Gesicht nicht zu der monströsen Taucherausrüstung zu passen, die er trug. Ich hatte eine Art bärtigen Piraten mit Augenklappe oder etwas ähnlich Abenteuerliches erwartet. Aber schließlich sah ich selbst kaum besser aus. Nemo hatte darauf bestanden, daß ich eine seiner Tiefsee-Ausrüstungen anlegte, bevor ich die NAUTILUS verließ. Abgesehen davon, daß mir ihre gut zwei Zentner Gewicht zu einem unfreiwilligen Konditionstraining verhalfen, hatte ich bisher keinen tieferen Nutzen in diesem Befehl entdeckt.

»Die Küste ist nicht so unwegsam, wie es aussieht«, sagte der Matrose noch einmal. »Es gibt sogar einen Weg nach oben. Nicht besonders komfortabel, aber man kann ihn gehen. Die Leute hier in der Gegend haben ihn früher zum Schmuggeln benutzt«, fügte er hinzu.

Ich hörte kaum zu. Aber ich hatte meinen Helm abgeschraubt und unter den Arm geklemmt – eine Haltung, die vielleicht leger aussah, aber äußerst unbequem war. Der kalte Wind, der von See her gegen die Küste fauchte, tat gut, denn unter dem luftdicht schließenden Kupferhelm hatte eine furchtbare Hitze geherrscht. Auf meiner Stirn perlte noch immer Schweiß, und in meinen Eingeweiden schien ein ganzes Bataillon *Shoggoten* gegeneinander zu kämpfen. Nemo hatte mir Tabletten gegeben, die meine Seekrankheit linderten. Angeblich. Ich dachte lieber nicht daran, wie schlimm ich mich wohl ohne sie gefühlt hätte.

Der Matrose sah mich noch einen Moment lang ernst an, dann nickte er zum Abschied, setzte seinen Helm wieder auf und schob das Boot zurück ins Meer. Lautlos und von der gleichen, geheimnisvollen Kraft angetrieben, die auch die NAUTILUS bewegte, dreht sich sein stumpfer Bug nach Osten. Unter dem Heck begannen weiße Luftblasen aufzusteigen und sich mit dem Schaum der Brandung zu vermischen, dann setzte sich das Boot in Bewegung und glitt leicht wie ein Fisch zurück ins Meer. Kurz bevor es außer Sicht kam, hob der einsame Mann in seinem Heck noch einmal die Hand und winkte, und die Bewegung erfüllte mich mit einem sonderbaren Schaudern. Trotz der erstickenden Wärme im Inneren des Taucheranzuges fröstelte ich plötzlich.

Mit einem Ruck wandte ich mich um, trat dicht an die Felswand heran und begann den Taucheranzug abzulegen. Es war eine umständliche Aufgabe, denn obgleich mir Nemo jeden Handgriff, der dazu nötig war, erklärt hatte, war ich in solcherlei Dingen nicht geübt und stellte mich alles andere als geschickt an. Ich benötigte annähernd eine halbe Stunde, mich des Unterwasserpanzers zu entledigen und meine eigenen Kleider, die ich in einem wasserdichten Beutel mitgebracht hatte, wieder anzuziehen, und dann noch einmal die halbe Zeit, den sperrigen Anzug zu einem Bündel zu verschnüren und am Fuß der Felswand zu vergraben.

Es mußte auf Mitternacht zugehen, als ich endlich fertig war und den Aufstieg in Angriff nahm. Ich fand den Weg, von dem der Matrose gesprochen hatte, beinahe auf Anhieb, aber es war nur auf den unteren dreißig, vierzig Fuß wirklich ein Weg – danach wurde er zu einer abenteuerlichen Kletterpartie, bei der ich mehr als einmal wie eine vierbeinige Spinne senkrecht an der Wand hinaufsteigen mußte, mit Händen und Füßen in winzigen Felsspalten Halt suchend und verzweifelt darum bemüht, nicht in die Tiefe zu blicken.

Auf den letzten zehn Yards verließen mich beinahe meine Kräfte. Mir wurde übel, und für einen Moment begannen sich der Himmel und das pechschwarz daliegende Meer um mich zu drehen; ich spürte, wie ich den Halt zu verlieren begann, preßte mich mit verzweifelter Kraft an den rauhen Fels und wartete mit angehaltenem Atem, bis der Anfall vorüber war.

Langsam kletterte ich weiter. Nach einer Ewigkeit tauchte die zerbröckelte Kante der Steilwand vor mir auf. Vorsichtig löste ich meine linke Hand von ihrem Halt, griff nach einem dürren Strauch, dessen Wurzeln tief genug im Fels verkrallt zu sein schienen, um mir Halt zu bieten, und zog mich mit einem entschlossenen Ruck vollends auf den Felsen hinauf.

Ich hatte die Bewegung noch nicht halb zu Ende geführt, als der Busch auseinandergerissen wurde. Ein Schatten wuchs gigantisch und drohend zu mir empor, und ein verirrter Lichtstrahl spiegelte sich auf Metall. Instinktiv rollte ich zur Seite und riß die Hände vor das Gesicht. Das Messer schrammte über meine Handflächen, raste meinen Arm hinauf und zielte auf meinen Hals. Verzweifelt bog ich den Kopf zur Seite, trat nach den Beinen des plötzlich aufgetauchten Angreifers und spürte, wie der Dolch an meiner Wange hinaufglitt und verschwand, als der Fremde von den Füßen gerissen wurde.

Blitzartig wälzte ich mich herum und stemmte mich auf Hände und Knie hoch.

Gerade noch rechtzeitig, um das Knie zu sehen, das nach meinem Gesicht stieß. Ich kippte ein zweites Mal zur Seite – und hatte plötzlich nichts mehr als hundert Fuß eisige Luft unter mir!

Verzweifelt streckte ich die Arme aus, bekam die Felskante zu fassen und krallte mich mit aller Gewalt fest. Der Ruck schien mir die Arme aus den Gelenken zu reißen. Ich spürte, wie meine Beine wie ein übergroßes Pendel durch die Luft schwangen, versuchte mich auf den Anprall vorzubereiten und keuchte abermals vor Schmerz, als mir der Schlag die Knie bis in den Magen hinauftrieb.

Über mir erscholl ein gellender Schrei. Ich warf den

Kopf in den Nacken, sah den Dolch auf meine rechte Hand niederstoßen und griff blindlings mit der anderen zu. Meine Finger krallten sich in rauhen Stoff und rissen mit aller Macht daran.

Zum zweitenmal ging der unheimliche Angreifer zu Boden. Das Messer verfehlte meine Hand um Haaresbreite. Ich klammerte mich mit aller Macht an sein Fußgelenk und zog mich Stück für Stück wieder auf die Felswand zurück.

Aber ich hatte vergessen, daß der andere zwei Füße hatte. Den einen hielt ich umklammert und benutzte ihn als Kletterseil. Der andere stieß in mein Gesicht, kaum daß ich die Nase über den Felsen streckte. Ich schluckte einen Fluch herunter und stemmte mich weiter in die Höhe.

Der nächste Tritt ließ meine Lippe aufplatzen. Mit einem wütenden Knurren warf ich mich vor, begrub den Angreifer halbwegs unter mir und preßte ihn allein mit meinem Körpergewicht zu Boden. Das Messer blitzte auf. Ich duckte mich, schlug dem Burschen so wuchtig vor das Handgelenk, daß das Messer davonflog und klirrend in der Dunkelheit verschwand, rutschte blitzschnell noch einmal ein Stück nach vorn, nagelte seine Oberarme mit den Knien am Boden fest und schlug ihm mit dem Handrücken ins Gesicht.

Der Bursche stieß ein helles Zischen aus und wand sich wie eine Raubkatze. Ich versetzte ihm eine Maulschelle, daß er glauben mußte, Big Ben in seinem Schädel schlagen zu hören. Seine einzige Reaktion bestand darin, daß er versuchte, mir die Augen auszukratzen. Wütend packte ich ihn an den Jackenaufschlägen.

Aber mein Griff war in der Hast nicht sicher genug; ich erwischte ihn nicht am Kragen, sondern ein Stück tiefer – und was ich unter dem groben Stoff seiner Bluse fühlte, war ganz und gar nicht die haarige Männerbrust, die ich mit dem Bild eines heimtückischen Messerstechers assoziierte!

Vor Überraschung ließ ich meinen Gefangenen fahren, packte aber sofort wieder zu, zerrte ihn auf die Füße und zwang ihn, den Kopf so zu drehen, daß ich sein Gesicht im Mondlicht erkennen konnte.

Die nächsten zehn Sekunden brachte ich damit zu, das Gesicht der schmalen Gestalt anzustarren, die in meinen Händen zappelte.

»Um Gottes willen«, murmelte ich. »Sie ... Sie sind ja eine Frau!« Instinktiv lockerte ich meinen Griff wieder.

Meine Gefangene starrte mich an, schürzte wütend die Lippen – und knallte mir das Knie in eine besonders empfindliche Stelle.

Das Klirren, mit dem die Tür hinter ihm ins Schloß fiel, erinnerte Spears an das Geräusch, mit dem ein gewaltiger steinerner Deckel auf den Rand eines Sarkophages krachen mochte. Trotz allem war er freundlich behandelt worden; weniger wie ein Gefangener als vielmehr wie ein Gast; ein gern gesehener Gast noch dazu.

So ähnlich, glaubte er sich zu entsinnen, waren auch Nemos Worte gewesen.

Der Gedanke an das schmale, von einem überdimensionierten Vollbart sonderbar in die Länge gezogene Gesicht Nemos weckte den Zorn wieder in ihm. Während der letzten Stunden – Spears wußte nicht, wie viele es waren, denn sie hatten ihm auch seine Uhr weggenommen – hatte er den Kapitän der NAUTILUS beinahe vergessen; bei all dem Sonderbaren und Erstaunlichen, das ihm begegnet war. Er wußte nicht, wo er war, aber er glaubte zu spüren, daß sich dieses ›wo‹ tief unter der Wasseroberfläche verbarg. Er fühlte das Meer, die zahllosen Tonnen Salzwasser, die den schwarzen Felsen über seinem Kopf bedeckten und geduldig an den Wänden nagten. Spears hatte den größten Teil seines Lebens auf oder wenigstens an der See verbracht. Irgendwie war er zu einem Teil von ihr geworden.

Neugierig sah er sich um. Der Raum, in den sie ihn gebracht hatten, war wenig größer als die Zelle, in der er die ersten vierundzwanzig Stunden seiner Gefangenschaft verbracht hatte, aber behaglicher eingerichtet. Wie alles hier waren die Wände aus schwarzem Lavagestein, vor dem das kostbare Mobiliar sonderbar deplaciert wirkte. Es gab einen Tisch, auf dem ein Glas und eine bereits entkorkte Weinflasche standen, daneben eine Silberschale mit Trauben, dahinter, einladend mit seidenen Kissen drapiert, eine zierliche Chaiselongue. Von der Decke hing ein gewaltiger, elektrisch betriebener Lüster, und neben der Tür, genau gegenüber der Couch, hing ein gewaltiger, goldgefaßter Spiegel.

»Was soll ich hier?« fragte Spears, nachdem er sich rasch, aber sehr gründlich, umgesehen hatte.

»Sie werden hier warten«, antwortete der Mann, der ihn abgeholt und hierher gebracht hatte. Er war ein Riese, mehr als sieben Fuß groß und mit einem Gesicht, das von zahllosen Schlägereien gezeichnet war, auf dem aber sonderbarerweise trotzdem ein beinahe sanfter Ausdruck lag. Er war nicht bewaffnet, aber seine Fäuste waren wenig kleiner als Kokosnüsse, und Spears hatte den Gedanken, ihn angreifen und überwältigen zu wollen, nach einer halben Sekunde wieder fallen gelassen.

»Auf wen?« fragte er.

Der Riese lächelte. »Kapitän Nemo wird mit Ihnen sprechen«, sagte er. »Setzen Sie sich. Wenn Sie irgend etwas brauchen, rufen Sie. Ich warte draußen vor der Tür.« Damit wandte er sich um, öffnete die zollstarke Eisentür und trat gebückt auf den Korridor hinaus.

Spears starrte ihm finster nach. Während der ersten Stunden seiner Gefangenschaft hatte er getobt und immer wieder danach verlangt, Nemo zu sehen. Jetzt hatte sich seine Wut gelegt, aber er fühlte etwas anderes, eine sonderbare Art finsterer Entschlossenheit, die ihn selbst erschreckt hätte, hätte er darüber nachgedacht. Nemo ... Der Mann, der für den Tod seines Bruders und zahlloser Unschuldiger verantwortlich war!

»Warum nehmen Sie nicht Platz, Kapitän Spears?«

Die Stimme kam aus dem Nichts. Spears fuhr erschrocken zusammen, hob instinktiv die Fäuste und sah sich wild um. Aber er war allein. Und es gab in der Kammer nichts, was groß genug gewesen wäre, einen Menschen zu verstecken.

»Bitte, mon Capitan«, sagte die Stimme, die er nun als die Nemos identifizierte. »Seien Sie so gütig, auf der Chaiselongue Platz zu nehmen. Es redet sich besser.«

»Wo sind Sie?« keuchte Spears. »Was, zum Teufel, soll dieser Humbug?«

Nemo lachte leise. Es war ein perlender, ganz leicht verzerrt klingender Laut, der aus keiner bestimmten Richtung zu kommen schien, sondern das kleine Zimmer zur Gänze ausfüllte. Spears schauderte. Wenn Nemo sich vorgenommen hatte, ihn zu verunsichern, dann hatte er es geschafft.

Verwirrt drehte er sich noch einmal im Kreis, zuckte schließlich trotzig mit den Achseln und ließ sich so wuchtig auf die kleine Couch fallen, daß das Holzgestell des Möbels hörbar ächzte.

»Oh, bitte, mein Freund – seien Sie etwas behutsamer«, sagte Nemos Stimme. »Diese kleine Kostbarkeit diente bereits dem großen Napoleon Bonaparte als Ruhemöbel.«

Spears fuhr verärgert hoch, wandte den Blick und erstarrte.

Der riesige Spiegel neben der Tür hatte sich verändert. Auf dem geschliffenen Kristallglas war nicht mehr das Spiegelbild des Zimmers zu sehen – sondern das überlebensgroße Porträt Kapitäns Nemos.

Und dieses Bild bewegte sich!

Spears' Augen weiteten sich vor Unglauben, als er sah, wie ein sanftes Lächeln über die Züge Nemos huschte und sich seine Lippen bewegten, als er sprach.

»Nun, mon ami, ich hoffe, Sie sind mit Ihrer Unterbringung zufrieden. Es war mir leider in der Kürze der Zeit nicht möglich, Ihnen und Ihren Leuten den Komfort angedeihen zu lassen, der Ihnen zukäme. Bitte, nehmen Sie meine Entschuldigung in aller Form an.«

»Was … was ist das?« krächzte Spears. »Das … das ist unmöglich. Das ist … Zauberei.«

Nemo verzog das Gesicht, als hätte er unversehens in einen sauren Apfel gebissen. »Aber ich bitte Sie, mein Freund«, sagte er. »Was Sie sehen, hat so wenig mit Zauberei zu tun wie die NAUTILUS selbst.«

»Aber das ist … unmöglich!« protestierte Spears. Er stand auf, machte einen Schritt auf den verzauberten Spiegel zu und streckte die Hand aus, führte die Bewegung aber nicht zu Ende. Seine Finger verharrten zitternd wenige Inches vor dem überlebensgroßen Bild.

»Berühren Sie es ruhig«, sagte Nemo. »Nur keine Furcht. Ihnen geschieht nichts.«

Spears schluckte, streckte den Arm weiter aus und

fühlte glattes, kaltes Glas. Aber wieso bewegte sich das Porträt wie ein lebendes Gesicht?

Verwirrt zog er die Hand wieder zurück und starrte Nemo an. »Was wollen Sie?« fragte er. »Ich habe verlangt, mit Ihnen zu sprechen – nicht irgendwelche Taschenspielertricks vorgeführt zu bekommen.«

»Seien Sie versichert, daß es sich um alles andere als einen Taschenspielertrick handelt«, sagte Nemo lächelnd. »Leider reicht unsere Zeit nicht aus, Ihnen alles zu erklären ...«

»Ich wüßte nicht, was Sie mir erklären könnten!« unterbrach ihn Spears. »Sie sind ein Mörder, Nemo. Sie und Ihr verdammtes Schiff sind für den Tod zahlloser unschuldiger Menschen verantwortlich. Sie ... Sie haben meinen Bruder umgebracht!«

Nemo schwieg einen Moment, und der Ausdruck von Spott in seinen Augen erlosch und machte einer deutlichen Betroffenheit Platz. »Vielleicht haben Sie sogar recht«, sagte er plötzlich. »Ich kann nicht verlangen, daß Sie mich verstehen, Kapitän. Ich kann Ihnen nur versichern, daß es ein bedauerlicher Unfall war, der zum Untergang der *Silver Arrow* geführt hat.«

Spears keuchte. »Dann geben Sie es zu? Dann ... dann haben Sie wirklich alle diese Schiffe versenkt?«

»Ja.« Nemo nickte. »Es war Notwehr, Kapitän. Die *Arrow* hat das Feuer auf uns eröffnet und wir ...«

»Das Feuer!« Spears schrie fast. »Das Feuer mit einer kleinen Haubitze! Wenn Ihr famoses Schiff auch nur halb so gut ist, wie Sie behaupten, warum sind Sie dann nicht einfach weggetaucht? Wie kann ein kleiner Kreuzer wie die *Arrow* einem Giganten wie der NAUTILUS gefährlich werden?« Wütend ballte er die Hände zu Fäusten und trat abermals auf den Spiegel zu. »Ich will mit Ihnen reden!« schrie er. »Mit Ihnen selbst! Kommen

Sie her! Ich will, daß Sie mir in die Augen sehen, wenn Sie mir sagen, daß Sie meinen Bruder aus Notwehr getötet haben!«

Nemo seufzte. »Das ist im Augenblick leider nicht möglich, mein Freund«, sagte er bedauernd. »Ich befinde mich mehrere Dutzend Seemeilen von Ihrem Standort entfernt, müssen sie wissen, und …«

»Lüge!« kreischte Spears. »Das alles ist nichts als ein übler Trick. Sie wollen mich beeindrucken, um von der Tatsache abzulenken, daß Sie ein Mörder sind.«

Nemo schüttelte den Kopf und antwortete mit seiner sanften, noch immer geduldig klingenden Stimme, aber Spears hörte gar nicht mehr hin. Plötzlich war alles ganz klar. Er wußte sehr wohl, daß es unmöglich war, über eine Distanz von mehreren Dutzend Meilen mit einem Menschen zu sprechen. Wie hatte er jemals auf diesen billigen Jahrmarktstrick hereinfallen können – ein gebogener Spiegel, der von einer Seite durchsichtig war und das Bild des Dahinterstehenden vergrößerte, ein paar geschickt aufgestellte Lampen, die dem Ganzen einen unheimlichen Effekt gaben. Für wie leicht zu beeindrucken hielt ihn Nemo?

»Sie verdammter Mörder!« brüllte er. »Aber Sie entkommen mir nicht. Jetzt bezahlen Sie!« Damit wirbelte er herum, riß den Tisch in die Höhe und schleuderte ihn mit aller Macht gegen den Spiegel. Nemos gellender Schrei ging im Bersten und Splittern von Glas unter.

Ein greller Blitz blendete Spears. Der Spiegel zerbarst, aber dahinter kam kein verstecktes Kabinett zum Vorschein, sondern ein kaum handtiefer Hohlraum voller bunter Leitungen und Drähtchen, dazwischen gläserne Röhren und eine Unzahl unverständlicher technischer Dinge.

Dann zuckte ein zweiter Blitz auf, tauchte die Kammer in blauweißes, flackerndes Licht und zerfetzte die metallischen Eingeweide des Spiegels. Spears prallte mit einem überraschten Schrei zurück, als ein Hagel von Glassplittern auf ihn niederprasselte. Das Licht flackerte, ging aus und gleich darauf wieder an.

Und im selben Moment glitt die Tür zur Seite.

Spears überlegte nicht mehr. Wie von Sinnen fuhr er herum, duckte sich unter den zupackenden Klauen des Riesen weg, der hereingestürzt war, um seinem Toben ein Ende zu bereiten, und versetzte ihm einen Stoß vor die Brust. Der Mann taumelte, kämpfte einen Moment mit wild rudernden Armen um sein Gleichgewicht – und fiel mit einem erstickten Schrei in den zerborstenen Rahmen hinein.

Seine Hände berührten eines der glänzenden Kupferkabel, die wie metallene Gedärme aus dem Spiegel gequollen waren.

Ein grelles, unheimliches Licht glomm plötzlich auf. Spears hörte ein Zischen, und mit einem Male verzerrte sich das Gesicht des Mannes vor Schmerz. Sein Körper zuckte wie unter dem Hieb einer unsichtbaren Peitsche. Winzige, blau glühende Flämmchen rasten seine Hand und den Arm hinauf. Er schrie, versuchte sich zurückzuwerfen und die Hand von dem Kabel zu lösen, aber seine Finger schienen an dem glänzenden Metall festzukleben.

Dann zerriß ein neuerlicher, noch grellerer Blitz die zerstörten Innereien des Spiegels vollends, und wieder erlosch das Licht.

Diesmal dauerte es mehrere Sekunden, ehe es wieder aufleuchtete.

Aber da war Spears schon nicht mehr im Zimmer.

Ich versuchte aufzustehen, aber es klappte nicht gleich. Der einzige Gedanke, der mir überhaupt noch die Kraft gab, mich hochzustemmen, war der, daß unter Umständen mein Leben davon abhängen mochte, vor der dunkelhaarigen Frau auf die Beine zu kommen, die neben mir im Gras lag.

Ich erinnerte mich kaum, sie niedergeschlagen zu haben. Ich hatte für Augenblicke das Bewußtsein verloren, nach ihrem heimtückischen Kniestoß, aber meine antrainierten Reflexe hatten mich im letzten Moment noch zurückschlagen lassen.

Wäre es nicht so, dachte ich mit einer Mischung aus Erleichterung und mühsam zurückgehaltenem Zorn, dann würde ich wohl jetzt mit durchschnittener Kehle hier liegen; vielleicht auch schon hundert Fuß tiefer auf den tödlichen Felsriffen vor der Küste.

Vorsichtig stand ich auf, atmete ein paarmal tief und gezwungen ruhig durch und ließ mich dann neben der Bewußtlosen abermals auf die Knie sinken.

Behutsam drehte ich sie auf den Rücken und betrachtete ihr Gesicht im schwachen Licht des Mondes. Es war ein schmales, sehr gepflegtes Gesicht, das Gesicht einer Frau Mitte Vierzig, dessen beinahe aristokratischer Schnitt nicht so recht zu dem groben Sackleinenkleid passen wollte, das sie trug. Ein sanfter Zug lag um ihren Mund, und obwohl ihr Gesicht auf der linken Seite dunkel und angeschwollen und ihre Oberlippe aufgeplatzt waren, konnte ich erkennen, daß sie sehr schön sein mußte. Instinktiv streckte ich die Hand aus und wischte das Blut aus ihrem Mundwinkel.

Ihre Bewußtlosigkeit konnte nicht sehr tief gewesen sein, denn schon die sanfte Berührung meiner Finger reichte, sie aufzuwecken. Ein spürbares Zucken ging durch ihren Körper, dann flogen ihre Lider mit einem

Ruck auf, und ich begegnete dem Blick zweier dunkler Augen.

Ich zog rasch die Hand zurück, denn nach allem, was geschehen war, hätte es mich nicht sehr gewundert, wenn sie versucht hätte, mir die Finger abzubeißen.

Meine Gefangene versuchte sich aufzurichten, aber ich stieß sie zurück, schüttelte den Kopf und bemühte mich, ein möglichst finsteres Gesicht aufzusetzen. »Bleiben Sie liegen«, sagte ich streng.

Ihr Blick verfinsterte sich um weitere Nuancen. Dann erschien ein neuer Ausdruck darin.

»Sie ... Sie gehören nicht zu ihnen«, sagte sie.

»Nein«, antwortete ich. »Ich weiß zwar nicht, wen Sie meinen, aber bei Ihrem Benehmen gehöre ich schon aus Prinzip nicht dazu. Von wem reden Sie?«

»Wer sind Sie?« fragte die dunkelhaarige Frau. »Sie ... Sie sind aus dem Meer gekommen. Ich habe es gesehen. Wer sind Sie?«

Ich seufzte, richtete mich ein wenig auf und ließ es zu, daß auch sie sich aufsetzte, blieb aber weiterhin angespannt. »Mein Name ist Craven«, sagte ich. »Robert Craven. Und wer sind Sie? Und warum«, fügte ich nach einer winzigen Pause hinzu, »haben Sie versucht, mich umzubringen?«

»Nicht Sie«, antwortete die Frau. »Ihn. Aber Sie sind nicht er.«

Verwirrt schüttelte ich den Kopf, stand vollends auf und trat rasch einen Schritt zurück. »Hören Sie, Miß ...«

»Borden«, antwortete die dunkelhaarige Frau. »Several Borden.«

Ich nickte. »Miß Borden. Ich weiß nicht, wen Sie meinen. Ich möchte nur wissen, warum Sie versucht haben, mich zu töten. Ist das Ihre Art, Fremde zu empfangen?«

Wenn Several Borden meinen schwachen Versuch,

Humor zu demonstrieren, überhaupt bemerkte, so reagierte sie nicht darauf. Sie starrte mich nur an, stand dann plötzlich und mit einer so raschen Bewegung auf, daß ich instinktiv ein weiteres Stück zurückwich, und blickte zum Meer hinab.

»Ich habe auf ihn gewartet«, murmelte sie. »Aber er ist nicht gekommen. Ich habe versagt.« Plötzlich, ganz warnungslos, begann sie zu schluchzen, drehte sich herum und warf sich gegen mich, diesmal aber nicht mehr, um mich anzugreifen, sondern um das Gesicht an meiner Brust zu verbergen und hemmungslos zu weinen.

Hilflos ließ ich sie eine Weile gewähren, dann legte ich behutsam die Hände auf ihre Schultern, schob sie ein Stück von mir fort und sah ihr in die Augen.

»Beruhigen Sie sich«, sagte ich. »Sie sind nicht mehr in Gefahr. Es ist alles gut.«

Meine Stimme wurde immer leiser, aber es waren auch nicht die Worte, auf die es ankam. Ich spürte ihre Erregung, den grenzenlosen Schmerz, der wie ein vergifteter Pfeil in ihrer Seele wühlte, die Verzweiflung, die stärker war als jedes andere Gefühl in ihr, und so behutsam ich konnte, drang ich in ihr Bewußtsein ein und sandte dabei beruhigende Impulse aus. Es dauerte lange, denn ich war in solcherlei Dingen nicht geübt; ich habe seit jeher eine fast panische Furcht davor empfunden, in den Geist eines anderen Menschen einzudringen, selbst, wenn es nur war, um ihm zu helfen. Es gibt Bereiche der menschlichen Seele, die niemanden etwas angehen, ganz gleich, unter welchen Umständen. Aber ich spürte auch, daß ihre Verzweiflung besonderer Natur war. Es war ein Gefühl solcher Macht, wie ich es selten zuvor gespürt hatte. Ich war sicher, daß sie sterben würde, wenn ich sie sich selbst überließ.

Ich war in Schweiß gebadet, als sich Severals Atem langsam beruhigte. Ihre Tränen versiegten ganz allmählich, und wie in einer bizarren Rückkoppelung fühlte ich plötzlich einen Hauch ihrer eigenen Verzweiflung in mir. Dann war es vorbei; sie hob den Blick, wischte sich mit dem Handrücken die Tränen aus den Augen und versuchte zu lächeln, brachte aber nur eine Grimasse zustande. Für den Moment hatte sie ihren Schmerz vergessen, das wußte ich. Aber er war noch da, tief in ihr, schlafend. Er würde wiederkommen. Bald.

»Was … was haben Sie getan?« fragte sie stockend.

»Nichts«, antwortete ich. »Nichts, was jetzt wichtig wäre. Ist alles wieder in Ordnung?«

Für eine halbe Sekunde erwachte der Schmerz wieder in ihren Augen, aber dann nickte sie. Trotzdem klang ihre Stimme matt und niedergeschlagen, als sie antwortete: »Ja. Ich … o mein Gott, ich habe versucht, Sie umzubringen!«

»Nicht mich«, antwortete ich rasch. »Ich war nur zur falschen Zeit am falschen Ort.« Ich lächelte, drehte mich halb herum und sah auf die See hinunter, wie Several zuvor. Aber mit Ausnahme einer gewaltigen schwarzen Fläche vermochte ich nichts zu erkennen. Wenn Several mich wirklich von hier oben aus gesehen hatte, mußte sie weitaus bessere Augen haben als ich.

»Ich … ich dachte, Sie wären einer von ihnen«, stammelte Several. »Es … es tut mir leid. Ich … ich wollte nicht …«

»Einer von ihnen? Wer sind *sie*?«

Severals Mundwinkel begannen zu zucken. »Sie haben meine Tochter umgebracht«, flüsterte sie. »Sie … sie haben mir meine Jennifer weggenommen. Sie haben sie getötet.« Ihre Stimme war ganz kalt. Da war nichts von dem Haß und Zorn, die ich zu hören erwartet hatte. Nicht einmal Verbitterung. Nur Kälte.

»Warum erzählen Sie mir nicht, was geschehen ist?« fragte ich. »Vielleicht kann ich Ihnen helfen.«

Several schüttelte den Kopf. »Niemand kann mir helfen«, flüsterte sie, viel weniger an mich als zu sich selbst gewandt. »Sie ist tot. Sie haben sie ermordet.«

»Und deshalb wollten Sie mich töten?« fragte ich leise. »Weil Sie dachten, ich wäre einer von den Männern, die Ihre Tochter getötet haben?«

»Sie sind keine Männer!« antwortete Several heftig. »Sie sind Ungeheuer. Verdammte Bestien sind sie, keine Menschen mehr. Sie ... sie haben sie ermordet. O Gott, sie haben mein Kind ermordet. Sie ...« Ihre Stimme versagte, und ich spürte, wie schon wieder die Tränen in ihre Augen schossen und sich Schmerz und Verzweiflung in ihr breitzumachen begannen. Diesmal ließ ich es zu, denn es war eine andere Art von Schmerz; nur noch der grauenhafte, aber natürliche Schmerz einer Mutter, die ihr Kind verloren hat, nicht mehr diese furchtbare Kälte, die irgendwo am Grunde ihrer Seele lauerte. »Diese Bestien«, schluchzte sie. »Sie und ihr gottverdammter Fischgott!«

»Fischgott? Wie haben Sie das gemeint? Von wem reden Sie?«

Several wimmerte. Ihre gerade erst mühsam zurückgewonnene Selbstbeherrschung zerbröckelte, und ich sah ein Feuer in ihren Augen aufflammen, das mich frösteln ließ. »Sie haben meine Tochter umgebracht!« hauchte sie. »James hat sie getötet. Er ... er selbst hat sie zum See gebracht, um sie diesem Monstrum zu opfern wie ein Stück Vieh. Sein eigenes Kind! Aber er hat bezahlt. Ich habe ihn getötet. Ich habe ihn umgebracht, so wie ich sie alle umbringen werde, jeden einzelnen von ihnen, jeden, jeden, jeden …« Plötzlich begann sie zu kreischen, warf sich auf mich und schlug wie von Sinnen mit den Fäusten auf meine Brust ein, immer wieder spitze, abgehackte Schreie und unartikulierte Laute ausstoßend.

Ich ließ sie eine Zeitlang gewähren, dann ergriff ich vorsichtig ihre Hände, drückte sie nach unten und preßte sie an mich. »Es ist gut«, murmelte ich. »Weinen Sie ruhig, wenn es Sie erleichtert. Ich verstehe Sie.«

Eine halbe Sekunde lang schien es wirklich, als würde sie sich beruhigen, aber plötzlich machte sie sich aus meiner Umarmung frei, prallte zurück und funkelte mich voller Zorn an. »Sie verstehen überhaupt nichts!« keuchte sie. »Niemand kann das verstehen. Die … sie haben sie umgebracht. Sie haben sie diesem … diesem Ungeheuer zum Fraß vorgeworfen. Ihr eigener Vater hat sie geopfert, nur weil diese … diese Bestie es verlangt hat.«

Es dauerte eine Weile, bis ich wirklich begriff, was sie meinte. »Sie … sie vollziehen Menschenopfer?« keuchte ich.

Several nickte. »Er verlangt es«, sagte sie, »zweimal im Jahr. Bei der Sommer- und Wintersonnenwende. Immer sind es Mädchen, und immer …« Ihre Stimme versagte, und wieder flossen Tränen über ihr Gesicht.

»Ich werde sie vernichten«, flüsterte sie. »Für meine Tochter, Mister Craven. Sie werden bezahlen.«

»Rache ist kein gutes Motiv«, sagte ich leise. »Sie können Blut nicht mit Blut abwaschen. Niemand kann das.«

Several lächelte schmerzlich. »Vielleicht. Aber sie werden bezahlen, Robert. Und wenn schon nicht aus Rache, dann wenigstens, um diesem Wahnsinn ein für allemal ein Ende zu bereiten. Es sind zu viele Menschen gestorben, seit dieses Monstrum aus dem Meer aufgetaucht ist. Viel zu viele. Ich werde sie auslöschen.«

Unter beinahe allen anderen denkbaren Umständen wären mir ihre Worte lächerlich erschienen. Ich selbst hatte einen Vorgeschmack dessen erhalten, was den erwarten mochte, der sich gegen Jamesons Herren und ihre furchtbaren Kreaturen stellte. Selbst Nemo mit seinem phantastischen Schiff war mehr als nervös gewesen. Und da stand sie nun, eine schwache, beinahe waffenlose Frau, und schwor diesem mächtigen Clan den Untergang.

Und doch wußte ich einfach, daß sie am Ende Erfolg haben würde.

»Ich werde sie vernichten, Robert«, sagte sie noch einmal.

Diesmal widersprach ich nicht mehr, sondern berührte sie an der Schulter und fragte ganz leise: »Brauchen Sie Hilfe dabei, Several?«

Er hatte längst die Orientierung verloren. Als das Licht wieder angegangen war, hatte sich Spears in einem schier endlosen, nur von wenigen schmalen Lampen erhellten Gang wiedergefunden, der in schrägem Winkel nach unten führte und von dem in unregelmäßigen Abständen Türen abzweigten, die aber allesamt verschlossen gewesen waren. Schließlich hatte er das Ende des Stollens erreicht.

Die Halle war gigantisch. Spears zweifelte nicht daran, daß es sich um eine natürlich entstandene Höhle handelte, die nur nachträglich von Menschenhand behandelt und hier und da vielleicht erweitert worden war. Ihre Decke, die gewölbt wie ein Dom und aus dem gleichen, lichtschluckenden schwarzen Lavamaterial wie die gesamte unterseeische Anlage war, mußte sich weit mehr als hundert Fuß über seinem Kopf befinden.

Obwohl der riesige Raum von einer Unzahl elektrischer Lampen erleuchtet war, herrschten doch Bereiche von Schwärze oder grauer flackernder Schatten vor. Direkt hinter dem Felsvorsprung, hinter dem Spears Deckung gefunden hatte, verlief ein gut zwanzig Fuß breiter, sorgsam geglätteter Lavastreifen, hinter dessen gegenüberliegendem Rand sich das Wasser eines riesigen, unbewegt daliegenden Sees erstreckte. In einiger Entfernung schob sich eine metallene Konstruktion ein gutes Stück weit auf das Wasser hinaus, spinnenbeinig und dürr und von einem doppelten, kunstvoll geschmiedeten Geländer begrenzt: eine Art Landungssteg. Dahinter, schon fast im Zwielicht der Höhle verschwunden, reckte sich eine Art Kran in die Höhe, dazu gab es andere, verwirrend erscheinende Dinge und Gerätschaften, wie sie Spears noch nie zuvor gesehen hatte.

Trotzdem wußte er mit ziemlicher Sicherheit, was der Sinn dieser sonderbaren Anlage war. Es war ein Hafen. Die Höhle war zu gut zwei Dritteln mit Wasser gefüllt, und obwohl es keinen sichtbaren Ausgang gab, war Spears überzeugt davon, am Rande eines gigantischen, unterseeischen Hafenbeckens zu stehen. Kein Zweifel – er hatte den geheimnisumwitterten Heimathafen der NAUTILUS gefunden, die Basis, zu dem das phantastische Schiff immer wieder zurückkehrte. Spears verstand plötzlich, wieso es niemals gelungen war, die NAUTILUS zu stellen.

Eines der Lichter auf der anderen Seite des Beckens begann zu flackern, und als Spears sich vorsichtig ein Stück hinter seiner Deckung hervorschob und hinüberlugte, sah er, wie sich in der rauhen Felswand ein gewaltiges metallenes Tor öffnete. Ein breiter Streifen greller Helligkeit fiel in die Höhle und spiegelte sich auf dem Wasser, dann drängten Männer auf den geglätteten Lavastreifen hinaus, der das Becken wie eine Straße zu zwei Dritteln umspannte.

Spears erschrak. Er hatte bisher keinen Menschen getroffen und auch keinen Alarm gehört, aber er zweifelte nicht daran, daß seine Flucht schon lange bemerkt worden war. Kamen diese Männer, ihn zu suchen? Oder hatten sie gar mit ihren an Zauberei grenzenden technischen Mitteln seinen genauen Standpunkt schon ermittelt und amüsierten sich im stillen über seine Naivität, im Ernst zu glauben, aus dieser unterseeischen Trutzburg entkommen zu können?

Spears schalt sich in Gedanken einen Narren. Wäre es so, wäre er kaum so weit gelangt. Hastig zog er sich tiefer hinter sein Felsversteck zurück und beobachtete die Männer.

Es waren viele; dreißig, vielleicht vierzig Mann, die aus dem Tor kamen und zum Teil am Rande des Hafenbeckens Aufstellung nahmen, zum Teil Beschäftigungen nachgingen, die er über die große Entfernung nicht genau zu erkennen vermochte. Sein Blick wanderte nach rechts und tastete über das schwarz daliegende Wasser des Hafenbeckens.

Nach einer Weile begann sich das Bild zu verändern. Zuerst war es kaum merklich; nicht mehr als ein sanftes Zittern, das über die Wasseroberfläche glitt, aber schon nach Sekunden begannen Wellen zu entstehen, dann erschienen die ersten sprudelnden Luftblasen, und wenige Augenblicke später sah Spears den Schatten.

Obwohl er halbwegs darauf vorbereitet gewesen war, erschrak er zutiefst. Das Schiff glitt wie ein ins Gigantische vergrößerter Haifisch durch das Becken, lautlos, aber von einer Spur sprudelnder weißer Luftblasen geleitet, verharrte weniger als fünf Yards vor dem Ufer und begann zu steigen. Das Wasser kochte, Strudel und sprudelnde kleine Geysire bildeten sich, Wellen erschienen aus dem Nichts und schlugen klatschend gegen den Lavastrand, und plötzlich war das ganze gewaltige Becken von brodelnder Bewegung und dem Rauschen gewaltsam beiseite gepreßten Wassers erfüllt.

Spears Atem stockte, als die NAUTILUS auftauchte. In der Nacht zuvor, als Nemo ihn und seine Männer gezwungen hatte, ihn zu begleiten, hatte er das Schiff nur als Schatten gesehen, und schon dieses Bild war bizarr genug gewesen.

Jetzt lag die NAUTILUS fast zum Greifen nahe vor ihm, grell angestrahlt von zahllosen elektrischen Lampen, die im selben Augenblick an der Höhlendecke aufgeflammt waren.

Das Schiff war ein Gigant. Spears schätzte seine Länge auf weit mehr als zweihundert Fuß, und dabei war der gigantische, halb unter der Wasserlinie liegende Rammsporn an ihrem Bug noch nicht einmal mitgerechnet.

Und es sah nicht aus wie ein Schiff.

Es sah eigentlich nichts ähnlich, was der Fregattenkapitän vorher zu Gesicht bekommen hätte. Es sah nicht einmal technisch aus. Wenn überhaupt, dann erinnerte die NAUTILUS Spears an eine absurde Mischung von Hai, Krokodil und einem vorsintflutlichen Seeungeheuer. Sein gewaltiger, buckliger Leib war übersät mit metallenen Warzen und Vorsprüngen, und die beiden gewaltigen Bullaugen-Fenster im vorderen Drittel des flachen Turmes erinnerten ihn an Augen, hinter denen ein teuflisches Feuer glomm.

Plötzlich verstand Spears, warum die wenigen Berichte, die er erhalten hatte, allesamt von einem Seeungeheuer sprachen, nicht von einem Schiff. Die NAUTILUS war aus Stahl und den Erzeugnissen einer unverständlichen Technik gefertigt, aber das änderte nichts daran, daß sie in Wahrheit ein Seeungeheuer war.

Wenn auch ein von Menschenhand geschaffenes. Aber das machte sie vielleicht nur um so gefährlicher. Der Rammsporn an ihrem Bug erschien lächerlich in einer Zeit der Kanonen und Torpedos; aber als Spears das Schiff aus nächster Nähe sah, wußte er, welch furchtbare Waffe er trotz allem darstellte. Dieser stählerne Gigant mit seinem sägezahnübersäten Leib mußte jedes noch so große Schiff, auf das er traf, glattweg in zwei Teile spalten.

Spears rief sich in Gedanken zur Ordnung und schmiegte sich enger an den Felsen. Die NAUTILUS glitt nahezu lautlos auf das Ufer zu, verharrte einen Moment und drehte sich dann mit einer Eleganz, die ihrer Größe und ihrem auf den ersten Blick grobschlächtigen Äußeren Hohn sprach, auf der Stelle, bis ihr Turmaufbau mit einem hörbaren Klicken in eine Haltevorrichtung einschnappte, die am Ende des spinnenbeinigen Landungssteges angebracht war. Das Riesenschiff schaukelte leicht. Wasser perlte von seiner blauschwarzen Panzerhaut, und plötzlich öffnete sich an der Schmalseite seines Turmes eine runde Luke.

Spears unterdrückte im letzten Moment einen zornigen Schrei, als er den Mann erkannte, der gebückt aus dem Inneren des Schiffes trat und dann mit schnellen Schritten über den Laufsteg an Land ging. Nemo! Niemand anderes als Kapitän Nemo selbst, der Mann, der am Tode seines Bruders und zahlloser anderer unschuldiger Männer Schuld trug. Für die Dauer eines Herzschlages mußte Spears mit aller Gewalt gegen das Bedürfnis ankämpfen, einfach hinter seiner Deckung hervorzuspringen und sich auf die schmalschultrige Gestalt zu stürzen.

Dann war es vorbei. Spears' Herzschlag beruhigte sich wieder, und der rasende Zorn in seinem Inneren machte kalter Überlegung Platz. Selbst, wenn es ihm gelänge, Nemo zu erreichen – er war unbewaffnet und würde in Sekundenschnelle überwältigt sein. Und er wollte auch nicht Nemos Tod.

Nicht nur. Wenn er Nemo vernichtete, das wußte er, dann würde ein anderer kommen und seinen Platz einnehmen. Nein – er mußte dieses ganze Rattennest ausräuchern, die unterseeische Festung und die NAUTILUS zerstören.

Und er wußte auch schon, wie er es anfangen würde.

Lautlos wartete er, bis Nemos Gestalt in der Menge der anderen verschwunden war. Aus dem Schiff kamen noch mehr Männer, und andere gingen an Bord, Kisten oder große, in Segeltuch eingeschlagene Ballen mit sich tragend, und nach einer Weile öffnete sich im hinteren Teil des Schiffes eine stählerne Klappe, dann begann der Kran zu summen, und Kisten auf Kisten verschwanden im schier unersättlichen Leib des Bootes.

Spears wartete beinahe eine Stunde, und selbst, als die Ladearbeiten beendet waren und sich die Männer wieder zurückgezogen hatten, blieb er noch lange hinter seinem Felsen, lauschte und beobachtete und wartete, bis er ganz sicher war, allein zu sein.

Dann erhob er sich hinter seiner Deckung, huschte geduckt zum Ufer und ließ sich, ohne zu zögern, in das eiskalte Wasser sinken.

Er verursachte nicht das geringste Geräusch, als er auf den dunklen Leib des Riesenschiffes zuschwamm …

Die Lichter bewegten sich wie ein Schwarm kleiner feuriger Leuchtkäfer durch die Nacht, einen großen, doppelt geschwungenen Kreis am Ufer des Sees bildend und manchmal in einer sonderbar rhythmisch wirkenden Bewegung auf und ab hüpfend. Das still daliegende Wasser von Loch Firth warf ihren Schein gebrochen zurück, aber anders, als normal gewesen wäre, vertrieb das gelbrote Licht die Dunkelheit nicht von der Oberfläche des Sees. Die winzigen Lichtpunkte, die sich auf dem Wasser spiegelten, wirkten wie gelb hineingestanzte Löcher in einer Masse aus verflüssigter Finsternis.

Ich war sicher, daß dieser Eindruck nicht nur meiner überreizten Phantasie entsprang; oder dem, was Several mir erzählt hatte. Irgend etwas ging von diesem See aus. Etwas Finsteres und Böses und – und das war vielleicht das schlimmste – Bekanntes. Ich konnte das Gefühl nicht einordnen. Es gelang mir nicht, es mit irgend etwas zu assoziieren, aber ich wußte einfach, daß ich es schon einmal gespürt hatte; vor nicht einmal allzulanger Zeit. Und ich wußte, daß es keine angenehme Erinnerung sein würde.

»Was machen sie da?« flüsterte ich.

Several, die einen halben Schritt neben mir im Schutz desselben Busches lag, ballte in stummem Zorn die Hände zu Fäusten. »Sie beten«, antwortete sie. »Jedenfalls nennen sie es so. Sie flehen den Tag herbei, an dem er aus dem Meer kommen soll.«

»Und dann?« fragte ich.

Severals Gesicht verfinsterte sich noch weiter. »Sie werden alle sterben«, sagte sie. »Er hat ihnen das Gelobte Land versprochen, ewiges Leben und unermeßlichen Reichtum und Macht. Aber ich weiß, daß es eine Lüge ist. Sie werden alle sterben, genau wie meine Jennifer.«

Besorgt sah ich sie an, aber in ihrem Gesicht war nicht die geringste Regung zu erkennen. Überhaupt war sie fast unnatürlich ruhig und gefaßt, bedachte ich den seelischen Druck, unter dem sie stand. Trotzdem – oder vielleicht gerade deshalb – mußte ich vorsichtig sein.

Seit dem Moment, in dem ich sie auf so wenig erbauliche Weise kennengelernt hatte, waren mehr als vier Stunden vergangen. Im Osten begann sich der Himmel bereits wieder aufzuhellen, und wir waren etwa drei Meilen von der Stelle entfernt, an der ich die Küste erstiegen hatte.

Several hatte fast die gesamte restliche Nacht damit zugebracht, auf meine Fragen zu antworten. Es war viel, was sie mir gesagt hatte, und nichts von alledem hatte mir gefallen. Und trotzdem, so schrecklich mich ihre Geschichte auch anrührte, ließ sie sich in wenige, für mich nicht einmal besonders überraschende Worte zusammenfassen.

Die Einwohner von Firth'en Lachlayn frönten einem Dämonenkult. Wir schrieben das Jahr 1885, und ich befand mich inmitten eines Landes, das mit Fug und Recht von sich behaupten konnte, eines der kulturell und zivilisatorisch am weitesten entwickelten dieser Erde zu sein, und unter mir, keine fünfhundert Yards entfernt, tanzten zwei Dutzend halbnackte Männer und Frauen am Ufer eines Sees entlang, stießen unheimliche Laute aus und versuchten, eine dämonische Gottheit zu beschwören!

»Wie lange geht das noch so?« fragte ich, ohne den Blick vom See und den tanzenden Lichtpunkten zu nehmen.

»Bis die Sonne aufgeht«, antwortete Several. »Ich .. glaube zumindest, daß sie dann aufhören werden.«

»Sie glauben?«

Several hob den Kopf und sah mich mit einem fast entschuldigenden Lächeln an. »Ich war nie dabei«, sagte sie. »Wir ... wir Frauen durften nicht mitkommen, wenn sie ihn gerufen haben. Sie sagten, daß das eine Männersache ist. Etwas, bei dem Frauen nichts zu suchen haben.« Plötzlich begann ihre Stimme zu zittern. »Wir waren nur gut, um ihre dreckige Begierde zu stillen; hinterher. Sie sind wie die Tiere, wenn sie nach Hause kommen. Nicht nur James. Ich habe mit den anderen Frauen gesprochen. Sie haben es uns verboten, aber wir haben es trotzdem getan. Sie waren alle so. Tiere! Nichts als widerliche, gierige Tiere.«

Alarmiert sah ich zu ihr hinüber, aber ihr Gesicht verriet immer noch keine Regung. Dann fiel mir etwas auf, unten am Seeufer.

»Ein paar von ihnen sind Frauen«, sagte ich.

Several nickte abgehackt. »Heute sollte es anders sein«, sagte sie. »Ich weiß nicht, warum, aber James sagte, daß alle ihre Frauen mitbringen sollten. Etwas Besonderes würde geschehen, haben sie gesagt.« Ihre Hand machte sich selbständig und kroch in die Tasche ihres groben Kleides, in der sie das Messer verwahrte. Aber sie führte die Regung nicht zu Ende, und als sie meinen besorgten Blick bemerkte, lächelte sie nur und schüttelte ganz sachte den Kopf.

»Keine Angst, Robert. Ich werde keine Dummheiten machen.«

Ich antwortete nicht darauf, nahm mir aber vor, sie noch genauer im Auge zu behalten. Insgeheim bereute ich bereits, Several mitgenommen zu haben. Ich wußte selbst nicht so recht, was ich hier wollte; nicht im einzelnen. Es war eine jene Situationen, in denen es sinnlos gewesen wäre, Pläne zu schmieden. Alles, was ich tun konnte, war, den Dingen ihren Lauf zu lassen und entsprechend zu reagieren. Vielleicht war es dabei nicht unbedingt das Klügste, eine lebende Zeitbombe wie Several bei mir zu haben.

Eine Zeitlang sah ich dem Treiben am Seeufer noch zu, dann robbte ich vorsichtig rückwärts aus dem Gebüsch hervor, richtete mich auf Hände und Knie hoch und kroch zu dem verschnürten Bündel mit meiner Ausrüstung zurück. Ich war noch einmal zum Meer hinabgestiegen und hatte einen Teil der Dinge geholt, die mir Nemo mitgegeben hatte. Natürlich nicht alles – der Unterwasserpanzer wäre viel zu schwer gewesen, ihn über Meilen mitzuschleppen, und so hatte ich mich auf Helm, Schwimmflossen und das wuchtige, mit kupfernen Stabilisierungsflossen versehene Atemgerät beschränkt. Und selbst sein Gewicht hatte meine Kräfte beinahe überstiegen.

Several langte neben mir an und sah neugierig zu, wie ich das Bündel auspackte und seinen Inhalt vor mir im Sand verteilte. Sie hatte bisher nicht gefragt, warum ich noch einmal die gefährliche Kletterpartie zum Strand hinab gewagt und mich mit einem Zentner Gepäck abgeschleppt hatte; jetzt regte sich ihre Neugier.

»Was ist das?« fragte sie.

Ich zögerte einen Moment. Es wäre mir ein leichtes gewesen, ihr irgendwelchen Unsinn zu erzählen. Aber es bestand kein Grund dazu.

»Eine Apparatur, mit deren Hilfe man unter Wasser atmen kann«, antwortete ich. »Wenigstens für eine Weile.«

»Unter Wasser atmen?« Several sah mich an, blickte dann zum See zurück und preßte die Lippen aufeinander. »Sie … wollen dort hinunter?«

»Nicht unbedingt«, antwortete ich. »Wenn ich ehrlich sein soll, gibt es ein paar tausend Dinge, die ich im Moment lieber täte. Aber ich fürchte, mir bleibt keine andere Wahl.«

»Und Ihr … Freund?«

»Bannermann?« Ich zuckte mit den Achseln, hielt für einen Moment in meinem Tun inne und sah zum Haus hinüber, das wie ein schwarzes Ungeheuer auf der anderen Seite des Sees thronte. Several hatte es als ›Gut‹ bezeichnet, und vermutlich war es das auch – aber auf mich wirkte es eher wie eine Festung, finster und groß und jede einzelne Linie seiner Architektur abstoßend und feindselig. Selbst jetzt war es nur als Schatten zu erkennen, aber hinter einem guten halben Dutzend seiner Fenster brannte Licht.

»Wenn er hier ist, ist er dort drüben«, fuhr ich nach sekundenlangem Schweigen fort. »Aber es ist vollkommen unmöglich, unbemerkt dort hineinzukommen. Selbst für mich.«

Wieder schwieg Several einen Moment, dann deutete sie auf die Tauchermaske. »Damit würde es gehen.«

»Wie meinen Sie das?«

»Es gibt eine Verbindung zwischen dem See und dem Haus«, erklärte Several. »Einen Kanal. Er endet im Keller des Gutshauses, unter dem großen Saal, in dem sie ihre Beschwörungen abhalten.«

»Sind Sie sicher?«

Several nickte. »James hat davon erzählt«, sagte sie. »Er sagte, daß sie ihm oft dort unten geopfert haben. Manchmal sind seine Diener durch den Kanal gekommen, und manchmal ist er selbst auf diesem Wege erschienen, um seine Befehle zu überbringen. Aber ich weiß nicht, wo sein Eingang ist. Irgendwo auf der anderen Seite.« Sie machte eine vage Handbewegung zum Haus hinüber.

Meine Gedanken überschlugen sich fast. Allein die Vorstellung, in diesen See hinabzutauchen und einen finsteren Stollen, von dem ich nicht einmal genau wußte, wo er war, entlangzuschwimmen, krampfte mir den Magen zusammen. Aber so, wie die Dinge lagen, war dies der einzige Weg, unbemerkt ins Haus zu gelangen.

Ich hätte nicht gezögert, geradewegs durch die Vordertür zu marschieren, hätte ich es hier nur mit ein paar Fanatikern zu tun gehabt. Aber unter uns am See tanzten mindestens dreißig Personen im Kreis, und ich schätzte, daß sich im Haus noch einmal die gleiche Anzahl von Männern und Frauen aufhielt; nach allem, was mir Several erzählt hatte. Und mindestens einer von ihnen – das wußte ich seit meiner eigenen schmerzhaften Erfahrung in Aberdeen – verfügte über geistige Kräfte, die den meinen nicht sehr viel nachstanden.

»Werden Sie hier warten?« fragte ich.

Several nickte, aber sie tat es ein wenig zu schnell für meinen Geschmack. Ich lächelte mit gespielter Erleichterung, als würde ich ihr glauben, hob die Hand und berührte mit den Fingerspitzen ihre Schläfe. Als Several begriff, was ich tat, war es zu spät. Ihr freier Wille war ausgeschaltet, und die instinktive Abwehr, die ihr Bewußtsein gegen die suggestiven Impulse aufbaute, zerbrach schon nach wenigen Sekundenbruchteilen.

»Sie werden hier warten, Several«, sagte ich. »Sie werden sich nicht von der Stelle rühren, ganz gleich, was auch geschieht – außer Sie müssen fliehen. Haben Sie das verstanden?«

Several nickte. Ihre Lippen zitterten, und ihre Augen

waren plötzlich groß vor Schrecken. »Was ... was tun Sie, Robert?« flüsterte sie.

»Nichts, was Sie beunruhigen muß«, antwortete ich ausweichend. »Ich möchte nur nicht, daß Ihnen irgend etwas zustößt, das ist alles. Sie werden warten, bis ich oder Kapitän Bannermann zurück sind. Wenn bis Mittag keiner von uns kommt, gehen Sie ins Dorf zurück und vergessen, daß Sie mich jemals getroffen haben.«

Wieder nickte sie, und als ich diesmal ihrem Blick begegnete, las ich Furcht darin.

Der Anblick versetzte mir einen tiefen, schmerzhaften Stich, denn es war ein Gefühl, das ich nur zu oft in den Blicken anderer las. Und es war vielleicht das einzige, woran ich mich niemals würde gewöhnen können. Von allen Gefühlen, die man mir entgegenbrachte, war Angst immer das stärkste gewesen.

Ich verscheuchte den Gedanken, sah noch einmal zum See und dem Haus auf der anderen Seite hinüber und begann entschlossen, mein Hemd aufzuknöpfen. Die Nachtluft begann sich unangenehm bemerkbar zu machen, denn jetzt, in der Stunde zwischen vier und fünf, waren die Temperaturen bereits empfindlich tief gesunken, und als ich bis auf die Hosen nackt war und den schweren Oxygentank überstreifte, zitterte ich am ganzen Leib.

Several half mir, das komplizierte Gewirr von Schläuchen und Leitungen anzubringen und den Helm überzustreifen. Es war keiner der wuchtigen Kugelhelme, wie sie Nemos Leute trugen, sondern eine leichtere Ausführung, nur für geringe Wassertiefen gedacht, aber von bizarrem Äußeren. Mit etwas Glück, dachte ich spöttisch, würde man mich ebenfalls für ein Seeungeheuer halten, sollte ich zufällig entdeckt werden.

Aber vielleicht war es besser, es nicht darauf ankommen zu lassen ...

Vorsichtig erhob ich mich hinter meiner Deckung und begann, gebückt und die dicht an dicht wachsenden Sträucher als Deckung nutzend, die Uferböschung hinabzulaufen. Severals Versteck fiel rasch hinter mir zurück, und auch das mißtönende Geheul der Fischanbeter wurde leiser; ihre Fackeln waren nicht mehr als bloße Stecknadelköpfe in der Dunkelheit, als ich das Ufer erreichte.

Ich zögerte noch einmal, nachdem ich niedergekniet war und die großen Schwimmflossen aus Kautschuk übergestreift hatte, denn vom Wasser stieg ein eisiger Hauch empor, der mir einen Vorgeschmack auf die Kälte lieferte, die mich erwartete. Aber dann schob ich die letzten Bedenken beiseite und ließ mich entschlossen ins Wasser gleiten.

Es war nicht so kalt, wie ich erwartet hatte.

Es war ungefähr fünfzigmal kälter.

Sekundenlang blieb ich mit angehaltenem Atem stehen, dann zwang ich mich, weiterzugehen, ließ mich nach vorne sinken und machte einen ersten, mühsamen Schwimmzug. Meine Glieder schienen in Sekunden zu Eis zu erstarren, und wo meine Muskeln sein sollten, waren plötzlich knotige Stricke, die zu nichts weiter nutze waren, als weh zu tun. Aber ich zwang mich, mit ruhigen, kraftvollen Bewegungen weiterzuschwimmen, atmete tief und gezwungen langsam ein und aus und versuchte verzweifelt, weder an die Kälte noch an den namenlosen Schrecken zu denken, der am Grunde des schwarzen Wassers auf mich lauern mochte.

Der See schien kein Ende zu nehmen. Ich schwamm ein Stück weit weg vom Ufer. Nemo hatte mir erklärt, daß das Atemgerät mich für etwa eine Stunde am Leben erhalten konnte – was eine halbe Stunde bedeutete, die ich allerhöchstens unter Wasser bleiben durfte, ehe ich den Rückweg antrat. Um den Stollen zu suchen, Bannermann zu befreien und wieder zurückzukommen, keine sehr lange Zeit. Ich mußte mit jedem Atemzug geizen.

Das war der letzte Gedanke, den ich an Nemos Atemgerät verschwendete, denn genau in diesem Moment packte etwas meine Füße und zerrte mich mit furchtbarer Kraft in die Tiefe!

Spears hatte Durst. Seine Lippen waren so trocken, daß sie bei der geringsten unvorsichtigen Bewegung rissen, und seine Kehle schmerzte.

Die Situation war beinahe absurd – er war umgeben von Wasser, Millionen und Abermillionen Tonnen von Wasser – aber er würde verdursten, wenn er nicht bald hier herauskam; was immer dieses ›hier‹ darstellen mochte.

Wenn er seiner inneren Uhr vertrauen konnte, so war er seit mehr als fünf Stunden in dieser ganz aus Stahl gebauten Kammer. Es mußte eine Art Maschinenraum sein, wenn er auch von Maschinen beherrscht wurde, von denen Spears nie zuvor gehört hatte. Es gab gewaltige, schwarze Monstrositäten aus Stahl, eine Unzahl von Kolben, Gestängen und Rädern, die sich in sinnverwirrendem Hin und Her bewegten, elektrische Kabel, die vor Anspannung summten, und verschiedenfarbige Lichter, die ihm wie kleine bunte höhnische Augen aus der Dunkelheit zublinzelten. Der Raum war vielleicht zwanzig Schritte lang und an die zehn Fuß hoch, die Wände nach unten hin gekrümmt wie der

Rumpf des Schiffes und aus mannshohen, mit wuchtigen Nieten miteinander verbundenen Stahlplatten geschaffen. Ein dumpfes, rhythmisches Hämmern erfüllte die Luft wie düsterer Pulsschlag.

Es war der Maschinenraum der NAUTILUS, so viel war ihm klar. Er war auf der Suche nach einem Versteck hierher gekommen, nachdem er sich an Bord des Schiffes geschlichen hatte, und in den ersten zwei Stunden hatte es so ausgesehen, als hätte er das perfekte Versteck gefunden.

Aber danach war ein Matrose erschienen und hatte irgend etwas an den Maschinen getan, das Spears nicht verstand, und als er gegangen war, hatte er das zollstarke Schott am vorderen Ende des Raumes hinter sich verriegelt, und kurz darauf waren die Maschinen wie von Geisterhand bewegt angesprungen und hatten mit ihrem monotonen Hämmern begonnen.

Vor Spears innerem Auge entstand die furchtbare Vision einer NAUTILUS, die sich auf eine endlose Fahrt unter den Meeren begab, Tage, vielleicht Wochen, in denen sie niemals auftauchen würde. Und vielleicht Wochen, in denen niemand hierher kam, weil die geheimnisvollen Maschinen des Unterwasserschiffes ohne die Hilfe von Menschen funktionierten.

Die Vision beinhaltete noch mehr. Sie zeigte ihm ein Gesicht, aufgedunsen und bleich, die Zunge wie ein geschwollener Fremdkörper aus dem Mund hängend, in den Augen der Wahnsinn, der seinen Geist verwirrt hatte, ehe das Ende kam. Das Gesicht eines Verdursteten.

Sein Gesicht.

Er wußte, daß er gegen die zollstarken Metallwände hämmern konnte, solange er wollte, ohne daß auf der anderen Seite auch nur der mindeste Laut zu hören sein würde. Es war gut möglich, daß er in sein eigenes Grab gestiegen war, als er dieses Versteck fand.

Spears spürte, daß er in Panik zu geraten drohte, verkrampfte so heftig die Fäuste, daß es weh tat, und biß sich auf die Zunge. Der Schmerz vertrieb die aufsteigende Panik. Wenigstens für den Moment hatte er sich wieder in Gewalt.

Unschlüssig begann der hochgewachsene Fregattenkapitän, in dem langgestreckten Raum auf und ab zu gehen. Für einen Moment überlegte er, auf die gleiche Weise aus seinem selbstgesuchten Gefängnis auszubrechen wie schon einmal: wenn es ihm gelang, eine der Maschinen zu beschädigen, würde jemand kommen und nachsehen.

Aber er verwarf den Gedanken so schnell, wie er aufgetaucht war. Die Maschinen hier waren anders; Kolosse aus Stahl, denen er mit bloßen Händen keinen nennenswerten Schaden zufügen konnte. Und vor den elektrischen Kabeln hatte er mehr als nur Respekt, seit er mit angesehen hatte, was die harmlos aussehenden Kupferleitungen anrichten konnten. Ganz flüchtig dachte er an den Mann, der vor seinen Augen in den zerborstenen Spiegel gestürzt war. Ob er tot war? Wenn ja, durfte Spears kaum mehr auf Nemos Großzügigkeit rechnen.

Er verscheuchte auch diesen Gedanken. Wenn er nicht rasch hier herauskam, durfte er auf gar nichts mehr rechnen, außer auf einen langen, qualvollen Tod. Irgendwie erschien ihm der Gedanke an einen Seemann, der verdurstete, lächerlich.

Wieder verging Zeit – Ewigkeiten für Spears, in Wahrheit vielleicht nicht mehr als eine Viertelstunde –, und plötzlich hörte er ein Geräusch, das nicht in das monotone Wummern der Maschinen paßte; ein helles, metallisches Scharren von der Tür her.

Spears reagierte sofort. Blitzartig ließ er sich in eine Lücke zwischen zwei der gewaltigen Maschinenblöcke fallen, preßte sich in den Schatten und blickte mit angehaltenem Atem zur Tür. Mit einem metallischen Scharren glitt das gewaltige Panzerschott zur Seite, und ein breitschultriger Matrose betrat den Maschinenraum, eine Werkzeugkiste und einen ölverschmierten Putzlappen in den Händen.

Spears wartete mit angehaltenem Atem, bis der Mann ganz dicht vor seinem Versteck war. Dann sprang er ihn an.

Der Matrose reagierte mit unglaublicher Schnelligkeit. Aber Spears war noch schneller. Mit einer einzigen, zornigen Bewegung riß er den Mann aus dem Gleichgewicht und zu sich herab und schlug ihm die Handkante gegen den Hals. Der Matrose sank in seinen Armen zusammen und erschlaffte.

Spears schleifte ihn ächzend in die Nische, die ihm selbst als Versteck gedient hatte, ließ ihn zu Boden sinken und überzeugte sich hastig davon, daß er auch wirklich nur bewußtlos und nicht ernsthaft verletzt war. Dann band er dem Mann den Gürtel ab, fesselte seine Hände und suchte eine einigermaßen saubere Stelle des Putzlappens, die er als Knebel verwenden konnte. Schließlich öffnete er die Werkzeugkiste und nahm einen armlangen Schraubschlüssel heraus, der eine passable Keule abgab. Er hatte nicht vor, irgend jemanden zu verletzen oder gar zu töten, aber er würde sein Leben so teuer wie möglich verkaufen, sollte er gestellt werden.

Spears gab sich keinen Illusionen hin. Seine Chancen, die NAUTILUS lebend zu verlassen, waren gleich Null. Das Fehlen des Mannes würde auffallen, aber mit etwas Glück würde die Zeit bis dahin reichen.

Und wenn nicht ... nun, wenn nicht, brauchte er sich keine Gedanken mehr über seine Zukunft zu machen.

Gebückt, die rechte Hand um den Schraubenschlüssel gekrampft und zu allem entschlossen, verließ Spears den Maschinenraum und machte sich auf die Suche nach der Brücke des Schiffes. Dort würde er Nemo finden, und das war alles, was noch für ihn zählte.

Wie ein Stein wurde ich in die Tiefe gezerrt! Rings um mich herum schien das Wasser zu kochen; glitzernde Luftblasen und graubrauner Schlamm, der in brodelnden Wogen vom Grunde des Sees hochgewirbelt wurde, nahmen mir die Sicht, und ich konnte im letzten Moment den instinktiven Impuls unterdrücken, den Mund zu öffnen und nach Luft zu schnappen. Die Hand, die sich um mein Fußgelenk gekrallt hatte, zerrte mich mit unbarmherziger Kraft in die Tiefe, und für einen Moment hatte ich den Eindruck, etwas Gewaltiges, Finsteres vor mir durch das Wasser schießen zu sehen.

Blindlings trat ich aus, traf irgend etwas Schwammig-Weiches und kam frei. Aber nur für einen Moment. Dann klammerte sich die Hand ein zweites Mal um meinen Fuß, mit einem Ruck, der mir fast die Beine aus den Gelenken und mich abrupt drei, vier Yards weit in die Tiefe riß. Der Schmerz ließ mich aufschreien, und plötzlich hatte ich den Mund voller Wasser, und meine kostbare Atemluft stieg in glitzernden Blasen nach oben.

Wie von Sinnen begann ich um mich zu treten, traf erneut auf Widerstand und kam frei. Wieder schoß ich zur Wasseroberfläche hinauf – und wieder packten mich diese furchtbar starken Hände, Sekunden, ehe ich oben war, und zerrten mich mit einem Ruck in die Tiefe. Ich spürte, wie meine Kräfte zu erlahmen begannen. Flüssiges Feuer füllte meine Lungen. Und in meinem Schädel war plötzlich ein furchtbares, immer stärker werdendes Dröhnen und Hämmern.

Verzweifelt angelte ich nach dem Kautschukschlauch des Atemgerätes, nahm ihn zwischen die Zähne, schluckte das eiskalte Wasser, das meinen Mund füllte, herunter und atmete tief ein.

Wenigstens wollte ich es.

Aber aus dem Schlauch kam keine Luft. Sosehr ich auch sog, der rettende Sauerstoffstrom blieb aus!

Panik begann meine Gedanken zu verwirren. Wer oder was immer mein Gegner war, er dachte nicht daran, sich zum Kampf zu stellen, sondern beschränkte sich darauf, mich von der rettenden Luft fernzuhalten und die Natur den Rest erledigen zu lassen. Meine Lungen schmerzten unerträglich. Vor meinen Augen rotierten grellbunte Feuerräder, und ich spürte, wie meine Kräfte rasend schnell nachließen. Irgend etwas Finsteres, Mächtiges begann sich hinter meinen Gedanken aufzubauen. Hier also, fünf Yards unter der Wasseroberfläche, würde mein Leben ein unrühmliches Ende finden, nur wegen eines verklemmten Ventils oder eines defekten Schalters, den …

Hätte ich noch die Zeit dazu gehabt, hätte ich mich selbst geohrfeigt. So nutzte ich das letzte bißchen Kraft, das mir verblieben war, um die Hand zu heben und den kleinen Messingschalter an meinem Helm umzulegen, den mir Nemo gezeigt hatte.

Und aus dem Kautschukschlauch zwischen meinen Zähnen ergoß sich ein Strom herrlich kühlen, belebenden Sauerstoffs.

Trotzdem behielt ich die Nerven. Wer oder was auch

immer unter mir war – ich war ziemlich sicher, es eher mit einem ›was‹ zu tun zu haben als mit einem ›wer‹ –, es war ein Wesen, dessen ureigenstes Element das Wasser war. Ich durfte keinen offenen Kampf riskieren, um so weniger, als es hier nicht allein um mein Leben ging. So strampelte ich noch einige Sekunden weiter wie wild mit den Beinen, warf mich herum und schlug wie in Agonie ins Wasser, bis ich meine Bewegungen immer langsamer und müder werden ließ. Schließlich hörte ich ganz auf, mich zu regen.

Ich muß eine ziemlich perfekte Wasserleiche abgegeben haben, als ich diesmal zur Oberfläche hinauftrieb, denn der unheimliche Angreifer beschränkte sich darauf, mich beinahe sanft an den Beinen zu berühren und ganz sachte wieder herabzuziehen. Es war ein unbeschreiblich ekelhaftes Gefühl – seine Hände fühlten sich schwammig und weich und kalt wie die eines Toten an, aber ich beherrschte mich weiter und ließ mich treiben, Arme und Beine pendelnd wie eine Leiche. Daß meine rechte Hand wie zufällig zum Gürtel glitt und am Griff des zweischneidigen Tauchermessers hängenblieb, schien meinem Gegner nicht aufzufallen.

Langsam sanken wir tiefer, ins eiskalte, klare Wasser des Sees hinaus. Obwohl über mir Nacht und das Wasser so schwarz wie Tinte war, konnte ich plötzlich sehen, und der Anblick war so phantastisch, daß ich für einen Moment sogar die Gefahr vergaß, in der ich schwebte.

Unter mir, eine Viertelmeile westlich und zahllose Yards tiefer, lag eine Stadt. Oder das, was einmal eine Stadt gewesen war. Ich sah zerbrochene Säulen, niedergestürzte Wände und kühn geschwungene Bögen, zerfallene Arkadengänge und die Reste bizarrer, ehedem sicherlich riesiger Gebäude, und alles war von einem unheimlichen, blaßgrünen Schimmer überlagert, ein Licht, das nicht von dieser Welt war und das mir trotzdem auf grausige Weise bekannt vorkam. Und dann …

Es war nur ein Augenblick, nur ein Bruchteil einer Sekunde, aber ich war ganz sicher, einen Menschen zu sehen. Eine Frau, jung, schlank, dunkelhaarig, vollkommen nackt und ohne irgendwelche technische Gerätschaften, die ihr das Atmen ermöglichten! Elegant wie ein riesiger blasser Fisch tauchte sie hinter einer zerborstenen Säule auf und verschwand gleich darauf im Inneren eines noch halbwegs erhaltenen Gebäudes.

Fünfhundert Fuß unter Wasser.

Ein unsanfter Ruck an meinem rechten Bein riß mich abrupt in die Wirklichkeit zurück. Vorsichtig, um nicht durch eine Bewegung, die eine Wasserleiche kaum hätte ausführen können, aufzufallen, drehte ich mich herum und starrte an mir herunter. Ich war nicht einmal sehr überrascht, als ich sah, was mich da gepackt und in die Tiefe gezerrt hatte.

Es war kein Mensch, sondern ein Wesen, das den gräßlichen Shoggoten-Monstern ähnelte, mit denen es Spears und ich in den Abwässerkanälen Aberdeens zu tun bekommen hatten. Aber anders als sie wirkte es weitaus eleganter, irgendwie … fertiger.

Sein Körper war größer als der eines ausgewachsenen Menschen, aber wo die Bestien, die Spears und mich attackiert hatten, halbfertige verkrüppelte Beinchen und Larvenschwanz trugen, hatte es gewaltige, flossenbewehrte Froschbeine. Sein Schwanz war abgefallen, und dicht unter dem riesigen, zahnbewehrten Maul wuchsen zwei muskulöse Arme hervor, mit denen es mich wie einen Sack hinter sich herschleifte, dicht über den mit Lavatrümmern übersäten Seeboden und auf einen klaffenden, finsteren Riß zu.

Es kostete mich mehr als nur Überwindung, weiterhin den Toten zu spielen, als die Bestie plötzlich meinen Fuß losließ, sich umdrehte und ich ihren Schädel sehen konnte. Er wirkte gewaltig, abstoßend und monströs – und dort, wo bei den Monstern in Aberdeen eine schwarze konturlose Fläche gewesen war, grinste mich die diabolische Karikatur eines menschlichen Gesichts an: ein gigantisches, gefletschtes Maul unter einem doppelt senkrechten Nasenschlitz, darüber zwei beinahe faustgroße, gelbleuchtende Augen hinter durchsichtigen Nickhäuten. Und jetzt, als es näher kam, sah ich auch noch mehr Unterschiede zu den mir bekannten Shoggoten-Monstern. Sein Leib war nicht glatt, sondern seltsam gerippt und in der Mitte eingeengt, und es gab sogar die Andeutung eines Halses. Es sah aus wie …

Der Gedanke war so gräßlich, daß ich mich weigerte, ihn zu Ende zu denken. Mit einer Bewegung, die seinem plumpen Äußeren Hohn sprach, schob sich die Bestie über mich und streckte die Arme aus. Ihr schwarzer, aufgedunsener Leib senkte sich wie ein ekeliger Ballon auf mich herab. Eine doppelte Reihe tödlicher Haifischzähne blitzte in dem schwarzen Wasser auf, dann berührten ihre widerwärtigen Hände meine Brust und meinen Hals, glitten tastend daran hinauf und fingerten über das geriffelte Metall meines Taucherhelmes.

Die Berührung des kühlen Messings war das letzte Gefühl, das das Monstrum in seinem Leben hatte; mit Ausnahme vielleicht des fünf Inches scharfen Stahls, den ich ihm in den Leib stieß.

Mit einem ungeheuren Brüllen bäumte sich die

Bestie auf, warf sich herum – und zerplatzte zu einer Wolke wirbelnden grauschwarzen Schleimes. Der Druck der lautlosen Explosion schleuderte mich davon. Ich prallte gegen Stein, schrammte mit dem Rücken über scharfkantige Lava und riß angstvoll die Hände vor das Gesicht, um meine Maske und den empfindlichen Atemschlauch zu schützen, von denen mein Leben abhing. So schnell ich konnte, paddelte ich davon, blind, die Hände nach vorne ausgestreckt und das Messer kampfbereit haltend, tauchte aus der brodelnden Wolke auf und schoß in die Höhe.

Aber meine Angst war unbegründet. Das Ungeheuer, das unter mir auf die unappetitliche Art seiner Rasse vergangen war, war das einzige gewesen. Vermutlich hatte ich seinen Weg nur rein zufällig gekreuzt. Trotzdem blieb ich auf der Hut, als ich weiterschwamm, denn die Chance, eine zweite Begegnung mit einem dieser Monster lebend zu überstehen, war ziemlich klein. Ich machte mir in diesem Punkt nichts vor – daß ich den Shoggoten erledigt hatte, war pures Glück gewesen. Schließlich hatte er kaum damit rechnen können, von einer Wasserleiche angegriffen zu werden. Wie der Kampf ausgegangen wäre, hätte er mich ernsthaft angegriffen, statt nur meinen Taucherhelm zu begrabschen, wagte ich mir gar nicht erst auszumalen.

Unschlüssig drehte ich mich einmal um meine Achse, musterte einen Moment lang die versunkene Stadt tief unter mir und wandte mich dann der Höhle zu, in die der Shoggote mich hatte zerren wollen. Es fiel mir schwer, zu glauben, daß es sich nur um sein Eßzimmer handeln sollte. Hatte Several nicht gesagt, daß manchmal auch *seine* Diener durch die unterseeische Verbindung ins Haus kamen?

Vorsichtig schwamm ich los, hielt dicht vor dem klaffenden, wie ein aufgerissenes steinernes Maul geformten Höhleneingang an und wechselte das Messer von der Rechten in die Linke. Jetzt bedauerte ich es, nicht doch die ganze Ausrüstung mitgenommen zu haben, die mir Nemo gegeben hatte, denn dazu hatte auch eine Lampe gehört, die unter Wasser funktionierte. Aber es half wohl wenig, einmal gemachten Fehlern nachzutrauern.

Ich ließ mich tiefer sinken, bis ich den mit scharfkantigen Lavabrocken übersäten Boden berührte, streckte vorsichtig die rechte Hand aus und glitt in die Höhle hinein, jeden Moment darauf gefaßt, von einer weiteren Mißgeburt von Kaulquappen angegriffen zu werden.

Die Höhle war leer. Auf dem Boden lagen graue, flockig aufgelöste Dinge, deren genaues Aussehen zu erkennen sich meine Eingeweide weigerten, und an ihrem hinteren Ende schimmerte ein grünliches, unheimliches Licht; die gleiche Art unheimlicher Helligkeit, die ich auf dem Grund des Sees erblickt hatte, wenn auch weniger intensiv, sondern zu verschwommenen Flecken geronnen, zwischen denen Finsternis und die namenlosen Schrecken meiner eigenen Furcht lauerten. Mit klopfendem Herzen schwamm ich weiter, verhielt noch einmal, um mich angstvoll umzusehen, und drang schließlich in den helleren Bereich der Höhle vor.

Es war ein Gang. Seine Wände waren so von Schmieralgen und Wasserpflanzen überwuchert, daß ich erst auf den zweiten Blick begriff, mich nicht mehr in einer natürlich entstandenen Höhlung, sondern in einem von Menschen- oder was-auch-immer-Hand erschaffenen Stollen zu befinden. Zwischen den Pflanzen wucherten kleine, unregelmäßige Flecken einer sonderbar körnigen Substanz, von denen das grüne Licht ausging. Neugierig hielt ich inne und berührte einen der Flecken mit der Messerspitze. Dort, wo der geschliffene Stahl seine Oberfläche ritzte, erlosch das Licht, und ein graues Etwas quoll wie wolkiges Blut aus dem Schnitt.

Ich erinnerte mich, gelesen zu haben, daß es eine gewisse Art von Tiefseepflanzen gibt, die ein natürliches Licht erzeugen und so die ewige Nacht am Grunde des Meeres erhellen. Dies mußte eine dieser Pflanzen sein – wenngleich ich nicht verstand, was die hier, in einem See in Schottland, zu suchen hatte.

Ich schwamm weiter. Es gab Wichtigeres zu klären als dieses Geheimnis.

Je tiefer ich in den Gang eindrang, desto spärlicher wurde der Pflanzenbewuchs, und bald glitt ich durch einen mannshohen, von flackerndem grünem Licht erhellten Stollen mit roh gemauerten Wänden, übersät mit Schriftzeichen, unverständlichen Hieroglyphen und barbarischen Basreliefs, die seltsam unangenehm anzuschauen waren und Dinge zeigten, die mein Verstand nicht erfassen konnte. Vergeblich versuchte ich, die Zeit abzuschätzen, die ich jetzt unter Wasser war. Ich wußte nur, daß es lange war und daß ich bald umkehren mußte, sollte mein Luftvorrat noch für den Rückweg reichen.

Dann fand ich den Saal.

Der Stollen hörte unvermittelt auf, und vor mir erstreckte sich ein gewaltiger, wassergefüllter Saal von fünfeckigem Grundriß, dessen Wände von einem Spinnennetz der grünen Leuchtalgen bedeckt waren. Genau in seiner Mitte und von einer doppelten Reihe barbarischer Dämonenskulpturen bewacht, erhob sich eine Art steinerner Altar, wie der Raum selbst fünfeckig und mit verwirrenden Symbolen und Schriftzeichen bedeckt. Seltsamerweise war er der einzige Fleck in diesem unterseeischen Tempel, der von den Leuchtalgen verschont geblieben war. Er strahlte etwas Düsteres aus. Ich konnte das Gefühl nicht in Worte fassen – aber es war mir unmöglich, ihn länger als wenige Sekunden anzusehen. Irgend etwas in mir weigerte sich, das schwarze Monstrum zur Kenntnis zu nehmen.

Vorsichtig schwamm ich weiter in den Saal hinein, sah mich um und blickte schließlich nach oben. Auch die Decke war von den grünen Algen bedeckt, aber in ihrer Mitte – und sicherlich nicht durch Zufall – war ein fünfeckiger Fleck von doppelter Mannsgröße frei geblieben. Neugierig schwamm ich darauf zu, berührte ihn mit der Messerspitze und fand keinen Widerstand. Die Messerspitze verschwand vor meinen Augen und tauchte wieder auf, als ich die Hand senkte.

Es dauerte einen Moment, bis ich den verwirrenden Effekt begriff. Das Verschwinden meines Messers hatte nichts mit Magie oder Zauberei zu tun, sondern war nichts als eine ganz normale, optische Täuschung. Der fünfeckige Bereich von Finsternis war nichts anderes als ein Schacht, der nicht mit Wasser, sondern mit Luft gefüllt war. Ein Schacht, der in die Höhe führte.

Ich hatte das Gut gefunden.

Vor dem riesigen runden Fenster wogte die Nacht. Die beiden großen Bugscheinwerfer der NAUTILUS waren eingeschaltet und stachen grelle Lichtbahnen aus der Schwärze wie zwei klaffende Risse in einer Wand aus Finsternis, und manchmal tauchten blitzende Punkte im Schein des grellen elektrischen Lichtes auf; Fische, die angelockt durch das Licht herangeschwommen waren und flohen, als der Gigant näherkam. Trotzdem vermochte das Licht die Schwärze nicht vollkommen zu vertreiben; die Helligkeit war vergänglich, nicht mehr als ein schwacher Hauch aus einer fremden Welt, der das immerwährende Dunkel hier unten, eine halbe Meile unter der stürmischen Oberfläche des Meeres, nicht durchdringen konnte. Vom Anbeginn der Zeit an hatte die Nacht hier unten regiert, und sie würde es tun, solange sich dieser Planet drehte und seine Ozeanbecken mit Wasser gefüllt waren. Trotz allem war die NAUTILUS ein Fremdkörper, der nur geduldet war, und trotz ihrer phantastischen technischen Möglichkeiten, trotz der doppelt zollstarken Panzerung ihres Rumpfes und der gewaltigen Maschinen, die wie ein stählernes Herz tief in ihrem Leib schlugen, war sie verwundbar und vergänglich wie alles, was Menschenhand geschaffen hatte.

Auf dem Kontrollpult vor Nemo leuchteten zwei kleine gelbe Lampen auf. Nemo schrak aus seinen Gedanken hoch, warf einen raschen Blick auf ein sonderbar geformtes Kontrollinstrument neben sich und legte rasch hintereinander drei Schalter um. Innerlich rief er sich zur Ordnung. Seine Gedanken begannen sonderbare Wege zu gehen, wenn er nicht acht darauf gab; Wege, die ihn erschreckten und die falsch waren. Vielleicht war er von allen lebenden Menschen der, der die Meere und ihre Geheimnisse am besten kannte. Aber er kannte auch ihre Gefahren, und es waren nicht nur der unvorstellbare Druck und die tückischen Strömungen hier unten. Das Schlimmste waren die Schwärze und die Einsamkeit.

»Wie lange noch?«

Die Stimme, die hinter Nemo erklungen war, rief

unheimliche Echos in dem großen Salon hervor und fügte den namenlosen Gespenstern in der Dunkelheit vor den Bullaugen weitere Schrecken hinzu. Nemo schauderte und wandte rasch den Blick vom Fenster.

»Wir sind da«, antwortete er. »Sieh.« Seine Hand wies hinaus. Die beiden grellweißen Lichtbahnen der Scheinwerfer waren nicht mehr leer. An ihrem Ende, nur noch wenige hundert Yards entfernt, hatte glitzernder schwarzer Fels das Wogen der Wassermassen abgelöst; eine gewaltige, scheinbar endlos weit in die Höhe strebende Wand aus Lava und Sedimentgestein, mit Algen und Tang und großen Büschen sonderbar farbloser Tiefseepflanzen bewachsen.

Nemo betätigte ein paar weitere Schalter. Im ersten Moment war keine Reaktion zu bemerken, aber dann änderte sich etwas im bis dahin gleichmäßigen Pochen der Maschinen; das Schiff schwankte einen Moment und fand dann in sein gleichmäßiges Gleiten zurück. Aber es war langsamer geworden. Sehr viel langsamer.

Im Zentrum des Lichtscheines, dort, wo sich die beiden gewaltigen Strahlen kreuzten, erschien eine Öffnung. Zuerst schien es nur ein Spalt, aber als die NAUTILUS näherkam, erkannte man, daß es sich in Wahrheit um einen gewaltigen, klaffenden Riß im Felsen handelte, den Beginn eines Stollens, der so tief in den Fels hineinführte, daß sich das Licht der Scheinwerfer verlor, ohne auf ein weiteres Hindernis zu stoßen.

Die NAUTILUS verlor rasch an Geschwindigkeit. Als sie den Anfang des Tunnels erreicht hatte, war das gewaltige Schiff kaum mehr schneller als Fußgänger. Trotzdem drosselte Nemo seine Geschwindigkeit noch weiter, bis der gigantische stählerne Hai nahezu reglos auf der Stelle schwebte.

»Du willst es wirklich tun?« Nemo hörte deutlich den Unterton von Sorge, der in der Stimme mitschwang. Trotzdem hantierte er fast eine Minute weiter an seinen Kontrollen, bis er sicher war, daß sich das Schiff nicht mehr bewegte und reglos vor der Felswand hing, mit seinen gewaltigen Schrauben den Druck der Strömung ausgleichend. Das Pochen der Maschinen klang jetzt fast wütend.

Nemo wandte sich um und sah zu der Gestalt neben sich hoch.

»Uns bleibt keine andere Wahl«, murmelte er. »Ich täte es nicht, hätten wir mehr Zeit, aber so …« Er sprach nicht weiter, sondern ließ den Satz unbeendet in der Luft hängen, aber der Mann neben ihm schien auch so zu wissen, was er sagen wollte, denn er nickte und stützte seine Hände auf der Kante von Nemos Kontrollpult auf.

»Ob er es geschafft hat?« murmelte er.

»Robert?« Nemo zuckte mit den Achseln, lächelte plötzlich und nickte. »Sicher. Wenn auch nur die Hälfte von dem stimmt, was du mir über ihn erzählt hast …« Er schüttelte den Kopf und starrte einen Moment auf den Schacht, der wie ein gigantisches steinernes Maul in der Wand vor der NAUTILUS klaffte. »Er erinnert mich an seinen Vater«, murmelte er. »Die beiden sind sich ähnlicher, als ich dachte.«

Nemo sah ihn noch einen Moment nachdenklich an, dann wandte er sich mit einem Ruck seinen Kontrollen zu. Wieder begannen die Maschinen der NAUTILUS zu dröhnen, als er mit raschen, fast zornig wirkenden Bewegungen eine Anzahl Schalter auf seinem Pult umlegte.

Wenige Augenblicke später glitt das gigantische Unterwasserschiff in den Felsspalt hinein. Nemo hörte, wie sich die Gestalt neben ihm umwandte und aus dem Salon ging, aber er sah ihr nicht nach, sondern starrte verbissen aus dem Fenster aus fingerdickem Glas.

Die beiden Scheinwerferstrahlen glitten über glitzernden Fels und scharfkantige Lava, rissen Schemen aus noch dunklerem Schwarz aus der Finsternis und tasteten über gewaltige Risse und Schlünde, die tiefer in den Leib der Erde hineinführten.

Aber an ihrem Ende war noch immer Dunkelheit.

Es überstieg fast meine Kräfte, aus dem Schacht herauszuklettern, denn es hatte weder eine Leiter noch Steigeisen oder sonst eine Möglichkeit gegeben, an der gemauerten Wand hinaufzukommen – außer der, mich mit den Füßen auf der einen Seite und dem Rücken auf der anderen abzustützen und wie ein Bergsteiger in einem Kamin Fuß über Fuß hinaufzuklettern. Wer einmal versucht hat, sich auf diese Weise nur fünf Minuten im Türrahmen zu halten, weiß, wovon ich rede.

Ich war so erschöpft, daß ich minutenlang liegenblieb und keuchend nach Atem rang, ehe ich überhaupt wieder die Kraft fand, meine Umgebung bewußt wahrzunehmen. Mühsam stemmte ich mich hoch, löste mit zitternden Fingern die Verschlüsse meines Taucherhelmes und schob das klobige Messingding nach oben.

Ich war in einem Raum, der sich schwer mit wenigen Worten beschreiben ließ – einer sonderbaren Mischung aus Keller, Altarraum und Rumpelkammer. Unmittelbar vor dem fünfeckigen Schacht, aus dem ich hervorgekommen war, stand ein klobiges schwarzes Ding, das ein kleinerer Bruder des Altars unter mir zu sein schien, und der Boden, auf dem ich lag, war mit kabbalistischen Zeichen und unverständlichen Runen übersät. Neben dem Altar stand ein Paar verrosteter Kerzenständer von mehr als Manneshöhe, und auf der anderen Seite des Raumes führte eine gemauerte Treppe zu einer Tür zehn oder fünfzehn Fuß über mir, direkt unter der Decke des Ziegelsteingewölbes.

Aber es gab auch überall deutliche Anzeichen von Verfall und Alter – von der Decke hingen Spinnweben wie schwere graue Vorhänge, überall in Ritzen und Nischen hatte sich Staub gesammelt, der von der Feuchtigkeit zu einer schmierigen grauen Schicht zusammengebacken worden war, und unter der Treppe stapelten sich Kisten und Fässer und verrottete Bündel in heillosem Durcheinander. Und auf dem Boden – waren frische Fußspuren!

Ich vergeudete einige weitere Minuten damit, mich gründlich umzusehen – ohne mich indes von der Stelle zu rühren –, dann streifte ich die Schwimmflossen ab, befreite mich aus dem Haltegeschirr des Oxygentanks und ging, sorgsam darauf bedacht, meine Füße nur in die vorhandenen Spuren zu setzen und so meine Anwesenheit nicht gleich zu verraten, sollte jemand zufällig hier herunterkommen, auf die Treppe zu. In dem Tohuwabohu daneben fand sich rasch ein Versteck für meine Ausrüstung. Ich behielt nur das Messer, als ich mich umwandte und die Treppe hinauflief.

Fortuna war weiter auf meiner Seite, denn die Tür war nicht verschlossen. Dafür quietschte sie gottserbärmlich, als ich vorsichtig die Klinke hinunterdrückte und durch den entstandenen Spalt lugte.

Vor mir lag ein niedriger, fensterloser Gang mit gewölbter Decke, der nach knapp zehn Schritten vor einer weiteren, nur angelehnten Tür endete, durch deren Ritzen der flackernde Lichtschein einer Fackel fiel. Ich vernahm gedämpftes Stimmengemurmel, dann ein helles, plötzliches Klirren, dem ein rauhes Lachen und das wütende Keifen einer Frauenstimme folgten.

Ich zögerte einen Moment, sah mich noch einmal aufmerksam im Keller um und schob die Tür schließlich ganz auf, als ich keinen weiteren Ausgang zu entdecken vermochte. Die Tür quietschte noch lauter. Eigentlich war es ein Wunder, daß man das Geräusch in dem angrenzenden Raum nicht hörte.

Geduckt schlich ich durch den Gang, die Hand auf das Messer gelegt. Der flüchtige Optimismus, der von mir Besitz ergriffen hatte, als ich aus dem Wasser stieg, bekam einen gehörigen Dämpfer, als ich die Tür an seinem Ende erreichte und durch den Spalt sah.

Der Raum dahinter war womöglich noch schmutziger als der untere Keller, hatte aber gleich drei Ausgänge und ein – wenn auch vergittertes – Fenster auf der einen Seite. Auf einer Anzahl umgedrehter Kisten, die als Tisch- und Stuhlersatz dienten, saßen drei Männer und eine Frau, zwei davon mit dem Rücken zu mir, die anderen so, daß sie mich sehen mußten, wenn ich auch nur die Nase aus der Tür steckte.

Ein halbes Dutzend Kerzen und eine fast heruntergebrannte Fackel verbreiteten schummeriges Licht, die Luft war verräuchert und stank nach kaltem Tabaksqualm, und zwischen den vieren kreiste eine bauchige Wermutflasche. Die Frau – sie war überraschend jung und hätte, wäre sie sauber gewaschen und anders als in Fetzen gekleidet gewesen, wahrscheinlich sogar gut ausgesehen – kicherte ununterbrochen vor sich hin und wankte beständig von rechts nach links, und auch die drei anderen schienen kaum weniger betrunken zu sein.

Schweren Herzens richtete ich mich auf, trat einen

halben Schritt zurück und zog das Messer aus dem Gürtel. Ich hätte weiß Gott einen anderen Weg bevorzugt, Bannermann zu finden, aber so, wie die Dinge lagen, mußte ich an diesen vieren vorbei, ganz egal, wie.

Dann drehte einer der Männer, die mit dem Rücken zur Tür saßen, den Kopf, und als ich sein Gesicht sah, schmolzen meine Skrupel auf einen kümmerlichen Rest zusammen. Es war einer der Schläger, die Bannermann und mich in Aberdeen überfallen und den Kapitän entführt hatten!

Mit einem wütenden Tritt schmetterte ich die Tür auf und sprang in den Raum.

Die drei Männer fuhren in einer fast synchronen Bewegung hoch und wirbelten herum, während das Mädchen vor Schrecken nach hinten kippte und lallend liegenblieb. Der Dürre, den ich aus Aberdeen kannte, stieß ein zorniges Grunzen aus, zauberte ein Klappmesser aus der Tasche und ließ es aufschnappen.

Eine halbe Sekunde später wiederholte er selbst die Bewegung in umgekehrter Richtung, denn mein Knie kollidierte ziemlich unsanft mit seinem Magen. Beinahe gleichzeitig schlug ich dem zweiten den Ellbogen nieder, fuhr herum – und konnte mich gerade noch rechtzeitig ducken, um der mit aller Macht geschleuderten Wermutflasche zu entgehen, die der dritte nach mir schleuderte!

Die Flasche zerbarst mit einem lauten Knall an der Wand hinter mir, und fast im selben Moment drang der dritte Mann auf mich ein. Er war so betrunken, daß er kaum auf den Füßen zu stehen vermochte. Ich wich seinen wirbelnden Fäusten mit Leichtigkeit aus, sprang ein Stück zurück und versetzte ihm eine Gerade auf die Nase, die wahrscheinlich selbst Rowlf gefällt hätte.

Ihn nicht.

Der Kerl verharrte mitten im Schritt, starrte mich eine halbe Sekunde lang aus runden Augen an und hob dann langsam die Hand ans Gesicht. Verblüfft starrte er auf das Blut, das aus seiner Nase lief, schniefte ein paarmal und hob abermals die Fäuste.

»Na warte, Bursche«, lallte er. »Das haschte nischt umschonscht gemacht.«

Mir blieb keine Zeit, ihn darüber aufzuklären, daß ich keinen Penny für den Hieb verlangte, denn er hob die Arme, blies mir eine gewaltige Alkoholfahne ins Gesicht und drosch mit aller Macht auf mich ein.

Ich wich seinen Hieben aus, trat ihm nacheinander vor beide Knie und hämmerte ihm die Fäuste in den Magen, aber der Kerl hatte entweder die Konstitution eines Walfisches oder war einfach zu betrunken, um meine Hiebe überhaupt zu spüren. Schritt für Schritt trieb er mich vor sich her, ununterbrochen auf mich einschlagend und dabei aus Leibeskräften brüllend. Schließlich stand ich mit dem Rücken zur Wand.

Der Kerl grunzte triumphierend, ballte eine gewaltige schmutzige Hand vor meinem Gesicht und schlug zu.

Ich duckte mich im letzten Moment. Seine Faust krachte gegen die Wand, daß ich den Stein knirschen hörte, und diesmal schien sogar sein Spatzengehirn so etwas wie Schmerz zu registrieren, denn er jaulte auf, klemmte die Hand unter die Achselhöhle und hüpfte mit einem Bein davon. Ich trat es ihm unter dem Leib weg.

Als ich mich umwandte, waren mein dürrer Freund aus Aberdeen und sein Kamerad schon wieder auf den Beinen und läuteten die zweite Runde ein. Der Dürre hatte sein Messer wieder ergriffen, und die Art, in der er damit in der Luft herumfuchtelte, sagte mir deutlich, daß er ein Könner im Umgang mit dieser Waffe war.

Schritt für Schritt, leicht nach vorn gebeugt und mit gespreizten Beinen, wich ich vor den beiden zurück. Der Dürre wechselte mit einem hämischen Kichern sein Messer ein paarmal von der Rechten in die Linke und zurück, während sein Kumpan unentwegt die Hände schloß und öffnete. Hinter mir stemmte sich auch der dritte Kerl schon wieder auf die Füße.

Ich mußte zu einer Entscheidung gelangen. Im Grunde zweifelte ich nicht einmal daran, mit den dreien fertig zu werden; ich hatte nicht umsonst einen großen Teil der letzten Jahre damit verbracht, alle möglichen Arten der Selbstverteidigung zu erlernen, und die drei waren so betrunken, daß auch ein weniger geschulter Mann als ich eine gute Chance gegen sie gehabt hätte. Aber ich hatte weder Zeit noch Lust, mich auf einen langen Kampf einzulassen. Ich war hier, um Bannermann zu befreien, nicht um mich mit Betrunkenen zu prügeln.

Als der Dürre angriff, wartete ich bis zum letzten Moment. Sein Messer zuckte in einem gemeinen Stich von unten herauf nach meiner Brust, aber ich hatte eine Gemeinheit wie diese erwartet, packte sein Handgelenk, verdrehte es und kugelte ihm den Daumen aus, als er das Messer fallen ließ. Der Dürre kreischte, aber ich ließ seine Hand nicht los, sondern packte ihn im Gegenteil mit der Linken an der Schulter, benutzte ihn als Angelpunkt und stieß ihn mit aller Kraft von mir.

Der Dürre taumelte nach hinten, wie ich es gehofft hatte, fiel gegen seine Kameraden und riß sie von den Füßen.

Ich gab den beiden keine Chance, noch einmal aufzustehen, sondern setzte ihnen nach und betäubte sie mit zwei gezielten Schlägen. Dann wandte ich mich um, ging zu dem Dürren hinüber und riß ihn auf die Füße. Der Mann wimmerte, machte aber keinen Versuch mehr, mich anzugreifen. Vielleicht boxt es sich mit einem verrenkten Daumen auch nicht sehr gut.

»Hören Sie auf, Craven!« flehte er.

»Gut. Dann wissen Sie ja auch, warum ich hier bin, nicht?«

Der Mann fuhr zusammen wie unter einem Hieb. Plötzlich war in seinen Augen nur noch Angst. »Was wollen Sie?« keuchte er. »Ich ... ich habe nur einen Befehl ausgeführt. Ich habe nichts gegen Sie, Craven. Er hat mich gezwungen. Er zwingt uns alle. Er bringt uns um, wenn wir seinen Befehlen nicht gehorchen!«

»Was glaubst du wohl, was ich mit dir mache, wenn du mir nicht sagst, wo Bannermann ist?« drohte ich. »Sprich endlich, Kerl! Ich weiß, daß ihr ihn hierher gebracht habt!«

Es war sonderbar – aber im selben Augenblick, in dem ich Bannermanns Namen erwähnte, hörte der Dürre auf zu zittern. Ein sonderbar fragender Ausdruck erschien in seinen Augen, und plötzlich war etwas Lauerndes darin, das ich mir nicht erklären konnte.

»Bannermann?« vergewisserte er sich.

Ich nickte, stieß ihn wütend gegen die Wand und schwenkte die Faust vor seinem Gesicht. »Sprich endlich, Kerl!« sagte ich. »Ich finde ihn auch alleine, aber ich schwöre dir, daß du dann mehr als nur einen verrenkten Daumen hast!«

»Aber, aber, Robert Craven«, sagte eine Stimme hinter mir. »Du enttäuschst mich. Es ist doch eigentlich gar nicht deine Art, Schwächeren mit Gewalt zu drohen.«

Eine einzige, endlose Sekunde lang blieb ich wie versteinert stehen. Dann ließ ich den Dürren fahren, wirbelte herum – und stieß einen krächzenden Schrei aus!

Ich stand einem Monster gegenüber – einem Wesen mit schmalem, grausam geschnittenem Gesicht, mit riesigen Fischaugen und Kiemenschlitzen am Hals. Seine Stimme glich kaum der eines Menschen, und seine mit Schwimmflossen versehenen Hände und die silbergrüne Schuppenhaut glänzten selbst im düsteren Licht des Keller wie polierter Smaragd.

Ich wollte etwas sagen, doch ich bekam keinen Ton heraus. Schließlich kommt es nicht alle Tage vor, daß man einem leibhaftigen Fischgott gegenübersteht.

Langsam, Yard für Yard und unendlich vorsichtig, glitt die NAUTILUS durch den Tunnel. Rings um sie herum war Stein, jahrmillionenalter Fels, der noch nie das Licht der Sonne gesehen hatte und dessen Kanten und Grate gierig darauf lauerten, ihren empfindlichen Leib zu fassen und aufzureißen, und manchmal tauchten nebelige Dinge im Licht der beiden Scheinwerfer auf und verschwanden wieder, ehe sie wirklich sichtbar wurden.

Obwohl die Temperaturen im Salon eher niedrig waren, war Nemo in Schweiß gebadet. Er wußte, daß die bizarre Fahrt bisher nicht länger als eine halbe Stunde dauerte, aber er hatte das Gefühl, seit Wochen am Steuerpult des Schiffes zu sitzen, jeder einzelne Nerv bis zum Zerreißen gespannt, jeder Muskel so verkrampft, daß er schmerzte.

Aus brennenden Augen starrte er auf den runden, tellergroßen Bildschirm, auf dem ein Bild des Tunnels zu sehen war, wie man es wohl vom Bug der NAUTILUS aus erblicken konnte. Das Boot verfügte über zwei unabhängige Ruderanlagen, die eine oben im Turm der NAUTILUS, die andere hier unten im Salon.

Nemos Finger huschten wie kleine, von eigenem Leben erfüllte Wesen über die verwirrende Anordnung von Schaltern und Hebeln vor ihm. Unendlich behutsam steuerte er das Schiff, so vorsichtig wie nie zuvor in seinem Leben und von dem quälenden Wissen erfüllt, daß schon ein kleiner Fehler, eine Winzigkeit zuviel Schub, eine einzige Umdrehung der gewaltigen Heckschraube zuviel oder zuwenig, ein Zoll, den eines der Ruder falsch geneigt war, das Ende bedeuten konnte. Das schwarze Wasser rings um die NAUTILUS schien unbewegt, aber seine Instrumente verrieten ihm, daß das Gegenteil der Fall und der unterseeische Tunnel in Wahrheit von einer reißenden Strömung erfüllt war. Ein Fehler, und die entfesselten Wassermassen würden das Schiff gegen den Felsen drücken und zermalmen.

Die Fahrt ging weiter. Eine Stunde verging, dann noch eine, und noch immer war kein Ende dieses endlos langen Stollens zu sehen, noch immer war dort, wo das Licht der Scheinwerferstrahlen hinfiel, nichts als rabenschwarze Dunkelheit. Und noch immer waren Nemos Nerven bis zum Zerreißen gespannt.

Er merkte nicht einmal, wie die Tür am hinteren Ende des Salons aufging und eine hünenhafte Gestalt in den Raum huschte und hinter einem Vorhang verschwand.

»Ich bin Dagon.« Ein dünnes, schwer zu deutendes Lächeln spielte um die farblosen Lippen der Kreatur. »Ich wußte, daß du kommst, Robert Craven«, sagte sie. »Ich wußte es im selben Moment, in dem ich deinen Namen hörte. Ich habe auf dich gewartet.«

Ich antwortete nicht. Der Anblick des Fischmannes hatte mich mehr als nur erschüttert.

Dagon lachte, hob die Hand und gab dem Dürren einen Wink. »Entwaffne ihn.«

Der Bursche riß mir das Messer aus der Hand und versetzte mir einen Knuff, der mir die Luft aus den Lungen trieb. Dagon machte eine ärgerliche Handbewegung. »Laß das«, befahl er scharf.

»Wirklich erstaunlich«, murmelte ich. »Ein dunkler Gott, der Rücksichten nimmt.« Langsam gewann ich meine Fassung zurück.

Dagon lächelte. »Es hat mich einen guten Mann gekostet, zu lernen, daß man jemanden wie dich entweder töten oder zum Freund gewinnen muß«, antwortete er. »Das zweite wäre mir lieber.«

»Du mußt verrückt sein«, antwortete ich impulsiv. »Du …«

»Warum hörst du mir nicht erst zu, ehe du urteilst, Robert Craven?« unterbrach mich Dagon. »Möglicherweise interessiert dich mein Vorschlag ja.« Er wandte sich um, winkte mir befehlend mit der Hand, ihm zu folgen, und trat auf die Tür zu, durch die ich selbst den Raum betreten hatte. Plötzlich begriff ich, daß er mir gefolgt sein mußte.

Der Riese mit dem Walnußgehirn begann sich zu regen, als ich mit einem großen Schritt über ihn hinwegstieg. Stöhnend hob er den Kopf, starrte mich aus seinen vom Alkohol verschleierten Augen an und lallte ein paar unverständliche Worte.

Dagon verzog angeekelt das Gesicht. »Ihr Menschen seid ein sonderbares Volk«, sagte er, während er den Riesen angewidert musterte. »Auf der einen Seite vollbringt ihr ganz Erstaunliches, und auf der anderen Seite benehmt ihr euch schlimmer als die Tiere.«

Ich zog es vor, zu schweigen, denn ich konnte ihm schwerlich widersprechen. Dagon schüttelte den Kopf und ging weiter.

Wir betraten den Keller. Er war nicht mehr leer. Ein gutes halbes Dutzend Männer kniete in sonderbar anmutender Haltung vor dem Altar, und schon bevor Dagon die Tür öffnete, hörte ich das dumpfe Auf und Ab ihrer Stimmen, mit dem sie eine Art barbarisches Gebet zu intonieren schienen. Keiner von ihnen sah auf, als Dagon, der Dürre und ich die Treppe hinabgingen, und ich hatte das sichere Gefühl, eine Woge der Furcht durch den Raum rasen zu fühlen. Was immer Dagon für diese Männer war, er war kein gnädiger Gott.

Dagon blieb am Fuße der Treppe stehen und deutete mit einer befehlenden Geste auf den Gerümpelhaufen, in dem ich meinen Lufttank versteckt hatte.

»Nimm dein Atemgerät«, sagte er. »Du wirst es brauchen, dort, wo wir hingehen.«

Ich blickte unsicher zu dem fünfeckigen Schacht hinter dem Altar. Der Gedanke, ein zweites Mal in diesen gräßlichen See hinabtauchen zu sollen, erfüllte mich mit eisigem Schrecken. Aber ich war nicht in der Situation, irgendwelche Wünsche anmelden zu können.

Gehorsam zog ich den Tank hervor, band ihn um und stülpte den Helm über, ließ den Sauerstoffschlauch aber noch, wo er war. Der Tank war allerhöchstens noch zur Hälfte gefüllt; ich mußte sparsam damit umgehen.

Dagon beobachtete mich interessiert. Als ich fertig war, streckte er die Hand aus und befühlte vorsichtig das geriffelte Metall meiner Maske. »Erstaunlich«, sagte er. »Ich komme nicht umhin, euch Respekt zu zollen, Robert Craven. Ihr seid ein einfallsreiches Volk.«

Ich hätte ihm gerne bewiesen, wie einfallsreich ich sein konnte, aber der Dürre stand weniger als einen

Schritt hinter mir, und wahrscheinlich wartete er nur auf einen Vorwand, mir sein Messer in den Rücken zu stoßen. So beließ ich es bei einem bösen Blick, den Dagon hinter meiner Tauchermaske wahrscheinlich nicht einmal registrierte.

»Aber ihr seid auf dem falschen Weg«, fuhr der Fischgott fort. »Glaube mir, Robert Craven. Die Technik ist nichts als eine Krücke. Sie mag erstaunliche Dinge vollbringen, aber letztendlich ist sie eine Sackgasse.« Er seufzte, bedachte mich mit einem mitleidigen Blick und deutete mit einer Kopfbewegung auf den Schacht. »Geh.«

Ich rührte mich nicht von der Stelle. »Wohin bringst du mich?« fragte ich.

»An einen Ort, an dem du besser verstehen wirst«, erwiderte Dagon geheimnisvoll. »Du wirst deinen Freund wiedersehen.«

»Bannermann?« entfuhr es mir. »Er ist dort unten? Lebt er?«

»Natürlich«, antwortete Dagon. »Ich sehe, du begreifst noch weniger, als ich bisher annahm. Ich bin nicht dein Feind. Weder der deine noch der deines Volkes.«

Ich schenkte ihm einen weiteren bösen Blick, ging ohne ein weiteres Wort um den Altar herum und sprang in den Schacht.

Ich hatte vergessen, wie kalt das Wasser war. Der Schock raubte mir für einen Moment den Atem. Hastig klemmte ich das Mundstück des Oxygenschlauches zwischen die Zähne, öffnete das Ventil und atmete ein paarmal tief durch. Dicht neben mir durchbrach Dagon die Wasseroberfläche, ungleich eleganter und leichter als ich selbst, sank ein Stück tiefer und bedeutete mir mit Gesten, ihm zu folgen. Für einen kurzen Moment spielte ich ernsthaft mit dem Gedanken, ihn anzugreifen, als er sich umwandte und auf den Stollen zuglitt, der mich hierher geführt hatte. Aber nur für einen Moment. Hatte ich schon an Land keine gute Figur gegen Dagon abgegeben, würde er mich hier, in seinem ureigensten Element, wahrscheinlich schneller überwältigen, als ich bis drei gezählt hätte.

Während wir durch den unterseeischen Stollen zurückschwammen, versuchte ich meine Herzschläge zu zählen, um wenigstens einen ungefähren Anhaltspunkt für die Zeit zu haben, die mir verblieb, bis mein Luftvorrat erschöpft war. Zu meiner Überraschung schlug mein Puls weniger als vierhundertmal – was in Anbetracht der großen körperlichen Anstrengung, der ich mich ausgesetzt sah, kaum fünf Minuten sein konnten –, bis wir die Höhle und kurz darauf das offene Wasser des Sees erreichten. Selbst wenn ich auf dem Herweg die doppelte Zeit gebraucht hatte, verblieben mir somit noch gute fünfzehn Minuten Atemluft. Wenn Dagon nicht vorher auf die Idee kam, mich in einen Zustand zu versetzen, in dem ich mit atembarer Luft nicht mehr viel anfangen konnte …

Im Moment jedenfalls dachte er noch nicht daran, mich zu Shoggoten-Futter zu verarbeiten, sondern schwamm an meine Seite, berührte mich an der Schulter und deutete mit dem anderen Arm in die Tiefe, auf den grünleuchtenden Grund des Sees. Ich nickte. Es hätte mich gewundert, wenn Dagon ein anderes Ziel als die versunkene Stadt gehabt hätte.

Der Wasserdruck begann sich unangenehm bemerkbar zu machen, als wir tiefer kamen: in meinen Ohren war plötzlich ein schmerzhaftes Rauschen, und ein unsichtbarer Ring legte sich um meine Brust und zog sich ganz langsam, aber unbarmherzig zusammen.

Aber als wir uns der versunkenen Stadt näherten, bemerkte ich von alledem kaum noch etwas.

Der Anblick war schlichtweg phantastisch. Was beim ersten Male den Eindruck einer Ruinenlandschaft auf mich gemacht hatte, entpuppte sich beim Näherkommen als eine gewaltige, zu großen Teilen noch vollends unversehrt erhaltene Anlage, die in mir Assoziationen zu Atlantis und Lemuria wachrief und mich selbst die bedrohliche Lage, in der ich mich befand, vergessen ließ.

Die Stadt hatte die Größe einer mittleren Ortschaft, und sie war nach Regeln einer Architektur erbaut, wie ich sie niemals zuvor gesehen hatte. Das erstaunlichste war, daß es eine menschliche Architektur gewesen sein mußte, denn die Proportionen und Linien waren, obzwar fremd und ungewohnt, doch nicht die unangenehmen bizarren Linien der GROSSEN ALTEN, und auch die Maße der Fenster, Treppen und Türen entsprachen in etwa denen, die menschliche Bewohner bevorzugt hätten.

Es gab gewaltige, quaderförmige Blöcke, zu regelmäßigen Straßen geordnet und manchmal mit spitzen, jetzt jedoch ausnahmslos zerborstenen Türmchen versehen, dazwischen Pyramiden, Kegelstümpfe und schlanke, an Muscheln erinnernde Gebilde, die mit grazilen Brücken ohne Geländer miteinander verbunden waren. Wir schwammen über einen phantastischen Park aus Wasserpflanzen, dann über eine Ansammlung kleiner kuppelförmiger Gebäude ohne Fenster oder Türen, dann wieder zwischen tangverkrusteten Säulen und gewaltigen, terrassenförmigen Anlagen hindurch.

Dann überquerten wir das Loch.

Mir fiel kein besserer Ausdruck ein, den schwarzen, wie ausgestanzt wirkenden Pfuhl zu beschreiben, der jäh unter uns aufklaffte. Ein Strom eisigen Wassers ließ mich schaudern, und als ich in die Tiefe blickte, glaubte ich, eine dunkelquirlende Masse zu erkennen, schwarze Dinge, die wie bizarre Kaulquappen hin und her schossen und immer wieder mit grotesk wirkenden Hüpfern Höhe zu gewinnen versuchten, stets aber von irgend etwas zurückgesaugt wurden. Der Schacht war gewaltig. Ich schätzte seinen Durchmesser auf mindestens zweihundert Yards. Seine Tiefe war nicht einmal zu erahnen. Ich atmete innerlich auf, als wir ihn überquert hatten und wieder fester Boden unter uns war.

Plötzlich deutete Dagon auf eine steinerne Pyramide etwa hundert Yards unter und vor uns und begann, rasch in die Tiefe zu gleiten. Ich folgte ihm, obwohl er sich nicht einmal die Mühe machte, zurückzublicken. Es hätte auch wenig Sinn gehabt, hätte ich versucht, ihm davonzuschwimmen. Und mein Luftvorrat war zu wertvoll, um ihn bei einem sinnlosen Fluchtversuch zu vergeuden. Es mochte sein, daß ich ihn noch bitter nötig hatte.

Als wir näherkamen, sah ich mehr Einzelheiten des Pyramidenhauses. Anders als die mir bekannten Pyramiden hatte sie fünf Seiten, was einen erstaunlichen optischen Effekt ergab, und auch das mächtige Tor, auf das Dagon zuschwamm, war fünfeckig wie eine etwas verunglückte Bienenwabe, und nicht ganz im Lot. Vermutlich war es nicht ganz einfach, hier unten eine Wasserwage zu benutzen.

Dunkelheit hüllte uns ein, als wir in die Pyramide eindrangen, und für eine Weile sah ich Dagon nur als schwarzen Schatten vor mir. Dann erschien uns ein blaßgrünes Leuchten, und wenige Augenblicke später fand ich mich in einem weitläufigen, fünfeckigen Saal wieder, dessen Wände von Massen der grünen Leuchtalgen überwuchert waren.

Dagon deutet nach oben, stieß sich mit einer eleganten Bewegung ab – und durchbrach die Wasseroberfläche, die wie ein grünsilberner Himmel zwei Yards über meinem Kopf hing.

Ich wollte ihm folgen, aber in diesem Moment gewahrte ich eine Bewegung neben mir, drehte mich wassertretend herum – und blickte in eines der hübschesten Gesichter, die ich jemals gesehen hatte.

Es war ein Mädchen, achtzehn, allerhöchstens neunzehn Jahre jung, schlank bis an die Grenzen der Zerbrechlichkeit und von wunderbarem Wuchs. Ich konnte das beurteilen, denn bis auf das schulterlange schwarze Haar, das ihren Kopf wie eine duftige Wolke umschwebte, trug sie keinen Fetzen am Leib.

Sie schwamm ein Stück neben mir, hielt mit grazilen Bewegungen der Arme und Beine die Schwebe und musterte mich ebenso neugierig wie ich sie. Plötzlich begriff ich, daß es dasselbe Mädchen war, das ich vorhin gesehen hatte, als ich die unterseeische Stadt zum erstenmal erblickte.

Und als ich in ihre Augen sah, begriff ich noch etwas, denn es waren Augen, die ich kannte.

Die Augen ihrer Mutter.

Das Mädchen neben mir war niemand anders als Jennifer Borden. Severals Tochter.

Die NAUTILUS war zur Ruhe gekommen. Ihre Maschinen liefen noch immer, ein düsteres, an- und abschwellendes Rauschen und Hämmern, das den Leib des stählernen Gebildes wie donnernder Pulsschlag erfüllte, aber ihre Kraft reichte jetzt nur noch, den Sog der Strömung auszugleichen und das Unterseeboot schwerelos wenige Yards über dem Grund des Tunnels zu halten.

Nemos Augen brannten vor Anstrengung. Er fühlte sich müde, erschöpft wie selten zuvor in seinem Leben, und alles, was er wollte, war schlafen. Aber es würden noch sehr viele Stunden vergehen, bis er seinem Körper die Ruhe gewähren konnte, nach der er schrie.

Sein Blick saugte sich an dem winzigen Fleck fahlgrüner Helligkeit fest, der auf dem flimmernden Bild-Spiegel erschienen war. Die Scheinwerfer des Schiffes waren erloschen, aber das grüne Leuchten, eine halbe Meile vor dem Schiff, schien dünne Spinnenfinger aus Licht in den Stollen zu schicken, und davor bewegten sich ... Dinge.

Nemos Zunge fuhr nervös über seine Lippen. Vielleicht war es zum ersten Male in seinem Leben, daß er wirkliche Angst empfand. Aber vielleicht war das, was er da spürte, auch etwas anderes. Er wußte, wie gering ihrer aller Chancen waren, aber das war es nicht. Er war es gewohnt, sein Leben zu riskieren.

Seine Finger suchten einen winzigen Schalter auf dem Pult und legten ihn um, und in einem anderen, luftdicht abgeschlossenen Raum des Schiffes erwachte ein kleines Tonübertragungsgerät mit einem scharfen Knacken zum Leben, und ein Mann hob den Kopf und richtete den Blick seiner vom Fieber geröteten Augen gegen die Decke.

»Wir sind da«, sagte Nemo. Seine Stimme zitterte. »Du willst es wirklich tun?«

Der andere antwortete nicht, aber sein Schweigen war beredt genug. Nemo atmete hörbar ein, schloß für einen Moment die Augen und ballte die Hände zu Fäusten.

»Dann macht euch bereit«, sagte er nach einer Weile. »Und viel Glück, mein Freund.«

Er wartete nicht, ob eine Antwort aus dem winzigen Lautsprecher auf seinem Pult kam, sondern schaltete das Gerät ab, straffte sich sichtbar und begann, plötzlich wieder ganz ruhig und womöglich noch angespannter als bisher, in rascher Folge Schalter und Hebel umzulegen.

Tief unter ihm, im Bauch des gigantischen Stahlfisches, öffnete sich ein Schott ins Meer. Der Luftdruck in der kleinen Metallkammer erhöhte sich, um zu verhindern, daß Wasser über den Rand der Öffnung ins Boot eindrang und zwölf urtümlich aussehende Gestalten schlossen mit geübten Bewegungen die Sichtfenster ihrer Taucherhelme.

Zuerst langsam, dann immer schneller und schneller werdend, setzte sich die NAUTILUS in Bewegung. Ihre Maschinen begannen zu dröhnen, und die gewaltige Schiffschraube an ihrem Heck peitschte das Wasser zu blasigem weißem Schaum.

Auf dem Weg hierher hatte sich die NAUTILUS wie ein geduldiges Tier angeschlichen, groß und leise und unendlich behutsam, aber mit jedem Handgriff Nemos erwachten ihre titanischen Kräfte mehr, mit jedem Schalter, den er umlegte, brüllten die Motoren lauter auf, erwachten phantastische Gerätschaften und Apparaturen in ihrem geheimnisvollen Leib.

Als das Schiff wie ein gigantischer blauschwarzer Torpedo auf das Ende des Stollens zuschoß, hatte es nicht mehr viel mit der NAUTLIUS gemein, die Nemo und seine Männer in die unerforschen Tiefen der Meere getragen hatte.

Sie war jetzt eine Kampfmaschine, ein Monstrum aus Stahl und geballter Kraft, das nur noch zu einem einzigen Zweck existierte:

Zerstören!

Dagon wartete, bis ich meine Atemausrüstung abgelegt und das Kunststück fertiggebracht hatte, in dem gewaltigen, luftgefüllten Hohlraum unter der Spitze der Pyramide einen einigermaßen trockenen Platz zu finden, auf den ich mich setzen konnte, aber ich sah seinem Gesicht an, daß seine Geduld sich dem Ende zuneigte.

»Wo ist Bannermann?« fragte ich.

»An einen sicheren Ort«, antwortete Dagon unwirsch. »Du wirst ihn sehen, bald. Aber zuerst muß ich wissen, woran ich mit dir bin. Ich verstehe, wenn du mir mißtraust, denn meine Diener haben versucht, dich zu töten.«

»Aber nicht doch«, sagte ich großzügig. »Das Leben ist langweilig, wenn einem keiner danach trachtet, Dagon.«

Dagon zog die linke Augenbraue hoch – was bei seinem absurden Gesicht einen reichlich lächerlichen Eindruck machte – und überging meine Bemerkung. »Höre mir zu«, sagt er, »und dann entscheide, auf welcher Seite du stehen willst.« Er trat einen Schritt zurück, hob die Hand und machte eine Geste, die den ganzen Raum einschloß. »Was du hier siehst, sind die Reste meines Reiches«, sagte er. »Hier habe ich äonenlang über meine Anhänger geherrscht. Ich habe diese Stätte nie verlassen, obwohl ich genug Macht besaß, die Welt zu erobern. Doch nun bin ich gezwungen, mein verborgenes Dasein aufzugeben. Ich habe dich gesucht, Robert Craven, jemanden wie dich. Ich brauche dich.«

»So?« fragte ich. »So wie dieses Mädchen dort unten?« Ich deutete auf das grünlich schimmernde Wasser, das ein Drittel des Raumes ausfüllte, und fügte zornig hinzu. »Oder die anderen, die du umgebracht hast?«

»Keiner von ihnen ist tot«, schnappte Dagon. »Aber das gehört nicht hierher. Hör mir zu, Robert Craven, und du wirst begreifen, welche Gefahr uns allen droht.« Er legte eine dramatische Pause ein, wandte sich um und wiederholte seine weit ausholende Handbewegung.

»Als ich vor über fünftausend Jahren hierhergelangte, war euer Volk noch jung. Ich war ein Gott. Die Menschen in diesem Land beteten mich an. Sie knieten vor mir und verehrten mich, und sie gaben mir alles, was ich wollte.« Plötzlich lächelte er, aber es war ein sehr trauriges Lächeln. »Sie errichteten diese Stadt, Robert Craven, nur um mir zu huldigen. Ich hätte mich zum Herrn der Welt aufschwingen können.«

»Und warum«, flüsterte ich, »hast du es nicht getan?«

Dagon seufzte. »Aus einem Grund, den ihr Menschen nur zu gut kennt, Robert Craven«, antwortete er. »Aus Angst.«

»Angst?« Diesmal war ich ehrlich erstaunt. »Vor wem?«

»Vor den Wesen, vor denen ich floh«, antwortete Dagon. »Die THUL SADUUN sind mächtig, und sie sind schrecklich in ihrem Zorn. Ich habe sie verraten, denn sie waren es, die das Tor benutzen wollten, durch das ich ging. Es brachte mich nicht nur durch den Raum, sondern auch durch die Zeit. Die THUL SADUUN blieben in der Vergangenheit zurück – in einer Zeit vor über zweihundert Millionen Jahren! Sie und ihre Herren, denn auch die THUL SADUUN sind nur Diener einer noch größeren Macht. Durch meinen Verrat mußten sie sich dem Kampf stellen, dem sie entfliehen wollten. Und wurden besiegt.«

»Aber wenn sie tot sind …«, begann ich, doch Dagon

schnitt mir mit einer wütenden Handbewegung das Wort ab.

»Sie wurden besiegt, aber sie sind nicht tot. Was nie gelebt hat, kann nicht sterben. Sie wurden nur in einen ewigen Schlaf versetzt und in finstere Kerker zwischen den Dimensionen gesperrt.«

Ich hatte Mühe, vor Schrecken nicht aufzuschreien. Plötzlich wußte ich, wovon Dagon sprach – wußte es nur zu gut. Doch irgend etwas in mir weigerte sich einfach, die Wahrheit anzuerkennen, und so schwieg ich, obwohl ich seine nächsten Worte schon ahnte.

»Sie sind Götter, finstere Götter, für die ein Menschenalter weniger als ein Gedanke zählt. Seit zweihundert Millionen Jahren warten sie darauf, daß der Bann sich löst und sie wieder frei sind, sie und ihre Diener.

Es war einer von euch Menschen, Robert Craven, der ihren Geist erweckte und dreizehn von ihnen die Flucht durch einen Riß in der Zeit ermöglichte.«

Nun war es Gewißheit. Meine Stimme bebte, als ich es aussprach:

»Es waren die GROSSEN ALTEN, nicht wahr?«

»So nennt ihr Menschen sie, ja. Und die THUL SADUUN erwachten mit ihnen. Gewiß, es sind nur die Diener der GROSSEN ALTEN, doch täusche dich nicht ob dieses Wortes, denn auch die Diener von Göttern sind Götter, tausendmal schlimmer, als du es dir auszumalen vermagst.«

»Und was geschieht jetzt?« fragte ich mit heiserer Stimme.

»Ich spüre ihr Nahen, Robert Craven«, sagte Dagon. »Noch sind sie nicht hier; die Siegel sind ungebrochen, und der uralte Bann hält sie zurück. Aber etwas hilft ihnen. Eine Macht, die ich nicht zu deuten vermag, aber die stärker wird.«

Dagon hielt inne und sah mich an. Er mußte in meinem Gesicht wohl wie in einem offenen Buch gelesen haben, denn er erkannte genau, was ich dachte.

»Deine Sorgen sind unbegründet, Robert Craven«, sagte Dagon. »Ich war niemals daran interessiert, die Herrschaft über diese Welt zu übernehmen, und ich bin es auch jetzt nicht. Ich werde gehen. Ich werde fliehen und nur wenige meiner Anhänger mitnehmen. Du siehst, daß ich nicht euer Feind bin.«

Ich dachte an eine Frau, die ihre Tochter verloren und ihren eigenen Mann getötet hatte, an Bannermann und ein halbes Dutzend Marinesoldaten, die in den Abwasserkanälen Aberdeens auf grausame Weise ums Leben gekommen waren, an Jameson, der einen fürchterlichen Tod erlitten hatte, an zahllose Mütter, die um ihre Söhne und Töchter geweint hatten, fünftausend Jahre lang, und schwieg.

Der Ausdruck auf Dagons Zügen verhärtete sich. Als er weitersprach, klang seine Stimme ganz sachlich. Und so kalt wie Eis.

»Sie kommen, Robert Craven. Ich könnte gehen und euch und eure Welt dem Schicksal überlassen, aber ich habe mich entschieden, euch zu warnen, damit ihr der Gefahr Herr werden könnt.«

»Das ist sehr großzügig von dir, Dagon«, sagte ich böse. »Und vielleicht schaffen wir dir dabei ganz nebenbei noch die lästige Konkurrenz vom Halse, wie?«

Dagon schnaubte. »Wenn du die Wahl hättest, Robert Craven«, sagte er ärgerlich, »würdest du rasch begreifen, daß ich das kleinere von zwei Übeln bin. Aber du hast keine Wahl. Jene fremde Macht, die ich nicht kenne, hat mit der Suche nach den Sieben Siegeln begonnen. Hat sie sie erst einmal gefunden, gibt es keine Möglichkeit mehr, die THUL SADUUN daran zu hindern, in eure Zeit zu gelangen. Bilde dir nicht ein, gegen sie kämpfen zu können, Robert Craven. Verhindere, daß die Siegel gebrochen werden, oder du verlierst deine Welt. Du und deine Freun...«

Dagon kam nicht mehr dazu, mir zu erklären, was meine Freunde und ich zu tun hatten, denn der Rest seines Satzes ging in einem ungeheuren Dröhnen und Krachen unter, das die gesamte Pyramide unter unseren Füßen erbeben ließ. Ein dumpfes, mahlendes Knirschen lief durch den uralten Fels, und plötzlich gähnten in der Decke zahllose fingerbreite gezackte Risse, aus denen sich ein gurgelnder Wasserfall auf uns ergoß.

Spears' Herz schlug langsam, so mühevoll, als müsse es gegen einen unsichtbaren Widerstand ankämpfen, und er spürte, wie seine Kräfte mit jeder Minute mehr nachließen. Er war müde, und es war eine ganz andere Müdigkeit, als er sie jemals zuvor verspürt hatte; eine Müdigkeit, der ein Schlaf folgen würde, aus dem er nie mehr erwachte. Das Schiff erbebte ununterbrochen unter seinen Füßen, und sein Rücken schmerzte unerträglich, denn er stand seit mehr als einer Stunde reglos hinter dem Volant im Salon der NAUTILUS und wagte sich nicht weiterzubewegen, als nötig war, um durch einen schmalen Spalt in dem Samtstoff hinauszuschauen.

Der Salon war voller Männer, die Dinge taten, die er nicht verstand. Das Schiff zitterte und bebte ununterbrochen, und manchmal liefen dumpfe, dröhnende Schläge durch seinen Rumpf. Vor den gewaltigen Bullaugenfenstern war ein grünes, unheimliches Licht erschienen; ein Licht, in dem es von Zeit zu Zeit grell aufblitzte, und manchmal glaubte er gewaltige schwarze Schatten auf das Schiff zurasen zu sehen.

Spears begriff, daß sich die NAUTILUS in einer Schlacht befand.

Er verstand nicht, wogegen sie kämpfen mochte, hier, zahllose Fuß unter dem Meeresspiegel, aber er wußte, daß seine Chance heran war; gleich, wie der bizarre Kampf ausging.

Bald. Sehr bald.

Seine Hand schloß sich fester um den wuchtigen Schraubenschlüssel.

Das Wasser schoß mit ungeheurer Wucht herein und verwandelte den fünfeckigen Raum von einem Sekundenbruchteil auf den anderen in ein Chaos aus Lärm, weiß schäumender Gischt und tobenden Wogen. Ich sah kaum noch, wie Dagon von der brodelnden Flut erfaßt und davongeschleudert wurde, dann erreichte die brodelnde Flutwelle auch meinen Standort, riß mich von den Füßen und wirbelte mich wie ein Spielzeug herum. Ich sah einen Schatten auf mich zurasen, dann traf irgend etwas meinen Rücken, trieb mir die Luft aus den Lungen und ließ mich für Sekunden das Bewußtsein verlieren.

Ich muß wohl instinktiv die Luft angehalten haben, denn ich erwachte durch die Atemnot. Der Raum war noch immer von chaotisch brodelnden Wassermassen erfüllt, die mich wie ein trockenes Blatt nach Belieben hin und her schleuderten, aber über mir war ein fünfeckiges Stück silbergrünen Himmels. Ich schwamm darauf zu, durchstieß mit dem Kopf die Wasseroberfläche und atmete gierig ein.

Schwärze umgab mich. Aus der Tiefe drang das

schwache Licht der Leuchtalgen empor, aber über mir war nichts als absolute Finsternis, und als ich den Arm hob, fühlte ich rauhen Stein dicht über meinem Kopf. Ich war in einer Luftblase gefangen, die sich dicht unter der Spitze des Pyramidenbaues gebildet hatte.

Zwei, drei Minuten verharrte ich wassertretend auf der Stelle und wartete, bis sich mein Atem wieder einigermaßen beruhigt hatte. Rings um mich herum schäumte und brodelte das Wasser noch immer, und in unregelmäßigen Abständen erzitterte der ganze, gewaltige Bau wie unter den Hieben eines unsichtbaren Riesen. Ich begriff nicht, was geschehen war – ein unterseeisches Beben vielleicht, vielleicht aber auch …

Vielleicht hatte Dagon sich getäuscht, und die THUL SADUUN waren ihm schon nähergekommen, als er geglaubt hatte.

Ich verscheuchte den Gedanken. Zuerst einmal mußte ich hier heraus. Die Luftblase war nicht sehr groß, und selbst wenn die Wände den unablässigen Stößen und Erschütterungen weiter standhielten, würde der Sauerstoff nur noch für wenige Minuten reichen. Ich mußte Nemos Oxygentank finden, wenn ich das Tageslicht jemals wiedersehen wollte!

Entschlossen sog ich die Lungen voller Luft, tauchte unter und schwamm gegen die brodelnde Strömung an. Meine Augen, jetzt nicht mehr vom Glas der Tauchermaske geschützt, begannen fast sofort zu schmerzen, und ich sah im grünen Schein der Algen nur verschwommen. Dazu kam, daß sich der Raum vollig verändert hatte. Ein Teil der Wände war eingestürzt, so daß ich den See und die versunkene Stadt durch die gewaltigen Breschen erkennen konnte, das Wasser hatte Schlamm und Fetzen von Tang und Algen hereingetragen, und überall lagen Trümmer herum.

Und von meinem Atemgerät war keine Spur zu sehen.

Ich blieb so lange unter Wasser, wie ich nur konnte. Erst als meine Lungen zu platzen drohten und ich nichts mehr sah außer flammenden Feuerrädern, tauchte ich auf, atmete ein paarmal tief ein und aus – und tauchte zum zweitenmal hinab.

Unter mir blitzte Metall im wogenden Grün. Ich warf mich herum, stemmte mich mit aller Gewalt gegen die noch immer sehr starke Strömung und erreicht mit letzter Kraft den Hallenboden.

Aber das Blitzen von Metall war nicht mein Atemgerät gewesen. Zwischen den zerborstenen Steinen lag ein kinderhandgroßes, in der Form eines fünfstrahligen Sternes gearbeitetes Amulett aus purem Gold. Wäre ich nicht unter Wasser gewesen, hätte ich vor Enttäuschung aufgeschrien. Trotzdem schloß ich die Hand um das Amulett und nahm es mit, als ich zum zweitenmal zu meiner Luftblase hinauftauchte.

Wahrscheinlich war es Einbildung – aber in diesem Moment war ich sicher, daß die Luft bereits merklich verbrauchter schmeckte und ich tiefer und mühsamer einatmen mußte, um wieder zu Atem zu kommen. Das Gebäude bebte noch immer unter mir, und plötzlich erscholl ein peitschender Knall, und ein fingernagelgroßes Stück Stein brach aus der Wand direkt vor meinem Gesicht, gefolgt von einem weißen, gischtenden Wasserstrahl, der mit ungeheurer Kraft hereinbrach. Verzweifelt warf ich den Kopf herum, um nicht getroffen zu werden, denn ich wußte, welchen Schaden Wasser anrichten konnte, wenn es unter einem so enormen Druck stand.

Als ich diesmal in die Tiefe tauchte, wußte ich, daß es mein unwiderruflich letzter Versuch war. Die Luftblase würde nicht mehr da sein, wenn ich das Oxygengerät nicht fand und erneut auftauchte.

Ich schwamm, wie nie zuvor in meinem Leben. Das Wasser griff immer wieder mit unsichtbaren Fäusten nach mir, versuchte mich gegen die Wände zu schmettern und wirbelte mich herum, aber ich kämpfte mich tiefer hinunter, starrte wild hierhin und dorthin und zermarterte mir das Gehirn nach der Stelle, an der ich den Tank abgelegt hatte. Aber unter mir war nichts. Nichts außer zerborstenem Fels und wirbelndem Schlamm.

Meine Kräfte begannen zu erlahmen. Der Druck auf meinen Lungen wurde unerträglich, und in meinen Eingeweiden erwachte ein wühlender, immer schlimmer werdender Schmerz. Noch Sekunden, und ich würde den Mund öffnen und das tödliche Wasser einatmen und …

Ein Schatten schoß auf mich zu. Schlanke, unmenschlich starke Hände ergriffen mich an den Schultern, zerrten mich herum und ein Stück weiter in die Tiefe. Etwas blitzte silbern und golden vor mir auf, und plötzlich war bitter schmeckender Kautschuk zwischen meinen Lippen, und ein Strom köstlich kühler Atemluft vertrieb die flammende Lava aus meinen Lungen.

Aber es dauerte noch Sekunden, ehe der helle Fleck vor meinen Augen zu Dagons Gesicht gerann. Ich fühlte mich schwach wie ein neugeborenes Kind und hatte kaum die Kraft, die Arme zu heben, als er den Oxygentank auf meinen Rücken wuchtete und die Halteriemen festzuzurren versuchte. Nur ganz langsam wich die Benommenheit aus meinem Kopf.

»Alles in Ordnung?«

Es dauerte einen Moment, bis ich begriff, daß es

Dagons Stimme war, die ich vernahm – bis ich begriff, daß es überhaupt eine menschliche Stimme war. Natürlich kann man unter Wasser reden – warum auch nicht? –, aber die allerwenigsten Menschen haben jemals die verblüffenden akustischen Effekte erlebt, die dies mit sich bringt.

Ich nickte, suchte mit den Füßen festen Halt, hob die Hände, ergriff Dagons Kopf … und schlug ihn so wuchtig gegen einen Felstrümmer, wie ich konnte. Der Fischmensch erschlaffte in meinem Griff, ohne auch nur den Versuch einer Gegenwehr gemacht zu haben. Sein Kopf fiel haltlos zur Seite, und aus einer Platzwunde an seiner Schläfe quoll wolkiges Blut und färbte das Wasser um ihn herum rosa.

Natürlich war er nicht tot. Schon einen normalen Menschen hätte der Schlag allerhöchstens betäubt, und Dagon war alles andere als ein Mensch, geschweige denn ein normaler Mensch. Wahrscheinlich würde er schon in wenigen Augenblicken wieder aufwachen und so übler Laune sein wie ein Haifisch mit Zahnschmerzen.

Aber mit etwas Glück reichte diese Frist. Wenn ich erst einmal aus diesem verrückten Gebäude heraus und auf dem Weg nach oben war, hatte ich eine Chance.

Ich fuhr im Wasser herum, streckte die Arme aus und paddelte auf einen mannshohen Riß in der Wand zu, so schnell ich konnte.

Die Stadt war in Chaos versunken. Alles war voller hochgewirbeltem Schlamm und Erdreich, das Wasser schien zu kochen, und ein großer Teil der Gebäude, die ich auf dem Herweg beobachtet hatte, war jetzt eingestürzt. Eine Unzahl dunkler, kaulquappenähnlicher Umrisse flitzte in heillosem Durcheinander herum, und gerade als ich das Gebäude verließ und mich auf den

Weg nach oben machen wollte, blitzte es schräg hinter mir grell auf, und ein weiteres Bauwerk barst in einer brodelnden Schaumexplosion auseinander. Die Druckwelle schleuderte mich herum, warf mich um ein Haar gegen einen zerborstenen Pfeiler und trug mich dann ein gutes Stück in die Höhe.

Und dann sah ich die NAUTILUS.

Wie ein bizarres Seeungeheuer schwebte sie über der Stadt, ein Gigant aus Stahl und Glas, aus dem der Tod auf die versunkene Tempelstadt und ihre Bewohner niederregnete. Sie hing, schwerelos wie ein bizarrer Ballon, gut hundert Yards über dem gewaltigen Krater, der im Meeresboden gähnte, in einen Kranz grellen, elektrischen Lichtes getaucht und dünne Schweinwerferstrahlen wie gleißende Finger in alle Richtungen schießend.

Ein Dutzend Männer in wuchtigen Tiefseemonturen hatte das Schiff verlassen und machte mit seinen Harpunen Jagd auf die Kaulquappenmonster, und eine weitere Anzahl gepanzerter Gestalten sank gerade in diesem Moment in den Krater, große, gewehrähnliche Instrumente in den Händen, aus denen sie auf das wimmelnde schwarze Leben an seinem Grunde schossen. Immer wieder blitzte es am Bug der NAUTILUS grell auf, und ich gewahrte dunkle, fast mannslange Körper, die an der Spitze sprudelnder weißer Schaumbahnen aus dem Schiff fegten und in die Stadt einschlugen.

Torpedos! Ich hatte von diesen Waffen gehört, teuflische Erfindungen, die niemals hätten gebaut werden dürfen. Jetzt sah ich sie zum erstenmal in meinem Leben wirklich im Einsatz, und obwohl es nichtmenschliche Bestien waren, gegen die sie abgeschossen wurden, ließ mich der Anblick schaudern. Das Böse wird nicht besser, wenn man es gegen sich selbst richtet.

Wie von Sinnen schwamm ich los, direkt auf den gewaltigen schwarzbraunen Leib der NAUTILUS zu. Rings um mich herum versank das unterseeische Reich Dagons im Chaos, aber ich versuchte, es zu ignorieren, und näherte mich dem Unterseeboot.

Aber auch Dagons Kindern.

Als ich näherkam, wuchsen die dunklen Punkte, die die NAUTILUS wie ein Schwarm wütender Bienen attackierten, zu gewaltigen, kaulquappenähnlichen Monstern, und ich sah, daß eine große Anzahl von Nemos Tauchern in einen wilden Kampf mit den Bestien verstrickt war. Ihre metallenen Panzer schützten sie zwar gegen die mörderischen Gebisse der Ungeheuer, aber die Zahl der schwarzen Shoggoten-Kreaturen schien unerschöpflich.

Dann sah ich etwas, was mich den Kampf vor mir vergessen ließ.

Jennifer.

Die Explosion, die die Pyramiden zerstört hatte, mußte sie aus dem Gebäude geschleudert haben. Sie war bei Bewußtsein und regte sich, aber ihre Bewegungen waren fahrig und ziellos; wahrscheinlich war sie halb benommen. Und sie trieb direkt auf die NAUTILUS und die Unzahl von Shoggoten zu, die das Schiff umgaben.

Ich reagierte, ohne zu denken. Mit wenigen Schwimmzügen war ich bei ihr und ergriff das Mädchen bei den Hüften. Jennifer fuhr zusammen, wirbelte herum und begann um sich zu schlagen. Sie mußte halb wahnsinnig vor Angst sein und schien nicht einmal zu begreifen, daß ich gekommen war, um sie zu retten!

Es tat mir beinahe mehr weh als ihr, aber ich hob den

Arm, ballte die Hand zur Faust und betäubte sie mit einem Hieb unter das Kinn. Das Mädchen erschlaffte in meinen Armen.

Noch einmal warf ich einen Blick zur NAUTILUS und dem bizarren Kampf, den sie ausfocht, hinauf. Dann drehte ich mich um, lud Jennifer sicher auf beide Arme und begann zur Oberfläche emporzuschwimmen, so schnell ich konnte.

Das Schiff erbebte wie im Sturm. Immer wieder dröhnte der Rumpf wie unter gewaltigen Hammerschlägen, und das Wummern der Maschinen war längst im Gellen zahlloser Alarmklingeln untergegangen. In die kühle Frischluft im Salon hatte sich ein beißender Gestank gemischt, und vor den beiden Sichtfenstern tanzten bizarre schwarze Schatten einen höllischen Totentanz.

Auf dem Pult vor Nemo war eine große Anzahl roter und gelber Lampen zu flackerndem Leben erwacht, und in den letzten Minuten war seine Bewegung immer fahriger und schneller geworden; Spears hatte gesehen, daß er ein paarmal Fehler gemacht hatte, denn er hatte seine Ruhe verloren und fluchte manchmal halblaut in seiner Muttersprache vor sich hin. Der Kampf schien sich seinem Höhepunkt zu nähern.

Unendlich langsam hob Spears die Hand, zog den Volant zur Seite und trat aus seinem Versteck. Während der letzten zwanzig Minuten hatte er ein halbes Dutzend Male dazu angesetzt, sein Vorhaben in die Tat umzusetzen, und genau so oft im letzten Moment wieder gezögert, denn stets war entweder ein Mann hereingekommen oder hatte Nemo aufgesehen oder war sonst etwas passiert, was es zu riskant erscheinen ließ, sein Versteck zu verlassen.

Jetzt war der Moment gekommen. Die Männer, die bisher hektisch im Salon auf und ab gelaufen waren oder unverständliche Dinge getan hatten, waren gegangen. Das runde Metallschott am anderen Ende des Raumes war geschlossen, und Nemo war allein mit nur einem Mann seiner Besatzung zurückgeblieben.

Spears zweifelte nicht daran, daß dieses Alleinsein nur wenige Augenblicke dauern würde; aber mehr brauchte er nicht.

Lautlos trat er hinter das geschwungene Kommandopult, hob seine Schraubenschlüsselkeule – und schlug zu. Das Werkzeug traf den Matrosen neben Nemo im Nacken. Noch in derselben Bewegung zuckte die Keule herum, streifte Nemos Schläfe und landete auf seiner linken Schulter. Der Kapitän der NAUTILUS schrie auf, kippte aus seinem Sitze und krümmte sich auf dem Boden.

Spears schrie triumphierend auf, schwang seine Waffe und setzte ihm nach, aber Nemo reagierte schneller, als Spears es ihm zugetraut hatte. Sein Fuß zuckte hoch, traf den Sessel und schleuderte ihn direkt vor Spears' Füße.

Spears stolperte, kämpfte einen Moment lang mit wild rudernden Armen um sein Gleichgewicht und fiel schließlich der Länge nach hin. Der Schraubenschlüssel entglitt seiner Hand und flog scheppernd über den Metallboden davon.

Aber der Wahnsinn gab Spears schier übermenschliche Kräfte. Mit einer blitzartigen Bewegung sprang er wieder auf die Beine, setzte seiner Waffe nach, riß sie in die Höhe ... und erstarrte.

Der Salon war nicht mehr leer. Die Tür hatte sich

nicht geöffnet, dessen war sich Spears vollig sicher – aber vor dem Kommandopult Nemos waren urplötzlich zwei Gestalten erschienen.

Gestalten, die geradewegs aus einem Alptraum entsprungen zu sein schienen!

Die Kleinere von ihnen mußte an die zwei Yards messen, während die andere noch gute zwei Handspannen größer war, dabei so breitschultrig, daß sie schon fast mißgestaltet wirkte. Ihre Körper waren schwarz, besetzt mit schimmernden Riemen und kleinen, kupferfarbenen blitzenden Knöpfen, und wo ihre Hände sein sollten, prangten fürchterliche, dreifingrige Krallen aus Stahl.

Das schlimmste aber waren die Köpfe: gewaltige, metallen blitzende Kugeln mit einem einzigen, riesenhaften Auge, das fast die gesamte Gesichtsfläche einnahm, dafür aber ohne Mund, Nase oder andere sichtbare Sinnesorgane. Zwei dicke, gewundene schwarze Schläuche verbanden die beiden Horrorgestalten mit der Wand.

Spears prallte entsetzt zurück, sah sich nach einem Fluchtweg um und hob den Schraubenschlüssel, als die größere der beiden Gestalten einen Schritt in seine Richtung machte und die fürchterlichen Hände ausstreckte. »Weg!« kreischte er. »Keinen Schritt weiter!«

»Mach keen Scheiß nicht, Jungelchen«, sagte die Gestalt. Ihre Worte klangen grauenhaft: verzerrt und hechelnd und wie die boshafte Karikatur einer menschlichen Stimme. Spears fuhr wie unter einem Hieb zusammen, machte einen Schritt zur Seite und blieb abrupt wieder stehen, als die zweite Alptraumgestalt seine Bewegung nachvollzog und nun ebenfalls die Hände hob. Das bißchen, was von seinem klaren Verstand übriggeblieben war, zerbrach vollends.

»Verschwindet, ihr Teufel!« wimmerte er. »Verschwindet! Geht! Laßt mich!«

»Nu hör schon auf«, sagte die größere der beiden Gestalten. »Keiner will dir was nich tun, ehrlich. Du machs doch alles bloß schlimmer, wennen wilden Max spieln tust.« Damit trat er vor; trotz seines plump anmutenden Äußeren so schnell, daß Spears die Bewegung nicht mehr rechtzeitig registrierte. Die dreifingrige Stahlklaue schloß sich um Spears Handgelenk und hielt es mit unbarmherziger Kraft fest.

Spears schrie auf, warf sich herum – und schleuderte seinen Schraubenschlüssel mit aller Macht an dem Riesen vorbei in Nemos Kommandopult. Das schwere Werkzeug traf die empfindlichen Schalter und Geräte und zertrümmerte sie. Funken stoben auf. Irgend etwas explodierte und löste einen Hagel kleiner scharfkantiger Glas- und Metallsplitter aus, und plötzlich schoß eine Stichflamme aus dem Pult und zerbarst unter der Decke des Salons.

Als Spears mit einem hysterischen Kreischen im Griff des Riesen in der Tiefseemontur zusammensank, lief ein tiefer, stöhnender Laut durch den Leib der NAUTILUS. Irgendwo tief in ihren stählernen Eingeweiden erscholl eine dumpfe Explosion wie ein verspätetes Echo auf die erste Detonation in Nemos Pult.

Und langsam, ganz langsam begann sich die NAUTILUS auf die Seite zu legen und gleichzeitig tiefer zu sinken …

Im schwachen Licht des noch jungen Tages betrachtet, wirkte die Stadt düster und unheimlich. Die Häuser waren wie kleine graue Schatten, buckeligen Tieren gleich, die sich ihrer Häßlichkeit bewußt waren und sich schamhaft aneinanderdrängten.

Die Straßen waren leer.

Natürlich wußte ich nicht, ob und wie viele Menschen sich in den Häusern aufhalten mochten, aber auf den Straßen und dem kleinen, halbrunden Marktplatz zeigte sich seit einer halben Stunde – seit ich meinen Beobachtungsposten auf der Kuppe des Hügels bezogen hatte – nicht eine Seele. Und ich glaubte auch nicht, daß sich hinter den blind gewordenen Scheiben der kleinen Häuser noch Menschen aufhielten. Meine Überzeugung war schwer zu begründen und noch viel schwerer zu beweisen, aber es ist mit Städten wie mit Menschen – man spürt, ob man einem Lebenden oder einem Toten gegenübersteht. Firth'en Lachlayn war tot. Ein gemauerter Leichnam, mehr nicht.

Behutsam ließ ich die Zweige des dürren Busches, hinter dem ich Deckung gesucht hatte, zurückgleiten, richtete mich auf Hände und Knie hoch und kroch noch ein Stück, ehe ich es endlich wagte, mich aufzurichten und – wenngleich noch immer geduckt – zu der flachen Senke zu eilen, in der ich Several und ihre Tochter zurückgelassen hatte.

Obwohl ich lange weggeblieben war, schien sich Several nicht eine Deut gerührt zu haben, sondern saß noch immer so da, wie ich sie verlassen hatte: zusammengesunken und nach vorne gebeugt, als trüge sie eine unsichtbare Last auf den Schultern, den Kopf ihrer Tochter im Schoß geborgen und eine rechte Hand auf ihrer Stirn. Das Gesicht des Mädchens war bleich wie das einer Toten. Sie atmete, aber man mußte schon sehr genau hinsehen, um zu erkennen, daß sich ihre Brust hob und senkte.

Several sah auf, als ich neben ihr niederkniete. Sie

sagte nichts, aber der Ausdruck in ihren Augen sprach Bände.

»Keine Sorge, Several«, sagte ich. »Sie wird wieder gesund. Ganz bestimmt.« Meine Worte klangen in meinen eigenen Ohren wie böser Hohn. Das Mädchen hatte das Bewußtsein nicht wiedererlangt, seit ich sie an Land gebracht hatte. Und ich spürte, wie ihre Lebenskraft von Stunde zu Stunde nachließ. Das Gefühl war ebensowenig zu begründen wie das, welches ich beim Anblick der Stadt gehabt hatte, und ebenso heftig. Es war etwa so, als säße ich neben einem Feuer, das langsam erlosch. Und ich war vollig hilflos.

»Wir ... müssen weiter«, sagte ich. »Sie haben recht, Several – die Stadt ist ruhig.«

»Sie sind alle am Meer«, murmelte Several. Ihre Stimme klang flach und tonlos, als spräche sie im Traum. Sie sah mich an, aber ihr Blick ging geradewegs durch mich hindurch. Sie hatte kaum drei Sätze gesprochen, seit ich zurückgekommen war. »Sie werden nicht wiederkehren, ehe die Sonne untergeht.«

Ich nickte, stand auf und drehte mich weg. Ich hatte dieser Frau versprochen, ihr zu helfen; aber das einzige, was ich für sie getan hatte, war, ihr ihre sterbende Tochter in die Arme zu legen.

»Wir müssen los«, sagte ich. Meine Stimme klang rauh. Ich versuchte mir einzureden, daß es an den Anstrengungen der vergangenen Nacht lag.

Several erhob sich umständlich und lud sich den reglosen Körper ihrer Tochter auf die Arme. Ich wollte ihr helfen, aber Several trat mit einem zornigen Kopfschütteln zurück und warf mir einen Blick zu, der mich kein zweites Mal versuchen ließ, auch nur in die Nähe ihrer Tochter zu kommen.

Ich ging voraus, als wir den Hügel überwanden und

die schmale, kaum befestigte Straße zum Ort hinunter erreichten. Der Wind hatte nachgelassen, so daß der Salzwassergeruch vom Meer her nicht mehr ganz so durchdringend war, und die Straße war abschüssig, was das Gehen leichter machte. Trotzdem schien der Weg hinunter nach Firth'en Lachlayn kein Ende zu nehmen. Meine Knie wurden weich, und das Gewicht des Oxygengerätes, das ich noch immer auf dem Rücken trug, drückte mich unbarmherzig nach vorn.

Das Gerät war im Grunde nutzlos; die Sauerstoffpatrone war so leer, wie es nur ging, und ich hatte die letzten fünfzig Fuß zur Oberfläche hinauf mit angehaltenem Atem zurücklegen müssen. Aber irgend etwas hatte mich davon abgehalten, den Apparat einfach liegen zu lassen, was das logischste gewesen wäre. Es mochte sein, daß ich Nemos Geräte noch dringend nötig hatte.

Der Wind legte sich vollends, als die ersten Häuser beiderseits der Straße auftauchten, aber der unheimliche Odem, der unsichtbar über der Stadt lag, schien eher noch an Intensität zu gewinnen. Die Stadt war nicht nur von ihren Bewohnern verlassen. Das Leben selbst war aus ihr geflohen.

Several blieb stehen, als wir den Marktplatz erreichten, und deutete mit einer Kopfbewegung auf ein schmuckes, zweigeschossiges Haus auf der gegenüberliegenden Seite des kopfsteingepflasterten Gevierts. Es war kein besonders prächtiges Haus, aber inmitten der schäbigen Hütten wirkte es trotzdem wie ein Diamant im Kohlekasten. Trotzdem wurde das ungute Gefühl, das von mir Besitz ergriffen hatte, mit jedem Augenblick stärker. Ich spürte die Leere der Stadt rings um uns herum noch immer, und das Gefühl war sogar heftiger geworden.

Und gleichzeitig fühlte ich mich beobachtet, ja, mehr noch – belauert. Die grauen blinden Scheiben rings um mich herum schienen mich anzustarren wie dämonische Augen. Mit einem Male fror ich.

Wir überquerten den Platz und betraten das Haus. Eine kleine, nur halb erleuchtete Diele nahm uns auf.

Several deutete mit einer Kopfbewegung zur Treppe. »Ich bringe Jennifer in ihr Zimmer«, sagte sie. »Warten Sie hier, Robert.«

Ich sah erst sie an, dann das reglose Mädchen in ihren Armen, aber ich versuchte nicht noch einmal, ihr meine Hilfe anzubieten, sondern wartete reglos, bis sie gegangen war, dann überquerte ich die Diele und trat in den daran anschließenden Wohnraum.

Er war groß, und durch ein nur angelehntes Fenster auf der Südseite strömten frische Luft und Licht herein. Die Einrichtung war sehr sparsam, aber mit großer Liebe ausgewählt, und vor der gegenüberliegenden Wand thronte ein gewaltiger offener Kamin, der selbst jetzt, als kein Feuer darin brannte, noch eine spürbare Behaglichkeit verbreitete.

Wenigstens hätte er es getan – hätte nicht der Tote davor gelegen.

Der Anblick traf mich wie ein Hieb.

Es war weiß Gott nicht der erste Tote, den ich in meinem Leben sah. Er war nicht einmal auf besonders grausame Weise getötet worden oder gar verstümmelt, sondern lag, mit dem Gesicht nach unten und die Hände in den Teppich gekrallt vor dem Kamin, als würde er schlafen.

Trotzdem stand ich wie vor den Kopf geschlagen da und blickte auf den Leichnam hinunter. Den Leichnam von Severals Mann, den sie mit eigenen Händen umgebracht hatte.

Ich hatte es gewußt. Several hatte mir alles erzählt. Aber etwas in mir hatte sich geweigert, ihr auch nur zuzuhören.

Erst als ich die Schritte hinter mir hörte und die Tür ins Schloß fiel, wurde ich mir der Tatsache bewußt, daß ich minutenlang wie versteinert dagestanden und den Toten angestarrt haben mußte. Selbst jetzt fiel es mir noch schwer, mich herumzudrehen und Several anzusehen.

Meine Gefühle müssen ziemlich deutlich auf meinem Gesicht abzulesen gewesen sein, denn Severals Blick verhärtete sich. Dann fragte sie: »Sind Sie hungrig, Robert?«

Hungrig? Ihre Frage traf mich beinahe noch härter als der Anblick des Toten. Diese Frau stand vor dem Leichnam ihres Mannes und fragte mich, ob ich hungrig sei!!!

»Ich ... nein«, sagte ich stockend. »Danke.«

Several nickte, ging an mir vorbei und blieb vor dem Fenster stehen. Ihr Gesicht spiegelte sich als verzerrter heller Fleck auf dem Glas. Aber ich erkannte trotzdem, daß es vollig ausdruckslos war. Wie Stein.

»Wie ... geht es Jennifer?« fragte ich, weniger aus wirklichem Interesse als mehr, um das quälend werdende Schweigen zu durchbrechen.

»Sie schläft«, antwortete Several. Ihre Stimme klang flach und ausdruckslos. Aber es war etwas darin, das mich schaudern ließ.

»Sie wird sterben, Robert«, sagte sie plötzlich.

»Unsinn«, widersprach ich. »Sie ist krank, aber sie wird wieder gesund werden, Several. Es gibt Ärzte, die ...«

»Sie wird sterben«, unterbrach mich Several. »Ich weiß es. Und es ist gut so.«

Ich starrte sie an. »Was ... was haben Sie gesagt?«

»Es ist gut so«, wiederholte Several. Noch immer war ihre Stimme ausdruckslos, und als sie sich herumdrehte und mich wieder ansah, war ihr Gesicht zu einer Maske erstarrt.

»Dieses Mädchen dort oben im Zimmer ist nicht mehr meine Tochter«, fuhr sie fort. »Sie sieht so aus wie sie, und sie spricht mit ihrer Stimme, aber sie ist nicht mehr Jennifer. Ich weiß nicht, was diese Teufel mit ihr gemacht haben oder wie sie es getan haben oder warum, aber sie ist nicht mehr Jennifer.«

Ich wollte widersprechen, aber dann senkte ich nur betreten den Blick.

Vielleicht hatte sie recht. Ich hatte Jennifer aus Dagons Palast befreit, fünfhundert Yards unter der Wasseroberfläche. Sie hatte Wasser geatmet! Was Dagon mit ihr getan hatte, überstieg vielleicht die menschliche Vorstellungskraft – aber es konnte sein, daß sie schon viel mehr zu seiner Art gehörte als zu unserer.

»Was werden Sie tun?« fragte Several. Ihr Blick schien geradewegs durch mich hindurch zu gehen.

»Sie wissen, was ich tun muß«, sagte ich. »Dort oben in diesem Gut werden Menschenopfer vollzogen. Ich werde diesen Wahnsinnigen das Handwerk legen, das verspreche ich.«

Aber das war es nicht, was sie meinte, und ich verstand es. »Sie werden die Behörden verständigen«, sagte sie. »Von dem Mord, den ich begangen habe.«

Ich wich ihrem Blick aus, als ich antwortete. »Ich fürchte, ich muß es tun«, murmelte ich. »Aber keine Sorge – man wird Verständnis dafür haben, was Sie getan haben. Die Richter werden milde sein.«

Das war gelogen, und wir wußten es beide. Die englische Gerichtsbarkeit verzeiht keinen Mord, ganz gleich, aus welchen Motiven er geschehen ist. Die einzige Milde, die Several vielleicht erfahren konnte, war die, den Rest ihres Lebens in einem Irrenhaus zu verbringen, statt gehenkt zu werden. Ich wußte nicht, was schlimmer war.

Aber ich sprach nichts davon aus, sondern wechselte mein Gepäck von der rechten Schulter auf die linke, nickte ihr noch einmal zum Abschied zu und machte mich auf den Weg zur Küste, wo das Boot warten würde, das mich zur NAUTILUS zurückbrachte.

Der Wind frischte auf, als ich die Stadt verließ, und mit einem Male war mir kalt.

Sehr kalt.

Drittes Buch

Jenseits des zollstarken Glases herrschte immerwährende Nacht. Manchmal bewegten sich Schatten durch die Finsternis; große Dinge, die sich dem Auge nicht genau zu erkennen gaben, aber bedrohlich und böse wirkten. Dann wieder war es die Schwärze selbst, die sich bewegte: ein schwerfälliges, mühsames Wogen und Gleiten, als wäre sie selbst ein sonderbares, finsteres Ding.

Nemo schauderte. Es war kalt geworden im Salon der NAUTILUS; so kalt, daß sein Atem als flüchtiger grauer Nebel vor seinem Gesicht erschien. Das Wasser, das zu Millionen und Abermillionen Tonnen auf dem stählernen Leib der NAUTILUS lastete, saugte die Wärme aus dem Schiff.

Aber es war nicht allein die Kälte, die ihn frösteln ließ. Sie würden nicht erfrieren. Sie würden tot sein, lange bevor die Temperaturen an Bord der NAUTILUS so tief gesunken waren, daß ein Leben auf dem verlorenen Schiff unmöglich wurde ...

Seufzend trat Nemo von der riesigen, runden Scheibe zurück, die wie ein übergroßes Auge die Stahlwandungen des Schiffes durchbrach, schlug die Hände um die Oberarme und wandte sich mit einem Ruck ab. Die beiden Männer, denen er die letzten Stunden schweigend zugesehen hatte, waren gegangen; er war allein im Salon des Schiffes. Allein mit sich und seinen Gedanken; seiner Furcht.

Seltsam – er hatte niemals Angst gehabt, obgleich er nicht das erste Mal in einer Situation war, aus der es scheinbar keinen Ausweg mehr gab und in der jeder andere aufgegeben hätte.

Jetzt hatte er Angst; mehr Angst, als je zuvor in seinem Leben.

Und er durfte sie weniger zeigen als je zuvor.

Wieder blickte sich der schlanke, ausgezehrt wirkende Mann in der Zentrale des Schiffes um, warf einen neuerlichen Blick auf das runde Sichtfenster und trat dann an das hufeisenförmige Pult, an dem die beiden Mechaniker die letzten Stunden wie besessen gearbeitet hatten.

Nicht, daß es einen sichtbaren Erfolg gehabt hätte; im Gegenteil. Das mit Schaltern, Knöpfen und verwirrend aussehenden Skalen und Anzeigeinstrumenten übersäte Pult war ein einziges Chaos. Was Spears mit seinem sinnlosen Angriff nicht zerstört hatte, das hatten die beiden Mechaniker herausgenommen oder zum Teil demontiert. Die Abdeckplatte mit den schweren messingfarbenen Nieten war zerborsten; aus dem gezackten Loch quollen bunte Leitungen und Drähte wie mechanische Eingeweide. Wie um das Bild perfekt zu machen, war eine Leitung geborsten; dunkles Öl tropfte aus den zerrissenen Enden wie dickflüssiges Blut. Das Gehirn der NAUTILUS war zerstört. Vielleicht für immer.

Die beiden Mechaniker hatten kaum ein Wort geredet; mit Ausnahme der Bemerkungen, die sie ab und zu austauschten, oder der gelegentlichen Bitten an ihn, das eine oder andere Instrument zu betätigen, damit sie seine Funktion prüfen konnten. Aber er hatte in ihren Gesichtern gelesen.

Und was er gesehen hatte, entsetzte ihn.

Trotzdem hatte er sich beherrscht und die bohrenden Fragen, die ihm auf der Zunge lagen, heruntergeschluckt. Die beiden Mechaniker verstanden ihr Handwerk wie alle seine Leute. Wenn es jemanden gab, der aus dem Gewirr von zerborstenem Glas und Metall wieder eine funktionstüchtige Maschinerie machen konnte, dann sie.

Das leise Scharren eines aufgleitenden Schotts riß ihn aus seinen Gedanken. Nemo fuhr hoch, drehte sich mit einer fast schuldbewußten Bewegung um und lächelte unwillkürlich, als er die beiden ungleichen Gestalten erblickte, die den Salon betreten hatten. Die größere von beiden trat ohne ein weiteres Wort zum Sichtfenster und blickte hinaus, während die andere, kleinere, einen beinahe flüchtigen Blick auf das zertrümmerte Pult warf und dann auf ihn zuging.

»Nun?«

Nemo registrierte das Dutzend unausgesprochener Fragen, das in diesem so harmlos klingenden Wort verborgen war. Er seufzte, schüttelte den Kopf und ließ sich mit einer erschöpften Bewegung in einen Sessel fallen.

»Wir müssen abwarten«, sagte er stockend. »Sie werden es schaffen.«

Der Mann legte den Kopf auf die Seite. »Ist das das, was sie sagen – oder was du hoffst?« fragte er.

Nemo lachte leise. »Macht das einen Unterschied?«

Der Mann blickte ihn an, dann schüttelte er den Kopf und lachte seinerseits. »Nein«, murmelte er. »Ich hätte es nur gerne gewußt, das ist alles.«

»Wir haben eine gute Chance«, antwortete Nemo, nachdem er eine Zeitlang an dem Riesen vorbei in die Unendlichkeit jenseits des Glases geblickt hatte. »Unsere Lebensmittel reichen für Monate, und die Lufttanks sind voll.«

Der Mann neben ihm antwortete nicht gleich, aber der Ausdruck in seinen dunklen, von einem Netz winziger Fältchen umgebenen Augen wurde noch besorgter. »Wie lange reicht unsere Atemluft?«

Nemo seufzte. »Eine Woche. Vielleicht acht Tage.«

»Nur soviel Zeit wernse uns nich lassen«, nuschelte der Mann am Fenster.

Nemo wollte widersprechen, aber er kam nicht dazu, denn im selben Moment ging ein tiefer, knirschender Laut durch das Schiff, gefolgt von einer spürbaren Erschütterung, die die Gläser auf dem Tisch vibrieren ließ.

Keiner der drei sagte ein Wort, aber jeder wußte, was der andere dachte. Es war nicht das erste Mal, daß sie diesen Laut hörten. Einen Laut, der an das Geräusch erinnerte, mit dem gewaltige Zähne über den stählernen Rumpf der NAUTILUS scharren mochten …

Das Boot war nicht gekommen.

Ich war zurück zur Küste gegangen und hatte den gefährlichen Abstieg über die Steilwand ein zweites Mal gewagt, aber seither waren mehr als zehn Stunden vergangen, und der Ozean war leer geblieben. Nemos Boot, das mich spätestens zur Mittagsstunde wieder abholen sollte, war nicht aufgetaucht. Jetzt befand ich mich auf dem Rückweg nach Firth'en Lachlayn. Und zu Severals Haus.

Der Ort hatte sich abermals verändert, als ich den Hügel überwand und die kleine Ansammlung niedriger Häuser unter mir liegen sah. Hinter den meisten Fenstern brannte jetzt Licht, und auf dem rechteckigen Platz im Zentrum der Stadt flackerte ein gewaltiges Feuer, dessen Schein die hereinbrechende Dämmerung über der Stadt mit Blut durchwob.

Ich näherte mich der Stadt sehr vorsichtig, denn ich konnte nicht darauf hoffen, einfach hereinspazieren zu können, ohne daß mich jemand erkannte. Firth'en Lachlayn war ein Ort von gut hundert Seelen: groß genug, um als Fliegendreck auf einer Landkarte auftauchen zu können, aber klein genug, daß jeder den anderen kannte.

Mein Gepäck hatte ich unweit des Ortsrandes in einem Gebüsch versteckt und trug jetzt nur noch meinen Stockdegen bei mir. Diesmal hatte ich alles von Nemos Ausrüstung mitgenommen, was ich tragen konnte – darunter auch vier Reservepatronen für das Oxygengerät. Der Gedanke, noch einmal in diesen verfluchten See hinabsteigen zu sollen, ließ mich schier zu Eis erstarren, aber ich hatte das sichere Gefühl, es zu müssen. Nemo war kein Mann, der mich einfach vergessen würde. Wenn er nicht kam, dann *konnte* er nicht kommen.

Flüchtig dachte ich an das letzte Bild, das ich von der NAUTILUS in Erinnerung hatte: ein Tod und Vernichtung speiendes Ungeheuer, das wie ein Rachegott über der unterseeischen Stadt erschienen war. Der Gedanke, daß diesem Ungeheuer aus Stahl und geballter Kraft irgend etwas zugestoßen sein sollte, erschien mir schlichtweg absurd.

Ich verscheuchte den Gedanken, richtete mich hinter meiner Deckung auf und ging, schnell, aber nicht so hastig, daß ich bei einem eventuellen Beobachter Mißtrauen erwecken konnte, weiter. Die ersten Häuser tauchten rechts und links der Straße auf, und in das entfernte Murmeln der Brandung mischte sich ein anderes, dunkleres Raunen wie das Murren einer großen Menschenmenge. Ich dachte an das Feuer, das ich von der Höhe aus beobachtet hatte, und schauderte.

Langsam näherte ich mich dem Zentrum des Dorfes. Das Stimmengemurmel nahm zu, und nach einer Weile gewahrte ich den blutigroten Widerschein des Feuers wie flackernde dünne Linien, die die Kanten und Dächer der Häuser nachzeichneten.

Abermals blieb ich stehen. Several Bordens Haus lag auf der anderen Seite des Marktplatzes, aber es war der einzige Ort, an den ich gehen konnte; wenigstens im Moment. Ich war mir bis zu dem Augenblick, in dem ich mir eingestanden hatte, daß das Boot nicht mehr kommen würde, nicht einmal der Tatsache bewußt gewesen, daß diese halb verrückte Frau in weitem Umkreis der einzige Mensch war, von dem ich Hilfe erwarten konnte. Ich hatte nicht einmal das Geld für eine Bahnkarte, um nach Aberdeen zurückzukehren. Geschweige denn nach London. Und unabhängig davon konnte ich unmöglich hier weg, ehe ich nicht wußte, was mit Bannermann geschehen war. Oder mit der NAUTILUS.

Mißtrauisch sah ich mich um, aber ich war noch immer allein. Die Straße lag leer und dunkel vor mir, und selbst in den Häusern, in denen Licht brannte, rührte sich niemand. Offenbar war die gesamte Bevölkerung des Ortes auf dem Marktplatz zusammengekommen, um – ja, was eigentlich zu tun? Ich ging weiter, wechselte auf die andere Straßenseite, denn die Schatten waren dort ein wenig tiefer, und näherte mich dem Marktplatz.

Ich war auf vieles vorbereitet gewesen, aber das, was ich schließlich sah, ließ mich trotzdem abrupt innehalten. Die gesamte Einwohnerschaft von Firth'en Lachlayn war auf dem Platz zusammengeströmt. Ich sah an die zweihundert Personen; Männer, Frauen, aber auch Kinder und alte Leute, die kaum noch die Kraft zu haben schienen, auf den Füßen zu stehen. Einige der Frauen trugen sogar Säuglinge auf den Armen. Im Zentrum des Platzes prasselte ein gewaltiges Feuer. Der Scheiterhaufen war auf gut doppelte Mannshöhe aufgetürmt worden, und die Flammen loderten noch dreimal so hoch. Funken stoben in glühenden Schwärmen aus dem brennenden Stapel, und selbst die Luft schien von einem rötlichen Glühen erfüllt zu sein. Es sah aus, als brenne der Himmel über der Stadt.

Vorsichtig trat ich auf den Platz hinaus, achtete aber sorgsam darauf, im Schatten zu bleiben, so daß ich von den Leuten vor mir, deren Augen ohnehin an das grelle Licht des Feuers gewöhnt waren, nicht gesehen werden konnte. Mir war nicht ganz klar, was diese Männer und Frauen taten; eine Anzahl von ihnen hatte sich an den Händen ergriffen und bildete einen weiten Kreis um das Feuer, als warteten sie auf ein geheimes Zeichen, um einen Tanz zu beginnen. Andere wiederum standen einfach da und blickten in die Flammen oder zu Boden, und noch immer hörte ich diesen dumpfen, an- und abschwellenden Singsang.

Es war kein Lied; keine Worte. Nicht einmal klar formulierte Laute, sondern nur ein düsteres Summen, das einem eigenen, schwer zu bestimmenden Rhythmus folgte. Ich hatte das Gefühl, diesen Rhythmus kennen zu müssen. Eine sonderbare Stimmung der Erwartung lag über dem Platz.

Ich wich noch weiter in die Schatten zurück, sah mich sichernd nach allen Seiten um und begann den Platz zu umrunden. Ich benötigte dafür wohl nicht mehr als zwei, allerhöchstens drei Minuten; aber als ich das Haus der Bordens erreichte, hatte ich das Gefühl, Stunden unterwegs gewesen zu sein. Ich war in Schweiß gebadet, obwohl es jetzt, nach Sonnenuntergang, wieder kalt geworden war.

Vorsichtig trat ich ein und schob die Tür hinter mir ins Schloß. Das Haus war still, und das Raunen der Menschenmenge draußen auf dem Marktplatz war nur noch als dumpfes Murmeln zu vernehmen. Es war dunkel. Die Tür zum Wohnraum stand offen, aber es brannte kein Licht.

Ich erreichte den Wohnraum – und blieb abermals wie versteinert stehen.

Der Tote lag noch immer vor dem Kamin. Jemand hatte ihn auf den Rücken gedreht, so daß ich sein Gesicht wie einen hellen Flecken in der grauen Dämmerung erkennen konnte, aber ansonsten lag er noch so da, wie ich ihn in Erinnerung hatte. Der Gedanke, daß Several den Tag in diesem Haus verbracht hatte, zusammen mit ihrem toten Mann, ließ mich frösteln.

Dann sah ich die Gläser auf dem Tisch, und plötzlich fiel mir auch der Tabaksgeruch auf, der in der Luft lag. Es war Pfeifentabak, einer von der billigen Sorte, die wie verbranntes Wildschwein riecht, und es war mehr als ein halbes Dutzend Gläser, in denen zum Teil noch die Reste von Weinbrand standen. Und plötzlich fielen mir noch mehr Einzelheiten auf, die ich im ersten Moment übersehen hatte: das große Ölgemälde neben der Tür hing schief, ein Stuhl war umgestürzt und der Teppich an einer Ecke zu unordentlichen Wellen aufgeschoben. Alarmiert wandte ich mich um, ging in die Diele und lauschte mit angehaltenem Atem.

Das Haus war nicht so still, wie ich im ersten Augenblick geglaubt hatte. Das dumpfe Raunen der Menschenmenge draußen auf dem Platz übertönte alle anderen Laute, aber wenn ich mich anstrengte, konnte ich Stimmen hören. Die Stimmen von zwei, drei Menschen, die irgendwo über mir miteinander redeten.

Vorsichtig begann ich die Treppe hinaufzugehen. Die altersschwachen Stufen ächzten unter meinem Gewicht, und meine überreizten Nerven ließen mich das Geräusch zehnmal lauter hören, als es in Wirklichkeit war. Trotzdem blieb ich stehen und nahm meinen Stockdegen zur Hand, zog die Waffe aber nicht aus ihrer Umhüllung, sondern drehte sie so herum, daß ich den kinderfaustgroßen Knauf als Keule benutzen konnte.

Die Stimmen wurden lauter, als ich den Treppenabsatz erreicht hatte und abermals stehenblieb, und ich identifizierte sie jetzt als die von zwei Männern, die sich unterhielten. Ab und zu hörte ich ein gedämpftes Lachen.

Ich ging weiter, erreichte die Tür, hinter der ich die Stimmen vernahm, und ließ mich behutsam in die Hocke sinken, um durch das Schlüsselloch zu spähen.

Was ich sah, ließ meinen Puls um das Doppelte schneller schlagen. Ich erblickte einen kleinen Ausschnitt eines hell erleuchteten, liebevoll eingerichteten Schlafzimmers: ein Bett, einen Teil eines Stuhles, von dem zwei übereinandergeschlagene Beine baumelten, einen Spiegel, in dem sich die Tür und ein Teil der danebenliegenden Wand spiegelten …

Auf dem Bett lag eine gefesselte Frau.

Es dauerte einen Moment, bis ich Several erkannte.

Ihr Kleid war zerrissen. Sie war mit einem zusammengedrehten Taschentuch geknebelt worden. Das Haar hing ihr wirr in die Stirn, und ich sah, daß ihr Gesicht geschwollen war, als wäre sie geschlagen worden, und ihre Arme waren auf die gemeinste Art und Weise auf den Rücken gebogen und zusammengebunden worden, die ich je gesehen hatte. Der Anblick ließ eine Woge heißer Wut in mir emporsteigen. Instinktiv wollte ich aufspringen, die Tür aufstoßen.

Dann sah ich etwas, was mich noch einmal innehalten ließ. Das Beinpaar, das ich zum Teil erkennen konnte, war nämlich in Bewegung gekommen; der Mann stand auf, beugte sich flüchtig über Several und wandte sich dann um, um zur Tür zu gehen.

Ich kannte ihn. Es war der Dürre, den ich schon

zweimal getroffen hatte, einmal in Aberdeen, als er die Bande anführte, die Bannermann und mich überfiel, das zweite Mal oben im Gut, und zwar mitten auf die Nase. Sein Gesicht war noch immer geschwollen, und der trübe Glanz seiner Augen sagte mir, daß er schon wieder betrunken war. Ich spannte mich, aber er öffnete die Tür nicht, sondern lehnte sich lässig daneben an die Wand und grub eine Zigarre aus seiner Tasche.

»Diese Warterei geht mir auf die Nerven«, hörte ich eine Stimme. »McGillycaddy hat uns versprochen ...«

»Ich weiß selbst, was er gesagt hat«, erwiderte die Stimme eines zweiten Mannes. Ich konnte ihn durch das beschränkte Sichtfeld des Schlüsselloches nicht sehen, aber ich hörte seine Schritte, als er ungeduldig im Zimmer auf und ab zu gehen begann. »Er wird schon kommen.«

»Ja«, knurrte der Dürre säuerlich und riß ein Streichholz an. »Fragt sich bloß, wann. Zum Teufel, was habe ich Dagon eigentlich getan, daß ich ständig die Drecksarbeit kriege, während die anderen ...«

Ich hörte nicht mehr zu, sondern warf einen letzten Blick durch das Schlüsselloch in den Spiegel. Der Dürre stand neben der Tür, eine qualmende Zigarre zwischen den Lippen – was bei seinem Hungerleidergesicht absolut lächerlich aussah – und die Arme lässig vor der Brust verschränkt. Er stand so perfekt da, als hätte ich ihn dorthin gestellt.

Behutsam richtete ich mich auf, drehte den Türknauf, bis ich ein leises Klicken hörte – und trat mit aller Macht vor das Schloß.

Die Tür flog wie von einer Kanonenkugel getroffen auf, und ich hechtete in den Raum.

Es ist schwer, sich auf einen Gegner vorzubereiten, den man nicht sieht, aber ich hatte den Vorteil der Überraschung auf meiner Seite. Der zweite Mann stand am Fenster und hatte offenbar interessiert das Geschehen auf dem Marktplatz verfolgt. Jetzt wirbelte er herum und riß instinktiv die Fäuste hoch.

Er kam nicht einmal dazu, die Bewegung zu Ende zu führen. Mit einer blitzartigen Rolle kam ich auf die Füße, boxte ihm in den Magen und schlug ihm die Handkante in den Nacken, als er sich krümmte. Noch bevor er auf dem Teppich aufschlug, wirbelte ich herum, um mich dem Dürren zuzuwenden.

Es war nicht mehr nötig.

Die Tür schwang, von der Wucht des Aufpralles zurückgetrieben und vibrierend wie das Blatt eines Fuchsschwanzes, wieder zu und gewährte mir den Blick auf ein Bild, das ich sicherlich genossen hätte, wäre die Situation etwas weniger ernst gewesen. Der Dürre stand noch immer so da, wie ich ihn im Spiegel gesehen hatte: mit verschränkten Armen, eine Zigarre im Mund und weit aufgerissenen Augen. Nur hatte sein Gesicht alle Farbe verloren, und die Zigarre war zu einem guten Stück in seinen Hals gekrochen, während der zermalmte Rest wie ein braune Blüte, aus der grauer Rauch und Funken quollen, zwischen seinen Zähnen hervorlugte. Dann kippte er nach vorne, stocksteif wie ein Brett und mit noch immer vor der Brust verschränkten Armen.

Hastig drehte ich mich wieder herum und beugte mich über Several. Sie war bei Bewußtsein und starrte mich an, aber in ihren Augen loderte ein Feuer, das mich schaudern ließ. Ich drehte sie vorsichtig herum, löste die Stricke, die ihre Handgelenke hielten, drehte sie wieder auf den Rücken und nahm ihr den Knebel aus dem Mund.

»Alles in Ordnung?« fragte ich.

Es war eine ziemlich dumme Frage, denn es war ganz und gar nichts in Ordnung, was ich sehr deutlich sah, aber Several nickte trotzdem, versuchte sich aufzurichten und sank wieder zurück, als ihre Arme unter ihrem Körpergewicht nachgaben.

»Bleiben Sie liegen«, sagte ich. »Das Blut muß erst wieder richtig zirkulieren.«

»Jenny«, wimmerte Several. »Meine kleine Jenny. Sie ... sie ...«

»Was ist passiert, Several?« fragte ich. »Bitte – ich weiß, daß es schwer für Sie ist, aber ich muß wissen, was geschehen ist.«

Several schien meine Worte überhaupt nicht zu hören. Sie warf sich auf dem Bett hin und her und stammelte immer wieder den Namen ihrer Tochter.

Schließlich ergriff ich sie an den Schultern, drängte sie mit sanfter Gewalt auf das Bett zurück und legte die rechte Hand auf ihre Stirn, so daß ich mit Daumen und kleinem Finger ihre Schläfen umfaßte, und mein Zeige- und Ringfinger auf ihren geschlossenen Augen lagen. Ich war nervös, und es fiel mir schwer, mich zu konzentrieren, aber es gelang mir immerhin, sanfte beruhigende Impulse in ihren Geist zu senden, und nach einigen Minuten beruhigte sich ihr rasender Herzschlag; ihr Atem begann allmählich wieder normal zu werden, und sie hörte sogar auf zu zittern. Aber wie beim erstenmal, als ich sie auf diese Weise vor einem Zusammenbruch bewahrt hatte, spürte ich auch jetzt, daß ich das Grauen in ihr nur betäubt, nicht etwa vertrieben hatte. Ich war nicht sehr erfahren in solchen Dingen.

»Also«, begann ich von neuem. »Was ist geschehen, Several? Sind diese Männer gekommen und haben Ihre Tochter entführt?«

Several starrte mich eine Ewigkeit lang an, und ich begann schon zu befürchten, daß meine Hilfe diesmal umsonst gewesen war. Aber dann schüttelte sie den Kopf und stemmte sich mühsam auf die Ellbogen hoch.

»Jennifer«, sagte sie matt. »Sie ... sie ist aufgewacht, Robert. Sie ist erwacht, nachdem Sie gegangen waren. Sie ... sie ist erwacht. Aber sie war nicht mehr sie selbst. Sie war ... o Gott, mein armes Kind. Diese Bestien! Was haben sie mit Jennifer gemacht?«

»Erzählen Sie«, bat ich.

Several nickte, setzte sich ein wenig weiter auf und warf einen raschen Blick auf den Bewußtlosen unter dem Fenster. »Sie ist aufgewacht, kurz ... kurz nachdem Sie gegangen waren, Robert«, begann sie von neuem. »Sie ... sie hat mich niedergeschlagen und ist weggelaufen. Und danach sind diese beiden gekommen, und ... und noch andere. McGillycaddy und die anderen vom ... vom Clan.« Sie stockte, als die Erinnerung an das Geschehene sie wieder zu übermannen drohte. In ihren Augen schimmerten plötzlich Tränen. Aber dann gab sie sich einen sichtbaren Ruck, sah auf und fuhr mit mühsam beherrschter Stimme fort: »Sie ... sie haben mich geschlagen und gesagt, daß ich meinen Mann ermordet hätte und daß ich dafür büßen müsse. Dann haben sie mich hier heraufgebracht und sind wieder gegangen. Alle bis auf ... bis auf die beiden. Aber McGillycaddy hat gesagt, daß sie wiederkommen werden, sobald die Sonne aufgegangen ist, und daß ... daß ich dann dafür bestraft werde, was ich getan habe.«

»Und ... Ihre Tochter?« fragte ich vorsichtig.

»Sie ist fort«, murmelte Several. »Sie ... sie ist wieder zu IHM gegangen, Robert.«

»IHM?«

»Zu Dagon«, schluchzte Several. »Ich weiß es, Robert. Sie gehört IHM. Sie hat es mir gesagt, ehe sie ging. Sie … sie ist …«

Plötzlich warf sie sich zur Seite, vergrub das Gesicht in den Kissen und weinte; beinahe lautlos, aber sehr heftig. Diesmal ließ ich sie gewähren. Vielleicht war es besser, wenn sie ihren Tränen freien Lauf ließ.

Ich stand auf und kniete neben dem Dürren nieder. Several hatte gesagt, daß sie wiederkommen würden, wenn die Sonne aufging, was uns zu einer gewissen Gnadenfrist verhalf. Aber ich wollte sichergehen. Und es gab da noch ein paar Punkte, die zu klären waren. Ich drehte den Kerl auf den Rücken, zwängte seine Zähne auseinander und grub so viel Zigarre aus seinem Mund, wie ich konnte. Er röchelte, rang keuchend nach Luft und spie halb aufgelösten Tabak aus. Sein Blick flammte vor Haß, als er mich ansah.

Als er die Hand hob, versetzte ich ihm eine Ohrfeige. Er versuchte kein zweites Mal, nach mir zu schlagen.

»Ich hoffe, wir verstehen uns jetzt«, grollte ich, wobei ich mir Mühe gab, so finster wie möglich dreinzublicken. »Dir passiert nichts, wenn du vernünftig bist. Wenn nicht …«

Ich sprach nicht weiter, aber das war auch nicht nötig. Unausgesprochene Drohungen sind meist wirkungsvoller als ausgesprochene. Der Dürre nickte hastig, spuckte ein weiteres Stück Zigarre aus und betastete mit den Fingerspitzen seine verbrannten Lippen. Wahrscheinlich würde er sich jetzt das Rauchen abgewöhnen, dachte ich spöttisch.

»Sie werden mir nun ein paar Fragen beantworten«, sagte ich.

»Werd' ich nicht«, sagte der Dürre trotzig. »Von mir aus schlagen Sie mich tot. Ich sage kein Wort.«

»Ach?« antwortete ich. Einen Moment lang blickte

ich ihn nachdenklich an, dann zauberte ich ein gehässiges Grinsen auf meine Lippen. »Ich werde Sie nicht schlagen, mein Freund«, sagte ich freundlich. »Ich werde Sie nur fesseln und dann weggehen. Aber Mrs. Borden bleibt hier.«

Der Dürre erbleichte noch weiter. »Das ... das können Sie nicht tun!« krächzte er.

»Ich kann«, antwortete ich. »Mein Wort darauf. Also?«

Einen Moment lang starrte der Dürre aus weit aufgerissenen Augen in Severals Richtung, dann nickte er abgehackt, schluckte ein Stück aufgeweichten Tabak herunter und blickte zu mir hoch. »Was wollen Sie wissen?«

Nemo war sich nicht sicher, aber das Schwarz vor dem kleinen Bullauge schien tiefer geworden zu sein, und aus dem manchmaligen Gleiten und Huschen körperloser Schatten dort draußen war ein beständiges Wogen geworden, ein Auf und Ab wie von substanzlosen Schemen, als wäre die Finsternis selbst von bösem, dräuendem Leben erfüllt. Er war nicht mehr im Salon, denn die Mechaniker hatten angefangen, nicht nur das Pult, sondern auch die Fußbodenplatten abzubauen, um nach beschädigten Leitungen und Kabeln zu suchen, so daß er hierher geflohen war, in den Kartenraum der NAUTILUS.

Nicht, daß es hier für ihn irgend etwas zu tun gegeben hätte, was von praktischem Nutzen war. Die Karten und Pläne, die Lageskizzen und Gezeitenbücher, die den niedrigen Kartentisch in scheinbarem Chaos bedeckten, all diese Papiere, in denen Geheimnisse und Dinge verzeichnet waren, von denen die allermeisten Menschen nicht einmal zu träumen wagten, waren nutzlos geworden, seitdem das mechanische Herz der NAUTILUS aufgehört hatte zu schlagen.

Der Gedanke erfüllte ihn mit Zorn. Er hatte ein Leben hinter sich, das bewegter und abenteuerlicher war, als es sich der Großteil der Menschheit auch nur vorzustellen wagte. Er hatte Dinge geschaut und Geheimnisse gelüftet, die älter als die menschliche Rasse waren, und er hatte den Grund der Ozeane betreten, acht Meilen tief unter der Oberfläche des Meeres, und er hatte mit dem großen Kraken gekämpft, der Bestie, die nur alle hundert Jahre einmal an die Meeresoberfläche kam, um ihr Opfer zu fordern und die Legenden der Menschen neu zu beleben. Und all das sollte vorüber sein, nur wegen eines Irren mit einem Schraubenschlüssel?

Wütend fegte er die Karten vom Tisch, drehte sich herum und trat wieder an das kaum handtellergroße Bullauge.

Was er sah, ließ ihn erstarren.

Wo vorher nur wogende Schwärze gewesen war, bewegte sich ... etwas.

Es war Nemo unmöglich zu erkennen, was sich dort außerhalb der NAUTILUS bewegte, aber es war groß, unglaublich groß und finster, und es schien eine körperlich spürbare Aura des Bösen auszustrahlen.

Und es kam näher. Langsam, aber mit der unaufhaltsamen Kraft einer Naturgewalt ...

Zwei, drei Sekunden lang starrte der Kapitän der NAUTILUS das finstere Ding in der Schwärze an. Dann fuhr er herum und war mit einem Sprung bei der Tür. Seine Hand krachte auf einen großen, feuerroten Schalter hinunter.

Eine halbe Sekunde später gellten die stählernen Räume und Gänge der NAUTILUS wider vom mißtönenden Schrillen der Alarmglocken.

Es war wie eine getreuliche Wiederholung der Szene vom Marktplatz, nur daß der Scheiterhaufen viel kleiner, und es im Höchstfalle zwei Dutzend Menschen waren, die einen barbarischen Tanz rings um die lodernden Flammen aufführten. Aber auch hier hörte ich den dumpfen Singsang, und wieder hatte ich das unangenehme Gefühl, daß mir diese Laute etwas sagten. Nur war ich noch immer nicht in der Lage, ihre Botschaft zu verstehen.

»Die Stallungen liegen auf der Rückseite«, murmelte Frane – der Dürre – neben mir. Ich hatte mich entschlossen, den Burschen mitzunehmen; einerseits, weil er mich fast auf Knien darum angefleht hatte, nicht allein mit Several zurückbleiben zu müssen, andererseits aber auch, um sicherzugehen, daß er mich nicht doch in eine Falle laufen ließ. Aber ich hatte dafür gesorgt, daß er nicht auf die Idee kommen würde, mich zu hintergehen, wenn die Gelegenheit gerade günstig war; freilich, ohne daß er es selbst ahnte. Manchmal war es wirklich von Vorteil, ein paar Tricks zu kennen, die andere wohl mit Zauberei bezeichnet hätten. Mühsam riß ich mich von dem gleichzeitig erschreckenden wie faszinierenden Bild am Ufer des Sees los, sah Frane einen Moment lang an und blinzelte dann zum Gut hinauf, das in der immer dunkler werdenden Nacht wie ein massiger Schatten über dem See thronte. Bisher hatte ich das Gebäude immer nur im Dunkeln zu Gesicht bekommen. Ich fragte mich, wie es wohl bei Tageslicht aussehen würde. Wahrscheinlich ganz normal. Der wahre Schrecken verbirgt sich meist hinter der Maske des Normalen.

»Gehen wir?« fragte Frane. Er wirkte nervös – was ich gut verstehen konnte. Nach allem, was er mir erzählt hatte, hatte er allen Grund, nervös zu sein. Ich allerdings auch.

Ich nickte auf seine Frage, stand auf und verhielt dann noch einmal mitten in der Bewegung. Irgend etwas hatte sich geändert an der Szene unten am Ufer.

»Warten Sie noch«, sagte ich. Frane nickte nervös und sah wieder zum Gut hinauf. Er schien etwas sagen zu wollen, schwieg dann aber doch. Er konnte mir gar nicht widersprechen, selbst wenn er es gewollt hätte. Aber das wußte er nicht. Und bei seinem Intelligenzquotienten würde es auch noch eine ganze Weile dauern, bis ihm auffiel, daß ihm selbst der größte Blödsinn, den ich von mir gab, einleuchtend erschien.

Und so genau wußte ich selbst nicht, was ich überhaupt dort oben im Gut zu finden hoffte. Frane war sehr redselig geworden, nachdem ich ein wenig nachgeholfen hatte, aber er war nur ein kleiner Handlanger, dem man offenbar nur gesagt hatte, was er unbedingt wissen mußte, und das war nicht viel. McGillycaddy hatte ihm aufgetragen, bis zum Sonnenaufgang auf Several aufzupassen; dann würde er zurückkommen und sie alle zum Strand führen. Was sie dort unten tun sollten, wußte Frane allerdings nicht, und nachdem ich mich eine Weile mit ihm unterhalten hatte, konnte ich McGillycaddy sogar verstehen. Jemandem wie Frane hätte ich allerhöchstens die Uhrzeit anvertraut. Vielleicht.

Aber das Gut war der einzige Ort, an dem ich überhaupt ansetzen konnte. Die einzige Alternative dazu war, noch einmal in diesen verfluchten See hinabzutauchen – und mir fielen auf Anhieb ungefähr zehntausend Dinge ein, die ich lieber getan hätte.

Ich blickte wieder auf den See hinab. Diesmal war ich sicher, daß ich eine Bewegung gesehen hatte.

In der Mitte des riesigen, blaßsilbernen Spiegels begann sich das Wasser zu kräuseln, zuerst langsam, dann stärker und stärker, bis die Oberfläche des Sees zu Millionen blitzender Spiegelscherben zerbrochen war. Dann erschien der Schatten.

Es war mir unmöglich, ihn zu beschreiben. Es war ein ... ein Ding, groß, monströs und mißgestaltet, ein Gigant ohne klar umrissene Form. Wie ein Berg wuchs er aus den schäumenden Wogen empor, bäumte sich zu ungeheurer Größe auf und fiel mit einem urgewaltigen Rauschen wieder zurück. Eine gewaltige, weißgekrönte Woge breitete sich kreisförmig von der Mitte des Sees her aus und brach sich klatschend an den Ufern. »Gott!« keuchte Frane neben mir. »Was issn das?«

»Halten Sie den Mund«, sagte ich alarmiert. Frane nickte geflissentlich und schwieg. Fast tat er mir leid.

Das Ding war wieder so weit ins Wasser gesunken, daß es nur als monströser Schatten zu erkennen war. Es war riesig, größer als ein Wal, und schien in beständiger fließender Bewegung, als wäre es in Wahrheit nur eine Wolke aus zerfließendem Grau, die sich rein zufällig zu dieser Form zusammengeballt hatte. Dann teilte es sich.

Es sah aus wie das Teilen einer ins Absurde vergrößerten Amöbe. Ein Teil der zerfaserten Schwärze trennte sich von der gigantischen Hauptmasse ab und begann, pulsierend wie ein bizarres schlagendes Riesenherz, auf das Ufer und den Scheiterhaufen zuzugleiten.

»Er kommt!« kreischte eine Stimme unter mir. »Unser Herr hält sein Versprechen. Er schickt uns seinen mächtigsten Diener, um uns zu zeigen, wie gewaltig seine Macht ist.«

»McGillycaddy!« keuchte Frane. »Das ist McGillycaddy. Sehen Sie!«

Ich versuchte es, aber gegen den gelborange leuchtenden Hintergrund des Scheiterhaufens war die Gestalt des Schotten nur als Umriß zu erkennen. Trotzdem konnte ich ein Schaudern nicht unterdrücken, als ich ihn dort unten stehen sah; mit hoch erhobenen Armen und gespreizten Beinen, einem dämonischen Priester bei einer urtümlichen Beschwörung gleich.

Aber vielleicht war der Unterschied gar nicht so groß.

Langsam kam der monströse Schatten näher. »Seht!« brüllte McGillycaddy. »Seht hin, meine Kinder! Seht, wie unser Herr jene bestraft, die es wagen, mit Feuer und Schwert in sein Reich einzudringen!«

Im selben Moment erreichte der Schatten das Ufer. Erst glaubte ich, eine Art riesiger schwarzer Qualle zu sehen, aber dann zerfloß sein Körper, formte sich neu, wurde zu einem Gewebe, dann zu einer klumpigen Zusammenballung schwärzlich geronnener Dinge ...

Dafür konnte ich um so besser erkennen, was er gebracht hatte.

Einen Menschen. Einen Menschen in einem monströsen, aus schwarzem Kautschuk und messingfarbenem Metall gefertigten Anzug. Einen von Nemos Männern!

Die Leiche eines seiner Männer, genauer gesagt. Der schwere, aus zähem Gummimaterial gefertigte Anzug war zerrissen, die Schläuche, die ihn mit dem Oxygentank auf seinem Rücken verbanden, hingen in Fetzen herunter, und das runde Sichtfenster des Messinghelmes war zerborsten. Ich konnte nicht genau erkennen, was dahinter war, aber es war rot und weiß und erinnerte mich nicht unbedingt an ein menschliches Gesicht.

»Seht!« kreischte McGillycaddy. »Dies ist nur einer

der Frevler, aber die anderen werden sein Schicksal teilen, ehe die Sonne aufgegangen ist. Und so wie ihnen wird es allen ergehen, die versuchen, uns aufzuhalten!«

Entsetzt starrte ich auf die reglose Gestalt im Taucheranzug. Das schwarze Etwas im Wasser zog sich zurück, aber auf einen Wink McGillycaddys hin kamen zwei seiner Männer herbei und hoben den Toten hoch, um ihn wie in einem grausigen Triumphzug an Land zu tragen und ins Feuer zu werfen. Es war ein furchtbarer Anblick: seine Arme und Beine pendelten, als wäre kein Knochengerüst mehr in seinen Gliedern. Ich mußte an einen gleichartigen Körper denken, den ich in den Abwasserkanälen von Aberdeen gesehen hatte …

»Irgend etwas ist schiefgegangen«, murmelte ich. »Das … das ist einer von Nemos Männern.«

Frane sah mich irritiert an. »Nemo?« vergewisserte er sich. »Etwa … etwa *der* Nemo?«

Jetzt war ich an der Reihe, erstaunt zu sein. Ich hatte von einem Mann von Franes Bildungsstand kaum erwartet, daß er den Namen Nemo kannte. Trotzdem nickte ich. »Genau dieser, Frane«, antwortete ich. »Aber er dürfte gar nicht mehr hier sein. Nicht, wenn …«

Ich sprach nicht weiter, denn der Gedanke, der aus dem schrecklichen Bild folgerte, war so furchtbar, daß ich für einen Moment mit beinahe verzweifelter Macht versuchte, ihn wegzuleugnen. Natürlich half es nichts. Und natürlich war es die einzig logische Erklärung dafür, daß die NAUTILUS nicht zu dem verabredeten Treffen gekommen war.

»Ich muß dort hinunter«, sagte ich.

Frane erbleichte. »Wohin? In … in den See?«

Ich nickte. »Ja. Ich … ich muß nachsehen, was passiert ist.«

»Sie sind wohl verrückt geworden!« keuchte Frane.

»Was glauben Sie, dort unten ausrichten zu können? Sie ...«

Ich schnitt ihm mit einer Bewegung das Wort ab, drehte mich herum und deutete mit einer Kopfbewegung zur Stadt zurück. »Sie gehen zurück zu Mrs. Borden«, sagte ich, während ich bereits begann, mein Hemd aufzuknöpfen. »Sie warten genau bis eine Stunde vor Sonnenaufgang. Wenn ich bis dahin nicht zurück bin, dann bringen Sie sie aus der Stadt. Wenn es sein muß, gegen ihren Willen. Haben Sie das verstanden?«

Frane starrte mich an, schluckte ein paarmal heftig und nickte schließlich. Ich wußte, daß er gehorchen würde. Typen wie Frane sind zwar im allgemeinen kaum fähig, ohne Schwierigkeiten weiter als bis acht zu zählen, aber dafür sind sie leicht zu beeinflussen. Wenigstens für eine Weile.

»Helfen Sie mir!« befahl ich. Frane bückte sich gehorsam nach dem Atemgerät, wuchtete es hoch und hielt es so lange, bis ich die ledernen Riemen übergestreift und die Schnallen verschlossen hatte. Dann zog ich mir den leichten Helm über, überzeugte mich davon, daß die frischen Sauerstoffpatronen angeschlossen und zwei Ersatzpatronen sicher in meinem Gürtel verstaut waren, und schlüpfte zum Schluß in die Schwimmflossen.

Nicht einmal hundert Schritte von McGillycaddy und seinen tanzenden Anhängern entfernt ließ ich mich ins Wasser gleiten.

Das Meer war sehr ruhig an diesem Abend. Fast ein bißchen zu ruhig für Lawrences Geschmack. Über den Wellen, die kaum handhoch und so träge wie geschmolzenes Blei waren, lag ein blaßgrauer Hauch von Nebel, und obgleich die Sicht im Grunde klar war, schien doch alles, was weiter als drei-, vierhundert Yards entfernt war, wie hinter einem unsichtbaren Schleier zu verschwimmen.

Lawrence mochte Abende wie diese nicht. Er kannte sie zu gut, diese Tage, an denen das Meer wie gelähmt dalag – wie in der Ruhe vor dem Sturm.

»Kapitän?«

Lawrence drehte sich herum, als er die Stimme seines Adjutanten vernahm, zwang ein berufsmäßiges Lächeln auf seine Lippen und wurde übergangslos wieder ernst. »Ja?«

Stayley druckste einen Moment herum. Lawrence sah ihm an, wie schwer es ihm fiel, zu sagen, weswegen er gekommen war. »Es ist ... wegen der Mannschaft, Sir«, begann er schließlich.

Lawrence runzelte die Stirn. »Was ist mit der Mannschaft, Stayley?« fragte er.

»Sie wird allmählich unruhig, Sir«, antwortete sein Adjutant.

»So?« sagte Lawrence. »Wird sie das? Und wie äußert sich diese ... Unruhe?«

Stayley antwortete nicht direkt auf seine Frage, sondern blickte einen Moment aus dem Fenster, wo sich das Mondlicht auf den schwarzen Felsen der Steilküste wie auf poliertem Stahl spiegelte. »Wir sollten nur einen Tag in dieser Bucht bleiben, Sir«, murmelte er. »Jetzt ist es fast eine Woche.«

»Unser genauer Befehl lautet, so lange hierzubleiben, bis wir Nachricht von Fregattenkapitän Spears bekommen«, sagte Lawrence strenger, als vielleicht nötig gewesen wäre. Er konnte Stayley nur zu gut verstehen, und erst recht die Mannschaft. Die kleine, halb hinter einer vorspringenden Felsnase verborgen liegende Bucht, nur wenige Meilen nördlich von Aberdeen, war ein vorzügliches Versteck, selbst für einen Kreuzer von der Größe der *King George*. Von See aus war sie praktisch unsichtbar, und die mächtigen Felsbarrieren schützten das Schiff selbst vor dem schlimmsten Sturm. Aber es war etwas ... Lawrence suchte vergeblich in Gedanken nach einer passenden Bezeichnung ... etwas Unheimliches an dieser Bucht. Die lotrechten, vollig schwarzen Felsen strahlten selbst bei Tage etwas Düsteres aus, und Lawrence hatte sie ein paarmal schon mit steingewordener Nacht verglichen.

Trotzdem sagte er: »Wir sind nicht hier, um uns zu amüsieren, Mister Stayley, sondern weil wir einen Befehl ausführen. Und wenn irgendein Mitglied der Mannschaft anderer Auffassung sein sollte, dann schicken Sie es zu mir. Ich werde dem Betreffenden gerne den Unterschied zwischen einem Seemann und einem Mitglied der Marine Ihrer Majestät erklären.«

Stayley erbleichte, nickte beinahe übertrieben hastig und drehte sich auf dem Absatz herum, um die Brücke zu verlassen. Aber er machte nur einen einzigen Schritt, und auch nur, um sofort wieder stehenzubleiben und aus zusammengekniffenen Augen auf den schmalen Ausschnitt offenen Meeres zu blicken, der zwischen den zyklopischen Felsen sichtbar war.

»Was haben Sie?« fragte Lawrence.

»Ich ... weiß nicht, Sir«, antwortete Stayley. »Für einen Moment dachte ich, ich hätte etwas gesehen.«

»Dort draußen?«

Lawrence trat neben ihn, runzelte die Stirn und blickte ebenfalls in die dunstig-graue Dämmerung hinaus. Es dauerte einen Moment, aber dann sah er es auch:

Es war nicht mehr als ein Schatten, ein gewaltiges, körperloses Etwas, das in unbestimmbarer Entfernung hinter der grauen Nebelwand aufgetaucht war, aber es war zu deutlich, um eine bloße Täuschung sein zu können.

»Was ist das, Sir?« fragte Stayley verstört.

Statt einer Antwort wandte sich Lawrence um, holte seinen Spektiv und trat erneut an die Scheibe. Aber seltsamerweise wurde der Schatten nicht deutlicher, als er durch das Glas sah.

»Ich weiß es nicht«, gestand er schließlich. Er senkte das Glas, biß sich nachdenklich auf die Lippen und starrte dann wieder in die graue Unendlichkeit hinaus. Irgend etwas am Anblick dieses monströsen ... Dinges berührte ihn, berührte ihn auf sehr unangenehme Art und Weise, ohne daß er das Gefühl irgendwie begründen konnte.

»Es ist viel zu groß für ein Schiff«, murmelte Stayley. In seiner Stimme war ein Beben, das Lawrence aufhorchen ließ. Alarmiert senkte er sein Glas ein zweites Mal und sah seinen Adjutanten an. Stayley starrte aus weit aufgerissenen Augen in den Nebel hinaus. Sein Gesicht war bleich, und Lawrence sah, daß sich seine Hände zu Fäusten geballt hatten und zitterten. Er spürt es auch! dachte er erschrocken.

»Unsinn, Leutnant«, sagte er streng. »Was soll es anderes sein als ein Schiff? Vielleicht ein Seeungeheuer oder der Fliegende Holländer?« Er lachte, aber es klang gepreßt und nicht sehr überzeugend. »Rufen Sie die Offiziere auf die Brücke, Mister Stayley. Und dann beordern Sie die Freiwachen zurück. Wir nehmen Fahrt auf. Ich möchte mir dieses sonderbare Schiff aus der Nähe betrachten.«

Stayley nickte nervös und eilte zur Tür, aber Lawrence rief ihn noch einmal zurück. »Noch etwas, Mister Stayley«, sagte er, zögernd und beinahe gegen seinen Willen. »Geben Sie Befehl, daß der Maat volle Gefechtsbereitschaft anordnen soll. Sicher ist sicher«, fügte er mit einem nervösen Lächeln hinzu.

Das Wasser war so kalt, daß ich für ein paar Sekunden ernsthaft befürchtete, erfrieren zu müssen. Meine Muskeln waren wie gelähmt, und die Luft, die aus dem Tank auf meinem Rücken strömte, schien wie flüssiges Feuer in meiner Kehle zu brennen. Ich sank, weniger durch meine eigenen Bewegungen als vielmehr durch das Gewicht des Oxygentankes in die Tiefe gezerrt, in steilem Winkel nach unten, und ich schätzte, daß ich gute hundert Fuß unter der Oberfläche war, ehe es mir gelang, meine Muskeln zu einer ersten, mühsamen Schwimmbewegung zu zwingen, mit der ich wenigstens mein hilfloses Trudeln auffangen konnte.

Der See hatte sich verändert. Das grüne Leuchten, das noch am Morgen seinen ganzen Boden erfüllt hatte, war zu einem fleckigen blassen Muster geworden, in dem gewaltige, wie hineingefressen wirkende Löcher gähnten. Tangfetzen und aufgewirbelter Morast trieben wie wolkige große Gebilde durch das Wasser, und ein paarmal glaubte ich festere, dunkle Körper zu erkennen, die jedoch niemals so nahe kamen, daß ich mich bedroht fühlte.

Ich sah mich aufmerksam nach dem finsteren Etwas um, das ich vom Ufer aus gesehen hatte, konnte jedoch nirgends auch nur eine Spur davon erkennen – was nicht hieß, daß es nicht da war. Das Wasser war so finster, daß ich praktisch in sein Maul hineinschwimmen konnte, ehe ich es überhaupt bemerkte.

Hastig verscheuchte ich den Gedanken und schwamm schneller. Allmählich begannen mir meine Muskeln wieder zu gehorchen, und das Gewicht meines Atemgerätes tat ein Übriges, mich rasch in die Tiefe sinken zu lassen.

Je weiter ich mich dem Seeboden näherte, desto deutlicher wurden die Spuren der gewaltigen Schlacht, die hier vor Tagesfrist geschlagen worden war. War die Ruinenstadt bei meinem ersten Hiersein noch nahezu unbeschädigt gewesen, so schien jetzt im wahrsten Sinne des Wortes kein Stein mehr auf dem anderen zu stehen. Die Häuser und Paläste waren zerstört, die Brücken und Straßen zerfetzt und zu gewaltigen Haufen chaotisch aufeinandergetürmter Trümmer geworden, und im vordem noch fast glatten Seeboden gähnten jetzt gewaltige, ausgezackte Krater.

Und dann sah ich die NAUTILUS.

Sie befand sich unweit der Stelle, an der ich sie das letzte Mal gesehen hatte, als sie Feuer und Tod auf die Stadt Dagons spie. Aber aus dem todbringenden Giganten war ein Leichnam geworden. Jedenfalls war das der erste Eindruck, den ich hatte.

Das Schiff lag auf dem Meeresboden, halb auf der Seite, den Bug mit dem gezackten Rammsporn tief in den weichen Schlamm gegraben. Mit einer einzigen Ausnahme waren sämtliche Lichter erloschen, und neben der Backbordseite bewegte sich etwas Finsteres, Großes. Sie sah aus wie ein stählerner Riesenhai, der sich auf den Meeresboden gelegt hatte, um zu verenden.

Seltsamerweise konnte ich nicht die geringste Beschädigung an ihrem Rumpf feststellen, selbst als ich mich dem Schiff näherte und auf seine andere Seite schwamm. Die stählernen Panzerplatten hatten ihren bläulichen Glanz verloren und wirkten jetzt matt und blind, aber der Rumpf der NAUTILUS selbst schien nicht den geringsten Kratzer aufzuweisen.

Dafür sah ich die Toten. Drei, dann vier und schließlich fünf von Nemos Männern, die mit zerfetzten Taucheranzügen und zertrümmerten Helmen in der Nähe des Schiffes trieben, vom Gewicht ihrer Ausrüstungen auf dem Meeresgrund gehalten und zum Teil aufrecht stehend wie furchtbare Statuen. Die Strömung bewegte sie hin und her, so daß es aussah, als streckten sie verzweifelt die Arme nach dem Schiff aus.

Behutsam näherte ich mich dem Schiff – wohlweislich auf der dem finsteren Etwas abgewandten Seite – hielt in einigem Abstand inne und besah mir die NAUTILUS genauer. Aber auch jetzt war nicht die Spur irgendeiner Beschädigung zu erkennen.

Ich näherte mich dem Schiff bis auf Armeslänge und schwamm an seinem Rumpf entlang, bis ich das große Bullauge vor mir sah, hinter dem Nemos Salon lag. Ich paddelte heftig mit den Beinen, um den Sog der Strömung auszugleichen, der mich vom Schiff wegtreiben wollte, näherte mich mühsam der gewaltigen gebogenen Scheibe und schlug so heftig mit den Fäusten dagegen, wie ich nur konnte. Die Schläge dröhnten geisterhaft laut durch den Rumpf des Schiffes. So kristallklar das Glas des Bullauges von innen war, so schwer war es, von außen in das Schiff hineinzusehen; ich erkannte nicht mehr als verschwommene Umrisse. Aber immerhin bewegten sie sich, was mir bewies, daß an Bord des Schiffes zumindest noch ein paar Überlebende waren.

Als sie meine Faustschläge hörten, kam hektische Bewegung in die Gestalten hinter der Scheibe. Drei, vier von ihnen näherten sich dem Bullauge und begannen heftig zu gestikulieren, und in einer der Gestalten glaubte ich Nemo zu erkennen, war mir aber nicht sicher.

Ich schlug noch einmal mit der flachen Hand gegen das Glas, streckte die Arme nach beiden Seiten aus und hob die Handflächen nach außen, um anzudeuten, daß ich nicht wußte, was ich tun sollte. Nemo schien die Geste zu verstehen, denn er begann seinerseits heftig zu gestikulieren, deutete nach unten und dann zum Heck des Schiffes, und schließlich verstand ich. Immerhin hatte er mir die NAUTILUS nicht umsonst ganz genau gezeigt, bevor ich von Bord gegangen war. Offenbar wollte er mich auf die Schleuse aufmerksam machen, die unterhalb des Schiffes angebracht war und ein Aussteigen unter Wasser möglich machte. Selbst jetzt, wo die NAUTILUS mit deutlicher Schlagseite dalag, mußte sie noch zu passieren sein.

Ich nickte übertrieben heftig, um Nemo zu bedeuten, daß ich verstanden hatte, deutete in die gleiche Richtung wie er und wollte mich entfernen, aber Nemo fuhr fort, zu gestikulieren und wie wild mit den Händen zu fuchteln, so daß ich noch einmal zurückschwamm und das Gesicht gegen die Scheibe preßte.

Nemo schüttelte den Kopf, daß seine schütteren Haare flogen. Immer wieder deutete er auf den Boden, manchmal auch auf die Decke oder die Wände, schüttelte den Kopf und machte hektische Gesten, deren Bedeutung ich nicht verstand. Er wollte mir irgend etwas sagen, das war klar, aber ich begriff einfach nicht, was. Annähernd fünf Minuten blieb ich wassertretend vor dem Bullauge hängen, während Nemo auf der anderen Seite versuchte, die Weltmeisterschaft im Grimassenschneiden zu gewinnen, dann schüttelte ich entschieden den Kopf, drehte mich herum und begann zum Heck der NAUTILUS zurückzuschwimmen.

Ich schlug seine Warnung keineswegs in den Wind, sondern nahm sie sehr ernst. Aber so aufmerksam ich mich auch umsah, es schien nichts zu geben, was mir irgendwie gefährlich werden konnte. Ich sah nicht einmal einen Fisch. Der See schien in weitem Umkreis um die gestrandete NAUTILUS wie ausgestorben.

Wieder fiel mir die mattschwarze Färbung des Schiffsrumpfes auf. Das blauschimmernde Metall, aus dem das phantastische Schiff gebaut war, war blind und farblos geworden, und zwar überall, nicht etwa nur hier und da, was auf die Spuren einer Explosion hingedeutet hätte. Neugierig – und wider besseres Wissen – schwamm ich dicht an den Rumpf der NAUTILUS heran und streckte die rechte Hand aus.

Der Stahl des Schiffsrumpfes glänzte noch wie früher, aber er war zur Gänze unter einer dünnen, lederartigen schwarzen Schicht verschwunden, die das Schiff wie eine zweite Haut aus Gummi überzog und sich jeder Kante, jedem Vorsprung und jeder Niete anpaßte.

Und eine Sekunde später wußte ich auch, wovor mich Nemo hatte warnen wollen.

Im selben Augenblick, in dem meine Finger die schwarze Schicht berührten, lief eine zuckende Bewegung durch die Masse, und etwas wie ein fingerloser Arm schnappte hoch und schmiegte sich sanft, aber trotzdem sehr kraftvoll, um mein Handgelenk.

Verzweifelt warf ich mich zurück, aber so dünn und weich das schwarze Material aussah, so zäh war es in Wirklichkeit. Mein Arm saß so unverrückbar in der Masse fest, als wäre er angewachsen.

Und dann sah ich etwas, das mir schier das Blut in den Adern gerinnen ließ …

Die schwarze Gallerte umschloß meine Hand und einen Teil meines Unterarmes wie ein widerlicher

Handschuh, aber sie gab sich nicht damit zufrieden, mich einfach festzuhalten, sondern kroch, langsam, aber unaufhaltsam, an meinem Arm empor!

Ich schrie auf und begann wie von Sinnen mit den Beinen zu strampeln – mit dem einzigen Ergebnis freilich, daß meine Füße den Schiffsrumpf berührten und ich plötzlich auch dort festklebte. Ich bäumte mich auf, zerrte und zog mit aller Gewalt, kam aber keinen Zoll frei, sondern spürte im Gegenteil, wie das ekelige Zeug immer schneller an meinem Arm und den Beinen emporfloß. Plötzlich mußte ich an die toten Männer denken, die ich auf dem Meeresgrund gesehen hatte, vermeintlich vom Gewicht ihrer Anzüge gehalten, vielleicht aber auch von etwas anderem …

Plötzlich bemerkte ich einen Schatten, fuhr herum, soweit es meine unglückliche Lage zuließ, und – war ich schon übergeschnappt vor Angst? Ich traute meinen Augen nicht, als ich die breitschultrige Gestalt in dem Taucheranzug erkannte, die sich mir mit hektischen Schwimmbewegungen näherte.

Der Mann gestikulierte heftig mit den Armen, und obwohl ich die Bedeutung seiner Gesten in diesem Moment nicht begriff, tat ich wohl instinktiv das Richtige, indem ich aufhörte, mich zu bewegen, denn er nickte zufrieden, löste einen gläsernen Behälter von seinem Gürtel und schraubte etwas auf sein oberes Ende, das wie eine übergroße Insektenspritze aussah. Er schwamm in weitem Bogen um mich herum, hielt in respektvollem Abstand zum Rumpf des Schiffes inne und hob sein sonderbares Instrument.

Als er es betätigte, schoß eine Wolke einer gelblichen Flüssigkeit hinaus, verteilte sich im Meerwasser und senkte sich als feiner Nebel auf den schwarzen Überzug der NAUTILUS.

Wo sie ihn berührte, begann das Zeug zu verdorren, wurde grau und schrumpelig und löste sich in Sekundenschnelle in grauen schmierigen Schleim auf. Mein Retter nickte zufrieden, schwamm abermals um mich herum und betätigte seine sonderbare Waffe erneut, wobei er die Strömung ausnutzte, um die Flüssigkeit auf eine möglichst große Fläche zu verteilen.

Dann berührte etwas von dem gelben Zeug meine Haut. Und ich schrie vor Schmerz.

Es war nur ein Spritzer, den ich abbekam, aber er brannte sich wie glühendes Eisen in meinen Arm und hinterließ eine sixpencegroße, heftig blutende Wunde.

Es war Säure, nichts anderes als Säure, was der Mann auf das schwarze Etwas spritzte, eine Säure, die scharf genug war, selbst den Rumpf der NAUTILUS anzugreifen, wo sie ihn durch die häßlichen Lücken, die plötzlich in dem schwarzen Überzug klafften, berührte.

Dann begannen meine Hände zu schmerzen. Zuerst war es nur ein Brennen, aber es steigerte sich in Sekunden zur Raserei, so daß ich abermals vor Pein aufschrie. Der schwarze Überzug, der mich hielt, begann grau und brüchig zu werden, denn die Säure tötete nicht nur da, wo sie die Plasmamasse unmittelbar berührte, sondern schien sich in ihr weiterzufressen, aber im gleichen Maße, in dem er zerfiel, steigerte sich auch der Schmerz in meiner Hand, und als der schreckliche schwarze Handschuh schließlich abfiel, war meine Hand bis hinauf zum Ellbogen rot von meinem eigenen Blut.

Ich war halb besinnungslos, als der Taucher mich unter den Armen ergriff und mit einem heftigen Ruck losriß. Wie in Trance registrierte ich, wie er mich ein gutes Stück fort von der NAUTILUS und gleichzeitig nach unten zog, zu ihrem Heck und der Tauchkammer hin.

Meine Sinne schwanden, kurz nachdem wir in das Schiff eingedrungen und in die halb geflutete Schleuse geschwommen waren. Aber sie schwanden trotz allem nicht schnell genug, um mich nicht das Gesicht meines Retters erkennen zu lassen. Seines und das der zweiten, ebenfalls in einen Unterwasseranzug gehüllten Gestalt, die in der Kammer auf uns gewartet hatte.

Es waren die Gesichter von zwei Menschen, die ich nur zu gut kannte.

Die von Howard Phillips Lovecraft und seines Leibdieners Rowlf.

Das Haus war still. Die Geräusche, die von der Straße hereindrangen und düstere Geschichten erzählten, klangen gedämpft und sonderbar unwirklich; selbst das Licht wirkte blaß und seine Schatten länger und tiefer, als normal war.

Several dachte einen Moment lang fast interessiert über die sonderbare Verfassung nach, in der sie sich befand. Ihr Zustand war ... erschreckend. Auf der einen Seite sah sie ihre Lage ganz klar, mit fast wissenschaftlicher Präzision. Auf der anderen war sie halb von Sinnen vor Angst und Entsetzen. Aber es war eine ganz andere Art von Angst, als sie sie bisher gekannt hatte. Eine Art Taubheit des Geistes, die ihr logisches Denkvermögen zur gleichen Zeit zu lähmen wie zu schärfen schien. Es war verwirrend.

Sie sah zur Uhr. Es war fast elf, und der Gesang vom Marktplatz her war im Laufe der letzten Stunde immer lauter und lauter geworden. Wenn die Mitternacht herankam, würde er zu einem dröhnenden Chor geworden sein, dem fanatischen Schreien aus Hunderten und Aberhunderten von Kehlen, mit dem sie IHN riefen.

Several runzelte verwirrt die Stirn, als ihr die Bedeutung dieses Gedankens klar wurde. Woher wußte sie das? Woher wußte sie mit einem Mal Dinge, die sie gar nicht wissen konnte?

Sie kam zu keinem befriedigenden Ergebnis und verschob die Lösung dieses neuerlichen Rätsels auf später; wie die so vieler. Robert hatte gesagt, daß sie bis kurz vor Sonnenaufgang warten sollte, ohne das Haus zu verlassen, und irgend etwas war an seiner Art zu reden gewesen, was es ihr unmöglich machte, nicht zu gehorchen.

Sie stand auf und wollte zum Fenster gehen, aber noch bevor sie es erreichte, hörte sie die Tür im Erdgeschoß und blieb wieder stehen. Eine Stimme sagte etwas, das sie nicht verstand, und kurz darauf polterten die schweren Schritte von zwei oder auch drei Männern die Treppe hinauf. Several drehte sich zur Tür. Seltsam – sie hätte Angst haben müssen, aber sie fühlte nichts, nicht einmal Erschrecken.

Nicht einmal, als die Tür aufging und die hochgewachsene Gestalt unter der Öffnung erschien. In ihr war nur ein sonderbares Gefühl, als wäre etwas eingetroffen, worauf sie schon lange gewartet hatte.

»Komm mit mir, Several«, sagte McGillycaddy.

Several gehorchte.

Ich hatte das Gefühl, nicht sehr lange ohne Bewußtsein gewesen zu sein. Ich fror erbärmlich, und nach der Kälte war das nächste, was ich fühlte, ein brennender Schmerz, als hätte ich einen nadelgespickten Handschuh über die rechte Hand gestreift. Ich blinzelte, unterdrückte ein Stöhnen und öffnete vorsichtig die Augen.

Mildes elektrisches Licht erfüllte den Raum, in dem ich mich befand. Knapp zwei Meter über meinem Kopf spannte sich eine leichte gebogene Decke aus poliertem Metall, und rechts von meinem Bett war ein rundes, jetzt allerdings sorgsam mit einem schweren samtenen Vorhang abgedecktes Bullaugen-Fenster.

Der Anblick ließ meine Erinnerungen schlagartig zurückkehren. Erschrocken setzte ich mich auf – und fiel ziemlich unsanft wieder in die Kissen zurück, als mir jemand einen Stoß vor die Brust versetzte. Eigentlich war es kein wirklicher Stoß, sondern nur ein sanfter Schubser, aber benommen, wie ich war, ließ er eine Woge rasender Wut in mir aufsteigen.

»Bleiben Sie liegen, junger Mann«, sagte eine Stimme neben mir. Zornig wandte ich den Kopf und blickte in ein streng geschnittenes Gesicht mit fast schwarzer Haut und kurzem krausen Haar.

»Was soll das?« fragte ich ärgerlich. »Ich ...«

»Was das soll, kann ich Ihnen erklären«, unterbrach mich mein Gegenüber. »Ich habe mir die Freiheit genommen, Ihnen eine Injektion zu geben, die Ihre Schmerzen lindert. Aber Sie sollten noch zehn Minuten warten, bis das Medikament wirkt. Sonst wird Ihnen nämlich so übel wie noch nie zuvor in Ihrem Leben, mein Freund.«

Verwirrt starrte ich den Farbigen an, dann grub ich den Arm unter der Bettdecke hervor und hob ihn vor die Augen. Meine rechte Hand war unter einem weißen Verband verschwunden, der sich fast bis zum Ellbogen hinaufzog und so stramm angelegt war, daß ich nicht einmal einen Finger bewegen konnte. Und er tat verdammt weh.

»Wer sind Sie?« fragte ich, schon etwas friedlicher gestimmt. »Und was ist geschehen?«

Mein Gegenüber lächelte freundlich. »Mein Name ist Obote«, sagte er. »Ich bin Arzt. Und ich denke, ich hole Ihnen jemanden, der Ihnen alles viel besser erklären kann.« Er stand auf, ließ seine Injektionsspritze nachlässig in der Tasche seines weißen Kittels verschwinden und ging zur Tür, blieb aber noch einmal stehen und sagte: »Aber tun Sie sich selbst und dem armen Matrosen, der diesen Raum sauberhalten muß, einen Gefallen und bleiben Sie liegen, Mister Craven.«

Damit verschwand er, und ich blieb allein zurück. Neugierig sah ich mich um. Ich war nicht in der Kabine, in der ich mich bei meinem ersten Besuch auf der NAUTILUS aufgehalten hatte. Diese Kammer war größer und sehr viel kostbarer eingerichtet. Das Bett, in dem ich erwacht war, schien handgeschnitzt und mußte mindestens hundert Jahre alt sein, und in den Bildern, die die Metallwände zierten, glaubte ich einige alte Meister zu erkennen, obgleich ich alles andere als ein Kunstkenner war. Die Einrichtung war spärlich, aber erlesen genug, dem Buckingham-Palast zur Zierde zu dienen. Ich vermutete, daß es sich um Nemos Privatkabine handelte.

Ich wartete etwa zehn Minuten, bis das halbrunde Metallschott wieder zur Seite glitt und den Weg für Nemo freigab. Der schlanke Kapitän der NAUTILUS lächelte übertrieben, als er meinem Blick begegnete, kam näher und streckte die Hand aus.

Ich beachtete sie gar nicht. Denn im selben Moment war mein Blick auf die beiden Gestalten gefallen, die hinter Nemo den Raum betraten.

Ich stieß überrascht die Luft zwischen den Zähnen hervor.

»Das ist doch …« Ich vergaß die Warnung des Arztes, setzte mich abrupt auf und fiel um ein Haar in Nemos Arme, als mir prompt schwindelig wurde. Mühsam rappelte ich mich hoch, stützte mich auf den unverletzten linken Arm und starrte fassungslos die so wohlbekannten Gesichter an.

»Howard! Rowlf!« murmelte ich. »Wie zum Teufel …«

Die Vision, die ich gehabt hatte, kurz bevor mir die Sinne schwanden, war keine Vision gewesen!

»Nun, mon ami«, sagte Nemo freundlich, »wenn Sie sich kräftig genug fühlen, können wir vielleicht reden.«

Ich hörte nicht einmal hin, sondern starrte nur abwechselnd Rowlf und Howard an, die vor meinem Bett standen und auf mich herabblickten. »Aber … aber wie … wie kommt ihr hierher?« stammelte ich. »Was … was bedeutet das alles?«

»Sei froh, daß wa hier sin«, polterte Rowlf auf seine unnachahmlich freundliche Art. »Wenn nicht, wärse nämlich jetz Fischfutter, weisse?«

»Du … du hast mich gerettet«, murmelte ich. »Du warst der Mann, der mich von diesem Zeug befreit hat.«

Rowlf nickte. »Warich«, sagte er. »Dich kamma wirklich nichn Moment alleinlassn, ohne dasse inne Bredouille geräts, wie?«

Verwirrt starrte ich ihn an, dann wandte ich mich an Howard. Er ahnte wohl, welche Fragen mir auf der Seele brannten, denn er hob rasch den Arm.

»Später«, sagte er. »Ich erkläre dir alles, Robert, aber im Moment ist keine Zeit dazu.«

Ich brannte vor Neugier und Ungeduld, aber etwas sagte mir, daß Howards Worte wirklich so ernst gemeint waren, wie sie sich anhörten, und so wandte ich mich wieder an Nemo.

»Was ist passiert?« fragte ich. »Wieso liegt die NAUTILUS noch hier, und was ist mit Dagon?«

Nemos Gesicht verdüsterte sich. »Dagon hat wenig damit zu tun«, sagte er düster. »Ich fürchte, die Hauptschuld an unserem Unglück liegt bei mir.«

»Sie haben Dagon unterschätzt«, vermutete ich.

Nemo lachte, aber es klang nicht besonders amüsiert. »Unterschätzt?« Er schüttelte heftig den Kopf. »Keineswegs, mein Junge. Dagon trägt nicht die Schuld an unserer Havarie.«

»So?« frage ich zweifelnd. »Ich kann mich täuschen, aber ich hatte den Eindruck, daß ihr neuer Tarnanstrich von Dagon ausgeführt wurde.«

Howard lachte leise, während mich Nemo einen Moment irritiert anstarrte, bis er begriff, was ich meinte. »Ach das«, sagte er. »Natürlich – diese Kreatur gehört zu ihm. Aber wir wußten davon und wären längst nicht mehr hiergewesen, wenn alles nach Plan verlaufen wäre.«

»Und was hat Ihre Pläne gestört?« fragte ich.

»Spears«, antwortete Nemo ernst.

»Spears? Aber wieso?«

»Ich ließ ihn zu meiner unterirdischen Basis bringen«, erklärte Nemo, »um mich später mit ihm zu unterhalten. Aber ich fürchte, ich habe ihn unterschätzt, Robert. Es gelang Spears, aus seiner Unterkunft zu entfliehen. Das allein wäre noch keine Katastrophe gewesen, obgleich er einen meiner Männer getötet hat, denn meine Basis liegt hundert Yards unter dem Meeresspiegel. Aber dann geschah etwas, was niemals hätte geschehen dürfen.«

»Und was?« fragte ich, als Nemo nicht weitersprach, sondern mich nur gewichtig ansah.

Nemo atmete tief ein. »Es gelang ihm, sich an Bord

der NAUTILUS zu schleichen«, sagte er. »Niemand hat es bemerkt. Er war hier, als wir in den See einliefen und Dagon und seine Kreaturen angriffen.«

Wieder sprach er nicht weiter, aber diesmal war es keine rein rhetorische Pause; er starrte an mir vorbei, und seine Lippen preßten sich zu einem schmalen Strich zusammen. Die Erinnerung mußte ihm sehr unangenehm sein.

»Er muß den Verstand verloren haben«, murmelte er. »Er schlich sich in die Zentrale, nahm einen Schraubenschlüssel und zertrümmerte das Steuerpult.«

»Mit einem Schraubenschlüssel?« vergewisserte ich mich. »Sie wollen sagen, daß ein einzelner Mann mit einem ordinären Schraubenschlüssel ein Wunderschiff wie die NAUTILUS außer Gefecht setzen konnte?«

Nemo nickte betrübt. »Ich fürchte, es ist so. Es war eine Verkettung unglücklicher Zufälle, die niemand einkalkulieren konnte, aber Tatsache ist, daß die NAUTILUS seit annähernd sechzehn Stunden bewegungsunfähig ist.«

»Aber Ihre Mechaniker kriegen sie doch wieder flott, oder?« fragte ich.

Nemo nickte. »Das ist nicht das Problem. Der Schaden ist groß, zudem Spears' Angriff einige Kurzschlüsse hervorgerufen hat, die wiederum andere Teile des Schiffes in Mitleidenschaft zogen, aber es ist nicht so schlimm, daß wir hier nie wieder wegkämen. In acht, spätestens zehn Stunden ist die NAUTILUS wieder manövrierfähig; zumindest notdürftig.«

»Wo liegt dann die Schwierigkeit?« fragte ich.

Diesmal war es Howard, der antwortete. »Du kennst sie, Robert. Du hast selbst schon mitten drin gesteckt. Hätte Rowlf dich nicht befreit ...« Er sprach nicht weiter, aber das war auch nicht nötig.

»Diese ... Masse, in der das Schiff steckt?«

Howard nickte. »Ja. Wir wissen nicht, was es ist, und wir wissen nicht einmal, wie Dagon es lenkt – wenn er das überhaupt tut –, aber es wird uns nicht so viel Zeit lassen. Es erschien vor vier oder fünf Stunden und begann das Schiff einzuhüllen.«

»Was tut es?« fragte ich. »Außer harmlose Passanten aufzufressen?«

Howard lächelte flüchtig. »Das wissen wir nicht. Ich glaube nicht, daß es sich um ein denkendes Wesen handelt, wenn es das ist, was du meinst. Es ... es scheint eine Art Protoplasma-Masse zu sein, die nichts anderes tut, als sich fortzubewegen und zu fressen. Es greift die Schiffshülle an.«

Ich starrte ihn an. »Aber der Rumpf der NAUTILUS ist aus Stahl!« keuchte ich.

»Und trotzdem greift ihn dieses Zeug an«, sagte Nemo düster. »Am Heck, wo die Panzerung dünner ist, sind bereits einige kleinere Lecks entstanden. Noch halten unsere Schotten, aber ich weiß nicht, wie lange noch. Ich befürchte, uns bleiben nicht mehr als zwei, allerhöchstens drei Stunden. Wenn überhaupt.«

»Und was tut ihr dagegen?« fragte ich, an Howard gewandt.

Howard sah mich ernst an. »Wir haben versucht, etwas zu tun, Robert«, sagte er leise. »Gleich als wir es bemerkten. Hast du die Toten draußen gesehen?«

Ich nickte.

»Es war ein halbes Dutzend meiner besten Männer«, murmelte Nemo. »Wir haben alles ausprobiert – Sprengstoff, Gift, Messer, Dieselöl – alles, was Sie sich denken können. Aber was immer diese Masse darstellt – sie scheint völlig unempfindlich gegen jede bekannte Waffe zu sein.«

Einen Moment lang sah ich ihn an, dann hob ich demonstrativ meinen bandagierten Arm in die Höhe. »Nicht ganz«, sagte ich. »Sonst würde ich wohl kaum noch leben.«

»Die Säure?« Howard schüttelte resigniert den Kopf. »Vergiß es, Junge. Sie tötet die Masse zwar ab, aber wir haben nicht genug, um ihr auch nur ernsthaften Schaden zufügen zu können. Das, was Rowlf dabei hatte, war unser gesamter Vorrat.«

»Wovon?« fragte ich.

»Königswasser«, erklärte Howard. »Hast du schon einmal davon gehört?«

Ich schüttelte den Kopf, und Howard fuhr mit einer Kopfbewegung auf meinen Arm hin fort: »Du kannst von Glück sagen, daß du nur einen tausendfach verdünnten Spritzer abbekommen hast. Es ist die gefährlichste Flüssigkeit, die es überhaupt gibt. Salzsäure ist das reinste Erfrischungsgetränk dagegen. Außer Glas zerstört es alles. Aber wir haben nicht genug davon.«

»Und auch keine Möglichkeit, sie herzustellen?«

»Die NAUTILUS ist ein Unterseeboot, kein schwimmendes Chemielabor«, sagte Nemo gereizt. Dann lächelte er und fuhr sich mit einer fahrigen Geste durch das Gesicht. »Entschuldigen Sie, Robert«, sagte er. »Ich bin ... nervös.«

»Schon gut.« Ich richtete mich weiter auf, schwang vorsichtig die Beine vom Bett und atmete erleichtert auf, als es mir gelang, die Füße auf den Boden zu setzen, ohne daß mir schwindelig oder übel wurde. »Was habt ihr jetzt vor?« fragte ich.

»Es gibt noch ein oder zwei Dinge, die wir versuchen werden«, antwortete Howard. »Fühlst du dich kräftig genug, uns in den Salon zu begleiten?«

»Natürlich.« Ich lächelte zuversichtlich, stand auf

und wäre prompt auf die Nase gefallen, hätte mich Rowlf nicht aufgefangen.

»Soll ich dir tragen?« fragte er grinsend.

Ich schenkte ihm einen bösen Blick und schlug seinen Arm beiseite.

Mühsam bückte ich mich nach der trockenen Hose, die auf einem Stuhl neben dem Bett hing, schlüpfte hinein und angelte nach dem dazugehörigen Hemd, gab den Versuch, es mit nur einem Arm überzustreifen, aber schon bald wieder auf. Ich fröstelte. Zum erstenmal fiel mir auf, wie kalt es hier drinnen war.

Nemo stand ebenfalls auf und half mir, das Hemd über die Schultern zu hängen. Ich bedankte mich mit einem Kopfnicken, wandte mich an Howard und wies mit der unverletzten Hand zur Tür. »Wir können«, sagte ich.

Die See war noch ruhiger geworden, obgleich Lawrence dies vor einer halben Stunde noch für unmöglich gehalten hätte. Der grauschwarze Ozean lag jetzt glatt wie ein See aus geschmolzenem Pech da, und selbst die Bugwelle, die die mit voller Kraft laufende *King George* hinter sich herschleppte, schien viel kleiner und müder zu sein, als normal gewesen wäre. Und es war still, unheimlich still. Das rhythmische Dröhnen der gewaltigen Maschinen im Rumpf des Schiffes schien das einzige Geräusch auf der ganzen Welt zu sein. Nicht einmal das Klatschen der Wellen war zu hören.

Dafür war der Nebel dichter geworden. Und es war der sonderbarste Nebel, den Lawrence jemals erlebt hatte.

Er bewegte sich. Es war nicht so, daß ihn der Wind vor sich hertrieb – das war schlechterdings unmöglich, denn es wehte kein Wind –, aber er schien sich auf fast magische Weise im gleichen Tempo von der *King George* zu entfernen, in dem der Kreuzer ihm näherzukommen versuchte; eine große, an den Rändern zerfaserte Wolke, die vom Himmel gefallen schien und auf dem Meer tanzte. Und in ihrem Zentrum, als wäre dieser graue Schleier ein schützender Schirm, den es um sich herum errichtet hatte, befand sich das Schiff.

Obgleich sie nähergekommen waren, vermochte es Lawrence noch immer nicht richtig zu erkennen. Er sah nur, daß es groß war, unglaublich groß, und daß es sich trotz seiner gigantischen Ausmaße mit erstaunlicher Eleganz und Leichtigkeit bewegte. Und völlig lautlos.

»Sir?«

Lawrence wandte den Blick, als er die Stimme seines Adjutanten hörte. »Was gibt es denn, Stayley?« fragte er ungeduldig. Er war nervös wie alle hier auf der Brücke; wie alle auf dem Schiff. Aber er war der einzige, der dies nicht zeigen durfte.

»Ich glaube, wir holen langsam auf«, sagte Stayley.

Lawrence nickte. Während der letzten Minuten war der Abstand zwischen der *King George* und dem geisterhaften Schiff spürbar geringer geworden. Lawrence wußte nicht, ob das daran lag, daß ihre modernen Maschinen dem Dutzend seltsam gezackter Segel, das an den drei riesigen Masten prangte, überlegen waren, oder ob der Kapitän des anderen Schiffes *wollte*, daß sie ihn einholten. Er wußte vor allem nicht, welche Möglichkeit ihm lieber gewesen wäre, hätte er eine Wahl gehabt.

»Ich weiß«, antwortete er knapp. »Wir halten unser Tempo.« Damit wandte er sich um, blickte noch einmal zu dem verschwommenen Schatten weit vor der *King*

George hinüber und verließ dann mit energischen Schritten die Brücke.

Die kalte Nachtluft schien ihm wie eine eisige Hand ins Gesicht zu schlagen, als er die schmale Eisenleiter zum Deck hinunterging. Zwei Matrosen, die ihm entgegenkamen, salutierten eilfertig, aber Lawrence bemerkte es nicht einmal, sondern stürmte grußlos an ihnen vorüber und eilte zum Bug.

Die beiden gewaltigen Buggeschütze der *King George* schienen wie mahnend ausgestreckte Riesenfinger auf den tanzenden Schatten zu deuten, als Lawrence das vordere Ende des Schiffes erreichte. Ihm war mit einem Male kalt, und jetzt, als er nicht mehr das schützende Glas des Brückenfensters zwischen sich und dem gewaltigen Schiff hatte, fühlte er sich auf sonderbare Weise ausgeliefert und schutzlos. Irgend etwas körperlos Drohendes umgab das Schiff.

Er hob seinen Feldstecher und fingerte sekundenlang nervös an der Feineinstellung herum, aber das Ergebnis war immer das gleiche; der monströse Schatten kam zwar näher, aber er wurde nicht deutlicher. Es war, als wäre außer dem Nebel noch etwas zwischen ihm und diesem Schiff, etwas, das aufs Gründlichste verhinderte, daß er es genauer erkennen konnte.

Plötzlich schien ein deutlicher Ruck durch den Schatten zu gehen, und als Lawrence sein Glas senkte, sah er, daß die Nebelwand ein gutes Stück nähergekommen war und jetzt schnell auf die *King George* zuglitt. Das fremde Schiff hatte seine Geschwindigkeit abermals gedrosselt.

Lawrence drehte sich herum und winkte einen Matrosen heran. »Gehen Sie zur Brücke«, sagte er. »Sie sollen auf halbe Fahrt heruntergehen. Und dann bringen Sie mir eine Flüstertüte. Und beeilen Sie sich.«

Der Mann entfernte sich hastig, und Lawrence blickte wieder auf die Nebelwand.

Plötzlich hatte er Angst. Das Gefühl war ganz plötzlich da, von einer Sekunde auf die andere, und so warnungslos wie ein Raubtier, das ihn aus einem Versteck heraus ansprang, aber es war so heftig, daß er sich kaum dagegen wehren konnte. Der Nebel wogte und waberte hin und her, und je näher die *King George* der brodelnden Wand aus Grau und huschender Bewegung kam, desto stärker wurde die Furcht, die Lawrence verspürte. Es war, als flüstere ihm der Nebel zu, wegzubleiben, auf der Stelle kehrtzumachen und zu verschwinden, so lange er es noch konnte.

Er versuchte, den Gedanken zu verscheuchen, aber es ging nicht. *Geh weg!* flüsterte die Stimme des Nebels hinter seinen Gedanken. *Geh weg, Mensch! Geh! Fliehe diesen Ort, der den deinen nur Unglück bringt!*

Lawrence biß sich so heftig auf die Lippen, daß sie zu bluten begannen. Der Schmerz ließ ihn aufstöhnen, aber er vertrieb auch die bizarren Visionen und schuf wenigstens für einen Moment wieder Klarheit hinter seiner Stirn.

Aber die Stimme blieb; leiser zwar, doch noch immer verständlich, und für einen ganz kurzen Augenblick war Lawrence ernsthaft versucht, auf ihre Warnung zu hören und das Kommando zum Abdrehen zu geben.

Dann kam der Matrose zurück und reichte ihm die Flüstertüte, und seine Ankunft riß Lawrence endgültig in die Wirklichkeit zurück.

Gebannt blickte er nach vorne.

Die *King George* hatte bereits merklich an Tempo verloren, aber ihr stählerner Bug pflügte das Meer noch immer mit der Geschwindigkeit eines Rennpferdes, und die Grenze des unheimlichen Nebels kam rasch näher.

Als das Schiff in ihn hineinglitt, geschah etwas Merkwürdiges. Lawrence war sich nicht sicher, es wirklich zu sehen, aber für einen Moment hatte er den Eindruck, daß der zollstarke Stahl des Rumpfes durchsichtig wie Glas würde, und für einen noch kürzeren Moment verspürte er ein heftiges, unangenehmes Kribbeln, als berührten ihn Tausende unsichtbarer winziger tastender Finger, überall am Körper zugleich. Dann war es vorbei, und im selben Moment sah er das Schiff.

Der Nebel schien wirklich eine Art Schutzwall gewesen zu sein, den kaum hatte die *King George* seine Grenze passiert, konnte Lawrence das unbekannte Schiff in normaler Schärfe erkennen. Und auch die warnende Stimme hinter seiner Stirn hörte abrupt auf zu flüstern.

Das Schiff war ein Gigant.

Es war mehr als zehnmal so groß wie die *King George*, hatte drei riesige, scheinbar bis in den Himmel reichende Masten und eine Unzahl Segel, die, gewaltigen Schwimmhäuten gleich, prall gebläht an den Masten zerrten, obgleich sich nicht der leiseste Windzug rührte. Seine Bordwände ragten hoch wie ein Mietshaus aus dem Wasser, und weit über seinem Kopf konnte Lawrence die – jetzt allerdings geschlossenen – Luken einer gleich fünffachen Reihe von Geschützen erkennen, die das Schiff zu einer schwimmenden Festung machen mußten. Nirgends an Bord dieses schwimmenden Riesen war auch nur das mindeste Licht zu sehen, und trotz der prall geblähten Segel und der bis zum Zerreißen gespannten Taue war es noch immer unheimlich still.

Lawrence hob seinen Feldstecher und blickte mit klopfendem Herzen zu dem Riesenschiff auf. Das Gerät funktionierte jetzt wieder einwandfrei; Lawrence sah jede noch so winzige Einzelheit des Schiffes, als läge es auf Armeslänge vor ihm: der hölzerne Rumpf, der ihn auf skurrile Weise an eine chinesische Dschunke erinnerte und dessen Planken so sorgsam bearbeitet waren, daß es fast aussah, als wäre er aus einem einzigen Stück gearbeitet; die gigantischen Masten, die so dick sein mußten, daß drei Männer sie nicht umfassen konnten; die Decksaufbauten, die aus seiner ungünstigen Position heraus betrachtet seltsam geduckt und klein erschienen, und zum Heck hin in einem gewaltigen Turm ausliefen, und schließlich den Namenszug, der in übermannsgroßen goldenen Lettern am Bug prangte:

DAGON

Lawrence setzte sein Glas ab und runzelte die Stirn. Dieser Namenszug berührte etwas in ihm, tief in seiner Seele, und er tat es auf sehr unangenehme Art und Weise. Aber er wußte nicht, was es war.

Langsam glitt die *King George* näher an den schwimmenden Giganten heran, und das unangenehme Gefühl in Lawrence nahm an Intensität zu. Er versuchte sich einzureden, daß er keinen Grund hatte, Angst zu haben. Die *King George* war ein Zwerg gegen die *Dagon*, aber das Schiff war trotz seiner imposanten Erscheinung nicht viel mehr als ein schwimmender Anachronismus, der zwei- oder auch dreihundert Jahre zu spät kam, während die *King George* das Nonplusultra der englischen Seemacht darstellte. Sie war eine verbesserte – und größere – Ausführung der berühmt-berüchtigten Kanonenboote, auf deren Macht ein Großteil der britischen Seeüberlegenheit beruhte, und sie war gut bewaffnet, es selbst mit diesem Giganten aufzunehmen, wenn es sein mußte. Sicher, gegen die *Dagon* wirkte sie klein und verloren – aber schließlich war auch ein Piranha nicht sonderlich groß.

Trotzdem wurde das nagende Gefühl von Furcht in Lawrence immer stärker, je weiter sie sich dem Riesenschiff näherten.

Die *King George* wurde langsamer und drehte längsseits, und schließlich war aus dem Dröhnen der Maschinen ein leises Tuckern geworden, als das Schiff – ein Hecht neben einem Wal – längs der *Dagon* auf den Wellen schaukelte.

Lawrence hob die Flüstertüte an die Lippen. »Kapitän der *Dagon*!« rief er. »Hier spricht Kapitän Lawrence von der HMS *King George*. Sie befinden sich in britischen Hoheitsgewässern. Drehen Sie bei und identifizieren Sie sich.«

Das Instrument verzerrte seine Stimme so sehr, daß er sie selbst kaum wiedererkannte, und es schien Lawrence, als schluckte der Nebel noch einen großen Teil ihres Klanges, bis nur noch düstere, unheimliche Töne übrigblieben, die kaum mehr Ähnlichkeit mit einer menschlichen Stimme hatten.

Er schob den Eindruck auf seine Nervosität und wiederholte seine Durchsage drei-, vier-, fünf-, schließlich sechsmal, ohne daß auch nur die geringste Reaktion erfolgte. Die *Dagon* folgte weiter unbeirrbar ihrem Kurs, und die *King George* lief neben ihr her wie ein Jagdhund neben einem Elefanten.

Lawrence ließ seine Flüstertüte sinken und hob die rechte Hand. Die Matrosen hinter ihm hatten nur auf dieses Zeichen gewartet. Für gute zwei Minuten schien sich das Deck der *King George* in einen wimmelnden Ameisenhaufen zu verwandeln, während sich das halbe Dutzend großer Zwillingsgeschütze auf den riesigen Leib der *Dagon* ausrichtete. Dann kehrte wieder Ruhe ein.

Kapitän Lawrence hob sein Instrument erneut. »*Dagon*!« rief er, so laut er konnte. »Dies ist die letzte Warnung. Nehmen Sie Fahrt weg, oder ich lasse das Feuer eröffnen.«

Wieder verging fast eine Minute, dann erschien hinter der Reling des Riesenschiffes, etwa auf der Höhe der *King George*, eine Gestalt.

Sie war zu weit entfernt und zu hoch über Lawrence, als daß er Einzelheiten erkennen konnte, aber er hatte das sichere Gefühl, daß der Mann direkt auf ihn herabsah; nicht etwa auf das Schiff oder die drohend ausgerichteten Kanonen, sondern auf ihn.

Aber das war auch alles, was geschah. Die *Dagon* jagte weiter, und mit Ausnahme der einen Gestalt hinter der Reling zeigte sich nicht eine Spur von Leben auf ihrem Deck.

Lawrence schauderte. Womit hatte er das Schiff verglichen, vorhin, bei seinem ersten Gespräch mit Stayley? Mit dem Fliegenden Holländer? Vielleicht war dieser Vergleich gar nicht so lächerlich gewesen.

»Sie da oben!« schrie er. »Können Sie mich verstehen? Antworten Sie!«

Der Mann antwortete nicht. Er rührte sich nicht einmal, sondern stand starr wie eine Statue da, nicht mehr als ein Schatten in der Nacht. Lawrence rief noch ein halbes Dutzend Male, in allen Sprachen, die er kannte – und das waren eine ganze Menge, denn er hatte genug Jahre seines Lebens auf See und in den verschiedensten Häfen verbracht, um aus sehr vielen Sprachen einige Brocken aufzuschnappen –, aber die Gestalt reagierte nicht auf eines seiner Worte.

Schließlich hob Lawrence schweren Herzens den linken Arm, stieß die Faust zweimal hintereinander rasch nach oben und senkte sie wieder.

Eines der Buggeschütze stieß ein ohrenbetäubendes Donnern und eine yardlange, funkensprühende Flammenzunge aus, und eine halbe Sekunde später explodierte dicht vor dem hochgereckten Bugspriet der *Dagon* die See.

Der Warnschuß war so knapp plaziert, daß Lawrence für einen Moment fürchtete, er hätte die *Dagon* getroffen. Aber das Schiff jagte ungerührt weiter.

»Das war die letzte Warnung!« schrie Lawrence. »Der nächste Schuß ist gezielt. Sie haben genau eine Minute Zeit, die Segel zu streichen und beizudrehen!«

Erschöpft ließ er sein Sprechinstrument sinken, fuhr sich nervös mit der Zungenspitze über die Lippen und warf einen raschen Blick nach rechts und links. Seine Männer standen an den Geschützen, wohin sie geeilt waren, als er das Schiff in Gefechtsbereitschaft versetzen ließ, und er wußte, daß sie seinem Befehl Folge leisten würden, wenn er die *Dagon* wirklich unter Beschuß nehmen würde. Aber ihre Gesichter wirkten bleich und verkrampft, und Lawrence las die gleiche Angst in ihren Augen, die er auch selbst verspürte. Viele von ihnen waren altgediente Marinesoldaten und hatten auf zahlreichen Kriegsschauplätzen ihren Mann gestanden, aber keinem war je etwas wie die *Dagon* begegnet. Und auch in Lawrence sträubte sich etwas bei dem Gedanken, das Feuer auf diesen Giganten zu eröffnen. Er wußte nicht, ob er es wirklich tun würde, wenn der Kapitän dieses bizarren Schiffes auch seine letzte Warnung mißachtete.

Die Minute war längst um, aber Lawrence wartete weiter. Selbst, wenn man dort oben sofort auf den Warnschuß reagierte, würde es bei einem solchen Riesenschiff wohl seine Zeit dauern, bis irgend etwas von dieser Reaktion sichtbar wurde. Eine weitere

Minute verstrich, dann noch eine und noch eine und noch eine, und schließlich begriff Lawrence, daß das Schiff nicht anhalten würde.

Dann …

Es begann beinahe unsichtbar. Etwas an der *Dagon* veränderte sich, ohne daß Lawrence gleich zu sagen vermochte, was. Irgend etwas geschah mit den Schatten, und mit einem Male schien der Nebel wieder dichter zu werden und die Umrisse des Schiffes aufzulösen.

Es dauerte endlose Sekunden, bis Lawrence begriff, was wirklich vorging. Der Nebel blieb, wie er war – aber die *Dagon* begann zu verblassen!

Ihre Konturen wurden schwächer. Die gewaltigen, erdfarbenen Segel schienen mit einem Male durchsichtig zu werden, so daß der sternenübersäte Nachthimmel dahinter sichtbar wurde, dann begannen ihre Umrisse zu zerfließen, als nage der Nebel wie unsichtbare Säure an dem Schiff und löse es auf.

Und dann verschwand sie.

Von einer Sekunde auf die andere war die *Dagon* verschwunden wie ein Spuk, und mit ihr der unheimliche Nebel. Nur noch die Nacht und das Meer und die *King George* waren da.

Und ein hundert Fuß tiefes und zehnmal so langes Loch in der Meeresoberfläche, wo das Geisterschiff gewesen war.

Kapitän Lawrence hatte nicht einmal mehr genug Zeit, zu erschrecken, ehe die Wassermassen mit einem urgewaltigen Krachen über der Lücke zusammenschlugen, die die *Dagon* hinterlassen hatte.

Der Sog erfaßte die *King George* wie eine unsichtbare Riesenfaust, drückte sie zehn, zwanzig Yards tief unter die Wasseroberfläche und zermalmte sie.

Der Salon der NAUTILUS hatte sich drastisch verändert. Aus dem gepflegten Etablissement, das mehr in ein Pariser Luxushotel paßte als in ein Unterwasserschiff, war ein Chaos geworden, in dem nichts mehr an dem Platz war, an dem ich es das letzte Mal gesehen hatte. Selbst die Fußbodenplatten waren herausgerissen worden, so daß ich aufpassen mußte, wo ich hintrat, wollte ich mir nicht noch ein gebrochenes Bein einhandeln.

»Gemütlich haben Sie es, Nemo«, sagte ich.

Nemo lächelte, deutete auf eine Sitzgruppe und machte eine einladende Bewegung mit der Hand. Ich folgte der Geste, und auch Howard und Rowlf nahmen Platz.

»Was bedeutet das alles, Howard?« fragte ich. »Warum seid ihr hier?«

Howard drehte den Kopf und blickte noch einmal zu Nemo und den beiden Mechanikern hinüber, als müsse er sich erst davon überzeugen, daß noch genug Zeit sei, ehe er antwortete. Dann begann er auf seine leise, präzise Art zu erzählen.

»In jener Nacht, Robert, in der ich aus London verschwand, erhielt ich einen Brief. Er erreichte mich auf eine ...« Er tauschte einen fragenden Blick mit Nemo, und mir entging keineswegs das nur mit den Augen angedeutete Kopfschütteln des Kapitäns der NAUTILUS; offensichtlich gab es doch wohl noch immer Dinge, die ich nicht zu wissen brauchte.

»... eine recht ungewöhnliche Weise«, fuhr Howard schließlich fort. »Gleichwie – dieser Brief enthielt eine dringende Aufforderung Nemos, zu kommen. *Sofort* zu kommen. Deshalb konnte ich dir auch keine Nachricht hinterlassen, obwohl ich mir denke, daß dich mein plötzliches Verschwinden ziemlich überrascht haben muß.«

»Überrascht?« krächzte ich. »Ich bin fast verrückt geworden vor Sorge, Howard. Wir waren in diesem unterirdischen ...«

Howard unterbrach mich mit einer Handbewegung, sog an seiner Zigarre und blies eine übelriechende Qualmwolke in meine Richtung.

»Ich weiß«, sagte er, während ich keuchend nach Atem rang. »Ich kenne die ganze Geschichte. Aber es mußte sein, glaube mir. Die Existenz dieses Schiffes muß unter allen Umständen geheimgehalten werden.«

»Auch vor mir?«

Es war eine dumme Frage, und Howard machte sich nicht einmal die Mühe, sie zu beantworten, sondern fuhr mit seiner unterbrochenen Erzählung und einer neuerlichen Rauchattacke in meine Richtung fort: »Nemo hatte seine Gründe, es so dringend zu machen. Er stieß auf einer seiner letzten Fahrten auf eine unterseeische Stadt, die von sonderbaren, höchst erschrekkenden Kreaturen bewohnt war – muß ich dir sagen, von welchen?«

»Dagon?« vermutete ich keuchend und wedelte mit der Hand in der Luft vor dem Gesicht herum.

»Dagon«, bestätigte Howard paffend. »Du mußt wissen, Robert, daß Nemo und ich einen gemeinsamen Freund hatten. Roderick Andara.«

»Meinen Vater?«

»Ja«, bestätigte Nemo an Howards Stelle. »Wir waren sehr gute Freunde, Robert.« Eine unbestimmte Trauer klang in diesen Worten mit.

»Von ihm wußte er genug über die GROSSEN ALTEN, um Dagons Hofstaat als das zu erkennen, was sie wirklich sind – Shoggoten«, sagte Howard. »Nemo ist ein Mann, der keine Furcht kennt – aber er ist auch kein Narr. Er wußte, mit wem er es zu tun hatte ...«

» …und daß es nur einen Menschen auf der Welt gibt, der weiß, wie man diese Ungeheuer aufhalten kann«, führte Nemo den Satz zu Ende.

Howard sagte nichts darauf, aber er lächelte geschmeichelt, und Nemo fügte hinzu:

»Du, Robert.«

»Ich?«

»Nun ja«, sagte Howard mit einem schrägen Seitenblick in Nemos Richtung. »Er nahm an, daß du das eine oder andere von deinem Vater erfahren hättest. Andererseits konnte er nicht mit dir direkt Kontakt aufnehmen, und so wandte er sich zuerst an mich.« Er sog wieder an seiner Zigarre. Ich hielt instinktiv den Atem an, aber Howard blies seine Qualmwolke diesmal in Nemos Richtung. Nemo hustete und schenkte ihm einen bösen Blick. »Den Rest der Geschichte kennst du. Noch in derselben Nacht fuhren wir hierher, und ich überzeugte mich davon, daß sich Nemo nicht getäuscht hatte. Anschließend sorgte ich dafür, daß du abgeholt wurdest.«

Nun war ich an der Reihe, zu erzählen. Howard hörte schweigend zu, aber sein Gesichtsausdruck wurde immer besorgter, je weiter sich mein Bericht dem Punkt annäherte, an dem wir wieder zusammengetroffen waren.

»Die THUL SADUUN.«

Howard wiederholte das Wort ein paarmal, leise und nur für sich, aber es verlor dadurch nichts von seinem unheimlichen Klang.

»Ja«, fügte ich säuerlich hinzu. »Als ob wir nicht genug mit den GROSSEN ALTEN zu schaffen hätten.«

»Ich bin mir nicht sicher, ob das ein solch großer Unterschied ist«, murmelte Howard. »Wir sollten …«

In diesem Moment erschien Nemo hinter ihm, und

Howard brach mitten im Wort ab und sah den Kapitän der NAUTILUS fragend an.

»Wir sind soweit«, sagte Nemo.

Howard nickte, drehte sich mit einer schwerfällig wirkenden Bewegung herum und starrte zum Fenster.

»Was habt ihr vor?« fragte ich.

»Ich sagte Ihnen doch, daß wir noch ein oder zwei Dinge ausprobieren werden, ehe wir aufgeben«, erwiderte Nemo mit einem flüchtigen Lächeln. »Wir wollen sehen, wie Dagons Kreatur eine anständige Ladung elektrischer Energie schmeckt. Achtung!«

Es ging so schnell, daß ich kaum mitbekam, was geschah. Ein dumpfes, knisterndes Rauschen lag plötzlich in der Luft. Das Licht flackerte, aber dafür sah ich einen unheimlichen, blauen Glanz, der das Meer jenseits des Bullauges aufglühen ließ. Irgend etwas Schwarzes, Formloses huschte an der riesigen Panzerglasscheibe vorbei.

»Es funktioniert!« schrie einer der Männer. »Es stirbt, Kapitän!«

Wir stürzten fast alle gleichzeitig zum Fenster.

»Scheinwerfer an!« befahl Nemo, und plötzlich erwachten im Rumpf des Schiffes ein halbes Dutzend runder weißer Augen zu grelleuchtendem Leben.

Das blendende Licht gewährte uns den Ausblick auf ein Bild, das ebenso furchtbar wie faszinierend war.

Der schwarze Überzug, der die NAUTILUS wie eine furchtbare Haut eingehüllt hatte, war an zahllosen Stellen gerissen. Die Masse war grau und schrumpelig geworden wie abgestorbene Haut, und überall stiegen Wolken einer grauen, widerlichen Flüssigkeit hoch und verteilten sich im Wasser. An zahlreichen Stellen war das Metall des Schiffsrumpfes wieder zum Vorschein gekommen, und gerade, als ich hinaussah, löste sich ein gut zwanzig Fuß großes Stück der furchtbaren Masse und sank zum Meeresboden hinab, wo es zerfiel.

Aber ich sah noch mehr.

Einer der gewaltigen Scheinwerfer war herumgeschwenkt und schnitt eine grelle Lichtbahn in die Schwärze auf dem Meeresgrund. Und an seinem Ende hockte das DING.

Es war der gigantische Schatten, den ich vom Ufer aus beobachtet hatte:

Eine riesige, formlose Masse aus geronnener Schwärze, ohne feste Umrisse, pulsierend wie ein übergroßes dämonisches Herz. Oberschenkelstarke Tentakel und Arme wuchsen gleich zu Dutzenden aus dem finsteren Klumpen, verzweigten sich immer und immer wieder und verwandelten den Meeresgrund in weitem Umkreis um das Monstrum in ein finsteres Spinnennetz, in dem es immer wieder pulsierte und zuckte, als wäre jeder Teil dieser titanischen Scheußlichkeit für sich wiederum von eigenem Leben erfüllt. Der Anblick ließ mich an einen Haufen wimmelnder schwarzer Ameisen denken, oder ein Nest sich windender, schleimiger Würmer. Ein unangenehmer Geschmack begann sich in meinem Mund auszubreiten, und aus meinem Magen kroch Übelkeit empor.

Auf einen Befehl Nemos hin schwenkte der Scheinwerferstrahl herum und folgte dem Netz. Mehr und mehr der schwarzen Scheußlichkeit tauchte im grellweißen Licht des Scheinwerfers auf. Der Meeresboden schien durchdrungen von dem furchtbaren Etwas. Selbst, wo es nicht zu sehen war, zeichneten sich gewundene Linien unter dem feinkörnigen Sand ab, und hier und da wuchsen ganze Nester mattschwarzer peitschender Tentakel wie furchtbarer Tang aus dem Boden. Keiner von uns war überrascht, als wir sahen, daß es sich in gerader Linie auf die NAUTILUS zuzog. Ein Teil davon war grau geworden und abgestorben, aber der allergrößte Teil war unbeschadet. Und das Netz begann sich zu erneuern, so schnell, daß man zusehen konnte. Die Bestie stieß die abgestorbenen Teile einfach ab und ersetzte sie durch neue Stränge und Fäden, die wie blind tastende Würmer auf die NAUTILUS zukrochen.

Schließlich konnte der Scheinwerfer nicht weiterschwenken und leuchtete einen Teil des Bodens vielleicht zehn Fuß vor dem Rumpf der NAUTILUS ab. Das schwarze Netz wuchs mit phantastischer Schnelligkeit weiter, verließ den Bereich grellweißer Helligkeit und näherte sich dem Schiff. Ich glaubte das Geräusch zu hören, mit dem es die Panzerplatten der NAUTILUS berührte.

»Verdammt«, murmelte Nemo. »Es ... es erneuert sich.«

»Und wenn wir es wiederholen?« schlug ich vor. »Vielleicht gibt es auf, wenn wir ihm jedes Mal eins verpassen, wenn ...«

Ich sprach nicht weiter, als ich Nemos Blick begegnete. Wäre es so einfach, dann wäre Nemo wohl schon von selbst auf diese Idee gekommen.

»Unsere Batterien sind halb leer«, sagte er schließlich. »Und so, wie dieses Vieh aussieht, verträgt es wohl auch die zehnfache Ladung« Er seufzte, schüttelte den Kopf und ballte in hilfloser Wut die Hände zu Fäusten. »Wir hätten warten sollen«, murmelte er, »bis die NAUTILUS wieder voll manövrierfähig ist. Vielleicht hätte die Zeit gereicht, ihm zu entkommen.«

»Kaum«, sagte Howard. »Außerdem bleibt uns nicht soviel Zeit.« Er hob die Hand und klopfte Nemo auf die Schulter. »Wir müssen uns mit dem Gedanken abfinden«, sagte er. »Hier kommen wir nicht mehr lebend raus.«

Nemo starrte ihn an, sagte aber nichts. Und ich spürte fast körperlich die Hoffnungslosigkeit, die ihn überkam. Es war mehr, als ich ertragen konnte.

Ohne ein weiteres Wort drehte ich mich herum und stürmte aus dem Salon. Wäre eine Tür dagewesen, hätte ich sie hinter mir zugeworfen.

Das Feuer war lange nicht mehr so gewaltig wie zu Anfang. Die Flammen schlugen noch immer fünfzehn, zwanzig Fuß hoch in die Luft und tauchten den Himmel über der Stadt in blutiges Rot, aber die Männer von Firth'en Lachlayn hatten aufgehört, Reisig und trockenes Holz nachzuwerfen, und der Scheiterhaufen war dabei, sich selbst zu verzehren. Wenn die Sonne aufging, würde nur noch ein kleiner Haufen rauchender Asche an das gewaltige Feuer erinnern, das hier gebrannt hatte.

Aber es würde niemand mehr da sein, der ihn sehen konnte.

Der Platz hatte sich geleert. Von den gut zweihundert Personen, die noch vor Stundenfrist in weitem Umkreis um das Feuer gestanden hatten, war nur noch ein Bruchteil da, und auch diese begannen langsam, einer nach dem anderen, zu gehen.

Frane preßte sich schutzsuchend in den Schatten eines Hauses, fuhr sich nervös mit der Zungenspitze über die Lippen und spähte aus eng zusammengekniffenen Augen zu dem zweistöckigen Gebäude auf der anderen Seite des Platzes hinüber. Er hätte seine rechte Hand für einen Schluck Schnaps gegeben, aber Craven hatte gesagt, daß er auf die Borden aufpassen sollte, und das war wichtiger. Frane verstand nicht ganz, wieso die Worte dieses sonderbaren Mannes mit der weißen Strähne im Haar eine solche Wichtigkeit für ihn hatten – immerhin war Craven ihr Feind, und noch vor wenigen Stunden hätte er ihm mit Freuden die Kehle durchgeschnitten –, aber es war ihm einfach unmöglich, sich dem Befehl zu widersetzen.

Es war ihm nicht einmal möglich, wirklich darüber nachzudenken, warum das so war. Jedesmal, wenn er es auch nur versuchte, schien ein unsichtbarer Besen durch seinen Kopf zu fahren und seine Gedanken gründlich durcheinanderzuwirbeln.

So wie jetzt.

Frane blieb reglos stehen, bis der Schwindelanfall vorüber war, dann trat er mit einem entschlossenen Schritt aus dem Schatten heraus und begann den Platz zu überqueren. Niemand nahm Notiz von ihm – warum sollten sie auch? –, und er erreichte das Haus der Borden unbehelligt.

Als er die Tür öffnen wollte, trat ihm McGillycaddy entgegen. Der hochgewachsene, schwarzbärtige Schotte hatte im Schatten gewartet, so daß Frane ihn nicht hatte sehen können, und der Ausdruck auf seinem Gesicht war alles andere als freundlich.

»Wo bist du gewesen?« fuhr er Frane an, ohne sich mit einer Begrüßung aufzuhalten. »Loyd und du hatten Befehl, auf die Borden aufzupassen.«

»Ich weiß«, erwiderte Frane trotzig – und mit aller Kraft darum bemüht, sich seinen Schrecken nicht zu deutlich anmerken zu lassen. »Dieser Craven ist gekommen, und ...«

»Das weiß ich selber«, schnauzte McGillycaddy.

»Habt ihr ... habt ihr die Borden wieder eingefangen?« fragte Frane stockend.

McGillycaddy nickte. »Das war nicht nötig. Aber ich habe dich gefragt, wo du gewesen bist.«

Etwas im Klang seiner Worte ließ Frane aufhorchen. McGillycaddys Stimme klang lauernd. Auf eine boshafte, warnende Art lauernd. Franes Gedanken überschlugen sich. Wenn sie die Borden wieder eingefangen hatten, mußte er damit rechnen, daß McGillycaddy alles wußte. Er mußte vorsichtig sein.

»Craven hat mich gezwungen, ihm den Weg zum See zu zeigen«, sagte er. »Aber ich konnte ihm entkommen.«

»Wo ist er jetzt?« schnappte McGillycaddy. »Im Gut?«

Frane schüttelte den Kopf. »Im See«, antwortete er. »Er ist hinuntergetaucht, mit so 'nem komischen Apparat. Er sagte, daß er damit unter Wasser atmen kann.«

Ein häßliches Lächeln huschte über McGillycaddys Gesicht. »In den See, so?« wiederholte er. »Nun, dann wird man sich um ihn kümmern. Dieser Narr nimmt uns sogar die Arbeit ab, ihn zu erledigen. Gut.« Er überlegte einen Moment. »Warte hier«, sagte er dann. »Es wird Zeit, daß wir zur Küste kommen, aber vorher habe ich noch eine Aufgabe für dich.«

Er drehte sich herum und verschwand im Haus, und Frane blieb allein zurück. Seine Hände zitterten, und eine lautlose Stimme in seinen Gedanken flüsterte ihm zu, daß er sich umdrehen und verschwinden sollte, solange er das noch konnte.

Aber er blieb. Schließlich war da noch Cravens Befehl, die Borden in Sicherheit zu bringen.

Seine Geduld wurde nicht lange strapaziert. Nach wenigen Augenblicken schon kam McGillycaddy zurück, von zweien seiner Anhänger begleitet – und Several Borden, die mit steinernem Gesicht zwischen den beiden Männern einherging

Auf einen Wink McGillycaddys hin überquerten sie den Platz, blieben aber dicht neben dem Scheiterhaufen noch einmal stehen. McGillycaddy blickte sich suchend um, schüttelte den Kopf und begann mit leiser Stimme zu einem seiner beiden Begleiter zu sprechen.

Langsam und mit Bewegungen, die wie zufällig aussehen sollten, näherte sich Frane Several Borden. Die Frau blickte ihn an, aber in ihren Augen stand nicht das geringste Erkennen. Der Schock, abermals in die Hände der fanatischen Dagon-Anbeter gefallen zu sein, mußte sie betäubt haben.

Frane blieb stehen, drehte sich so, daß McGillycaddy sein Gesicht nicht sehen konnte, und berührte Several Borden an der Hand, um ihre Aufmerksamkeit zu erregen.

»Lassen Sie sich nichts anmerken«, wisperte er. »Aber ich bin auf Ihrer Seite. Craven schickt mich. Ich bringe Sie hier weg. Wir hauen ab, sobald keiner hersieht. Haben Sie das verstanden?«

Several Borden drehte ganz langsam den Kopf. Auf ihrem Gesicht erschien ein verwunderter Ausdruck. »Aber warum sollte ich das?« fragte sie laut.

Frane fuhr zusammen wie unter einem Hieb. »Sind Sie verrückt?« keuchte er.

»McGillycaddy wird Sie hören!«

Several blinzelte verwirrt, dann drehte sie sich herum, deutete auf Frane und sagte laut: »Dieser Mann ist in Cravens Auftrag hier, McGillycaddy. Er will, daß ich mit ihm fliehe.«

Frane schrie vor Schrecken auf, wirbelte herum – und erstarrte, als ihm einer von McGillycaddys Männern den Weg vertrat. Dann ergriffen starke Hände seine Arme und drehten sie auf den Rücken. Eine Hand krallte sich in sein Haar und riß seinen Kopf in den Nacken.

»So?« sagte McGillycaddy lächelnd. Er kam näher, blieb in zwei Schritten Entfernung stehen und grinste hämisch. »Du bist also in Cravens Auftrag hier, wie? Hast du dich entschlossen, die Seiten zu wechseln, oder hast du mittlerweile auch noch den letzten Rest deines bißchen Verstandes versoffen?«

»Bitte!« keuchte Frane. »Craven hat ... hat mich gezwungen. Ich hatte keine Wahl!«

McGillycaddy lachte häßlich. »Das ist dein Pech, Frane«, sagte er »Du hättest eben aufpassen müssen. Jedenfalls war es dein letzter Fehler.« Das Lächeln auf seinen Zügen erlosch übergangslos. Plötzlich hob er den Arm und deutete auf die beiden Männer, die Frane hielten.

»Werft ihn ins Feuer«, sagte er.

Frane schrie auf. Wie von Sinnen begann er um sich zu treten und gegen den Griff der beiden Männer anzukämpfen. Aber sie waren stark.

Viel zu stark für Frane.

Ich ging nicht in Nemos Kabine zurück, wie er wohl erwartete, sondern stürmte geradewegs hinunter zum Heck der NAUTILUS. Hinter meiner Stirn schienen die Gedanken wild durcheinanderzuwirbeln; ich hatte Mühe, mich überhaupt auf den Weg zu konzentrieren, und noch viel mehr Mühe, mir darüber klarzuwerden, was ich eigentlich wollte.

Nun, so genau wußte ich das selbst nicht in diesem Moment. Das einzige, was ich wußte, war, daß ich den Teufel tun und in meine Kabine gehen und warten würde, was geschah. Vielleicht würde ich sterben, wenn ich hinausging. Es machte keinen großen Unterschied. Ob ich in einer Minute oder ein paar Stunden tot war, konnte mir im Grunde egal sein. Hauptsache, ich unternahm etwas.

Ich erreichte die Tauchkammer, bückte mich unter der niedrigen Tür hindurch und atmete erleichtert auf, als ich den kuppelförmigen Raum menschenleer fand. Wasser war durch die Luke eingedrungen und hatte die Kammer mehr als zur Hälfte geflutet. Rasch verriegelte ich das Schott hinter mir, watete durch das eiskalte Wasser zur gegenüberliegenden Wand und begann einen der schweren Unterwasseranzüge aus seiner Halterung zu lösen. Meinen Stockdegen hatte ich in Nemos Kabine zurückgelassen, aber ich verwarf den Gedanken, zurückzugehen und ihn zu holen. Howard kannte mich mindestens ebensogut wie ich ihn. Ich konnte von Glück sagen, wenn er aus meinem dramatischen Abgang nicht bereits die richtigen Schlüsse gezogen hatte und sich auf dem Weg hier herunter befand, um mich von meinem Tun abzuhalten.

Mühsam legte ich den klobigen Unterwasseranzug an, überzeugte mich davon, daß das Atemgerät auf seinem Rücken mit frischen Oxygenpatronen gefüllt war, und schraubte den Helm auf. Es war ein sonderbares Gefühl, im Inneren dieser zweiten, zähen Haut zu stecken.

Tausend Gründe, aus denen mein Vorhaben gar nicht gutgehen konnte, schossen mir durch den Kopf, während ich Stück für Stück meine Ausrüstung vervollständigte. Ich verwarf sie alle. Ich hatte das sichere Gefühl, daß unser aller Leben ohnehin keinen Penny mehr wert war, wenn wir Dagon nicht aufhielten.

Als ich fertig war, war ich in Schweiß gebadet, denn im Inneren des Anzuges herrschte eine geradezu mörderische Hitze, und hinter meiner Stirn war noch immer ein unangenehmes, wenn auch nicht mehr heftiges Schwindelgefühl. Meine Knie zitterten, als ich zur Mitte der Kammer ging und mich in den runden Schacht fallen ließ, der nach draußen führte.

Die Schwärze schien zugenommen zu haben. Um mich herum war vollkommene Dunkelheit. Ich merkte nicht einmal, daß ich die NAUTILUS verließ, bis unter meinen Füßen plötzlich der feine Sand des Seebodens war.

Ich zögerte einen Moment, versuchte mich zu erinnern, in welche Richtung ich gehen mußte, und tastete mich blind durch das tintenschwarze Wasser.

Der Rumpf der NAUTILUS wölbte sich wie ein Berg aus Stahl über mir. Meine Augen begannen sich langsam an die Dunkelheit zu gewöhnen, und ich nahm meine Umgebung wenigstens in Schemen wieder wahr.

Ich stolperte ein paar Schritte weiter – sorgsam darauf bedacht, nicht mit dem Rumpf der NAUTILUS und seinem tödlichen Überzug in Berührung zu kommen, blieb stehen und sah mich abermals um.

Dagons Kreatur hatte bereits wieder damit begonnen, das Schiff einzuhüllen. Da und dort lugte noch der bläuliche Stahl seiner Panzerung hervor, aber der größte Teil der NAUTILUS war bereits wieder unter dem stumpfen Schwarz des Monstrums verschwunden; das Schiff wirkte pockig, als wäre es krank.

Und dann sah ich etwas, das mich noch mehr erschreckte.

Über dem schwarzen Teppich, der die NAUTILUS einhüllte, begann sich ein engmaschiges Netz zu bilden. Im ersten Moment glaubte ich, es wären Teile der Kreatur, die sich so formierten, um sich später auf das

Schiff herabzusenken, aber dann sah ich, daß das nicht stimmte.

Als ich die Bedeutung meiner Beobachtung begriff, brach mir der kalte Schweiß aus.

Das Amöbenmonster war nicht halb so stumpfsinnig, wie wir alle angenommen hatten. Es mußte sehr wohl begriffen haben, daß der elektrische Schlag, den die NAUTILUS ihm versetzt hatte, seine Umklammerung – und sei es nur für Minuten – sprengte. Dieses zweite Netz war ein teuflischer Plan, ein Entkommen der NAUTILUS zu verhindern.

Ich sah, daß es an keiner Stelle mit der ersten, völlig geschlossenen Haut verbunden war, die die NAUTILUS hielt. Selbst wenn es Nemos Leuten gelang, das Schiff zu reparieren, und selbst wenn sie den Klammergriff des Monstrums ein zweites Mal mit einer elektrischen Entladung sprengten, würde sich dieses Netz blitzartig auf die NAUTILUS herabsenken und die verbrannten Teile des Gewebes ersetzen …

Ich drehte mich um, ging zehn, fünfzehn Schritte weit von dem reglos daliegenden Schiff weg und stieß mich mit den Beinen ab. Es war schwerer, als ich erwartet hatte, in dem klobigen Anzug zu schwimmen. Sein Gewicht wollte mich immer wieder hinabzerren, und meine Arme und Beine wurden durch die Kautschukumhüllung stark behindert.

Ganz langsam entfernte ich mich von der NAUTILUS und ihrem schrecklichen Wächter.

Meine Augen begannen sich an das herrschende Halbdunkel zu gewöhnen, und je weiter ich mich der versunkenen Stadt näherte, desto zahlreicher wurden die unzerstört gebliebenen Flecken der grünen Leuchtalgen, so daß ich mich schon bald wieder zu orientieren vermochte.

Nicht, daß das besonders viel nutzte. Ich hatte nämlich noch immer keine Ahnung, wohin ich überhaupt wollte. Ich wußte nur, daß ich Dagon finden mußte.

Dann stand ich am Rande des gewaltigen Schachtes, aus dem die NAUTILUS aufgetaucht war, und obwohl die Temperatur im Inneren der Tauchermontur noch immer unangenehm hoch war, schauderte ich.

Ich hatte das Gefühl, direkt in einen Höllenpfuhl zu blicken.

Der Durchmesser des Kraters – denn um nichts anderes handelte es sich – betrug eine gute Viertelmeile. Seine Wände fielen lotrecht ab, bis sie sich in unbestimmter Entfernung in Dunkelheit und Nacht verloren. Aber vor ihnen ...

Irgend etwas bewegte sich dort unten.

Ich wußte nicht, was, denn es war nur ein Wogen noch dunklerer Schwärze vor einem finsteren Hintergrund, aber ich sah deutlich, daß der Krater von wimmelndem Leben erfüllt war.

Die warnende Stimme in meinem Inneren mißachtend, ließ ich mich über den Kraterrand gleiten und sank in die Tiefe.

Es war wie eine Reise in die Nacht. Licht und Wirklichkeit blieben über mir zurück, aber der Kraterboden kam nicht näher, denn der Schacht führte senkrecht in die Erde hinein, und er schien kein Ende zu nehmen. Aber ich näherte mich dem wimmelnden Etwas, und trotz des immer schwächer werdenden Lichtes erkannte ich es jetzt deutlicher.

Es waren Körper. Langgestreckte, klumpige schwarze Dinge, die mit grotesk wirkenden Bewegungen durch das finstere Wasser glitten. Ab und zu versuchte einer von ihnen, nach oben zu schwimmen, aber es gelang ihm nie; auf halber Höhe sank er regelmäßig zurück und fing sich mit plumpen Schwimmbewegungen wieder.

Dann war ich tief genug, sie wirklich zu erkennen.

Es waren die Kaulquappen-Monster, denen ich schon mehrmals begegnet war. Aber sie waren anders als diese, und obwohl ich den Unterschied nicht genau zu erkennen vermochte, schwamm ich weiter auf sie zu, wobei ich mir Mühe gab, nahe an der Wand in Deckung zu bleiben.

Ein überaus nutzbringendes Verhalten bei Lebewesen, die keine Augen haben und sich auf andere Weise orientieren, dachte ich spöttisch.

Eine der Bestien näherte sich mir, und ich verharrte reglos auf der Stelle, bis ich sie genauer sehen konnte. Das Biest war weitaus kleiner als das, welches ich oben im See getötet hatte, selbst kleiner als die, die Spears und mich in den Abwasserkanälen von Aberdeen überfallen hatten.

Und es wirkte irgendwie … unfertig.

Ja, das war der richtige Ausdruck. Sein aufgeblähter Balg war schwarz wie ein Sack und glatt, ohne Augen-, Nasen- oder Ohrenöffnungen, und das furchtbare Maul mit dem Haifischgebiß war noch nicht mehr als ein dünner Schlitz, als hätte jemand mit einem Messer in die widerliche Masse geschnitten. Zwischen seinen lächerlich kurzen Froschbeinen ragte der Rest eines halbverkümmerten Schwanzes hervor.

Es ist ein Jungtier, dachte ich verblüfft. So wie dieses eine wirkten auch die anderen Bestien, die ich sah, mehr oder weniger unfertig. Einige schienen nur aus schwarzen, aufgeblasenen Hautsäcken zu bestehen, andere wiederum sahen wirklich aus wie gewaltige Kaulquappen, rund und augenlos und mit einem hektisch peitschenden Schwanz, und wieder andere ähnelten dem Ungeheuer, das mich am Tage zuvor als Frühstück auserkoren hatte.

Ich hatte die Brutstätte der Ungeheuer gefunden! Der schwarze Krater war nichts anderes als Dagons Kindergarten!

Einen Moment lang starrte ich noch auf die schreckliche wimmelnde Brut unter mir, dann drehte ich mich herum und begann mit plumpen Bewegungen wieder nach oben zu schwimmen.

Wieder näherte ich mich der Stadt – oder dem, was Nemos Angriff davon übriggelassen hatte. Erst, als ich in das Labyrinth aus zerborstenen Mauern und zusammengestürzten Gebäuden eindrang, kam mir die ganze Tragweite der Zerstörung zu Bewußtsein, die die NAUTILUS angerichtet hatte.

Es schien buchstäblich kein Stein mehr auf dem anderen zu stehen. Zwischen den zerborstenen Wänden gähnten gewaltige Krater. Die Häuser und Brücken waren wie Spielzeuge durcheinandergewirbelt worden. Ein einziger, nicht einmal zu Ende geführter Angriff der NAUTILUS hatte ausgereicht, alles zu zerstören, was fünftausend Jahre lang den Angriffen der Natur und der Zeit standgehalten hatte.

Es war sonderbar – es war unzweifelhaft meine Partei, die diese Vernichtung angerichtet hatte –, aber das Bild erfüllte mich mit einer Mischung aus Niedergeschlagenheit und Wut. Obwohl diese ganze unterseeische Stadt keinem anderen Zweck als der Anbetung einer dämonischen Gottheit gedient hatte, empfand ich es einfach als falsch, sie zerstört zu sehen.

Es war nicht richtig, daß Menschen die Macht haben sollten, so etwas zu tun. Vielleicht, dachte ich zornig, war der nächste Schritt der, daß sie Waffen entwickelten, mit denen sie diesen ganzen Planeten in die Luft zu sprengen vermochten.

Ich verscheuchte den absurden Gedanken, sah mich suchend um und gewahrte die Tempelpyramide, in der ich Dagon das letzte Mal gesehen hatte, in einer Entfernung von einer knappen halben Meile – genauer gesagt das, was davon übrig war.

Das gewaltige Gebäude war zur Hälfte eingestürzt, und auch in den stehengebliebenen Wänden gähnten riesige, wie hineingefressen wirkende Löcher. Der Boden um die Pyramide war in weitem Umkreis mit Trümmern und pulverisiertem Stein bedeckt. Nemo mußte mehrere seiner furchtbaren Torpedos direkt auf dieses Gebäude abgeschossen haben. Ich schwamm weiter, wobei ich vorsichtshalber die zu dem Anzug gehörende Harpune zur Hand nahm und entsicherte.

Aber meine Vorsicht war überflüssig. Schon in der Nähe des Schiffes war mir aufgefallen, wie tot und ausgestorben der See wirkte; nur hatte ich es da auf das schwarze Ungeheuer geschoben, das alles in seiner Reichweite befindliche Leben vernichtet haben mochte.

Aber auch hier, fast eine Meile von der NAUTILUS entfernt, rührte sich nicht das kleinste Anzeichen von Leben. Dabei war der See voll von Fischen und anderem Getier gewesen, als ich das erste Mal hier herabgetaucht war. Jetzt schien ich durch ein ausgestorbenes Gewässer zu schwimmen. Hier unten regierten nur die Nacht und das Schweigen.

Meine Handflächen wurden feucht vor Erregung, als ich mich dem Gebäude näherte. Der dreieckige Eingang war zusammengestürzt, so daß es dort kein Durchkommen mehr gab, aber die Löcher in den Wänden waren groß genug, einen Riesenhai hindurchzulassen. Ich wechselte die Harpune von der rechten in die linke Hand, tastete mich mit der rechten an den zerborstenen Felsen entlang und drang zum zweitenmal ins Innere von Dagons Pyramide ein.

Auch hier drinnen rührte sich nichts. Die einzige Bewegung war der Schlamm, den ich durch meine eigenen Schwimmbewegungen aufwirbelte. Ich schwamm durch fast vollige Finsternis, und zwei- oder dreimal stieß ich so heftig mit dem Helm gegen ein Hindernis, daß ich ernsthaft befürchtete, den Anzug zu beschädigen.

Dann erreichte ich einen größeren Raum. Die Wände wichen zurück und schufen einen gewaltigen, fünfeckigen Saal, der fast vollkommen von den grünen Leuchtalgen erfüllt war. In seiner Mitte thronte ein finsterer, schwarzer Altar.

Es war ein getreuliches Ebenbild der Kammer, die ich unter McGillycaddys Gut gefunden hatte. Und diesmal beschloß ich, sie näher zu untersuchen. Nach einem letzten, sichernden Blick in die Runde steckte ich meine Harpune ein, schwamm zu einer der Wände hoch und begann die Zeichen und Bilder zu betrachten, die sie bedeckten.

Das meiste davon war mir unverständlich; Worte in einer Sprache, die untergegangen war, lange, ehe das römische Reich entstand, ja, lange vor Troja und Hellas.

Aber dafür verstand ich die Bilder.

Sie waren fünftausend Jahre alt, aber sie erzählten eine Geschichte, die auch jetzt noch nichts von ihrem Schrecken verloren hatte. Dagons Geschichte, vor zweitausend Generationen in den Fels geschlagen und für die Ewigkeit aufbewahrt.

Dagon war erschienen, als dieses Land von primitiven Volksstämmen bewohnt gewesen war, Menschen, für die Blitz und Donner mächtige Götter und eine Sonnenfinsternis schreckliches Unheil bedeuteten.

Er war als Gott erschienen, und sie hatten ihn verehrt wie einen Gott. Sie hatten ihm Menschen- und Tieropfer gebracht, Erntegaben und die Schätze, die sie ihrem Land entrissen hatten. Sie hatten ihn als Gott verehrt, und er hatte ihnen – wie es sich für einen richtigen Gott gehörte – das Paradies versprochen.

Bis zu diesem Punkt war die Geschichte Dagons ganz genau so, wie ich sie erwartet hatte. Und dann änderte sie sich. Schlagartig.

Es war schwer, die zum Teil verwirrenden Bilder in die richtige Reihenfolge zu bringen und ihre Botschaft zu entziffern, aber es gelang mir, und was ich aus den steinernen Fresken las, ließ mich schaudern.

Dagons Versprechen auf das Paradies und das ewige Glück waren ungleich deutlicher als etwa die der Bibel oder des Korans. Er versprach ihnen ein neues Land, eine Welt, in der sie allein und glücklich zu leben vermochten, ohne Feinde, ohne Furcht, ohne Krankheiten oder feindliche Götter.

Und er sagte ihnen sogar, wie sie dorthin kommen würden.

Zwischen den steinernen Fresken, die Menschen, Tiere, bizarre Rituale oder einfach nur unverständliche Dinge zeigten, tauchte immer wieder ein Bild auf. Ein Schiff. Ein Schiff, das ich kannte.

Ich hatte es gesehen; zumindest ein naturgetreues Modell davon.

Das Modell eines bizarren, dreimastigen Schiffes, groß wie ein schwimmender Berg und mit einem goldenen Namenszug am Bug.

Das Modell der DAGON.

Es war mehr als ein Modell, das begriff ich plötzlich. Mehr als ein Fetisch, den er seinen Jüngern hingeworfen hatte, damit sie ihn anbeteten. Sie bauten dieses Schiff.

Und sie bauten es mit Blut.

Lange Zeit – sicherlich eine Viertelstunde – blieb ich in der Altarkammer und starrte die Bilder an, und das Entsetzen, das sich in meinem Inneren ausbreitete, wurde immer schlimmer. Dagon mußte geherrscht haben wie ein Dämon, blutrünstiger und schlimmer als der Teufel. Auf den Fresken waren Massenopferungen abgebildet, Zeremonien, bei denen nicht Hunderte, sondern gleich Tausende unschuldiger Opfer hingeschlachtet worden waren, dazu andere, schlimmere Dinge, die mein Verstand als wahr anzuerkennen sich weigerte.

Ich fühlte mich wie betäubt, als ich mich schließlich von dem furchtbaren Anblick losriß und aus der Kammer schwamm. Die Bedeutung des fünfeckigen schwarzen Steines in ihrer Mitte war mir jetzt klar. Wie hatte ich jemals auch nur eine Spur von Menschlichkeit an diesem Dämon zu entdecken geglaubt? Wie hatte ich jemals – auch dieses gestand ich mir ein – auch nur einen Hauch von Sympathie für dieses Monster empfinden können? Dagon war schlimmer als der Teufel.

Erst als ich die Pyramide wieder verließ und in die zerstörte Stadt zurückschwamm, wachte ich aus dem Zustand dumpfer Benommenheit auf, in den ich beim Betrachten der Bilder versunken war.

Fast gewaltsam riß ich meine Gedanken in die Wirklichkeit zurück, sah mich um und schwamm auf den noch am wenigsten zerstörten Teil der Stadt zu. Ich war nicht hier, um über Dagons Grausamkeiten nachzusinnen, sondern um ihn aufzuhalten.

Um ihn zu töten.

Eine halbe Stunde später war der Vorrat an atembarer Luft in meinen Tanks nahezu erschöpft, aber ich hatte noch immer keine Spur von Dagon gefunden. Und auch kein anderes Leben. Der See war wie ausgestorben.

Ich fühlte mich ratlos und dazu erschöpft und müde wie schon lange nicht mehr, denn das Gewicht des Anzuges zehrte unbarmherzig an meinen Kräften.

Ich hatte den See einmal zur Gänze durchquert und das gegenüberliegende Ende der versunkenen Stadt erreicht, ohne meinem Ziel auch nur ein Stück nähergekommen zu sein. Jetzt stand ich auf den Ruinen eines zusammengesunkenen Kuppelbaues und sah mich um. Als ich das letzte Mal hiergewesen war, hatte es hier von Leben gewimmelt, aber seither war nicht nur die Stadt unter mir zerstört worden, sondern …

Die Bewegung war blitzschnell, nur ein Huschen, das ich am Rande meines Gesichtsfeldes wahrnahm. Ich fuhr herum, starrte angestrengt in die Richtung und griff vorsichtshalber nach meiner Waffe.

Dann sah ich es wieder.

Es war keine Bewegung, sondern beinahe das Gegenteil.

Ein Flecken der grünen Leuchtalgen war verblaßt. Und noch während ich hinsah, erlosch ein weiteres, hausgroßes Stück der lebenden Lichtquelle so abrupt, als hätte man eine Kerze ausgeblasen.

Ich zögerte einen Moment, dann nahm ich Schwung und zwang meine protestierenden Muskeln noch einmal, das Zentnergewicht des Anzuges zu tragen. So rasch ich konnte, schwamm ich auf den zerrissenen Flickenteppich aus Grün und Schwarz zu und verlor dabei allmählich an Höhe.

Als ich genau über ihm war, erlosch ein weiteres

Stück der grünleuchtenden Algenmasse. Und diesmal sah ich, was es war.

Aus dem See, aus der Richtung, in der die NAUTILUS und die Riesenamöben waren, kroch ein mannsdicker schwarzer Strang heran, glitzernd und sich windend wie ein gigantischer Wurm. Sein Ende war zerfasert wie eine ins Absurde vergrößerte Seeanemone. Dutzende, wenn nicht Hunderte von verschiedenen dicken Strängen tasteten in alle Richtungen.

Und wo sie die Leuchtalgen berührten, erlosch deren Licht. Die Pflanzenmasse wurde stumpf und unansehnlich, begann zu zerfließen und ihre Form zu verlieren, bis ...

Ja, dachte ich entsetzt – bis sie sich in etwas verwandelt hatte, das der schwarzen Masse glich.

Dann begriff ich, warum dieser See plötzlich auf so unheimliche Weise tot und ausgestorben wirkte.

Das Leben hatte ihn nicht verlassen. Es hatte sich verwandelt!

Um ein Haar hätte mich mein Entsetzen selbst das Leben gekostet, denn der peitschende Strang schien meine Nähe zu wittern wie ein Bluthund die Beute: Ein gut oberarmdicker Strang der gräßlichen Masse spaltete sich ab, zuckte mit einer schlängelnden Bewegung nach oben und versuchte, sich um meine Beine zu wickeln. Im letzten Moment wich ich ihm aus, machte ein paar hastige Schwimmbewegungen, um aus seiner unmittelbaren Reichweite zu kommen, und hielt in sicherem Abstand wieder inne. Der schwarze Schlangenarm zuckte noch eine Weile hin und her und senkte sich dann wieder auf die Masse der Leuchtalgen herab, um damit fortzufahren, sie zu absorbieren.

Ich wollte mich umwenden, um vollends wegzuschwimmen, tat es aber dann doch nicht, als mir etwas auffiel. Der Strang kam aus der Dunkelheit, aus der ungefähren Richtung, in der die NAUTILUS und die gewaltige Hauptmasse des Dinges lagen – und wenn ich die schwarze Linie in Gedanken verlängerte, kam ich auf einen Punkt, der ziemlich genau am Rande des Kraters liegen mußte.

Und plötzlich wußte ich, wo ich Dagon finden würde. Es war der einzige logische Ort.

Hastig kontrollierte ich noch einmal meinen Luftvorrat – er reichte noch für gute zehn Minuten, und das war mehr Zeit, als ich vermutlich brauchte –, zog meine Harpune aus dem Gürtel und schwamm los.

»Ist er fort?«

Howards Stimme drang nur verzerrt unter dem geschlossenen Helm hervor, und die bizarre Akustik der halb mit Wasser gefüllten Tauchkammer verzerrte sie noch mehr, bis sie kaum noch Ähnlichkeit mit einer menschlichen Stimme hatte.

Nemo schauderte. »Ja«, sagte er, leise und ohne Howard oder seinen hünenhaften Begleiter direkt anzusehen. »Wie du gesagt hast.«

»Dann ist es gut«, murmelte Howard. »Ich hoffe, er hat Glück.«

»Dagon hat ihn hier heruntergelassen«, sagte Nemo. »Er wird ihn auch wieder gehen lassen.«

Howard sah ihn an und schien etwas sagen zu wollen, aber dann nickte er bloß, wandte sich um und streckte auffordernd die Hand in Rowlfs Richtung aus. »Das Kabel.«

»Seid bloß vorsichtig«, sagte Nemo warnend, als Rowlf das armdicke, mit schwarzem Kautschuk isolierte Kabel aus seiner Halterung löste und Howard reichte. »Eine Berührung, und ...«

Er sprach nicht weiter, aber das war auch nicht nötig. Die beiden Männer vor ihm wußten so gut wie er, wie gefährlich der harmlos aussehende, schwarze Schlauch war.

»Viel Glück«, sagte Nemo leise.

Aber das hörten weder Howard noch Rowlf unter ihren geschlossenen Helmen. Und wenige Sekunden später war Nemo allein in der Tauchkammer.

Aber er blieb noch lange und reglos stehen und starrte auf das glitzernde Wasser hinunter, in dem die beiden ungleichen Männer verschwunden waren. Er fragte sich, ob er sie jemals wiedersehen würde.

Und wenn, dann in welcher Welt ...

Der Weg war nicht weit, aber er wurde zu einem Alptraum. Der See unter mir war schwarz, durchdrungen von glitzernden schwarzen Strängen, die den Sand wie ein gräßliches Spinnennetz bedeckten, furchtbares Nicht-Leben, das sich gegen alle Naturgesetze bewegte und immer wieder wie in Krämpfen zuckte und zitterte. Vielleicht hätte ich den Anblick ertragen, hätte ich nicht gewußt, was es war, das ich da unter mir sah.

So aber war es furchtbar.

Ich war in Schweiß gebadet, als ich den Krater erreichte, ein gutes Stück von der Stelle entfernt, an der ich das erste Mal hinuntergetaucht war. Der schwarze Hauptstrang der Amöbenmasse ringelte sich zwanzig Fuß unter mir dahin und verschmolz mit der Schwärze am Grunde des Schachtes, und unter ihm bewegten sich Dagons Kinder. Ich packte meine Waffe fester und ließ mich ein zweites Mal in die Tiefe fallen.

Der Protoplasmastrang führte schier endlos weit in die Tiefe hinab. Ein paarmal kamen mir Kaulquappen-Monster nahe, aber die Bestien zogen sich jedes Mal hastig wieder zurück, wenn ich meine Harpune hob, als spürten sie die Gefahr, die von der Waffe ausging. Nun, ich hatte gesehen, wie furchtbar Nemos Harpunen unter Dagons Kreaturen gewütet hatten, und konnte die Bestien verstehen. Schon die geringste Berührung der Harpunenspitze löste sie auf wie eine tödliche Säure. Auch das war etwas, wonach ich Nemo vergessen hatte zu fragen.

Aber im Moment gab es Wichtigeres. Ich gab mich damit zufrieden, Dagons Killerquappen mit der Harpune auf Distanz zu halten und folgte dem Protoplasmastrang.

Wie ich erwartet hatte, verschwand er nach einer Strecke von einer guten Viertelmeile in einer Höhlenöffnung, die jäh in der Kraterwand aufklaffte, und wie ich gehofft hatte, war der Felsspalt groß genug, daß ich hineinschwimmen konnte, ohne mit der tödlichen Masse in Berührung zu kommen.

Trotzdem begann mein Herz wie rasend zu hämmern, als ich in den Tunnel hineinschwamm, nicht einmal einen Yard über der schwarzen Amöbenmasse und in dem sicheren Bewußtsein, daß meine erste falsche Bewegung zugleich auch meine letzte sein würde.

Der Tunnel zog sich etwa hundert Schwimmstöße weit waagerecht dahin, knickte plötzlich nach oben weg und wurde zu einem senkrechten Schacht, der so steil in die Höhe führte wie der Schacht zuvor hinab. Ich folgte ihm.

Es gab ein paar mehr als nur unangenehme Augenblicke, als der Stollen plötzlich so eng wurde, daß ich mich auf Handbreite an dem schwarzen Killergewebe vorbeitasten mußte, um überhaupt noch von der Stelle zu kommen, aber dann verbreiterte sich der Schacht jäh, und mit einem Male schwamm ich in einem gewaltigen, nur zur Hälfte mit Wasser gefüllten Saal, fünfeckig wie beinahe alles hier unten und von grünleuchtenden Algen erfüllt.

Erleichtert schwamm ich die letzten Yards nach oben, durchstieß die Wasseroberfläche und sah mich mißtrauisch um. Der schwarze Strang, der jetzt viel mehr Ähnlichkeit mit einer finsteren Wurzel als mit einer Schlange hatte, wand sich wenige Yards neben mir aus dem Wasser, kroch ein Stück weit die Wand empor und verschwand in einem weiteren, allerdings nicht mehr mit Wasser gefüllten Tunnel.

In respektvollem Abstand zu meinem bizarren Wegweiser kletterte ich aus dem Wasser und ließ mich auf dem schmalen felsigen Sims, der den Raum umgab, zu Boden sinken. Meine Hände zitterten so heftig, daß ich Mühe hatte, mein Atemgerät auszuschalten und den Helm abzuschrauben.

Die Kälte traf mich wie Eis, und bei den ersten Atemzügen glaubte ich, meine Lungen würden verbrennen. Minutenlang blieb ich hocken und wartete, bis die Schmerzen und die Schwäche wenigstens halbwegs vorüber waren, dann fuhr ich fort, den Anzug abzulegen.

Ich brauchte sehr lange dazu, und als ich endlich, zitternd vor Kälte und Kraftlosigkeit, am Eingang des Tunnels stand, fühlte ich mich nackt und schutzlos. Obwohl ich gesehen hatte, wie wenig Sicherheit die Monturen gegen Dagons lebenfressendes Ungeheuer boten, hatte mir das bizarre Kleidungsstück doch ein Gefühl des Schutzes gegeben.

Ich verscheuchte auch diesen Gedanken, nahm meine Harpune zur Hand und betrat den Gang.

Er war nicht sehr lang. Schon nach wenigen Dutzend Schritten teilte sich der Stollen in zwei unterschiedlich große Gänge auf. Der schwarze Strang verschwand in dem kleineren, während der andere Stollen leer zu sein schien und an seinem Ende ein verlockendes Licht leuchtete. Ich dachte an die Geschichte, in der der Teufel den Weg zur Hölle mit Gold gepflastert hatte, zuckte mit den Achseln – und betrat den breiteren Gang.

Nach einer Weile hörte ich Stimmen, und als ich mich dem hellen Fleck am Ende des Ganges näherte, erkannte ich, daß er in einem weiten, domartig gewölbten Saal endete. Seine Architektur ähnelte der der unterseeischen Stadt; alles war fünfeckig und mit Hieroglyphen und Fresken bedeckt, was mich in meiner Überzeugung bestärkte, mich in einer unterirdischen Fortsetzung der Tempelstadt zu befinden.

Dann sah ich Dagon.

Er stand, mit dem Rücken zu mir und tief über einen altarähnlichen – und natürlich fünfeckigen – Steinblock gebeugt, da, und ein Stück neben ihm stand ein nacktes, dunkelhaariges Mädchen, Jennifer.

Ich blieb am Ende des Ganges stehen, preßte mich in den Schatten und sah mich um. Mit Ausnahme Dagons und Severals Tochter schien niemand in dem riesigen Saal zu sein, aber ich blieb mißtrauisch. Es war beinahe zu leicht gewesen, hierher zu kommen.

Aber sosehr ich mich auch umsah, wir waren allein. Vielleicht rechnete Dagon nicht damit, daß es jemandem gelingen konnte, an seinem höllischen Wächter vorbei bis zu diesem Punkt vorzudringen.

Vielleicht, dachte ich schaudernd, gab es außer mir und den Männern an Bord der NAUTILUS auch kein Leben mehr im See.

»Das ist richtig, Robert Craven«, sagte Dagon laut

und drehte sich herum. »Und bald wird es nur noch dich geben.«

Ich erstarrte. Die Harpune in meiner Hand ruckte nach oben und deutete auf Dagons Kopf, aber die Geste schien nicht den geringsten Eindruck auf ihn zu machen, denn sein Lächeln wurde eher noch breiter.

»Du enttäuscht mich schon wieder, Robert Craven«, sagte er sanft. »Ein Mann wie du sollte wissen, daß es sinnlos ist, sich an jemanden heranschleichen zu wollen, der in deinen Gedanken lesen kann.«

»Dann ... dann wußtest du, daß ich komme?«

Dagon seufzte. »Ich hätte dich schon vernichten können, als du diese lächerliche Maschine verlassen hast, du Narr«, sagte er. »Glaubst du wirklich, du wärst bis hierhin gekommen, wenn ich dich nicht beschützt hätte?« Er schüttelte den Kopf, trat einen Schritt auf mich zu und streckte fordernd die Hand aus.

»Und jetzt gib mir diese alberne Waffe, bevor du noch jemanden damit verletzt«, sagte er.

Für einen ganz kurzen Moment war ich beinahe versucht, zu gehorchen. Aber dann trat ich statt dessen zurück, preßte mich mit dem Rücken gegen die Wand, um vor einem Angriff von hinten sicher zu sein, und richtete die Spitze der Harpune genau auf sein Gesicht.

»Bleib stehen, Dagon«, sagte ich.

Dagon gehorchte. Auf seinem Gesicht erschien ein fast mitleidiger Ausdruck. Aber es war auch eine Spur von Unsicherheit in seinem Blick, die mir nicht entging.

»Was soll der Unsinn?« fauchte er. »Ich habe dich bis zu diesem Punkt kommen lassen, weil ich mit dir reden will. Außerdem«, fügte er unwillig hinzu, »kann mich eine von Menschenhand geschaffene Waffe ohnehin nicht verwunden.«

Er wollte weitergehen, blieb aber sofort wieder stehen, als ich drohend mit der Harpune zu fuchteln begann.

»Du bist ein lebendes Wesen, nicht?« sagte ich lauernd. »Du magst die Macht eines Gottes haben, Dagon, aber dein Leib besteht aus Fleisch und Blut. Wenn du unsterblich wärest, dann wäre all dies hier nicht nötig gewesen.«

Ich war nicht sicher, ob das wirklich so ganz der Wahrheit entsprach, aber Dagons Reaktion nach zu schließen, mußte ich ihr zumindest nähergekommen sein, als ihm lieb war. Dagon wurde blaß vor Zorn, rührte sich aber nicht von der Stelle, sondern starrte mich nur aus haßerfüllten Augen an.

Dafür drehte sich Jennifer herum, sah mich an, lächelte – und trat mit einem raschen Schritt zwischen mich und den Fischgott.

»Was, zum Teufel, tun Sie?« schrie ich. »Gehen Sie aus der Schußlinie!«

Jennifer lächelte noch freundlicher, schüttelte den Kopf und kam langsam auf mich zu. »Sie werden nicht schießen, Robert«, sagte sie. »Dann würden Sie nämlich mich treffen, und das wollen Sie doch ganz bestimmt nicht, oder?«

Damit trat sie auf mich zu, drückte die Spitze der Harpune mit dem Zeigefinger zur Seite und nahm mir die Waffe mit sanfter Gewalt aus den Händen.

Dagon begann zu lachen. Sehr laut und sehr ausdauernd.

Es war zu kalt für diese Zeit des Jahres, aber wie oft in besonders kalten Nächten war die Sicht über die Maßen gut. Es ist schwer, auf dem offenen Meer, das dem Blick keinen Widerstand bietet, Entfernungen zu schätzen, aber der Horizont schien weiter entfernt als normal.

Und zwischen ihm und der Küste war das Schiff.

Es bewegte sich lautlos, einem Schatten gleich und halb verborgen hinter brodelnden grauen Nebeln, die es begleiteten wie unwirklicher Atem. Seine Segel waren, obgleich nahezu Windstille herrschte, gebläht, seine schaumige Bugwelle hoch wie ein kleines Schiff.

Niemand bemerkte den gigantischen Dreimastsegler, der sich der Ostküste Schottlands näherte, schnell und lautlos wie ein Schatten.

So, wie niemand die einsame Gestalt auf seinem Vorderdeck bemerkte, die hoch aufgerichtet hinter der Reling stand und nach Osten sah.

Es war ein Mann; aber vielleicht auch nur etwas, das die Form und das Aussehen eines Menschen angenommen hatte. Es war alt, uralt. Älter als das älteste Wesen auf dieser Welt, ja, älter als das Leben auf diesem Planeten selbst; vielleicht älter als die Sonne, die diese kleine Welt beschien. So genau wußte es das nicht mehr. Irgendwann, vor hundert oder zweihundert Millionen Jahren vielleicht, hatte es vergessen, wann und wo es geboren war, und irgendwann, in weiteren zwei- oder dreihundert Millionen Jahren würde es auch dieses kurze Zwischenspiel in seinem nach Äonen zählenden Leben vergessen haben.

Und trotzdem. Wäre es in der Lage gewesen, Humor zu empfinden, hätte es vielleicht gelacht. Es war gewohnt, in Zeitspannen zu denken, die die Vorstellung der Menschen sprengten, aber jetzt empfand es Ungeduld.

Es hatte zu lange gewartet auf diesen Moment. So lange, daß ihm die wenigen Stunden bis Sonnenaufgang wie eine Ewigkeit vorkamen, das rasende Pflügen des Schiffes durch das Meer wie ein quälend langsames Kriechen.

Bald, dachte es. Bald war es soweit. Bald war der Moment gekommen, auf den es so lange wartete, der Augenblick, auf den es sich seit zweimal hundert Millionen Jahren vorbereitet hatte. Der Grund seiner Existenz in dieser Ebene des Seins.

Und den fürchtete es wie nichts anderes.

Bald.

Sehr bald.

Die *Dagon* raste weiter.

»Du bist ein verdammter Narr, Robert Craven«, sagte Dagon zornig. »Glaubst du wirklich, ich habe dich so weit kommen lassen, nur um dich zu töten?« Er spie das letzte Wort beinahe aus. »Ich habe es dir schon einmal gesagt – ich bin nicht dein Feind. Im Gegenteil. Ich trage dir an, mit mir zusammenzuarbeiten.«

»Und ich habe schon einmal abgelehnt«, erwiderte ich trotzig.

Dagon schürzte abfällig die Lippen. »Du redest über Dinge, über die du nicht voreilig entscheiden solltest«, sagte er. »Es mag sein, daß du nicht mehr die Wahl hast, irgend etwas abzulehnen oder anzunehmen.«

»So?« fragte ich, in einem trotzig herausfordernden Ton, der ganz und gar nicht dem entsprach, was ich fühlte. Und der Dagon keine Sekunde zu täuschen vermochte, wie ich an dem boshaften Lächeln sah, das über sein Fischgesicht huschte.

Er nickte. »Ich hoffe, du bist nicht so närrisch, auf Hilfe zu rechnen, Robert Craven«, sagte er. »Deine Freunde werden tot sein, ehe die Sonne aufgeht. Es sei denn …«

»Es sei was?« fragte ich, als er nicht weitersprach. Vermutlich war das ganz genau die Reaktion, die er hatte haben wollen, aber ich war einfach zu erschöpft, um noch Spielchen zu spielen.

»Es sei denn, du tust, was ich von dir verlange«, sagte er.

»Und was wäre das?«

Dagon lachte. »So gefällst du mir schon besser. Aber gut – es sind zwei Dinge. Das eine wirst du ohnehin tun, wie ich die Sache sehe, deshalb lohnt es sich nicht, darüber zu streiten. Du wirst verhindern, daß die Sieben Siegel erbrochen werden, schon aus eigenem Interesse.«

»Dazu müßte ich erst einmal wissen, wo und was diese Sieben Siegel überhaupt sind«, antwortete ich.

Dagon verzog die Lippen. »Glaubst du, ich hätte sie nicht schon längst, wenn ich wüßte, wo sie zu finden sind oder wie sie aussehen?« schnappte er. »Finde es heraus, Hexer. Aber bedenke, daß dir nicht viel Zeit bleibt.« Plötzlich erlosch das gehässige Grinsen auf seinen Zügen, und als er weitersprach, klang seine Stimme so ernst, daß ich mich eines Schauderns nicht erwehren konnte.

»Es ist wichtig, Robert Craven«, sagte er leise. »Vielleicht hängt das Überleben deines gesamten Volkes davon ab, daß es dir gelingt. Die Sieben Siegel müssen geschlossen bleiben. Finde und vernichte sie, ehe ein anderer es tut und millionenfaches Unheil über euch schickt.«

»Und … das andere?« fragte ich stockend. Es fiel mir schwer, Dagon weiter anzusehen. Seine Worte hatten etwas in mir berührt, von dem ich bis zu diesem Moment nicht einmal gewußt hatte, daß es da war. *Die Sieben Siegel …*

»Ich möchte mein Eigentum zurück«, antwortete Dagon, in sehr viel kälterem, befehlenderem Ton als zuvor. »Das Amulett, das du gestohlen hast, als dieser Narr Nemo meinen Palast angriff.«

Es dauerte Sekunden, bis ich überhaupt begriff, was er meinte. Dann erinnerte ich mich. Dagon meinte den fünfstrahligen goldenen Stern, den ich in seinem Palast gefunden und eingesteckt hatte.

»Ich habe es nicht hier«, sagte ich zögernd. »Es ist noch an Bord der NAUTILUS. Ich hielt es nicht für wichtig.«

»Nicht für wichtig?« Dagon keuchte. »Du Narr – es ist wichtiger als alles, was du dir vorstellen kannst. Ohne dieses Amulett ...«

»Wird aus deiner Flucht nichts, wie?« unterbrach ich ihn.

Dagon starrte mich an und sagte kein Wort, aber sein Schweigen allein war Antwort genug.

Wie hatte ich nur so blind sein können? Dagon hatte jede Spur von Leben aus diesem See getilgt – hatte ich mir wirklich eingebildet, durch pures Glück noch am Leben zu sein? Oder vielleicht gar, weil er mich aus irgendwelchen Gründen besonders nett fand und deshalb verschonte? Nein – die Lösung war viel einfacher. Dagon brauchte etwas, zu dem nur ich ihm verhelfen konnte. Das Amulett.

Andaras Amulett.

Ich wußte nicht, woher dieser Gedanke kam. Er war plötzlich da, so unvermittelt, als hätte er in einer finsteren Ecke meines Bewußtseins gewartet, um im rechten Moment hervorzuspringen, und obgleich ich nicht den geringsten Beweis dafür hatte, wußte ich doch, daß es die Wahrheit war.

Der fünfstrahlige goldene Stern, den ich in seinem

Palast gefunden hatte, war nichts anderes als das Amulett meines Vaters. Der magische Talisman, der zusammen mit der *Lady of the Mist* in den Fluten des Meeres versunken war, als wir vor der Küste Englands von Yog-Sothoth angegriffen wurden.

Dagon starrte mich weiter schweigend an, aber der Ausdruck auf seinem Gesicht sprach Bände.

»Es ist also die Wahrheit«, sagte ich. »Es ist das Amulett meines Vaters, nicht wahr? Du hast es gefunden, du oder eine deiner Kreaturen, nachdem das Schiff versunken war.« Und plötzlich begriff ich, welchen weiteren, furchtbareren Gedanken diese Erkenntnis mit sich brachte. Meine Stimme zitterte, als ich weitersprach.

»Wahrscheinlich warst du sogar dabei, Dagon. Du hast es gesehen, nicht wahr? Du hast tatenlos zugesehen, wie diese Bestie die *Lady of the Mist* in die Tiefe gezogen hat und zahllose Menschen tötete. Du ... du hast zugesehen, wie mein Vater umgebracht wurde.«

»Ich konnte nichts tun«, verteidigte sich Dagon. »Yog-Sothoth ist ein Gott.«

»Wie du!« sagte ich zornig. »Du konntest nichts tun! Du konntest diese Männer ertrinken lassen, ohne einen Finger zu rühren. Und du verlangst, daß ich dir helfe? Du mußt verrückt sein!«

»Ich verlange nur mein Eigentum zurück«, sagte er.

»Dieses Amulett gehört dir nicht«, antwortete ich. »Es gehörte meinem Vater.«

»Er hat es gestohlen wie alle anderen, die es zuvor besaßen!« schnappte Dagon. »Wie alles, was angeblich ihm gehörte, Robert Craven. Dieser Mann, den du deinen Vater nennst, hat sich alles zusammengestohlen, was er haben wollte, selbst seine magische Macht.«

»Nun, dann seid ihr euch ähnlicher, als ich dachte«, erwiderte ich böse.

Dagon schien antworten zu wollen, aber dann preßte er nur die Lippen aufeinander und machte eine ungeduldige, herrische Handbewegung.

»Genug davon!« sagte er. »Du wirst mir dieses Amulett bringen, oder alle deine Freunde werden sterben.«

Ich blickte ihn an, lächelte – und schüttelte den Kopf. »Nein.«

Dagon atmete hörbar aus. Sein Gesicht verzerrte sich vor Wut, aber ich sprach ungerührt weiter. Nicht nur das Wissen um das Amulett war plötzlich in mir. Es war, als wäre ein Schleier von meinen Gedanken genommen worden, etwas, das mich bisher daran gehindert hatte, mit der gewohnten Schärfe zu denken. »Ich werde es nicht tun, Dagon. Nicht ohne eine Gegenleistung von dir.«

»Du Narr!« keuchte der Fischgott. »Du wagst es, Forderungen zu stellen? Ich könnte mıı nehmen, was ich will, und dich vernichten, so mühelos, wie ich eine Fliege zertrete!«

»Das kannst du eben nicht«, erwiderte ich ruhig. »Du könntest mich töten, und wahrscheinlich könnte deine Kreatur die NAUTILUS auch zerstören«, fuhr ich fort, »aber das würde dir nichts nutzen. Du brauchst nicht nur das Amulett.

Du brauchst mich.«

Dagon starrte mich an. Er schwieg, aber wie zuvor spürte ich, daß ich ins Schwarze getroffen hatte.

Schließlich schürzte er wütend die Lippen und schwang die Faust, als wolle er mich schlagen, tat es aber natürlich nicht. »Ein interessanter Gedanke«, sagte er böse. »Warum warten wir nicht, bis die NAUTILUS zerstört ist, und probieren es aus?«

»Weil du nicht soviel Zeit hast«, antwortete ich und

seufzte. »Versuche nicht, mich zu übertölpeln, Dagon. Spielst du Schach?«

Der plötzliche Gedankensprung schien sein Heringsgehirn zu überfordern, denn er starrte mich nur mit offenem Mund an.

»Tätest du es«, fuhr ich unbeeindruckt fort, »wüßtest du, wie man diese Situation nennt, mein Freund. Ein klassisches Patt.«

»Glaubst du?« fauchte Dagon. Er hatte fast jede Ähnlichkeit mit einem menschlichen Wesen verloren. Jetzt, als er wütend war und die Kontrolle über sich zu verlieren begann, sah ich ihn vielleicht zum ersten Male als das, was er wirklich war: ein Ungeheuer, das mehr zufällig in einen Körper geschlüpft war, der dem eines Menschen ähnelte. Vielleicht war er irgendwann einmal ein Mensch wie ich gewesen, aber wenn, dann mußte es sehr lange her sein.

»Keiner von uns kann dem anderen etwas antun, und keiner kommt weiter ohne den anderen«, fuhr ich fort. »Warum hören wir nicht auf, uns wie Kinder zu benehmen, Dagon? Dieses Amulett ist wertlos für dich. Du brauchst mich. Ich weiß nicht, wie, aber Andara hat etwas damit getan, was es schützt. Nur in meinen Händen kann es das tun, wozu du es brauchst. Was gibt es dir? Die Gewalt über dein Schiff?«

Dagon nickte abgehackt. »Was verlangst du?« fragte er.

»Das Leben der Männer an Bord der NAUTILUS«, antwortete ich. »Freiheit für mich und die Bewohner von Firth'en Lachlayn.«

»Mehr nicht?« schnappte Dagon höhnisch.

Ich nickte. »Doch. Bannermann und dieses Mädchen da«, ich deutete auf Jennifer, die ein Stück abseits stand und bisher wortlos zugehört hatte. Obwohl ich sie nicht direkt ansah, bemerkte ich, wie sie bei meinen Worten erschrak.

Dagon lachte. »Du bist ein Narr, Robert Craven. Ich kann dir nichts geben, was mir nicht gehört. Dieses Mädchen ist freiwillig bei mir. Sie ist zurückgekommen, als du sie fortgebracht hast, und sie würde wieder zurückkommen, ganz gleich, wie oft du sie wegbringst. Du glaubst, ich hätte diese Menschen gezwungen, mir zu dienen?« Er schüttelte den Kopf. »O nein. Sie tun es freiwillig.«

»Und sie lassen sich freiwillig umbringen?«

Dagon schnaubte. »Ich bin nicht verantwortlich für das, was McGillycaddy tut, Robert Craven. Er ist ein Mensch, und es ist nicht meine Sache, wenn ein Mensch den Menschen Gewalt antut. Ist es meine Schuld, daß ihr ein Volk seid, das der Verlockung der Macht nicht gewachsen ist? Die Männer und Frauen, die mit mir an Bord der *Dagon* gehen werden, folgen mir aus freien Stücken.«

»Sie folgen deinen Versprechungen!« behauptete ich. »Lügen, mit denen du sie gefügig gemacht hast, damit sie dir dienen!«

»Es sind keine Lügen, Robert.«

Ich erstarrte, drehte mich halb herum und blickte Jennifer an. Sie war nähergekommen und sah mir mit großem Ernst in die Augen. »Es sind keine Lügen, Robert«, wiederholte sie. »Dagon hat uns eine neue Welt versprochen, ein Land ohne Furcht und Unterdrückung. Eine Welt ganz für uns allein. Wir folgen ihm freiwillig.«

Ich war verwirrt, aber es waren weniger Jennifers Worte, die mich verstörten, als vielmehr das, was ich dabei spürte.

Sie glaubte an das, was sie sagte. Ich versuchte, in

ihren Geist einzudringen, und es fiel mir erstaunlich leicht.

Da war kein Zwang. Bisher hatte ich stets angenommen, daß Dagon seine Jünger geistig gefesselt hätte, ähnlich wie ich es mit Frane tat, aber das stimmte nicht, zumindest nicht in Jennifers Fall. Sie war völlig Herr ihrer selbst. Was sie sagte und tat, entsprach ihrem freien Willen.

»Aber es ... es wird SEINE Welt sein, Jennifer«, sagte ich stockend. »Er braucht euch dort, damit ihr ihm dient und ihn verehrt.«

»Und?« fragte Jennifer. »Was ist so schlimm daran, Robert? Jedes Volk dient irgendeinem Gott, jede menschliche Gesellschaft verehrt irgendeine Macht.«

»Das ist etwas anderes!« sagte ich heftig, aber wieder schüttelte Jennifer nur den Kopf, und wieder spürte ich, wie ich ein Stück Boden verlor.

»Wieso?« fragte sie. »Nur weil euer Gott unsichtbar ist, vielleicht nur ein Prinzip? Wer sagt dir, daß der Gott der Moslems oder der Christen besser oder schlechter ist als Dagon? Was verlangt er mehr als Jehova oder Allah? Welche Schreckenstaten sind in seinem Namen getan worden, die schlimmer wären als die, die im Namen Gottes vollbracht wurden?«

Ich mußte an die Tempelritter denken und schwieg. Noch weigerte ich mich, den Gedanken zu akzeptieren, aber ich begann bereits zu spüren, daß diese Weigerung nicht lange Bestand haben würde. Waren nicht die Reiche der Christenheit – und auch die der anderen großen Religionsgemeinschaften – auf Fundamenten aus Blut und Tränen errichtet worden?

Dann fiel mir der Denkfehler auf.

»Es gibt einen Unterschied, Jennifer«, sagte ich. »Gott, Buddah und Allah sind Prinzipien der Gerechtigkeit. Erst die Menschen haben Schlechtes in ihrem Namen getan. Dagon ist ein Mensch, der sich dämonischer Kräfte bedient.«

»Selbst wenn«, sagte Jennifer kopfschüttelnd. »Es ändert nichts, Robert. Du verlangst unsere Freiheit, und doch ist es gerade diese Freiheit, die er uns versprochen hat. Er wird uns in eine neue Welt führen. Wir müssen ihm dienen und ihn verehren, aber das ist ein geringer Preis.«

»Ich hoffe, du täuscht dich nicht«, sagte ich leise.

Jennifer machte eine weit ausholende Bewegung mit dem Arm. »Sieh dich doch um, Robert«, sagte sie. »Du hast diese Stadt gesehen, bevor die NAUTILUS kam und sie zerstörte. Sie wurde von Menschen geschaffen, die Dagon liebten, so wie wir ihn lieben. Du hast gesehen, wie großartig sie war? Glaubst du, Menschen würden so etwas vollbringen, nur aus Furcht? Die Kraft, die dazu nötig ist, gibt nur die Liebe.«

Ich widersprach nicht mehr. Es wäre sinnlos gewesen. Und vielleicht hatte Jennifer sogar recht. Das Leben, das meine Freunde und ich führten, war nicht der richtige Maßstab. Ich war reich und im Grunde ledig aller Sorgen – aber was erwartete die Bewohner der kleinen Küstenstadt? Was hatten sie von der kurzen Spanne des Lebens zu erwarten, die ihnen verblieb, außer sechzehn Stunden harter Arbeit am Tag, außer einem Leben voller Furcht vor Krankheiten und Kriegen und dem Alter?

Was hatten sie zu verlieren?

Dagon mußte meine Gedanken gelesen haben, denn er trat in genau diesem Moment zwischen uns und deutete mit der Hand nach oben, zur Höhlendecke. »Überzeuge dich selbst, Robert Craven«, sagte er. »Du wirst mich begleiten, morgen früh, wenn die Sonne aufgeht.

Geh hin und frage jeden einzelnen, der an Bord der *Dagon* geht, ob er zurückbleiben will. Ich werde niemanden zwingen, gegen seinen freien Willen mit mir zu kommen. Sie alle handeln aus freien Stücken.«

Er schwieg – für eine ganz genau berechnete Zeitspanne –, schüttelte abermals den Kopf und legte den Arm um Jennifers Schultern. »Ich bin nicht euer Feind, Robert Craven«, sagte er. »Ich hätte gehen und euch eurem Schicksal überlassen können, aber ich habe euch gewarnt, obgleich ihr alles zerstört habt, was ich geschaffen habe. Ich werde meinen Diener zurückrufen und die NAUTILUS freilassen, aber ich kann dir nicht geben, was mir nicht gehört.«

»Und Bannermann?« fragte ich.

»Er wartet an Bord der *Dagon* auf uns«, antwortete Dagon. »Wenn es sein Wunsch ist, wird er zu dir zurückkehren. Nun – wie hast du dich entschieden?«

Ich schwieg; für eine sehr, sehr lange Zeit.

Und obwohl ich ganz genau wußte, daß ich in diesem Moment vielleicht den größten Fehler meines Lebens beging, nickte ich schließlich.

Obwohl er es noch vor Augenblicken für unmöglich gehalten hatte, schien es Howard, als wäre das Wasser rings um die NAUTILUS noch finsterer geworden. Der armdicke Strahl der Lampe, die er an seinem Helm befestigt hatte, verlor sich schon nach wenigen Schritten in trübschwarzer Finsternis, und die See war von kleinen, treibenden Flecken erfüllt, als wäre die Alptraumbestie nun dabei, selbst das Wasser zu verwandeln.

Ein zweiter, trüber Lichtfleck tauchte wenige Schritte neben ihm aus dem Schatten auf, und als Howard den Blick hob, erkannte er Rowlfs breitflächiges Gesicht hinter der runden Sichtscheibe des Helmes.

Ein bitterer Zug lag um seine Lippen, seines Leibdieners und Freundes, und seine Bewegungen wirkten noch abgehackter und steifer, als es der unpraktische Anzug ohnehin nötig machte. Das gewundene Kabel in seinen Händen sah aus wie eine schwarze Schlange, die ein Kupfergebiß gebleckt hatte.

Howard hob langsam den Arm und deutete in die Richtung, in der er Dagons Kreatur wußte, und Rowlf antwortete mit einem übertriebenen Nicken darauf. Nebeneinander schwammen sie los.

Es war nicht nur eine Täuschung gewesen, das sah er, als sie sich mit schwerfälligen Schwimmbewegungen vom sandigen Boden des Sees lösten und sich von der NAUTILUS entfernten. Das Wasser war nicht mehr klar, sondern von Millionen und Abermillionen winziger körniger Partikel durchsetzt, die wie tanzende Stäubchen im Wind aussahen. Vermutlich war es wirklich so, wie er gedacht hatte: Auch im kleinsten Wassertropfen war noch eine Unzahl lebender Organismen zu finden. Dagons Mörderkreatur mußte auch sie in schwarzes Protoplasma verwandelt haben.

Der Gedanke ließ Howard frösteln. Wenn sie der Entwicklung nicht Einhalt geboten, dann würde bald dieser ganze See zu einer gewaltigen, auf unheimliche Art lebenden Teermasse geworden sein. Und vielleicht würde die Entwicklung gar weitergehen, dunkle Arme bis ins Meer oder gar auf das Land erstreckend, bis ...

Howard zwang sich, an etwas anderes zu denken, schwamm dichter an Rowlfs Seite und starrte nach vorne, in die Dunkelheit.

Er wußte nicht, wieviel Zeit verging – sicher nicht mehr als wenige Minuten, denn die gewaltige Kreatur war nur einen Steinwurf von der NAUTILUS entfernt gewesen, als er sie das letzte Mal gesehen hatte –, aber für ihn vergingen Ewigkeiten, bis er schließlich den riesigen, aufgedunsenen Körper der Bestie vor sich sah.

Der Anblick löste ein heftiges Ekelgefühl in Howard aus. Das Ding – er weigerte sich selbst in Gedanken, es ein Wesen zu nennen – war auf die Größe eines Fischkutters angeschwollen und schien zu pulsieren, obwohl er nirgends wirklich eine Bewegung wahrzunehmen vermochte. Ein unglaubliches Gewirr mannsdicker Stränge bedeckte den Seeboden in weitem Umkreis, und da und dort glaubte Howard klumpige Verdickungen zu erkennen, die ihrerseits wiederum zuckten und bebten, als wären nun schon andere Teile des furchtbaren Netzes zu grausigem Leben erwacht.

Vielleicht kamen sie bereits zu spät, dachte er. Vielleicht reichte es nicht mehr, die Bestie zu zerstören, weil schon Dutzende da waren, zahllose schwarze Junge des Ungeheuers, die wie eine Herde gefräßiger Monster über die Welt herfallen würden, unaufhaltsam, unzerstörbar, unsterblich …

Rowlf berührte ihn am Arm und deutete nach unten. Die dünnen, schimmernden Kupferdrähte, mit denen seine Tauchermontur genau wie die Howards überzogen war, gaben ihm das Aussehen eines bizarren mittelalterlichen Ritters.

Sie waren genau über dem Ungeheuer, einem gigantischen Berg schwarzen zuckenden Fleisches, und unter ihnen schien ein ganzer Wald peitschender Fangarme zu wogen. Der Anblick erschreckte Howard. Er hatte hilflos zusehen müssen, wie Dutzende dieser furchtbaren Tentakel Nemos Männer gepackt und getötet hatten. Vielleicht würden sie nicht einmal in die Nähe des Monsters kommen.

Trotzdem signalisierte er Rowlf, tiefer zu gehen, und ließ sich gleichzeitig ebenfalls auf den bebenden

Fleischberg herabsinken. Die Tentakelarme des Ungeheuers begannen stärker zu peitschen, als fühlten sie die Nähe der Beute. Ein übler Geschmack breitete sich auf Howards Zunge aus. Die Luft schien plötzlich bitterer zu sein. Er fror. Was war das? dachte er. Angst vor dem Tod? Kaum. Er hatte ihm so oft ins Auge geblickt, daß er seinen Schrecken vor ihm verloren hatte, beinahe jedenfalls.

Kurz bevor sie den zuckenden Tentakelwald erreichten, stoppten sie ihre Sinkbewegung, und Howard drehte sich schwerfällig im Wasser um. Langsam hob er die Hand an die Lampe, richtete den Strahl in die Richtung, in der er die NAUTILUS vermutete, und schaltete den Lichtstrahl zweimal kurz hintereinander aus und wieder ein.

Es dauerte lange, bis die Antwort erfolgte, so lange, daß Howard bereits zu befürchten begann, sie wären zu weit entfernt, oder das trübe Wasser hätte ihr Signal geschluckt, aber dann blitzte der große Turmscheinwerfer der NAUTILUS zweimal hintereinander auf, und Howard drehte sich wieder herum und nickte Rowlf zu. Zwei Minuten, hatte Nemo gesagt. Eine verdammt kurze Zeit. Und doch eine Ewigkeit.

Rowlf signalisierte mit der Hand, und Howard schwamm noch dichter an ihn heran und ergriff das Kabel, kurz hinter der Stelle, an der Rowlf den schwarzen Schlauch gepackt hielt. Im ersten Moment spürte er nichts, aber dann ging ein fühlbarer Ruck durch das Kabel, und plötzlich schienen die beiden Kupferelektroden an seinem Ende in sanftem, bläulichem Licht aufzuglühen.

Howard drehte sich herum, bis sein Helm den Rowlfs berührte und sie so miteinander sprechen konnten. »Jetzt!« sagte er.

Wie Steine fielen sie in die Tiefe.

Gleich Dutzende der schwarzen Tentakel griffen nach ihnen, ringelten sich um ihre Arme und Beine oder zogen sich wie tödliche Schlingen um ihre Leiber zusammen – und starben ab.

Es war ein bizarrer, erschreckender Vorgang. Die schwarzen Schlangenarme zuckten wie unter Schmerzen, kaum daß sie die Anzüge der beiden Männer berührt hatten, wurden grau und rissig – und zerfielen zu Staub, der sich im aufgewühlten Wasser wie brodelnder Schlamm verteilte.

»Es funktioniert!« brüllt Rowlf. »Es geht, H. P.! Das Viech krepiert!«

Howard antwortete nicht, denn er brauchte jedes bißchen Atem, das er hatte, um weiter in die Tiefe und auf den zuckenden Balg der Bestie zuzuschwimmen. Wo die Kupferelektroden oder die mit elektrischer Energie geladenen Anzüge der beiden Männer die schwarze Masse berührten, starb diese sofort ab – aber die Bestie war groß, so unglaublich groß!

Und sie schien die Gefahr zu spüren, die von den beiden Männern und ihrem tödlichen Mitbringsel ausging, denn mit einem Male hörten ihre Angriffe auf, so unvermittelt, wie sie begonnen hatten. Der Wald peitschender Arme teilte sich unter ihnen wie der Kopf einer grotesken schwarzen Seeanemone und versuchte, ihrer Berührung auszuweichen.

Howard schrie triumphierend auf, warf sich nach vorn und zerrte das Kabel hinter sich her, die stromgeladene Spitze wie einen Speer nach unten stoßend.

Eine zuckende, wellenförmige Bewegung lief durch den Berg aus wogender Schwärze, als die Kreatur versuchte, vor dem tödlichen Kabel zurückzuweichen.

Sie war nicht schnell genug. Wie ein lebendes Geschoß krachte Howard auf sie hinunter, versank fast bis zu den Hüften in der widerwärtigen Masse – und stieß das Kabel mit aller Macht nach unten.

Es war wie ein Weltuntergang.

Ein ungeheurer, blauweißer Blitz zerfetzte den Körper der Alptraumkreatur. Howard und Rowlf wurden von einer unsichtbaren Riesenfaust gepackt und zurückgeschleudert. Dort, wo das Kabel den Riesenshoggoten berührte, schien ein Vulkan aus schwarzem und grauem Schlamm zu eruptieren. Die Bestie bäumte sich auf, hob sich in ihrer ganzen Größe vom Seeboden hoch und fiel mit einer schwerfälligen Bewegung wieder zurück, während das Blitzen und Zischen in der gräßlichen Wunde, die Howard ihr geschlagen hatte, anhielt und mehr und mehr ihres unheiligen Protoplasmas unter den tödlichen Stromschlägen der NAUTILUS verkochte.

Der See brodelte. Plötzlich zuckten haarfeine, tausendfach verästelte Blitze aus der gewaltigen Kreatur hervor, griffen wie spinnenfüßige Lichtwesen nach ihren Ausläufern und Armen und rasten daran entlang, eine Spur aus Tod und Vernichtung hinterlassend. Überall in dem Netz aus Schwärze und finsterem Protoplasma, das das Ungeheuer über den Meeresboden geworfen hatte, blitzte es auf. Der Sand explodierte an zahllosen Stellen, erbrach Flammen und Schaum und grauen zerkochenden Schleim, während die schiffsgroße Hauptmasse des Ungeheuers noch immer wie in furchtbaren Krämpfen zuckte.

Und dann war es vorbei. Das peitschende Kabel kam zur Ruhe, und das Gewitter aus Flammen und blauweißen Entladungen erlosch, als der Zufluß elektrischen Stromes von der NAUTILUS aufhörte. Die zwei Minuten waren um, die Batterien des Unterwasserschiffes leer.

Aber der furchtbare Vorgang, einmal in Gang gekommen, hörte nicht auf. Howard sah, wie mehr und mehr der schwarzen Stränge verdorrten, zuerst grau wurden und sich dann in wirbelnde Schwaden auflösten, während der gewaltige Leib der Kreatur noch immer zitterte und bebte. Seine nachtschwarze Farbe war längst einem fleckigen Grau gewichen, aus dem Wolken wie grausiger Rauch quollen.

»Es stirbt, Rowlf!« keuchte Howard. »Bei Gott, es hat funktioniert! Es stirbt!«

Das Ende kam schnell. Lautlos, wie sich ein Tintenfleck in Löschpapier ausbreitet, griff die graue Farbe auf den Leib der gigantischen Bestie über, bis aus dem lebenden Alptraum ein dampfender grauer Klumpen geworden war, der immer schneller in sich zusammenfiel.

»Es stirbt, Rowlf«, sagte Howard noch einmal. »Wir … wir haben es getötet. Und wir leben noch.«

Seltsamerweise antwortete Rowlf nicht, sondern starrte an ihm vorbei auf einen Punkt jenseits der NAUTILUS.

Und als sich Howard herumdrehte und seinem Blick folgte, wußte er auch, warum.

Der See war noch immer in Aufruhr. Das Blitzen und Explodieren hatte aufgehört, aber an Hunderten und Aberhunderten von Stellen quollen Wolken aus grauem Schleim aus dem Boden, und hier und da zuckte noch ein Stück des grausigen Gewebes, während der graue Tod heranraste. Trotzdem hatte sich die Sicht wieder geklärt.

Gut genug zumindest, um die NAUTILUS zu erkennen, die wie ein gestrandeter Riesenwal ein Stück entfernt auf dem Meeresgrund lag. Sie und den gewaltigen schwarzen Krater, der nur wenige hundert Yards hinter ihr im Boden gähnte.

Aus seinem gewaltigen Schlund erhoben sich Körper. Sie waren noch sehr weit entfernt und schienen dadurch winzig, aber Howard wußte es besser. Er hatte diese kaulquappenähnlichen Ungeheuer zu deutlich gesehen, um sich auch nur eine Sekunde lang selbst belügen zu können.

Dagons Kinder, die gleich zu Hunderten aus dem Leib der Erde quollen und sich wie ein Schwarm blutgieriger Riesen-Piranhas auf die NAUTILUS stürzten.

Die Tauchkammer der NAUTILUS war leer, als ich aus dem Wasser stieg. Das Licht, das schon bei meinem Weggehen nur noch sehr blaß gewesen war, war zu einem trübblauen Flackern geworden, und als ich den Helm abstreifte, sprang mich die Kälte an wie ein Raubtier. Die Batterien des Schiffes mußten nahezu erschöpft sein. Mühsam befreite ich mich von dem Atemgerät auf meinem Rücken, legte es zu Boden und warf Helm und Handschuhe hinterher, behielt den Anzug aber an. Ich hatte nicht vor, lange zu bleiben. Und das Risiko, in meinem abenteuerlichen Aufzug aufzufallen, mußte ich eben eingehen.

Der Gang war verlassen, als ich die Tür öffnete, aber das kam mir nur gelegen. Wahrscheinlich war jede Hand an Bord der NAUTILUS mit Reparaturarbeiten beschäftigt, und wenn ich sehr viel Glück hatte, würde ich das Schiff vielleicht sogar wieder verlassen können, ohne überhaupt gesehen zu werden.

So schnell es mir in der schwerfälligen Taucherausrüstung möglich war, eilte ich durch den Gang, schlich die gewendelte Metalltreppe nach oben und betrat Nemos Privatkabine. Sie war leer, wie ich gehofft hatte, und das Glück schien mir sogar noch holder zu sein, als ich zu träumen gewagt hatte, denn ich fand das Bündel mit meinen Kleidern praktisch auf Anhieb.

Andaras Amulett lag obenauf.

Ich stutzte. Ich war ziemlich sicher, das vermeintlich nutzlose Schmuckstück in die Tasche gesteckt und nicht wieder hervorgezogen zu haben. Natürlich konnte es sein, daß Nemo oder Howard es gefunden und begutachtet hatten, aber wenn, warum hatten sie es dann nicht zurückgesteckt oder gleich ganz mitgenommen, sollten sie ihm irgendeine Bedeutung zugemessen haben?

Und plötzlich fiel mir noch mehr auf. Ich hatte nicht sehr gründlich auf meine Umgebung geachtet, bisher, aber nach allem, was ich über Nemo wußte, schien er ein sehr ordentlicher Mensch zu sein.

Seine Kabine war ein einziges Chaos.

Die Schubladen der Schränke waren zum Teil geöffnet worden, ihr Inhalt über den Boden verstreut, selbst das Bettzeug war herausgerissen. Jemand hatte die Kabine durchsucht.

Verwirrt nahm ich das Amulett auf, schob es in eine Tasche meines Anzuges und richtete mich wieder auf. Was mochte hier geschehen sein? Welchen Grund sollte Nemo oder einer seiner Leute haben, die Kabine auf diese Weise zu durchsuchen?

Ich beschloß, die Lösung dieses weiteren Rätsels auf später zu verschieben, wandte mich um und verließ den Raum wieder. Erneut fiel mit die Stille auf, die von der NAUTILUS Besitz ergriffen hatte. Das dumpfe Dröhnen der Maschinen, das mich bisher wie die Lebensäußerungen des Schiffes begleitet hatte, war verstummt.

Aber das war es nicht allein.

Das Schiff war still. Völlig still!

Abrupt blieb ich stehen, blickte einen Moment unentschlossen zum unteren Ende der Treppe hinab – und drehte mich noch einmal um, um zum Salon des Schiffes zu gehen. Meine Schritte dröhnten unheimlich in dem niedrigen Metallkorridor; das Geräusch schien die Stille zu betonen, statt sie zu vertreiben, und das leise Scharren, mit dem das halbrunde Schott der Zentrale vor mir aufglitt, klang wie ein kreischender Schrei in meinen Ohren.

Der Salon war leer.

Und er bot ein ebenso chaotisches Bild wie Nemos Kabine.

Es waren nicht nur die Spuren der Reparaturarbeiten, die ich sah. Teile der Einrichtung waren zertrümmert worden, auf dem Boden lagen zerbrochenes Glas und Stoffetzen und die Reste zertrümmerter Möbel.

Und direkt vor dem großen Aussichtsfenster stand Dagon.

Jede Spur von Freundlichkeit war aus seinem Fischgesicht gewichen. Sein Blick war kalt wie Eis, als er mich ansah.

»Du warst schnell«, sagte er anerkennend. »Beinahe hätten wir es nicht geschafft.«

Ich schwieg. Das Gefühl, einen nicht wiedergutzumachenden Fehler begangen zu haben, breitete sich in mir aus. »Also ... hast du doch gelogen«, sagte ich mühsam.

Dagon lächelte geringschätzig. »Nein«, sagte er. »Ich weiß, daß es sinnlos wäre, dich belügen zu wollen. Ich habe ... nun, sagen wir, einen Teil der Wahrheit weggelassen.« Er trat auf mich zu und streckte die Hand aus. »Du hast das Amulett?«

Ich tat so, als hätte ich seine Frage gar nicht gehört. »Wo ist Nemo?« fragte ich. »Und seine Männer? Wo sind Rowlf und Howard?«

»An einem sicheren Ort«, antwortete Dagon. »Du wirst sie wiedersehen, sobald du getan hast, was ich verlange. Du hast nicht wirklich erwartet, daß ich allein deinem Wort vertraue, oder?«

Ich antwortete nicht, aber seine Worte schienen wie böser Hohn hinter meiner Stirn widerzuhallen. Ich hatte ihm vertraut. Ich Narr.

»Was ... soll ich tun?« fragte ich stockend. Es fiel mir schwer, überhaupt zu reden. Ich hätte schreien mögen, aber es hätte nicht viel genutzt. Wie hatte ich so wahnwitzig sein können, dieser ... Kreatur auch nur eine Sekunde lang zu glauben?

»Du tust mir Unrecht, Robert Craven«, sagte Dagon, der meine Gedanken las. Seine Stimme klang beinahe traurig. »Ich halte mein Wort. Nemo und die anderen werden frei sein. Sobald wir an Bord des Schiffes ge gangen sind.«

»Wir?«

Dagon nickte. »Du wirst mich begleiten«, antwortete er. »Das ist meine Bedingung. Ich brauche dich.« Seine Hand wies auf die Tasche meiner Montur, in der ich Andaras Amulett trug. »Dieses Ding allein ist nutzlos für mich. Nur ein Träger der MACHT kann seine Kräfte entfesseln. Jemand wie du.«

»Ich weiß ja nicht einmal, welche Macht du meinst«, antwortete ich leise. »Geschweige denn, was ich tun muß.«

Dagon winkte ab. »Ich werde es dir zeigen, wenn der Moment gekommen ist. Aber du mußt es freiwillig tun. Du mußt mir aus freien Stücken folgen, und die Kräfte, die du mir zur Verfügung stellst, müssen freiwillig für mich wirken. Ich will dir nichts vormachen, Robert Craven: Du könntest mich vernichten, mit Andaras Amulett. Du könntest es jetzt, und du kannst es erst recht, wenn wir an Bord des Schiffes sind.«

»Warum erzählst du mir das?« fragte ich.

Dagon sah mich sehr ernst an. »Weil ich will, daß du weißt, woran ich bin, Robert Craven. Und ich auch. Wir sind beide stark genug, einander zu vernichten, aber keiner könnte es, ohne den eigenen Tod in Kauf zu nehmen. Ich für meinen Teil halte nicht sehr viel von solchen Geschäften. Nun?«

»Und wenn ich mich weigere?« fragte ich. »Möglicherweise ist mir mein eigenes Leben nicht so viel wert wie dir das deine?«

»Humbug«, schnappte Dagon. »Du vergißt immer wieder, daß ich weiß, was du denkst, Robert Craven. Aber ich habe mit deiner Narrheit gerechnet. Deine Freunde befinden sich in meiner Gewalt. Vielleicht bist du wirklich verrückt genug, dein eigenes Leben fortzuwerfen ... aber das deiner Freunde?« Er lachte böse und schüttelte den Kopf. »Gib mir dein Wort, mich an Bord der *Dagon* zu begleiten, und sie können gehen. Wenn nicht, überlasse ich sie ihnen.«

Damit hob er die Hand, und hinter einem Vorhang trat ... etwas hervor.

Ich hatte Furchtbares erwartet, aber der Anblick überstieg selbst meine Vorstellungskraft.

Das Wesen sah aus wie eine gräßliche Kreuzung zwischen einem Menschen und einer Kaulquappe. Es war eines von Dagons Kindern, aber es war in einem Entwicklungsstadium, das viel fortgeschrittener war als das derer, die ich bisher zu Gesicht bekommen hatte.

Es war größer als Rowlf und bewegte sich auf zwei kräftigen, froschartigen Beinen vorwärts. Sein Körper war gerippt wie die Kautschukschläuche meines Atemgerätes, und der monströse Schädel wuchs ohne sichtbaren Hals direkt daraus hervor: eine furchterregende Halbkugel mit einem geschlitzten Maul, zwei dünnen, wie senkrechte Wunden wirkenden Nasenöffnungen und beinahe faustgroßen, gelblichen Augen. Dicht unter dem Schädel wuchsen zwei Arme aus seinem Balg, lang und kräftig wie die von Gorillas und in furchteinflößenden Krallen endend.

Das schlimmste aber war der Blick seiner Augen. Es waren, trotz allem, die Augen eines denkenden Wesens, keiner stumpfsinnigen Kreatur. In dem gelben Glühen der riesigen Pupillen loderte eine tückische, berechnende Intelligenz.

Ich unterdrückte mit Mühe ein Stöhnen. »Ist ... ist das das Paradies, das du Jennifer und ihren Leuten versprochen hast?« fragte ich.

Dagon schürzte die Lippen. »Was geht es dich an?« fragte er. »Ich sehe, mein Diener hat seine Wirkung auf dich nicht verfehlt. Nun – wie entscheidest du dich?«

Ich wollte antworten, aber Dagon schüttelte den Kopf und sprach schnell weiter: »Bedenke, daß ich deine Gedanken lese, bevor du antwortest, Robert Craven. Du kannst mich nicht belügen oder hintergehen. Deine Freunde werden frei sein, wenn du willst. Oder sie werden sterben. Einen schlimmeren Tod, als du ihn dir auch nur vorstellen kannst.«

»Du ... du Ungeheuer«, murmelte ich.

Dagon lächelte. »Danke für das Kompliment. Aber das ist keine Antwort, mit der ich etwas anfangen kann.«

Ich schwieg verbissen, aber im Grunde wußte Dagon die Antwort bereits. Ich konnte Nemo und seine Männer nicht in die Hände dieser ... dieser Kreaturen fallen lassen. Selbst wenn es mein eigenes Leben kostete.

»Du hast gewonnen«, flüsterte ich tonlos. »Ich werde dich begleiten.«

Dagon nickte. »Gut«, sagte er. »Der Handel gilt. Schlag ein, Robert Craven – das macht ihr Menschen doch so, um einen Handel zu besiegeln, oder?«

Und damit trat er auf mich zu und streckte mir seine schwimmhautbewehrte Hand entgegen.

Nach einer Ewigkeit löste ich mich von meinem Platz unter der Tür, ging auf ihn zu und ergriff seine Hand. Das Gefühl war nicht einmal so unangenehm, wie ich erwartet hatte: Seine Haut war trocken und kühl und fühlte sich viel mehr wie die einer Schlange an – als die eines Fisches.

»Es gilt, Robert Craven«, sagte er noch einmal.

Ich nickte. »Es gilt«, bestätigte ich.

Und dabei hatte ich das immer stärker werdende Gefühl, meine Seele einem Wesen verschrieben zu haben, das tausendmal schlimmer als der Teufel war.

Viertes Buch

Der Bug des Schiffes deutete ins Nichts. Zeit und Raum hatten ihre Bedeutung verloren, seit ich das steil aufragende Achterkastell der *Dagon* betreten und das Gesicht in den Wind gedreht hatte, um zu sehen, wohin wir fuhren. Hinter und neben uns war die ölglatte See nördlich des englischen Kleinkontinents, aber vor dem Schiff, dort, wo eigentlich Norden sein sollte, war – *nichts*.

Es war mir unmöglich, einen anderen Ausdruck dafür zu finden, ein anderes Wort für die wirbelnden grauweißen Schemen, die dort tobten, wo der Himmel und das Meer sein sollten.

Es hatte begonnen, nachdem die *Dagon* die Küste verlassen und Kurs auf das offene Meer genommen hatte. Zuerst war es nicht mehr als ein Schemen gewesen, eine dünne, mit bloßem Auge kaum sichtbare Linie wie ein Haar, das senkrecht über den Horizont gelegt worden war, so dünn, daß es sich dem Blick zu entziehen schien, wenn man versuchte, es genauer zu betrachten.

Dann war es gewachsen.

Aus dem Haar war eine klar erkennbare Linie geworden, aus der Linie eine Schlucht, die in der Wirklichkeit klaffte, und zum Schluß ein gewaltiges, alles verschlingendes Maul, das ein Viertel des Horizontes einnahm. Brodelnde weiße Nebelschwaden quollen wie wolkiges Blut aus dieser Wunde, die allein düstere Magie geschlagen hatte, und mit ihnen wehte ein Hauch unheimlicher Kälte heran, der durch meine Kleider und meine Haut drang und irgend etwas in mir zum Erstarren brachte.

Es fiel mir schwer, den Blick von dem Etwas zu lösen, auf das die *Dagon* zusteuerte. Sosehr mich der Anblick erschreckte, so sehr faszinierte er mich zugleich.

Vor uns lag eine andere Welt.

Vielleicht nicht direkt, sondern nur der Weg dorthin, die Bresche, die Dagon mit seiner erschreckenden Magie in die Barriere zwischen den Wirklichkeiten geschlagen hatte, um sich und den Seinen den Weg zu ebnen.

Mit aller Gewalt riß ich mich von dem Anblick los und stieg die steile Treppe zum Hauptdeck hinunter. Ich habe Schiffe niemals besonders gemocht, und das, was ich auf der NAUTILUS und jetzt auf ihrem schrecklichen Gegenspieler erlebt hatte, trug nicht dazu bei, meine Abneigung gegen alles, was schwimmt, zu verringern. Dazu kam, daß ich mich alles andere als wohl fühlte, unabhängig von der Furcht, die der Anblick des Dimensionsrisses in meine Seele gepflanzt hatte. Ich hatte während der letzten fünf Tage so viel Schlaf bekommen wie ein ehrlicher Christenmensch normalerweise in einer Nacht, und obwohl ich eine alles andere als schwächliche Konstitution habe, begann mein Körper nun nachhaltig die Ruhe zu monieren, die ich ihm vorenthalten hatte. Ich hätte meinem rechten Arm für eine Stunde Schlaf gegeben. Aber gleichzeitig wußte ich auch, daß ich keine Ruhe finden würde – wie konnte ich auch!

Müde machte ich ein paar Schritte, blieb stehen und blinzelte aus entzündeten Augen über das Deck. Die *Dagon* war groß, das mit Abstand größte Schiff, das ich jemals gesehen hatte, wahrscheinlich das größte Schiff, das jemals auf den Weltmeeren gefahren war, und ihr Hauptdeck erstreckte sich wie drei aneinandergelegte Fußballplätze vor und unter mir, unterbrochen von zahllosen Aufbauten, deren Bedeutung ich nur zum allergeringsten Teil kannte, und auf mehreren neben- und übereinanderliegenden Ebenen angeordnet. Die gigantischen, erdfarbenen Segel blähten sich über mir, obgleich die See noch immer fast windstill war, und das Gewirr aus Kabeln und Drahtseilen, das sie hielt, war so straff gespannt, daß ich das Summen des belasteten Materials hören konnte.

Trotzdem war ich allein auf Deck.

Die knapp zweihundert Männer und Frauen, die zusammen mit Dagon an Bord des gleichnamigen Schiffes gekommen waren, waren irgendwo in seinen unergründlichen Tiefen verschwunden, und ich hatte wenig Lust, mit einem von ihnen zusammenzutreffen. Mit Ausnahme Jennifers hatte ich mit niemandem mehr geredet, und mir stand auch nicht der Sinn danach, denn es wäre ein Gespräch gewesen, das ohnehin keinen Sinn hatte. Die Menschen, die Dagon folgten, waren Fanatiker, und es hat noch niemals zu irgend etwas anderem als Zorn und Kopfschmerzen geführt, mit einem Fanatiker diskutieren zu wollen. Außerdem hatte ich keine sonderliche Lust, mit McGillycaddy zusammenzutreffen – wer unterhält sich schon gern mit einem Mörder?

Trotzdem bereute ich meinen Entschluß, an Deck zu kommen, in diesem Moment schon fast wieder. Die unnatürliche Kälte war unter Deck zwar genauso unangenehm zu spüren wie hier, und die *Dagon* war groß genug, trotz der sicherlich zwanzig Knoten, mit der sie die Wellen pflügte, ruhig wie ein Stein im Wasser zu liegen, so daß mich sogar die Seekrankheit verschonte, unter der ich normalerweise schon litt, wenn ich nur Wasser rauschen hörte. Aber es war etwas anderes, das mich erschreckte.

Es war die Einsamkeit.

Ich habe sie normalerweise nie gefürchtet; im Gegenteil. Ich schätze das Alleinsein sehr, aber die Stille an

Deck der *Dagon* hatte etwas Unheimliches. Es war keine wirkliche Stille; keine Stille der Geräusche. Das Schiff war voll von Lauten – dem Knarren der Masten und Spieren, dem gelegentlichen Flappen der Segel, das sich anhörte wie das langsame Schlagen gigantischer lederner Flügel, dem Sirren und Singen der straffgespannten Kabel und Taue, dem Klatschen der Wellen, die an den haushohen Flanken des Schiffes zu weißem Schaum zerbarsten – und trotzdem, so absurd es mir selbst in diesem Moment vorkam, war das Schiff *still*. Es war eine Stelle jenseits des Hörbaren, ein Schweigen, als wäre ein Stück der Wirklichkeit um mich herum erloschen. Dafür war etwas anderes da. Etwas, das weder mit Worten noch mit Gedanken zu beschreiben war und das mich tief erschreckte. Es war, als wisperten die Schatten, als erzählten die Dunkelheit und das Schweigen düstere Geschichten; Geschichten von verbotenen Dingen und verfluchten Orten, an denen dieses Schiff gewesen war und zu denen es wieder fuhr …

Mühsam schüttelte ich den Gedanken ab, drehte mich auf dem Absatz herum, um nun doch wieder nach unten zu gehen – und erstarrte.

Am Fuße der Treppe lag ein Mann.

Ich war absolut sicher, daß er vor wenigen Augenblicken noch nicht dort gelegen hatte – schließlich war ich vor weniger als einer Minute selbst die steile Holztreppe hinuntergestiegen –, ebenso wie ich vollkommen sicher war, keine Schritte gehört zu haben.

Aber jetzt war er da.

Und er war tot.

Ich hätte die dunkle Blutlache, die sich langsam unter seinem Körper ausbreitete, nicht einmal zu sehen brauchen, um das zu wissen. Man erkennt einen Toten, wenn man ihn sieht.

Der Mann lag verkrümmt da, mit dem Gesicht in der größer werdenden Pfütze seines eigenen Blutes, die rechte Hand um den Griff eines armlangen Säbels geschlossen und die andere zu einer Kralle verkrümmt, als hätte er in seinen letzten Sekunden versucht, sich an die harten Planken des Schiffsrumpfes zu klammern.

Zehn, fünfzehn Sekunden lang stand ich völlig reglos da und starrte den Toten an. Es war nicht der Anblick der Leiche, der mich so erschreckte – der Anblick eines Toten, der noch dazu auf gewaltsame Weise ums Leben gekommen ist, ist niemals sehr erbaulich, und er gehört wohl zu den wenigen Dingen, an die man sich nie gewöhnen kann –, aber es war etwas an ihm, was diesen Schrecken überdeckte und mich mit schierem Entsetzen erfüllte.

Seine Kleidung.

Der Mann trug einen schwarzen Umhang, bestickt mit dünnen, silbernen Fäden, die die Umrisse eines stilisierten Drachen abbildeten, darunter ebenfalls schwarze Hosen und eine Art lose fallender Bluse in der gleichen Farbe, dazu Stiefel und Handschuhe und eine turbanähnliche Kopfbedeckung, an der ein Tuch befestigt war, das sein Gesicht bis auf einen knapp fingerbreiten Streifen über den Augen bedeckte. Alles an ihm war schwarz.

Ich *kannte* diese Kleidung. Ich war Männern wie ihm begegnet, vor nicht einmal sehr langer Zeit, die mir trotzdem vorkam, als läge sie Ewigkeiten zurück. Und ich hatte zu allen mir bekannten Göttern gebetet, sie nie, nie wiedersehen zu müssen.

Einen Moment lang versuchte ich mit aller Gewalt, mir einzureden, daß ich mich täuschte, daß meine Erinnerungen und meine überreizten Nerven mir einen bösen Streich spielten. Aber ich sah rasch ein, daß das nicht stimmte.

Der Gedanke war völlig widersinnig; das Geschehen hier hatte keinerlei Beziehungen zu ihnen, und selbst wenn, hätten sie nicht hier sein dürfen. Aber der Tote war da, und alles Leugnen brachte ihn nicht fort. Es gab nur eine Gruppe von Menschen auf dieser Welt, die sich auf diese Weise zu kleiden pflegten.

Necrons Drachenkrieger!

Ich starrte den Toten an, unfähig, irgend etwas anderes zu denken als diese beiden Worte, unfähig, etwas anderes zu empfinden als Erschrecken und Unglauben und Zorn – und einen langsam aufkeimenden, immer stärker und stärker werdenden Haß.

Necron.

Wenn es einen Namen auf der Welt gab, der für mich alles Schlechte und Böse und Verabscheuungswürdige versinnbildlichte, dann diesen.

Necron, der geheimnisumwitterte Herr der Drachenburg.

Der Meistermagier, Herr des Bösen und aller dunklen Kräfte.

Und der Mann, der mir den einzigen Menschen genommen hatte, den ich jemals wirklich geliebt hatte ...

Meine Priscylla.

Es war wie ein Schlag in den Magen, schnell, warnungslos und so hart, daß ich mich für Sekunden krümmte, als hätte ich wirklich einen Hieb bekommen, der mir den Atem nahm.

Die Vergangenheit hatte mich eingeholt, endgültig und in einem Moment, in dem ich am allerwenigsten damit gerechnet hatte. Der Tote vor mir war mehr als ein Toter, mehr als das Opfer eines heimtückischen Mordes. Er war ein Fanal, ein boshafter Wink des Schicksals, mit dem es mir mit aller Brutalität zeigte, wie wenig ich ihm hatte davonlaufen können. Der Anblick seiner schwarzen Kleidung und das, was sie für mich bedeutete, ließ die Vergangenheit auferstehen, die Bilder, die ich mit aller Macht aus meinem Bewußtsein zu verdrängen versucht hatte, und plötzlich begriff ich, daß alles, was ich seither erlebt und getan hatte, all diese verrückten und haarsträubenden Abenteuer, alle Gefahren, in die ich mich kopfüber gestürzt hatte, nur diesem einem Zweck gedient hatten – dem Vergessen.

Ich hatte versucht, meine Vergangenheit zu begraben, sie mit einem Gebirge aus Gefahren und Abenteuern zu erschlagen. Aber das ging jetzt nicht mehr. Der Tote lag vor mir, und er war real.

Nachdem die erste Woge von Zorn und Haß – der in Wahrheit wohl nur ein Ausdruck meiner eigenen Hilflosigkeit sein mochte – vorüber war, begannen mir tausend Fragen durch den Kopf zu schießen. Wie kam der Mann hierher? Und – und das war das wichtigste – warum?

Zögernd kniete ich nieder, drehte ihn auf den Rücken und besudelte mir dabei die Hände mit seinem Blut.

Als ich in sein Gesicht blickte, hätte ich um ein Haar aufgeschrien.

Er war tot, aber seine Kehle war nicht durchschnitten worden, wie ich bisher angenommen hatte. Was ich sah, waren nicht die Spuren eines Messers, sondern Wunden, wie sie nur furchtbare Raubtierfänge schlagen konnten. Schaudernd drehte ich mich in der Hocke um, löste das Schwert aus seinen schlaffen Fingern und hielt die Klinge ans Licht. Auf dem rasiermesserscharten Stahl war nicht der kleinste Blutstropfen zu sehen. Der Drachenkrieger war nicht einmal dazu gekommen, sich zu wehren. Ich hatte Männer wie ihn im Kampf erlebt und wußte, wozu sie fähig waren. Ein Wesen, das einen solchen Krieger derart rasch und auf so furchtbare Weise zu töten vermochte, mußte zehnmal gefährlicher als ein Tiger sein.

Als ich an diesem Punkt meiner Überlegungen angekommen war, hörte ich Schritte. Gleichzeitig legte sich ein riesiger, verzerrter Schatten auf den Körper des Toten.

Im Reflex wirbelte ich herum, sprang in die Höhe, hob gleichzeitig das Schwert – und brach die Bewegung im letzten Moment wieder ab, als ich den Mann erkannte, der hinter mir aufgetaucht war. »Bannermann!«

Der ehemalige Kapitän der *Lady of the Mist* nickte, lächelte auf die flüchtige unechte Art, in der man lächelt, um jemanden zu begrüßen, und wurde sofort wieder ernst. Sein Blick huschte über das bleiche Gesicht des Toten, glitt über die noch immer zum Schlag erhobene Klinge in meiner Hand und blieb auf meinem Gesicht haften.

Hastig senkte ich das Schwert und trat einen halben Schritt vom Leichnam des Drachenkriegers fort. »Verzeihen Sie«, sagte ich mit einer Kopfbewegung auf die beidseitig geschliffene Klinge. »Das … das galt nicht Ihnen. Ich bin ein wenig nervös.«

Bannermann schien meine Worte gar nicht gehört zu haben. »Haben Sie ihn getötet?« fragte er leise.

Ich starrte ihn an, blickte dann erschrocken auf das Schwert in meiner Hand und meine blutigen Finger und ließ die Klinge hastig zu Boden fallen. »Nein«, sagte ich. »Er … er lag plötzlich da. Ich weiß nicht, wer ihn umgebracht hat. Ich weiß nicht einmal, wer er ist.«

Bannermann musterte mich einen Moment lang stirnrunzelnd, ging dann ohne ein weiteres Wort vor dem Toten in die Hocke und untersuchte mit kundigen Bewegungen die Wunde an seinem Hals. Als er fertig war, waren seine Finger ebenso blutbesudelt wie meine.

»Nein«, sagte Bannermann, nachdem er sich wieder aufgerichtet hatte. »Sie haben ihn nicht getötet. Das war kein Mensch.«

»Danke, daß Sie es mir bestätigen«, sagte ich, schärfer, als ich eigentlich beabsichtigt hatte. Aber Bannermanns Worte hatten mich mit einem Zorn erfüllt, den ich mir selbst nicht so recht zu erklären vermochte. Ich begann erst jetzt zu spüren, *wie* nervös ich war.

»Wo kommt dieser Mann her?« fragte Bannermann. »Er war nicht bei den Leuten, die heute morgen an Bord gekommen sind. Ich hätte ihn bemerkt.«

»Zum Teufel, das weiß ich nicht«, antwortete ich gereizt.

Bannermann begann rasch und methodisch die Taschen des Drachenkriegers zu durchsuchen. Seine Ausbeute war mager – der Krieger trug genug Waffen bei sich, um eine kleine Armee auszurüsten, aber das war auch schon alles. Bannermann schüttelte enttäuscht den Kopf und stand wieder auf. »Nichts.«

»Was haben Sie erwartet?« fragte ich spöttisch. »Einen Passport und eine gültige Schiffspassage, erster Klasse und Einzelkabine?«

»Nein«, antwortete Bannerman ungerührt. »Ein schriftlicher Marschbefehl von Necron hätte gereicht.«

Eine Sekunde lang starrte ich ihn nur an, und schon wieder stieg eine Woge heißen, völlig unbegründeten

Zornes in mir empor. Dann senkte ich betreten den Blick.

»Verzeihen Sie, Bannermann«, sagte ich. »Ich bin nervös. Nehmen Sie mich nicht zu ernst.«

Bannermann winkte ab. »Schon gut, Craven. Dazu ist im Moment wirklich keine Zeit. Helfen Sie mir.«

Er bückte sich nach dem Toten, griff schnaufend unter seine Arme und machte eine ungeduldige Kopfbewegung, als ich zögerte, seine Beine zu ergreifen.

»Was haben Sie vor?« fragte ich, ohne mich von der Stelle zu rühren.

»Wir müssen ihn fortschaffen«, sagte Bannermann. »Fassen Sie an.«

Ich reagierte noch immer nicht. »Was soll das heißen?« fragte ich. »Wir müssen den anderen Bescheid sagen und …«

»Und eine kleine Panik auslösen, wie?« fiel mir Bannermann ins Wort. »Natürlich werden wir die anderen warnen, Craven. Aber was glauben Sie, was hier los ist, wenn jemand zufällig hier heraufkommt und diesen Mann findet, so wie er aussieht? Helfen Sie mir, ihn über Bord zu werfen.«

Zwei, drei Sekunden lang blickte er mich auffordernd an, dann stieß er ein zorniges Schnauben aus, lud sich den leblosen Körper des Drachenkriegers allein auf die Arme und trug ihn, schwankend, aber sehr schnell, zur Reling.

»Zum Teufel, Bannermann, warten Sie!« rief ich. »Ich …«

Es war zu spät. Bannermann hob den schwarzverhüllten Leichnam ächzend über die Reling und ließ ihn los. Wie ein Stein stürzte er in die Tiefe. Bannermann grunzte zufrieden, kam zurück und bückte sich nach den Waffen, die er aus der Kleidung des Toten gezogen hatte. Nacheinander schleuderte er alles über Bord und behielt nur einen zweischneidigen Dolch und eine Anzahl kleiner fünfzackiger Wurfsterne zurück, die er mir reichte.

»Was soll ich damit?« fragte ich verwirrt.

Bannermann winkte ungeduldig mit der Hand. »Stecken Sie sie ein, Craven. Vielleicht sind Sie bald froh, überhaupt eine Waffe zu haben. Was immer diesen Mann getötet hat, ist noch an Bord, vergessen Sie das nicht. Und jetzt kommen Sie. Ich denke, wir sollten Dagon berichten, was hier geschehen ist.«

Der Raum um Necron war still wie immer. Die Geräusche der Außenwelt hatten hier keine Bedeutung, und die gleiche Macht, die ihn vor dem Griff der Zeit schützte, bewahrte ihn auch vor den Geräuschen des Draußen, vor seinen Lauten und Störungen, vor jedem Einfluß, der das Unwandelbare hätte wandeln können.

Und doch hatte sich etwas geändert, hier, wo nichts verändert werden durfte, dachte Necron schaudernd. Wie alle wirklich großen Veränderungen war sie noch nicht sichtbar, begann sie lautlos und unsichtbar, beinahe unbemerkt. Niemand würde sie spüren, bis es zu spät war, niemand mit Ausnahme einiger weniger Berufener. Oder Verfluchter.

Necron wußte selbst nicht zu sagen, zu welcher Gruppe er gehörte. Manchmal, in all den ungezählten Jahren, die er gelebt hatte, hatte er begonnen zu zweifeln, hatte mit dem Schicksal gehadert und sich gewünscht, der Verlockung der Macht nicht nachgegeben zu haben, in diesem einen, einzigen Moment vor so langer Zeit, der sein Leben so vollkommen geändert hatte. Seines und das zahlloser anderer Männer und Frauen …

Ein Schatten bewegte sich vor ihm; nicht wirklich, nicht so, als bewege sich wirklich etwas in der großen, stillen Kammer. Es war nur ein Huschen von Dunkelheit, ein flüchtiger, zeitloser Augenblick, als griffe ein Finger aus Finsternis aus den Dimensionen jenseits der Nacht hervor, richte sich drohend auf ihn, aber Necron verstand die Warnung. Er hatte den GROSSEN ALTEN einmal zu hintergehen versucht, und Cthulhu würde keinen zweiten Verrat dulden. Nicht einmal einen Moment des Zweifels.

Gehorsam wandte er seine Gedanken von solcherlei verbotenen Dingen ab und ging mit gemessenen Schritten zur anderen Seite der Kammer, wo zwei übermannshohe, rechteckige Behältnisse aus Glas auf schwarzen Marmorsockeln aufgestellt waren.

Seine harten, grausamen Gesichtszüge spiegelten sich verzerrt in dem glasklaren Kristall, als er sich über den ersten beugte und das Gesicht des schlafenden Mädchens darin musterte. Er hatte es oft getan in den letzten Monaten, zahllose Male, und doch hatten die schmalen, beinahe eingefallen wirkenden Züge dieses kindlichen Wesens nichts von ihrem Geheimnis verloren. Necron konnte es sich nicht erklären, aber das Antlitz der schlafenden Frau faszinierte ihn; weit mehr als es beim Anblick einer schönen Frau normal gewesen wäre.

Was ihn so in seinen Bann schlug, war das ... Geheimnis ... das ihre Züge zu verbergen schienen.

Necron richtete sich auf und wandte sich dem zweiten Kristallsarg zu. Unter dem spiegelnden Deckel lag die entkleidete Gestalt eines jungen Mannes, schlank, aber so wohlproportioniert, wie sie nur sein konnte, das Gesicht kantig und hart, dabei aber von einer offenen, freundlichen Art; ein Gesicht, zu dem man sofort

Zutrauen fassen mußte. Ein Jungengesicht, trotz der harten Züge, die um Kinn und Mund lagen. In Necron löste es nichts anderes als eine Woge brodelnden Zorns aus. *Shannon!* dachte er haßerfüllt.

Sein bester Schüler. Seine größte Hoffnung seit so vielen Jahrhunderten.

Und seine größte Enttäuschung.

Was hätte er darum gegeben, ihn vernichten zu können, ihn bezahlen zu lassen für den zweifachen Verrat, den er begangen hatte.

Aber er durfte es nicht. Noch nicht.

Mit einer entschlossenen Bewegung drehte sich Necron herum, ging zu einem niedrigen Tisch auf der anderen Seite des Raumes und kam kurz darauf zurück, einen braunen Lederbeutel in der Hand. Seine Lippen formten lautlose Worte, während er den Beutel öffnete und mit spitzen Fingern eine winzige Prise eines grauen Pulvers hervornahm, um es über den Sarg zu streuen.

Etwas Sonderbares geschah: Als wäre der Deckel aus stahlhartem Kristall gar nicht vorhanden, glitt das Pulver hindurch, senkte sich leicht wie fallender Schnee auf das Gesicht des bewußtlosen Mannes und schien in seine Haut einzudringen wie Wasser in einem Schwamm.

Necron trat zurück, knotete sorgfältig seinen Beutel wieder zu und wartete. Es dauerte lange – zehn, fünfzehn, schließlich zwanzig Minuten, aber dann begann sich die leblose Gestalt unter dem spiegelnden Kristall zu verändern; erst langsam, dann immer schneller und schneller. Seine Haut verlor ihre leichenhafte Blässe, wurde dunkler und nahm einen kräftigen, beinahe gesunden Farbton an, und schließlich hob sich seine Brust in einem ersten, noch mühsamen Atemzug.

Necron machte einen halben Schritt auf den Sarg zu und brach die Bewegung wieder ab. Er mußte sich gedulden. Er hatte so lange gewartet – was machten da wenige Minuten?

Trotzdem wurde die Zeit für ihn zur Qual, bis der Junge endlich die Lider hob. Sein Blick war noch trüb, es war der Blick eines Menschen, der aus einem tiefen, unendlich tiefen Schlaf erwachte und sich nicht gleich in der Wirklichkeit zurechtfand. Er versuchte die Hand zu heben, aber seine Kraft reichte nicht.

Mit einem entschlossenen Schritt trat Necron an den Kristallsarg heran und berührte den Deckel. Seine Lippen formten ein einzelnes, düster klingendes Wort, und wie von Geisterhand bewegt, schwang die mannslange Kristallscheibe nach oben und zur Seite.

»Steh auf«, sagte Necron befehlend.

Shannon gehorchte. Seine Bewegungen waren ungelenk und steif wie die eines Kindes, das noch nicht richtig gelernt hatte, seinen Körper zu beherrschen, aber bereits während er aus dem gläsernen Sarg stieg und sich nach den bereitgelegten Kleidern bückte, auf die Necron schweigend deutete, wurde aus dem abgehackten Rucken seiner Glieder mehr und mehr ein fließendes, ungemein elegantes Gleiten. Als er sich schließlich herumdrehte und seinen Herrn ansah, schien seine Gestalt Kraft zu verströmen wie eine unsichtbare, dafür aber um so deutlicher fühlbare Aura. Necron spürte einen flüchtigen Anflug von Stolz, als er die schlanke Gestalt des jungen Mannes betrachtete, die Art von Stolz, die ein Vater beim Anblick seines wohlgeratenen Sohnes empfinden mochte, oder ein Künstler beim Betrachten seines bisher besten Kunstwerkes. Shannon war *sein* Geschöpf, ganz allein. Er hatte ihn zu sich genommen, als er nicht einmal alt genug gewesen war, aus eigener Kraft zu stehen, und alles, was dieser junge Magier wußte, all die unglaublichen Kräfte, die tief in ihm schlummerten und die er zum allergrößten Teil noch nicht einmal selbst entdeckt hatte, jedes bißchen Wissen, stammte von ihm. In einem gewissen Sinne war Shannon viel mehr Necron als Shannon, vielleicht mehr als Necron selbst.

Und trotzdem würde er ihn zerstören müssen, wenn alles vorbei war. Selbst in Gedanken scheute Necron vor dem Wort *töten* zurück, denn für ihn war Shannon immer ein Werkzeug gewesen, erst in zweiter Linie ein Mensch, wenn überhaupt. Er hatte zweimal versagt, und er würde wieder versagen, wenn er nicht sehr achtgab. Und Necron wußte, daß irgendwann der Tag kommen würde, an dem Shannon seine wahre Macht begriffen und sich ihrer zu bedienen gelernt hatte. Vielleicht würde er dann nicht mehr stark genug sein, seiner Herr zu werden. Aber bevor es soweit war, würde er ihn zerstören; ein Werkzeug, eine Waffe, die furchtbar in ihrer Wirkung war, und trotzdem mißlungen. Er würde eine neue bauen. Einen neuen Shannon, irgendwann einmal. Er hatte Zeit.

Trotzdem stimmte ihn der Gedanke auf sonderbare Weise traurig. Obwohl er Shannon ob seines zweifachen Verrates haßte, gab es noch einen Rest von Zuneigung in ihm, eine Sympathie, die mit den Jahren gewachsen war und sich jeder Logik entzog.

Necron vertrieb den Gedanken und drehte sich mit einem Ruck um. Auf einen stummen Wink seiner Hand hin folgte ihm Shannon. Sie gingen zu einem niedrigen, mit Büchern und vom Alter brüchig gewordenen Pergamentrollen übersäten Tisch; Necron deutet mit einem dürren Finger auf eine Karte, die ausgerollt und an den Ecken mit Steinen beschwert worden war. Die Linien und Symbole darauf zeigten keine bekannte Landschaft dieser Welt und hätten auf jeden anderen den Eindruck eines sinnlosen, aber sonderbar düster wirkenden Gekritzels gemacht. Für den, der sie zu lesen verstand, waren sie die Konturen der Wirklichkeit, die Gezeitenströmungen zwischen den Welten.

»Der Moment ist gekommen«, sagte Necron. »Der Verräter Dagon flieht, Shannon, und mit ihm die, die ihm anhängen. Er hat sein Versteck verlassen und sich auf den Weg in eine andere Welt gemacht.« Er lächelte dünn. »Du weißt, was das bedeutet.«

Shannon nickte. Er antwortete nicht, denn er war nicht dazu aufgefordert worden, aber Necron wußte, daß er jedes Wort verstand.

»Du wirst gehen«, fuhr er fort. »Ich gebe dir noch einmal die Chance, dich zu bewähren, Shannon. Das, wonach wir so lange gesucht haben, befindet sich an Bord seines Schiffes. Nimm sechs Krieger deiner Wahl und hole es.«

Shannon nickte gehorsam, und Necron ließ mit einem neuerlichen, triumphierenden Lächeln die Hand auf die brüchige Karte klatschen. »Das erste der SIEBEN SIEGEL DER MACHT!« Seine Stimme zitterte vor Erregung. »Bring es mir, Shannon, und dein Verrat sei dir vergeben. Du weißt, wieviel davon abhängt.«

Shannon nickte abermals, trat einen halben Schritt von dem mit Karten und Büchern übersäten Tisch zurück und fragte: »Wann soll ich aufbrechen?«

»Jetzt gleich«, antwortete Necron. »Und beeile dich, denn du hast nicht viel Zeit. Ich werde diesen Fischgott bestrafen für das, was er unserem Herrn angetan hat.«

»Was werdet Ihr tun, Herr?« fragte Shannon. Necron blickte ihn scharf an. In dem Ausdruck in Shannons großen, wasserklaren Augen war kein Falsch, kein Verrat, nicht einmal Zweifel – aber er hatte ihm nicht befohlen, diese Frage zu stellen. Hastig verstärkte er die geistige Fessel um Shannons Geist um eine Winzigkeit – nicht so viel, daß seine Fähigkeit, logisch zu denken und blitzschnelle Entscheidungen zu fällen, in irgendeiner Form beeinträchtigt worden wäre, aber doch genug, auch noch den letzten Rest seines freien Willens zu ersticken. Dann antwortete er trotzdem.

»Das Schiff wird vernichtet, Shannon. Und mit ihm Dagon und alle, die bei ihm sind. Ich werde beginnen, sobald du fort bist. Du hast vier Stunden Zeit. Nicht mehr.«

Auf Shannons Gesicht war nicht die geringste Regung zu erkennen, als er nickte.

Necron deutet auf den Glassarg, in dem der junge Magier gelegen hatte. »Deine Waffen liegen bereit. Nimm sie, und dann geh.«

Shannon nickte abermals, wandte sich um und ging mit schnellen Schritten durch den Raum, um Necrons Befehl auszuführen. Als er fertig war und sich wieder umwenden wollte, streifte sein Blick die schlafende Mädchengestalt in dem zweiten Kristallsarg. Er stockte.

»Wer ist sie?« fragte er. »Sie … ist sehr schön.«

Necron starrte ihn an. »Niemand, für den du dich zu interessieren hättest«, sagte er scharf. »Und nun geh – du hast deine Befehle.«

Gehorsam wandte sich Shannon um, durchquerte den Raum und zog die Tür hinter sich zu, ohne sich auch nur noch ein einziges Mal umzudrehen. Aber der Ausdruck in Necrons Augen war um eine weitere Winzigkeit besorgter geworden. Er hatte die Fessel um Shannons Geist so eng zusammengezogen, wie es nur ging, wollte er ihn nicht zu einer zwar gehorsamen, aber völlig nutzlosen Puppe machen, und trotzdem war es ihm nicht gelungen, eine hundertprozentige Kontrolle über Shannon zu erlangen. Vielleicht würde ihm das nie mehr gelingen. Vielleicht war Shannon schon jetzt stärker, als er selbst zu hoffen gewagt hätte.

Aber für das, was er tun mußte, konnte das nur von Vorteil sein. Und wenn er zurückkam, dachte Necron entschlossen, würde er ihn zerstören.

Es war sonderbar – aber der Seegang war unter Deck der *Dagon* weitaus stärker zu spüren als oben. Die Treppe schien wie ein lebendes Wesen unter meinen Füßen zu beben und zu hüpfen, und wenn ich nicht achtgab, dann versuchte sie mich abzuwerfen wie ein bockendes Pferd. Meine Knie zitterten, als ich endlich die letzte Stufe überwunden hatte und stehenblieb, um auf Bannermann zu warten.

Gegen das hell erleuchtete Rechteck des Aufganges war seine Gestalt nur als Schatten zu erkennen. Er bewegte sich mit der Leichtigkeit des erfahrenen Seemannes über die schwankenden Stufen, aber gleichzeitig strahlten seine Bewegungen eine ungemeine Kraft und Geschmeidigkeit aus.

»Wohin?« fragte ich, als er neben mir angelangt war.

Bannermann deutete mit einer Kopfbewegung nach vorne, tiefer in die künstliche Nacht hinein, die das Innere der *Dagon* beherrschte. »Dort hinunter. Er ist bei den anderen, in den Passagierkabinen.«

Ich schloß mit einigen schnellen Schritten zu ihm auf. »Wie lange sind Sie an Bord dieses Schiffes?« fragte ich.

Bannermann hob andeutungsweise die Schultern. »Keine Ahnung, Craven. Ich … erinnere mich kaum. Ich bin in einer schmierigen Kaschemme aufgewacht, nachdem Frane und seine Schläger mich überwältigt haben, und danach …« Er stockte, suchte einen Moment vergeblich nach Worten und schüttelte den Kopf. »Ich weiß es einfach nicht. Vielleicht haben sie mir irgendein Zeug gegeben, damit ich mich nicht richtig erinnere. Da war ein Boot, und ich glaube, für eine Weile war ich in einem Haus.« Er sah mich an. »Aber die nächste klare Erinnerung ist die *Dagon*. Ich bin seit ein paar Tagen hier, aber es ist verdammt schwer zu sagen, wie lange genau.« Er lächelte. Es wirkte hilflos. »Die Zeit scheint hier anders abzulaufen, verstehen Sie?«

»Ja«, sagte ich und schüttelte den Kopf. Bannermann lächelte erneut.

»Ich kann es auch nicht genau sagen«, fuhr er fort. »Manchmal bin ich stundenlang herumgelaufen, und es schien überhaupt keine Zeit vergangen zu sein, dann wieder …« Er stockte abermals. »Ach verdammt, wie soll ich Ihnen etwas erklären, das ich selbst nicht verstehe?«

Nun, zumindest in diesem Punkt verstand ich ihn, sehr gut sogar. Mir erging es ja auch nicht sehr viel besser.

»Und Sie?« fragt er, als hätte er meine Gedanken gelesen. »Wie kommen Sie hierher, Craven? Was haben Sie mit diesen Verrückten aus Firth'en Lachlayn zu schaffen?«

»Nichts«, antwortete ich ausweichend. »Ich bin aus … aus einem anderen Grund hier.«

Bannermann nickte. »Die NAUTILUS.«

Überrascht blieb ich stehen. »Woher wissen Sie davon?«

»Ich weiß eine Menge«, antwortete Bannermann lächelnd. »Ich hatte nicht sehr viel zu tun in den letzten Tagen. Und Dagon ist ein redseliger Bursche.«

»Sie kennen ihn?«

»Warum nicht?« erwiderte Bannermann. »Ich weiß, daß Sie ihn für ein Ungeheuer halten, und wahrscheinlich haben Sie verdammt recht damit, Craven. Aber er ist trotzdem ein Mensch. Ein ziemlich einsamer Mensch.« Plötzlich trat ein sonderbarer Ausdruck in seine Augen. »Wissen Sie, daß er mich gefragt hat, ob ich nicht bei ihm bleiben will?«

»Und was haben Sie geantwortet?« fragte ich.

»Noch nichts«, sagte Bannermann, ohne mich dabei anzusehen. »Die *Dagon* ist ein phantastisches Schiff. Und sie werden Seeleute brauchen dort, wo sie hingehen.«

»Sind Sie verrückt, Bannermann?« entfuhr es mir. »Reicht es nicht, daß diese Wahnsinnigen dort unten mit offenen Augen in ihr Unheil rennen?«

»Wer sagt das?« erwiderte Bannermann ruhig. »Woher wollen Sie wissen, daß nicht Sie es sind, der sich irrt, und diese Menschen recht haben?« Er lachte, aber es klang alles andere als amüsiert. »O ja, Craven, ich kann mir sehr gut vorstellen, was Sie jetzt denken. Aber Sie begehen einen Fehler, wenn Sie von sich auf alle anderen schließen. Nicht jeder hat so viel zu verlieren wie Sie. Die meisten dieser Leute sind ihr Leben lang bitter arm gewesen, und der einzige Luxus, den sie jemals kennengelernt haben, war der, einmal ein paar Tage ohne Angst zu leben oder keinen Hunger zu haben.«

»Sie übertreiben, Bannermann«, sagte ich.

Bannermann machte eine zornige Handbewegung. »Mag sein, aber es ist trotzdem so. Wieso maßen Sie sich an, diesen Menschen das letzte bißchen Hoffnung zu nehmen, das ihnen geblieben ist?«

»Und McGillycaddy?« fragte ich.

Bannermanns Gesicht verdüsterte sich. »Er und seine Mörderbande sind Verbrecher«, sagte er. »Kriminelle, die die Macht ausgenutzt haben, die ihnen gegeben wurde. Früher oder später werden sie ihre gerechte Strafe erhalten. Diese Menschen dort unten haben doch nicht gelernt, wie es ist, ohne Furcht zu leben. Aber sie werden es lernen.«

Ich sah ihn ungläubig an. »Das ... hört sich an, als hätten Sie sich bereits entschlossen, was Sie Dagon antworten werden«, murmelte ich.

Bannermann antwortete nicht, aber er wich meinem Blick auch nicht aus, sondern starrte mich so fest und beinahe trotzig an, daß schließlich *ich* es war, der sich umwandte und schnell weiterging.

Als ich die Treppe hinunter zum Passagierteil in Angriff nehmen wollte, hielt mich Bannermann noch einmal zurück. »Hören Sie, Craven«, begann er. »Ich denke, es ist besser, wenn Sie noch niemandem sagen, was dort oben vorgefallen ist. Wir sollten eine Panik vermeiden.«

Ich widersprach nicht. Das war nicht der wahre Grund, das spürte ich genau, aber ich glaubte auch zu wissen, daß Bannermann seine Gründe hatte, so zu handeln. Und, verdammt, ich mußte allmählich aufhören, hinter jedem Gesicht und jedem freundlichen Wort Verrat und Betrug zu wittern. Wenn ich schon anfing, meinen eigenen Freunden zu mißtrauen, konnte ich gleich aufgeben!

»Und noch etwas«, sagte Bannermann, als ich weitergehen wollte. »Sagen Sie McGillycaddy und seiner Bagage noch nicht, daß ich hier an Bord bin. Er hat nämlich keine Ahnung, und ich möchte noch eine kleine Überraschung für ihn vorbereiten.«

Das *Tor* hatte sich wieder geschlossen. Wo vor Sekunden noch das grünliche Flimmern der Ewigkeit gewogt und Schatten aus dem Nirgendwo in die Welt der Lebenden gegriffen hatten, war jetzt wieder eine massige, aus uralten rissigen Bohlen gefertigte Tür. Das einzige Auffallende an ihr war das komplizierte, aus Gold und edlen Steinen gefertigte Siegel, das dort prangte, wo ihr Schloß sein sollte.

Shannon und die sechs Krieger waren gegangen, um im selben Augenblick an einem Ort, mehr als zehntausend Meilen entfernt auf der anderen Seite der Welt, wieder aufzutauchen.

Necron taumelte.

Es war ihm niemals leichtgefallen, nur kraft seines Willens ein *Tor* zu öffnen, etwas, wozu andere wochenlange Beschwörungen und die kompliziertesten Vorbereitungen nötig gehabt hätten. Aber heute war es ungleich schwerer gewesen; ein Vorhaben, das selbst seine Kräfte beinahe überstieg und ihn ausgelaugt und bis an die Grenze echten körperlichen Schmerzes erschöpft zurückließ.

Die wuchtige Eichenholztür und die graue, spröde gewordene Wand, in die sie eingelassen war, begannen vor seinen Augen zu verschwimmen, und auf seiner Zunge lag ein widerlicher Geschmack wie nach Kupfer. Sein Herz jagte. Dabei war es nicht einmal so sehr die Anstrengung gewesen, das Siegel zu öffnen. Aber er hatte das *andere* gespürt, den fremden Einfluß, der plötzlich da war wie eine unsichtbare Hand, die seinen Griff sprengen und das *Tor*, das Transportsystem der

GROSSEN ALTEN in etwas anderes, Fremdes verwandeln wollte.

War es schon soweit?

Er hatte sehr lange auf diesen Augenblick gewartet, aber jetzt, als er heran war, mußte er sich eingestehen, daß er nichts über ihn wußte. Die Sterne standen günstig, und alle Zeichen sagten, daß dies der *Moment* war, aber keines von ihnen sagte ihm, was er tun mußte, welche Gefahren ihm auf dem Weg begegnen mochten und wie er ihnen widerstehen konnte.

Schaudernd wandte sich der alte Mann um und ging zurück zu seinem Tisch, auf dem der Stapel von Büchern und Pergamenten weiter angewachsen war. Auch sie halfen ihm nicht weiter. Selbst die ältesten der alten Schriften schwiegen, und selbst im NECRONOMICON, dem Buch der Bücher, war nichts über die SIEBEN SIEGEL DER MACHT zu finden; nicht mehr als er ohnehin wußte: daß es sie gab und daß er sie brauchte, wollte er nicht scheitern und einen furchtbaren Preis dafür zahlen.

Sein Blick suchte die Schatten, die wie finstere Spinnentiere in den Ecken nisteten. Natürlich waren sie leer, und natürlich waren sie nichts weiter als die Abwesenheit von Licht – und trotzdem erfüllten sie ihn mit einer unglaublichen Furcht, wußte er doch, was sich dahinter verbarg.

Du bist noch nicht fertig, wisperten die Schatten. Da ist noch etwas, das du tun mußt.

Necron nickte. Er war sich nicht sicher, ob er die Stimme wirklich gehört hatte oder ob sie seiner Phantasie entsprang, aber das blieb sich gleich. Ob *er* zu ihm sprach oder nicht, *er* war da, körperlos und unsichtbar, überall zugleich und doch nirgends, und nicht die geringste seiner Handlungen, nicht der geheimste seiner Gedanken konnte *seiner* Aufmerksamkeit entgehen.

Fast hätte er gelacht. Was würden sie wohl denken, all die unzähligen, die sich vor Furcht krümmten, wenn sie auch nur seinen Namen hörten? Was würden sie sagen, wenn sie wüßten, daß auch ihm, Necron, dem Herrn der Schatten und der Nacht, dem Mann, dessen Name Furcht und Tod war, die Angst ein wohlvertrauter Freund war? Daß auch er seine Tage in Furcht verbrachte; Furcht vor einem Wesen, das so schrecklich war, daß sein bloßer Anblick einen normalen Menschen um den Verstand gebracht hätte?

Aber sie wußten es ja nicht.

Necron atmete tief ein, beugte sich wieder über das aufgeschlagene Buch und begann mit seinem dürren Zeigefinger die Linien auf dem brüchigen Pergament abzufahren. Die Buchstaben, die er sah, gehörten zu keiner bekannten Sprache, zu keiner Schrift, die irgendein anderer Mensch auf der Welt zu entziffern in der Lage gewesen wäre. Für ihn waren sie so klar wie gedruckte Worte. Nur tausendmal furchtbarer in ihrer Bedeutung.

Selbst er zögerte, als sein Finger die gesuchte Zeile fand und unter den unheiligen Worten verharrte. So mächtig er war, hatte er bisher nie gewagt, diesen Fluch auszusprechen, den Bann zu lösen und den UNAUSSPRECHLICHEN zu befreien.

Aber sein Zögern währte nur einen Augenblick. Was getan werden mußte, duldete keinen Aufschub. Seine Feinde waren listig und schlau, und Necron hatte nie zu denen gehört, die den Fehler begingen, ihre Gegner zu unterschätzen. Er konnte sich keinen Fehler leisten. Wenn er versagte, dann erwartete ihn ein Schicksal, das hundertmal schlimmer war als die Hölle der Christen.

Mit einem entschlossenen Ruck stand er auf, legte beide Hände mit gespreizten Fingern auf die aufgeschlagenen Buchseiten und begann Worte zu sprechen. Worte in einer uralten, seit Millennien vergessenen Sprache.

Worte, die scheinbar ohne die geringste Wirkung blieben.

Hier, tief unter den natürlich gewachsenen Grundmauern der Drachenburg war dem auch so.

Aber zehntausend Meilen entfernt und auf der anderen Seite der Welt stießen sie die Tore des Chaos auf.

Das, was Bannermann als *Passagierkabine* bezeichnet hatte, war in Wirklichkeit ein gewaltiger, beinahe schiffsgroßer Saal, dessen Decke sich gute fünfzig Fuß hoch spannte und gewölbt wie die einer Katakombe war. Die knapp zweihundert Männer und Frauen, die im ersten Licht des Morgens an Bord der *Dagon* gegangen waren, saßen verteilt auf einer Anzahl hölzerner Stühle und Bänke, die sich vergeblich bemühten, dem Raum einen Anstrich von Wohnlichkeit zu verleihen. Er war zu groß dafür, und das nackte Holz seiner Wände ließ mich eher an einen Viehtransporter denken denn an ein Schiff, in dem Menschen in eine neue Welt reisen wollten.

Ich vertrieb den Gedanken, blieb unter der Tür stehen und sah mich aufmerksam um. Von Jennifer und ihrer Mutter war keine Spur zu entdecken, wie ich mit einem leisen Gefühl der Enttäuschung feststellte. Dafür entdeckte ich McGillycaddy und seinen Schlägertrupp.

Es waren nicht einmal sehr viele. Nachdem Frane verschwunden war – ich hatte einen Teil des Morgens damit zugebracht, vergeblich nach ihm Ausschau zu halten –, blieben McGillycaddy ein knappes halbes Dutzend Männer. Es war mir ein Rätsel, wie es diese Handvoll Krimineller jemals geschafft hatte, ein ganzes Dorf zu tyrannisieren.

Aber selbst jetzt verbreiteten sie noch Furcht wie einen üblen Geruch. Obwohl der Saal gewaltig war, waren zweihundert Menschen doch mehr als genug, ihn zu füllen; an den meisten Tischen herrschte drückende Enge, und nicht wenige hatten sich in Ermangelung eines Sitzplatzes auf dem Fußboden oder den Tischplatten niedergelassen. Aber McGillycaddy und seine Kumpane saßen allein, inmitten eines unregelmäßigen Kreises leergebliebener Stühle und Bänke.

McGillycaddys Gesichtsausdruck nach zu schließen, schien er dieses Gefühl der Macht sichtlich zu genießen.

Rasch näherte ich mich dem Tisch, den er mit seinen Kumpanen besetzt hatte, starrte demonstrativ an ihm vorbei und ging weiter in Richtung auf die zweite, etwas schmalere Tür, die tiefer ins Schiff hineinführte.

Ich war nicht sonderlich überrascht, als McGillycaddy sich im letzten Moment herumdrehte und das Bein vorstreckte, so daß ich entweder einen größeren Schritt machen oder darüber fallen mußte, wäre ich weitergegangen.

Ich tat keines von beiden, sondern blieb stehen.

»Wo wollen Sie hin, Craven?« fragte er lauernd. »Da hinten ist absolut nichts, was Sie interessieren dürfte.«

Einen Moment lang überlegte ich ernsthaft, ihn schlichtweg zu hypnotisieren, um mir so freie Bahn zu verschaffen. McGillycaddy hatte viel von seinem unheimlichen Flair verloren. In der Nacht am See, während er im Schein des Scheiterhaufens gestanden und mit hoch erhobenen Armen seine Beschwörungsformel rezitiert hatte, war er selbst mir unheimlich und mächtig erschienen, viel weniger Mensch als ein Dämon, den die Nacht ausgespien hatte. Jetzt machte er auf mich nur noch den Eindruck eines gemeinen Verbrechers. Und mehr war er wohl auch nicht. Der Gedanke, ihm zu suggerieren, daß er in Wirklichkeit ein Kaninchen war, um ihn dann zur allgemeinen Belustigung mit komischen Sprüngen durch die Messe hüpfen zu lassen, gefiel mir immer besser. Aber dann verwarf ich ihn wieder. Für solcherlei Spielereien war im Moment weiß Gott keine Zeit.

»Geben Sie den Weg frei«, sagte ich steif. »Ich muß zu Dagon.«

»Ach?« sagte McGillycaddy. »Das müssen Sie? Davon hat er mir nichts gesagt.«

Allmählich begann meine Geduld nachzulassen. Behutsam streckte ich einen geistigen Fühler aus und tastete sein Bewußtsein ab. »Es gibt etwas, was er wissen muß«, sagte ich. »Und zwar sofort.«

McGillycaddy schüttelte stur den Kopf. »Glaub' ich nicht«, sagte er und grinste. »*Er* weiß alles, was auf diesem Schiff vorgeht, Craven. Hauen Sie ab, ehe ich ungemütlich werde.«

Nein, dachte ich zornig. Ein Kaninchen war ein zu hübsches Tier. Einen Moment lang musterte ich McGillycaddy durchdringend, dann fand ich den passenden Vergleich und verstärkte meinen geistigen Druck ein wenig. McGillycaddy zuckte zusammen. Seine Augen wurden rund vor Schreck. Er wollte aufstehen, aber statt dessen fiel er plötzlich nach vorn, preßte das Gesicht gegen die rauhe Tischplatte und begann lautstark zu schnüffeln, wobei er grunzende Laute ausstieß. Seine Kumpane starrten ihn mit wachsender Verwirrung an, während McGillycaddy vergeblich versuchte, mit einem nicht vorhandenen Schweineschwanz zu wedeln.

»Hör mit dem Unsinn auf, Robert Craven!« sagte eine scharfe Stimme.

Gehorsam entließ ich McGillycaddy aus der Vorstellung, ein Schwein zu sein, drehte mich um und stieg über sein noch immer vorgestrecktes Bein hinweg, wobei ich ihm *ganz aus Versehen* auf die Zehen trat. Die Tür hatte sich geöffnet, und unter der Öffnung war eine hochgewachsene, fischgesichtige Gestalt erschienen.

»Wieso Unsinn?« fragte ich. »Ich wollte ihm nur helfen, auch so auszusehen, wie er sich benimmt.«

Ich war nicht ganz sicher – aber für einen Moment glaubte ich beinahe, ein amüsiertes Lächeln über Dagons fremdartige Zügen huschen zu sehen. Aber er wurde sofort wieder erst. »Komm«, sagte er nur.

Verfolgt von McGillycaddys zyankalitriefenden Blicken verließ ich den Raum und ging hinter Dagon durch einen schier endlosen, niedrigen Gang. Ich versuchte nicht, mir den Weg einzuprägen, denn das war auf der *Dagon* ziemlich sinnlos. Ich war mir nicht einmal sicher, ob dieses phantastische Gebilde überhaupt ein Schiff war oder nur etwas, dem Dagon aus Gründen, die ich nicht einmal zu erraten mochte, dieses Aussehen gegeben hatte.

Wir gingen eine Treppe hinauf, durchquerten einen mit Kisten und Säcken vollgestopften Raum und betraten eine kleine, überaus prachtvoll eingerichtete Kabine, die im Heck des Schiffes liegen mußte, denn durch drei gewaltige, mit farbigem Bleiglas versehene Fenster an der Rückseite fiel helles Tageslicht herein.

Wir waren nicht allein – auf einem mit seidenen Kissen drapierten Diwan links der Tür saß Jennifer, nicht mehr nackt, wie ich sie unter Wasser gesehen hatte, sondern mit einem goldbestickten Umhang bekleidet und über und über behängt mit den kostbarsten Schmuckstücken. Und beiderseits der Fenster hockten zwei von Dagons Kaulquappenkreaturen wie riesige schwammige Kröten.

Dagon winkte ungeduldig mit der Hand, die Tür zu schließen, ging zu einem Stuhl unter dem Fenster und ließ sich hineinfallen. Mir fiel auf, wie fahrig seine Bewegungen wirkten und wie fiebrig der Glanz seiner Augen war. Entweder war er nervös, dachte ich – oder krank.

»Was willst du?« fragte Dagon. »Ich habe dir gesagt, daß ich dich rufen werde, wenn du gebraucht wirst.«

Einen Moment lang starrte ich ihn verwirrt an. Er mußte doch wissen, weshalb ich gekommen war. In diesem Punkt hatte McGillycaddy durchaus recht – was immer auf diesem Schiff vorging, konnte Dagon nicht verborgen bleiben. Immerhin las er meine Gedanken.

Aber sein Blick sagte mir, daß das nicht stimmte. Er hatte keine Ahnung!

»Es ist … etwas geschehen«, sagte ich stockend. »Oben an Deck.«

»So?« fragte Dagon lauernd. »Was?«

»Ich habe einen Toten gefunden! Einen Mann, der auf diesem Schiff absolut nichts zu suchen hat! Einen von Necrons Drachenkriegern!«

Fünf, zehn, fünfzehn Sekunden lang starrte mich Dagon schweigend an, und es war ein Blick, unter dem ich mich zunehmend unwohler zu fühlen begann. »Einen Toten?« wiederholte er schließlich. »So. Und wie kommt es, daß ich nichts davon weiß?«

Jetzt war ich an der Reihe, perplex zu sein. Dagon sagte die Wahrheit. Es war verrückt – er las meine

Gedanken, so mühelos, wie ich ein Buch zu lesen imstande war, aber er wußte nichts von dem Toten, den ich gefunden hatte.

Plötzlich verzerrte sich sein Gesicht vor Zorn. »Versuche nicht, mich zu betrügen, Robert Craven!« sagte er mit einer Stimme, die mehr dem Zischeln einer wütenden Schlange ähnelte als der eines Menschen. »Wir haben eine Abmachung getroffen, und obwohl ich es nicht einmal nötig hätte, halte ich mich daran. Deine Freunde sind frei. Jetzt halte auch du deinen Teil. Oder versuche wenigstens ein bißchen intelligenter zu sein, wenn du mich schon belügen willst«, fügte er hämisch hinzu.

»Aber ich ... ich habe ihn gesehen!« verteidigte ich mich. »Er war da, und irgend etwas hat ihn auf furchtbare Weise umgebracht, Dagon. Etwas, das noch an Bord des Schiffes ist. Ich habe ihn berührt, mit eigenen Händen, und ...«

Ich hob die Arme, streckte Dagon beinahe anklagend die Hände entgegen und sprach nicht weiter. Ich erinnerte mich gut an das furchtbare Gefühl, als ich den Toten angefaßt hatte. An die widerliche Wärme und Klebrigkeit seines Blutes, das meine Finger verschmierte.

Aber davon war jetzt keine Spur mehr zu sehen. Meine Hände waren sauber, als hätte ich sie stundenlang geschrubbt.

Der Raum mußte sich tief im Leib des Schiffes befinden, denn unter dem hölzernen Gitter, das den Boden bildete, schwappte Wasser, und die Luft schmeckte abgestanden und bitter. Dann und wann war ein dumpfes, stöhnendes Ächzen zu hören, das aus den Wänden zu dringen schien.

Der Kreis grünlicher Helligkeit war da aufgeflammt, wo bis vor Sekunden noch undurchdringliche Schwärze gewogt hatte, ein mannsgroßes Rad flirrenden grünen Lichtes. Der Vorgang war lautlos, aber es schien, als fauche ein körperloser Wind aus dem Riß in der Wirklichkeit hervor, der Kälte mit sich brachte, den Hauch einer anderen Welt.

Die Männer waren nacheinander aus dem *Tor* getreten, so lautlos und schnell, wie sie sich immer zu bewegen pflegten, mit der Eleganz von Raubkatzen. Die eine oder andere Bewegung wirkte noch nicht ganz koordiniert, und hier und da glaubte Shannon ein schmerzhaftes Flackern in einem Blick zu bemerken, Schweißtropfen auf einer halb von schwarzem Tuch verhüllten Stirn trotz der beißenden Kälte, das Zittern einer behandschuhten Hand. Auch Shannon fühlte ein starkes körperliches Unwohlsein, etwas, das sich wie ein Schmerz in seinen Gliedern eingenistet hatte. Der Durchgang durch das *Tor* war anders gewesen als die Male zuvor. Die Schmerzen, die Kälte und das furchtbare Gefühl eines nicht enden wollenden Sturzes durch das Nichts waren wie immer gewesen, aber etwas hatte sie begleitet, etwas wie ein Schatten aus den Dimensionen des Irrsinns, die sie durchschnitten hatten. Für einen kurzen Moment ergriff die Angst von seinem Herzen Besitz.

Der grüne Kreis hinter der Reihe seiner Krieger begann sich rascher zu drehen, verwandelte sich in ein flammenspeiendes Rad, das dünne feurige Finger bis zur Decke und den Wänden schickte. Auch das war nicht normal, wußte Shannon. Er wartete.

Ewigkeiten schienen zu vergehen, Ewigkeiten, die in Wahrheit nur Minuten waren, aber so, wie die *Tore* den Raum verzerrten, verbogen und verwandelten sie auch die Zeit. Schließlich begann das helle Zentrum des Lichtkreises zu vibrieren. Etwas Dunkles, Körperloses erschien wie die Pupille eines Dämonenauges im Zentrum des Rades und wuchs rasend schnell heran.

Es war wie ein brodelnder Ball aus Nebel, der lautlos aus dem *Tor* hinausglitt, flackernd und ohne fest umrissene Konturen. Ein dünner, rauchiger Strang begann aus dem Ball hervorzuwachsen, tastete sich ziellos wie ein blinder Wurm durch die Luft und näherte sich Shannons Gesicht.

Der junge Magier mußte sich mit aller Macht beherrschen, als der Nebelfaden seine Stirn berührte. Er spürte ... *Kälte. Zorn. Den Willen, zu töten. Schlimmer: zu vernichten. Alles zu zerstören, was Bestand hatte, nicht nur das Leben, sondern die Materie selbst zu zerstören, bis nur noch Chaos zurückblieb.*

Dann etwas wie ein Tasten. Ein Suchen und Sondieren und Erkennen, dann ein plötzliches, beinahe schmerzhaftes Zurückziehen des fremden Etwas, das seinen Geist durchleuchtet hatte.

Der Strang aus Nebel und Nichts löste sich von seinem Gesicht, tastete weiter blind umher und berührte den ersten seiner Männer. Shannon sah die Furcht in seinen Augen aufflammen, als er die Berührung des UNAUSSPRECHLICHEN spürte, aber so wie bei ihm zuvor zog sich der Arm nach einer kleinen Weile zurück, glitt weiter, berührte den nächsten Krieger, den übernächsten ...

Als es vorbei war, waren sie sicher. Das Wesen hatte sie als Verbündete erkannt. Shannon wußte es mit der gleichen, durch nichts begründeten Sicherheit, mit der er wußte, was dieser Ball aus brodelnder Schwärze bedeutete.

Aber es war eine Sicherheit, die nicht lange währte.

Vier Stunden, hatte Necron gesagt. Vier Stunden, das SIEGEL zu finden und zu holen. Dann würde mit dem UNAUSSPRECHLICHEN das Chaos über dieses Schiff hereinbrechen.

Und über alles und jeden, der sich an Bord befand.

Mit einem Ruck drehte sich Shannon herum und begann lautlos auf den Ausgang zuzuhuschen. Seine Männer folgten ihm, und kurz nachdem sie den Raum verlassen hatten, begann das *Tor* endgültig zu erlöschen, der Ball aus dunklem Nebel zu verblassen.

Lautlos folgte er den sieben schwarzverhüllten Gestalten der Drachenkrieger. Er war jetzt unsichtbar.

Aber da, wo er entlangglitt, begann sich die Wirklichkeit zu verändern ...

Ich war wieder an Deck gegangen. Die Kälte hatte zugenommen, und die brodelnde Wand aus Nebel, der Riß in der Wirklichkeit, auf den die *Dagon* zusteuerte, war breiter geworden, eine klaffende Schlucht, die das Schiff und alles, was darauf war, verschlingen würde.

Trotzdem zog ich den Anblick dem der Menschenmenge unter Deck des Schiffes vor. Ich wußte, daß ich mich irrte – aber mich erinnerten die gut zweihundert Männer und Frauen im Rumpf der *Dagon* immer mehr an eine Schafherde, die sich widerstandslos zusammentreiben läßt, um zur Schlachtbank zu ziehen. Was, dachte ich, wenn Dagon gelogen hatte? Wenn nicht eine neue Welt, sondern der Tod oder Schlimmeres auf diese Menschen wartete?

Der Gedanke, der daraus folgerte, war furchtbar.

Wenn es so war, dann trug ich die Schuld am Tode von zweihundert Menschen, denn all seine Macht hätte

Dagon nichts genutzt, wäre ich nicht freiwillig an Bord dieses Schiffes gekommen.

Meine Hand glitt, beinahe von selbst, in die rechte Tasche meines Rockes, schloß sich um das goldene Amulett und zog es hervor. Es fühlte sich kühl an, sehr schwer und so glatt, als wäre es sorgsam poliert worden, dabei war seine Oberfläche alles andere als eben, sondern von verwirrenden Linien und Mustern zerfurcht.

Die Vorstellung, daß dieses so harmlos aussehende Stück Edelmetall über das Schicksal eines ganzen Dorfes entscheiden sollte, erschien mit lächerlich. Dagon hatte mir bisher – trotz meiner bohrenden Fragen – nicht gesagt, welche Bewandtnis es mit diesem Amulett hatte.

Ich drehte das scheinbar nutzlose Ding ein paarmal in den Händen, seufzte tief und wollte es wieder wegstecken, als ich eine Bewegung wahrnahm. Als ich mich umdrehte, erkannte ich Bannermann, der offensichtlich hier oben auf mich gewartet und bisher hinter einem der mächtigen Masten gestanden hatte. Jetzt trat er auf mich zu, lächelte flüchtig und deutete mit der Hand auf den goldenen Stern in meinen Fingern.

»Ist es das?« fragte er.

»Was?«

»Andaras Amulett«, antwortete Bannermann. Ich nickte, machte Anstalten, es vollends einzustecken, aber Bannermann streckte fordernd den Arm aus, und nach kurzem Zögern ließ ich den goldenen Stern in seine Hand fallen.

»Woher wissen Sie davon?« fragte ich.

Bannermann strich fast behutsam mit den Fingerspitzen über die dünnen Linien, die in das Gold graviert worden waren. »Ihr Vater hatte es bei sich, als wir mit der *Lady* Schiffbruch erlitten haben«, sagte er. »Ich erinnere mich daran. Ich bin zwar alt, aber mein Gedächtnis funktioniert noch ganz gut.« Er lächelte, hielt den goldenen Stern in die Sonne und reichte ihn mir dann zurück. »Außerdem hat mir Dagon erklärt, daß er ihn braucht«, fügte er hinzu.

»Wozu?« fragte ich.

Bannermann zuckte mit den Achseln. »Sind Sie hier der Hexer oder ich?« fragte er in halb scherzhaftem, halb ernstem Ton. »Vielleicht reicht es schon, wenn es an Bord ist.« Er seufzte, drehte sich herum und blickte aus zusammengekniffenen Augen in den wogenden Nebel vor dem Bugspriet des Schiffes. »Wahrscheinlich sogar«, fuhr er fort, leise und ohne mich dabei anzusehen. »So wie ich diesen wandelnden Hering einschätze, würde er es nicht zulassen, von irgend jemandem abhängig zu sein. Von Ihnen schon gar nicht.«

Ich antwortete nicht. Bannermanns bewußt scherzhafter Ton täuschte mich keine Sekunde. Er hatte nicht nur auf mich gewartet, um Konversation zu machen, sondern aus einem ganz bestimmten Grund.

Plötzlich drehte er sich herum, sah mich durchdringend an und fragte ganz leise: »Warum haben Sie es getan, Robert?«

»Was?« erwiderte ich verwirrt.

Bannermann deutete mit einer fast zornigen Geste auf die Tasche, in der ich den goldenen Stern hatte verschwinden lassen. »Sie wissen, daß Dagon dieses Amulett braucht«, sagte er. »All seine Vorbereitungen und Zauberkunststückchen hätten ihm nichts genutzt ohne dies. Vielleicht wäre er jetzt schon tot.«

Ich wollte widersprechen, aber ich konnte es nicht, denn in Bannermanns Worten lag ein unüberhörbarer Vorwurf, der sich wie eine glühende Messerklinge in meine Brust bohrte.

»Was … was soll das, Bannermann?« stammelte ich hilflos. »Vor nicht einmal einer halben Stunde haben Sie praktisch das Gegenteil behauptet. Sie waren es, der …«

»Ich weiß, was ich gesagt habe, Craven«, unterbrach mich Bannermann zornig. »Und was die Leute aus Firth'en Lachlayn betrifft, bleibe ich dabei. Aber das war nicht der Grund, aus dem Sie hier sind. Sie hatten es in der Hand, Dagons Flucht zu verhindern. Sie hatten es in der Hand, ihn zu vernichten und seine ganze schwarze Brut.«

»Was soll das, Bannermann?« murmelte ich betroffen. »Ein Verhör? Zu einem Tribunal fehlen Ihnen noch ein paar Mann.«

»Kein Verhör«, verbesserte mich Bannermann sanft »Ich versuche mir nur darüber klar zu werden, was in Ihrem Kopf vorgeht, Craven. Ich versuche, Ihre Beweggründe zu begreifen. Ihr Handeln ist nicht logisch.«

»Das Leben meiner Freunde Howard und Rowlf und das der ganzen Besatzung der NAUTILUS stand auf dem Spiel. Das Wort Freundschaft haben Sie wohl noch nie gehört, wie?« fragte ich böse.

»Doch«, antwortete Bannermann. »Aber ich verstehe nicht, warum Sie …«

Der Rest seines Satzes ging in einem urgewaltigen Dröhnen unter, das die *Dagon* erschütterte.

Es ging unglaublich schnell, und Dutzende von Dingen schienen gleichzeitig zu geschehen:

Über dem Schiff erlosch der Himmel. Wo gerade noch strahlender Sonnenschein gewesen war, erstreckte sich plötzlich eine nachtschwarze Kuppel aus lichtschluckender Finsternis, durchzuckt von Blitzen, die wie spinnenfingrige blauweiße Hände über den Himmel rasten. Rings um die *Dagon* begann das Meer zu kochen, warnungslos, von einer Sekunde auf die andere. Haushohe Gischtwolken stoben auf, Wogen, höher als die Bordwand des Schiffes, rasten über die See, und mein erschrockener Aufschrei ging im ununterbrochenen Krachen und Bersten apokalyptischer Donnerschläge unter. Ein ungeheures Wimmern und Heulen erfüllte die Luft, und hoch über unseren Köpfen blähten sich die gewaltigen Segel der *Dagon* mit einem Schlag, der das Schiff bis in den letzten Winkel erzittern ließ.

Dann traf die erste Riesenwelle das Schiff, hob es wie ein Spielzeug in die Höhe und ließ es mit furchtbarer Gewalt zurück in das ihr folgende Wellental stürzen.

Die Erschütterung riß uns beide von den Füßen. Hilflos kugelte ich über das Deck, sah Bannermann wie eine gewichtlose Puppe durch die Luft fliegen und mit einem markerschütternden Schlag gegen den Mast prallen, krachte selbst gegen einen Decksaufbau und kämpfte eine Sekunde lang mit aller Macht gegen die schwarze Bewußtlosigkeit, die von mir Besitz ergreifen wollte.

Als ich aufstehen wollte, ergriff mich eine Sturmbö und fegte mich abermals von den Füßen. Ich rollte über das Deck und versuchte mich irgendwo festzuklammern, kam erst am Fuße der Treppe, die zum Achterdeck hinaufführte, zur Ruhe.

Für eine Sekunde.

Dann hob die nächste Welle die *Dagon* in die Höhe, drehte das ganze gewaltige Schiff wie einen Spielzeugkreisel einmal um seine Achse und ließ es wieder fallen. Ein ungeheures Knirschen und Bersten erklang. Ich hörte einen Schrei, spürte einen weiteren knochenbrechenden Schlag, versuchte auf die Füße zu kommen und fiel nach vorn, als sich die *Dagon* wie ein bockendes Pferd unter mir aufbäumte und ihr Deck wie eine hölzerne Faust nach mir schlug.

Erneut ertönte dieses fürchterliche Krachen und Splittern, und plötzlich sah ich einen Schatten, fühlte mich an den Armen ergriffen, in die Höhe und zur Seite gerissen.

Keine Sekunde zu spät!

Zum dritten Male erklang dieser schreckliche Laut, lauter als die Male zuvor, und plötzlich regneten dort, wo ich vor einer Sekunde noch gelegen hatte, mannsgroße Holztrümmer zu Boden. Dann schien der Himmel selbst auf das Schiff niederzustürzen, als sich die gebrochene Spiere endgültig aus ihrer Halterung löste und hinunterfiel, gewaltige Fetzen des zerrissenen Segels mit sich zerrend. Tonnenschwere Holztrümmer krachten auf das Deck und zermalmten die Planken; der Platz vor der Treppe war plötzlich ein zerfetzter, bodenloser Krater, und noch immer hielt das Bombardement aus Trümmern, zerrissenen Seilen und Tuchfetzen an.

Bannermann schleifte mich mit sich, bis wir im Windschatten des Hauptmastes und wenigstens für den Moment außer Gefahr waren. Die *Dagon* erbebte weiter unter den furchtbaren Schlägen, die ihre Flanken trafen, und selbst der turmhohe Mast, in dessen Schutz mich Bannermann gezerrt hatte, begann unter der Belastung zu ächzen. Ununterbrochen zuckten Blitze vom Himmel, und die Donnerschläge erfolgten jetzt so schnell, daß sie zu einem einzigen, nicht enden wollenden Rollen und Krachen geworden waren.

»Was bedeutet das, Bannermann?« schrie ich über das Heulen des Sturmes hinweg. Ich wußte nicht einmal, ob Bannermann meine Stimme hörte, aber dann hob er den Arm, deutete nach vorn, und ich folgte der Geste mit Blicken – und schrie entsetzt auf.

Nicht nur der Himmel war verschwunden, sondern auch der brodelnde Nebel, auf den die *Dagon* wie ein Geschoß zugefegt war. Nun erstreckte sich dort die unendliche Fläche eines sturmzerfetzten Meeres, rauhes, kochendes Wasser, auf dem häusergroße Schaumflocken wie tanzende Dämonen wirbelten.

Aber das war es nicht, was mein Herz schier zum Stocken brachte.

Weit vor der *Dagon*, fast vor der brodelnden grauweißen Linie des Horizontes klaffte ein Loch im Meer.

Ein Strudel.

Ein gewaltiges, allen Naturgesetzen spottendes Gebilde, als hätte jemand einen riesigen Korken aus dem Meeresboden gezogen, aus dem das Wasser jetzt schneller und schneller abfloß; ein Sog wie ein unter die Wasseroberfläche gesunkener Taifun, Meilen um Meilen groß und so tief wie die Hölle.

Und die *Dagon* schoß wie ein Pfeil auf diesen gigantischen Strudel zu!

Er war verwirrt. Mehr noch: überrascht und für einen Moment aus der Fassung gebracht. Er hatte geahnt, daß der Angriff überraschend kommen und mit aller Macht geführt sein würde. Aber er hatte nicht damit gerechnet, daß der Feind so weit gehen würde.

Zorn breitete sich in ihm aus, als er begriff, was wirklich geschehen war. Für einen Moment war er versucht, aus seinem Versteck zwischen den Schatten hervorzutreten und mit seiner ganzen Macht zurückzuschlagen. Aber der Augenblick verging so rasch, wie er gekommen war.

Er mußte vorsichtig sein. Auch wenn der Feind nur ein

sterblicher Mensch war, so hatte er doch mächtige Verbündete, Wesen, die ihm an Stärke und Klugheit gleich kamen, vielleicht sogar stärker waren, denn anders als er kannten sie weder Rücksicht noch Skrupel. Und das Geschehen auf der Dagon *war nur ein winziger Teil des Puzzles, nicht mehr als ein Zug in einem nach Äonen gezählten Spiel. Wenn er seine Maske zu früh fallen ließ, würde er verlieren. Die anderen wußten nicht von ihm, ahnten nicht einmal, daß es ihn gab, und diese Unwissenheit war sein größter Trumpf. Wenn er ihn zu früh ausspielte, mochte es sein, daß er seine letzte Chance verschenkte, ehe der wirkliche Kampf überhaupt begann.*

Aber es gab etwas anderes, was er tun konnte …

Ich hörte die Schreie, lange ehe ich die Treppe hinunterstürzte und den Mannschaftsraum betrat: spitze, gellende Schreie, wie sie Menschen nur in höchster Not ausstoßen, Menschen, die Todesangst ausstehen. Das Schiff erbebte noch immer wie unter einer ununterbrochenen Folge furchtbarer Hammerschläge, und ich torkelte mehr die Treppe hinunter, als daß ich ging. Zwei-, dreimal verlor ich das Gleichgewicht und schlitterte haltlos weiter, verletzte mich aber wie durch ein Wunder nicht ernsthaft, sondern fügte der stattlichen Sammlung von Beulen und Schrammen auf meinem Körper nur einige weitere Exemplare hinzu.

Die Messe bot ein Bild des Chaos, als ich durch die Tür stolperte. Die gewaltigen Erschütterungen, die die *Dagon* in ihren Grundfesten erbeben ließen, hatten Tische und Bänke durcheinandergewirbelt und zertrümmert und harmlose Möbel in tödliche Geschosse verwandelt. Nicht wenige Männer und Frauen lagen blutend und stöhnend da, und die, die unverletzt geblieben waren, rannten in wilder Panik durcheinander und vergrößerten so das Chaos noch. Ein unbeschreiblicher Lärm erfüllte den Saal.

Mühsam arbeitete ich mich durch die wild durcheinandertobende Menschenmenge vor, stieg über einen zertrümmerten Tisch, unter dem ein reichlich mitgenommener McGillycaddy hervorlugte, und stieß die Tür auf, die zu Dagons Kabine führte. Der Gang dahinter war halb eingestürzt; ein Teil der Decke war heruntergebrochen und versperrte den Weg, und durch einen handbreiten, klaffenden Riß in der Seitenwand schoß schaumiges Salzwasser herein. Der Boden unter meinen Füßen bebte wie ein waidwundes Tier.

Torkelnd erreichte ich die Tür, hinter der ich Dagons Kabine wußte, rüttelte einen Moment lang vergeblich an der Klinke und warf mich schließlich mit aller Macht dagegen. Das Holz ächzte unter meinem Anprall, gab aber erst beim dritten Versuch wirklich nach; zusammen mit den Resten der zerborstenen Tür taumelte ich in den Raum.

Um ein Haar wäre es mein letzter Schritt geworden.

Ich sah die Klinge heranfegen, versuchte eine Abwehrbewegung zu machen und verlor auf dem bockenden Boden das Gleichgewicht. Mit haltlos rudernden Armen kippte ich nach hinten, rollte mich instinktiv zur Seite und hörte die Klinge dort in den Boden krachen, wo ich zuvor noch gelegen hatte.

Ein spitzer, gellender Schrei erscholl, und mit einem Male verschwand der Schatten über mir und machte einem Knäuel ineinander verstrickter Arme, Beine und sonstiger Extremitäten Platz.

Mühsam rappelte ich mich auf, blinzelte die Benommenheit weg und blickte eine halbe Sekunde lang verstört auf das entsetzliche Bild, das sich mir bot.

Aus der ehemals prachtvollen Kabine war ein Trümmerhaufen geworden. Zwei der drei Fenster waren zerbrochen, so daß Gischt und eisiger Wind hereinfauchten, das Mobiliar war zertrümmert, und neben dem thronartigen Stuhl, auf dem Dagon gesessen hatte, lag der furchtbar zugerichtete Kadaver eines seiner Kaulquappenmonstren.

Das zweite Ungeheuer kämpfte einen verzweifelten Kampf mit dem schwarzverhüllten Mann, der mich angegriffen hatte – *einem von Necrons Drachenkriegern!*

Es war ein Kampf, den es nicht gewinnen konnte. Die Bestie hatte den Mann in einem für sie günstigen Moment angefallen, gerade als er sich auf mich konzentrierte und sie für Sekunden nicht beachtete, aber der Augenblick der Überraschung war vorüber. Der Drachenkrieger wich dem schnappenden Maul des Monstrums aus, schlug ihre Klauenhände beiseite und sprang mit einem Satz zurück. Das Schwert in seiner Hand funkelte wie ein gefangener Blitz.

Ich sah den Hieb nicht einmal, so schnell war er, aber Dagons Monsterkreatur prallte mitten in der Bewegung zurück, hob mit einem fürchterlichen Gurgeln die Hände an den Schädel – und kippte ganz langsam nach hinten, während sich Necrons Killer bereits wieder umwandte, um mir endgültig den Garaus zu machen.

Hastig wich ich zurück, bis ich mit dem Rücken an der Wand stand. Der Schwarzgekleidete kam näher, nicht sehr schnell, aber mit fließenden, gleitenden Bewegungen, die deutlich zeigten, wie sehr er seinen Körper unter Kontrolle hatte. Die Spitze seines Schwertes richtete sich auf mein Gesicht und folgte jeder meiner Bewegungen wie eine stählerne Schlange.

Verzweifelt sah ich mich nach einer Fluchtmöglichkeit um. Es war lange her, daß ich einem Mann wie ihm gegenübergestanden hatte, aber die Erinnerung daran war trotzdem noch zu lebhaft, um mich den Gedanken an einen Kampf mit dem Maskierten sofort wieder verwerfen zu lassen. Diese Männer waren einfach ein paar Klassen zu gut für mich.

Ich wich ein Stück zur Seite, hob ein zerbrochenes Stuhlbein auf und schwang es wie eine Keule.

Der Drachenkrieger machte eine fast spielerische Bewegung mit dem Schwert, und aus meinem Knüppel wurde ein kaum drei Inches langer Stumpf. Dann stieß er zu.

Es war wohl eine Kombination aus schierem Glück und der Kraft, die mir die Verzweiflung gab, daß es mir gelang, dem Stich auszuweichen. Die Klinge fuhr mit einem häßlichen Ratschen über meine Rippen und bohrte sich tief in die Wand neben mir.

Instinktiv griff ich zu, umklammerte die Hand des Drachenkriegers und hielt sein Gelenk fest. Gleichzeitig trat ich nach ihm; eine Kombination, die nicht gerade den englischen Boxregeln entsprach, aber im allgemeinen sehr wirkungsvoll war.

Diesmal nicht.

Der Mann nahm den Tritt hin, ohne auch nur mit der Wimper zu zucken, ließ plötzlich sein Schwert los und schlug mir hart mit dem Handrücken über den Mund. Ich sackte in mich zusammen, ließ mich zur Seite kippen, entging so im letzten Moment einem gemeinen Fußtritt und revanchierte mich auf die gleiche Weise. Der Drachenkrieger fiel nach hinten, kam mit einer Rolle wieder auf die Füße und senkte die Hand unter sein Gewand. In seinen Fingern glitzerte ein fünfzackiger, metallener Stern mit rasiermesserscharfen Kanten.

Hinter mir peitschte ein Schuß.

Necrons Killer erstarrte mitten in der Bewegung.

Seine Augen wurden rund vor Staunen, und plötzlich färbte sich das schwarze Tuch, das sein Gesicht verbarg, rot. Er wankte. Der Wurfstern fiel zu Boden und blieb zitternd in den Planken stecken. Ganz langsam brach er in die Knie, hob die Hände an das Gesicht und fiel nach vorne.

Als ich mich aufrichtete, begegnete ich McGillycaddys häßlichem Grinsen. Er stand breitbeinig unter der Tür, eine Winchester-Büchse in den Händen haltend, deren Lauf jetzt mit einer raschen Bewegung herumruckte und sich genau auf mein Gesicht richtete.

»Eigentlich hätte ich warten sollen, bis er dich endlich hat, Craven«, sagte er. »Aber vielleicht kann ich das ja nachholen. Was ist hier passiert? Wo sind Dagon und die Schlampe, die er bei sich hat?«

Ich verlängerte die Liste der Dinge, die ich ihm antun wollte, in Gedanken um einige Punkte, stemmte mich mühsam hoch und ging in großem Bogen um den Toten herum. McGillycaddys Gewehr folgte meiner Bewegung getreulich, aber ich wußte, daß er nicht schießen würde. Zornig trat ich auf ihn zu, drückte die Winchester nach unten und funkelte ihn an.

»Warum haben Sie ihn erschossen, Sie Idiot?« fauchte ich.

»Hätte ich vielleicht warten sollen, bis er Ihnen einen neuen Scheitel gezogen hätte?« fragte McGillycaddy trotzig.

Ich fegte seine Worte mit einer ärgerlichen Handbewegung zur Seite. »Eine Kugel in die Schulter hätte genügt, McGillycaddy. Aber es macht Ihnen Spaß, zu töten, nicht?«

McGillycaddy schob trotzig die Unterlippe vor. »Der Kerl wollte Sie umbringen, Craven«, sagte er. »Was ist das überhaupt für einer? Wo kommt er her?«

»Warum fragen Sie ihn nicht?« sagte ich wütend.

Ein betroffener Ausdruck erschien auf McGillycaddys Gesicht. Aber er fing sich sofort wieder, hob sein Gewehr und versetzte mir einen unsanften Stupser in die Rippen. Als Revanche trat ich ihm auf die Zehen, als ich an ihm vorbeiging und die Kabine verließ, und McGillycaddy verpaßte mir einen weiteren Stoß in den Rücken. Ich war klug genug, das Spielchen nicht fortzuführen.

Das Chaos im Mannschaftsraum hatte sich ein wenig gelegt, als ich zusammen mit McGillycaddy zurückkam. Die *Dagon* schwankte noch immer wie ein winziges Ruderboot, aber zumindest hatten die furchtbaren Schläge aufgehört; das Schiff schien seinen eigenen Rhythmus im Sturm gefunden zu haben. Die Katastrophe war nicht ganz so schlimm, wie es zuerst ausgesehen hatte. Zahlreiche Männer und Frauen waren verletzt, und es schien einige gebrochene Arme und Beine gegeben zu haben. Aber niemand war tot oder lebensgefährlich verwundet.

»Was geht dort oben vor?« fragte McGillycaddy mit einer Kopfbewegung nach oben zur Treppe und dem Oberdeck. »Werden wir angegriffen?«

»Warum schauen Sie nicht nach?« fragte ich patzig.

McGillycaddy schürzte die Lippen, warf sein Gewehr auf den Tisch und funkelte mich an. »Okay, Craven«, sagte er wütend. »Es geht auch ohne Sie. Ich wollte Ihnen eine Chance geben. Stanley ist auf dem Weg nach oben und sieht nach. Wenn er zurückkommt, wissen wir ohnehin Bescheid. Wo ist Dagon?«

»Ich habe Ihnen schon einmal gesagt, daß ich es nicht weiß«, fauchte ich. »Jennifer und er sind verschwunden. Aber das ist jetzt nicht so wichtig. Wir müssen das Schiff verlassen!«

McGillycaddy starrte mich an, als zweifle er ernsthaft an meinem Verstand. Wahrscheinlich tat er es. »Was haben Sie gesagt?« fragte er blöde.

»Kennen Sie sich hier aus?« fragte ich. »Wissen Sie, ob es Rettungsboote gibt?«

»Sind Sie übergeschnappt?« murmelte McGillycaddy. »Warum sollten wir die *Dagon* verlassen – nur wegen ein bißchen Seegang? Sie ...«

»Zum Teufel, es ist mehr als ein bißchen Seegang!« unterbrach ich ihn aufgebracht. »Die *Dagon* wird untergehen!«

McGillycaddy keuchte. »Das meinen Sie nicht ernst, Craven«, sagte er. »Dagon würde uns nicht im Stich lassen. Keine Macht der Welt kann diesem Schiff gefährlich werden.«

»Warum gehen Sie nicht nach oben und sehen nach?« schlug ich vor.

Eine endlose Sekunde lang starrte McGillycaddy mich an, dann fuhr er herum, riß mit einer wütenden Bewegung sein Gewehr vom Tisch und deutete zum Ausgang. »Genau das werden wir tun, Craven. Und Sie kommen mit.« Er fuhr herum. »Phers, Hunter – ihr kommt mit uns. Die anderen bleiben hier.«

Die beiden Angesprochenen traten gehorsam an unsere Seite, als wir den Raum abermals durchquerten und zur Treppe gingen. Phers stieß die Tür auf, trat gebückt hindurch – und blieb mitten im Schritt stehen, erstarrt wie eine lebensgroße, steinerne Puppe.

»Was ist los?« fauchte McGillycaddy ungeduldig. »Warum gehst du nicht weiter, Kerl?« Unwillig packt er Phers bei der Schulter und riß ihn herum. Im nächsten Moment brach ein erstickter Laut über seine Lippen.

Das Gesicht seines Gefolgsmannes hatte sich in eine

blutige Maske verwandelt. Seine Augen waren weit geöffnet, aber er war bereits tot.

Aus seiner Stirn ragte ein fünfzackiger Metallstern …

»Hier entlang!« Dagon deutete ungeduldig auf einen niedrigen, halb hinter aufgerollten Tauen und Segeltuch verborgenen Durchgang. »Schafft Platz! Rasch!«

Die beiden menschengroßen Froschkreaturen, denen der Befehl galt, machten sich eifrig daran, das Hindernis beiseite zu schaffen, während Dagon ungeduldig von einem Fuß auf den anderen trat und immer wieder in den dunklen Gang zurückblickte, aus dem sie gekommen waren.

Fast ein Dutzend seiner Diener – alle, die ihn an Bord dieses Schiffes begleitet hatten und noch lebten – waren zurückgeblieben, um seine Flucht zu decken. Trotzdem wußte er nicht, ob die Zeit reichen würde.

»Beeilt euch!« drängte er ungeduldig. Aus dem Gang hinter ihm erscholl ein furchtbarer röchelnder Laut, gefolgt von einem widerlichen Reißen, als schnitte Stahl durch Seide. Dagon schauderte. Er wußte, wie stark und schnell seine Diener waren – schließlich hatte er sie zu dem einzigen Zweck erschaffen, zu *kämpfen* –, aber gegen die unheimlichen Männer in den schwarzen Kleidern waren sie hilflos wie Kinder. Ein einziger von ihnen hatte vor seinen Augen ein halbes Dutzend seiner Diener getötet.

»Was bedeutet das, Dagon?« wimmerte Jennifer neben ihm.

»Warum bleibst du nicht zurück und findest es heraus?« schnappte Dagon wütend. »Niemand zwingt dich, mit mir zu kommen!«

»Aber wieso fliehen wir?« fragte Jennifer. Ihre Augen waren weit vor Schrecken. Sie zitterte. »Du kannst sie nicht alle zurücklassen! Du mußt kämpfen, Dagon – du … du mußt sie beschützen!«

Ungeduldig wandte Dagon den Blick. Die beiden krötenähnlichen Wesen hatten das Hindernis fast beiseite geräumt, und hinter dem niedrigen Durchgang war ein weiterer, allerdings völlig leerer Raum zum Vorschein gekommen. Vor seiner Rückwand war ein fünfzackiger Stern auf den Boden gemalt worden. Seine Linien schienen zu flimmern, als wären sie nicht real, sondern nur Illusionen aus Licht.

»Bitte, Dagon! Du bist ein Gott. Du kannst nicht alle im Stich lassen, die dir vertraut haben!«

Widerwillig blickte Dagon auf das schwarzhaarige Mädchen hinunter. »Es gibt nichts, was ich für sie tun könnte«, sagte er. »Es tut mir leid, Jennifer. Ich kann mein Leben retten und deines, wenn du willst, aber das ist alles.«

Das war nicht die Wahrheit, und sie wußten es beide. Es waren nicht die Drachenkrieger, vor denen er floh. Nicht einmal sie hätten ihm wirklich gefährlich werden können, hätte er sie mit seiner ganzen dämonischen Macht angegriffen. Es war das, was mit ihnen gekommen war, vor dem er davonlief. Das Chaos, das nach der *Dagon* griff und sie vernichten würde. Sie und alles, was an Bord war.

»Wir müssen fliehen, Jennifer«, sagte er noch einmal, und sehr viel sanfter jetzt. »Es tut mir leid, aber das ist der einzige Weg. Wir … wir haben zu lange gewartet. Der Feind ist auf uns aufmerksam geworden. Die *Dagon* wird untergehen.«

Jennifer erbleichte. »Und … die anderen?« fragte sie stockend. »Meine Mutter und … und alle, die dir vertraut haben? Du kannst sie nicht im Stich lassen.«

»Ich kann nichts für sie tun!« sagte Dagon wütend. »Sie sterben so oder so – willst du mit ihnen sterben? Oder mir folgen und leben?«

Jennifer starrte ihn aus brennenden Augen an, drehte sich herum und blickte auf das sanft leuchtende Pentagramm in der angrenzenden Kammer. »Das ist ... eines der *Tore*, von denen du mir erzählt hast, nicht wahr?« fragte sie. Dagon nickte. »Warum ... warum können die anderen es nicht benutzen? Du kannst sie retten, Dagon!« Der letzte Satz klang wie ein Schrei.

Statt einer Antwort deutete Dagon stumm auf den Gang, aus dem sie gekommen waren. Der Kampflärm war nähergerückt. Er konnte spüren, wie seine Diener starben, während sie versuchten, die unheimlichen Angreifer aufzuhalten. »Geh und hole sie«, sagte er.

»Halte sie auf!« flehte Jennifer. »Bitte, Dagon – ich weiß, daß du es kannst. Du ... du hast die Macht dazu. Sie brauchen nicht lange. Sie ... sie können alle gerettet werden.«

Dagon starrte sie an, blickte für einen endlosen Moment in den Gang – und wandte sich mit einem Ruck um. Gebückt trat er durch die Tür, stieß eine seiner Dienerkreaturen grob beiseite und drehte sich noch einmal um, um zu Jennifer zurückzublicken.

»Begleitest du mich?«

Jennifer schwieg. Tränen füllten ihre Augen. Sie hatte kaum die Kraft, den Kopf zu schütteln.

Mit einem abfälligen Laut ging Dagon weiter und trat entschlossen ins Zentrum des Pentagramms hinein.

»Dagon!« Jennifers Stimme überschlug sich beinahe. »Ich flehe dich an – *laß uns* nicht im Stich!« Mit einem verzweifelten Schrei warf sie sich vor, stürzte hinter Dagon her und streckte die Arme aus, wie um ihn fest-

zuhalten. Aber es war zu spät. Die dünnen Linien des Pentagramms begannen wie lebende Schlangen aus giftgrünem Licht zu zucken, und plötzlich war da, wo vor Sekunden noch nichts gewesen war, eine Barriere aus flirrenden, wie die Fäden eines gewaltigen Spinnennetzes ineinander verwobenen Linien. Jennifer prallte mit einem Schrei zurück, als sie die Hitze spürte, die von der Erscheinung ausging.

Das Leuchten nahm noch zu, und im gleichen Maße begann die Gestalt des Fischgottes an Realität zu verlieren. Jennifer wandte geblendet den Blick und wich vor der Woge glühender Hitze zurück.

Erst als das Brennen auf ihrem Gesicht aufhörte, wagte sie es, die Hände herunterzunehmen und behutsam die Augen zu öffnen.

Das Netz aus Licht war erloschen. Aus der flammenspeienden Erscheinung auf dem Boden war wieder eine harmlos aussehende, nicht einmal besonders kunstfertige Zeichnung geworden.

»Warum?« wimmerte Jennifer. »Warum hast du uns verlassen, Dagon? Warum läßt du uns im Stich? Wir … wir haben dir vertraut. Wir lieben dich doch!«

Aber die Stille antwortete nicht.

Dagon war verschwunden.

Für endlose Sekunden starrte Jennifer weiter aus brennenden Augen dorthin, wo der Mann – das Wesen, das sie geliebt hatte – gestanden hatte, dann drehte sie sich mit hölzern wirkenden Bewegungen um und sah wieder zur Tür.

Die beiden gräßlichen Geschöpfe, die Dagon und sie hierher begleitet hatten, begannen immer nervöser hin und her zu laufen. Ihre furchtbaren Mäuler schnappten wie die von Hunden, und ihre Klauenhände öffneten und schlossen sich ununterbrochen. Vielleicht begannen auch sie allmählich zu begreifen, daß ihr Herr sie im Stich gelassen hatte wie alle, die ihm vertraut hatten.

Der Kampflärm aus dem Gang nahm zu, und plötzlich torkelte die verkrümmte Gestalt eines Krötenmannes durch die Tür, über und über mit schwarzem Blut besudelt und leise, wimmernde Schmerztöne ausstoßend. Mit letzter Kraft taumelte er auf das Pentagramm zu, brach in die Knie und kippte nach vorn. Seine Krallenhände gruben sich in das Holz zwischen den daraufgemalten Linien, als versuche er noch im letzten Augenblick verzweifelt, seinem Herrn zu folgen.

Hinter ihm erschienen drei der Schwarzgekleideten.

Es war das erste Mal, daß Jennifer die Männer, deren bloßer Anblick genügt hatte, Dagon so sehr in Panik zu versetzen, wirklich sah. Bisher hatte sie sie nur als Schatten wahrgenommen, Schatten, die töteten und sich derart schnell bewegten, daß das menschliche Auge ihnen kaum zu folgen vermochte.

Und plötzlich glaubte sie zu verstehen, warum Dagon diese Männer so fürchtete. Es war nicht ihr Äußeres – sicher, sie wirkten unheimlich und bedrohlich in ihren schwarzen Kleidern, aber trotz allem doch immer noch *menschlich* –, sondern etwas, das unsichtbar und körperlos mit ihnen zu kommen schien wie ein eisiger Hauch.

Die beiden zurückgebliebenen Froschkreaturen versuchten die Männer anzugreifen. Sie kamen ihnen nicht einmal nahe. Einer der drei machte eine blitzartige Bewegung mit der Hand, und die erste Kaulquappenkreatur sank in sich zusammen, die Hände um den Dolch gekrampft, der plötzlich aus ihrer Brust ragte. Die andere starb, ehe sie den Boden berührte; gefällt von einem Schwerthieb, der so schnell kam wie ein Blitz.

Mit einem ängstlichen Keuchen wich Jennifer vor den drei Männern zurück, bis sie das gegenüberliegende Ende der Kammer erreicht hatte und nicht weiterkonnte. Die drei musterten sie kalt. Jennifer wußte, daß sie sterben würde.

Einer der drei Männer hob plötzlich die Hand an den Kopf und löste das schwarze Tuch, das sein Gesicht verhüllte. Jennifer sah, daß er noch sehr jung war; kaum mehr als ein Knabe, keinesfalls älter als sie selbst. Um seinen Mund lag ein sonderbar sanfter, weicher Zug, der nicht so recht zu dem blutigen Schwert in seiner Hand passen wollte.

Einen Moment lang musterte er sie schweigend, dann drehte er sich herum, stieß die tote Froschkreatur mit dem Fuß beiseite und begann die Linien des Pentagramms mit den Fingerspitzen nachzufahren. Die Augen hielt er dabei geschlossen, als lausche er in sich hinein. Schließlich schüttelte er den Kopf und stand wieder auf.

»Er ist entkommen«, sagte er.

Einer der beiden anderen sah ihn an. »Kannst du das *Tor* öffnen?«

Der junge Mann nickte. »Ich könnte es«, antwortete er. »Aber es wäre sinnlos. Das SIEGEL ist noch hier an Bord. Ich fühle seine Nähe.« Er zögerte einen winzigen Moment. »Holen wir es.«

Sein Kamerad nickte, trat einen Schritt auf Jennifer zu und hob sein Schwert, aber der Mann mit dem Kindergesicht fiel ihm rasch in den Arm und schüttelte den Kopf. »Sie nicht«, sagte er.

»Aber ...« Der andere wollte widersprechen, aber der Schwarzgekleidete schnitt ihm mit einer herrischen Geste das Wort ab.

»In wenigen Stunden wird dieses Schiff ohnehin

untergehen«, sagte er. »Laß ihr diese Zeit noch. Es macht keinen Unterschied.«

Damit trat er auf Jennifer zu, hob die Hand und berührte sie beinahe sanft an der rechten Seite des Halses.

Shannon fing das Mädchen auf, als es das Bewußtsein verlor.

Mit einem gellenden Schrei ließ McGillycaddy den Körper seines toten Kumpans fallen, riß sein Gewehr hoch und begann zu schießen; wild und ungezielt und so schnell hintereinander, daß die peitschenden Explosionen der Winchester zu einem einzigen, trommelfellzerreißenden Krachen verschmolzen. Der Lauf des Gewehres ruckte hierhin und dorthin und stach grellorange Blitze in die Dunkelheit, und trotz des ohrenbetäubenden Krachens konnte ich das helle Klatschen hören, mit dem die Kugeln über uns in die Wände und die Treppenstufen fuhren.

Mit einem Satz trat ich neben ihn und versuchte ihm die Büchse zu entringen, aber die Panik gab McGillycaddy schier übermenschliche Kräfte. Er schüttelte mich ab, versetzte mir einen Kolbenstoß und schoß weiter, bis das Magazin der Winchester leer war.

»Hören Sie … auf«, keuchte ich, halb gegen die Wand gesunken und die Hände über dem schmerzenden Leib verkrampft. Ich bekam kaum Luft. McGillycaddys Hieb hatte mir eine Rippe geprellt, mindestens. Trotzdem sprach ich weiter, denn ich sah, daß sich McGillycaddy keineswegs beruhigt hatte. Im Gegenteil. Seine Finger gruben in den Taschen seiner groben Arbeitsjacke und förderten eine Handvoll Patronen zutage, die er zitternd in den Kolben des halbautomatischen Gewehres schob.

»Hören Sie endlich auf, Sie verdammter Idiot!«

würgte ich hervor. »Diesen Männern ist mit Gewehren nicht beizukommen, begreifen Sie das nicht?«

McGillycaddy fuhr herum. Seine Augen waren unnatürlich geweitet, und der Blick, den ich darin las, erinnerte mich an den eines Wahnsinnigen. »Das wollen wir sehen!« keuchte er. »Das werden wir ja sehen, Craven. Kommen Sie – wenn Sie sich trauen!«

Damit stürmte er los, beide Hände um das Gewehr gekrallt und immer zwei, drei Stufen auf einmal nehmend. Sein Kumpan Hunter folgte ihm, wie durch Zauberei plötzlich eine großkalibrige Faustfeuerwaffe in den Händen haltend, und nach sekundenlangem Zögern stolperte auch ich hinter den beiden her und die Treppe hinauf. McGillycaddy war ein Mörder, der den Tod wahrscheinlich hundertmal verdient hatte – aber letztendlich war er ein Mensch, und ich konnte ihn nicht tatenlos in den Untergang laufen lassen.

Der Sturm hatte noch an Gewalt zugenommen, als wir das Deck erreichten. Der Wind schlug mir mit solcher Macht entgegen, daß ich strauchelte und gegen die Wand fiel, kaum daß ich hinter McGillycaddy und Hunter aus der Tür gekommen war, und der Himmel hatte sich vollends in ein Gitterwerk ununterbrochen flackernder Blitze verwandelt, die das Deck der *Dagon* zu einem Chaos aus Schatten und Finsternis und jäh aufflammenden blauen Flächen werden ließen. McGillycaddy stand verkrümmt und breitbeinig wenige Schritte vor mir und schrie irgend etwas, aber das Heulen des Sturmes riß ihm die Worte von den Lippen und trug sie davon, ehe ich sie hören konnte.

Aber ich sah auch so, was er meinte. Auf halber Strecke zwischen dem Achteraufbau und dem Mast lag ein Toter. Der Mann, den McGillycaddy hinaufgeschickt hatte, um nach dem Rechten zu sehen. Ich erkannte ihn allerdings nur an seiner Kleidung.

Der Kopf fehlte!

Mir wurde übel.

McGillycaddy ergriff mich grob bei den Schultern, riß mich herum und deutete wild gestikulierend aufs Meer hinaus.

Der Strudel war nähergekommen, sehr, sehr viel näher. Statt eines kleinen grauen Kreises sich rasend schnell drehenden Wassers gähnte er jetzt wie ein bodenloser Schacht vor der *Dagon* im Meer, und durch das furchtbare Zischen der Blitze und den ununterbrochen rollenden Donner war ein tiefer, grollender Laut zu hören, als stürzten tief unter unseren Füßen ganze Gebirge zusammen. Und plötzlich fiel mir auch auf, um wieviel schneller die *Dagon* geworden war. Ihre Segel waren noch immer zum Zerreißen gespannt, aber noch schneller zerrte sie die Strömung vorwärts. Das Schiff schoß mit der Geschwindigkeit eines Schnellzuges auf den rasenden Strudel zu.

»Was ist das?« brüllte McGillycaddy neben mir. »Zum Teufel, Craven – was bedeutet das?«

Ich schüttelte den Kopf, deutete auf meine Ohren und dann zurück zum Treppenaufgang, und McGillycaddy verstand. Schräg gegen den Wind gelehnt, kämpften wir uns zur Tür zurück und blieben auf der obersten Stufe stehen. Das Heulen des Sturmes war auch hier noch ohrenbetäubend, aber es hatte zumindest so weit abgenommen, daß wir uns – wenn auch halbwegs schreiend – verständigen konnten.

»Was ist das, Craven?« fragte McGillycaddy erneut.

»Das, was ich Ihnen zeigen wollte«, antwortete ich. »Die Rettungsboote – erinnern Sie sich?«

McGillycaddy starrte mich betroffen an. »Aber,

das … das ist unmöglich«, stammelte er. »Dagon hat versprochen …«

»Ich weiß nicht, was er Ihnen versprochen hat, McGillycaddy«, unterbrach ich ihn böse. »Ich weiß nur, daß von Ihrem sogenannten Gott keine Spur mehr zu sehen ist. Und daß das Schiff in spätestens zwei Stunden in diesen Strudel fallen wird, wenn wir unsere Geschwindigkeit nicht herabsetzen oder den Kurs ändern.«

»Das können wir nicht!« brüllte McGillycaddy. »Ich … verdammt, Craven – niemand hier an Bord hat eine Ahnung, wie man dieses Schiff steuert.«

»Wissen Sie wenigstens, ob es Rettungsboote gibt?« fragte ich.

McGillycaddy starrte mich an, schluckte ein paarmal hart und schüttelte den Kopf. Sein Gesicht färbte sich ganz langsam grau. »Nein«, gestand er. »Ich habe … keine Ahnung. Niemand hat das. Wir … wir haben Dagon vertraut, Craven.«

Ich schluckte die scharfe Antwort, die mir auf der Zunge lag, im letzten Moment herunter. »Dann müssen wir sie suchen«, sagte ich. »Kommen Sie.«

Ohne auf seine Antwort zu warten, stürzte ich die Treppe hinunter und lief zurück in den Mannschaftsraum.

Die Panik, die unter den verängstigten Bewohnern von Firth'en Lachlayn ausgebrochen war, hatte sich gelegt. Die Männer und Frauen saßen in kleinen Gruppen oder einzeln da, ängstlich zusammengedrängt oder in den vermeintlichen Schutz eines umgestürzten Tisches gekauert, und statt des Chores aus schreienden und durcheinanderrufenden Stimmen hatte sich eine fast geisterhafte Stille über der Menge ausgebreitet. Aber es war eine Stille, die mich fast ebenso erschreckte wie die Panik zuvor.

Ich kannte diese Art der Stille. Ein Funke, ein unbedachtes Wort genügte, um diese zweihundert Menschen in einen durchgehenden Mob zu verwandeln.

Oder ein Idiot wie McGillycaddy.

Rasch lief ich bis zur Mitte des Saales, sprang auf einen Tisch und hob die Arme. »Hört mir zu!« rief ich.

Fast augenblicklich verstummten auch die letzten gemurmelten Worte, und mit einem Male fand ich mich in dem unbehaglichen Gefühl, von mehr als zweihundert Augenpaaren angestarrt zu werden.

»Hört mir zu«, sagte ich noch einmal. »Es ist etwas geschehen. Die *Dagon* ist in einen Sturm geraten.« Ich brach ab, sah mich rasch und nervös um und bemerkte, daß McGillycaddy und Hunter unter der Tür erschienen waren. Zu meiner Erleichterung blieb McGillycaddy jedoch stehen und sah mich nur aus eng zusammengekniffenen Augen an. Das Gewehr in seinen Händen deutete in meine Richtung, zielte jedoch nicht direkt auf mich.

Ein wenig leiser, aber noch immer mit erhobener Stimme und jedes Wort genau überlegend, sprach ich weiter: »Wir müssen das Schiff verlassen, und zwar sehr schnell. Aber es besteht kein Grund zur Panik. Niemand ist in Gefahr, wenn wir die Nerven behalten.«

Das war wahrscheinlich die dreisteste Lüge seit der Erfindung des Kommunismus, aber ich habe schon immer sehr überzeugend lügen können – und ich hatte noch ein paar Tricks auf Lager, die mir halfen.

Es war schwer; so schwer, daß der Saal vor meinen Augen zu verschwimmen begann und ich vor Anstrengung taumelte. Nie zuvor hatte ich versucht, eine so große Menschenmenge geistig zu beeinflussen, nicht einmal mit dem Gedanken gespielt, daß so etwas überhaupt möglich war.

Jetzt wußte ich es.

Ich spürte die Panik, die meine Worte auslösten, wie eine unsichtbare Woge knisternder elektrischer Energie durch den Raum fegen und nach den Herzen der Männer und Frauen greifen; graue, gestaltlose Furcht, die jedes bißchen verbliebenen klaren Denkens hinwegfegen wollte. Mit aller Macht stemmte ich mich dagegen, versuchte meinen Geist zu öffnen und beruhigende Impulse in *zweihundert Gehirne gleichzeitig* zu senden … und spürte, wie mein Versuch jämmerlich scheiterte. Es war, als wolle ich eine Flutwelle mit bloßen Händen aufhalten.

Dann …

Etwas berührte meine Stirn, glitt sanft über meine Haut und drang in meinen Schädel ein. Das Gefühl war ganz real, als würde mich wirklich eine unsichtbare kühle Hand berühren, und auf schwer zu fassende Weise *freundlich*. Es ging sehr schnell. Die unsichtbaren Finger tasteten weiter, schienen sanft in meinem Gehirn zu graben, als suchten sie nach etwas ganz Bestimmtem – und hinter meiner Stirn explodierte eine Nova aus purer Energie. Eine Kraft, die die Grenzen des Vorstellbaren überstieg und sich mit der meinen verband.

Ich fühlte, wie der Strom beruhigender Impulse auf ein Tausendfaches seiner normalen Macht anschwoll. Plötzlich war es kein verzweifelter Versuch mehr, die brodelnde Panik aufzuhalten, sondern ein ungeheurer Strom von Kraft, so mächtig, daß sich die Männer und Frauen rings um mich herum wie unter einem Hieb duckten. Ich sah, wie der Ausdruck von Furcht auf ihren Gesichtern erlosch, überall zugleich, zuerst Betroffenheit, dann Verwirrung und dann einer fast erschrockenen Ruhe Platz machte. Von einer Sekunde auf die andere war es still, unheimlich still.

»Hört mir zu«, sagte ich noch einmal, noch immer erfüllt von dieser sanften und doch unbeschreiblich mächtigen Kraft, die nicht die meine war. »Wir müssen die Rettungsboote suchen. Alle Männer, die nicht verletzt und jünger als sechzig Jahre sind, folgen McGillycaddy und mir an Deck. Die anderen und die Frauen und Kinder bleiben hier und rühren sich nicht, bis wir sie holen. Ganz egal, was geschieht.«

Niemand widersprach, aber wie in einer einzigen, synchronen Bewegung erhoben sich an die achtzig Männer und begannen dem Ausgang zuzuströmen.

Nicht einer erreichte ihn.

Ich spürte die Gefahr und wirbelte auf meinem improvisierten Podest herum, aber mein warnender Schrei kam zu spät.

Hinter McGillycaddy und Hunter erschien eine Gestalt, groß, so schwarz wie die Nacht und warnungslos wie ein Schatten. Ein Schwert blitzte auf.

Der Mann neben McGillycaddy kam nicht einmal mehr dazu, einen Schrei auszustoßen.

Ein dumpf pochender Schmerz und der Geschmack nach Blut war in Jennifers Mund, als sie erwachte. Sie versuchte, die Augen zu öffnen, aber es ging nicht, und als sie sich hochstemmen wollte, bohrte sich ein dünner Schmerz wie eine glühende Nadel in ihren Nacken.

Länger als eine Minute blieb Jennifer reglos liegen, lauschte auf ihren eigenen rasenden Herzschlag und wartete, bis der rasende Schmerz in ihrem Nacken nachgelassen hatte. Dann versuchte sie ein zweites Mal, die Lider zu heben.

Diesmal ging es.

Der Raum hatte sich verändert. Das sanfte grünliche

Glühen, das aus dem Zentrum des Pentagramms gekommen war und ihn erhellt hatte, war bis auf einen kaum fingernagelgroßen Fleck aus Licht erloschen, und sie sah wenig mehr als düstere, konturlose Umrisse. Vorsichtig stemmte sie sich hoch und erhob sich in eine halb kniende, halb hockende Position. Ihr Atem ging schwer, und die Stelle an ihrem Hals, an der sie der Schwarzgekleidete berührt hatte, fühlte sich noch immer taub an.

Allmählich begannen sich ihre Augen an das schwache Licht zu gewöhnen; sie erkannte jetzt mehr von ihrer Umgebung. Dicht neben ihr lag der Kadaver einer Krötenkreatur. Jennifer rückte instinktiv ein Stück davon weg, suchte mit der linken Hand an der Wand Halt und stemmte sich in die Höhe. Ihre Knie zitterten und schienen kräftig genug, das Gewicht ihres Körpers zu tragen.

Abermals streifte ihr Blick den fünfzackigen Drudenfuß auf dem Boden, und ihre Augen füllten sich mit Tränen. *Warum, Dagon?* dachte sie. *Warum hast du mich verlassen? Warum hast du alle verraten, die dir vertraut und ihr Leben in deine Hand gegeben haben?*

Der münzgroße Fleck hellgrünen Lichtes schien ihr zuzublinzeln wie ein höhnisches Auge. Jennifer ballte in stummem Zorn die Hand zur Faust und beugte sich über das Pentagramm.

Der flirrende Lichtpunkt im Zentrum des gezeichneten magischen Symbols war nicht nur Licht.

Es war ein Stein. Ein Stein aus Smaragd oder grünem Glas, der seinerseits wiederum die Form eines fünfzackigen Sternes hatte – selbst seine Proportionen stimmten ganz genau mit denen des Pentagramms überein – und wie in einem unheimlichen inneren Feuer glühte. Eine lautlose Stimme schien Jennifer davor zu warnen, diesen Stein zu berühren oder ihm nur zu nahe zu kommen, aber sie ignorierte sie, beugte sich noch weiter vor und ergriff den Edelstein mit einer entschlossenen Bewegung.

Er war warm. Nicht heiß, wie sie angesichts seines glühenden Herzens fast erwartet hatte, aber auch nicht kalt, wie es Edelsteine im allgemeinen waren, sondern warm wie ein Stück lebenden Fleisches und ebenso weich und anschmiegsam. Seine Berührung war auf schwer zu beschreibende Weise unangenehm.

Trotzdem ließ Jennifer den Stein nicht los, sondern richtete sich auf, ließ ihren Fund in einer Tasche ihres bestickten Mantels verschwinden und drehte sich herum, um sich auf die Suche nach den anderen zu machen.

McGillycaddy brachte sich mit einem verzweifelten Hüpfer in Sicherheit, als das Schwert des Drachenkriegers – in der gleichen, kreiselnden Bewegung, mit der es Hunter getötet hatte – herumfuhr und nach seinem Hals züngelte. Er entging der tödlichen Klinge um Haaresbreite, aber ihre Spitze streifte seine Wange und riß sie auf. Er taumelte, fiel zu Boden, preßte die rechte Hand auf das Gesicht und kroch vor dem schwarzgekleideten Angreifer zurück.

Der Drachenkrieger stieß ein Fauchen aus, das beinahe wie das einer zornigen Katze klang, ergriff seine Waffe mit beiden Händen und setzte ihm nach.

Im selben Moment griff ich ihn an.

Ich war zu weit entfernt, um McGillycaddy *körperlich* zu Hilfe eilen zu können, aber ich schlug mit aller geistigen Macht zu; der gleichen ungebändigten Kraft, mit der ich Augenblicke zuvor die panikerfüllte Menge beruhigt hatte.

Zumindest versuchte ich es.

Die fremde Macht in meinem Geist war verschwunden. Die helfende Hand – wem immer sie gehören mochte – hatte sich zurückgezogen, so sanft und rasch, daß ich es nicht einmal bemerkt hatte, bis jetzt. Als ich es merkte, war es zu spät.

Es war ein Gefühl, als hätte ich mit der bloßen Faust auf Stahl geschlagen, nur auf geistiger Ebene. Hinter meiner Stirn schien eine Sonne aus purem Schmerz aufzuflammen. Eine betäubende Woge raste durch meine Glieder, ließ mich taumeln und haltlos vom Tisch herunterstürzen. Ich schlug mit dem Gesicht auf, spürte den neuerlichen Schmerz nicht einmal und versuchte, mich herum und in die Höhe zu stemmen, aber meine Arme gaben unter dem Gewicht meines Körpers nach, und hinter meiner Stirn war ein weißglühender Rechen dabei, mein Gehirn leerzufegen.

Trotzdem zeigte mein Angriff Wirkung, wenn auch längst nicht in der Form, die ich erhofft hatte.

Der Drachenkrieger hielt mitten in der Bewegung inne, mit der er McGillycaddy den Schädel hatte spalten wollen, fuhr herum und machte eine Bewegung mit der Hand, die ich kaum sah.

Dafür spürte ich sie um so deutlicher, denn der Schmerz hinter meinen Schläfen flammte zu furchtbarer Agonie auf – und erlosch.

Im selben Moment wußte ich, wem ich gegenüberstand. Ich erkannte ihn eine Sekunde, ehe der Mann sich vollends herumdrehte und mich anstarrte, eine Sekunde, ehe ich dem Blick seiner wasserklaren, großen Augen begegnete, Augen von der Farbe eines freundlichen Sommerhimmels, in denen eine Weisheit zu schlummern schien, die nicht zu dem Jungengesicht paßte, in das sie eingebettet waren.

Shannons Augen.

Eine einzige, endlose Sekunde lang starrten wir uns an. Die Waffe in Shannons Händen, noch immer zum Schlag erhoben, begann zu zittern, und in die Härte in seinem Blick mischte sich eine grenzenlose Verwirrung. Er wirkte hilflos. Für Augenblicke wußte er nicht, was er tun sollte.

Dafür wußte es McGillycaddy um so besser.

Mit einer Bewegung, die ich einem Mann seiner Statur gar nicht zugetraut hätte, sprang er auf die Füße, federte auf Shannon zu und trat nach ihm.

Shannons Reaktion war so schnell, wie ich sie von ihm erwartet hatte, und trotzdem nicht rasch genug. Das Schwert in seiner Hand hackte nach McGillycaddys Gesicht, aber im selben Moment versetzte ihm der Schotte einen zweiten gemeinen Tritt. Shannon keuchte, torkelte einen halben Schritt und krümmte sich.

McGillycaddy stieß ihm den Gewehrkolben in den Rücken.

Shannon schrie auf und fiel auf die Knie. Das Schwert entglitt seinen Fingern und flog scheppernd davon.

McGillycaddy stieß ein fast hysterisch klingendes Kreischen aus, setzte dem Gestürzten nach und schwang seine Winchester wie eine Keule. Als er zuschlagen wollte, war ich hinter ihm. Meine Handkante krachte auf seinen rechten Oberarm und lähmte ihn. McGillycaddy keuchte, fuhr mit verzerrtem Gesicht herum und stieß mit dem Gewehrlauf nach mir. Ich wich dem Hieb aus, lähmte auch seinen anderen Arm mit einem blitzschnellen Schlag und versetzte ihm eine Backpfeife, die ihn rücklings taumelnd auf sein feistes Hinterteil fallen ließ. McGillycaddy begann vor Wut und Schmerz zu heulen, doch ich beachtete ihn gar nicht mehr, sondern wandte mich wieder Shannon zu.

Aber der junge Magier war nicht mehr da. Die wenigen Sekunden, die ich mit McGillycaddy beschäftigt gewesen war, hatten ihm gereicht, sein Schwert aufzuraffen und zu fliehen. Alles, was ich noch von ihm sah, war ein Schatten, der auf der Treppe verschwand.

Enttäuscht drehte ich mich wieder herum, hob McGillycaddys Gewehr auf und riß den Schlagbolzen heraus. Dann drehte ich die Waffe herum und warf sie ihm so heftig vor die Füße, daß er abermals zurückfiel und vor Schmerzen aufschrie.

»Sie verdammter Idiot!« brüllte ich. »Haben Sie in Ihrem Schädel auch noch für irgend etwas anderes Platz als für das Wort ›schießen‹, Sie Blödmann? Das war vielleicht unsere letzte Chance!«

McGillycaddy starrte mich an, gab ein glucksendes Geräusch von sich und preßte die Hände gegen das Gesicht. Zwischen seinen Fingern sickerte dunkles Blut hervor, aber der Anblick tat mir nicht im geringsten leid.

»Sind ... sind Sie verrückt geworden, Craven?« wimmerte er. »Der Kerl hat Hunter umgebracht, und er wollte auch mich töten!« Er stemmte sich in die Höhe und kam torkelnd näher, die Hände immer noch gegen die Wangen gepreßt.

»Verdammt noch mal, Craven – auf welcher Seite stehen Sie eigentlich?« brüllte er.

Die wütende Antwort, die mir auf der Zunge lag, blieb mir im wahrsten Sinne des Wortes im Halse stecken. Plötzlich begriff ich, wie recht McGillycaddy hatte – von seiner Warte aus. Woher sollte er wissen, daß ich Shannon kannte – und daß ich ihn als *Freund* kennengelernt hatte! Woher sollte er wissen, warum ich verhindern wollte, daß er Shannon tötete?

»Sie stehen auf *ihrer* Seite!« behauptete McGillycaddy. Seine Stimme schnappte fast über.

»Ich habe es gewußt«, behauptete er. »Sie sind ein Verräter. Sie ... Sie arbeiten mit ihnen zusammen. Diese Mörderbande gehört zu Ihnen, Craven!«

Ich ohrfeigte ihn, aber diesmal blieb der Schlag ohne Wirkung. McGillycaddy krümmte sich wimmernd, aber nur, um ein paar Schritte zurückzutorkeln und mit hoch erhobener Stimme loszubrüllen: »Sie gehören dazu, Craven! Diese Mörderbande und Sie stecken unter einer Decke!«

Plötzlich war es wieder still. Unheimlich still. Ich glaubte geradezu zu spüren, wie sich aller Aufmerksamkeit auf McGillycaddy und mich richtete, wie sich die Blicke von zweihundert Augenpaaren wie glühende Dolche in meinen Rücken bohrten.

»Das ... das ist Unsinn«, sagte ich stockend. »Ich kenne diesen Mann, das stimmt, aber ...«

»Sie geben es also zu!« kreischte McGillycaddy. »Sie wollen uns alle umbringen, Craven! Sie stecken mit ihnen unter einer Decke.«

Die Stille war einem drohenden, an- und abschwellenden Raunen und Wispern gewichen – und dem Schleifen von Hunderten von Füßen, die einen langsam enger werdenden Kreis um McGillycaddy und mich herum bildeten. Ich glaubte die Feindseligkeit, die plötzlich in der Luft lag, regelrecht zu riechen.

»Lassen Sie es mich erklären, McGillycaddy«, sagte ich beinahe verzweifelt. »Es ist nicht so, wie Sie glauben. Ich kenne diesen Mann von früher, aber ich habe nichts mit ihm zu schaffen. Ich ...«

McGillycaddy stieß einen Schrei aus, packte mich

warnungslos bei den Rockaufschlägen und wollte mich zu Boden schleudern, aber ich war zu schnell für ihn. Mit einem blitzschnellen Hieb sprengte ich seinen Griff und stieß ihn grob von mir. Aber seine Hand zerriß meine Rocktasche.

Etwas klirrte dicht neben mir auf den Boden, und McGillycaddys Augen wurden rund vor Erstaunen. Hastig senkte ich den Blick – und unterdrückte im letzten Moment ein entsetztes Stöhnen.

Das Klirren kam von den drei kleinen, fünfzackigen Wurfsternen, die aus meiner zerrissenen Tasche gefallen waren. Die *Shuriken* des toten Drachenkriegers, die Bannermann aufgehoben und mir gegeben hatte, weil ich *besser damit umzugehen* wußte als er.

Es konnte sein, daß diese drei Wurfsterne jetzt mein Schicksal besiegelten ... McGillycaddy bückte sich nach einem der Sterne und hob ihn auf. Zwei, drei Sekunden lang starrte er den Wurfstern aus hervorquellenden Augen an, dann drehte er sich herum, ging zu dem Toten neben der Tür und beugte sich über ihn.

Als er zurückkam, hielt er einen zweiten *Shuriken* in der Hand. Einen, dessen scharfe Kanten rot vom Blut des Toten waren.

»Und was ist das, Craven?« fragte er lauernd. Obwohl er sehr leise sprach, war ich sicher, daß seine Worte bis in den hintersten Winkel des Raumes verstanden wurden. »Was ist das für eine Waffe? So etwas habe ich noch nie gesehen.« Plötzlich trat er auf mich zu, packte mich und fuchtelte so dicht vor meinem Gesicht mit dem blutigen Stern herum, als wolle er mir die Augen ausstechen. Ich machte nicht einmal den Versuch, mich zu wehren. Hätte ich auch nur die Hand gehoben, hätte mich die Menge hinter mir in Stücke gerissen, das wußte ich.

»Sie haben nichts mit ihnen zu tun, wie?« brüllte er. »Sie tragen nur ihre Waffen bei sich! Und wie war das vorhin, als ich einen von ihnen abgeknallt habe? Wieso leben Sie noch, so wie diese Männer kämpfen, Craven?«

»Ich ... ich kann das erklären«, sagte ich verzweifelt. Gleichzeitig versuchte ich, McGillycaddy geistig zu beeinflussen, aber diesmal ließ mich mein magisches Erbe im Stich. Vielleicht war ich zu aufgeregt. Vielleicht gab der Zorn McGillycaddy auch zusätzliche Kraft und machte ihn unempfindlich gegen meinen lautlosen Angriff.

»Erklären!« kreischte er. »Das glaube ich gerne. Sie werden uns so lange und so viel erklären, bis wir alle tot sind, wie? Ich pfeife auf Ihre Erklärungen, Craven!«

Er versetzte mir einen Stoß, der mich rücklings gegen den Tisch warf und halb zusammenbrechen ließ, packte mich abermals bei den Rockaufschlägen und zerrte mich grob in die Höhe. Sein Gesicht hatte sich hektisch gerötet, und in seinen Augen loderte ein triumphierender Ausdruck.

Und plötzlich begriff ich, daß er mich umbringen würde, ganz gleich, was ich sagte. Im Grunde war es McGillycaddy völlig egal, ob ich wirklich zu den maskierten Mördern gehörte oder nicht. Er haßte mich, weil er instinktiv spürte, daß ich seine Machtposition gefährdete. Und ich hatte ihm den besten Vorwand gegeben, sich meiner zu erledigen, den er sich nur wünschen konnte.

»Seien Sie vernünftig, McGillycaddy!« flehte ich. »In zwei Stunden wird dieses Schiff mit Mann und Maus untergehen, und ...«

McGillycaddy schlug mir auf den Mund. »Nun, dann werden wir wenigstens noch zwei Stunden länger leben als Sie, Craven!« sagte er. »Es wird mir ein persönliches Vergnügen sein, Ihren Henker zu spielen!«

Er schlug mich erneut, und diesmal so hart, daß meine Lippe aufplatzte und ich einen Schmerzlaut nicht mehr unterdrücken konnte.

»Alles war gut, bis Sie gekommen sind!« keuchte er. »Sie haben das Unglück über uns gebracht, Craven. Seit Sie aufgetaucht sind, verfolgen uns Tod und Chaos. Sie sind schuld, wenn dieses Schiff untergeht. Sie ...«

»Das ist nicht wahr«, unterbrach ihn eine leise Stimme.

McGillycaddy ließ meine Rockaufschläge los und fuhr mit einem wütenden Keuchen herum, und auch ich versuchte, die Nebel vor meinen Augen wegzublinzeln und an ihm vorbeizublicken.

Der dichtgeschlossene Kreis aus Männern und Frauen, der McGillycaddy und mich umgab, hatte sich geteilt, um einer schlanken, in einem mit verwirrenden kabbalistischen Zeichen bestickten Umhang gehüllten Gestalt Platz zu machen.

»Du?« entfuhr es McGillycaddy. »Woher kommst du? Und wo ist Dagon?«

»Fort«, antwortete Jennifer. Ihre Stimme klang schleppend, flach und kraftlos, als müsse sie sich zu jedem einzelnen Wort zwingen, und als sich mein Blick klärte, sah ich, daß ihr Gesicht zu einer Maske aus Furcht und Verbitterung erstarrt war. Ihr Blick streifte mein Gesicht, aber ich bezweifelte, daß es wirklich *ich* war, was sie sah.

»Was soll das heißen, fort?« fauchte McGillycaddy. »Und was mischst du dich ein?«

Jennifer löste sich mit einer gezwungen wirkenden Bewegung von ihrem Platz und kam ein paar Schritte auf McGillycaddy und mich zu. »Er ist fort, McGillycaddy«, wiederholte sie, und plötzlich klang ihre Stimme bitter und voller Verzweiflung. Sie deutete auf mich, sah McGillycaddy aber weiter unverwandt an. »Ich weiß nicht, was dieser Mann getan hat, McGillycaddy – aber er trägt nicht die Schuld an dem, was hier geschieht.«

»Wovon, zum Teufel, redest du überhaupt?« brüllte McGillycaddy.

»Von Dagon«, antwortete Jennifer leise. »Er ist fort.«

McGillycaddey starrte sie an. »Fort? Was heißt das?«

»Er ist geflohen, McGillycaddy«, sagte Jennifer leise. »Er ... er hat uns im Stich gelassen. Uns alle. Er ... er sagte, ich könne mit ihm gehen, aber für euch ...« Ihre Stimme brach fast. Tränen schimmerten in ihren Augen, und ihre Hände gruben sich tief in den Stoff ihres Gewandes, als brauche sie irgend etwas, woran sie sich verzweifelt festklammern konnte. »Er sagte, ihr alle werdet sterben, McGillycaddy. Die *Dagon* wird untergehen.«

»Fort?« echote McGillycaddy mit zitternder Stimme. Sein Gesicht hatte alle Farbe verloren. »Aber warum? Ich meine, er ... er hat versprochen, uns ...«

»Er hat gelogen, McGillycaddy«, sagte Jennifer leise. »Er hat uns alle belogen. Er hat uns das Paradies versprochen, aber wir werden sterben, weil er ... weil er feige war und vor den Maskierten davongelaufen ist.«

»Du hast sie gesehen?« mischte ich mich ein. McGillycaddy fuhr mit einem Ruck herum, als ich neben ihn trat, aber zu meiner eigenen Überraschung unterbrach er mich nicht, sondern nickte Jennifer im Gegenteil auffordernd zu, zu antworten.

Sie nickte. Die Tränen liefen jetzt schneller über ihre Wangen. »Ja«, sagte sie. »Sie ... sie haben uns verfolgt,

Dagon und mich und seine Diener. »Sie … sie haben alle getötet, nur mich nicht.«

»Wie viele waren es?« fragte ich.

»Nicht viele«, antwortete Jennifer. »Drei, vielleicht vier. Bestimmt nicht viel mehr.«

»Haben sie gesagt, was sie wollen?« fragte McGillycaddy.

Jennifer schüttelte den Kopf, dann nickte sie plötzlich. »Ich bin nicht sicher«, sagte sie. »Aber einer sagte etwas von … einem Siegel.«

»Einem Siegel?« Plötzlich glaubte ich Dagons Worte noch einmal zu hören, so deutlich, als stünde er hinter mir und spräche sie noch einmal: *Die Sieben Siegel dürfen nicht erbrochen werden, Robert Craven.* »Bist du sicher?«

Wieder dauerte es Sekunden, ehe Jennifer nicke. »Einer von ihnen sagte es«, murmelte sie. »Er … er sagte, daß es noch an Bord der *Dagon* ist. Und … und daß sie es holen wollten, ehe das das Schiff sinkt.«

Gillycaddy starrte mich an. »Wissen Sie, was das bedeutet?« fragte er lauernd.

Ich schüttelte den Kopf, aber ich merkte gleich, daß ich McGillycaddy nicht überzeugt hatte.

»Die Sieben Siegel«, murmelte er. Plötzlich legte er den Kopf auf die Seite und maß mich mit einem langen Blick. »Da war doch so ein komischen Amulett, oder?« fragte er leise. »Dieses Ding, das Sie bei sich haben und ohne das wir nicht fahren konnten.«

»Das hat damit nichts zu tun«, sagte ich hastig. »Und selbst wenn …«

McGillycaddy hörte nicht weiter zu, sondern löste das Problem auf seine eigene Art – er packte mich, verdrehte mir den Arm und griff zielsicher in die Tasche meines Gehrockes, in der ich Andaras Amulett trug.

Mit einem zufriedenen Grunzen zog er den goldenen Stern hervor, stieß mich von sich und drehte das Schmuckstück in den Händen. »Dahinter sind sie also her«, murmelte er. »Wenn das alles ist, was sie haben wollen, warum geben wir es ihnen nicht?«

»Nein!« entfuhr es mir. »Das dürfen Sie nicht, McGillycaddy! Sie wissen ja nicht, was Sie tun!«

McGillycaddy schürzte abfällig die Lippen. »Möglich«, sagte er. »Aber ich weiß ziemlich genau, wozu ich keine Lust habe – nämlich umgebracht zu werden, wegen eines ... Amulettes.« Er schloß die Faust um den Stern und deutete mit einer Kopfbewegung zur Treppe. »Sollen Sie es haben, wenn sie uns dann in Ruhe lassen.«

»Um Gottes willen, nicht!« keuchte ich. »Sie ahnen nicht, was ...« Ich sprach nicht weiter. Einer von McGillycaddys Schlägern trat hinter mich und schlug mir so heftig mit der Faust in den Nacken, daß mir schwarz vor Augen wurde.

Es dauerte nur ein paar Sekunden. Ich war nicht wirklich bewußtlos, aber meine Knie gaben nach, und für Augenblicke war ich benommen. Als sich die rauchigen Spinnenfinger der Bewußtlosigkeit wieder zurückzogen, war McGillycaddy verschwunden, und statt seiner erblickte ich das höhnische Grinsen eines seiner Speichellecker.

Mühsam stand ich auf, tat so, als wolle ich meinen schmerzenden Nacken massieren, und schlug dem Burschen die Faust unter das Kinn. Aus dem gehässigen Grinsen wurde eine Grimasse, dann erschlafften seine Züge, und er sank bewußtlos zu Boden.

Ich fuhr herum, stieß einen weiteren Mann zur Seite und stürzte hinter McGillycaddy her, so schnell ich konnte. Niemand hielt mich auf.

Necron wartete. Der Sand in der kristallenen Uhr, die er vor sich aufgestellt hatte, war noch nicht zur Hälfte durchgelaufen, und er wußte, daß er sich gedulden mußte, denn selbst für Shannon und die sechs Krieger, die er mitgenommen hatte, war die Aufgabe schwer. Trotzdem ertappte er sich immer wieder dabei, abwechselnd auf den blitzenden Strom monoton fließenden Goldstaubes in der Uhr und die geschlossene Eichentür zu starren, die sich öffnen und das *Tor* freigeben würde, wenn es an der Zeit war.

Bald, dachte er. Bald.

Er wußte, daß er noch nicht gewonnen haben würde, selbst wenn Shannon erfolgreich war und das SIEGEL brachte. Es war nur der erste Schritt, der erste Zug in einem Spiel, dessen Regeln selbst ihm noch nicht ganz klar waren. Aber wie ein geübter Schachspieler wußte er auch, daß der erste Zug der wichtigste sein mochte, daß er sich gerade jetzt keinen Fehler erlauben durfte.

Necron riß den Blick von der so harmlos aussehenden Eichentür los und sah auf die beiden kristallenen Särge an der Wand davor.

Für einen Moment war ihm, als hätte sich das bleiche Gesicht des schlafenden Mädchens darin verändert, als wirke es plötzlich lebendiger, rosiger. Und gleichzeitig finsterer, voll einer unausgesprochenen Drohung, die düsterer war, als selbst er nachempfinden konnte.

Dann lächelte er. Unsinn, dachte er spöttisch. Der Zauber war stark, den er über das Mädchen geworfen hatte. Hundertmal stärker, als nötig gewesen wäre, eine Sterbliche zu bannen.

Und trotzdem – als er sich wieder umwandte und den langsam rinnenden Goldstaub seiner Uhr betrachtete, hatte er das unbehagliche Gefühl, als ob sie ihn anstarrte.

Er drehte sich nicht noch einmal herum, um sich zu überzeugen, daß es nicht so war und ihm nur seine Nerven einen Streich spielten.

Aber es kostete ihn große Kraft, es nicht zu tun.

Der Strudel war noch nähergekommen, und sein Dröhnen übertönte jetzt selbst das Lärmen des Sturmes und die Donnerschläge: ein tiefes, ununterbrochen anhaltendes Donnern und Krachen wie das Geräusch eines gigantischen Wasserfalles. Die *Dagon* schoß mit der Geschwindigkeit eines Pfeiles dahin, eingehüllt in himmelhohe Wolken aus Schaum und sprühender Gischt, die Segel gebläht und Masten und Tauwerk bis an die Grenzen ihrer Belastbarkeit gespannt. Ich konnte direkt spüren, wie das Schiff unter meinen Füßen vor Anspannung zitterte.

Dann sah ich McGillycaddy. Er rannte ein gutes Stück vor mir über das Deck der *Dagon,* direkt auf den gewaltigen Hauptmast zu, der sich gute hundert Schritte vor mir in den Himmel reckte. Von Shannon oder den anderen Drachenkriegern war keine Spur zu entdecken.

Ich drehte das Gesicht aus dem Wind und rannte los, so schnell ich konnte. McGillycaddys Vorsprung war beträchtlich, aber auf einem Schiff war selbst dieses Wort relativ. So gigantisch die *Dagon* war, es gab nicht viel Platz auf ihrem Deck, um mir davonzulaufen, wollte er nicht über Bord springen und sein Glück schwimmend versuchen.

Das tat er natürlich nicht. Dafür tat er etwas anderes, etwas, womit ich ebensowenig gerechnet hatte. Ohne auch nur einen Sekundenbruchteil innezuhalten, raste er auf den Hauptmast zu und begann wie eine übergroße vierbeinige Spinne in seiner Bespannung emporzuklettern!

Als ich den Mast erreichte, war er schon gute fünfzig Fuß über mir. Und er stieg wie von Sinnen weiter.

»McGillycaddy!« brüllte ich mit vollem Stimmaufwand. »Kommen Sie zurück! Das ist doch Selbstmord!«

Aber wenn McGillycaddy meine Worte über dem Grollen des Strudels und dem Heulen des Taifuns überhaupt hörte, so ignorierte er sie. Im Gegenteil – er sah zu mir herab, verzog das Gesicht zu einer Grimasse und verdoppelte seine Anstrengung noch. Der Wind warf ihn wild hin und her. Ich fragte mich, woher dieser Mann die Kraft nahm, sich überhaupt noch an dem feuchten Tauwerk zu halten.

Eine Sekunde später war ich ziemlich sicher, die Antwort am eigenen Leibe herauszufinden, denn ich sah etwas, was mich vor Schrecken zusammenfahren ließ.

Hoch über McGillycaddy stand eine schwarzgekleidete Gestalt in den Spieren, breitbeinig und so, als wäre der Höllensturm in Wahrheit nicht mehr als ein laues Lüftchen, aufrecht und nur mit einer Hand am Hauptmast Halt suchend.

Ich schluckte einen Fluch herunter, versuchte mir einzureden, daß alles ganz einfach sei und gar nichts passieren konnte, wenn ich nur die Nerven behielt und nicht nach unten sah – und begann hinter McGillycaddy herzuklettern.

Wenn ich bedachte, daß ich es noch vor einer halben Minute für unmöglich gehalten hatte, war es sogar relativ einfach. Der Sturm versuchte mich abwechselnd in die Seile zu pressen und in die Tiefe zu reißen, das vom Regen hart und kalt gewordene Hanf des Tauwerkes riß meine Hände auf, und die Erschütterungen, die die *Dagon* beutelten, setzten sich bis in die Mastspitze hinein fort und gaben mir das Gefühl, auf einem tollwütigen Elefanten zu sitzen – aber ich kam von der Stelle, wenn auch langsamer als McGillycaddy und mit wesentlich weniger Eleganz.

Er erreichte den Schwarzgekleideten, als ich kaum die halbe Strecke hinter mich gebracht hatte. Beinahe.

Der Sturm beutelte mich weiter, und als wolle irgendein boshafter Windgeist verhindern, daß ich wirklich sah, was geschah, erbebte die *Dagon* in diesem Moment unter einem gewaltigen Hieb, der das Tauwerk unter meinen Händen in eine vibrierende Bogensehne verwandelte, die sich nach Kräften bemühte, mich nach Grönland zu schießen.

Im selben Moment erschien der *Schatten* hinter dem Drachenkrieger. Es ging unglaublich schnell, und ich hatte alle Hände und Füße voll damit zu tun, nicht wie ein lästiges Stäubchen von der *Dagon* ins Meer geschnippt zu werden. Ich sah nicht mehr als einen Schemen, der buchstäblich aus dem Nichts erschien und mit der Gestalt des Drachenkriegers verschmolz. Für eine Sekunde wurde aus den beiden Umrissen einer. Dann erscholl ein markerschütternder, gräßlicher Schrei, und der Drachenkrieger kippte wie eine achtlos fallengelassene Puppe nach hinten und verschwand lautlos in der Tiefe.

Aber so schnell er auch fiel, war er doch nicht schnell genug, daß ich nicht noch einen letzten Blick auf ihn erhaschen konnte.

Er hatte keinen Kopf mehr.

Sekundenlang blieb ich mit verkrampften Muskeln in den Tauen hängen, mit aller Macht gegen die Übelkeit und die grauenhafte Furcht kämpfend, die von mir Besitz ergreifen wollten. Als ich es endlich wieder wagte, die Augen zu öffnen und nach oben zu blicken, war die Spiere leer. Der Schatten, der den Drachenkrieger getötet hatte, war so blitzartig verschwunden, wie er aufgetaucht war.

Dafür entdeckte ich McGillycaddy, nur noch zwei, drei Yards unterhalb der Stelle, an der Necrons Krieger auf ihn gewartet hatte. Ich flehte zu allen mir bekannten Göttern, daß es nicht Shannon gewesen war, dessen Tod ich beobachtet hatte.

»Kommen Sie zurück, McGillycaddy!« schrie ich. »Es hat keinen Sinn mehr, sehen Sie das ein!«

McGillycaddy kletterte beharrlich weiter, zog sich mit einer tolpatschig wirkenden Bewegung auf die Spiere hinauf und versuchte aufzustehen. Mein Herz schien zu stocken, als ich sah, wie er mit seitlich ausgestreckten Armen auf die Spiere hinauslief und an ihrem Ende stehenblieb. Der Sturm schlug mit unsichtbaren Fäusten nach ihm. Er wankte, stand einen Moment in einer geradezu grotesk nach hinten gebeugten Haltung mit wild rudernden Armen und durchgedrückten Knien da, und fand sein Gleichgewicht im letzten Moment wieder.

Wie von Sinnen kletterte ich weiter, dabei jede Sekunde selbst in Gefahr, von der unsichtbaren Hand des Sturmes vom Mast gepflückt und in die Tiefe geschleudert zu werden. »McGillycaddy!« schrie ich immer wieder. »Kommen Sie zurück, um Gottes willen!«

Ich hatte seine Höhe fast erreicht, als er mich endlich zu bemerken schien. Mit einer wütenden Bewegung fuhr er herum, stieß ein zorniges Heulen aus und kam auf mich zugerannt, so schnell, als liefe er über eine vierspurige Chaussee, nicht über einen kaum handbreiten, noch dazu runden und vom Regen schlüpfrig gewordenen Balken. Er mußte den Verstand verloren haben.

Er sagte kein Wort, aber sein Gesicht war vor Haß und Zorn verzerrt, und auch als er den Mast – und somit mich – schon fast erreicht hatte, machte er nicht die mindesten Anstalten, auch nur langsamer zu laufen.

Ich sah seinen Tritt kommen und versuchte mich dagegen zu wappnen, aber ich hatte McGillycaddys Heimtücke wohl unterschätzt. Ich hatte damit gerechnet, daß er nach meinem Gesicht treten würde – was zwar verdammt schmerzhaft, aber nicht weiter gefährlich war, wenn man wußte, wie man einen solchen Angriff zu nehmen hatte.

Statt dessen trat McGillycaddy nach meinem Hals.

Im letzten Moment gelang es mir, den Kopf zur Seite zu drehen und dem Tritt so den größten Teil seiner Wucht zu nehmen, aber das reichte nicht aus. Sein Stiefel schrammte über meine Haut; mir wurde schwarz vor Augen. Ich bekam keine Luft mehr. Meine Finger lösten sich von den nassen Tauen, und plötzlich begann ich den Sog der Tiefe zu spüren.

McGillycaddy stieß ein triumphierendes Kreischen aus. »Jetzt bist du dran, Craven!« keuchte er. »Diesmal erledige ich dich. Und wenn es das letzte ist, was ich tue.« Er ließ ein wahnsinniges Lachen ertönen und trat abermals nach mir. Diesmal erwischte mich sein Fuß dicht über dem Auge, und der Schmerz explodierte wie eine Bombe in meinem Schädel und ließ mich ein wenig weiter auf den schwarzen Abgrund zugleiten, der sich hinter meinen Gedanken aufgetan hatte. Ich bekam noch immer keine Luft, und meine Hände begannen langsam, aber unbarmherzig, von ihrem schlüpfrigen Halt abzurutschen. Der nächste Tritt, den mir McGillycaddy versetzte, würde der letzte sein.

Aber er kam nicht.

Aus McGillycaddys Triumphschrei wurde ein überraschtes Keuchen, und plötzlich erkannte ich eine zweite, hoch aufgerichtete Gestalt hinter McGillycaddy.

Im ersten Augenblick dachte ich, es wäre das *Ding*, das den Drachenkrieger getötet hatte, aber dann flammte ein besonders greller Blitz in unmittelbarer Nähe der *Dagon* über den Himmel, und das blauweiße, schattenlose Licht gewährte mir einen Blick auf ein schmales, von dunklem Haar eingerahmtes Frauengesicht. *Aber das war doch unmöglich!*

»Du!?« McGillycaddy fuhr mit einem zornigen Keu chen herum und hob die Fäuste. »Was willst du hier?«

»Dich«, sagte Several Borden leise.

McGillycaddy keuchte, trat einen Schritt auf die schlanke Gestalt zu und blieb wieder stehen, als er ihrem Blick begegnete. Irgend etwas war darin, was ihn erstarren ließ, eine Entschlossenheit, die durch nichts mehr zu erschüttern war. Ein Ausdruck, wie er vielleicht nur in den Augen von Menschen zu finden ist, die mit ihrem Leben abgeschlossen und nichts mehr zu verlieren haben.

»Ich habe auf dich gewartet, McGillycaddy«, sagte Several. »Du wirst jetzt bezahlen Für Jennifer, für meinen Mann, für Frane – für alle, die du umgebracht hast. Und für mich.« Sie machte einen Schritt auf McGillycaddy zu und hob die Hände.

Ich begriff eine Sekunde zu spät, was sie vorhatte. »Nein!« brüllte ich. »Tun Sie es nicht, Several! Er ist es nicht wert!«

Aber weder Several noch McGillycaddy hörten meinen Schrei. Mit einem sanften Lächeln auf den Zügen trat Several auf McGillycaddy zu, umschlang ihn mit beiden Armen – und ließ sich zur Seite fallen.

McGillycaddy brüllte wie von Sinnen, klammerte sich mit beiden Händen in das Tauwerk, das den Mast umspannte, und versuchte Several mit dem Knie von sich zu stoßen. Er verlor den Halt. Sein rechter Fuß glitt auf dem schlüpfrig gewordenen Holz ab. Er fiel, rutschte auch mit dem anderen Fuß weg und hing für endlose Sekunden nur noch an den Händen. Ich glaubte, seine Knochen unter der Belastung ächzen zu hören.

Und dann tat er etwas, was mich vor Schreck erstarren ließ. Er löste die linke Hand von ihrem Halt, ballte sie zur Faust – und schlug sie Several ins Gesicht. Für eine Sekunde hing er nur noch mit einer Hand in den Seilen, Severals und sein eigenes Gewicht mit einem einzigen Arm haltend.

Dann schlug er ein zweites Mal zu.

Severals Lippen öffneten sich zu einem letzten, lautlosen Schmerzensschrei. Und dann war sie verschwunden.

Lautlos stürzte sie in die Tiefe.

Ich schloß die Augen und wandte mich ab, als sie an mir vorüberfiel. Der Sturm stieß ein gellendes, fast triumphierendes Heulen aus, und für einen Moment erschien es mir, als klatsche der rollende Donner Beifall zu dem, was er sah.

Aber das furchtbare Geräusch, mit dem sie hundert Fuß unter mir auf das Deck der *Dagon* prallte, hörte ich trotzdem.

Jennifer saß mit steinernem Gesicht neben dem Leichnam ihrer Mutter, als ich das Deck wieder erreichte. Ein gnädiges Schicksal hatte sie so liegenlassen, daß die furchtbaren Verletzungen, die ihr der Sturz zugefügt haben mußte, nicht zu erkennen waren. Sie blutete nicht einmal. Aber der Ausdruck erstarrten Entsetzens auf ihren Zügen ließ mich schaudern.

Dicht hinter McGillycaddy trat ich neben sie. Meine Knie zitterten. Der Sturm hatte an Wucht gewonnen mit jedem Yard, den ich weiter in die Tiefe gestiegen war, und während der letzten Minuten hatte ich allen Ernstes damit gerechnet, mich zu Tode zu stürzen. Meine Hände bluteten, und meine Arme waren taub vor Anstrengung. Woher ich die Willenskraft genommen hatte, McGillycaddy *nicht* kurzerhand vom Mast zu werfen, wußte ich selbst nicht.

Jennifer war nicht die einzige, die McGillycaddy und mir an Deck gefolgt war. Ein gutes halbes Hundert Menschen war an Deck der *Dagon* gekommen, bildeten einen dichten, allseits geschlossenen Kreis um die Tote und ihre Tochter und schirmte sie vor den tosenden Winden ab. Niemand sprach, und als McGillycaddy und ich näherkamen, wich die Menge schweigend zur Seite und machte uns Platz. Aber ich sah das Entsetzen in ihren Gesichtern, die furchtbare Enttäuschung und die Angst, die nach ihren Herzen gegriffen hatte und jedes andere Gefühl betäubte. Natürlich – sie hatten den Strudel gesehen wie ich. Aber der Schrecken, den sie empfanden, mußte tausendmal schlimmer sein. Sie hatten ihrem Gott vertraut – und waren so grausam enttäuscht worden.

Jennifers Augen waren voller Tränen, als sie aufsah und erst mich und dann McGillycaddy anblickte. »Warum?« fragte sie leise. Ihre Stimme klang tonlos.

McGillycaddy schürzte trotzig die Lippen. »Du hast es doch gesehen, oder?« schnappte er. »Sie wollte mich umbringen.«

»Halten Sie den Mund, McGillycaddy«, sagte ich.

Der Schotte fuhr herum, starrte mich an und stemmte trotzig die Fäuste in die Hüften. »Warum sollte ich?« fragte er wütend. »Sie waren doch dabei, Craven. Sagen Sie ihr, wie es war. Sagen Sie ihr, daß ...«

»Sie sollen den Mund halten!« sage ich. Eine kalte, bodenlose Wut kroch in mir empor. Ich bin an sich kein jähzorniger Mensch, aber hätte er jetzt auch nur noch einen Ton von sich gegeben, hätte ich ihn umgebracht. McGillycaddy schien das zu spüren.

»Es tut mir leid, Jennifer«, sagte ich leise. »Ich ... ich konnte nichts tun.«

Jennifer versuchte zu lächeln, aber es mißlang. »Es war nicht Ihre Schuld, Robert«, sagte sie matt. »Sie ... sie wollte sterben, glaube ich. Sie hat sich versteckt, um McGillycaddy aufzulauern, aber ich ... ich dachte nicht, daß ...« Sie sprach nicht weiter, sondern begann plötzlich heftiger zu weinen. Ich streckte die Arme aus, um sie beruhigend an mich zu ziehen, aber Jennifer wich mir aus, erhob sich plötzlich und deutete mit einer Kopfbewegung nach vorn.

»Was ist das?« fragte sie.

Für einen Moment war ich so betroffen, daß ich nicht einmal antworten konnte. Dann begriff ich. Der Strudel und der heulende Sturm interessierten sie nicht wirklich. Es war nur ihre Art, mit dem Schmerz fertig zu werden; ihn zu betäuben.

»Werden wir sterben?«

Eine einzige, endlose Sekunde lang starrte ich sie an, dann stand ich ebenfalls auf und sagte entschlossen: »Nein. Nicht, wenn ich es verhindern kann.«

Jennifer sah mich fragend an, aber ich sprach nicht weiter, sondern wandte mich um, riß McGillycaddy grob an den Rockaufschlägen in die Höhe und zerrte das Amulett aus seiner Tasche. Ohne ein weiteres Wort fuhr ich herum, stieß einen Mann beiseite, der nicht rasch genug Platz machte und stürmte zum Achterdeck hinauf.

Eine leise, bohrende Stimme hinter meinen Gedanken begann zu flüstern, daß es Wahnsinn war, was ich tun wollte, daß das Leben von zweihundert Menschen nichts war gegen das Leid und das Unheil, daß vielleicht über die Welt hereinbrechen würde, wenn Necron in den Besitz dieses Amulettes kam. Aber ich lief eher noch schneller. Zum Teufel – was scherte mich dieses *›vielleicht‹*; ich war ein Mensch und keine Maschine, die nach streng logischen Gesichtspunkten entscheidet. Niemand konnte von mir verlangen, kaltlächelnd zuzusehen, wie zweihundert unschuldige Menschen einen grausamen Tod fanden!

Ich erreichte das Achterdeck, drehte mich wieder zum Bug und bildete mit den Händen einen Trichter vor dem Mund.

»Shannon!«, schrie ich, so laut ich konnte. *»Shannon, ich weiß, daß du mich hörst. Zeige dich! Ich will mit dir reden!«*

Im ersten Moment erfolgte keinerlei sichtbare Reaktion. Dann bewegte sich etwas in den Schatten jenseits der wartenden Menge, und eine Gestalt, gekleidet in die Farben der Nacht und von schlankem Wuchs, trat auf das Deck des Schiffes heraus. Hinter ihm erschien ein zweiter Drachenkrieger, dann ein dritter, vierter, fünfter.

»Was willst du?« fragte Shannon.

Sekundenlang starrte ich ihn an, und wieder glaubte ich die flüsternde, drängende Stimme zu hören, die mir zuschrie, das Amulett lieber über Bord zu werfen, statt es diesen Männern auszuliefern. Ich ignorierte sie.

So rasch ich konnte, lief ich die Treppe wieder hinunter und ging auf die fünf Schwarzgekleideten zu. Der Wind bauschte ihre Umhänge, und es sah aus, als bewegten sich die daraufgestickten Drachen ungeduldig.

In Shannons Blick zeigte sich nicht das geringste Erkennen, als ich vor ihm stehenblieb. Es war kaum der Blick eines Menschen, dachte ich schaudernd, sondern der einer Puppe. Was immer Necron mit ihm gemacht hatte – er schien jedes bißchen freien Willen, jede menschliche Empfindung, jedes Erinnern aus seinem Bewußtsein getilgt zu haben. Aber schon seine nächsten Worte belehrten mich eines Besseren.

»Es ist lange her, Robert«, sagte er, sehr leise und in einem Tonfall, der irgendwie bedauernd klang.

»So lange, daß du alles vergessen hast?« fragte ich.

Shannon schüttelte kaum merklich den Kopf. »Ich habe nichts vergessen«, sagte er. »Nichts von dem Schmerz, den ich dir zu verdanken habe, Robert. Nichts von dem Entsetzen, das ich ertragen mußte, weil ich dachte, einen Freund in dir gefunden zu haben.« Er lächelte, aber es wirkte kalt. »Diesmal weiß ich, wer du bist, Hexer. Du bringst das SIEGEL?«

Ich nickte überrascht. »Woher …«

Shannon unterbrach mich mit einer ungeduldigen Handbewegung. »Ich kenne dich, Robert«, sagte er. »Besser als du selbst vielleicht. Du bist keiner, der das Leben zweihundert Unschuldiger opfern würde aus rationalen Überlegungen heraus. Nicht einmal das eines einzigen.«

»Und du?«

Shannon antwortete nicht, sondern streckte statt dessen fordernd die rechte Hand aus, und nach einem letzten, sekundenlangen Zögern trat ich auf ihn zu und ließ Andaras Amulett hineinfallen. Shannon hob es an die Augen, drehte es hin und her – und warf es mir mit einem zornigen Fauchen vor die Füße.

»Du beleidigst mich, Robert«, sagte er heftig. »Dieses Ding ist nutzlos für uns. Ein Stück Tand, nicht mehr. Glaubst du wirklich, mich so leicht hinters Licht führen zu können?«

Verwirrt bückte ich mich nach dem goldenen Stern, hob ihn auf und starrte abwechselnd ihn und Shannon an. »Aber das ... das ist alles, was ich dir geben kann«, murmelte ich. »Ich sage die Wahrheit, Shannon! Ich weiß nicht, was du sonst ...«

»Das SIEGEL!« unterbrach mich Shannon hart. »Wir sind hier, um das SIEGEL zu holen, Robert. Das erste der SIEBEN SIEGEL DER MACHT. Es befindet sich an Bord dieses Schiffes, und es ist mein Auftrag, es zu bringen. Das da«, er deutete auf das Amulett in meiner Hand, »ist es jedenfalls nicht.«

»Dann ... dann weiß ich nicht, was du willst«, murmelte ich verstört.

Shannon sah mich einen Moment lang scharf an. Plötzlich nickte er. »Ich glaube dir, Robert«, sagte er. »Du bist niemand, der lügen würde, wenn das Leben anderer auf dem Spiel steht. Aber das SIEGEL ist hier. Dagon hat es an Bord mitgenommen, denn ohne es wäre dieses Schiff nutzlos für ihn. Wir werden es finden, oder niemand wird dieses Schiff lebend verlassen.«

»Aber ich weiß nicht einmal, wie es aussieht!« begehrte ich auf.

»Dann suche es«, sagte Shannon kalt. »Und beeile dich, Robert. Du hast nicht mehr viel Zeit.«

Ich starrte ihn an, atmete hörbar aus und deutete auf den Höllenstrudel, der sich vor dem Bug der *Dagon* drehte. »Ist das dein Werk?«

»Das meines Herrn«, antwortete Shannon.

»Er wird dieses Schiff vernichten«, murmelte ich.

Shannon nickte, so ungerührt, als sprächen wir über das Wetter, nicht über das Leben von zweihundert Männern, Frauen und Kindern. »Ja«, sagte er. »Dieses Schiff und alle, die an Bord sind. Es gibt kein Entkommen, Robert. Und du kannst dir die Mühe sparen, nach Rettungsbooten zu suchen. Selbst wenn es welche gäbe, würdet ihr dem Sog nicht entrinnen.« Er lächelte kalt. »Es sei denn, du findest das SIEGEL und bringst es mir.«

Das war gelogen, und Shannon wußte, daß ich die Lüge erkannte, das spürte ich im selben Moment, in dem er die Worte aussprach. Der Strudel würde das Schiff verschlingen; so oder so.

Trotzdem nickte ich, nachdem ich das Amulett wieder in der Tasche hatte verschwinden lassen. »Wieviel Zeit bleibt uns?«

»Nicht viel«, antwortete Shannon. »Knapp zwei Stunden.«

»Versprichst du mir, uns in Frieden zu lassen, bis ... bis es soweit ist.«

Shannon nickte. »Wenn du das SIEGEL suchst, ja.«

»Keinen Toten mehr?«

»Keine Toten mehr, bis auf einen. Aber zweihundert, wenn du versuchst, mich zu betrügen, Hexer.«

Und jetzt – endlich – begriff ich.

Ohne ein weiteres Wort wandte ich mich um und ging zu der wartenden Menge zurück. Fragende Gesichter erwarteten mich, Augen, in denen eine bange Hoffnung glomm, und Lippen, die es nicht wagten, sich zu öffnen, um die Frage zu stellen, die allen auf den Zungen brannten.

Ich ignorierte sie alle, ging auf Jennifer zu und wies mit einer Kopfbewegung zur Treppe.

»Du hast gesagt, Dagon wäre geflohen«, sagte ich.

Jennifer nickte.

»Warst du dabei?«

Wieder nickte sie, und ich fuhr fort, so leise, daß außer ihr und McGillycaddy, der unmittelbar hinter ihr stand, niemand die Worte verstand: »Kannst du mir den Ort zeigen?«

Jennifer erschrak sichtlich, aber dann nickte sie ein drittes Mal, wenn ich auch sah, wie schwer es ihr fiel.

»Gehen wir«, sagte ich.

Er war verwirrt. Die Abgesandten des Feindes handelten nicht logisch. Er war bereit gewesen, einzugreifen, sollten sie versuchen, den Hexer zu töten. Aber sie hatten ihn nicht zu vernichten versucht, sondern ihm im Gegenteil geholfen. Niemand außer ihm hatte es bemerkt, denn er war in der Lage, hinter die Dinge zu blicken und die wahre Absicht zu erkennen, aber der Mann, der geschickt worden war, das SIEGEL zu holen und den Sohn des Hexers umzubringen, handelte ganz klar gegen seinen Befehl.

Lautlos zog er sich wieder zurück, schlüpfte wieder in die Maske, in der er sich zeigen konnte, ohne Aufsehen zu erregen, wurde vom Ungeheuer zum Menschen.

Er wartete.

Die Kälte war hier unten fast unerträglich. Der Boden, über den wir gingen, schien unter unseren Schritten zu knistern, und jeder Atemzug brannte in meiner Kehle, als atmete ich kleingeriebenes Glas. Meine Finger waren so gefühllos geworden, daß ich kaum die Lampe halten konnte. Selbst das Licht, das sie verströmte, wirkte *kalt*.

»Das ist es«, sagte Jennifer leise. Ihre Stimme echote unheimlich in der kleinen Kammer, und die Wände, die mit einer hauchdünnen glitzernden Schicht aus Rauhreif überzogen waren wie mit einer eisigen Haut, schienen ein Teil ihres Klanges zu verschlucken, bis nur noch die dumpfen, düsteren Töne übrigblieben.

Es war keine wirkliche Kälte, die uns schaudern ließ, das spürte ich. Es war dieses Zeichen, auf das Jennifer deutete. Ein mannsgroßes, mit seltsamen Farben gemaltes Pentagramm auf dem Boden, genau im mathematischen Zentrum der Kammer.

»Was soll das sein?« fragte McGillycaddy ungeduldig. Seine Stimme klang ebenso verzerrt und düster wie die Jennifers, aber anders als bei ihr hörte ich auch noch eine deutliche Spur von Furcht in seinen Worten. Im Grunde war McGillycaddy nichts als ein erbärmlicher Feigling.

»Ich weiß es nicht«, antwortete Jennifer. »Er ... er ist hineingetreten, und dann war er verschwunden. Da war ein Licht, und ...« Sie brach ab, sah mich beinahe hilflos an und machte einen Schritt auf das magische Symbol zu. Hastig ergriff ich sie am Arm und zog sie zurück.

»Berühren Sie es nicht«, sagte ich warnend. Ich schob sie ein Stück zur Seite, bedeutete auch McGillycaddy und den beiden Männern, die uns begleitet hatten, zurückzuweichen, und näherte mich dem Pentagramm behutsam.

Nichts geschah, als ich die düster flackernden Linien des fünfeckigen Sternes berührte. Ich spürte weder körperlich noch auf geistiger Ebene irgendeine Veränderung. Trotzdem wußte ich mit ziemlicher Sicherheit, was ich vor mir hatte.

Langsam ging ich bis zu seinem Zentrum, ließ mich in die Hocke sinken und tastete mit den Fingerspitzen über den Boden. Ich fühlte nichts als eisiges Holz. Aber meine Überzeugung, es mit nichts anderem als mit einem *Tor* zu tun zu haben, wuchs eher noch.

»Etwas fehlt«, murmelte ich. Beinahe ohne daß ich selbst es bemerkte, zog ich Andaras Amulett aus der Tasche und legte es ins Zentrum des Pentagramms. Aber die erhoffte Wirkung blieb aus. Das Tor blieb verschlossen.

Ich wandte mich an Jennifer. »Versuchen Sie sich zu erinnern«, sagte ich. »Er muß irgend etwas getan haben. Irgendein Wort, ein Gegenstand, eine bestimmte Bewegung ...«

Jennifer blickte mich an, schüttelte den Kopf – und fuhr plötzlich zusammen wie unter einem Hieb. Ihre Hand glitt in eine Tasche ihres Umhanges und förderte einen kleinen, grünglitzernden Stein zutage.

»Das hier habe ich gefunden«, sagte sie. »Es lag auf dem Boden.«

Ich stand auf, nahm ihr den Stein aus der Hand und betrachtete ihn eingehend. Er fühlte sich glatt wie Glas an und bestand aus einem grünlichen Material, in das verwirrende Symbole eingeritzt waren. Seine Form entsprach genau der des Pentagramms.

»Was ist das?« fragte McGillycaddy.

»Der Schlüssel«, antwortete ich. »Der Schlüssel, der das *Tor* öffnet.«

»Tor?« McGillycaddy glotzte mich blöde an. »Was soll das heißen?«

Ich wollte antworten, aber ich kam nicht dazu, denn in diesem Moment wurde die Tür aufgestoßen, und eine weitere Gestalt betrat den Raum. Ich glaube, ich war der einzige, der nicht überrascht war. Im Gegenteil – etwas hätte gefehlt, wäre *er* nicht gekommen.

»Etwas, das Sie niemals begreifen würden, McGillycaddy, selbst wenn wir es Ihnen erklärten«, sagte Bannermann ruhig.

McGillycaddy ächzte. Sein Unterkiefer klappte herunter. Von einer Sekunde auf die andere verlor sein Gesicht alle Farbe. Er sah plötzlich aus wie ein Mann, der einem leibhaftigen Gespenst gegenübersteht.

»Bannermann!« keuchte er. »Aber das ... das ist doch völlig ... das ist ...« Er wimmerte, riß schützend die Arme vor das Gesicht und taumelte zurück, als hätte er einen Schlag bekommen. »Das ist unmöglich!« wimmerte er. »Sie sind tot! Tot! Ich weiß das! Sie ... Sie sind ...«

»Das ist nicht Bannermann, McGillycaddy«, sagte ich ruhig.

Bannermann – das Wesen, das *aussah* wie Bannermann – lächelte. »Nein«, sagte er ruhig. »Den Menschen Bannermann gibt es nicht mehr. Er hat ihn getötet.« Er deutete auf McGillycaddy, der sich abermals wie unter einem Hieb krümmte und den vermeintlichen Bannermann aus hervorquellenden Augen anstarrte. »Schon vor Tagen, Robert. Wie lange wissen Sie es schon?«

»Daß Sie nicht Bannermann sind?« Ich zuckte mit den Achseln. »Nicht so lange, wie ich es müßte«, gestand ich. »Ich hätte es im ersten Moment bemerken müssen. Sie haben Fehler gemacht.«

»Ich weiß«, gestand das Bannermann-Ding. »Ich hätte Ihnen den Toten nicht zeigen dürfen. Aber ich wollte Sie warnen.«

»Sie konnten nicht wissen, daß diese Männer im Auftrag Necrons hier sind«, bestätigte ich. »Der echte Bannermann weiß nicht einmal, daß es einen Mann dieses Namens gibt. Wer sind Sie?«

»Ein Freund«, antwortete Bannermann. »Wenn das, was Sie mir über das Wort ›Freundschaft‹ erzählt haben, die Wahrheit ist.«

»Ein Freund?« wiederholte ich. »Oder ein Feind meiner Feinde? Das ist ein Unterschied.«

Bannermann schien einen Moment über die Bedeutung meiner Worte nachzudenken, dann machte er eine wegwerfende Geste und deutete zuerst auf das Pentagramm, dann auf den grünen Stein in meiner Hand. »Sie wissen, was Sie dort haben«, sagte er.

Ich nickte. »Den Schlüssel zu diesem *Tor*«, sagte ich.

»Und das SIEGEL«, fügte Bannermann hinzu. »Die Männer, die Necron gesandt hat, werden wissen, wo es ist, im selben Moment, in dem Sie das *Tor* öffnen. Sie werden kommen und es holen. Das darf nicht sein.«

Er sprach nicht weiter, aber ich hörte das, was er sagen wollte, so deutlich, als hätte er es gesagt: *»Ich werde es verhindern.«*

Mit einer fast trotzigen Bewegung schloß ich die Faust um das SIEGEL. »Was erwarten Sie?« fragte ich. »Daß ich zusehe, wie zweihundert Menschen sterben, nur wegen dieses Steines?«

»Es ist weit mehr als *nur* ein Stein«, sagte Bannermann sanft. »Sie wissen das, Robert.«

»Ich weiß überhaupt nichts«, sagte ich. »Ich weiß nicht einmal, was diese SIEBEN SIEGEL sind, geschweige denn, was sie bewirken. Ich weiß nur, daß dieses Ding die einzige Möglichkeit darstellt, das Leben der Menschen hier an Bord zu retten. Erwarten Sie, daß ich zusehe, wie sie sterben?«

Bannermann starrte mich an, und für einen Moment – einen winzigen, zeitlosen Moment nur, aber mit fast übernatürlicher Klarheit – glaubte ich ihn zu sehen, wie er wirklich war: ein Gigant, drei Yards groß und mit weit gespannten, ledernen Flügeln, dämonenköpfig und mit Augen, die die Ewigkeit geschaut hatten. Eine Bestie. Das Ungeheuer, das den Drachenkrieger getötet hatte.

Aber ich sah noch mehr. Im selben Moment, in dem ich seine wahre körperliche Erscheinungsform sah, spürte ich seine *Macht*. Eine Macht, die die Grenzen des Vorstellbaren sprengte. Dieselbe unbeschreibliche Macht, die mir geholfen hatte, mehr als zweihundert Menschen gleichzeitig geistig zu beeinflussen.

»Sie können es«, behauptete ich. »Sie können das *Tor* öffnen, ohne den Stein zu benutzen.«

»Das kann ich nicht«, behauptete Bannermann, aber ich fegte seinen Einwand mit der Hand beiseite und sagte noch einmal: »Sie können es. Selbst ich habe einmal ein *Tor* aufgestoßen, und ich bin nichts gegen Sie. Ich habe Ihre Macht gespürt, vergessen Sie das nicht.«

Lange blickte mich das Wesen mit Bannermanns Körper an, und ich spürte die Verwirrung, die meine Worte hinter seiner Stirn hervorriefen.

»Sie haben recht«, sagte er plötzlich. »Ich könnte es. Aber sie würden trotzdem spüren, daß ich es tue. Sie würden kommen.«

»Dann halte ich sie auf«, sagte ich impulsiv.

Bannermann lachte. »Sie? Ein einzelner Mann gegen fünf von *ihnen*?«

»Ich und McGillycaddy und vier seiner Freunde«, bestätigte ich.

McGillycaddy ächzte. »Hören Sie mal, Craven!« keuchte er. »Wenn Sie glauben, daß meine Männer und ich ...«

»Ich glaube«, unterbrach ich ihn scharf, »daß Sie daran interessiert sind, von hier wegzukommen.« Ich musterte ihn kalt. »Sie haben die Wahl, McGillycaddy«, sagte ich. »Sie können mir helfen und den anderen und sich selbst so zumindest eine Chance geben, zu überleben. Oder Sie können hierbleiben und die Minuten zählen, bis das Schiff in den Strudel stürzt. Oder Shannon auftaucht und Ihnen die Kehle durchschneidet.«

McGillycaddy erbleichte noch mehr. »Das … das ist Erpressung«, stammelte er. »Sie wissen, daß wir keine Chance haben. Nicht gegen diese Männer.«

»Ich will nicht behaupten, daß sie sehr groß ist«, sagte ich. »Aber wir haben eine Chance. Damit.« Ich hob die Faust, in der ich das SIEGEL trug, und sah Bannermann an. Er nickte.

»Ihr seid ein sonderbares Volk«, sagte er plötzlich. »Du hast gegen Götter gekämpft, um dein Leben zu retten. Und jetzt bist du bereit, es wegzuwerfen, um das anderer willen, die du nicht einmal kennst.«

»Vielleicht ist das der Unterschied zwischen uns«, murmelte ich. »Nun – werden Sie es tun?«

Das Bannermann-Wesen seufzte. »Ja«, sagte es schließlich. »Aber du weißt, daß du nicht nur gegen *menschliche* Feinde kämpfst? Die Macht, die dieses Schiff vernichten wird, kennt kein Erbarmen. Nicht einmal ich bin in der Lage, sie aufzuhalten.«

»Das verlange ich nicht«, antwortete ich. »Wir haben zwei Stunden. Mehr als genug Zeit, die Leute durch das Tor in Sicherheit zu bringen. Was danach geschieht, werden wir sehen.«

»Das werden wir«, sagte Bannermann. Aber was er damit wirklich sagen wollte, das verstand wohl nur ich.

»Er hat es gefunden«, sagte Shannon.

Er und die vier Krieger, die ihm geblieben waren, befanden sich in einem kleinen, fensterlosen Raum weit vorne am Bug des Schiffes. Sie saßen auf dem Boden, mit untergeschlagenen Beinen und nach vorn geneigt, die Hände ineinander verschränkt, so daß sie einen unregelmäßigen Kreis mit fünf Eckpunkten bildeten. Aber stärker als ihre Körper berührten sich ihre Geister, bildeten ein Zentrum pulsierender Kraft und sandten unsichtbare, tastende Finger hinaus in die Tiefe des Schiffes. Shannon sah das, was in der kleinen Kammer am anderen Ende der *Dagon* vorging, so deutlich, als stünde er daneben.

Mit ihm sahen es die vier anderen Krieger. Und er spürte ihr Erschrecken, als sie die Dämonengestalt durch Robert Cravens Augen erblickten.

»Scheijtan!« entfuhr es einem der Männer.

Shannon sah den Krieger strafend an. »Schweig!« schnappte er. »Dies ist nichts, was uns anginge!«

Der Mann sah auf. Ein trotziger Funke erwachte in seinem Blick. »Sie haben das SIEGEL!« sagte er zornig. »Worauf warten wir noch? Holen wir es!«

Shannon wollte widersprechen, aber dann fühlte er, daß jedes weitere Wort das Mißtrauen der Krieger nur weiter schüren würde, nickte statt dessen und löste seine Finger aus denen seiner beiden Nachbarmänner, um aufzustehen. Lautlos wie Schatten erhoben sich auch die vier anderen Krieger.

»Warten wir noch«, sagte er, als der erste den Raum verlassen wollte. »Noch ist Zeit, bis das Schiff vernichtet wird. Lassen wir ihm Zeit, so viele wie möglich in Sicherheit zu bringen.«

»Wozu?« fragte der Krieger, der bereits vorher gesprochen hatte. »Unser Befehl ist, das SIEGEL zu holen.«

»Der Sohn des Hexers wird es mir ausliefern«, widersprach Shannon. »Ich habe sein Wort.«

»Was geht uns das Leben der anderen an!« fauchte der Drachenkrieger. »Sollen sie sterben. Du wirst weich, Shannon. Vielleicht hat Necron nicht gut daran getan, dir den Befehl zu überlassen.« Seine Hand legte sich auf den Gürtel, zwei Fingerbreit neben den Griff des Schwertes, das daraus hervorsah. Shannon verstand die wortlose Warnung.

Er nickte. »Du hast recht, Kahrim«, sagte er. »Gehen wir.«

Diesmal war es wirklich ein Exodus. Die Männer und Frauen, die an Bord der *Dagon* gegangen waren, hatten nur das Allernotwendigste mitgenommen, das, was sie tragen konnten, im Vertrauen auf ihren Gott und darauf, daß er ihnen in der neuen Welt, die er ihnen versprochen hatte, alles geben würde, was sie brauchten. Ich sah die Angst in den Gesichtern derer, die zwischen Bannermann und Jennifer ins Zentrum des zu neuem Leben erwachten, lodernden Pentagramms traten.

Der Vorgang wirkte selbst auf mich erschreckend: Es ging schnell und nahezu lautlos – ein kurzes Flackern von Licht, eine Woge intensiver Hitze, und das Zentrum des Sternes war wieder leer, der Körper, der hineingetreten war, entmaterialisiert, um irgendwo, zahllose Meilen entfernt und am Ende aller Hoffnungen, wieder aufzutauchen. Bannermann hatte versprochen, sie zurück nach Firth'en Lachlayn zu bringen, dem Ort, aus dem sie fortgegangen waren, und ich wußte, daß er sein Versprechen halten würde.

Aber es würde nicht mehr derselbe Ort sein, an den sie zurückkamen. Es würde ein Ort ohne Hoffnung sein, ein Ort der Enttäuschung und Bitterkeit und Leere. Sie hatten mit jeder Faser ihres Seins an das geglaubt, was ihnen Dagon versprochen hatte. Sie hatten ihm ihr Leben und ihre Zukunft anvertraut. Und alles, was sie erhalten hatten, war eine Lüge gewesen.

»Sie kommen«, sagte Bannermann plötzlich. Er stand, hoch aufgerichtet und so reglos wie eine Statur aus bemaltem Fels, neben dem *Tor*, in sonderbar verkrampfter, unnatürlicher Haltung, die Stirn mit Schweiß bedeckt und einen fast fiebrigen Glanz in den Augen. Seine Lippen bewegten sich kaum, als er sprach. Ich konnte die Anstrengung, die es für ihn bedeutete, das *Tor* nur kraft seines bloßen Willens offenzuhalten, beinahe spüren; eine Anstrengung, die selbst die Kräfte dieses unheimlichen Wesens beinahe überstieg. Wenigstens hoffte ich es.

Ich bildete mir nicht ein, der geistigen Macht dieses Wesens wirklich gewachsen zu sein. Ich besaß nur wenig Übung darin, meine Gedanken abzuschirmen und das, was mich wirklich bewegte, hinter der Maske des Banalen und Unwichtigen zu verbergen. Jemanden wie Dagon, der trotz allem nur ein Mensch war, der gelernt hatte, sich das Übernatürliche zunutze zu machen, vermochte ich auf diese Weise vielleicht zu täuschen, aber kaum ein Wesen wie das, das in Bannermanns Körper geschlüpft war.

Trotzdem war es meine einzige Chance. Und die einzige Chance der zweihundert Männer und Frauen, die in einer schier endlosen Kette an mir vorüberprozessierten, um in der flammenden Umarmung des *Tores* zu verschwinden.

Ich nickte McGillycaddy und seinen vier Genossen zu und ging zum Ausgang, blieb aber noch einmal stehen, um zu Bannermann zurückzublicken. Etwas an seiner Gestalt hatte sich verändert. Er wirkte nicht mehr echt; eine Kopie perfekt bis ins Äußerste, aber trotzdem eine Kopie, die nicht wirklich zu überzeugen vermochte. Die Anstrengung, das *Tor* offenzuhalten, mußte den allergrößten Teil seiner Kräfte beanspruchen.

»Ich werde nicht auf Sie warten können, Craven«, sagte er. »Ich weiß nicht einmal, ob meine Kraft reicht, das *Tor* lange genug aufzuhalten.«

Vermutlich hätte es eine ganze Menge kluger Sachen gegeben, die ich hätte sagen können; und ebenso alberner. So beließ ich es bei einem letzten, nichtssagenden Kopfnicken, drehte mich um und schob mich hinter McGillycaddy durch die Tür.

Der Schotte ergriff sein Gewehr fester, als brauche er etwas, woran er sich klammern konnte, und hielt mir eine großkalibrige Pistole hin, die er aus der Rocktasche zog. Ich schüttelte den Kopf.

»Danke«, sagte ich. »Die brauche ich nicht. Geben Sie sie einem Ihrer Männer. Sie paßt besser zu ihnen.«

Wenn McGillycaddy die Spitze verstand, so ignorierte er sie. Stirnrunzelnd steckte er die Pistole wieder ein und fuhr sich mit dem Handrücken über die Lippen. »Fünf gegen sechs«, sagte er. »Das ist Mord.«

»Wieso?« fragte ich, ohne ihn anzusehen. »Wir sind in der Überzahl.«

McGillycaddy schnaubte. »Sie wissen ganz genau, daß diese Männer nichts anderes als seelenlose Killer sind«, stieß er hervor.

»Richtig«, antwortete ich. »Würdige Gegner für Sie, nicht wahr?«

McGillycaddy verzichtete auf eine Antwort.

Das Schiff begann sich zu verändern. Shannon hatte den Unterschied bemerkt, als sie auf das Deck hinausgetreten waren. Die Veränderung war noch nicht sichtbar, nicht real: Alle Dinge schienen, wie sie gewesen waren, und gleichzeitig ... *anders*.

Die Masten der *Dagon* kamen ihm vor wie Spinnenbeine, groß und häßlich, das Schiff wie ein gewaltiges pulsierendes Ding, das Heulen des Windes wie ein Chor wutverzerrter gellender Stimmen. Ihre Zeit lief ab.

Necron hatte sie gewarnt, und nach allem, was Shannon über den UNAUSSPRECHLICHEN gehört und gelesen hatte, nahm er diese Warnung sehr, sehr ernst. Das Schiff näherte sich dem Sog, und mit ihm näherte er sich dem Zentrum *seiner* Macht, dem Chaos, das vor dem Beginn der Welt gewesen war und nach ihrem Ende sein würde. Die Vernichtung der *Dagon* war nur der Anfang. Das Schiff würde zerstört werden, sich in ein unglaublich fremdes, lebensvernichtendes Etwas verwandeln, lange ehe es den wirbelnden Mahlstrom erreichte und darin zerschmettert wurde. Auch sie würden mit ihm untergehen, wenn sie sich dann noch an Bord befanden.

Einer der Männer blieb plötzlich stehen und deutete mit dem Schwert nach vorn. »Er kommt, Shannon«, sagte er. »Er hat das SIEGEL bei sich.«

»Ich weiß«, sagte Shannon.

»Aber er ist nicht allein«, fuhr der Krieger fort. »Es sind andere bei ihm. Bewaffnet. Ich spüre den Willen zum Kampf in ihnen.«

»Und?« fragte Shannon. »Wir werden sie töten. Nur das SIEGEL ist wichtig.« Er deutete mit der Hand zum Achterdeck hinunter und fuhr, mit leicht erhobener Stimme, fort: »Geht. Vernichtet alle, die sich euch in den

Weg stellen, aber rührt den Siegelträger nicht an. Sobald das SIEGEL in unserer Hand ist, wird dieses Schiff dem Chaos anheimfallen.«

Er hatte keinerlei Beweis dafür, daß es wirklich so war, und doch spürte er, wie nahe er der Wahrheit mit seinen Worten kam. Schon jetzt war der Geruch zu spüren. Er wußte, daß es einzig die Anwesenheit des SIEGELS auf diesem Schiff war, die den UNAUSSPRECHLICHEN noch davon abhielt, sich mit seiner ganzen Macht auf die *Dagon* zu stürzen und sie zu zerstören.

Der Gedanke, der daraus folgerte, ließ ihn schaudern. Aber er hatte keine Wahl.

»Weiter«, sagte er befehlend. Kahrim hielt seinem Blick noch einen Sekundenbruchteil lang stand, dann drehte er sich um und ging mit raschen Schritten hinter den anderen her. Shannons Hand kroch ein Stück weiter auf das Schwert in seinem Gürtel zu. Niemand bemerkte es.

Es war unheimlich still. Durch die offenstehende Tür am anderen Ende der Halle wetterleuchtete der blaue Widerschein des Gewitters, und ich konnte spüren, wie sich die *Dagon* unter unseren Füßen wand wie ein waidwundes Tier. Es war noch kälter geworden. Und etwas war geschehen, das ich nicht in Worte zu fassen vermochte, dafür aber um so deutlicher spürte.

Der Fremde war stärker geworden. Viel stärker.

Bisher hatte ich angenommen, es wäre die Nähe des geheimnisvollen Wesens, das in Bannermanns Gestalt geschlüpft war, die ich fühlte, aber das stimmte nicht. Es gab noch etwas anderes; etwas, das sehr viel mächtiger war und gleichzeitig düsterer und fremdartiger, kein Geist wie der des Bannermann-Wesens, sondern etwas wie eine dunkle Macht, ein vernunft- und seelenloses Prinzip des Bösen, das sich wie ein Pesthauch über der *Dagon* ausgebreitet hatte und das an Stärke gewann, mit jedem Atemzug, den ich tat. Es war, als näherten wir uns dem Zentrum eines unsichtbaren Gewitters.

War es das, wovor Bannermann mich hatte warnen wollen, als er sagte, daß ich nicht nur gegen menschliche Gegner kämpfen würde? dachte ich. Dieses fremde, erschreckende Ding, das seine Klauen nach der Dagon *ausgestreckt hatte wie eine unsichtbare Spinne?*

Ich schauderte.

»Da drüben ist was«, sagte McGillycaddy nervös. Seine Finger spielten am Abzug der Winchester, was mich besorgt aufblicken ließ. Ich war längst nicht mehr sicher, daß es eine gute Idee gewesen war, ihn und seine vier Schlägertypen mitzunehmen. Aber ich hatte gesehen, daß er – trotz allem – auch ein Mann war, der mit der Waffe umzugehen wußte und sich seiner Haut zu wehren verstand. Und gegen Shannon und seine vier Begleiter konnte ich jedes bißchen Unterstützung gebrauchen, das ich bekommen konnte.

Außerdem hatten wir einen gewissen Vorteil. Der einzige direkte Weg hinunter in den unteren Teil der *Dagon* führte durch den Raum, in dem wir uns verschanzt hatten. Shannon und seine Krieger mußten hier vorbei – und unser Gewehr und die vier Pistolen, mit denen McGillycaddys Leute bewaffnet waren, machten einen Gutteil ihrer Überlegenheit wieder wett.

Unter der Tür, auf die McGillycaddy gedeutet hatte, regte sich jetzt tatsächlich etwas. Ich war nicht sicher, ob es ein Mensch war oder nur ein Schatten, den das verwirrende Lichtspiel der Blitze draußen hervorrief, schob mich aber sicherheitshalber ein Stück weiter in die Deckung des umgeworfenen Tisches. Wir hatten eine notdürftige Barrikade errichtet, vor der auf einer Strecke von gut zwanzig Schritten nichts war, hinter dem auch nur eine Maus Deckung gefunden hätte. Wenn Shannon hier vorbei wollte, mußte er sich etwas einfallen lassen.

Nicht, daß ich etwa daran zweifelte, daß er es tun würde.

»Da sind sie!« brüllte McGillycaddy, riß sein Gewehr hoch und schoß, so schnell, daß ich nicht mehr dazu kam, ihn zurückzuhalten.

Von einer Sekunde auf die andere verwandelte sich der Raum in ein Chaos aus peitschenden Schüssen, grellen Mündungsblitzen und Pulverdampf. Ich sah die geduckte Gestalt eines Drachenkriegers unter der Tür auftauchen und die Kugeln rechts und links von ihm in das Holz klatschen. Dann erschien ein zweiter, dritter, vierter und fünfter Mann, lautlos wie Schatten und ebenso schnell und wendig in ihren Bewegungen. Beinahe schneller, als das Auge ihnen zu folgen vermochte, huschten sie in den Raum und warfen sich hinter den umgestürzten Möbelstücken in Deckung. Nicht eine einzige Kugel traf ihr Ziel.

Schließlich hörte McGillycaddy auf, wie ein Besessener zu schießen, und senkte sein Gewehr. Auch seine vier Kameraden stellten das Feuer ein.

»Sie verdammter Narr«, sagte ich zornig. »Konnten Sie nicht warten?«

»Wozu?« gab McGillycaddy patzig zurück. »Wir haben sie in Deckung getrieben, oder?«

»Ja«, knurrte ich, »und dabei unser Versteck verraten und die Hälfte unserer Munition nutzlos verpulvert.«

Auf McGillycaddys Gesicht erschien ein betroffener Ausdruck. Verstört blickte er mich einen Moment lang an, dann lugte er wieder über den Rand unserer Deckung zum anderen Ende des Saales hinüber.

Irgend etwas bewegte sich dort drüben, aber es war nicht genau auszumachen, was. Die Größe des Saales, die uns bisher von Vorteil erschienen war, entpuppte sich nun als Handicap, denn auf ein Ziel, das sich so schnell und lautlos zu bewegen vermochte wie ein Drachenkrieger, war ein sicherer Schuß auf diese Distanz unmöglich.

»Nicht schießen«, sagte ich in jenem gehetzten, hellen Flüsterton, den man nur mehrere Schritte weit vernehmen kann. »Erst, wenn ihr ein wirklich sicheres Ziel habt.«

Die Schwarzgekleideten kamen näher. Ein Huschen hier, ein Scharren und Schleifen dort – das war alles, was wir sahen und hörten.

Plötzlich erwachte einer der Schatten zu rasendem Leben. Etwas polterte, und mit einem Male sprang ein Drachenkrieger hinter seiner Deckung hervor, stieß einen gellenden Kampfschrei aus und raste im Zickzack auf uns zu.

McGillycaddy schrie auf, sprang hinter dem umgestürzten Tisch in die Höhe und feuerte dreimal hintereinander.

Jeder Schuß traf.

Aber der Mann rannte weiter.

McGillycaddy keuchte ungläubig, riß seine Waffe abermals in die Höhe und schoß noch einmal, und im selben Moment begannen auch die anderen vier zu feuern.

Der Drachenkrieger begann zu taumeln, wie von Fausthieben getroffen, und ich sah, daß er mindestens sieben-, achtmal getroffen wurde.

Aber er lief noch immer weiter, torkelte in einer fast

unmöglichen Haltung auf uns zu und fiel schließlich auf die Knie. McGillycaddy brüllte triumphierend, richtete sich vollends hinter seiner Deckung auf und schoß noch einmal auf ihn. Der Drachenkrieger bäumte sich auf, griff sich mit beiden Händen an den Schädel und fiel nach hinten.

McGillycaddy starb eine Sekunde nach ihm.

Etwas Kleines, Silbernes fegte wie ein rasendes Rad aus Licht durch die Luft, prallte gegen den Lauf seines Gewehres, kippte um seine Mittelachse und rollte McGillycaddys Arm hinauf, eine schnurgerade Spur blutender Wunden hinterlassend, erreichte seine Schulter und zerfetzte die Jacke. McGillycaddy brüllte vor Schmerz und Schrecken, ließ seine Waffe fallen und taumelte zurück, die Hand auf den blutenden Arm gepreßt.

Ein zweiter *Shuriken* raste heran und tötete ihn auf der Stelle.

Und plötzlich schien der Saal voller finsterer Gestalten zu sein. Ich wußte, daß es nur noch vier waren, Shannon mitgezählt, aber sie schienen überall zugleich zu sein; Männer, die unter den grellen Mündungflammen der Revolver hindurchtauchten und einen irrsinnigen Tanz zwischen den einschlagenden Kugeln aufführten. Der Mann neben mir brach plötzlich zusammen, und von der anderen Seite der Barriere her erscholl ein gellender Schrei, der mir sagte, daß Shannons Krieger auch dort die provisorische Sperre durchbrochen hatten.

»Zurück!« schrie ich und sprang auf, ohne abzuwarten, ob einer der Männer meinen Befehl gehört hatte oder darauf reagierte. Etwas Helles wirbelte auf mich zu; ich duckte mich, verspürte einen heftigen, schneidenden Schmerz an der Schulter und rannte im

Zickzack weiter. Hinter mir peitschten noch immer Schüsse.

Wie von Sinnen hetzte ich auf die Tür los, sah mich im Laufen um und verdoppelte meine Anstrengung, als ich sah, daß gleich zwei der schwarzgekleideten Gestalten meine Verfolgung aufgenommen hatten.

Keuchend erreichte ich die Tür, packte sie im Vorübergehen und warf sie hinter mir wuchtig ins Schloß, um wenigstens eine einzige Sekunde herauszuschinden.

Dann traf etwas meine verletzte Schulter und riß mich herum. Ich strauchelte, sah die Wand auf mich zurasen wie eine hölzerne Faust und versuchte den Anprall mit den Händen abzufangen.

Ich war nicht schnell genug.

Etwas war nicht so, wie es sein sollte. Es hatte lange gedauert, bis er es gemerkt hatte, denn die Anstrengung, das Tor *offenzuhalten, überstieg beinahe seine Kräfte; nur ein ganz geringer Teil seines Bewußtseins konnte sich um die Dinge kümmern, die um ihn herum vorgingen.*

Und als er es merkte, war es zu spät.

Mit einem lautlosen Wutschrei versuchte er, seinen Geist aus den komplizierten Verstrickungen des Energienetzes zu lösen, das das Tor geöffnet hielt, um sich denen zuzuwenden, die ihn zu betrügen versuchten.

Es ging nicht.

Er war so erstaunt, daß er für einen Moment beinahe die Kontrolle über das Tor verlor und Gefahr lief, selbst mit hineingesaugt zu werden. Hastig stabilisierte er das filigrane Energiemuster wieder, konzentrierte sich und versuchte erneut, seinen Geist von dem Gebilde zu lösen.

Er konnte es nicht. Etwas hielt ihn fest, mit solcher Macht, daß sogar seine Macht nicht reichte, die Umklammerung unsichtbarer Energien zu sprengen.

Dann spürte er, was es war.

Andaras Amulett!

Der fünfstrahlige goldene Stern, den der Sohn des Magiers dort zurückgelassen hatte, wo das SIEGEL, der grüne Jadestein, den Craven jetzt bei sich hatte, liegen sollte. Er hatte ihn schon vorher bemerkt, ihm aber keinerlei Beachtung geschenkt, in dem sicheren Glauben, Robert Craven hätte ihn schlichtweg vergessen.

Jetzt begriff er, daß es nicht so war.

In die kochende Wut in seinem Innern mischte sich eine schwache Spur widerwilliger Bewunderung. Es kam selten vor, daß es einem anderen gelang, ihn zu täuschen, und nie zuvor war es einem Sterblichen *gelungen, ihn über seine wahren Absichten im unklaren zu lassen.*

Bis jetzt.

Sein Zorn wurde stärker, aber er begriff auch, daß er hilflos war. Der Sohn des Hexers hatte dafür gesorgt, daß er das Tor so lange offenhielt, bis auch der letzte Mann von Bord war. Bis dahin mußte er sich gedulden.

Aber sein Zorn wuchs, mit jeder Gestalt, die in das flimmernde Pentagramm stieg und verschwand.

Es waren nicht mehr sehr viele.

Ich spürte, daß ich nicht lange bewußtlos gewesen sein konnte. Etwas Schweres lag auf mir, als ich erwachte, und der süßliche Geruch von Blut stieg mir in die Nase. Mühsam drehte ich mich so weit herum, bis ich die Hände unter den reglosen Körper schieben konnte, und wuchtete ihn von mir hinunter.

Ein blasser, grauer Lichtschein erfüllte den Gang. Das Gewicht, das auf mir gelegen hatte, war ein Körper gewesen, und der süßliche Geruch kam von dem Blut, das mein Gesicht und meine Brust besudelt hatte. Es war nicht mein Blut, und der reglose Körper war der eines Drachenkriegers, erschlafft im Tode, die Augen geöffnet und erfüllt von grenzenlosem Entsetzen.

Wenige Schritte hinter ihm lag ein zweiter Drachenkrieger – auch er war tot.

Stöhnend richtete ich mich auf, drehte mich herum und erblickte einen dritten Toten, auch er in das matte Schwarz der Drachenkrieger gekleidet und mit dem gleichen ungläubig-entsetzten Ausdruck in den Augen wie seine beiden Kameraden.

Sekundenlang starrte ich die drei Toten an. Dann zog ich mein Taschentuch hervor und versuchte, mir das Blut aus dem Gesicht zu wischen. Erst dann bemerkte ich die vierte, völlig schwarz gekleidete Gestalt, die noch aufgerichtet am Ende des Ganges stand.

»Hast du sie getötet?« fragte ich leise.

Shannon nickte. »Ja.«

»Warum?«

»Sie hätten nicht gewartet«, antwortete Shannon. »Sie wollten deinen Tod und den der anderen.«

»Es ... es waren deine Kameraden«, sagte ich stockend. Der Anblick der Toten erfüllte mich weder mit Erleichterung noch mit Triumph, sondern nur mit kaltem Entsetzen.

Shannon fegte meine Worte mit einer Handbewegung beiseite. »Das waren sie nicht«, behauptete er. »Sie waren Männer, die demselben Herrn dienten wie ich. Nicht mehr. Hast du das SIEGEL?«

Ich nickte, griff in die Tasche und zog den kleinen, flimmernden Stein hervor, gab ihn Shannon aber noch nicht, sondern blickte sekundenlang auf das so harmlos aussehende Stück Kristall hinunter.

»War es das wert?« fragte ich leise.

Shannon trat einen Schritt auf mich zu und streckte fordernd die Hand aus. »Es ist eines der SIEBEN SIEGEL DER MACHT«, sagte er, als wäre das allein Erklärung genug. »Hundertmal mehr Menschen sind gestorben um den Besitz eines dieser SIEGEL willen. Gib es mir.«

Ich gehorchte. Shannon schloß die Hand um den Stein und ließ ihn beinahe achtlos in der Tasche verschwinden.

»Ich habe mein Wort gehalten«, sagte ich. »Hältst du deines auch?«

»Zweifelst du daran?« fragte Shannon.

»Nein«, antwortete ich. »Aber ich verstehe dich nicht. Warum bist du geblieben?«

»Aus demselben Grund, aus dem ich noch immer hier bin«, antwortete Shannon. Seine Stimme klang ein ganz klein wenig gereizt. Ich versuchte, auf geistigen Wegen mit seinem Bewußtsein Verbindung aufzunehmen, aber das Ergebnis war so, wie ich es erwartet hatte – als würde ich gegen eine Wand aus Stahl rennen.

Shannon verzog abfällig die Lippen. »Laß das, Robert«, sagte er. »Du weißt, wie sehr ich dir überlegen bin. Wir haben eine Abmachung. Ich werde bleiben, bis der letzte Mensch die *Dagon* verlassen hat. Aber versuche nicht, mich zu betrügen.«

»Das versuche ich nicht«, sagte ich hastig. »Ich ... ich versuche nur herauszufinden, wer du eigentlich bist. Wir waren einmal Freunde, beinahe jedenfalls.«

»Freunde?« Shannon schüttelte den Kopf. »Das waren wir nie, Robert. Ich war schwach, und ich wurde dafür bestraft. Wir dienen verschiedenen Herren.«

»Dann sage dich von ihm los!« sagte ich heftig.

»Necron wird dich benutzen, solange du ihm dienlich sein kannst, und dann töten. Komm zu mir. Ich … ich brauche einen Freund wie dich.«

»Das ist unmöglich, Robert«, sagte Shannon leise.

»Ich werde gehen, sobald deine Leute in Sicherheit sind. Ich muß es.«

Mit einer fast verzweifelten Geste deutete ich auf die drei Toten. »Necron wird dich vernichten, wenn er erfährt, was du getan hast!« sagte ich.

»Das wird er so oder so«, antwortete Shannon. »Es macht keinen Unterschied mehr.«

»Warum hast du das getan? Warum … warum stellst du dich gegen deine eigenen Leute, um dann noch zu ihm zurückzukehren? Das ergibt keinen Sinn!«

»Dieses Schiff wird zerstört werden, Robert«, antwortete Shannon leise. »Im selben Moment, in dem ich es verlasse. Nur die Anwesenheit des SIEGELS schützt euch noch vor dem Zorn dessen, den Necron entfesselt hat. Du hast den Strudel gesehen und den Sturm. Dies alles ist sein Werk. Und er kann tausendmal Schlimmeres tun. Ich mußte sie töten, um das Leben deiner Freunde zu retten.«

»Und du behauptest, auf der anderen Seite zu stehen?« Ich schrie die Worte fast. »Du stellst dich gegen deinen Herrn und tötest deine eigenen Krieger, um *uns* zu retten, und du behauptest noch immer, auf Necrons Seite zu stehen? Komm zu uns, Shannon.«

Shannons Blick wirkte auf unbestimmte Weise traurig.

»Das kann ich nicht, Robert«, sagte er sanft. »Was ich getan habe, hat nichts mit Ungehorsam zu tun. Mein Auftrag war, das SIEGEL zu holen, nicht zweihundert Unschuldige zu töten. Ich werde gehen, sobald der Letzte von Bord ist. Es dauert nicht mehr lange.«

»Du wirst sterben, Shannon«, sagte ich.

»Vielleicht«, erwiderte Shannon. »Aber welche Rolle spielt ein Leben in dem Spiel, in das wir hineingezogen wurden, Robert? Diese Sache hier ist längst nicht mehr eine Angelegenheit der Menschen. Es ist ein Krieg der Götter, Robert.«

»Ein Krieg der Götter!« Ich spie die Worte beinahe aus. »Und geopfert werden Menschen, wie? Shannon, das kann nicht dein Ernst sein. Vernichte dieses verdammte SIEGEL und sage dich von Necron los, ich ... ich flehe dich an!«

»Vernichten?« Shannon lächelte, als hätte ich etwas furchtbar Dummes gesagt. »Wie kann ein Mensch vernichten, was ein Gott schuf?« fragte er. »Die SIEBEN SIEGEL sind Dinge, die älter sind als unser Volk, Robert. Keine Macht dieser Welt kann sie zerstören.«

»Was bedeuten sie?« fragte ich. »Welche Macht geben sie Necron, Shannon? Wird er die Welt beherrschen, wenn er ihrer habhaft geworden ist? Ist es das, was du willst? Daß dieses Ungeheuer in Menschengestalt noch mehr Leid und Tod verbreiten kann?«

Shannon lächelte abermals. »Du verstehst nichts, Robert«, sagte er. »Necron ist ein Narr, der untergehen wird, sobald er die Siegel erbrochen hat. Nicht mehr als ein Werkzeug, genau wie du und ich. Es sind die wahren Herren, die hinter den SIEGELN warten.«

»Die GROSSEN ALTEN.«

»Sie haben viele Namen«, antwortete Shannon. »Keiner von ihnen ist richtig und keiner falsch. Aber ich weiß nicht viel über die wahre Bedeutung der SIEGEL. Ich glaube, selbst Necron kennt nur einen kleinen Teil des Geheimnisses, doch auch er weiß schon mehr, als für einen sterblichen Menschen gut wäre.« Er stockte, sah mich einen Herzschlag lang an und lächelte abermals auf diese sonderbar traurige Art. »Ich muß jetzt gehen, Robert. Und auch du solltest gehen, wenn du dieses Schiff noch lebend verlassen willst. Denke daran – wenn das SIEGEL nicht mehr hier ist, gibt es nichts mehr, was die *Dagon* noch schützt.«

»Warte noch!« sagte ich, als sich Shannon umwenden und fortgehen wollte. Er blieb stehen und sah mich an.

»Ja?«

»Sehen wir uns wieder?« fragte ich.

Shannon schüttelte den Kopf. »Nein. Den Ort, zu dem ich gehe, hat noch kein Mensch lebend verlassen, der nicht unter Necrons Schutz stand. Versuche nicht, mir zu folgen. Es wäre dein Untergang.« Und damit wandte er sich endgültig um und ging, und nach einer Weile drehte auch ich mich herum und machte mich auf den Weg nach unten, wo das *Tor* auf mich wartete.

Und ein Wesen, das in den Körper Kapitän Bannermanns geschlüpft war und mich vielleicht töten würde.

Der Raum war leer. Das Flammen und Lodern des Pentagramms war auf ein sanftes, kaum noch wahrnehmbares Glühen herabgesunken, und von den zweihundert Männern und Frauen, die noch vor Stundenfrist eine schier endlose Kette davor gebildet hatten, war nicht mehr die geringste Spur zu sehen. Selbst die toten Drachenkrieger und die Kadaver von Dagons Kreaturen waren verschwunden.

Dafür war *ES* da.

Es war nicht mehr Bannermann, aber es glich auch nicht mehr dem hornköpfigen Dämon, als der er mir einmal gegenübergetreten war und in dessen Gestalt es die beiden Drachenkrieger getötet hatte, sondern offenbarte sich mir als gigantische, krakenköpfige Scheußlichkeit, ein Ding, drei Yards groß und schwammig wie eine gräßliche Ausgeburt eines Fiebertraumes, beinahe formlos, überlriechend wie Aas und mit gelben, böse starrenden Augen ohne sichtbare Pupille oder Iris. Und irgend etwas sagte mir, daß dies seine wahre Gestalt war.

»Du Narr«, sagte es. Die Stimme war leise, schneidend wie geschliffener Stahl und erscholl direkt in meinen Gedanken. »Du hast mich betrogen, Robert Craven.«

»Ich mußte es«, antwortete ich. Meine Stimme versagte mir fast den Dienst. Es fiel mir unglaublich schwer, die gigantische Scheußlichkeit anzublicken.

»Du mußtest es? Warum?« Die lautlose Stimme klang zornig. »Ich stehe auf deiner Seite, Robert Craven. Ich kämpfe gegen dieselben, gegen die auch du kämpfst. Ich bin dein Freund!«

»Das bist du nicht«, antwortete ich, so fest ich konnte. »Du hast nie verstanden, was dieses Wort bedeutet. Du bist ein Feind meiner Feinde, aber das macht dich nicht zu meinem Freund. Du kämpfst einen Kampf, der nicht unser Kampf ist, und du kämpfst ihn auf unserer Welt.«

»Du verdammter Narr!« sagte das Ungeheuer. »Du weißt ja nicht, was du getan hast. Du hast Necron das erste der SIEBEN SIEGEL DER MACHT ausgehändigt. Warum?«

»Weil ich Shannon mein Wort gegeben hatte«, antwortete ich. »Hast du es vergessen? Keine Toten mehr. Das Leben der Männer und Frauen an Bord der *Dagon* gegen das SIEGEL.«

»Dein Wort!« keuchte der Unheimliche. »Du verschenkst das SIEGEL um deines *Wortes* wegen? Das verstehe ich nicht.«

»Vielleicht kannst du das auch nicht«, antwortete ich. »Möglicherweise ist das der Unterschied zwischen uns und euch.«

Das Wesen antwortete nicht, aber seine zahllosen dünnen Arme begannen erregt zu peitschen. Eine wogende, einzeln nicht zu erkennende Bewegung lief durch seinen aufgedunsenen Leib.

»Ich sollte dich töten«, sagte es.

»Warum tust du es nicht?«

Die gelben Höllenaugen starrten mich an, und ich glaubte fast so etwas wie Erstaunen darin zu lesen. »Weil es keinen Nutzen hätte«, antwortete der Dämon schließlich. »Du kannst gehen.« Einer der dünnen schwarzen Tentakelarme deutete auf das Pentagramm. »Aber zuvor will ich dir noch etwas sagen.«

Ich sah den schwarzen Giganten an. Als er weitersprach, klang seine Stimme hohl und drohend, und seine Worte waren nicht einfach nur Worte, sondern eine düstere, unheilvolle Prophezeiung, deren wahre Bedeutung ich erst viel, viel später erkennen sollte.

»Du wirst leben, Robert Craven«, sagte er. *»Aber merke dir dies: Du hast mehr getan, als mich zu hintergehen, mehr, als du jetzt bereits ermessen kannst.*

Du hast das erste der SIEBEN SIEGEL DER MACHT in die Hände des Feindes geschenkt, das Siegel, das es ihm ermöglicht, auch die anderen zu finden und in seinen Besitz zu bringen.

Du hast das Schicksal deiner Welt in die Waagschale geworfen, Robert Craven. Bete zu deinen Göttern, daß du stark genug bist, sie zu euren Gunsten zu senken. Denn wenn es nicht gelingt, wird eure Welt untergehen.

Und merke dir noch dies, Robert Craven: Du hast mich betrogen, und wenn ich auch deine Gründe verstehe, so bir ich doch kein Gott, der vergibt.

Wenn wir uns wiedersehen, werden wir Feinde sein.«

Dann packte mich einer der schwarzen Schlangenarme, wickelte sich wie ein Lasso um meinen Körper und schleuderte mich ins flammende Herz des Pentagramms hinein.

Fünftes Buch

Es war wie an den Abenden zuvor, und doch wieder anders: Die unheimlichen, tanzenden Lichter weit draußen auf See waren heller, der sonderbare Singsang, der mit dem Wind heranwehte, lauter, der Hauch von Kälte, der sich wie ein Dieb vom Meer herangeschlichen hatte, deutlicher geworden.

Und mit der Nacht kamen die Boote. Sehr sonderbare Boote; Boote, wie sie Eldekerk nie zuvor erblickt hatte. Boote mit seltsamen, knöchernen Gestalten, Wesen mit zu großen Köpfen und zu dürren Gliedern, mit Haut wie aus Stahl oder poliertem Holz und mit Gesichtern, die nicht die von Menschen waren.

Es war das zwölfte oder dreizehnte Mal, daß Eldekerk diese seltsamen Boote und ihre noch seltsameren Insassen beobachtete, aber der Anblick hatte nichts von seinem Schrecken verloren.

Und nichts von seiner furchtbaren Faszination.

Jop Eldekerk war ein Mann von gut fünfzig Jahren, den ein Schicksal, gegen das der Lebensweg eines Marco Polo langweilig erschienen wäre (so erzählte er es selbst jedenfalls gerne), bis nach Krakatau verschlagen hatte; auf eine Insel in der Sundastraße, so klein und unbedeutend, daß sie auf den meisten Karten Indonesiens nicht einmal zu finden war.

Aber wenn auch das meiste von dem, was Eldekerk über seine Abenteuer zu erzählen wußte, schlichtweg erfunden war, so hatte er doch genug erlebt, um zu wissen, daß es Dinge gab, in die man seine Nase besser nicht hineinsteckte, wollte man nicht Gefahr laufen, sie zu verlieren – unter Umständen mitsamt des dazugehörigen Kopfes. Und das, was er jetzt seit annähernd zwei Wochen Abend für Abend nach Sonnenuntergang beobachtete, gehörte ganz eindeutig zu diesen Dingen.

Diese sonderbaren Boote, die Lichter, die Geräusche

und die seltsamen Knochenmänner machten ihm angst.

Und gleichzeitig faszinierten sie ihn so, daß er jeden Abend sein Fernglas und die Bergstiefel hervornahm und sich wieder auf den Weg hier heraus machte.

Eldekerk verstand sein Tun in diesem Punkt selbst nicht so recht. Im Grunde war er ein ganz vernünftiger Mann – wäre er es nicht gewesen, hätte er in seinem Leben als Weltenbummler und Abenteurer kaum ein so stattliches Alter erreicht, ohne mehr als zwei Finger und ein halbes Ohr einzubüßen –, und normalerweise hätte er um etwas, das derart fremd und bedrohlich wirkte, einen Bogen geschlagen, so groß wie der Wendekreis des Krebses. Überdies nahm er sich jeden Morgen, wenn er erschöpft und todmüde in seine kleine Hütte zurückkam und auf sein Bett fiel, fest vor, nicht noch einmal zur Küste hinunterzugehen.

Und jeden Abend, wenn die Zeit kam, brach er wieder auf. Es war wie ein Zwang, etwas, das stärker war als seine Vernunft und ihn immer wieder aufs neue dazu brachte, die lebensgefährliche Kletterei in Kauf zu nehmen, um den kleinen Felsüberhang über der Küste zu erreichen, von dem aus er der unheimlichen Prozession zusehen konnte. Und da war noch etwas.

Es war ihm unmöglich, darüber zu sprechen.

Gleich am ersten Morgen hatte er es versucht, an dem Morgen, der der Nacht folgte, in der er sich hierher verirrt und die bizarren Knochenboote zum erstenmal gesehen hatte. Er hatte versucht, mit seinen Freunden darüber zu reden und von dem Sonderbaren zu berichten, aber es war ihm nicht gelungen. Seine Kehle war wie zugeschnürt gewesen. Alles, was er hervorgebracht hatte, war ein albernes Kichern.

Der Wind drehte sich, fuhr raschelnd durch das

dichte, tropische Unterholz, in dem Eldekerk Schutz gesucht hatte, und trug den düsteren Singsang, der das Erscheinen der Boote begleitete, für einen Moment stärker heran. Eldekerk schauderte. Das Geräusch erinnerte ihn an den dumpfen Wechselgesang mittelalterlicher Mönche, die ein Opfer zur Inquisition begleiten. Eldekerk wußte nicht, warum – aber ganz genau das war das Bild, das seine Phantasie zu diesen Tönen erschuf.

Er versuchte die Vorstellung zu vertreiben, aber es gelang ihm nur zum Teil. Sie blieb und gesellte sich der Angst hinzu, die der Anblick des guten Dutzends niedriger Boote ohnehin in ihm wachrief.

Die sonderbare Prozession kam näher, so nahe, daß Eldekerk sie nun fast schon mit bloßem Auge als Schiffe erkennen konnte. Beim ersten Mal hatten sie kaum hundert Meter zurückgelegt, ehe sie verschwanden, am zweiten gut die doppelte Distanz, dann eine halbe Meile, eine ganze ...

Eldekerk wußte nicht, was geschehen würde, wenn sie die Küste erreichten. Der Felssims, auf dem er lag, wuchs wie ein von der Hand der Natur erschaffener Balkon gute zehn, zwölf Yards ins Nichts hinaus, so daß er den dreißig Yards tiefer gelegenen Küstenstreifen nicht erkennen konnte. Aber er glaubte auch nicht, daß sie die Küste *heute* erreichen würden. Es gab zwei Dinge, die dagegen sprachen.

Das eine waren Eldekerks – zugegeben beschränkte – Mathematikkenntnisse. Er hatte versucht, die Strecke abzuschätzen, die noch zwischen der gespenstischen Flotte und der Küste lag, und die allabendliche Verdopplung des Weges, den sie zurücklegte. Wenn er sich nicht geirrt hatte, durften sie die Küste frühestens in der folgenden Nacht erreichen.

Das andere war der Mond.

Eldekerk war kein abergläubischer Mensch, ganz und gar nicht. Er wußte nur, daß es Dinge gab, die mit dem Wissen und der Logik der Menschen nicht unbedingt zu erklären waren. Diese Flotte und ihre gespenstischen Steuermänner gehörten dazu. Als Eldekerk sie das erste Mal gesehen hatte, war Neumond gewesen. Jetzt fehlte noch ein Fingerbreit, aus dem Mond ein vollkommen gerundetes, fettes Auge zu machen, das vom Himmel blinzelte.

Er war sehr sicher, daß die Gespensterflotte die Küste Krakataus genau bei Vollmond erreichen würde.

Das erste Boot näherte sich der Stelle, die Eldekerk in Gedanken errechnet hatte. Hastig stemmte er sich auf die Ellbogen hoch, fuhr sich mit Daumen und Zeigefinger über die Augen, die vom langen angestrengten Starren zu schmerzen begonnen hatten, und setzte sein Fernglas wieder ab.

Der langgestreckte Schatten wuchs zu einem grotesken Boot heran, in dem ein noch groteskeres Wesen stand, das es mit einer langen, irgendwie *lebendig* aussehende Stange von der Stelle stakte. Aber Eldekerk hatte an diesem Abend weder einen Blick für das abstruse Knochengesicht des Mannes noch für sein seltsames Boot. Mit angehaltenem Atem und zitternd vor Spannung wartete er.

Seine Geduld wurde auf eine harte Probe gestellt.

Der Knöcherne stakte das Boot noch zehn, vielleicht zwölf Stöße weiter und zog seine Stange dann ein.

Einen Augenblick später begann das Boot zu verblassen.

Eldekerk hatte einmal zugesehen, wie ein Fotograf eine seiner Platten in ein Chemiebad legte und auf dem scheinbar leeren Stück Metall nach und nach ein Bild erschien wie aus dem Nichts. Der Vorgang, den er jetzt beobachtete, war genauso, nur umgekehrt. Langsam, als stehle eine unsichtbare Macht dem Schiff dort draußen seine Realität, löste sich das seltsame Gefährt auf. Seine Farben verblaßten. Es wurde durchsichtig, schien für einen kurzen Moment zu zerfließen wie ein Spiegelbild in klarem Wasser, in das jemand einen Stein geworfen hat – und war fort.

Das Fernrohr in Eldekerks Hand suchte das nächste Boot. Lautlos glitt es heran, erreichte die Stelle, an der das erste verschwunden war – und verblaßte ebenfalls.

Der Vorgang wiederholte sich noch ein gutes dutzendmal, dann war der Ozean wieder so leer wie vor dem Erscheinen der seltsamen Flotte, und auch die Lichterscheinungen und Geräusche waren verschwunden.

Aber Eldekerk hatte genug gesehen. Er wußte jetzt, daß er sich nicht getäuscht hatte. Morgen, wenn der Mond aufging, würden sie die Küste erreichen.

Und er, Jop Eldekerk, würde dort unten sein, um auf sie zu warten.

Das Schiff war nicht besonders groß – ein Zweimastsegler von kaum hundertfünfzig Fuß Länge mit schmuddeliger Takelage, einem Rumpf, der unter dem Gewicht der Algen und Muscheln, die sich im Laufe der Jahre darangeklammert hatten, schier zu zerbrechen drohte, und einer Besatzung, die geradewegs aus einem Buch über die Piraten des siebzehnten Jahrhunderts entsprungen zu sein schien.

Und trotzdem war es für mich der schönste Anblick, den ich jemals gehabt hatte.

Aber vermutlich wäre es jedem an meiner Stelle so

ergangen, wenn er sich unversehens fünfundzwanzig Yards unter der Wasseroberfläche wiedergefunden, mit letzter Kraft nach oben gestrampelt und – nachdem er wieder zu Atem gekommen war – festgestellt hätte, daß er sich mitten im freien Ozean und außer Sichtweite des nächsten Landes befand.

Wie viele Stunden ich in dem eisigen Salzwasser geschwommen war, wußte ich nicht, aber es mußten *viele* gewesen sein, denn als ich aufgetaucht war, hatte die Sonne nahezu im Zenit gestanden, und als ich das Segel der *Van Helsing* wie einen weißen Eisberg am östlichen Horizont auftauchen sah, neigte sich der Tag bereits dem Ende entgegen.

Ebensowenig, wie ich wußte, woher ich den Willen genommen hatte, mich immer wieder über Wasser zu halten, wenn meine Kräfte zu erlahmen drohten. Vielleicht war es auch nur Trotz gewesen – und wohl auch ein gut Teil Zorn. Nachdem ich meinen ersten Schrecken und das darauffolgende Entsetzen überwunden hatte, hatte ich eine Wut verspürt wie selten zuvor in meinem Leben. Was hatte mein geheimnisvoller Mitkämpfer gesagt, ehe er mich von Bord der dem Untergang geweihten *Dagon* rettete? *Du hast mich betrogen, und wenn ich auch deine Gründe verstehe, so bin ich doch kein Gott, der vergibt. Wenn wir uns wiedersehen, werden wir Feinde sein.*

Nun – was den zweiten Teil seiner Prophezeiung anging, wußte ich jetzt, daß er recht hatte. Jemanden dergestalt von Bord eines sinkenden Schiffes zu retten, indem man ihn mutterseelenallein mitten in den Pazifischen oder sonst einen Ozean schmeißt, ist eine höchst sonderbare Art der Lebensrettung. Wäre die *Van Helsing* nicht wie ein rettender Engel erschienen, wäre ich jämmerlich ersoffen.

Aber selbst jetzt fühlte ich mich mehr tot als lebendig. Ein einäugiger Matrose hatte mich aus dem Wasser gefischt (alles andere als sanft, aber bei seinem Aussehen war ich ja schon froh, daß er keinen Enterhaken dazu benutzt hatte), während ein Dutzend kaum weniger abenteuerlich aussehender Typen an der Reling gestanden und mich angegafft hatten, als hätten sie noch niemals einen Ertrinkenden gesehen.

Dann hatte man mich in eine winzige Kabine verfrachtet, mir die Kleider vom Leibe gerissen und mich in eine stinkende Decke gewickelt. Anschließend hatte mir jemand, den ich anhand seiner vor Fett triefenden Kleider und seiner schmuddeligen Finger als Smutje einstufte, einen Becher mit einer nicht näher definierbaren Flüssigkeit gebracht, die heiß wie die Hölle war und außer meinen Geschmacksnerven auch die mörderische Kälte abtötete, die sich in meinen Gliedern eingenistet hatte.

Jetzt befand ich mich in der Kapitänskajüte – beziehungsweise dem möblierten Schweinestall, der sich an Bord der *Van Helsing* so schimpfte –, hockte auf einem dreibeinigen Schemel und vertrieb mir die Wartezeit auf den Kapitän dieses Seelenverkäufers damit, mich ganz meiner Seekrankheit hinzugeben. Wenn ich an früherer Stelle einmal behauptet habe, daß ich Schiffe und überhaupt alles, was schwimmt, nicht mag, so nehme ich das hiermit zurück.

Ich hasse sie.

Mit jeder Faser meiner Seele.

Das dumpfe Zuschlagen der Tür steigerte den wummernden Schmerz in meinem Hinterkopf noch ein wenig, und dann stiefelte ein Männchen um mich herum, das so ziemlich das perfekte Gegenteil dessen darstellte, was ich mir unter dem Kapitän der *Van Hel-*

sing vorgestellt hatte. Oder überhaupt irgendeines Schiffes, das größer als fünf Zoll war.

Kapitän De Cruyk – den Namen hatte ich aufgeschnappt – war ungefähr so groß wie ich (in diesem Augenblick jedenfalls. und ich saß vornübergebeugt auf einem niedrigen Stuhl!), aber genauso breit. Sein Gesicht glänzte ölig und erinnerte mich an das eines äußerst mißgelaunten Buddhas, wurde jedoch von einem sorgsam toupierten Haarschopf gekrönt. Seine Nase sah aus, als hätte sie schon einmal Bekanntschaft mit einem Stuhlbein gemacht, denn sie war in der Mitte deutlich eingekerbt, und seine Augen blickten mit einer Mischung aus angeborener Aggressivität und Feigheit auf mich herab, die mich instinktiv vorsichtig werden ließ. Als er an mir vorüberging, streifte mich ein Hauch von Pomade, der mir fast den Atem verschlug.

»Sie sind also Craven«, begann er ohne Umschweife, nachdem er um seinen Schreibtisch herumgetrippelt war und sich in einem Stuhl hatte fallen lassen, der besonders hoch sein mußte, denn er war auf einmal ein gutes Stück größer als ich.

»Das bin ich«, antwortete ich wahrheitsgemäß. »Und Sie müssen Kapitän De Cruyk sein. Ich danke Ihnen, daß Sie mich aus dem Wasser gefischt haben.«

De Cruyk macht eine großspurige Geste. »Nicht der Rede wert, Craven.«

So, wie er es sagte, klang es, als täte er Tag für Tag nichts anderes, als Ertrinkende aus dem Wasser zu fischen. Aber ich beließ es bei einem zustimmenden Nicken und sah ihn nur fragend an. Etwas an De Cruyks Freundlichkeit störte mich. Sie wirkte *falsch.*

»Wo kommen Sie her, Mister Craven?« fuhr De Cruyk nach einer Weile fort. »Von welchem Schiff?«

Einen Moment lang dachte ich daran, mir irgendeinen Namen aus den Fingern zu saugen, aber dann fiel mir der Rat ein, den mir Howard einmal gegeben hatte: wenn man schon lügen muß, dann immer so dicht an der Wahrheit wie möglich. Die Wahrscheinlichkeit, sich zu verplappern, ist dann kleiner.

»Von der *Dagon*«, antwortete ich.

De Cruyk runzelte die Stirn. »Sonderbarer Name. Ein englisches Schiff?«

Ich nickte hastig, und De Cruyk fuhr fort, als wäre dies Erklärung genug. »Was ist passiert?« fragte er. »Ist das Schiff gesunken, oder sind Sie über Bord gefallen?«

»Ich … fürchte, letzteres«, gestand ich mit gespielter Zerknirschung. Meine Gedanken überschlugen sich schier. De Cruyks Fragen schrien geradezu nach einer Falle, und seine Freundlichkeit war so falsch wie die Edelsteine in seinen Ringen.

»Wo?« schnappte er.

»Wo?« Ich tat so, als verstünde ich ihn nicht.

»Wo«, bestätigte De Cruyk. »Wo ist es passiert?«

Ich schluckte ein paarmal, um Zeit zu gewinnen. »Nun«, sagte ich schließlich, »ich stand am Heck, auf der rechten Seite. Ich glaube, ihr Seeleute sagt Backbord dazu – oder war es Steuerbord?«

De Cruyks Gesichtsausdruck verdüsterte sich wie eine Lampe, die an ihrem eigenen Ruß erstickt. »Wollen Sie mich auf den Arm nehmen?« fragte er.

»Keineswegs«, versicherte ich hastig. Meine Gedanken rasten. Wie, zum Teufel, sollte ich ihm erklären, wo ich die *Dagon* verlassen hatte? Irgendwo an der Küste Englands, sicher – aber das *Tor* konnte mich genausogut zwei wie *zweitausend* Meilen transportiert haben!

»Ich weiß es wirklich nicht, Kapitän«, versicherte ich mit gespielter Zerknirschung. »Ich verstehe nichts von Seefahrt oder Nautik, müssen Sie wissen. Wir waren lange unterwegs, und ich war die meiste Zeit über in meiner Kabine. Die Seekrankheit, Sie verstehen? Und ich war mehr als zwölf Stunden lang im Wasser. Vielleicht ... wenn Sie mir auf der Karte zeigen, wo wir jetzt sind ...«

Ich weiß, es klingt unglaublich – aber De Cruyk fiel tatsächlich darauf herein. Eine Sekunde lang starrte er mich durchdringend an, dann riß er eine Schublade seines Schreibtisches auf und förderte eine fleckige Seekarte zutage, die er vor mir auf dem Tisch ausbreitete.

»Genau hier«, sagte er und tippte mit einem fetten Zeigefinger auf eine Stelle dicht an ihrem Rand.

Hätte er mir den selben Finger in diesem Moment ins Auge gestochen, wäre ich kaum überraschter gewesen.

Meine Geographiekenntnisse waren niemals besonders gut, aber die Küstenlinie, die die Karte zeigte, war zu markant, um sie nicht zu erkennen. Außerdem standen die Namen der beiden großen Inseln, die sie zeigten, in verschnörkelten Buchstaben überdeutlich am unteren Rand der Karte.

SUMATRA und *JAVA*

Ich hatte mich getäuscht. Das Tor hatte mich weder zwei noch zweitausend Meilen transportiert, sondern viel weiter.

Ich befand mich mitten in Indonesien.

»Das ist ... weiter, als ich dachte«, gestand ich stockend und fügte hastig hinzu: »Ich muß wohl länger krank gewesen sein, als ich geglaubt habe.«

»Wohin wollten Sie, Mister Craven?« fragte De Cruyk lauernd.

»Nach ... nach China«, improvisierte ich rasch. »Die *Dagon* auf dem Weg nach Peking.«

»Peking, so?« wiederholte De Cruyk. Ich nickte.

»Peking hat keinen Hafen«, sagte De Cruyk ruhig.

»Das weiß ich«, antwortete ich. »Ich wollte ja auch nur sagen, daß *ich* auf dem Wege nach Peking war, und ... und ...« Ich sprach nicht weiter, als mich De Cruyks Blick traf. Für jemanden, der ein so gestörtes Verhältnis zu Schiffen hat wie ich, ist es vielleicht nicht sehr ratsam, einen Seemann belügen zu wollen.

»Mister Craven, Sie machen es mir nicht leicht«, sagte De Cruyk kopfschüttelnd. »Wahrhaftig nicht. Für einen Mann, den ich vor einer Stunde aus dem Meer gefischt habe, sind Sie nicht sehr hilfsbereit.« Er seufzte, faltete seine Karte wieder zusammen und zog statt dessen etwas aus seiner Schublade, das ich nach kurzem Hinsehen als die aufgeweichten Reste meines Reisepasses identifizierte. Natürlich – man hatte mir ja meine Kleider weggenommen, und es war nur logisch, daß sich De Cruyk informierte, wen er da aus dem Meer gefischt hatte.

»Das ist Ihr Paß, nehme ich an«, sagte er, während er scheinbar interessiert in dem aufgeweichten Dokument blätterte.

»Wenn es drin steht – ja«, gab ich beleidigt zurück. Seltsamerweise lächelte De Cruyk bloß.

»Nun, Mister Craven«, begann er lauernd, »wenn dies hier wirklich Ihr Reisepaß ist und Sie immer noch behaupten, von Bord eines Schiffes gefallen zu sein, das auf dem Wege nach China war«, er lachte leise, »dann lassen Sie mich Ihnen erzählen, wie ich die Sache sehe.«

»Bitte«, sagte ich kalt.

De Cruyk klappte meinen Paß zusammen und legte ihn vor sich auf den Tisch. »Meinen Namen kennen Sie«, begann er. »Aber was Sie vielleicht nicht wissen, ist, daß die *Van Helsing* kein gewöhnliches Handelsschiff ist.«

»O doch«, sagte ich. »Das ... ist mir nicht entgangen.«

De Cruyk verstand die Gehässigkeit sehr wohl, aber

aus irgendeinem Grunde zog er es vor, nicht darauf einzugehen, sondern fuhr in unverändertem Ton fort: »Sehen Sie, Mister Robert Craven oder wie immer Sie heißen mögen, die *Van Helsing* ist im Auftrage der ostindischen Gesellschaft unterwegs, um die Küsten Indonesiens vor solchen Subjekten wie Ihnen zu schützen.«

»Die ... die ostindische Gesellschaft?« wiederholte ich ungläubig. »Einen Moment, De Cruyk. Soviel ich weiß, hat Ihre Gesellschaft schon seit ...«

»Mehreren Jahren keinen Anspruch mehr auf Indonesien«, unterbrach mich De Cruyk hart. »Das wollten Sie doch sagen, oder?«

Ich nickte.

»Sie haben recht«, fuhr De Cruyk fort. »Und auch wieder nicht. Es ist richtig, daß meine ... Auftraggeber nicht mehr offiziell die Schirmherren dieser Insel sind, obgleich es den Eingeborenen hier weiß Gott besser ging, als sie noch unter unserem Schutz standen. Aber das bedeutet nicht, daß Indonesien jetzt zum Freiwild für Piraten, Betrüger und Plünderer geworden ist. Die Sundainseln sind noch immer eine niederländische Kronkolonie.«

»Und?« fragte ich, obgleich mir allmählich klar zu werden begann, worauf De Cruyk hinauswollte.

»Sehen Sie, Craven – die *Van Helsing* ist kein Kriegsschiff, und ich bin kein Offizier, aber der Unterschied ist nicht so gewaltig, wie Sie vielleicht hoffen. Meine Männer und ich kennen uns in diesen Gewässern viel besser aus als die Soldaten in der Garnison. Wir unterstützen sie dann und wann.«

»Und wobei, wenn ich fragen darf?«

»Nun«, antwortete De Cruyk lauernd, »unter anderem dabei, kriminelle Elemente von den Inseln fernzuhalten. Wie Sie!«

Ich schluckte die wütende Antwort, die mir auf der Zunge lag, herunter, und fragte so ruhig wie möglich: »Was bringt Sie auf diese Idee, Kapitän De Cruyk? Glauben Sie, ich hätte versucht, von England aus nach Indonesien zu schwimmen?«

De Cruyk machte eine wegwerfende Handbewegung.

»Die Geschichte ist alt, Craven«, sagte er. »Männer wie Sie haben wir schon zu Dutzenden aus dem Meer gefischt. Sie kommen in kleinen Booten und denken, sie könnten uns entkommen, weil wir ihre Nußschalen nicht bemerken. Die Gewässer hier sind tückisch. Sie wären nicht der erste, der ersoffen wäre, ehe er das Land auch nur sieht. Aber seien Sie versichert, Craven, wir wissen, wie wir mit Typen wie Ihnen umzugehen haben.«

»Sie ... Sie sind ja verrückt, De Cruyk!« keuchte ich. »Ich bin amerikanischer Staatsbürger und habe es nicht nötig, mich von einem Käsefresser wie Ihnen beleidigen zu lassen!«

De Cruyk erbleichte, schluckte aber auch diese neuerliche Beleidigung ohne ein Wort herunter.

»Amerikanischer Staatsbürger, so?« sagte er

Ich nickte heftig. »Genau. Und ich verlange, an Land und zur Botschaft meines Landes gebracht zu werden, Kapitän De Cruyk.«

De Cruyk seufzte. »Sie sind nicht nur ein Gauner, Craven«, sagte er, »Sie sind auch noch dumm. Nehmen Sie einen guten Rat von mir an, auch wenn es sehr lange dauern wird, bis Sie in die Verlegenheit geraten, ihn anzuwenden: Wenn Sie sich das nächste Mal einen Paß fälschen lassen, sehen Sie ihn sich genauer an, ehe Sie gutes Geld dafür ausgeben.«

»Einen ... einen Paß fälschen?« murmelte ich. »Ich

verstehe nicht, was Sie wollen, De Cruyk! Dieser Paß ist so echt, wie es nur geht!«

»Ach?« De Cruyk seufzte, klappte den Paß auf und hielt ihn mir aufgeschlagen unter die Nase. »Echt, wie?« fragte er. »Dann haben Sie die Güte, Craven, und lesen Sie mir das letzte Einreisedatum in das Königreich Britannien vor.« Ich verstand immer weniger, worauf er hinauswollte, aber ich tat ihm den Gefallen. »Der 16. April 1885«, sagte ich.

»Sind Sie sicher?« vergewisserte sich De Cruyk. »Kein Lesefehler? Das Licht hier ist nicht besonders gut.«

»Zum Teufel, ich bin sicher!« schrie ich. »Was soll das eigentlich?«

De Cruyk zeigte sich von meinem plötzlichen Wutausbruch nicht im geringsten beeindruckt. »Der 16. April 1885 also«, wiederholte er. »Nun gut, Craven. Über diesen Punkt haben wir schon einmal Einigkeit erzielt.« Er grinste, klappte den Paß zu und stand auf, um zur gegenüberliegenden Wand zu gehen. »Und nun«, sagte er, »haben Sie die Güte und werfen einen Blick auf meinen Bordkalender. Ich versichere Ihnen, daß er korrekt geführt wird. Vielleicht lesen Sie das Datum vor?«

Ich fuhr um – und erstarrte.

Selbst wenn ich es gewollt hätte, hätte ich De Cruyks Befehl in diesem Moment nicht nachkommen können, denn das, was ich sah, schnürte mir im wahrsten Sinne des Wortes die Kehle zu.

De Cruyks Kalender war genauso wie sein ganzes Schiff – schmutzig und zerrissen und mit zahllosen Flecken übersät.

Aber das Datum darauf war trotz allem noch gut zu erkennen.

Es zeigte den neunten März achtzehnhundert*drei-undachtzig*!

Irgend etwas an diesem Mann kam Eldekerk seltsam vor. Er wußte nicht, was, aber da war etwas. Etwas … ja, etwas, das ihn warnte. Der Anblick eines Fremden an sich war nichts Besonderes, nicht einmal hier, in der winzigen Hafenstadt an der Westküste Krakataus, denn die Sundastraße gehörte zu den am stärksten frequentierten Seewegen in diesem Teil der Welt, und seit die Gesellschaft ihre gierigen (aber auch schützenden) Krallen von Indonesien gezogen hatte, verschlug es die abenteuerlichsten Typen hierher. Männer, die auf das schnelle Glück hofften und in den meisten Fällen nur einen schnellen Tod fanden. Eldekerk hatte weiß Gott schon abenteuerliche Erscheinungen gesehen, seit er vor vier Jahren sein Domizil hier aufgeschlagen hatte. Und trotzdem …

Vielleicht war es gerade die Unauffälligkeit seiner Erscheinung, die Eldekerk so unangenehm aufstieß. Der Mann war durchschnittlich groß, von normalem Wuchs und Gehabe, vielleicht ein bißchen *zu* selbstbewußt, und hatte eines jener Gesichter, von denen man glaubt, sich jederzeit daran erinnern zu können, die aber wie durch Geisterhand sofort aus der Erinnerung verschwinden, sobald sie sich abwenden. Das einzig Auffällige an ihm war vielleicht noch seine Kleidung.

Jeder Fetzen, den er am Leibe trug, war schwarz. Eldekerk war sogar sicher, daß er schwarze Unterwäsche trug. Und er interessierte sich für ihn, Eldekerk.

Es war unschwer zu übersehen. Der Mann war bereits dagewesen, als Eldekerk die heruntergekommene Hafenkneipe betreten und ein Bier bestellt hatte, eine finstere, schweigende Gestalt, die an einem kleinen Tisch in einer schattigen Ecke hockte, ein Glas mit Fruchtsaft in der Hand hielt – ohne auch nur ein einziges Mal daran zu trinken – und ihn anstarrte.

Zuerst hatte sich Eldekerk einzureden versucht, daß er es sich nur einbildete. Er kannte den Mann nicht, und er war niemand, für den sich ein Fremder interessieren würde. Aber er hatte seinen Blicke gespürt, die ganze Zeit über, während er an der Theke saß und Bier trank und dem Kauderwelsch des Wirtes zuhörte, der irgendwann vor zehn Jahren einmal seine Muttersprache vergessen haben mußte und manchmal in einem Satz drei verschiedene Dialekte benutzte, so daß Eldekerk niemals genau zu sagen wußte, mit wem oder worüber er überhaupt redete. Er hatte den Blick der dunklen, durchdringenden Augen gespürt wie die Berührung einer unsichtbaren Hand, eisig und unangenehm, und ein paarmal hatte er aufgesehen und zu dem Fremden hinübergeblickt.

Der Mann hatte seinem Blick standgehalten, und das war etwas, was Eldekerk noch mehr verstört hatte. Eldekerk hatte es zur Perfektion entwickelt, andere anzublicken und damit zu verunsichern; ein Trick, den ihm einmal ein malayischer Pirat gezeigt hatte und der so gut wie immer funktionierte – er sah seinem Gegenuber nicht in die Augen, sondern starrte gebannt auf einen Punkt über dessen Nasenwurzel, so daß er seinen Blick nicht ertragen mußte, der andere aber den Eldekerks. Es gab wenige Menschen, die es ertrugen, minutenlang ausdruckslos angestarrt zu werden.

Der Fremde gehörte dazu.

Schließlich – es war beinahe Abend, und die allmählich länger werdenden Schatten sagten ihm, daß es Zeit wurde, nach Hause zu gehen und seine Ausrüstung zusammenzupacken – signalisierte er dem Wirt, ein letztes Bier zu bringen und die Rechnung zu machen. Als er in die Tasche griff, um sein abgewetztes Portemonnaie hervorzuziehen, trat eine schlanke Gestalt neben ihn, drückte seine Hand mit sanfter Gewalt nach unten und legte einen 10-Gulden-Schein auf die Theke.

»Sie gestatten, daß ich Ihre Rechnung übernehme, Mijnheer Eldekerk?«

Eldekerk blinzelte verwirrt. Es war der Fremde in der schwarzen Kleidung. Er lächelte jetzt, aber es war ein Lächeln, das so vollkommen kalt und falsch war, daß es Eldekerk noch viel weniger gefiel als sein unverschämtes Starren zuvor. Aber irgend etwas hinderte ihn daran, dem Kerl die Antwort zu geben, die er verdiente. Nach einer Weile nickte er.

»Danke«, murmelte er verstört. »Aber ...« Der Fremde machte eine rasche, irgendwie befehlende Geste mit der Hand, und Eldekerk verstummte mitten im Satz. »Nicht hier«, sagte er leise. »Ich muß mit Ihnen reden, Mijnheer. Können wir zu Ihnen nach Hause gehen?«

Abermals war es Eldekerk unmöglich, sich dem zwingenden Ausdruck der hellen, wasserklaren Augen seines Gegenübers zu widersetzen, und abermals nickte er, obgleich er in Wahrheit alles andere lieber getan hätte, als diesen unheimlichen Fremden auch noch mit sich nach Hause zu nehmen.

»Dann kommen Sie«, sagte der Schwarzgekleidete. »Sie haben ja nicht mehr viel Zeit, oder?«

Eigentlich hatte es Eldekerk nicht für möglich gehalten – aber seine Verwirrung steigerte sich noch. Dieser Mann schien Dinge zu wissen, die er einfach nicht wissen *konnte*.

Sie verließen das Wirtshaus, und der Fremde schlug ganz selbstverständlich die Richtung ein, in der Eldekerks Haus lag. Sie gingen schnell, der Schwarzgekleidete zwei Schritte voraus, Eldekerk stumm und wie unter Hypnose hinter ihm her, bis ins Innerste verstört, aber unfähig, auch nur mit einer Silbe zu protestieren.

Erst als sie die schäbige Hütte nahe des Ortsrandes betreten und Eldekerk die Tür hinter sich geschlossen hatte, fiel die sonderbare Lähmung wenigstens zum Teil von ihm ab.

»Wer, zum Teufel, sind Sie?« fragte er »Woher kennen Sie mich, und was wollen Sie eigentlich von mir?«

Der Fremde lächelte, lehnte sich gegen die Tür und verschränkte die Arme vor der Brust. Bei jedem anderen hätte die Geste nichtssagend oder allenfalls großspurig gewirkt. Bei ihm wirkte sie drohend. Eldekerk verspürte einen kurzen, heftigen Anflug von Furcht.

»Woher ich Sie kenne und wer ich bin, spielt keine Rolle, Mijnheer Eldekerk«, sagte der Fremde. »Mein Name ist Shannon, das mag fürs erste genügen. Ich habe Ihnen einen Vorschlag zu machen.«

»Was für einen Vorschlag?« schnappte Eldekerk. »Ich bin nicht interessiert.«

»Sie haben ihn ja noch gar nicht gehört«, sagte Shannon lächelnd.

»Das brauche ich auch nicht«, antwortete Eldekerk, weit heftiger, als angemessen erschienen wäre. Plötzlich, von einer Sekunde auf die andere, als hätte irgend etwas, das nun nicht mehr da war, bisher seinen Willen gelähmt, flammten Zorn und Furcht vor diesem unheimlichen Fremden in ihm auf. Er wollte nicht zuhören, was er zu sagen hatte. Er wollte überhaupt nichts hören.

»Gehen Sie«, sagte er. »Verschwinden Sie! Ich will nichts hören. Ich will nur, daß Sie gehen. Hauen Sie ab, oder ...«

»Oder?« fragte Shannon lächelnd.

Eldekerk schluckte krampfhaft, starrte den schlanken jungen Mann an – und zog sein Klappmesser aus der Tasche. »Raus hier«, sagte er.

Er bekam nicht einmal richtig mit, was geschah. Shannon tat *irgend etwas,* und der nächste klare Eindruck, den Eldekerk hatte, war der, auf dem Rücken zu liegen und nach Luft zu schnappen, während Shannon das Klappmesser in der Hand hielt und noch immer so freundlich lächelte wie zuvor.

Und noch kälter.

»Sind Sie jetzt bereit, mir zuzuhören?« fragte Shannon ruhig.

Eldekerk antwortete nicht. Aber das schien der Fremde auch nicht erwartet zu haben.

Die Arrestzelle des Garnisonshauptquartiers unterschied sich kaum von der an Bord der *Van Helsing* – auch sie war klein, fensterlos und so niedrig, daß ich nicht einmal aufstehen konnte, ohne mir den Schädel an der Decke einzurennen, und an den Wänden klebte anstelle von Verputz der eingetrocknete Dreck von zehn Jahren. Mindestens. Der einzige wohltuende Unterschied war, daß der Boden nicht ununterbrochen schwankte.

De Cruyk hatte nicht länger mit mir diskutiert, sondern mich kurzerhand in die Bilge seines famosen Schiffes sperren lassen, wo ich geblieben war, bis die *Van Helsing* den Hafen anlief. Wie lange das gedauert hatte, wußte ich nicht – ich war irgendwann eingeschlafen und erst wieder erwacht, als mich grobe Hände zuerst auf die Füße und dann von Bord des Schiffes zerrten.

Mein Körper hatte eine Menge Schlaf nachzuholen, und er nahm sich das Versäumte. Ich vermutete, daß ich einen ganzen Tag verschlafen hatte, denn der Abend dämmerte bereits wieder, als ich von Bord der *Van Helsing* und hierher in die sogenannte Garnison gebracht wurde.

Meine Hoffnungen, damit aus meiner mißlichen Lage befreit zu sein, wurden jedoch grausam enttäuscht. De Cruyk hatte mich in die Obhut eines vierschrötigen Marineoffiziers überstellt, der meine energisch vorgebrachte Forderung, dem amerikanischen Konsul vorgeführt zu werden, mit einem Lachkrampf quittiert hatte. Seitdem befand ich mich hier in der Arrestzelle, und wenn kein Wunder geschah, würde ich es wohl noch sehr lange Zeit bleiben.

Nun, was das Wunder anging – ich war durchaus in der Lage, eines zu bewirken; oder zumindest etwas, das einem normalen Menschen so vorgekommen wäre. Hätte ich es wirklich gewollt, hätte mir De Cruyk mit Freuden sein Schiff geschenkt und wäre als Pfadfinder bis China vorausgeschwommen. Aber ich wollte nicht.

Ich hatte gute Gründe, so zu handeln. Die Zeit, die ich schwimmend im Meer und anschließend hier in der Arrestzelle verbracht hatte, war lang genug gewesen, um über alles nachzudenken. Ich wußte weniger denn je, worum es sich bei dem geheimnisvollen Wesen handelte, das mir auf der *Dagon* beigestanden hatte; es gab Dutzende, wenn nicht Hunderte von mehr oder weniger einleuchtenden Erklärungen, und ich hatte sie alle der Reihe nach erwogen und wieder verworfen.

Das einzige, was mir klar geworden war: es konnte sich nicht gerade um einen Freund Necrons und der GROSSEN ALTEN handeln – was nicht automatisch bedeutete, daß es auch mein oder der Freund der

Menschheit war. Und noch etwas war mir bewußt geworden, im selben Moment, als ich den Kalender in De Cruyks bewohnbarer Mülltonne gesehen hatte: es konnte kein Zufall sein, daß mich mein geheimnisvoller Retter mitten im Meer, auf der anderen Seite der Welt und noch dazu mehr als zwei Jahre in der Vergangenheit abgesetzt hatte, nicht einmal böser Wille. Wäre es ihm darum gegangen, mich für den vermeintlichen Verrat zu bestrafen, hätte er andere – und sicherlich wirkungsvollere – Methoden gefunden.

Nein, hinter dieser scheinbaren Willkür steckte Absicht. Ich wußte bloß noch nicht, welche. Aber ich würde es herausfinden.

Genau betrachtet, hatte ich keine große Alternative dazu. Selbst wenn ich im Besitz gültiger Papiere und ausreichender Barmittel gewesen wäre, die zigtausend Meilen bis London zu überwinden – es gab noch eine zweite Entfernung, eine Distanz, über die mir alle Freibriefe der Welt und alles Geld nicht hinweggeholfen hätten.

Die Kleinigkeit von zwei Jahren, die ich mich in der Vergangenheit befand …

Unruhig rutschte ich auf dem feuchten Steinboden der Zelle hin und her, versuchte meine Gedanken auf ein weniger unangenehmes Thema zu lenken und gleichzeitig eine etwas weniger unbequeme Stellung zu finden. Das eine mißlang so kläglich wie das andere. Schließlich, nach einer kleinen Ewigkeit, wie es mir schien, hörte ich draußen auf dem Gang die schweren Schritte von Militärstiefeln, und kurz darauf wurde der Riegel auf der anderen Seite der Tür zurückgeschoben. Ein schmaler Lichtstreifen fiel in die Zelle.

Ich versuchte aufzustehen, knallte prompt mit dem Kopf gegen die Decke und hörte ein kurzes schadenfrohes Lachen, dann ergriffen mich grobe Hände und zerrten mich unsanft auf den Gang hinaus. Ein Stoß in den Rücken ließ mich vorwärts taumeln.

Meine Begleitung bestand aus drei Männern – dem Offizier, der mich bereits hierher gebracht hatte, und zwei Soldaten in der dunkelblauen Uniform der niederländischen Marine. Schweigend eskortierten sie mich durch das Gebäude, über einen kleinen, an allen Seiten von Mauern umschlossenen Hof und einen weiteren, fensterlosen Gang entlang, bis mein Führer schließlich vor einer schmucklosen Tür stehenblieb und anklopfte. Er wartete allerdings keine Antwort ab, sondern öffnete die Tür nach sekundenlangem Zögern und bedeutete mir mit stummem Handzeichen, einzutreten.

Der Raum, der uns aufnahm, stellte eine wohltuende Abwechslung in dem Schmutz und Verfall dar, den ich bisher vorgefunden hatte. Nicht daß er in irgendeiner Form ordentlich oder gar sauber gewesen wäre – aber das Chaos hielt sich in Grenzen. Mit einigem guten Willen konnte man ihn sogar als wohnlich bezeichnen. Er schien eine Mischung aus Offizial, Salon und Bibliothek zu sein, und die Einrichtung war so bunt zusammengewürfelt, daß ich erneut an ein Piratennest denken mußte.

Der Offizier deutete mit einer Kopfbewegung auf einen schlanken Mann, der wie er die hier obligatorische dunkelblaue Uniform trug – nur daß seine derartig mit Orden und Litzen übersät war, daß er damit glatt einen Klempnerladen hätte eröffnen können. Er hockte in lässiger Haltung hinter einem Schreibtisch, auf dem außer einem siebenarmigen Kerzenleuchter nur noch eine Flasche mit Rotwein und drei Gläser standen. Gehorsam näherte ich mich dem Tisch und blieb in zwei Schritten Abstand stehen. Ich hörte, wie die beiden Soldaten hinter mir den Raum verließen und die Tür schlossen. Der Offizier blieb zurück, trat auf einen stummen Wink des Mannes hinter dem Schreibtisch neben mich und zog einen rostigen Schlüssel aus der Tasche, mit dem er meine Handschellen löste.

Aufatmend rieb ich mir die wunden Handgelenke. »Danke«, sagte ich. »Das ist ... sehr nett von Ihnen.«

Der Mann hinter dem Schreibtisch lächelte. »Aber ich bitte Sie, Mister Craven – wir sind schließlich zivilisierte Menschen und keine Wilden. Ich nehme doch nicht an, daß Sie versuchen werden zu fliehen?« Sein Lächeln wurde um eine Spur freundlicher, als er auf den Offizier neben mir deutete. »Sergeant Roosfeld ist seit sieben Jahren ungeschlagener Boxmeister der Garnison. Aber nehmen Sie doch Platz.«

Ich gehorchte, nachdem ich einen weiteren unsicheren Blick auf Roosfeld geworfen hatte. Der Mann hinter dem Schreibtisch beugte sich vor, füllte eines der Gläser und hielt es mir hin. »Mein Name ist Tergard, Mister Craven«, sagte er. »Ich bin das, was Sie wahrscheinlich den kommandierenden Offizier nennen würden. Wenigstens im Moment.« Er seufzte. »Ich denke, es ist an der Zeit, daß wir uns unterhalten.«

Zögernd griff ich nach dem Glas, nippte daran und spürte plötzlich, wie ausgedörrt meine Kehle war. Mit einem einzigen Zug leerte ich das Glas und nickte, als Tergard die Flasche hob und mich fragend ansah. Mit einem Lächeln füllte er mein Glas erneut. Etwas blitzte im Licht der Kerzen auf, als er die Hand bewegte. Ich sah genauer hin – und ließ um ein Haar mein Glas fallen. »Was haben Sie, Craven?« fragte Tergard.

»Nichts«, versicherte ich hastig. »Ich ... ich bin nur ein wenig erschöpft. Verzeihen Sie.«

Tergard winkte großzügig ab. »Aber ich bitte Sie. Ich weiß, wie unbequem unsere Zellen sind.«

»Ich habe schon in besseren Hotels verweilt«, bestätigte ich.

Tergard lachte pflichtschuldig, lehnte sich in seinem Stuhl zurück und sah mich mit einer Mischung aus Neugier und Herablassung an. Es war ein Blick, den ich kannte. Und der mich dazu brachte, meine etwas voreilig gefaßte Meinung über ihn noch einmal zu überdenken.

»Sie wissen, warum ich Sie habe rufen lassen?« begann er nach einer Weile.

»Ich fürchte es«, bestätigte ich. »Aber um es gleich zu sagen, hier liegt ein ...«

»Ein furchtbares Mißverständnis vor, ich weiß, ich weiß«, unterbrach mich Tergard. »Roosfeld hat mir alles berichtet. Sie müssen De Cruyk vergeben, Craven. Er ist nützlich, aber leider auch ein gottverdammter Idiot.« Er seufzte. »Die Welt ist voller Idioten, Mister Craven«, sagte er. »Es tut gut, zur Abwechslung einmal einen vernünftigen Menschen zu treffen. Sie sind doch vernünftig, nehme ich an?«

Ich war mir nicht ganz sicher, ob ich wirklich begriff, worauf er hinauswollte. Zögernd nickte ich. »Dieser Kapitän De Cruyk ...«

»Ich sagte bereits, De Cruyk ist ein Narr«, unterbrach mich Tergard, eine Spur schärfer als das Mal zuvor. Der Ausdruck in seinen Augen erinnerte mich plötzlich an Eis. »Er ist ein guter Seemann, aber er kann einen Elefanten nicht von einer Maus unterscheiden, wenn man ihm den Unterschied nicht erklärt.«

»Dann ... dann glauben Sie nicht, daß ich ...«

»Daß Sie ein Betrüger sind?« Tergard lächelte. »Ein

Abenteurer, der versucht, unsere Blockade zu durchbrechen? Aber natürlich nicht.«

»Welche Blockade?« fragte ich.

Tergard tat so, als hätte er meine Frage nicht gehört. »Sie sind keiner von diesen Abenteurern, Craven«, sagte er. »Das Meer spült sie zu Dutzenden hier an, und Sie können mir glauben, ich erkenne sie auf zehn Meilen. Nein, Craven. Keine Sorge. Ich halte Sie keineswegs für einen Abenteurer.«

Er legte eine kleine, genau berechnete Pause ein, nippte an seinem Glas und sagte im gleichen freundlichen Plauderton: »Ich denke, daß Sie ein verdammter britischer Spion sind, Craven.«

Ich starrte ihn an. »Ein ... was?« murmelte ich.

Tergard stellte sein Glas mit spitzen Fingern auf den Tisch zurück, schlug die Beine übereinander und sah an mir vorbei »Roosfeld«, sagte er leise.

Ich sah den Schlag kommen und versuchte mich zu spannen, aber meine Reaktion erfolgte zu spät. Roosfelds Faust traf mich dicht unter dem rechten Auge, ließ mich mitsamt dem Stuhl nach hinten kippen und halbwegs durch den Raum schlittern, ehe ich endlich zur Ruhe kam.

Als ich mich aufrichten wollte, traf mich sein Fuß haargenau auf dieselbe Stelle. Diesmal war ich klug genug, liegenzubleiben.

»Nun, Mister Craven«, sagte Tergard leise. »Beseitigt das Ihre Verständigungsprobleme? Oder soll Roosfeld Ihrem Gehör noch einmal auf die Sprünge helfen?«

Stöhnend versuchte ich mich in die Höhe zu stemmen. Mein Schädel dröhnte, als hätte mich ein Pferd getreten, und in meinem Mund war ein Geschmack wie nach Blut und hilflosem Zorn. Mir war übel. Roosfeld mußte mich wie ein Kind auf die Füße stellen.

»Ich ... habe verstanden, Tergard«, murmelte ich. »Aber Sie irren sich. Ich bin kein Spion.«

Roosfeld knurrte und holte zu einem neuen Schlag aus, aber Tergard hielt ihn mit einer raschen Handbewegung zurück.

Roosfeld gab ein fast enttäuschtes Schnauben von sich, hielt mich mit der linken Hand am Kragen fest und stellte mit der anderen den Stuhl wieder auf, um mich hineinzustoßen.

»Natürlich sind Sie kein Spion, Craven«, sagte Tergard spöttisch. »Woher auch?«

»Verdammt, ich weiß nicht, wovon Sie reden, Tergard«, stöhnte ich. »Bis vor wenigen Stunden wußte ich nicht mal, daß es diese Insel gibt!«

Tergard gab Roosfeld einen Wink ...

Als ich wieder zur Besinnung kam, schüttelte Tergard in einer Art den Kopf, als unterhielte er sich mit einem störrischen Kind. »Warum machen Sie es sich und mir nicht leichter, Craven?« fragte er.

»Ich will meinen Konsul sprechen«, murmelte ich.

Tergard seufzte. »Sie mißverstehen Ihre Lage, mein lieber Freund«, sagte er liebenswürdig. »Wir sind hier nicht in England, nicht einmal in irgendeiner eurer Kolonien. Roosfeld hier kann Sie zu Tode prügeln, wenn ich es ihm sage, und niemand würde auch nur eine Träne deswegen vergießen.« Er stand auf, kam um seinen Tisch herum und beugte sich so dicht zu mir hinunter, daß ich seinen Atem im Gesicht spüren konnte. Seine Hand berührte meine Schulter, und wieder sah ich das Blitzen von Gold und Emaille und blutigrotem Rubin an seinem Ringfinger.

»Ich mache Ihnen einen Vorschlag, Craven«, sagte er. »Sie werden mir jetzt alles erzählen – wer Sie geschickt hat, was Sie herausfinden wollten und wer Ihre Kontaktleute auf den Inseln sind, und wenn ich Ihre Angaben überprüft habe und merke, daß Sie die Wahrheit gesagt haben, können Sie als freier Mann diese Insel verlassen.«

»Auch als Lebender?« stöhnte ich.

Tergard lachte. Der Druck seiner Hand verstärkte sich um eine Winzigkeit. »Sie gefallen mir, Craven. Ich würde Sie wirklich ungern Roosfeld überlassen, obwohl er es mir sicher übelnehmen wird, wenn ich es nicht tue. Er schlägt gerne, müssen Sie wissen.«

»Sie ... Sie irren sich, Tergard«, stöhnte ich. »Ich kann Ihnen nichts sagen. Ich bin kein Spion. Verdammt, ich bin nicht einmal Engländer! Was, zum Teufel, sollte ich hier suchen?«

Tergard richtete sich mit einem zornigen Fauchen auf. Seine Augen blitzten. »Spielen Sie nicht den Narren, Craven!« sagte er. »Ihr verdammten Briten seid auf Indonesien scharf, seit diese Inseln entdeckt wurden. Glauben Sie, wir wären so dumm, nicht zu wissen, welcher Dorn die Tatsache, daß das große englische Empire seine Fahne hier nicht hissen konnte, in eurem Auge ist? Sie sind nicht der erste, Craven, der versucht, sich hier einzuschleichen und Unruhe unter der Bevölkerung zu schüren. Und Sie werden nicht der erste sein, der diesen Versuch bereut, das verspreche ich Ihnen.«

»Ihre Politik interessiert mich nicht im mindesten, Tergard«, sagte ich. »Ich bin weder Engländer, noch arbeite ich für das Empire oder überhaupt irgendeine Regierung. Schicken Sie ein Telegramm an das amerikanische Konsulat in London, und lassen Sie meine Identität überprüfen, wenn Sie mir nicht glauben.«

»Craven, Craven«. seufzte Tergard. »Sie enttäuschen mich. Sie wissen genau, daß das Monate dauern kann.«

»Ich habe Zeit«, antwortete ich patzig.

Tergards Lächeln gefror. »Nun, wenn das so ist«, sagte er lauernd, »wir auch. Aber ich denke, es wird nicht nötig sein, so lange zu warten. Wir werden sicherlich einen Weg finden, der Wahrheit auf andere Weise auf die Spur zu kommen, nicht wahr, Roosfeld?«

Der Angesprochene grinste. »Sicher. Geben Sie mir zwei Stunden, und er erzählt Ihnen alles, was Sie wissen wollen.« Er kicherte und ballte wie in wilder Vorfreude seine gewaltigen Pranken. Seine Gelenke knackten.

»Nun, Craven?« fragte Tergard.

Ich starrte ihn an und schwieg, und nach einer Weile schüttelte Tergard in gespielter Enttäuschung den Kopf und trat einen Schritt zurück.

»Wie Sie wollen, Craven«, sagte er. »Ich wollte Ihnen nur unnötige Schmerzen ersparen. Wir sehen uns in zwei Stunden.«

Roosfeld riß mich so heftig von meinem Stuhl hoch, daß mir schon wieder schwindelig wurde.

Die Nacht war fast so hell wie der Tag. Die Sonne war vor Stunden untergegangen, aber der Mond verströmte silbernes, mildes Licht. Selbst die Sterne, die von einem nahezu wolkenlosen Himmel herabschienen, schienen an diesem Tage mehr Leuchtkraft zu haben, als bemühe sich die Natur nach Kräften, die gespenstische Szene zu beleuchten.

Eldekerk war erschöpft. Seine Hände waren blutig aufgescheuert, und seine Schultern schmerzten. Es war schwer gewesen, die fünfzig Yards Seil hinabzusteigen, so schwer, daß er auf den letzten Yards ernsthaft damit gerechnet hatte, abzustürzen. Er war sehr sicher, den Weg hinauf nicht mehr aus eigener Kraft zu schaffen.

Die fünfzig Jahre, die er auf dem Buckel hatte, machten sich bemerkbar. Sein Blick streifte die dunkel gekleidete Gestalt des Fremden, der wie er hinter einem Felsen Deckung gesucht hatte und gebannt auf das Meer hinausstarrte, und in die Furcht, die die Nähe Shannons noch immer mit sich brachte, mischte sich eine schwache Spur von Neid. Der schlanke Fremde war das Seil mit der Leichtigkeit einer Spinne herabgeglitten. Nicht einmal sein Atem ging spürbar schneller. Im Gegenteil: die Anstrengung, die Eldekerk fast an den Rand des Zusammenbruches gebracht hatte, schien ihm direkt Freude bereitet zu haben.

»Wie lange noch?« fragte Shannon, ohne den Blick vom Meer zu nehmen.

Eldekerk sah zum Mond hinauf, ehe er antwortete. »Nicht mehr lange, wenn sie um die gleiche Uhrzeit kommen wie sonst.«

»Warum sollten sie nicht?« fragte Shannon. Seine Stimme klang amüsiert.

Eldekerk antwortet nicht, sondern schob sich wie Shannon ein Stück weiter hinter seiner Deckung in die Höhe und blickte auf den Ozean hinaus. Das Meer lag da wie eine endlose Ebene aus geschmolzenem Pech, nachtschwarz und lichtfressend. Ein spürbarer Hauch von Kälte ging von seiner Oberfläche aus und ließ Eldekerk frösteln.

»Warum … mußte ich mitkommen?« fragte er plötzlich. »Ich habe Ihnen doch alles gesagt, was Sie wissen wollten.«

»Sie wären doch ohnehin hierhergekommen, oder?« fragte Shannon, ohne ihn anzublicken. »Da ist es doch praktischer, wenn wir zusammen gehen.« Plötzlich wandte er doch den Blick. »Außerdem kann es sein, daß ich Ihre Hilfe brauche.«

Eldekerk fuhr sich nervös mit der Zungenspitze über die Lippen. Wobei sollte er diesem unheimlichen Fremden schon helfen? Es gab absolut nichts, was Shannon nicht besser und zehnmal schneller hätte tun können. Nein, dachte er schauernd. Der wahre Grund war ein ganz anderer.

»Sie ... Sie wollen mich umbringen, nicht?« fragte er plötzlich.

Shannon lachte leise. »Sie einzig dazu hierher zu bringen, wäre eine ziemliche Verschwendung von Zeit und Kraft, finden Sie nicht?« fragte er. »Seien Sie nicht albern.«

Einen Moment lang sah er Eldekerk scharf an, dann drehte er sich herum, lehnte sich mit dem Rücken gegen den Felsen, hinter dem sie Deckung gesucht hatten, und ließ seinen Blick über das schmale, sichelförmig gebogene Strandstück gleiten. Eldekerk war überrascht gewesen, wie groß der Strand war, der sich unter dem Felsüberhang verbarg. Der lotrecht abstürzende Fels verbreiterte sich pyramidenförmig an seiner Basis, und der Strand, von oben aus unsichtbar, war eine gute halbe Meile lang, wenn auch an keiner Stelle breiter als zehn Yards. Die dunklen Flutmarkierungen an der Felswand hinter ihnen verrieten Eldekerk, daß er manchmal unter der Wasserlinie liegen mußte. Der Gedanke, noch hier zu sein, wenn die Flut kam, ließ ihn schaudern.

»Was ist das?« fragte Shannon plötzlich und deutete auf eine Stelle schräg hinter Eldekerk. Eldekerk drehte sich ebenfalls um und blickte einen Moment lang konzentriert in die angegebene Richtung, ehe er mit den Schultern zuckte.

Zwanzig, vielleicht fünfundzwanzig Yards hinter ihrem Versteck gähnte ein Spalt in der Form eines auf die Spitze gestellten Dreieckes in der Wand, gut doppelt mannshoch und an der breitesten Stelle sicherlich fünf Yards messend.

»Ich weiß es nicht«, gestand er. »Eine Höhle, vermute ich.«

»Gibt es viele Höhlen hier?« fragte Shannon.

»Auf den Inseln?« Eldekerk nickte. »Sehr viele. Manche führen direkt bis zum Krater hinauf, sagt man. Aber es ist nicht sehr ratsam, hineinzugehen.«

»Warum?« fragte Shannon.

Eldekerk deutete mit einer Kopfbewegung in die Richtung, in der der Gipfel des Hauptkraters in der Nacht verborgen war. »Gas«, sagte er. »Gas und Lava. Der Krakatau ist ein aktiver Vulkan, vergessen Sie das nicht. Manche von diesen Höhlen sind so voller Gas, daß ein falscher Furz reicht, sie in die Luft fliegen zu lassen.«

Shannon lächelte flüchtig, drehte den Kopf – und ließ sich mit einer so raschen Bewegung in den Schutz des Felsens fallen, daß Eldekerk erschrocken zusammenfuhr. Abrupt blickte er zum Meer hinüber.

Es war wie in den Nächten zuvor, aber sehr viel näher.

Zuerst erschien das Licht, wobei sich Eldekerk nicht einmal mehr sicher war, ob es überhaupt *Licht* in dem Sinne des Wortes war, den er kannte. Es begann als sanftes, kaum merkliches Glühen über der Wasseroberfläche, wie leuchtender Nebel, der aus dem Nichts kam und sich in trägen, spielerisch auf und ab wogenden Schwaden verteilte.

Dann kamen die Geräusche; der dumpfe anschwellende Singsang und das unheimliche Heulen, das irgend etwas in ihm berührte und zum Schwingen brachte, und schließlich die Boote.

Eldekerk hatte sie noch nie so nahe gesehen wie diesmal, nicht einmal durch das Glas seines Fernrohres. Sie erschienen wenig mehr als eine Meile vor der Küste und näherten sich rasch, vorangetrieben von den langen, knöchernen Stangen ihrer Insassen und einem Wind, der so plötzlich aufgetaucht war wie die Boote und den Atem einer fremden, unglaublich düsteren Welt mit sich brachte.

Eldekerk stöhnte auf, als er die Boote zum ersten Male *wirklich* sah. Es war ein Bild, wie es kein Alptraum schrecklicher hervorbringen konnte:

Die Boote waren keine wirklichen Boote, sondern unbeschreibliche Zwitter aus erstarrter Furcht und gigantischen, *lebenden* Dingen – die Rümpfe langgestreckt und flach, übersät mit stacheligen Auswüchsen und runden, glänzenden Dingen, die sich dem Auge nicht wirklich zu erkennen gaben, drachenköpfig und schrecklich, die Segel riesige flappende Hautlappen, glänzend wie Leder und absurd geformt, nicht an den Masten befestigt, sondern aus ihnen *hervorgewachsen,* die Ruder gewaltige lederne Flossen, von einem Knochengerüst wie dem einer Fledermaus durchzogen und lautlos das Wasser peitschend.

Und dann sah er etwas, was ihn um ein Haar aufschreien ließ:

Eines der bizarren Boote war nahe genug herangekommen, daß er die knöcherne Gestalt in seinem Heck erkennen konnte. Sein Leib, der nicht aus Fleisch und Blut, sondern aus einer dunklen, hornartigen Masse bestand, ein Gesicht ohne Augen und Mund und Nase, nichts als eine glatte, gebogene Fläche, und seine Beine, die *unmittelbar aus dem Rumpf des bizarren Schiffes hervorwuchsen …*

»Mein Gott«, flüsterte Eldekerk. »Was … was ist das?«

Shannon gebot ihm mit einer hastigen Geste zu schweigen. »Ich weiß es nicht«, sagte er. »Aber wenn es das ist, was ich fürchte ...« Er brach ab, richtete sich ein wenig auf und sah nervös zu dem dreieckigen Spalt im Felsen zurück. Eldekerk folgte seinem Blick und registrierte mit plötzlichen Schrecken, daß die Höhlenöffnung genau dort lag, wo die Drachenschiffe landen würden, behielten sie ihren bisherigen Kurs bei. Und daß sie völlig deckungslos und für jeden überdeutlich sichtbar sein mußten, der daraus hervortreten sollte.

Shannon schien zu dem gleichen Schluß zu kommen, denn er deutete mit einer stummen Kopfbewegung auf eine Felsgruppe gut fünfzig Yards weiter westlich, in der sie ausreichende Deckung sowohl zum Meer als auch zum Land hin haben würden. Geduckt schlichen sie los.

Eldekerks Herz raste, als wolle es zerspringen, als sie die feuchtglänzenden Lavatrümmer erreichten. Nervös suchte sein Blick die stumme Prozession der Drachenschiffe.

Sie waren nähergekommen. Das erste befand sich weniger als fünf Schritte vom Strand entfernt und hatte an Tempo verloren, während die anderen weiter heranglitten. Zwischen ihnen brodelte der See, und Eldekerk erkannte eine gewaltige Zahl kopfgroßer, in allen Farben des Regenbogens schimmernder Kugeln, die plötzlich auf den Wellen zwischen den bizarren Booten hüpften. Ein geheimnisvolles Licht ging von ihnen aus.

»Was ist das, Shannon?« flüsterte er.

»Still!« zischte Shannon. »Schauen Sie.«

Wieder deutete seine Hand auf den Spalt in der Felswand. Er war jetzt nicht mehr leer. Ein blasses, aber irgendwie unheimliches rotes Glühen zeichnete seine Konturen nach; Licht, das aus dem Inneren der Wand kam und in Eldekerk die Erinnerung an Flammen und Hitze wachrief. Licht, das die Umrisse eines Mannes beleuchtete, der lautlos in der Höhlenöffnung erschienen war und den Alptraumbooten schweigend entgegenblickte. Dann machte er einen Schritt und trat ins helle Licht des Mondes hinaus.

Als Eldekerk sein Gesicht sah, begann er wie von Sinnen zu schreien.

Es mußte auf Mitternacht zugehen, wenn ich den Stand des Mondes und der Sternbilder richtig deutete, und über der Garnison lag eine fast unheimliche Stille. Die Hütte, in die Roosfeld und seine beiden Männer mich geschleift hatten, lag ein wenig abseits des eigentlichen Lagers, noch innerhalb der Umzäunung, aber gute zweihundert Yards von den niedrigen Baracken der Soldaten und dem etwas größeren, festungsähnlichen Hauptanteil der Anlage entfernt. Ich konnte mir lebhaft vorstellen, warum.

Roosfeld gab mir einen Stoß, der mich quer durch den Raum taumeln und vor der gegenüberliegenden Wand auf die Knie fallen ließ. Wir waren wieder allein; der Niederländer hatte seine beiden Begleiter fortgeschickt und die Tür hinter sich geschlossen, und die Männer hatten den Schlüssel von außen herumgedreht. Der Raum war kahl. Die Wände bestanden aus nacktem, unverputztem Stein und der Boden aus festgestampftem Lehm. Außer der Tür gab es nur noch ein winziges, vergittertes Fenster, aber durch das löchrige Dach fiel genug Licht herein, mich sehen zu lassen. Es gehörte nicht sehr viel Phantasie dazu, sich auszurechnen, welchem Zweck dieses Gebäude diente.

Langsamer, als nötig gewesen wäre, stemmte ich

mich in die Höhe, ließ mich gegen die Wand sinken und hob die Hand zum Kopf, als fiel es mir schwer, nicht gleich wieder zusammenzubrechen. Roosfeld lachte häßlich.

»Sie sind ein verdammter Trottel, Craven«, sagte er, während er seine Jacke aufknöpfte. Darunter trug er nichts außer einem mottenzerfressenen weißen Hemd, das sich über seinen mächtigen Muskeln spannte.

»Wirklich«, fuhr er fort. »Sie hätten sich eine Menge Ärger ersparen können. Zwei Stunden sind eine lange Zeit, Craven. Ich schwöre Ihnen, Sie werden nach Tergard schreien, ehe ein Viertel davon vorbei ist.« Grinsend knüllte er seine Jacke zusammen, warf sie in eine Ecke und kam mit wiegenden Schritten näher.

Ich wich zurück, so weit ich konnte, aber schon nach wenigen Schritten hatte er mich in die Ecke gedrängt. Ich hatte eine ziemlich konkrete Vorstellung davon, was er tun würde, sollte ich versuchen, an ihm vorbeizuschlüpfen.

»Sie werden sehen, daß ich euer britisches Fairplay schätze, Craven«, sagte er grinsend. »Ich bin kein Unmensch, wissen Sie? Ich überlasse Ihnen sogar den ersten Schlag.« Er näherte sich mir bis auf zwei Schritte, stemmte die Fäuste in die Hüften und hob den Kopf, wie um mir sein Kinn zu präsentieren. Es war ein beeindruckender Anblick. Wenn einen ein Kinn von den Dimensionen – und zweifellos auch der Festigkeit – eines Ambosses beeindruckt.

»Danke«, sagte ich gepreßt. »Ich verzichte.«

Roosfeld zuckte mit den Achseln. »Wie Sie wollen, Craven«, sagte er. »Ich habe nur fair sein wollen. Aber so ...«

Der Schlag kam so schnell, daß ich ihn kaum sah, obwohl ich damit gerechnet hatte. Im letzten Moment wich ich Roosfelds Faust aus, riß die Arme in die Höhe und fing den Hieb mit den Handballen ab. Es war ein Gefühl, als hätte ich einen Dampfhammer mit bloßen Händen aufzuhalten versucht. Ich taumelte, fiel haltlos gegen die Wand und steppte im letzten Moment zur Seite, als Roosfeld mit einem gemeinen Kniestoß nachsetzte.

Sein Knie kollidierte, von den ganzen mehr als zwei Zentnern seines Körpergewichts getrieben, mit der Wand. Roosfeld keuchte – allerdings wohl mehr vor Wut als vor Schmerz –, fuhr mit einem ärgerlichen Zischen herum und schlug mit der flachen Hand nach mir.

Ich fing seinen Arm auf, knickte in den Hüften ein und drehte mich gleichzeitig halb um meine Achse. Roosfeld wurde von seinem eigenen Schwung von den Füßen gerissen, kugelte über meinen plötzlich gekrümmten Rücken und landete unsanft auf dem Boden.

Aber nur, um sofort wieder aufzuspringen. In seinen Augen stand eine Mischung aus Staunen und langsam aufkeimender Wut. »So ist das also«, sagte er. »Unser kleiner Spion ist ein ganz Schlauer, wie? Wenn du die harte Tour bevorzugst, Craven – das kannst du haben!«

Ich duckte mich, hob die linke Hand schützend vor den Leib und ließ die andere langsam vor meinem Gesicht kreisen. Meine Nerven waren bis zum Zerreißen angespannt. Roosfeld war ein Gegner, der nicht zu unterschätzen war. Ich hatte ihn überrascht mit einer Gegenwehr – und vor allem einer *Art* der Gegenwehr, die er nicht erwartet hatte. Jetzt war er gewarnt. Und wenn er mich zu fassen bekam, war es um mich geschehen.

»Seien Sie vernünftig, Roosfeld«, sagte ich. »Niemandem ist gedient, wenn einer von uns ernsthaft verletzt wird.«

Roosfeld reagierte ganz genau so, wie ich erwartet hatte – er griff mich an. Aber niemand sollte hinterher sagen, daß ich ihn nicht gewarnt hätte.

Wie ein zorniger Bulle stürmte er heran. Ich hatte das Gefühl, den Boden unter seinen Schritten beben zu spüren.

Ich tat so, als wolle ich ihm ausweichen, sprang plötzlich auf ihn zu und ließ mich rücklings zu Boden fallen. Mein linkes Bein vollführte eine halbkreisförmige, blitzschnelle Bewegung und traf seine Kniekehle. Roosfeld fiel, wälzte sich herum – und verlieh dem Tritt, den ich auf sein Kinn gezielt hatte, so noch mehr Wucht.

Trotzdem kamen wir beinahe gleichzeitig auf die Füße.

Roosfelds Gesicht hatte alle Farbe verloren. Seine linke Augenbraue war aufgeplatzt. Blut lief über sein Gesicht. »Du Schwein!« keuchte er. »Du verdammter englischer Bastard!«

»Hören Sie endlich auf!« sagte ich schweratmend. Ich begann die Anstrengung des kurzen Kampfes bereits zu spüren. Mein Puls raste. Ich würde nur noch Augenblicke durchhalten. »Hören Sie auf, Roosfeld!« sagte ich noch einmal. »Oder Sie zwingen mich, Sie ernsthaft zu verletzen. Sie … Sie sind kein Gegner für mich. Ich kann es mir nicht leisten, Sie zu schonen.«

Roosfeld stürmte heran, mit hocherhobenen Fäusten, das Gesicht zu einer Fratze verzerrt. Ich sprang zur Seite, wich einem Fausthieb aus, packte seinen Arm und verdrehte ihn nach hinten.

Der Niederländer brüllte auf, fiel auf den Rücken und wälzte sich herum, die Hand auf den verrenkten

Arm gepreßt. Einen Moment lang lag er schreiend da, strampelte mit den Beinen und warf sich hin und her, dann stemmte er sich auf die Knie hoch. Ich sprang auf ihn zu, packte ihn mit der Linken beim Kragen und schmetterte ihm den Handballen der Rechten unter das Kinn. Roosfeld keuchte, verdrehte die Augen und erschlaffte unter meinen Händen.

Länger als eine Minute blieb ich über ihn gebeugt hocken, atmete keuchend und wartete, daß die Welt aufhörte, sich um mich herum zu drehen. Langsam beruhigte sich mein hämmernder Pulsschlag. Vorsichtig richtete ich mich auf, drehte Roosfeld auf den Rücken und untersuchte ihn, so gut es mir möglich war.

Er war ohne Bewußtsein, aber er lebte. Seine Stirn fühlte sich heiß an, und über seinem rechten Ellbogen begann sich das Hemd dunkel zu färben. Für die nächsten Wochen, dachte ich mit grimmiger Befriedigung, würde er keine wehrlosen Männer mehr zusammenschlagen.

Ich stand wieder auf, blieb noch einen Moment mit geschlossenen Augen stehen und wandte mich dann zur Tür. Ich hörte nicht den geringsten Laut, als ich das Ohr gegen das morsche Holz preßte und lauschte. Aber ich war sicher, daß die beiden Soldaten noch draußen standen.

Entschlossen trat ich einen Schritt von der Tür zurück, hob den Arm und klopfte. Es vergingen nur Sekunden, bis ich Kies unter harten Stiefelsohlen knirschen hörte, dann klirrte ein Schlüssel im Schloß.

»Was treibst du da drinnen, Roosfeld?« fragte eine tiefe Stimme. »Du machst einen Lärm, als wäre ein ganzes Bataillon Kaffern bei dir. Du weißt doch, daß Tergard ihn lebendig zurückhaben ...«

Die Tür schwang auf, und der Rest des Satzes blieb den Soldaten im Halse stecken, als er mich erkannte.

Ich gab ihm genau eine halbe Sekunde Zeit, mit seinem Schrecken fertig zu werden. Dann schlug ich ihn nieder, sprang mit einem Satz aus der Hütte und versetzte auch seinem Kameraden einen Kinnhaken, der ihn für mindestens zwei Stunden außer Gefecht setzten mußte.

Hastig sah ich mich um, aber das Gelände rings um die Hütte war frei, so weit ich sehen konnte. Roosfeld und seine beiden Männer waren die einzigen gewesen, die zu dieser nachtschlafenen Zeit noch auf den Beinen waren.

Einen Moment lang musterte ich den Drahtverhau, der das gesamte Gelände der Garnison umschloß und dicht hinter der Hütte entlangführte. Natürlich gab es Wachen, und ein Stück weiter westlich ragte sogar das Holzgerippe eines Wachturms in den Nachthimmel, aber trotzdem wäre es kein nennenswertes Problem gewesen, aus dem Lager zu entkommen. Bis Roosfeld oder einer der beiden anderen erwachte, konnte ich schon meilenweit weg sein.

Aber ich wandte mich nicht dem Zaun zu. Statt dessen huschte ich zurück zum Hauptgebäude. Ich hatte noch etwas zu erledigen.

Eine harte Hand lag auf seinem Mund, als Eldekerk erwachte, und das erste, was er sah, waren Shannons Augen, in denen ein warnender Ausdruck stand: Er wollte sich aufrichten, aber der Fremde drückte ihn grob zurück und legte den Zeigefinger auf die Lippen.

»Alles wieder in Ordnung?« fragte er. »Sie werden nicht schreien?«

Eldekerk signalisierte mit den Augen ein Nicken, und Shannon zog nach abermaligem Zögern seine Hand zurück; Eldekerk atmete tief ein. »Was … was ist passiert?« flüsterte er.

»Ich mußte Sie betäuben«, antwortete Shannon ebenso leise. »Sie haben geschrien. Aber das war nicht Ihre Schuld. Ich hätte Sie warnen müssen. Es tut mir leid. Mein Fehler.«

Die Worte weckten die Erinnerung wieder. Eldekerk fuhr zusammen, richtete sich mit einem Ruck auf und starrte nach rechts, dorthin, wo die furchtbare Erscheinung gewesen war.

Aber der Höhleneingang war jetzt leer. Nur das unheimliche rote Glühen aus dem Inneren des Berges war geblieben. Als er den Blick wandte und zum Meer sah, erkannte er, daß auch die Schiffe verschwunden waren.

»Wie lange war ich bewußtlos?« murmelte er.

»Nicht lange«, antwortete Shannon. »Eine halbe Stunde – ungefähr.«

»Wo sind die Schiffe?« flüsterte Eldekerk. »Und dieses … diese Kreatur. Mein Gott, Shannon – was war das? Das … das war doch kein Mensch.«

Shannon lächelte, aber er tat es auf eine so sonderbare Art, daß Eldekerk erneut einen raschen, eisigen Schauer von Furcht verspürte. »Ja und nein«, antwortete er geheimnisvoll. »Es … würde zu weit führen, Ihnen jetzt alles erklären zu wollen. Sie werden es verstehen, später. Kommen Sie.«

Er stand auf und zog Eldekerk auf die Füße. Eldekerk blieb stehen, als er begriff, in welche Richtung ihn Shannon ziehen wollte.

»Sie … Sie wollen doch nicht dort hineingehen?« keuchte er. Seine Augen weiteten sich vor Schrecken, während er den Höhleneingang anstarrte. Er war jetzt sicher, daß das rote Glühen im Inneren des Berges zugenommen hatte. Roch die Luft nicht schon ganz sacht nach verbranntem Fels? Und war das Zittern unter seinen Füßen wirklich nur das Beben der Brandung?

»Ich will, und ich muß«, antwortete Shannon ruhig. »Und Sie werden mich begleiten.«

»Ich denke nicht daran«, keuchte Eldekerk. »Ich bleibe hier, und wenn Sie mich totschlagen.«

»So?« fragte Shannon ruhig. »Warum werfen Sie nicht einen Blick auf die See, ehe Sie antworten, Eldekerk?«

Eldekerk gehorchte. Und es dauerte nur Sekunden, bis er begriff, was Shannon gemeint hatte.

Der Strand war deutlich schmäler geworden. Fast die Hälfte des feinkörnigen weißen Sandes war bereits unter nachtschwarzem Wasser verschwunden, und mit jeder Woge, die heranrollte und sich wieder zurückzog, fraß die See ein weiteres Stück Land. Die Flut kam. In einer halben Stunde würde der Strand unter Wasser stehen, und in einer weiteren Stunde würde der Ozean den Fels mehr als zwei Yards hoch umspülen. Einen ganz kurzen Moment lang dachte er daran, am Seil wieder nach oben zu klettern. Aber er wußte im selben Augenblick, daß er es nicht schaffen würden.

»Sie haben das gewußt«, sagte er vorwurfsvoll. »Sie wußten, daß ich nicht wieder hinaufsteigen kann und daß wir in diese Höhle müssen.«

»Nein«, antwortete Shannon. »Ich hatte vor, Ihnen zu helfen. Aber das da ist wichtiger.« Er deutete auf die Höhle, und aus irgendeinem Grunde – warum, wußte er selbst nicht – glaubte ihm Eldekerk.

Erst zwei Schritte vor dem Höhleneingang blieben

sie stehen. Shannon bedeutete ihm mit Gesten, zurückzubleiben, lief geduckt die steile Geröllhalde hinauf, die zur Höhle emporführte, und verschwand für Augenblicke im Inneren des Berges. Als er zurückkam, hob er den Arm und winkte Eldekerk, ihm zu folgen. Der Holländer gehorchte widerspruchslos.

Ein Schwall trockener, nach Wärme und glühendem Fels riechender Luft schlug ihnen entgegen, als sie die Höhle betraten. Das Licht, das draußen nur ein schwacher rötlicher Glanz gewesen war, reichte hier drinnen aus, mehrere Dutzend Schritte weit zu sehen, und Eldekerk erkannte, daß sich der dreieckige Spalt schon nach wenigen Yards zu einer gewaltigen, halbrunden Höhle erweiterte, deren Boden zu glatt war, um auf natürliche Weise entstanden zu sein.

Dann sah er die Stufen.

Sie waren sehr breit und hoch, als wären sie für größere als menschliche Füße gemacht worden, und führten in schwindelerregendem Winkel zu einem weiteren Gang, der tiefer in den Leib des Berges hineinführte und von rötlicher Glut erfüllt war. Ein dunkles, unheimliches Dröhnen wehte Eldekerk und Shannon entgegen.

»Keinen Laut mehr«, wisperte Shannon. »Und bleiben Sie immer dicht hinter mir, ganz gleich, was geschieht.«

Eldekerk nickte nervös, preßte sich dicht hinter dem Schwarzgekleideten an den Fels und ging mit klopfendem Herzen weiter.

Das Rauschen der Brandung blieb hinter ihnen zurück, als sie die steile Felstreppe hinaufgingen, aber dafür nahm das dunkle Dröhnen allmählich an Lautstärke zu, und nach einer Weile begann Eldekerk den Rhythmus darin zu erkennen. Es war nicht einfach nur ein Laut, es waren Worte, immer wieder die beiden gleichen, an- und abschwellenden Worte, wenngleich auch welche, die er noch niemals gehört hatte.

»*Thuuuuul*«, dröhnten die Stimmen. »*Thul Saduun! Thul Saduun!*«

In Tergards Amtszimmer brannte noch Licht, als einzigem Raum in dem gesamten Komplex, aber obwohl ich annähernd zwei Minuten mit dicht an der Tür gepreßtem Ohr gelauscht hatte, hatte ich nicht das geringste Geräusch gehört. Tergard war allein. Wenn nicht – nun, dieses Risiko mußte ich eingehen.

Behutsam richtete ich mich auf, warf einen letzten Blick in den leeren Gang hinter mir und packte das Gewehr fester, das ich dem Posten abgenommen hatte, der jetzt auf einer Bank neben dem Haupteingang lag und noch ein wenig tiefer schlief als in dem Moment, in dem ich ihn angetroffen hatte. Dann drückte ich die Klinke nach unten, warf mich mit der Schulter gegen die Tür und sprang mit einem Satz in den Raum, das Gewehr bereits im Anschlag.

Tergard saß noch immer in der gleichen Haltung da, in der er mit mir gesprochen hatte.

Und er wirkte nicht halb so überrascht, wie ich erwartete.

Genaugenommen wirkte er kein bißchen überrascht. Er machte sich nicht einmal die Mühe, das Weinglas aus der Hand zu stellen.

»Keine Bewegung, Tergard«, sagte ich drohend, schob die Tür hinter mir zu und drehte mich blitzschnell um meine Achse. Der Gewehrlauf vollführte die Bewegung getreulich mit, aber es gab niemanden, den ich damit hätte beeindrucken können. Niemanden außer Tergard. Und der war ungefähr so beeindruckt, als zielte ich mit einem Kochlöffel auf ihn.

»Was haben Sie mit Roosfeld gemacht, Craven?« fragte er ruhig. »Ich hoffe doch, Sie haben ihn am Leben gelassen. Ich brauche ihn noch.«

»Als nützlichen Idioten?« fragte ich scharf.

Tergard lächelte. »Nicht ganz. Roosfeld hat seine kleinen Spleens, das gebe ich zu, aber er ist ganz und gar kein Idiot. Lebt er noch?«

»Ich bin kein Mörder wie Sie, Tergard«, sagte ich zornig. »Wenn ich hier heraus bin, können Sie gehen und ihn aufsammeln. Ich hoffe, Sie haben einen guten Arzt im Lager.«

»Sie setzen mich immer mehr in Erstaunen, Craven«, sagte Tergard lächelnd. »Was glauben Sie mit diesem melodramatischen Auftritt erreichen zu können?« Er deutete mit einer Kopfbewegung auf die Flinte in meiner Hand. »Diese Waffe nutzt Ihnen nicht sehr viel, mein lieber Freund. Ein einziger Schuß, und Sie haben die gesamte Garnison auf dem Hals. Was also glauben Sie, erreichen zu können?«

»Zumindest das, nicht zusammengeschlagen zu werden«, knurrte ich. »Sie werden mir jetzt ein paar Fragen beantworten, Tergard. Und vor allem werden Sie mir zuhören.«

»So?« fragte Tergard lauernd. »Werde ich?«

Wütend stapfte ich auf ihn zu, blieb dicht vor dem Schreibtisch stehen und schlug ihm das Weinglas mit dem Lauf des Gewehres aus der Hand. Tergard runzelte die Stirn und sah mich strafend an. »Sie sind kein sehr geduldiger Mensch, Craven«, stellte er fest.

»Nein«, bestätigte ich. »Aber ich bin auch kein Spion, Tergard. Ich möchte, daß Sie das wissen, ehe ich gehe. Ich bin genau das, was ich Ihnen gesagt habe.«

»Und um mir das zu sagen, sind Sie zurückgekommen?« fragte Tergard spöttisch. Seine Ruhe begann mir ernstlich auf die Nerven zu gehen. Ich bin auch zuvor Männern begegnet, die sich von einer Waffe, die auf ihre Stirn zielt, nicht besonders irritieren lassen. Aber selten jemandem wie Tergard, den dieser Zustand allerhöchstens zu amüsieren schien.

»Nicht nur«, sagte ich. »Ich möchte ein paar Antworten. Ehrliche Antworten. Und ich rate Ihnen, mich nicht zu belügen. Ich würde es merken, *Bruder* Tergard.«

Diesmal brachte ich ihn doch aus dem Konzept. Eine Sekunde lang starrte er mich wortlos an, und seine Augen wurden groß vor Überraschung, dann fragte er: »Woher wissen Sie es?«

Ich deutete auf den Ring, den er an der rechten Hand trug. »Ihre Eitelkeit hat Sie verraten, Tergard. Sie sollten Ihren Logenring nicht in aller Öffentlichkeit tragen.«

Tergard zog die Brauen zusammen, starrte einen Moment auf seine rechte Hand mit dem weißroten Ring, der überdeutlich das Symbol der Tempelherren – ein gleichschenkeliges rotes Balkenkreuz auf weißem Grund – zeigte, und seufzte hörbar.

»Mein Kompliment, Mister Craven«, sagte er. »Ich dachte wirklich nicht, daß Sie von der Bruderschaft wüßten.«*

»Ich weiß noch viel mehr, Tergard«, sagte ich zornig. »Aber leider nicht genug. Was bedeutet das alles hier? Diese sogenannte Garnison ist so wenig eine Niederlassung der niederländischen Armee, wie Sie ein Offizier

* Alles, was *Sie* über die Tempelritter wissen sollten, erfahren Sie im zweiten HEXER-Taschenbuch: ›Neues vom Hexer von Salem‹, Band 13 182

sind oder De Cruyk ein holländischer Kapitän ist! Was bedeutet das alles?«

»Warum warten Sie nicht ab, Craven?« fragte Tergard trotzig. »Möglicherweise erfahren Sie alles noch eher, als Ihnen lieb ist, Sie jämmerlicher Narr.«

Seine Worte erschöpften meine Geduld endgültig. Ein anderer an meiner Stelle hätte Tergards blödes Grinsen jetzt vielleicht mit dem Gewehrlauf beendet, aber ich wußte eine bessere Methode. Das, was ich vom ersten Moment an hätte tun sollen, statt meine Zeit damit zu vertrödeln, mich mit Tergard zu streiten.

Mit aller hypnotischen Macht schlug ich zu.

»Sie werden mir jetzt alles sagen, Tergard«, sagte ich leise und mit der monotonen, fast ausdruckslosen Stimme, die die suggestive Macht meines geistigen Angriffes noch verstärkt. Ich sah den Schrecken in Tergards Gesicht, als er begriff, was ich tat. Dann erschlafften seine Züge.

»Sie werden mir erzählen, was auf dieser Insel vorgeht!« befahl ich. »Was stellt diese sogenannte Garnison dar? Was wollen Sie hier? Was, zum Teufel, interessiert die Tempelherren an einer Gewürzinsel am Ende der Welt?«

»Nichts, was Sie auch nur das geringste anginge, mein Junge«, sagte Tergard ruhig.

Es dauerte fast eine Sekunde, bis ich begriff.

Die Antwort, die ich bekommen hatte, war ganz und gar nicht die, die ein Mann gegeben hätte, der unter meinem hypnotischen Bann stand.

Aber das war er auch nicht.

Sein Schrecken, seine plötzliche Resignation, das scheinbare Nachgeben, selbst das so typische Erschlaffen seiner Gesichtszüge, das alles war nichts als eine Täuschung gewesen. Tergard war meinem geistigen

Angriff keine Sekunde erlegen. Daß er so tat als ob, war nur eine weitere Bosheit, um mich noch einmal in Sicherheit zu wiegen, eine Sicherheit, in der er mich nur um so härter treffen konnte.

Ich fühlte seinen Gegenangriff kommen, aber mir blieb nicht einmal Zeit, auch nur den Versuch einer Gegenwehr zu starten. Tergards Bewußtsein fiel über mein Denken her wie ein hungriger Löwe über ein Kaninchen und löschte es aus.

Der letzte Gedanke, den ich hatte, war der, daß ich wirklich zu der Kategorie von Menschen zählte, über die Tergard vor Stundenfrist so ausgiebig philosophiert hatte.

Zu den Idioten.

Man mußte schon ein kompletter Idiot sein, sich auf einen geistigen Zweikampf mit einem *Master* des Tempelordens einzulassen ...

Die Höhle war groß, als wäre der Berg über ihren Köpfen nur eine dünne Schale, und von blutigrotem, flackerndem Licht erfüllt. Mörderische Hitze lag wie der erstickende Griff einer unsichtbaren Riesenfaust in der Luft, ließ die Konturen aller Dinge, die weiter als vier, fünf Schritte entfernt waren, verschwimmen und Eldekerks Hals schmerzen. Selbst der Felsen, hinter dem er lag, war glühend heiß.

Seine Augen tränten. Vergeblich versuchte er, Einzelheiten dessen zu erkennen, was sich unter ihm und Shannon abspielte. Da waren Menschen, aber sie waren nur als verschwommene Umrisse zu erkennen, denn das hintere Viertel der Höhle war von weißglühender Lava erfüllt, dem Blut des Berges, das hier wie in einer gewaltigen steinernen Wunde zutage trat.

Er begriff nicht, was er sah.

Und selbst wenn er es begriffen hätte, hätte er sich geweigert, es zu begreifen.

Unter ihm starben Menschen.

Eldekerk konnte gegen das grelle Licht der weißglühenden Lava nicht ausmachen, was im einzelnen geschah, aber das Wenige, was er sah, war schlimm genug.

Da waren die Betenden: Eine Gruppe von zwanzig, vielleicht mehr Gestalten, die in einem unregelmäßigen Kreis am Rande des Lavasees hockten und immer wieder dieses fürchterlich monotone *Thul Saduun! Thul Saduun!* hören ließen, wobei sie sich im Takt ihres eigenen Gesanges hin und her wiegten.

Vor ihnen, im gedachten Schnittpunkt des Halbkreises, den ihre Körper bildeten, stand eine weitere kleinere Gruppe von Menschen, aufrecht und stumm und sonderbar reglos, als wären sie erstarrt. Obgleich sie unmittelbar am Ufer des lodernden Lavasees standen, rührte sich nicht einer von ihnen. Die mörderische Hitze, die der geschmolzene Stein ausstrahlte, schienen sie nicht zu spüren.

Und dann der Mann.

Obwohl Eldekerk ihn nicht erkennen konnte, war er sicher, daß es dieselbe grauenhafte Gestalt war wie die, die er am Strand gesehen hatte. Er war froh, ihn nur als Schatten ausmachen zu können.

Der Mann (*Mann?!*) stand zwischen dem Halbkreis der Betenden und der zweiten Gruppe von Männern, mit hoch erhobenen, wie beschwörend ausgestreckten Armen und ebenfalls völlig reglos. Das grelle Gegenlicht der Lava schien seinen Körper mit flammenden Linien aus unerträglicher Helligkeit nachzuzeichnen. Und von Zeit zu Zeit …

Er hatte es mit eigenen Augen gesehen, zweimal, seit er dicht hinter Shannon in diese furchtbare Höhle geschlichen war, und trotzdem sträubte sich irgend etwas in ihm jetzt noch, zu glauben, was sich dort unten abspielte.

Eine der Gestalten, die bisher reglos am Ufer des Feuersees gestanden hatte, löste sich plötzlich aus ihrer Starre – und *warf sich mit weit ausgebreiteten Armen in den Lavasee*!

Eldekerk schloß stöhnend die Augen. In seiner Brust schien sich eine unsichtbare Stahlfeder zu spannen, stärker und stärker und immer stärker, bis der Druck unerträglich wurde. Er spürte, daß er gleich anfangen würde zu schreien.

»Gehen wir«, flüsterte Shannon in diesem Moment. »Ich habe genug gesehen. Schnell.«

Eldekerk wollte aufstehen, aber er war wie gelähmt; Shannon mußte ihn wie ein Kind auf die Füße ziehen und vor sich her über den weißen Fels schieben, bis sie die Höhle verlassen hatten und wieder im Inneren des Stollens waren. Erst dann fiel die Lähmung ganz langsam von ihm ab.

Plötzlich begannen seine Hände zu zittern, und in seiner Kehle war ein stacheliger Kloß, der ihn zu ersticken drohte.

»Mein Gott!« stöhnte er. »Was war das? Shannon, sie … sie bringen Menschen um. Mein Gott, sie … sie *opfern Menschen*!«

»Ich weiß«, sagte Shannon. Seine Stimme war ganz leise, aber erfüllt von einem Zorn, der Eldekerk frösteln ließ. »Und sie werden noch Schlimmeres tun, wenn wir sie nicht aufhalten, Eldekerk.«

»Wir?« Eldekerk hätte beinahe geschrien. »Aber was … was sollen wir gegen … gegen diese …«

Shannon schnitt ihm mit einer raschen Handbewegung das Wort ab. »Später«, sagte er hastig. »Jetzt müssen wir sehen, daß wir hier herauskommen. Und zwar schnell. Kommen Sie!«

So rasch sie konnten, verließen sie die Höhle, verfolgt vom dumpfen, an- und abschwellenden Singsang des *Thul Saduun!*, das in Eldekerks Ohren plötzlich einen ganz anderen, fürchterlichen Klang angenommen hatte.

Der Strand war vollends verschwunden, als sie den Ausgang verließen, so daß sie durch fast brusthohes Wasser waten mußten, um die Stelle zu erreichen, an der das Seil hing. Eldekerk wollte danach greifen, aber Shannon schüttelte rasch den Kopf, sprang mit einem Satz an dem Hanfstrick hoch und begann geschickt wie ein Affe in die Höhe zu klettern. Er brauchte kaum zehn Minuten, um die fünfzig Yards Höhenunterschied zum Sims hinauf zu überwinden.

»Binden Sie sich das Seil um, Eldekerk!« klang seine Stimme von oben herab. »Ich ziehe Sie hinauf. Aber Sie müssen mir helfen!«

Eldekerk nickte, obgleich Shannon die Bewegung in der Nacht und über die große Entfernung mit Sicherheit nicht erkennen konnte, knotete sich den Strick zweimal um Brust und Hüften und zerrte daran. Sekunden später straffte sich das Seil, als Shannon von oben daran zog. Eldekerk stemmte die Beine gegen die Wand und begann zu klettern.

Obwohl Shannon den Großteil seines Körpergewichts abfing und ihn mehr die Wand hinaufzog, als daß er wirklich kletterte, überstieg die Anstrengung beinahe seine Kräfte. Sein Atem ging pfeifend und unregelmäßig, als er neben Shannon anlangte, und seine Knie zitterten so stark, daß er erst nach Minuten die

Kraft fand, sich aufzurichten und einige Schritte von der Simskante zurückzutreten.

»Geht es noch?« fragte Shannon besorgt.

Eldekerk nickte. »Es ... muß. Ich bin ein alter Mann, wissen Sie?«

Shannon lächelte zur Antwort, nahm das Seil auf und wickelte es sorgsam zusammen, um es unter einem Busch zu verstecken. Eldekerk hatte das unangenehme Gefühl, daß er das nicht nur tat, um sich nicht damit abschleppen zu müssen, sondern weil er fest damit rechnete, zurückzukommen und es ein weiteres Mal zu benutzen.

»Gehen wir«, sagte Shannon, als er fertig war.

Nebeneinander drangen sie in den Busch ein. Wolken waren aufgezogen, und das dichte Blätterdach des Dschungels dämpfte das Licht des Mondes noch mehr, so daß sie sich nur noch vorantasten konnten, aber Shannon schien über die Augen einer Katze zu verfügen. So rasch, als wäre es heller Tag, eilte er vor Eldekerk durch den Busch.

Plötzlich blieb er stehen, und als auch Eldekerk innehielt, hörte er Schritte, darunter die gemurmelten Gespräche von zwei oder mehr Menschen. Shannon gestikulierte ihm, leise zu sein, und Eldekerk nickte. Nach allem, was er erlebt hatte, stand auch ihm nicht mehr der Sinn nach einer weiteren unverhofften Begegnung.

Aber sein Schrecken wandelte sich in Erleichterung, als er die beiden Gestalten vor sich auf dem Waldweg auftauchen sah und ihre Uniformen erkannte.

»Das sind Soldaten, Shannon!« sagte er erleichtert. »Soldaten von der Garnison. Sie werden uns helfen!«

Beim Klang seiner Worte waren die beiden stehengeblieben, und Eldekerk sah, wie einer zu seinem Gewehr griff. Rasch hob er den Arm, winkte beruhigend und sagte laut: »Nicht schießen! Ich bin es, Eldekerk!«

Die Hand, die nach dem Gewehr hatte greifen wollen, erstarrte mitten in der Bewegung. Der Soldat kam einen Schritt näher, kniff mißtrauisch die Augen zusammen und sah erst Eldekerk, dann Shannon und dann wieder ihn an.

»Eldekerk?« fragte er. »Was tun Sie hier, um diese Zeit? Und wer ist das da bei Ihnen?«

»Ein Freund«, sagte Eldekerk hastig. »Euch beide schickt der Himmel. Ihr müßt uns helfen!« Rasch trat er auf die beiden Soldaten zu. Shannon folgte ihm, machte einen Schritt zur Seite und musterte die beiden Männer stumm.

»Wobei müssen wir euch helfen?« fragte einer der Soldaten lauernd. »Beim Schmuggeln?«

»Nein«, sagte Shannon ruhig. »Beim Sterben.«

Metall blitzte in seiner Hand. Eldekerk fuhr zusammen, aber er kam nicht mehr dazu, einen Schrei auszustoßen.

Mit einer Bewegung, die schneller war, als seine Augen ihr folgen konnten, trat Shannon auf die beiden Soldaten zu und zog sein Schwert durch.

Der Käfig war nicht viel größer als ein aufrecht stehender Sarg. Er stand auf der Ladefläche eines niedrigen Eselskarrens, und die rostigen Handschellen, die an seinen Seiten befestigt waren, bekundeten seinen Verwendungszweck auf äußerst nachdrückliche Weise.

Das obskure Gefährt erinnerte mich an die Abbildungen der Käfigwagen, mit denen die Verurteilten während der Französischen Revolution zum Schafott gebracht worden waren. Nur daß es noch unmenschlicher aussah.

Ich lag auf dem Rücken, halb in fauligem Stroh vergraben, im hinteren Drittel einer Scheune. Ich erinnerte mich kaum, wie ich hierhergekommen war. Irgendwann, nach einer Ewigkeit, die nur aus Schwärze und der vagen Erinnerung an Schmerz bestand, hatten mich zwei von Tergards Männern unter den Armen ergriffen und hierhergeschleift, in einen kleinen, zur Westseite hin offenen Schuppen gleich neben dem Tor der sogenannten Garnison.

Dann war Roosfeld gekommen.

Ich wußte nicht, wieviel Zeit seither vergangen war, aber es mußten Stunden sein, denn der Himmel begann sich bereits grau zu färben, und aus dem nahen Dschungel wehte ein ganzer Chor kreischender und schimpfender Vogelstimmen herüber.

Ich klammerte mich an dieses Geräusch, als einzige Verbindung, die noch zwischen der wirklichen Welt und dem Universum aus Furcht und Schmerzen bestand, in das Roosfeld mich hineingeprügelt hatte.

Das Schlimme waren nicht einmal die Schmerzen gewesen, sondern das, was Tergard getan hatte. Es war nicht das erste Mal, daß ich einen Angriff auf rein geistiger Ebene erlebte, aber nie war es so schlimm gewesen wie jetzt. Der Templer hatte meinen Geist von unten nach oben gekehrt, in verbotenen Bereichen meines Selbst gegraben und Dinge zutage gefördert, von denen ich selbst nicht wußte, daß sie da waren.

Und dann hatte er mein Gehirn genommen und es wie einen feuchten Aufwischlappen ausgewrungen. Das war der einzige Vergleich, der mir dazu einfiel, und auch er war mehr als unzureichend. Ich fühlte mich … leer. Ausgesaugt und müde, als hätte Tergard meine

Lebenskraft gestohlen wie ein bizarrer geistiger Vampir.

Kein Mensch erträgt es, wenn seine geheimsten Gedanken und Wünsche ans Tageslicht gezerrt werden. Für endlose Minuten hatte ich nur noch den Wunsch gehabt, zu sterben, um dem unbeschreiblichen Gefühl der Scham zu entfliehen, mit dem Tergards Tun mich erfüllt hatte.

Der Tempelherr hatte in meinem Gehirn geblättert wie in einem Buch. Es gab buchstäblich nichts mehr, was er nicht von mir wußte.

»So ist das also«, sagte er, nachdem er mich eine Zeitlang schweigend angestarrt hatte. In seiner Stimme schwang eine Mischung aus Erstaunen und Unglauben. Aber sein Blick war hart und erbarmungslos wie zuvor.

»Ich muß Ihnen sagen, ich haben Ihnen wirklich unrecht getan, Craven«, murmelte er. »Sie sind kein Spion.«

Ich wollte antworten, aber mir fehlte die Kraft dazu, und vermutlich hätte Tergard mir auch gar nicht zugehört. Obgleich er sich alle Mühe gab, nach außen hin weiter so gelassen und ruhig zu erscheinen wie bisher, spürte ich doch, wie sehr ihn das, was er von und über mich in Erfahrung gebracht hatte, innerlich aufwühlte. »Nein«, sagte er noch einmal. »Ein Spion sind Sie nicht.« Er lachte leise. »Nicht einmal Ihr Paß ist gefälscht, so unglaublich es klingt. Wenn ich Sie jetzt nach Amerika zurückschicken würde, dann könnten Sie sich glatt selbst begegnen. Eine amüsante Vorstellung, nicht wahr?« Übergangslos wurde er wieder ernst. »Aber keine Sorge, mein lieber Freund – ich werden Sie nicht in die Verlegenheit bringen.«

»Nein?« würgte ich hervor. »Wollen Sie Ihrem … Gorilla den Spaß nicht verderben?« Meine Stimme bebte. Es war nunmehr kindlicher Trotz, der mir überhaupt noch die Kraft gab, zu sprechen.

»Roosfeld?« Tergard lachte erneut. »Aber nicht doch, Craven. Er hat seinen Spaß gehabt, meinen Sie nicht auch? Was den verstauchten Arm anbelangt, ist er wohl quitt mit Ihnen.«

Mühsam wandte ich den Kopf und blinzelte zu Roosfeld hinauf, der breitbeinig über mir stand. Sein rechter Arm hing in einer Schlinge, und der Ausdruck auf seinen Zügen schien zu sagen, daß man über diesen Punkt durchaus geteilter Meinung sein konnte. Roosfeld war noch nicht mit mir fertig. Noch lange nicht.

»Keine Angst, Craven«, sagte Tergard, als er meinen Blick bemerkte. »Roosfeld wird Ihnen nichts mehr antun. Wir haben eine viel bessere Methode, mit Leuten wie Ihnen fertig zu werden.«

Ich stemmte mich mit letzter Kraft in die Höhe und fiel zurück, als Roosfeld mir in die Seite trat.

»Roosfeld!« sagte Tergard scharf. »Ich habe gesagt, daß du ihn in Frieden lassen sollst. Mister Craven genießt unsere volle Gastfreundschaft.« Er warf dem grobschlächtigen Sergeanten einen strafenden Blick zu, schüttelte den Kopf und beugte sich in gespielter Besorgnis zu mir hinunter.

»Sie dürfen es ihm nicht übelnehmen, Craven«, sagte er. »Die Größe seines Gehirnes steht leider in diametralem Gegensatz zu der seiner Muskeln. Ich versichere Ihnen, daß Ihnen ab sofort kein Haar mehr gekrümmt werden wird.« Er deutete auf den Wagen mit dem Käfigaufsatz. »Ich habe sogar unsere Staatskalesche für Sie anspannen lassen, um Sie in unser Gästequartier zu bringen. Ich bin sicher, Sie werden sich dort wohl fühlen.« Er beugte sich noch weiter vor. »Bring ihn weg, Roosfeld«, sagte er leise.

Der Sergeant knurrte zustimmend, riß mich unsanft auf die Füße und beförderte mich mit Stößen und Knüffen auf den Eselskarren zu, bugsierte mich in den Käfig und kettete meine Handgelenke an. Als er mich losließ, sank ich sofort zusammen, bis mein Sturz von den rostigen Eisenringen um meine Gelenke gestoppt wurde.

Roosfeld warf den Käfig zu, verschloß ihn mit einem einfachen Riegel und trat um den Wagen herum, um vorne auf den Bock zu steigen.

»Wohin … bringen Sie … mich?« stöhnte ich. Die Welt begann sich um mich herum zu drehen. Mir wurde übel, und ich spürte, daß ich nun endgültig das Bewußtsein verlieren würde.

»An einen Ort, an dem Sie sich sicherlich wohl fühlen werden«, antwortete Tergard hämisch. »Sie wollten doch wissen, was das alles hier bedeutet, nicht wahr? Nun, mein lieber Craven, jetzt, nachdem ich so viel über Sie weiß, ist es nur fair, wenn auch Sie endlich aufgeklärt werden. Nur noch ein bißchen Geduld. Sie werden sehen, daß es sich lohnt. Und wer weiß – vielleicht sehen Sie sogar bald einen alten Freund wieder. Aber jetzt habe ich noch eine Kleinigkeit zu erledigen – mit Ihnen … «

Sein höhnisches Lachen verfolgte mich hinüber in den Bereich der Dunkelheit, als meine Sinne schwanden.

»Warum haben Sie das getan?« Eldekerks Stimme war fast ausdruckslos. Es fiel ihm schwer, überhaupt zu sprechen. Seit sie den Dschungel verlassen hatten und wieder in seinem Haus am Stadtrand waren, waren dies die ersten Worte überhaupt, die er sprach. Er wußte nicht einmal mehr wirklich, wie er zurückgekommen war. Nach dem brutalen Mord an den beiden Soldaten war er in eine Art Trance gefallen; ein Schock, der nicht seinen Körper, wohl aber seinen Geist lähmte. Es war weniger die unmenschliche Kälte, mit der Shannon gehandelt hatte, als vielmehr die völlig Sinnlosigkeit seines Tuns.

»Warum, Shannon?« fragte er noch einmal, als der Schwarzgekleidete nicht sofort antwortete. »Die beiden hätten uns helfen können.«

Statt einer Antwort ging Shannon zielsicher zu dem Wandschrank, in dem Eldekerk seinen schmalen Vorrat an Alkohol aufbewahrte, und kam mit einem randvollen Whiskyglas zurück.

»Trinken Sie«, sagte er, als er Eldekerk das Glas in die Hand drückte. Eldekerk starrte ihn an, schluckte nervös und setzte das Glas an die Lippen. Der Whisky war pur und brannte wie Feuer in seiner Kehle. Aber er half. Seine Hände hörten nach wenigen Augenblicken auf zu zittern, wenn auch in seinem Inneren jetzt, als die Lähmung allmählich von ihm abzufallen begann, ein wahrer Vulkan von Gefühlen tobte.

»Sie glauben also, die beiden hätten uns geholfen?« fragte Shannon ruhig. »Ich fürchte, das ist ein Irrtum, Mijnheer Eldekerk. Im Gegenteil. Ich habe sie getötet, weil sie *uns* sonst getötet hätten.«

»Aber das ist doch Unsinn«, widersprach Eldekerk, obwohl er zu spüren glaubte, daß Shannon die Wahrheit sprach. »Warum sollten sie uns töten?«

»Warum sollten sie überhaupt dort sein?« sagte Shannon anstelle einer Antwort. »Haben Sie sich das schon einmal überlegt? Es gibt dort oben absolut nichts von Interesse. Weder eine Ansiedlung noch einen strategisch wichtigen Punkt noch irgend etwas von Wert.

Und die Garnison ist fast dreißig Meilen entfernt.« Er schüttelte den Kopf, nahm Eldekerk das leere Glas aus den Fingern und füllte es erneut. »Nein«, sagte er, als er zurückkam. »Diese beiden waren aus einem ganz bestimmten Grund dort oben, Eldekerk. Um nach uns Ausschau zu halten.«

»Nach *uns*?« murmelte Eldekerk ungläubig.

»Oder nach Männern *wie* uns«, schränkte Shannon ein. »Leuten, die zu neugierig sind und vielleicht Dinge entdeckt haben, die sie nichts angehen. Glauben Sie mir – die beiden hätten nicht gezögert, uns zu erschießen, wenn Sie ihnen gesagt hätten, was wir entdeckt haben.«

»Aber das ist doch Unsinn!« widersprach Eldekerk, allerdings mehr aus purer Gewohnheit denn aus Überzeugung. »Die ... die Garnison ist zu unserem Schutz da!«

»Glauben Sie?« fragte Shannon ruhig. »Und wenn ich Ihnen sage, daß diese sogenannte Garnison so viel mit der niederländischen Krone zu tun hat wie mit einem Maori-Priester?«

»Aber ... aber wieso?« stammelte Eldekerk. »Was wollen Sie damit sagen, und ... und was ... mein Gott, Shannon – sie opfern *Menschen* dort unten! Was sollen wir tun, wenn uns nicht einmal die Garnison hilft?«

»Es gibt eine Möglichkeit«, antwortete Shannon so rasch, daß Eldekerk plötzlich sicher war, daß er nur auf dieses Stichwort gewartet hatte. »Aber ich brauche Ihre Hilfe, Jop. Hören Sie zu ...«

Natürlich hatte ich es mir vorgenommen, und natürlich gelang es mir nicht: mir den Weg zu merken, den wir nahmen. Der Eselskarren verließ die Garnison und wandte sich nach Osten, direkt auf das steil aufstrebende, mehr als zweitausend Yards hohe Zentralmassiv der Insel zu, und schon nach kurzer Zeit verschlang uns der Dschungel.

Der Weg war ein besserer Trampelpfad, auf dem selbst das robuste Gefährt Schwierigkeiten hatte, durchzukommen, und die Kronen der gewaltigen Urwaldriesen vereinigten sich über unseren Köpfen zu einem verfilzten, nahezu undurchdringlichen Blätterdach, so daß der Karren oft wie durch einen Tunnel zu fahren schien, in dem das helle Sonnenlicht zu einem schwachen dunkelgrünen Schimmer gedämpft war.

Wir fuhren zwei Stunden, dann hielt Roosfeld an, sprang vom Bock hinunter und trat an meinen Käfig. In seinen Augen stand ein Ausdruck sadistischer Befriedigung, während er mich musterte. Langsam löste er eine Feldflasche von seinem Gürtel, zog den Korken mit den Zähnen heraus und nahm einen tiefen Zug. Seine Lippen glänzten feucht, als er die Flasche absetzte und mich wieder ansah.

»Hast du auch Durst?« fragte er.

Ich nickte. Roosfeld sprang einen federnden Satz zu mir hoch, hielt die Feldflasche dicht vor die Stäbe des Käfigs und grinste. »Nimm«, sagte er.

Ich starrte ihn durch die Gitterstäbe an. Die Handschellen hielten meine Arme fest, daß ich kaum die Finger bewegen konnte, geschweige denn nach der Flasche greifen. Und selbst wenn es mir möglich gewesen wäre, so wären die Abstände zwischen den Gitterstäben viel zu klein gewesen, um die Flasche hindurchzuziehen.

Roosfeld hielt die Flasche eine gute Minute lang vor mein Gesicht, dann zuckte er mit den Achseln, verkorkte sie wieder und schüttelte den Kopf. »Wenn du nicht willst«, sagte er. »Aber das macht nichts. Es ist nicht mehr weit. Noch sieben, acht Stunden, und du kriegst so viel zu trinken, wie du magst.« Er kicherte. »Ich weiß natürlich nicht, ob wir dir mit französischem Sekt dienen können, Craven.«

»Schwein«, sagte ich leise. Meine Lippen waren geschwollen und aufgeplatzt. Ich konnte kaum sprechen. Dennoch fügte ich – von einem fast kindlichen Trotz beseelt, von dem ich sehr wohl wußte, daß er mir nur schaden konnte, hinzu: »Dafür wirst du bezahlen, Roosfeld, das schwöre ich dir. Ich bringe dich um!«

Meine Drohung machte keinen sonderlichen Eindruck auf Roosfeld. »So?« sagte er. »Tust du das? Na, da bin ich gespannt, wie du das anstellen willst – mit gefesselten Händen und ohne Waffen.«

Zwei, drei Sekunden lang starrte ich ihn haßerfüllt an, dann schloß ich für einen Moment die Augen, zwang mich mit aller Gewalt zur Ruhe und raffte das letzte bißchen Kraft zusammen, das mir geblieben war. Mit aller Macht konzentrierte ich mich.

»Sieh mich an, Roosfeld«, sagte ich.

Roosfeld grinste, blickte mir in die Augen – und erstarrte. Das Grinsen auf seinen Zügen gefror.

»Und jetzt«, fuhr ich fort, »mach den Käfig auf und binde mich los.« Ich unterstützte den Befehl mit aller suggestiver Macht, die mir verblieben war. Die körperlichen Schmerzen und das, was Tergard getan hatte, hatten auch an meinen geistigen Kräften gezehrt, aber für einen Mann von Roosfelds intellektueller Qualität würde der verbliebene Rest noch immer reichen.

Aber Roosfeld rührte sich nicht, sondern blickte mich weiter blöde an.

»Du sollst den Käfig aufmachen!« befahl ich. »Sofort.«

Roosfeld blinzelte, senkte die Hand auf den Schlüsselbund an seinem Gürtel – und trat einen halben Schritt vom Käfig zurück. Langsam, ganz langsam wandelte sich der geistlose Ausdruck auf seinen Zügen in ein widerwärtiges Grinsen.

»Nein, Massa«, sagte er. »Roosfeld böser Junge. Roosfeld Hexer nicht gehorchen, sonst Roosfelds Freunde mit ihm schimpfen. Und das Massa nicht wollen, oder?«

Ich erstarrte, während Roosfeld mich eine weitere Sekunde lang mit diesem anzüglichen Grinsen musterte, plötzlich den Kopf in den Nacken warf und aus Leibeskräften zu lachen begann.

Und plötzlich begriff ich, was Tergard gemeint hatte, als er sagte, es gäbe *noch eine Kleinigkeit zu erledigen.*

Diese Kleinigkeit waren meine mentalen Kräfte gewesen.

Was sonst? dachte ich verzweifelt. Roosfelds Schläge mußten mein Denkvermögen wirklich arg in Mitleidenschaft gezogen haben, daß ich mir wirklich eingebildet hatte, ihn so einfach überzeugen zu können.

Gott im Himmel, Tergard wußte *alles* von mir! Natürlich hatte er wissen müssen, daß ich einen Speichellecker mühelos zu meinem Sklaven machen konnte, wenn ich erst einmal aus seiner Reichweite war. Und natürlich hatte er dafür gesorgt, daß das nicht geschah.

Auf die einfachste – und nachdrücklichste – Weise.

Indem er mir meine Hexer-Kräfte genommen hatte!

Es wurde wieder Abend, bis wir das Lager erreichten. Der Weg hatte fast die ganze Strecke hindurch mehr oder weniger steil bergauf geführt, und ein paarmal hatte ich den schroffen Gipfel des Krakataus sehen können, des titanischen Vulkans, von dem diese Insel ihren Namen hatte. Er war nähergekommen, sehr viel näher.

Die Garnison hatte an der Küste gelegen, zwar an einer Steilküste, aber doch trotzdem nahezu auf Höhe des Meeresspiegels, während das Lager gute tausend Yards hoch lag.

Und es glich einer Festung; mehr, als es das Garnisonshauptquartier tat. Es lag, gut vor neugierigen Blicken verborgen, in einem schroffen Bergeinschnitt, der die Flanke des Krakataus spaltete wie ein Axthieb der Götter, und hatte die ungefähre Form eines langgestreckten Rechteckes, wobei seine hintere, schmalere Seite den natürlichen Konturen des Berges folgte und die gewachsene Geographie der schwarzen Lava in ihre Verteidigungsaufgabe einbezog.

Eine gut dreifach mannshohe Wehrmauer, zum allergrößten Teil aus Lavatrümmern errichtet, umgab ein Areal von sicherlich mehr als drei Quadratmeilen. Das Tor, niedrig und gewölbt und von einem zehn Yards langen überdachten Gang gefolgt, so daß es zu einem leicht zu verteidigenden Tunnel wurde, war von zwei wuchtigen Türmen flankiert. Zwischen deren Schießscharten lugten die Läufe zwar antiquierter, aber nichtsdestotrotz ehrfurchtgebietender Zwölfpfünder hervor. Im Inneren dieser ersten, nach außen gerichteten Wehranlage erhob sich eine zweite, kaum weniger hohe und von Stacheldraht und rostigen Eisenspitzen gekrönte Wand. Dahinter lag das eigentliche Lager – ein rechteckiger Platz, um den sich ein Dutzend niedriger, strohgedeckter Hütten erhob.

Ein unbeschreiblicher Gestank schlug mir entgegen, als der Eselskarren durch das innere Tor rumpelte und sich den Baracken näherte. Roosfeld ließ seine Peitsche knallen, um die erschöpften Tiere noch einmal zu größerer Schnelligkeit anzutreiben, und wie zur Antwort flammte in der vordersten Baracke ein gelbliches Licht auf, und Sekunden später wurde eine Tür geöffnet. Ein Mann trat nach draußen.

Sein Anblick traf mich wie ein Schlag.

Er trug nicht Uniform der niederländischen Marine. Auch nicht die zerschlissenen Lumpen, in die die Wächter gekleidet waren, die draußen auf der äußeren Mauer patrouillierten, sondern ein knielanges, weißes Gewand, auf dessen Brust ein flammendrotes Balkenkreuz prangte, darunter ein Kettenhemd, schwarze wollene Hosen und ebenfalls schwarze Schaftstiefel. An seiner Hüfte blinkte ein fast armlanges, beidseitig geschliffenes Schwert.

Roosfeld lenkte den Eselskarren auf ihn zu, brachte die Tiere mit einem brutalen Ruck an den Zügeln zum Stehen und sprang vom Bock. Der Templer begrüßte ihn mit einem Nicken, ging an ihm vorbei und blickte interessiert, aber ohne die geringste Spur von Mitleid, zu mir hinauf.

»Ein neuer Mann«, stellte er fest. »Wieso nur einer, Roosfeld? Bruder Tergard weiß doch, daß wir mehr Nachschub brauchen.«

»Der da ist was Besonderes«, knurrte Roosfeld. Umständlich öffnete er den Gitterkäfig und ließ die Verschlüsse der Handschellen aufschnappen, die meine Arme hielten.

Der Weg hier herauf hatte meine letzten Kräfte aufgezehrt. Roosfeld schleifte mich rücklings aus dem Käfig und warf mich kurzerhand vom Karren. Wie durch einen nebligen Schleier registrierte ich, wie der Templer neben mir in die Hocke sank und meinen Kopf anhob, um mir ins Gesicht zu sehen.

»Er sieht schlimm aus«, sagte er. »Warst du das?«

Roosfeld grunzte und deutete mit der Linken auf seinen bandagierten Arm. »Das Schwein hat mir den Arm ausgerenkt«, sagte er. »Er kann von Glück sagen, daß Tergard mir verboten hat, ihm den Schädel einzuschlagen.«

»Nun, sehr viel fehlt nicht mehr daran«, sagte der Templer kopfschüttelnd. Ein deutlicher Ausdruck von Ärger erschien auf seinem Gesicht, als er sich aufrichtete und an Roosfeld wandte.

»Was soll ich mit einem halbtoten Mann?« fauchte er. »Bruder Tergard weiß ganz genau, daß ich nur gesunde und kräftige Männer gebrauchen kann. Krüppel und Sterbende habe ich selbst genug hier.«

»Der da ist nicht zur Arbeit bestimmt«, antwortete Roosfeld. »Tergard will, daß du ihn nach unten bringst, wenn er sich ein bißchen erholt hat.« Er lachte leise. »Ich soll dir sagen, daß er besonderen Wert darauf legt, daß er nach unten kommt.«

»Warum?« fragte der Templer.

»Warum fragst du nicht Tergard?« fauchte Roosfeld. »Er glaubt, daß er sich besonders über ihn freuen wird. Frag mich nicht, warum. Mir sagt man ja nichts. Ich darf die Knochen für euch hinhalten, aber das ist auch alles.«

Der Tempelherr blickte ihn einen Moment scharf an, dann schüttelte er den Kopf, ging abermals neben mir in die Hocke und sah mir ins Gesicht.

»Können Sie aufstehen?« fragte er. In seiner Stimme lag mit einem Male eine Freundlichkeit und Wärme, die ich von allen möglichen Reaktionen am allerwenigsten erwartet hätte.

Ich nickte, stemmte mich mit den Händen halbwegs in die Höhe und sank keuchend zurück. Ich hatte nicht mehr die Kraft, aufzustehen. Jeder einzelne Muskel in meinem Körper war paralysiert.

Der Tempelherr seufzte, richtete sich wieder wieder

auf und klatschte in die Hände. Wenige Augenblicke später hörte ich Schritte, dann ergriffen mich harte Hände unter den Achseln und stellten mich auf die Beine.

»Bringt ihn in eine Zelle«, sagte der Tempelherr. »Und sagt dem Wundscher, daß er sich um ihn kümmern soll.«

Die beiden Männer schleiften mich wie eine leblose Last über den Platz und auf eines der barackenähnlichen Gebäude zu. Wieder wurde mir schwarz vor Augen, und was danach geschah, weiß ich nicht mehr.

Eine Zeitlang herrschte Dunkelheit um mich herum, dann wurde eine Tür geöffnet, jemand kam herein und machte sich an mir zu schaffen. Es tat sehr weh, aber kurz darauf verschwanden die Schmerzen fast völlig, und aus dem Gefühl quälender Erschöpfung wurde eine beinahe wohltuende Mattigkeit.

Die Verlockung, einzuschlafen, wurde fast übermächtig. Aber ich durfte ihr nicht nachgeben. Nicht, wenn ich eine Chance haben wollte, jemals lebend aus diesem Lager herauszukommen. Ich hatte keine Ahnung, was Roosfeld und der Templer mit *unten* gemeint hatten, aber was immer es war, es würde meinen Tod bedeuten, dessen war ich sicher.

Halb in Trance hob ich die Hand und hielt den Arzt am Arm zurück, als er sich von meiner Pritsche erhob und gehen wollte. »Bleiben ... Sie«, murmelte ich. »Ich muß mit ... jemandem sprechen.«

»Sie müssen schlafen«, widersprach der Arzt und löste mit sanfter Gewalt meine Hand von seinem Arm. »Und zwar mindestens sechsunddreißig Stunden.« Er blickte mich mit deutlicher Sorge an und schüttelte den Kopf. »Wissen Sie, daß Sie tot sein müßten?«

»Ich muß mit ... mit jemandem reden«, beharrte ich,

obgleich ich kaum die Kraft hatte, die Augen offenzuhalten und zu reden. »Bitte. Es ist ... wichtig. Schicken Sie den Mann, der ... der hier zu bestimmen hat.«

»Das ist unmöglich.«

»Aber es muß sein!« Mit einer Kraft, von der ich selbst nicht mehr wußte, woher ich sie nahm, stemmte ich mich auf die Ellbogen hoch. »Sagen Sie ihm, daß Bruder Balestrano mich schickt.«

Der Arzt starrte mich an, öffnete den Mund, wie um etwas zu sagen – und erbleichte. »Welchen ... Namen haben Sie da genannt?« fragte er stockend.

»Balestrano«, wiederholte ich. »Spielen Sie nicht den Narren. Sie wissen ganz genau, wen ich meine. Das Oberhaupt eures Ordens.«

Der Mann zögerte noch einen Moment, drehte sich dann ohne ein weiteres Wort um und stürmte aus der Zelle.

Erschöpft sank ich auf mein hartes Lager zurück. Es war ein verzweifelter Versuch gewesen, aber er schien zum Erfolg zu führen. Der Name des Ordensoberhauptes der Tempelherren war eines der bestgehüteten Geheimnisse dieser Bruderschaft, wie ich wußte. Jemanden, der ihn kannte, konnte man einfach nicht ignorieren.

Es dauerte nicht lange, bis die Tür zu meiner Zelle ein weiteres Mal geöffnet wurde und der Mann eintrat, den ich schon draußen auf dem Hof gesehen hatte. Auf seinen Zügen lag ein halb erstaunter, aber auch alarmierender Ausdruck. Er wartete, bis die Wachen die Tür hinter ihm wieder geschlossen und von außen verriegelt hatten, dann trat er an meine Pritsche, setzte sich auf ihren Rand und sah mir in die Augen.

»Reden Sie«, sagte er einfach.

Es hätte nicht sehr viel gegeben, womit er mich in

größere Verlegenheit hätte bringen können, denn außer dem Namen Balestranos wußte ich sehr wenig über die Templer; zumindest nichts, was mir im Moment weiterhelfen konnte. Und ich hatte das sichere Gefühl, daß meine nächsten Worte über mein weiteres Leben entscheiden konnten. Oder meinen Tod.

Mein Gegenüber nahm mir die Entscheidung ab. »Balestrano«, murmelte er. »Woher kennen Sie diesen Namen, Craven?«

»Ich kenne nicht nur diesen Namen«, antwortete ich. »Ich kenne ihn persönlich.«

»Ach?« sagte der Templer. Sein lauernder Ton hätte mich warnen müssen, aber ich war viel zu erschöpft, um auf solcherlei Feinheiten zu achten.

»Ich ... ich stehe auf Ihrer Seite«, fuhr ich stockend fort. »Das müssen Sie mir glauben. Sie und ich kämpfen gegen dieselben Feinde. Ich weiß nicht, warum Tergard mich hierher geschickt hat, aber er begeht einen furchtbaren Fehler. Balestrano und ich sind Freunde. Ich ... ich habe ihm das Leben gerettet. Er schuldet mir etwas. Und Sie ...«

»Dieselben Feinde?« Der lauernde Ausdruck auf den Zügen des Templers verstärkte sich. »Wovon reden Sie, Craven?«

»Von den ... den ALTEN«, antwortete ich verstört. »Vielleicht haben Sie einen anderen Namen dafür. Den GROSSEN ALTEN. Cthulhu und seine Bande und all die anderen.«

»Wir haben in der Tat einen anderen Namen für jene Wesen«, bestätigte der Templer. »Aber ich weiß, von wem Sie reden, Mister Craven.« Plötzlich wurde das Lächeln in seinen Augen eisig.

»Aber wer sagt Ihnen«, fuhr er leise fort, »daß wir *gegen* sie kämpfen?«

Ich starrte ihn an. Langsam, ganz langsam, aber mit furchtbarer Wucht, begann sich mir die Erkenntnis aufzudrängen, daß ich einen Fehler begangen hatte.

Einen furchtbaren Fehler.

Der Tempelherr starrte mich sekundenlang ausdruckslos an, dann stand er mit einem Ruck auf, wandte sich um und klatschte in die Hände. Die Tür wurde geöffnet, und die beiden Männer, die mich hergebracht hatten, betraten den Raum.

Der Mann in der Uniform der Tempelritter deutete mit einer Kopfbewegung auf mich. »Bereitet alles vor«, sagte er. »Er kommt nach unten. Noch heute nacht.«

Die Nacht war so still, daß Shannon meinte, seinen eigenen Herzschlag hören zu können. Vom nahen Dschungel her wehten die normalen Geräusche des Urwaldes herüber: das Rascheln des Windes in den Baumwipfeln, das gedämpfte Knacken und Huschen in den Zweigen, die Laute der Nachtjäger und ihrer Beute, das gelegentliche Knistern von Holz, wenn sich einer der tausend Jahre alten Baumriesen regte.

Nichts von alledem schien hier real zu sein. Der schwarze Gigant hinter dem Lager beherrschte alles. Selbst die normalen Geräusche der Nacht und der Natur schienen ehrfurchtsvoll zu verstummen im Angesicht dieses Riesen aus Lava und erstarrter Unendlichkeit.

Shannon legte den Kopf in den Nacken und blinzelte zum Gipfel des Krakataus hinauf. Obgleich sich der Himmel mit schweren, tiefhängenden Wolken bezogen hatte und die Nacht fast völlig finster war, konnte er die nahezu waagerecht abgeschnittene Spitze des Berges deutlich erkennen; eine mit Feuer gezeichnete Linie, über der der Himmel zu brennen schien. Je nachdem, wie der Wind stand, konnte man die Hitze des im Moment vielleicht schlafenden, aber keineswegs erloschenen Feuers im Inneren des Berges selbst hier unten spüren wie die Berührung einer warmen, unsichtbaren Hand.

Shannon konzentrierte sich wieder auf die äußere Begrenzungsmauer des Lagers, die wie ein noch tieferer Schatten vor dem Schwarz des Lavahanges emporragte. Dann und wann blitzte ein Licht hinter ihren Zinnen auf, und manchmal drangen die leisen Schritte der Wachen an sein Ohr, die dort oben in der Nacht patrouillierten.

Er gab sich keinen Illusionen hin. Selbst für ihn würde es schwer – wenn nicht unmöglich – sein, unbemerkt in diese Festung einzudringen. Mit den Männern dort oben war nicht zu spaßen, denn sie waren nicht die Halsabschneider und Mörder, als die sie den meisten anderen wegen ihres bewußt zerlumpten Äußeren erschienen wären, sondern Krieger. Männer, die genau wie er ein Leben lang zu dem einzigen Zweck ausgebildet worden waren, zu kämpfen.

Shannon wartete, bis eine Wolke am Mond vorbeizog und die ohnehin schlechte Sicht nahezu auf Null herabsank, dann erhob er sich hinter dem Felsen, hinter dem er Deckung gesucht hatte, und huschte, geduckt und lautlos, auf die Festungsmauer zu. Geschickt umging er dabei die beinahe unsichtbar angebrachten Stolperdrähte und Fallen, die das Nahen eines Fremden verraten sollten, preßte sich dicht neben dem Tor an die Wand und lauschte minutenlang mit geschlossenen Augen.

Die Schritte des Postens kamen näher und entfernten sich wieder, ohne zu stocken, ohne daß ihr Rhythmus anders gewesen wäre als normal. Shannon lauschte gebannt, denn er wußte, daß sich etwas im Schritt des Mannes verändert hätte, hätte er von seinem Hiersein gewußt, ganz gleich, wie sehr er sich beherrschte und in welchem Maße er sich Mühe gab, sich nichts anmerken zu lassen.

Als der Posten vorbei und seine Schritte in der Nacht verklungen waren, war Shannon sicher, daß ihn bisher niemand entdeckt hatte. Lautlos richtete er sich auf, suchte mit Fingern und Zehen festen Halt in den Fugen der Wand und kletterte geschickt in die Höhe.

Dicht unterhalb der Zinnen verhielt er, reglos wie eine übergroße vierbeinige Spinne, und wartete erneut.

Minuten vergingen. Dann kamen die Schritte des Postens abermals näher. Shannon wartete, bis der Mann unmittelbar über ihm angelangt war, dann raffte er alle Kraft zusammen, federte in die Höhe und setzte mit einem Salto über die Zinnen hinweg.

Der Wächter kam nicht einmal mehr dazu, einen Schrei auszustoßen. Shannons Fuß traf sein Kinn mit der ganzen Wucht seines Sprunges und brach sein Genick.

Shannon fing den Toten auf. Vorsichtig ließ er ihn zu Boden gleiten, sah sich rasch nach beiden Seiten um und streifte dem Toten dann die zerlumpte Jacke ab, in die er gekleidet war. Hastig zog er das Kleidungsstück an, hob den Toten in die Höhe und warf ihn über die Mauer. Der Aufprall des reglosen Körpers dröhnte wie ein Kanonenschlag in Shannons Ohren, aber er war sicher, daß der Wind und die Nacht das Geräusch verschlucken würden.

Noch einmal sah er sich um, um sicherzugehen, daß niemand auf ihn aufmerksam geworden war, dann lief er – schnell, um die Zeit, die er mit dem kurzen Kampf verloren hatte, auszugleichen – in die gleiche Richtung weiter, in die der Wächter gegangen war, und reduzierte sein Tempo dann auf das des normalen Rundganges des Postens.

Nach einer Weile erreichte er das Ende der Mauer. Wie er gehofft hatte, tauchte auf der anderen Seite des Wehrganges ein zweiter Posten auf. Der Mann hob die Hand zum Gruß, blieb einen Moment lang stehen und wandte sich um.

Drei Sekunden später war er tot.

Shannon schlich weiter. Noch zweimal traf er in den nächsten Minuten auf Wächter, die auf ihrem einsamen Streifzug durch die Nacht waren.

Dann war er sicher, daß es in diesem Teil der Festung niemanden mehr gab, der seine Anwesenheit verraten konnte.

Äußerlich unterschied sich das strohgedeckte Gebäude nicht im geringsten von den anderen Baracken, die sich um den Hauptplatz des Lagers gruppierten.

In seinem Inneren war es ein Tor zur Hölle.

Hinter dem Eingang lag ein winziger, fensterloser Raum, in dessen gegenüberliegender Wand eine wuchtige Eisentür war. Aber selbst durch das zollstarke Material hindurch war die erstickende Hitze zu fühlen, die auf der anderen Seite herrschte.

Der Templer war zurückgekommen, nachdem die beiden Männer mich gepackt und hierher geschleift hatten. Er trug jetzt nicht mehr sein Ordensgewand, sondern ein schmuckloses, knöchellanges Hemd von blutroter Farbe, auf dessen Brust- und Rückenteil verwirrende kabbalistische Symbole aufgestickt waren, und das Schwert an seiner Seite hatte einem sonderbar geformten Schlüssel Platz gemacht, mit dem er jetzt die Eisentür öffnete. Seine Lippen formten dabei unhörbare Worte, und auf seinen Zügen lag ein Ausdruck angespannter Konzentration.

Und Angst.

Er gab sich alle Mühe, das Gefühl zu verbergen, aber ich hatte die Zeichen der Furcht zu oft in den Augen von Menschen gelesen, um es nicht zu erkennen. Was immer sich auf der anderen Seite der Eisentür befand, erfüllte den Tempelritter mit panischer Furcht.

Das Schloß sprang mit einem metallischen Klacken auf. Ein Schwall erstickender Hitze und blutrotes, flackerndes Licht fielen in den winzigen Raum.

Der Templer trat zurück, gab meinen beiden Bewachern einen Wink und zog den Schlüssel mit deutlichen Zeichen der Erleichterung aus dem Schloß. Die beiden Männer zerrten mich hoch, stießen mich durch die Tür und blieben wieder stehen.

Ich blinzelte geblendet. Der Raum hinter der Metalltür war völlig leer, aber im Boden gähnte ein gut fünf Yards durchmessendes, kreisrundes Loch, das mit lodernder roter Helligkeit wie mit blutigem Wasser gefüllt war. Die Hitze war nahezu unerträglich. In der Luft lag der Geruch nach brennendem Stein.

Hinter uns betrat der Tempelherr den Raum. Auf einen stummen Wink seiner Hand hin stieß mich einer der Männer auf die Knie hinunter und hielt mich fest, während sein Kamerad meine Hände band und mir anschließend auch noch eine Fußfessel anlegte, die es mir bestenfalls gestattete, winzige Schritte zu machen.

»Was, zum Teufel, haben Sie vor?« stöhnte ich, nachdem mich der Bursche wieder auf die Füße gezerrt und etwas näher an den brodelnden Höllenpfuhl gestoßen hatte.

Der Templer starrte mich einen Herzschlag lang an, trat mit gekünstelt wirkenden, langsamen Schritten um den Schacht herum und nahm an seinem gegenüberliegenden Rand Aufstellung. Langsam hob er die Hände, schloß die Augen und murmelte ein einzelnes, düster klingendes Wort.

Die rote Glut erlosch.

Von einer Sekunde auf die andere, so abrupt wie eine Kerze, die urplötzlich ausgeblasen wird, verblaßte die rote Glut, und die erstickende Hitze wich einem zwar noch immer heißen, aber nach der Höllenglut doch beinahe wohltuenden Luftzug.

Dann begannen sich die Schatten zu bewegen.

Im ersten Moment war es kaum zu bemerken. Das wogende Dunkel am Grunde des Schachtes vertiefte sich ein wenig, die Schatten im Raum um uns herum wurden schwärzer, etwas bewegte sich dort, wo sich nichts bewegen durfte – und aus der Tiefe stieg eine Gestalt empor.

Ich unterdrückte im letzten Moment einen Schrei, als das Wesen den Rand des Schachtes erreichte.

Auf den ersten Blick glich die Erscheinung einem Menschen. Auf den zweiten nicht mehr.

Es hatte zwei Beine, zwei Arme, einen Leib und einen Kopf, aber damit hörte die Ähnlichkeit zu einem menschlichen Wesen auch schon auf.

Seine Haut war glatt, porenlos und glänzend wie Stahl oder poliertes Holz und von nachtschwarzer Farbe, die Glieder dünn und hart wie metallene Stöcke, zwischen denen sich die Gelenke deutlich als kugelförmige Verdickungen abzeichneten. Seine Hände erinnerten mich an Spinnen. Und sein Kopf …

Es hatte einen Kopf, aber wo sein Gesicht sein sollte, glänzte nur eine schimmernde, total konturlose Fläche wie ein geschlossenes Visier in einem Anzug aus Stahl. Das Wesen strahlte etwas Düsteres, körperlos Bedrohliches aus.

Sein gesichtsloser Schädel wandte sich in meine Richtung, und obwohl es keine Augen oder sonstige sichtbare Sinnesorgane besaß, hatte ich für Sekunden das unangenehme Gefühl, durchdringend gemustert und eingeschätzt zu werden. Dann drehte es sich zu dem Templer um.

Der Mann duckte sich wie unter einem Hieb und deutete mit einer überhasteten Bewegung auf mich.

»Wir grüßen dich, o Bote der THUL SADUUN«, sagte er. »Sei bedankt, daß du unserem Ruf gefolgt bist, und nimm diesen Sterblichen als Opfer für deine Herren.«

»Nur einer?«

Die Stimme des Wesens klang, als versuche jemand mit Stimmbändern aus Stahl zu sprechen. Der Templer nickte hastig und machte eine demütige Geste.

»Sobald die Sonne ein zweites Mal versunken ist, bringen wir mehr«, sagte er. »Ich verspreche es. Wir halten das Wort, das wir deinen Herren gaben. Jener dort ist etwas Besonderes. Die THUL SADUUN werden zufrieden sein, denn er ist für fünfzig andere.«

Für endlose Sekunden starrte ihn das Wesen mit seinem furchtbaren, augenlosen Gesicht an, dann drehte es sich – noch immer scheinbar schwerelos über dem Schacht schwebend – herum und streckte seine schrecklichen Spinnenhände nach mir aus …

Shannon hatte die innere Mauer erreicht, ohne entdeckt oder aufgehalten zu werden. Sie war niedriger als die äußere Wand und leichter zu ersteigen. Und es gab weniger Wächter hier, deren Aufmerksamkeit sich zudem nach innen richtete, auf das Areal aus niedrigen Hütten, in denen die Gefangenen untergebracht waren.

Shannon hatte ihren Rundgang studiert und war zu dem Schluß gelangt, daß ihm mehr als genug Zeit blieb, die Mauer zu überwinden und in den Schatten einer der Hütten zu huschen, ehe der Mann zurückkehrte, dessen Schritten er gerade lauschte. Er hatte den Vorteil des Unerwarteten auf seiner Seite. Die Männer wähnten sich sicher durch die zweite, nach außen gerichtete Verteidigungslinie in ihrem Rücken. Und sie hatten auf die zu achten, die versuchten, aus dem Lager *heraus*zukommen, nicht hinein. Es würde nicht nötig sein, sie zu töten.

Shannon dachte diesen Gedanken ohne das geringste Gefühl. Es war eine Entscheidung, die von rein logischen Gesichtspunkten diktiert wurde: jeder Mann, den er ausschaltete, bedeutete die Gefahr, entdeckt zu werden, ganz gleich, wie vorsichtig und schnell er zu Werke ging.

Es war die gleiche, gefühllose Logik, die ihn bewogen hatte, die Posten draußen auf der äußeren Mauer auszuschalten. Er empfand nichts bei dem Gedanken, fast ein halbes Dutzend Männer getötet zu haben, denn sie waren Feinde gewesen, und der suggestive Befehl, mit dem Necron sein Denken gelähmt hatte, besagte einwandfrei, daß Feinde ausgeschaltet werden mußten. Shannon – der *wirkliche* Shannon – hätte sich bei diesem Gedanken vor Grauen gekrümmt, aber der Mann, der jetzt lautlos über die Zinnen der Mauer stieg und auf der anderen Seite hinunterhuschte, hatte wenig mit dem jungen Magier gemein, als den Robert ihn in Arkham kennengelernt hatte. Necrons Wille beherrschte ihn völlig. Er war wenig mehr als eine Maschine, ein Automat, der ein bestimmtes Ziel hatte und dies unerbittlich verfolgte.

Es gab einen Punkt, über den er nicht hinaus konnte, nicht einmal unter dem Einfluß von Necrons Willen, aber der Herr der Drachenburg hatte aus seinen Fehlern gelernt und Sorge getragen, daß Shannon diese Entscheidung erspart bleiben würde.

Er wartete, bis der Wächter über ihm ein weiteres Mal vorbeigegangen war und seine Schritte verklangen, dann lief er los, geduckt und die langsam wandernden Schatten der Wolken als Deckung ausnutzend. Als der Posten das nächste Mal vorbeikam, war er längst mit dem Schatten einer der Baracken verschmolzen.

Shannons Blick glitt suchend über die scheinbar gleichförmigen Gebäude, bis er gefunden hatte, wonach er suchte. Es war das einzige Gebäude, in dem noch Licht brannte, und es war – obgleich auf den ersten Blick kein Unterschied zu bestehen schien – nicht ganz so verfallen und verdreckt wie die anderen Baracken.

Lautlos überquerte er den Platz, wartete das nächste Vorübergehen des Postens ab und richtete sich auf, das Ohr dicht gegen das rohe Holz der Tür gepreßt. Das Haus war nicht leer. In dem Raum hinter der Tür unterhielten sich zwei oder mehr Männer; er hörte das Klirren von Glas, dann das Scharren hölzerner Stuhlbeine auf festgestampftem Lehmboden, das Rascheln von Stoff.

Mit einer entschlossenen Bewegung drückte Shannon die Türklinke nach unten und trat ein.

Direkt neben der Tür stand ein Mann, sehr groß in der zerlumpten Kleidung, wie sie die Wächter trugen, ein Gewehr in den Händen und eine zerkaute Zigarre im Mundwinkel. Ihm gegenüber, auf einem Stuhl, dessen Scharren Shannon gehört hatte, saß ein weiterer Mann, in eine blaue Uniform gekleidet und mit einem bandagierten Arm.

Auf der anderen Seite des Zimmers, mit lässig vor der Brust verschränkten Armen, ein Gewehr mit einem aufgepflanzten Bajonett neben sich stehend, lehnte ein zweiter Wächter an der Wand. Shannon brauchte weniger als eine Sekunde, dies alles zu erfassen und zu handeln.

Der Posten neben der Tür starb, ohne die Gefahr auch nur wirklich zu erfassen. Sein Kamerad auf der anderen Seite des Zimmers reagierte um eine Winzigkeit schneller – und falsch.

Vielleicht hätte er eine Chance gehabt, hätte er den Sekundenbruchteil genutzt und sich in Sicherheit gebracht, denn nicht einmal ein Mann wie Shannon vermochte an zwei Orten gleichzeitig zu sein. So aber versuchte er nach seiner Waffe zu greifen, um den Eindringling zu erschießen.

Er kam nicht mehr dazu, das Gewehr ganz zu heben. Shannon federte mit einem kraftvollen Satz über den Tisch hinweg, schlug seine Arme nach unten, riß ihm das Gewehr aus den Händen und stieß mit dem Bajonett zu. Der Mann sank zu Boden.

Shannon wirbelte herum und hob das Gewehr, schoß jedoch nicht. Ein Schuß hätte das ganze Lager alarmiert, und gegen eine zwanzig- oder mehrfache Übermacht hätte wohl auch er keine Chance gehabt. Und selbst wenn – er war nicht hier, um ein Blutbad anzurichten, sondern aus einem anderen Grund.

So zog er die Waffe dem verbliebenen Mann blitzschnell über den Schädel.

Dann war der Kampf schon wieder vorbei. Mit zwei,

drei schnellen Schritten war Shannon bei dem Mann, den er niedergestochen hatte.

Der Templer war bei Bewußtsein, doch er würde sterben, in weniger als einer Minute.

Zeit genug für Shannon, alles von ihm zu erfahren, was er wissen wollte ...

Die Höhle war so groß wie ein unterirdischer Dom und vom blutroten Widerschein brennender Lava erfüllt. Die Hitze war unbeschreiblich. Die Luft, die ich atmete, schien zu brennen. Ich war schweißgebadet. Das Licht war so grell, daß es mir die Tränen in die Augen trieb, als ich versuchte, das gegenüberliegende Ufer des zischenden Lavasees zu erkennen, an dessen Ufer mich der Gesichtslose abgesetzt hatte.

Trotzdem sah ich nicht weg, sondern zwang meine schmerzenden Augen, weiter offen zu bleiben, denn es mochte sein, daß es lebenswichtig für mich war, mir den Weg zu merken. Der Schacht hatte nicht sehr weit in die Tiefe geführt – zehn, im Höchstfalle fünfzehn Yards, bis er sich plötzlich zu einem gewaltigen klaffenden Riß erweitert hatte, der die Decke des unterirdischen Domes spaltete.

Mein dämonischer Begleiter hatte mich sanft wie eine Feder abgesetzt und war verschwunden, ohne daß ich zu sagen gewußt hätte, wohin oder auf welche Weise, denn während der ersten Momente waren meine Augen von dem lodernden roten Schein hier unten dermaßen geblendet gewesen, daß ich so gut wie blind war.

Als ich wieder sehen konnte, waren die anderen gekommen – ganz normale Menschen wie ich, keine knöchernen Dämonenwesen, aber Menschen in einem wahrhaft bemitleidenswerten Zustand. Es war ein gutes halbes Dutzend Männer, das mich umringt und mir auf die Füße geholfen hatte.

Keiner von ihnen konnte mehr als hundert Pfund wiegen.

Sie waren nicht etwa zwergenwüchsig oder verkrüppelt, aber auf eine Weise ausgemergelt, wie ich es niemals zuvor bei lebenden Menschen gesehen hatte. Ihre Gesichter waren so eingefallen, daß sich die Haut über den Knochen spannte und sie eher wie Totenschädel aussahen denn wie die Gesichter lebender Menschen. Ihre Haut war unter den verkohlten Lumpen, die sie trugen, narbig und von Pusteln und eiternden Geschwüren übersät, und viele von ihnen trugen häßliche, zum Teil noch nicht verheilte Brandwunden, die ein deutliches Zeugnis davon abgaben, daß sie schon sehr lange hier unten leben mußten.

Obwohl sie zu sechst waren, erfüllte mich ihr Anblick eher mit Mitleid als mit Schrecken. Selbst in meinem momentanen Zustand wäre ich vermutlich mit ihnen fertig geworden, hätte ich einen Fluchtversuch gewagt.

Aber ich wagte ihn nicht. Ich zweifelte nicht daran, daß der Knöcherne nicht allzu weit entfernt war und eingreifen würde, sollte ich ernsthaften Widerstand leisten. Und selbst wenn es mir gelungen wäre, zu fliehen – wohin sollte ich wohl gehen? Ich befand mich mitten in den Eingeweiden eines aktiven Vulkans, und der einzige Weg nach draußen, den ich kannte, begann dreißig Yards über meinem Kopf. Unerreichbar.

So ließ ich es also geschehen, daß mich meine bizarre Eskorte am Ufer des Lavasees entlangtrieb, obgleich der glühende Atem der Lava meine Haut versengte und mir die Tränen in die Augen trieb.

Wir umrundeten den See aus flüssigem Stein. Als wir

uns der jenseitigen Höhlenwand näherten, sah ich, daß sie keineswegs so massiv war, wie es von weitem den Anschein gehabt hatte – in der titanischen Wand aus schwarzverbrannter Lava klafften zahllose Risse und Spalten, viele davon groß genug, um der Eingang zu anderen Höhlen oder Stollen sein zu können. Aus manchen drang düsteres rotes Licht, das mir sagte, daß das feurige Blut des Berges auch jenseits der steinernen Barriere kochte. Meine Bewacher trieben mich auf einen dieser Risse zu, blieben jedoch stehen, kurz bevor wir ihn erreichten. Einer von ihnen bedeutete mir mit einer befehlenden Geste zu warten, wechselte ein paar Worte in einer mir nicht geläufigen Sprache mit seinen Kameraden und verschwand geduckt in dem anschließenden Gang.

Schon nach wenigen Augenblicken kam er zurück, begleitet von einem zweiten, etwas weniger ausgemergelten Burschen, der mit raschen Schritten auf mich zutrat, die Hand unter mein Kinn legte und meinen Kopf hin und her drehte, um mich zu mustern wie ein Pferdehändler ein Tier, das ihm zum Kauf angeboten wird.

Wäre ich ein Pferd gewesen, hätte er mich wahrscheinlich nicht gekauft, denn seine Reaktion schien mir alles andere als erfreut. Ich verstand die Sprache, in der er und die Hungerleidertypen sich unterhielten, nicht, aber der Tonfall und die zornigen Gesten, mit denen er seine Worte begleitete und immer wieder auf mich deutete, sagte mir genug. Einen Moment lang schien beinahe so etwas wie ein Streit zwischen ihm und den Männern, die mich hergebracht hatten, zu entbrennen, dann beendete er die Diskussion mit einer heftigen Geste, packte mich an der Schulter und stieß mich mit erstaunlicher Kraft vor sich her.

Das halbe Dutzend Männer blieb hinter uns zurück,

als wir in den Gang eindrangen. Der Stollen war nicht künstlich geschaffen, sondern durch unterirdische Spannungen im Fels entstanden, denn seine Wände waren unregelmäßig geformt und roh; von der Decke hingen messerscharfe Stalaktiten aus Lava, und ein paarmal klafften im Boden finstere Risse, die mein neuer Bewacher behutsam umging. Aus einigen davon drangen flackerndes rotes Licht und Hitze.

Ich fühlte mich mit jedem Schritt unbehaglicher. Es lag nicht allein an der Tatsache, daß ich ein Gefangener war – ein ziemlich hilfloser Gefangener noch dazu im Moment –, sondern mehr an meiner Umgebung. Ich glaubte die Wut der Lava, die überall um uns herum den Berg erfüllte, beinahe körperlich zu spüren. Der Krakatau war ein tätiger Vulkan, das hatte ich auch vorher gewußt – aber was ich nicht gewußt hatte, war die ungeheuerliche Wut, mit der sein brodelndes Herz schlug. Manchmal hatte ich das Gefühl, den Boden unter meinen Füßen vor Anspannung beben zu fühlen. Es war, als liefe ich auf – nein, verbesserte ich mich in Gedanken – in einer ungeheuerlichen Bombe, deren Zündschnur bereits brannte …

Ich versuchte den Gedanken zu verdrängen, aber die schreckliche Vorstellung wurde dadurch eher noch schlimmer. Ich hatte den Krakatau gesehen, einen anderthalb Meilen hohen Giganten, aus dessen Krater das lodernde Rot der Höllengluten strahlte, die in seinem Inneren tobten. Aber einen Berg zu sehen und zu glauben, die kochende Lava unter Meilen und Meilen von Fels begraben zu wissen, und dann in seinem Inneren zu sein und zu erkennen, daß seine Schale in Wahrheit nur wenige Yards dick war, das waren zwei grundverschiedene Dinge.

Ob die wahnsinnigen Templer über mir überhaupt

wußten, daß sie ihr Lager auf einem Pulverfaß errichtet hatten, dessen Deckel aus Chinapapier bestand?

Irgendwann, nach einer Ewigkeit, wie es mir schien, erreichten wir das Ende des Stollens und betraten eine weitere gigantische Halle.

Der Anblick ließ mich so abrupt stehenbleiben, daß mein Bewacher die Bewegung zu spät registrierte und unsanft von hinten gegen mich prallte. Mit einem zornigen Knurren stieß er mir die Faust zwischen die Schulterblätter, und ich stolperte weiter.

Die Höhle war kaum weniger groß als die, durch die ich dieses brennende Labyrinth betreten hatte, wenn auch niedriger und nicht zur Hälfte von kochender Lava erfüllt.

Und sie war ein Labyrinth.

Und das nicht im übertragenen Sinne, sondern wortwörtlich.

Wir waren nicht ebenerdig aus dem Stollen gekommen, sondern in halber Höhe der Höhle, gute acht Yards über dem Boden. Der Weg setzte sich vor uns fort, wenn auch nur noch als obere Basis einer lotrechten Mauer, die in zahllosen Windungen und Kehren durch den gewaltigen Hohlraum führte.

Sie war nicht die einzige; es schien Dutzende, wenn nicht Hunderte dieser senkrechten, wie glattpoliert wirkenden Wände zu geben, die sich immer wieder kreuzten, parallel liefen oder mit anderen verschmolzen, so daß die untere Hälfte der Höhle zu einem gewaltigen Labyrinth unterschiedlich geformter, aber gleich hoher Hohlräume wurde, von denen einige mit zischender Lava gefüllt waren. Keiner von ihnen war mit einem der anderen verbunden, und in manchen glaubte ich Bewegungen zu erkennen; dann und wann drang etwas wie ein Stöhnen oder ein verzweifelter, aber halb erstickter Schrei über das beständige Grollen und Zischen der Lava. Ich hatte selten ein perfekteres Gefängnis gesehen.

Und ein Gefängnis war es wahrhaftig, wie ich schon im nächsten Augenblick voller Schrecken bemerkte. Mein Bewacher trieb mich mit groben Stößen an, so daß ich weitergehen mußte, wollte ich nicht Gefahr laufen, auf der kaum zwanzig Zoll breiten Mauerkrone den Halt zu verlieren und in die Tiefe zu stürzen. Wir passierten einige leere Kammern, gingen rasch an einer vorbei, deren Boden geborsten war, so daß rote Lava wie kochendes Blut durch die gezackten Risse strahlte und übelriechende Gase meine Lungen reizten, und erreichten schließlich eine Stelle, an der eine grobe Strickleiter in eine der finsteren Kammern hinunterführte. Mein Bewacher deutete darauf, dann auf mich, und hob drohend die Faust, als ich nicht schnell genug reagierte.

Irgend etwas sagte mir, daß es besser war, sich nicht auf einen Kampf einzulassen, und so ließ ich mich auf Hände und Knie nieder, angelte vorsichtig mit dem Fuß nach der obersten Sprosse der grob geknüpften Strickleiter und begann in die Tiefe zu klettern. Ich hatte den Boden der Kammer kaum erreicht, als die Leiter auch schon eingezogen wurde und der Mann, der mich hergebracht hatte, verschwand.

Unbehaglich sah ich mich um. Das düstere rote Licht, das den oberen Teil der Höhle wie der Widerschein eines dämonischen brennenden Himmels erfüllte, reichte kaum bis zu mir herab, und meine Augen, von dem ununterbrochenen Wechsel zwischen greller Helligkeit und absoluter Finsternis ohnehin gereizt, begannen abermals zu tränen.

Immerhin sah ich genug, um zu erkennen, daß der Boden der Kammer nicht so glatt war, wie es von oben den Anschein gehabt hatte, sondern gewellt wie eine zu Stein erstarrte Brandung und von zahllosen Rissen und Schründen durchzogen. Und er war warm.

Vorsichtig, mit der linken Hand wie ein Blinder an der Wand entlangtastend, begann ich mein Gefängnis einmal zu umrunden. Aber das Ergebnis war mehr als enttäuschend. Es gab hier unten nichts als schwarze, erkaltete Lava. Und den Gedanken, an der Wand emporsteigen zu wollen, verwarf ich beinahe schneller, als er mir gekommen war.

Enttäuscht ließ ich mich an der Wand zu Boden sinken, zog die Knie an den Körper und schloß die Augen. Müdigkeit griff wie eine unsichtbare warme Hand nach mir, und selbst das Klopfen und Pochen der zahllosen Prellungen und Hautabschürfungen, die ich davongetragen hatte, sank auf ein fast erträgliches Maß herab. Die Wärme des Bodens tat gut.

Ich muß wohl eingeschlafen sein, denn als ich erwachte, fühlten sich meine Augenlider taub und geschwollen an, und auf meiner Zunge lag ein unangenehmer Geschmack.

Und es war das Gefühl, angestarrt zu werden, das mich geweckt hatte.

Abrupt sah ich auf.

Auf der Mauer über mir stand eine Gestalt, hoch aufgerichtet, schlank und von fast menschlichen Proportionen, ihre Konturen eingerahmt vom flimmernden roten Widerschein der Lava, so daß es aussah, als brenne sie.

Und obgleich er gegen das rote Gegenlicht über mir nur ein Schatten war und ich weder sein Gesicht noch irgendwelche anderen Einzelheiten sehen konnte, erkannte ich den Mann so deutlich, als stünde er neben mir.

Und im selben Moment wußte ich endgültig, daß mein Hiersein ganz und gar kein Zufall war.

»Dagon«, flüsterte ich.

Aus dem Schacht drangen Hitze und rotes Licht und der Atem von Magie wie ein übler Gestank. *Etwas* lauerte an seinem Grund, von dem Shannon nicht wußte, was es war, dessen Anwesenheit er jedoch überdeutlich spürte und das ein fast körperlich spürbares Empfinden von Gefahr verströmte. Alles in ihm sträubte sich dagegen, diesem Höllenpfuhl auch nur nahe zu kommen. Es war, als wehe mit der Hitze der brennenden Steine noch etwas anderes heran, etwas, das einen Teil seiner Seele verbrannte.

Shannon schauderte, als er an die Bilder dachte, die er im Geist des sterbenden Tempelritters gesehen hatte. Die Gedanken des Mannes hatten sich verwirrt, und wie oft in den letzten Sekunden eines Lebens hatte er wohl Schein und Wirklichkeit nicht mehr auseinanderzuhalten gewußt. Aber Shannon hatte *gespürt,* wieviel von dem namenlosen Schrecken, den er im Bewußtsein des Templers gelesen hatte, echt war.

Was er erfahren hatte, hatte selbst ihn erschreckt, aber es hatte auch viel erklärt, was ihm vorher ein Rätsel gewesen war. Er würde seine Pläne ändern müssen, denn weder Necron noch er hatten damit rechnen können, auch noch auf eine zweite, fast ebenso gefährliche Gruppe von Feinden zu stoßen.

Shannon richtete sich behutsam auf, näherte sich dem Rand der Grube und beugte sich vor, so weit er konnte, ohne dabei Gefahr zu laufen, das Gleichgewicht zu verlieren. Obgleich er dem Bewußtsein des sterbenden Templers alle Informationen entnommen hatte, die er haben wollte, wußte er doch nicht, was ihn dort unten erwartete, denn im Geist des Mannes war jenseits dieses flammenden Kreises aus Licht und Wärme ein Entsetzen gewesen, das Shannon noch jetzt schaudern ließ.

Aber er war nicht auf solcherlei Informationen angewiesen. Schließlich war er ein Magier, und seine eigenen Kräfte wurden noch verstärkt durch die seines Herrn, die sich mit den seinen verbunden hatten.

Shannon trat einen halben Schritt zurück, richtete sich auf und schloß die Augen. Als er die Lider wieder hob, hatte sich die Welt für ihn verändert.

Hell und dunkel waren vertauscht. Wo gerade noch Licht gewesen war, wogten Schatten in den verschiedensten Abstufungen von Grau und Schwarz, und der hellodernde Schacht hatte sich in ein finsteres Loch verwandelt, das Schwärze verstrahlte.

An seinem Grunde pulsierte ein Licht. Es war nicht größer als Shannons Faust, strahlte aber mit der Helligkeit einer winzigen Sonne, zuckend wie ein dämonisches Herz und eingesponnen in ein Netz heller, scheinbar sinnlos ineinander verstrickter Linien, die, wie Shannon wußte, aus purer Energie bestanden, den unbekannten Kräften der Natur, die die Unwissenden Magie nannten.

Und er spürte, daß das *Etwas* dort unten um seine Anwesenheit wußte.

Nervös fuhr sich Shannon mit der Zungenspitze über die Lippen, atmete hörbar ein und aus und konzentrierte sich abermals.

Licht und Dunkel kehrten sich abermals um, die Farben waren wieder so, wie sie sein mußten, und der lodernde Stern magischer Energien verblaßte zu einem finsteren schlagenden Herzen, das von der roten Lavaglut verschlungen wurde.

Hinter ihm wurde die Tür geöffnet. Nacheinander betraten drei Männer den Raum, dann wurde die Tür geschlossen und ein Riegel vorgelegt. Shannon rührte sich nicht, sondern stand weiter reglos da. Nur auf seinen Lippen lag ein angespannter, beinahe verkrampfter Ausdruck.

Zwei der drei Männer traten neben ihn und nahmen ihn in die Mitte, während der dritte den Schacht umrundete, auf seiner gegenüberliegenden Seite stehenblieb und langsam die Arme hob. Seine Lippen begannen Worte aus einer Sprache zu murmeln, die älter war als das Leben auf dieser Welt.

Das rote Licht am Grunde des Schachtes begann sichtbar stärker zu pulsieren, fast als antworte es auf die gemurmelten Beschwörungen. Shannons Stirn begann sich mit Schweiß zu bedecken. Sein Lippen bebten stärker.

Am Grunde des Schachtes erschien ein Schatten, zerfasert und inmitten des grausamen roten Lichtes aufgelöst wie in Säure, stieg höher und nahm dabei mehr und mehr Form an, bis er zur boshaften knöchernen Karikatur eines Menschen geworden war, der schwerelos über dem brennenden Abgrund schwebte und Shannon aus nicht vorhandenen Augen anstarrte. Schließlich drehte er sich zu dem Tempelherrn in der roten Robe um und hob beinahe anklagend die Hand.

»Was willst du?« fragte er.

Shannon unterdrückte mit aller Macht ein Stöhnen. Seine Knie begannen zu zittern. Die Anstrengung ließ seinen Atem schneller gehen. Aber er durfte sich nicht bewegen, wenn er eine Chance haben wollte!

»Verzeiht, wenn wir dich ein zweites Mal rufen«, sagte der Templer demütig. Sein Gesicht war unbewegt wie immer, aber das Funkeln von Angst in seinen Augen war zu einem lodernden Feuer geworden. »Wir bringen den THUL SADUUN ein zweites Opfer«.

»Und wieder nur eines«, versetzte der Knöcherne. »Du hast mehr versprochen. Du kennst das Abkommen!«

Der letzte Satz klang eindeutig drohend, und der Templer fuhr sich nervös mit der Hand über das Kinn und wich dem Blick des Knöchernen aus.

»Sobald die Sonne aufgeht«, versprach er. »Wir halten unser Wort. Nimm diesen einen, um den Hunger deiner Herren zu stillen, und sage ihnen, daß wir bald mehr bringen.«

»Gut«, antwortete der Knöcherne mit seiner furchtbaren, unmenschlichen Stimme. »Dieser eine mag genügen für den Augenblick. Doch nicht länger! Haltet Wort, denn ihr wißt, wie unersättlich die THUL SADUUN in ihrem Hunger sind!«

Ohne eine Antwort abzuwarten, drehte er sich herum, streckte die Hände aus und hob Shannon so spielerisch in die Höhe, als wäre er gewichtslos.

Sein Griff tat weh. Shannon biß die Zähne aufeinander, um einen Schmerzlaut zu unterdrücken, und kämpfte verzweifelt darum, seine Konzentration aufrechtzuhalten. Der Knöcherne hob ihn hoch und begann langsam in die Tiefe zu sinken.

Es dauerte weniger als eine Minute, bis sie den Grund der Höhle erreichten, die unter dem Schacht klaffte, aber für Shannon schienen Ewigkeiten zu vergehen. Als ihn der Knöcherne absetzte, taumelte er vor Erschöpfung, verlor den Halt und fiel kraftlos auf die Knie. Die Höhle begann sich vor seinen Augen zu drehen. Die Anstrengung, das Trugbild der drei Männer aufrechtzuerhalten, war fast über seine Kräfte gegangen. Aber es war ihm gelungen, den Unheimlichen zu täuschen.

Sekundenlang blieb er zitternd und in Schweiß gebadet hocken und wartete, bis sich seine Kräfte wieder regeneriert hatten. Dann richtete er sich auf.

Er war nicht mehr allein. Der Knöcherne war verschwunden, aber dafür war ein halbes Dutzend Männer erschienen, die Shannon jetzt schweigend umringten. Einen Moment lang überlegte er, ob er sie töten sollte, verwarf den Gedanken aber wieder. Er würde noch früh genug kämpfen müssen; je länger er die Herren dieses chthonischen Labyrinthes in dem Glauben ließ, ein willenloser Sklave wie alle anderen zu sein, die hier heruntergebracht wurden, desto größer waren seine Chancen, sein Ziel zu erreichen.

Aber es schien, als hätte Shannon seine Feinde unterschätzt, denn er hatte diesen Gedanken kaum gedacht, als die sechs Männer wie auf ein gemeinsames Kommando hin beiseite wichen und der Knöcherne wieder auftauchte. Seine Bewegungen wirkten schneller, irgendwie *aggressiver* als bisher.

»Du!« sagte er, während er mit seiner vierfingrigen Spinnenhand auf Shannon deutete. »Bleib stehen.«

Shannon tat so, als gehorche er, ganz das hypnotisierte willenlose Opfer, das all die anderen gewesen waren, die die Templer hier hinunterschickten, aber seine Konzentration reichte nicht mehr. Für eine Sekunden glaubte er, rauchige Linien aus grauem Licht zu sehen, die aus einem unsichtbaren Zentrum unter der Höhlendecke herauswuchsen und die gigantische Felskuppel durchzogen. Eine davon endete zwischen den Schulterblättern des Knöchernen.

»Dieser Mensch ist ein Verräter«, krächzte der Unheimliche. »Vernichtet ihn!«

Shannon reagierte einen Sekundenbruchteil vor den Männern. Als sie vorstürzten, tat er so, als wiche er zurück, steppte im letzten Moment zur Seite und ließ den ersten über sein vorgestrecktes Bein stolpern. Blitzartig wirbelte er herum, schlug einen weiteren Mann nieder und hebelte einen dritten aus, so daß er wie ein lebendes Geschoß durch die Luft flog und dabei zwei weitere seiner Kameraden von den Füßen riß. Der letzte verbliebene Gegner ergriff lautlos die Flucht, als sich Shannon herumdrehte.

Shannon sah den Hieb kommen, aber nicht einmal seine Reaktion reichte aus, ihm vollends auszuweichen. Die Spinnenhand des Knöchernen traf ihn wie ein Keulenschlag, riß ihn von den Füßen und ließ ihn meterweit über den Boden schlittern, geradewegs auf den Rand des zischenden Lavasees zu. Im letzten Moment fand er Halt an einer Felszacke, nutzte seinen eigenen Schwung, um wieder auf die Füße zu kommen, und fuhr herum.

Der Knochenmann drang lautlos auf ihn ein, mit erhobenen Armen und die Finger gespreizt.

Shannon duckte sich unter einem wütenden Hieb weg, packte den linken Arm des Knöchernen und riß mit aller Macht daran. Gleichzeitig traf sein Fuß das Knie des unheimlichen Angreifers.

Der Knöcherne taumelte an ihm vorüber, fiel auf die Knie und rang mit wild rudernden Armen um sein Gleichgewicht. Shannon ließ die Hand los, drehte sich mit einem gellenden Schrei blitzartig einmal um seine Achse und schlug mit der ganzen Wucht der Drehung zu.

Ein trockenes Knacken erklang. Der gesichtslose

Schädel des bizarren Wesens begann zu zittern, neigte sich zur Seite – und fiel nach unten.

Verblüfft starrte Shannon auf den zersplitterten Stumpf, der einmal der Hals des unheimlichen Wesens gewesen war.

Er war leer.

Die bizarre Erscheinung war nichts als eine leere Hülle, ein schwarzes Ding aus Horn oder Chitin wie das Außenskelett einer Spinne, aber es umschloß keinen Körper!

Und es schien unverwundbar, denn noch während Shannon verstört auf das unglaubliche Bild starrte, stemmte sich der kopflose Torso wieder in die Höhe, wandte sich um und kam mit weit ausgebreiteten Armen und schwerfällig wie ein angreifender Bär wieder auf ihn zu. Die Klauen des Unheimlichen zuckten nach seinem Gesicht.

Im letzten Moment warf sich Shannon zurück. Der Hieb verfehlte ihn, aber der Unheimliche setzte sofort nach, bekam seine Hand zu packen und umklammerte sie.

Shannon schrie vor Schmerz, als sich die Krallenhand des Knöchernen wie ein Schraubstock um seine Finger schloß. Mit aller Macht versuchte er seinen Arm loszureißen, aber das Wesen verfügte über Kräfte, die die eines Menschens weit überstiegen. Seine freie Hand hackte nach Shannons Gesicht und riß seine Wange auf.

Shannon warf sich zurück, um einem weiteren Hieb auszuweichen, und schmetterte dem Knöchernen das Knie in den Leib. Ein heller, knackender Laut erklang, und im Brustkorb des Dinges erschien ein verworrenes Muster aus Rissen.

Shannon ließ auch den letzten Rest von Rücksicht

fahren, jetzt da er wußte, daß er es nicht mit einem lebenden Gegner zu tun hatte. Mit aller Kraft warf er sich herum, verdrehte den Arm des Knöchernen und trat nach dessen Ellbogen.

Wieder ertönte dieses schreckliche, knackende Geräusch, und mit einem Male war seine Hand frei, der Arm des Knöchernen dicht über dem Ellbogen abgebrochen. Keuchend wich Shannon zwei, drei Schritte zurück – und erstarrte.

Der Unheimliche folgte ihm nicht, wie er erwartet hatte, sondern stand einfach nur reglos da. Dann begann sich sein Körper zu regenerieren!

Abermals glaubte Shannon einen raschen Schatten von Grau zu sehen, wie eine Woge der Kraft, die aus dem unsichtbaren Zentrum des magischen Gewebes hervorschoß und in den Leib des unheimlichen Wesens strömte. Ein helles Knistern wie das Rascheln von trockenem Pergament drang aus der bizarren Gestalt, und vor Shannons ungläubig geweiteten Augen begannen sich die Risse und Sprünge in seinem Leib zu schließen. Dann wuchs sein zerborstener Arm nach. Dort, wo sein Kopf gewesen war, begannen sich graue Schemen zu formen.

Shannon schrie auf, warf sich mit einem Satz nach vorn und packte das bizarre Wesen. Der Knöcherne versuchte nach seinem Gesicht zu schlagen, aber seine Bewegungen waren langsam und fahrig, als erwache er aus einer Trance und wußte seinen Körper noch nicht vollkommen zu beherrschen. Mit verzweifelter Kraft stemmte Shannon den schwarzglitzernden Leib des Dinges in die Höhe, drehte sich herum – und schleuderte ihn in hohem Bogen von sich, direkt in den See aus weißglühender Lava hinein!

Eine gewaltige Flammenzunge schoß in die Höhe,

als das Ungeheuer in den verflüssigten Stein klatschte und unterging. Shannon sprang mit einem Satz zurück, als weißglühende Tropfen wie kleine tödliche Geschosse auf ihn niederregneten. Die Lava brodelte. Ihre Oberfläche, schon halb zu krumiger hellroter Glut erstarrt, war zerrissen, und dort, wo der Knöcherne versunken war, lohte ein kreisrunder Fleck greller Weißglut.

Dann tauchte eine Hand aus seinem Zentrum.

Shannon erstarrte schier vor Entsetzen, als er sah, wie ein dunkler Körper sich unter der weißglühenden Lava abzuzeichnen begann. Die Spinnenhand versank wieder, aber nur, um Augenblicke später erneut aufzutauchen, gefolgt von einem Arm, einem grotesken gesichtslosen Schädel und den knochigen Schultern des furchtbaren Wesens. Flammen umhüllten seinen Körper, und die Hitze schien sprunghaft zu wachsen, als versuche die Lava mit aller Macht, das Opfer nicht wieder herzugeben, das ihr einmal dargebracht wurde.

Aber die unheimlichen Gewalten, die den Knöchernen am Leben erhielten, waren stärker. Langsam, als wate er durch einen zähen Sumpf, bewegte er die Arme und begann mit grotesken Bewegungen auf den Rand des Lavatümpels zuzuschwimmen.

Shannon wartete nicht, bis er ihn erreicht hatte, sondern fuhr herum und rannte los, so schnell er konnte.

»Ich habe dich gewarnt, Robert Craven«, sagte Dagon leise. Seine Stimme klang fremd; anders als ich sie in Erinnerung hatte. Etwas war daraus verschwunden, als hätte er nun auch noch den letzten Rest seiner Menschlichkeit verloren. »Du hättest nicht kommen sollen.«

»Du hättest die, die dir vertraut haben, nicht im Stich lassen sollen«, antwortete ich trotzig.

Dagon starrte auf mich herab, und obwohl ich sein Gesicht noch immer nicht erkennen konnte, war ich sehr sicher, nicht die geringste Spur von Mitleid oder auch nur irgendeines anderen menschlichen Gefühles darauf zu entdecken.

»Was ist das hier?« fragte ich. »Hast du neue Opfer gefunden, die deinen Lügen glauben, Dagon? Oder hast du dies alles nur erschaffen, um mir ein würdiges Ende zu bereiten?«

»Du überschätzt deinen Wert, Robert Craven«, antwortete Dagon. »Und deine Macht.«

»So wie du?«

Dagon schüttelte den Kopf und gab einen Laut von sich, der vielleicht ein Lachen sein mochte. »O nein, mein Freund«, sagte er leise. »Es gab eine Zeit, da habe ich mich überschätzt, doch sie ist lange her. Was auf dem Schiff geschah, hat mir gezeigt, wie gering ich bin, verglichen mit *ihnen.* Ich bin ein Nichts. Es hätte in ihrer Macht gestanden, mich zu vernichten, die ganze Zeit über.«

»Ihnen?« murmelte ich. »Du … du meinst …«

»Die THUL SADUUN«, unterbrach mich Dagon. »Ihre Macht ist unendlich. Es hat lange gedauert, doch jetzt habe ich begriffen. Und bereut.«

»Bereut?« Ich schrie fast. »Dagon, du bist von Sinnen! Diese Wesen werden dich vernichten, sobald du getan hast, was sie von dir wollen!«

»Das werden sie nicht«, widersprach Dagon ernsthaft. »Ich habe gefehlt, und ich werde Buße tun. Deshalb lebe ich noch. Dies alles dient *ihrer* Größe und ihrem Weiterleben. Du hättest nicht kommen sollen.«

Ich ignorierte den letzten Satz und starrte zu ihm

hinauf. »Du willst damit sagen, daß du sie erwecken willst«, sagte ich. »Die Dämonen, vor denen du dich fünftausend Jahre lang verborgen hast, Dagon!«

»Nicht verborgen«, widersprach Dagon. »Sie wußten die ganze Zeit über, wo ich bin, und es war kein Tag, an dem sie mich nicht hätten zertreten können, wie ich einen Wurm zertrete. Was sind fünftausend Jahre für einen Gott, Robert Craven? Jetzt ist der Augenblick gekommen, meine Schuld zu bezahlen.« Er machte eine entschiedene Bewegung mit der Hand. »Genug. *Sie* sind ungeduldig, und der Moment rückt heran. Du wirst sterben, Robert Craven. Jetzt.«

Er trat einen Schritt vom Rande der Grube zurück und hob die Hand. Ich hörte Geräusche, ohne sie deuten zu können, dann erschienen zwei der Jammergestalten, die ich schon zuvor gesehen hatte, und traten in eindeutig demutsvoller Haltung vor den Fischgott. Sie trugen etwas zwischen sich, das ich gegen das grelle Licht nicht identifizieren konnte, aber es war größer als ein Männerkopf und rund. Auf einen stummen Wink ihres Herrn hin traten sie ganz dicht an den Rand der Grube heran, hoben den Gegenstand mit fast zeremoniellen Bewegungen hoch – und warfen ihn in die Tiefe. Ich sprang im letzten Moment beiseite, um nicht getroffen und womöglich erschlagen zu werden.

Das runde Ding stürzte auf den Felsboden und platzte mit einem widerlichen Geräusch auseinander.

Ein Schwall mörderischer Hitze trieb mich zurück. Aus dem Inneren des eiähnlichen Gegenstandes drang ein helles, loderndes Licht, in dessen Zentrum sich irgend etwas Finsteres wand und bewegte. Die Hitze nahm mir schier den Atem und ließ mich taumeln. Ich wich bis an den gegenüberliegenden Rand der Grube zurück, preßte mich gegen die Wand, so fest ich konnte, und hob schützend die Hände vor das Gesicht.

Aus dem Inneren des dämonischen Eies floß Lava, weißflammender Stein, heiß wie das Blut einer Sonne und so flüssig wie Wasser. Und darin *bewegte sich etwas*!!

»Jetzt wirst du mein wahres Geheimnis kennenlernen, Robert Craven«, sagte Dagon kalt. »Das Geheimnis der THUL SADUUN. Aber es wird dir nichts mehr nutzen. Du ...«

Dagon brach mitten im Satz ab, wandte mit einem Ruck den Kopf und starrte eine Sekunde gebannt in die Richtung, aus der ich gekommen war. Dann hob er den Arm und deutete befehlend in dieselbe Richtung. Seine beiden Begleiter fuhren herum und rannten los, und nach einer weiteren Sekunde wandte sich auch Dagon um und verschwand.

Aber mir blieb keine Zeit, mich weiter um Dagon und seine Sklaven zu kümmern, denn aus dem Inneren des aufgeplatzten Dämoneneies drang ein häßliches, lautes Zischen, und eine neue Hitzewelle strich über mein Gesicht wie eine weißglühende Hand.

Trotz des grausam hellen Lichtes starrte ich erneut auf das fürchterliche Geschehen. Der Inhalt des Eies hatte sich auf dem Boden verteilt und bildete eine gut fünf Fuß messende, rotglühende Pfütze. Die Lava kühlte rasch ab, so daß sich auf ihrer Oberfläche bereits eine rote, krumig geronnene Haut gebildet hatte, aber die Bewegung in ihrer Mitte, dort, wo die Reste der zerborstenen Schale lagen, hatte nicht aufgehört.

Dann erkannte ich, was es war.

Im Zentrum der sicherlich mehr als tausend Grad Fahrenheit messenden Lava zuckte ein armlanger, glühender Wurm! Sein Körper glühte heller als die brodelnde Masse, die ihn geboren hatte, und sein vorderes, augenloses Ende zitterte wie der Schädel einer Schlange hin und her, mit pendelnden, suchenden Bewegungen. Dann hörte er auf, sich zu bewegen. Sein Kopf – ich vermute zumindest, daß dieses Ende sein Kopf war – deutete wie ein ausgestreckter Finger auf mich. Und plötzlich begann er auf mich zuzukriechen. Der Boden begann zu dampfen, als er die Lavapfütze hinter sich ließ; eine Spur dunkelroter, wabernder Glut blieb zurück, wo er über den erstarrten Fels kroch.

Ich erwachte erst aus meiner Starre, als die unglaubliche Erscheinung schon gut die Hälfte der Grube durchquert hatte und sich die Hitze, die sie ausstrahlte, quälend bemerkbar zu machen begann. Mit einem Schrei sprang ich zur Seite, rannte zum anderen Ende der Grube und preßte mich gegen die Wand.

Der Lavawurm erstarrte. Einen Augenblick blieb er reglos liegen, dann erhob er sich ein Stück und begann erneut mit diesen pendelnden, suchenden Bewegungen.

Und kroch abermals auf mich zu.

Es war wie in einem Alptraum. Das Ungeheuer war nicht schnell, sondern bewegte sich beinahe träge über den Boden, aber ganz gleich, wohin ich auch auswich, folgte es mir, stur wie ein Automat, und scheinbar ohne das Wort Ungeduld oder Ermüdung zu kennen, während meine eigenen Kräfte schon nach wenigen Minuten nachzulassen begannen.

Hinzu kam, daß die Temperaturen langsam, aber unerbittlich stiegen, denn dort, wo der Wurm entlangkroch, begann der Boden zu glühen. Und er kühlte nicht etwa wieder ab. Die Glut blieb, so daß der Boden der Grube schon bald von einem Wirrwarr weißglühender, sich überschneidender und kreuzender Linien bedeckt war. Der Augenblick, in dem es nichts mehr geben würde, wohin ich ausweichen konnte, war abzusehen.

Meine Gedanken überschlugen sich. Was ich sah, war völlig unmöglich – ein lebendes, sich bewegendes Wesen, dessen Körpertemperatur der von geschmolzener Lava entsprach; ein Schlag ins Gesicht aller Naturgesetze. Aber es war Realität – und es kam näher. Ich mußte aus dieser Fallgrube heraus, ganz gleich, wie! Aber ihre Wände waren acht Yards hoch und so glatt wie poliertes Glas.

Wieder kam der Wurm näher. Seine Bewegungen waren um eine Winzigkeit schneller geworden; fahriger, als ließe seine Geduld allmählich nach, und das Stück Boden, das noch nicht zu heiß war, um darauf stehen zu können, schmolz unbarmherzig zusammen! Noch wenige Minuten, und das Ungeheuer hatte mich in eine Ecke getrieben wie eine Katze eine Maus. Wenn es mich berührte …

Über mir erscholl ein gellender Schrei. Abrupt hob ich den Kopf.

Auf dem Rand der Fallgrube waren drei Gestalten erschienen, schwarze Schatten, von denen ich nichts weiter erkennen konnte, *als daß sie miteinander kämpften*!

»Halte durch, Robert!« schrie eine Stimme. »Ich hole dich raus!«

Der Schrei gab mir noch einmal neue Kraft. Ich wartete, bis der Höhlenwurm so dicht an mich herangeglitten war, daß ich vor Hitze aufstöhnte, raffte all meine verbliebene Kraft zusammen und setzte mit einem verzweifelten Sprung über die satanische Kreatur hinweg.

Ein wütendes Zischen ertönte. Die Bestie zuckte hoch, als versuche sie mich noch im Sprung zu erreichen. Ihr glühender Körper streifte mein Bein.

Ein furchtbarer Schmerz zuckte bis in meine Hüfte hinauf, Ich fiel, überschlug mich und prallte gegen die Wand. Flammen schlugen aus meiner Hose. Ich stemmte mich hoch und schlug sie mit bloßen Händen aus.

Abermals erklang über mir ein Schrei, und plötzlich war eine der drei Gestalten verschwunden. Sekunden später taumelte die zweite, riß die Arme in die Luft, stürzte nach hinten und prallte dicht neben dem glühenden Wurm auf den Boden! Mit einem Zischen bäumte sich die Kreatur auf wie eine angreifende Kobra – und warf sich mit einem Satz auf die reglose Gestalt!

»Robert! *Fang!*«

Der Schrei ließ mich aufblicken. Ich sah einen Schatten auf mich zufliegen, griff instinktiv zu und fühlte ein Seil unter meinen Fingern.

Der Ruck, mit dem das Tau straffgezogen wurde, riß mir schier die Arme aus den Gelenken. Hastig versuchte ich mit den Beinen Halt an der Wand zu finden, um meinen geheimnisvollen Retter zu unterstützen, aber das schien ihm zu langsam zu gehen. Wie eine leblose Last zerrte er mich auf die Mauer hinauf, ergriff mich schließlich unter den Achseln und stellte mich mit einem Ruck auf die Füße.

Und in diesem Moment erkannte ich ihn.

»Shannon!«

Der junge Drachenkrieger machte eine hastige Bewegung mit der Hand, als ich weitersprechen wollte. »Jetzt nicht, Robert«, sagte er. »Wir müssen raus hier! Schnell!« Achtlos ließ er das Seil fallen, mit dem er mich aus der Grube gezogen hatte, und gab mir einen Stoß, der mich weitertaumeln ließ.

Trotzdem wandte ich noch einmal den Blick und sah in die Grube hinab.

Der Anblick ließ mich aufstöhnen.

Der unglückselige Mann, den Shannon in die Tiefe gestoßen hatte, war verschwunden, und statt seiner brodelte eine gewaltige Lache aus weißglühender Lava auf dem Boden, in dessen Zentrum sich ein schreckliches, wurmähnliches *Etwas* wand, fünfmal so groß wie die Kreatur, die aus dem Ei gekrochen war.

Und plötzlich begriff ich den Sinn dieses ganzen schrecklichen Labyrinthes ...

Shannon gab mir keine Gelegenheit, meinem Entsetzen Ausdruck zu verleihen, sondern packte mich am Arm und rannte los.

Hinter uns erklang ein ganzer Chor wütender Stimmen, und als ich mich umsah, erkannte ich mehr als ein Dutzend zerlumpter Gestalten, die aus allen Richtungen zugleich auf uns zustürmten, angeführt von Dagon selbst. Trotz der großen Entfernung glaubte ich zu erkennen, daß seine riesigen Fischaugen vor Zorn leuchteten.

Wir kämpften uns bis zum Ende der Labyrinthhöhle durch, und Shannon stürzte wahllos in den ersten Gang, der sich in der Felsenwand auftat. Hitze und Licht blieben hinter uns zurück, aber das wütende Grölen der Verfolger blieb.

Der Weg schien kein Ende zu nehmen. Ich wußte längst nicht mehr, wie Shannon das Kunststück fertigbrachte, in der fast totalen Finsternis nicht die Orientierung zu verlieren; vielleicht wußte er auch selbst nicht, wohin wir eigentlich rannten, sondern stürzte nur ziellos weiter. Gleichwie – irgendwann, sicher nach einer Viertelstunde oder länger, verklang der Chor der Verfolger allmählich hinter uns, und schließlich blieb Shannon stehen, ließ meine Hand los und wandte sich schweratmend um, um in den Gang zurückzublicken.

Ich taumelte vor Erschöpfung. Meine Lungen brannten, und mein Herz hämmerte so hart, als wolle es zerspringen.

Ich ließ mich auf einen Felsen sinken und barg das Gesicht in den Händen.

»Ich glaube, wir haben sie abgeschüttelt«, sagte Shannon. In seiner Stimme schwang ein deutlicher Unterton von Sorge, ja beinahe Angst. Mühsam hob ich den Blick, fuhr mit dem Handrücken über die Augen und versuchte zu sprechen, brachte aber nur ein unverständliches Krächzen hervor.

Shannon sah auf mich herab, lächelte flüchtig und starrte dann wieder in den Gang zurück. Es sah aus, als lausche er, aber ich war sicher, daß er in Wirklichkeit etwas ganz anderes tat.

»Wo ... wo, zum Teufel, kommst du her?« preßte ich schließlich hervor.

»Spielt das eine Rolle?« fragte Shannon lächelnd. »Ich bin hier, das reicht, oder?«

»Nein«, antwortete ich keuchend. Jedes Wort fiel mir schwer. »Du ...«

»Ich gehöre nicht mehr zu Necron, wenn es das ist, was du fürchtest«, unterbrach mich Shannon. Plötzlich grinste er und sah mehr denn je wie ein zu groß geratener Junge aus. »Ich habe gekündigt. Seine Arbeitsbedingungen haben mir nicht mehr zugesagt.«

Ich starrte ihn an. Sein bewußt scherzhafter Ton täuschte mich keine Sekunde. »Du bist geflohen?« fragte ich.

Shannon nickte. Sein Lächeln erlosch. »Ja«, sagte er. »Ich hatte keine Wahl. Necron hätte mich getötet, hätte ich es nicht getan. Ich brauche Hilfe, Robert.«

»Oh.« Ich lächelte, aber es wurde wohl eher zu einer Grimasse. »Bisher hatte ich eher das Gefühl, daß es genau umgekehrt ist. Was, zum Teufel, bedeutet das alles hier?«

Shannon schwieg einen Moment, und als er weitersprach, schwang in seiner Stimme ein Ernst mit, der mich frösteln ließ.

»Ich bin nicht nur geflohen, weil ich um mein Leben fürchtete, Robert«, sagte er. »Das Leben eines einzelnen zählt so wenig. Aber hier geht es um mehr. Nicht einmal nur um Dagons THUL SADUUN oder den Bestand dieser Insel. Vielleicht um das Überleben der ganzen menschlichen Rasse.«

»Du übertreibst«, sagte ich matt, aber Shannon schüttelte abermals den Kopf und sprach mit dem gleichen, angstmachenden Ernst weiter.

»Ich wünschte, es wäre so, Robert«, sagte er. »Necron und Dagon sind wahnsinnig. Sie kennen die Gefahr, mit der sie spielen, aber sie mißachten sie. Die GROSSEN ALTEN und die THUL SADUUN sind Feinde, und es ist eine Feindschaft, die älter ist als unsere Welt.

Dagon hat dir erzählt, die THUL SADUUN wären die Diener der ALTEN. In gewisser Weise stimmt das auch, aber ich würde es eher *Sklaven* nennen. Einst waren sie verfeindete Völker, bis die GROSSEN ALTEN die THUL SADUUN bezwangen und unterjochten.

Ja, sie sind ihre Diener – aber wenn sie je die Chance sehen, ihr Joch abzuschütteln, werden sie über die ALTEN herfallen wie ausgehungerte Wölfe.

Und diese Gelegenheit haben sie, wenn sie früher erwachen als ihre Herren.«

Seine Worte ließen mich schaudern. Ich wußte nicht, ob er die Wahrheit sprach oder nicht, denn Tergards Bann lähmte meine magischen Fähigkeiten noch immer. Und trotzdem ließ mich schon der bloße Gedanke an das, was Shannon da andeutete, innerlich zu Eis erstarren.

»Auf dieser Insel ...«, begann ich.

»Befindet sich das zweite der SIEBEN SIEGEL DER MACHT«, führte Shannon den Satz zu Ende, als ich nicht weitersprach. »Ja. Wenn es Dagon gelingt, es zu brechen, werden die THUL SADUUN erwachen, Robert. Und dann wird etwas geschehen, gegen das der Kampf, den wir beide bisher gekämpft haben, nichts als ein beschaulicher Spaziergang ist. Die ALTEN werden es nicht dulden, daß ihre uralten Feinde zu neuer Macht auferstehen.« Er schwieg, um seine Worte auf die gehörige Weise wirken zu lassen, und fuhr, noch leiser und mit noch größerem Ernst, fort: »Es wird einen Krieg der Götter geben, Robert. Sie haben diese Welt schon einmal verwüstet. Sie haben schon einmal zerstört, was die Natur in Jahrmilliarden geschaffen hat.«

Ich wollte antworten, aber ich konnte es nicht. Shannons Worte ließen eine fürchterliche Vision in mir entstehen: die Vorstellung, Dagons THUL SADUUN, diese fürchterlichen chthonischen Feuergeschöpfe, zu Millionen und Abermillionen aus der Erde brechen zu sehen, sie diese Insel, das Meer, die benachbarten Eilande und schließlich die Kontinente überfluten zu sehen. Ja, Shannon hatte recht – es *würde* einen Krieg geben, eine Auseinandersetzung, die die menschliche Vorstellungskraft um ein Tausendfaches überstieg.

Einen Krieg der Götter.

Und so, wie es aussah, gab es nur zwei Menschen auf der Welt, die ihn verhindern konnten.

Ich kämpfte die Schwächen nieder, die noch immer in meinen Gliedern nistete, stand unsicher auf und sah Shannon an. »Kennst du den Weg hinaus?« fragte ich.

Shannon nickte.

Es war ein sonderbar vertrautes Gefühl, als wir nebeneinander weitergingen; ein Gefühl, das ich zu lange vermißt hatte und das trotz des kalten Entsetzens, das mich gepackt hatte, auf seltsame Weise wohl tat.

Das Gefühl, einen Freund gefunden zu haben.

Sechstes Buch

Die Puppe war klein; nicht größer als eine Faust, dazu so roh gefertigt, daß man kaum ihre menschlichen Umrisse erkennen konnte. Leib, Arme und Beine bestanden aus Sackleinen, das mit groben Stichen zusammengenäht war, der Kopf eine ungleichmäßige Kugel, auf die mit ungelenken Strichen die Züge eines menschlichen Gesichtes gemalt worden waren. Das einzig Auffällige war das Haar der Puppe: ein Bündel schwarzgefärbten Strohs, in das, beginnend vom Haaransatz über dem linken Auge, eine weiße, blitzförmig gezackte Strähne eingeflochten war.

Der Mann mit der Holzmaske betrachtete die Voodoo-Puppe lange und ausgiebig. Er war sehr groß; kein Riese, aber doch so hochgewachsen, daß er zwischen den kleinen, braungebrannten Gestalten der Eingeborenen auffiel. Seine Gestalt war ganz von einem buntbestickten, bis auf die Knöchel reichenden Zeremoniengewand verhüllt, das Gesicht verborgen hinter der hölzernen Maske, die die angedeuteten Züge einer Raubkatze trug. Selbst die Hände steckten in braunen, durch aufgenähte Pumakrallen zu stilisierten Pranken gewordenen Handschuhen.

Aber es waren nicht nur seine Kleidung und seine Größe, was ihn von den Majunde-Kriegern unterschied. Etwas umgab diesen Mann wie eine Mauer aus unsichtbarem Glas, isolierte ihn und machte ihn gleichzeitig zu ihrem Herren. Der Mann war ein Magier, ein Mensch, der gelernt hatte, die verborgenen Kräfte der Schöpfung zu entdecken und zu nutzen. Und es waren finstere, durch und durch böse Kräfte, deren er sich bediente. Kräfte, die jetzt, obgleich er noch immer reglos wie eine hölzerne Statue stand, in die winzige grobe Puppe in seinen Händen flossen. Kräfte, die Tod und Vernichtung brachten.

Denn die sechs Majunde-Krieger und ihr Magier waren nur zu einem einzigen Zweck hierhergekommen, an diesen verbotenen Ort im Inneren des Kraters, einem Ort, der mit seinem roten Licht und der wabernden Hitze der Hölle näher war als der Erde.

Sie waren hier, den Tod zu beschwören.

Den Tod für einen Mann, dessen Haar die gleiche, weißgezackte Strähne trug wie die kleine Voodoo-Puppe …

Es war hell geworden, bis wir den kleinen Ort an der Südküste Krakataus erreicht hatten, und die letzten zehn Minuten waren mir vorgekommen wie ein verzweifelter Spießrutenlauf. Der Dschungel hatte uns Deckung gegeben, denn er wuchs wie eine behäbige grüne Armee bis dicht an den Ortsrand heran, und sein Unterholz überwucherte noch einen Teil der kleinen Gärten, die die verfallenen Häuser säumten, so daß wir diesen Teil des Weges relativ sicher hinter uns gebracht hatten.

Den Rest nicht mehr.

Eldekerks Haus lag am entgegengesetzten Ende des Ortes, eine kleine, eingeschossige Hütte, die letzte in einer langen Reihe gleichartiger ärmlicher Behausungen, die das hintere Drittel der einzigen Straße säumten.

Shannon und ich waren wie die Diebe von Schatten zu Schatten gehuscht, und mehr als einmal hatten wir uns in eine offene Tür oder hinter einen Busch geduckt und mit angehaltenem Atem gewartet, bis die Straße vor uns wieder frei war. Meiner Schätzung nach waren nicht mehr als zwölf Stunden vergangen, seit wir aus Dagons unterirdischem Labyrinth entkommen waren, aber ich wußte, wie gefährlich die Männer waren, mit denen wir es zu tun hatten.

Tergard wäre kein *Master* des Templerordens gewesen, wenn er nicht in diesem Moment bereits gewußt hätte, daß ich entkommen war. Und wenn er nicht in diesem Moment bereits Himmel und Hölle in Bewegung gesetzt hätte, mich wieder einzufangen.

Wir waren an die fünfzehn Meilen von seinem dämonischen Gefangenenlager entfernt, und zudem lag das gewaltige Massiv des Krakatau zwischen ihm und dem kleinen Ort. Trotzdem war ich fast sicher, daß es auch hier genügend Augen und Ohren gab, die nur darauf warteten, daß ich mich zeigte.

Ich atmete erleichtert auf, als wir die Hütte endlich erreicht hatten und Shannon die Tür hinter mir ins Schloß drückte; nicht nur, weil ich meinen gequälten Körper endlich auf einen Stuhl fallen lassen und ihm ein wenig Ruhe gönnen konnte.

Wir waren allein. Der Tag hatte noch nicht ganz Einzug in den winzigen Raum gehalten; die Schatten überwogen, und die vorgelegten Läden ließen nur schmale Streifen des Sonnenlichtes herein, aber es war zumindest hell genug, mich erkennen zu lassen, wie erbärmlich die Hütte war. Die Einrichtung bestand nur aus ein paar roh zusammengezimmerten Möbeln, der Boden war festgestampfter Lehm, und von der Decke baumelte eine Petroleumlampe an einem rußgeschwärzten Draht.

Irgendwie war ich enttäuscht. Shannon hatte mir von Jop Eldekerk erzählt, dem alt gewordenen Abenteurer, den es hierher nach Krakatau verschlagen hatte und der vielleicht unser einziger Verbündeter war. Aber ich hatte etwas anderes erwartet. Was, wußte ich selbst nicht.

»Ich denke, wir sind hier erst einmal in Sicherheit«, sagte Shannon, nachdem er durch den Raum gegangen war und sorgfältig alle Läden überprüft hatte. »Wenigstens für den Moment.« Er lächelte aufmunternd, ging zu einem kleinen Schrank an der Südseite und kam mit einem Zinnbecher und einer Flasche zurück, der ein scharfer Geruch entströmte, als er den Korken herauszog. Schweigend schenkte er den Becher voll und reichte ihn mir.

Ich trank, ohne erst lange zu überlegen, welche Art von Flüssigkeit die Flasche enthielt. Als ich aufgehört hatte zu husten, füllte Shannon den Becher erneut, aber diesmal nippte ich nur daran und sah fragend zu ihm auf. »Du nicht?«

Shannon verneinte. »Ich trinke niemals Alkohol«, sagte er. »Aber dir wird er guttun.« Plötzlich war wieder dieser Ausdruck von Sorge in seinem Blick. »Fühlst du dich besser?« fragte er.

Impulsiv wollte ich nicken, beließ es aber dann bei einem Achselzucken und trank einen weiteren Schluck. Mittlerweile glaubte ich das Getränk als Rum zu identifizieren, wenngleich als einen Rum, der zu mindestens hundertzehn Prozent aus purem Alkohol bestand. Aber obgleich mir die Brühe schier die Kehle wegzuätzen schien, breitete sich eine Woge wohltuender Wärme in meinem Magen aus. Ich mußte vorsichtig sein. In dem desolaten Zustand, in dem ich mich befand, würde mich ein zweites Glas dieses Teufelsgebräus glattweg umhauen. Beinahe hastig stellte ich den Becher auf den Tisch zurück.

»Wo ist dein Freund?« fragte ich.

»Eldekerk?« Shannon deutete mit einer vagen Kopfbewegung nach Norden. »Oben in den Bergen – wenn ihn Tergards Leute nicht erwischt haben, heißt das. Wir treffen ihn später.« Er räumte die Flasche weg, kam zurück und ließ sich vor mir auf ein Knie sinken. »Zieh dein Hemd aus. Ich will dich untersuchen.«

»Später?« hakte ich nach, begann aber gehorsam mein Hemd aufzuknöpfen. Shannon war kein Arzt, aber ich hatte am eigenen Leibe erfahren, wie hilfreich und lindernd die Berührung seiner Hände sein konnte; und im Moment hätte ich wahrscheinlich auch die Hilfe einer tibetanischen Kräuterhexe angenommen, so miserabel, wie ich mich fühlte. »Was soll das heißen, später?«

»Wir bleiben nicht hier«, antwortete Shannon, während seine Hände bereits geschickt über meinen Leib huschten und hier und da verharrten. Es tat weh, aber ich biß tapfer die Zähne zusammen.

Shannon schüttelte den Kopf. »Du siehst schlimm aus«, sagte er. »Bist du geschlagen worden?«

Seine Worte weckten die Erinnerung an Roosfeld wieder in mir; mein Gesicht verdüsterte sich. Aber es war weniger die Erinnerung an die körperlichen Mißhandlungen als vielmehr die Erniedrigung, die mich aufstöhnen ließ, als Shannons Finger weiter über meine geprellten Rippen tasteten.

»Wer war es?«

»Ein Mann namens Roosfeld«, antwortete ich und fügte, mit einem etwas verunglückten Lächeln, hinzu: »Er hat mir wohl den verrenkten Arm übelgenommen.«

Shannon sah auf. »Ein ziemlich großer Mann mit einem Schlägergesicht und einer Narbe über dem Auge?« fragte er.

Ich nickte überrascht. »Du kennst ihn?«

»Ich … bin ihm begegnet«, antwortete Shannon ausweichend. »In den nächsten Wochen wird er niemanden mehr so zurichten. Wenn er's überlebt. Keine Sorge.«

Es dauerte einen Moment, bis ich begriff, was Shannon mit seinen Worten meinte. Und als es mir klar wurde, erschrak ich. Shannons Worte waren so kalt und gefühllos, als spräche er über einen Käfer, den er zertreten hatte. Einen Moment lang zweifelte ich beinahe daran, daß dies wirklich der Shannon war, den ich kennengelernt zu haben glaubte. Der junge Magier, der mir in Arkham und später noch einmal in Amsterdam das Leben gerettet hatte, war vielleicht mein Feind gewesen. Aber trotz allem ein Mensch voller Wärme und Freundlichkeit. Kein eiskalter Zyniker.

Aber dann verscheuchte ich den Gedanken. Es war lange her, seit wir das letzte Mal als Freunde miteinander geredet hatten. Und Shannon hatte nicht darüber gesprochen, aber ich ahnte, daß das, was Necron ihm angetan hatte, schlimmer sein mußte als die paar Schläge, die ich von Roosfeld erhalten hatte. Es gibt für jeden Menschen eine Grenze, jenseits derer er einfach zerbricht. Vielleicht war Shannon ihr zu nahe gekommen.

»Halt jetzt still«, sagte er. »Es wird weh tun. Aber danach fühlst du dich besser.«

Er stand auf, legte die linke Hand auf mein Herz und spreizte die Finger der Rechten, um sie auf mein Gesicht zu legen. Ich kam nicht mehr dazu, ihn zu fragen, was er vorhatte.

Er hatte recht – es *tat* weh, höllisch weh sogar, aber interher fühlte ich mich keineswegs besser.

Jedenfalls nicht sofort.

Ich wurde erst einmal ohnmächtig.

Die Hitze der Erde war hier unten deutlicher zu spuren. Wie ein erstickender Haucn drang sie aus dem Boden, ließ die Luft knistern und zähflüssig wie heißen Sirup werden und überzog die Grate und Risse der geborstenen Lava mit einer unsichtbaren, schmierigen Schicht.

Und etwas an ihr hatte sich verändert. Sie schien ... aggressiver geworden zu sein. Drängender. Drohender.

Dagon war sicher, sich die Veränderung nicht nur einzubilden. Alles hier war anders geworden, auf eine nicht greifbare, düstere Art bedrohlicher und lebensfeindlicher.

Aber er wußte auch den Grund dieser Veränderung. Die Zeit rückte heran. Bald würde das Tor aufgestoßen werden, hinter dem *sie* seit Jahrmillionen warteten, geduldig und zeitlos wie die Unendlichkeit, aus der sie vor Äonen gekommen waren, um zusammen mit ihren Herren diesen kleinen Stern am Rande der Galaxis zu besitzen. Noch war es nicht soweit, aber der Tag rückte heran, und bald schon würde er die Stunden zählen können, bis der Augenblick der Erfüllung gekommen war. Wenn die THUL SADUUN erwachten!

Dagon hatte Angst vor jenem Moment. Er gab es nicht zu, nicht einmal sich selbst gegenüber, aber tief in seinem Inneren fürchtete er den Augenblick *ihres* Erwachens, denn einst hatte er sie betrogen, und er war nicht ganz sicher, ob sie es ihm wirklich danken würden, daß er bereute und nun alles tat, ihnen zu helfen, aus ihrem Kerker zwischen den Dimensionen zu entkommen. Möglicherweise würden sie ihn bestrafen.

Er vertrieb den Gedanken und wandte sich wieder an das bizarre Wesen, das zu treffen er hergekommen war.

Die Gestalt ähnelte einem Menschen, aber es war eine Ähnlichkeit, die nur einer oberflächlichen Musterung standgehalten hätte. Sie war groß, über die Maßen schlank und schimmerte, als wäre sie aus poliertem, schimmerndem schwarzen Holz oder Horn gefertigt. Wo ihr Gesicht sein sollte, befand sich nur eine ebene, vollkommen glatte Fläche. Winzige Spritzer erstarrter Lava klebten auf ihren Gliedern und ihrem langgestreckten Leib.

Dagon verspürte einen neuerlichen, deutlichen Schauer von Furcht, als er das Wesen betrachtete. Alle, auch die, die ihn als Gott verehrten und ihm Sklavendienste taten, glaubten, daß er, Dagon, ihr Herr war, der Herr der furchtbaren Schatten, die mit der Nacht aus dem Meer kamen und den Tod brachten.

Es war genau umgekehrt. So wie die Sterblichen *ihn* fürchteten, fürchtete er *sie*, die gesichtslosen Schrecken des Meeres, von denen die Legenden der Eingeborenen sagten, daß sie Seelen derer waren, die die See verschlungen hatte, und von denen er wußte, daß die Wahrheit tausendmal schlimmer war. Er fürchtete sie, obwohl – oder vielleicht auch gerade weil – sie ihm halfen und sie Diener der THUL SADUUN waren wie er. Vielleicht, weil er sich bis zu diesem Moment nicht darüber klar geworden war, wer die wichtigere Rolle spielte, ob er oder sie entbehrlicher sein würden, wenn *sie* erwacht waren. Oder vielleicht auch beide.

»Es wird Zeit«, sagte das Hornwesen. Seine Stimme ließ Dagon schaudern, denn er hörte den Befehl, der sich hinter diesen so harmlos klingenden Worten verbarg.

Dagon nickte, drehte sich um und klatschte in die Hände, und in die Gruppe der Betenden, die im Halbkreis um den lodernden Lavasee herum niedergekniet waren, kam Bewegung. Acht der Männer erhoben sich, verließen die Höhle und kehrten wenige Augenblicke später zurück, zwei kleine, bronzebraun gebrannte Gestalten mit Peitschenhieben vor sich hertreibend.

Dagon stutzte. »Nur zwei?« fragte er. »Wo sind die anderen?«

Einer der Männer trat vor und senkte demütig den Blick. Sein Atem ging schnell, aber Dagon war nicht sicher, ob es nur an der erstickenden Wärme lag, die hier unten herrschte und seine Sklaven auszehrte, so daß ihm keiner länger als wenige Wochen zu Diensten war, ehe auch er starb oder geopfert wurde.

»Nun?« fragte er noch einmal und in weitaus schärferem Tonfall.

»Es ... sind nicht mehr da, Herr«, antwortete der Mann. Diesmal hörte Dagon die Furcht in seinen Worten überdeutlich.

»Was soll das heißen?« fauchte er. »Es wurden Männer gebracht in den letzten Tagen.«

»Sie sind ... nicht mehr da, Herr«, antwortete der Sklave im Flüsterton. »Die *Mächtigen* sind hungrig, Herr. Und seit dem letzten Morgen kamen keine Männer mehr.«

»Es ...« Dagon ballte zornig die Hände zu Fäusten und starrte den Mann einen Herzschlag lang zornig an. Dann fuhr er herum und wandte sich an die schwarz schimmernde Horngestalt.

»Ist das wahr?« fauchte er.

»Es ist wahr«, antwortete das Wesen.

»Und warum erfahre ich das erst jetzt?«

»Es ist deine Aufgabe, dafür zu sorgen, daß genügend Sterbliche da sind«, entgegnete das Wesen kalt, und fast glaubte Dagon, so etwas wie ein hämisches Lachen in dem konturlosen Gesicht zu sehen. »Wir haben getan, was wir mußten. Die Nacht rückt heran.«

Dagon erschauderte. Die Nacht. Mit der Nacht würden die Boote kommen, die Boote, die neue *Ssaddit* brachten, die Höllenwürmer, die nötig waren, um *ihr* Kommen vorzubereiten. Und sie würden hungrig sein.

Mit einem zornigen Ruck wandte er sich um, hob den Arm und deutete auf die beiden kleinwüchsigen Gestalten, die seine Sklaven gebracht hatten. »Ihr!« sagte er fordernd. »Kommt her!«

Einer der beiden reagierte sofort, während der andere wie unter einem Hieb zusammenfuhr und ihn aus vor Angst geweiteten Augen anstarrte. Dagon machte eine ungeduldige Bewegung mit der Hand, und der Ausdruck von Furcht im Blick des Eingeborenen erlosch. Willenlos wie eine Puppe kam der Mann näher und blieb am Rande des Lavasees stehen, so nah, daß der flüssige Stein beinahe seine Füße berührte. Er schien die Hitze nicht einmal zu spüren.

Dagon wandte sich zum See und hob die Arme. Dann schloß er die Augen.

Für endlose Minuten geschah nichts. Dann, ganz sanft zuerst, als zittere der ganze See wie unter einer inneren Spannung, begann die Oberfläche des Flammentümpels zu beben. Kreise wie von ins Wasser geworfenen Steinen bildeten sich und verliefen wieder. Schließlich begann die Lava zu brodeln, als stünde ein Ausbruch bevor.

In der Mitte des Sees erstreckte sich ein langgestreckter, weißglühender Körper, massig wie ein Wal und lang wie der Mast eines Schiffes. Mit einer eleganten, fließenden Bewegung teilte er die tausend Grad heißen Fluten und tauchte wieder unter, eine zitternde, zischende Welle hinter sich herziehend, aus der erstickende Dämpfe und die Hitze der Hölle emporstiegen.

Dagon glaubte die Gier zu spüren, die das Wesen

erfüllte, als es das Leben am Ufer des brennenden Sees witterte …

Es mußte Mittag sein, als ich erwachte. Im Inneren der Hütte herrschte noch immer schattiges Halbdunkel, aber die Wärme war durch die dünnen Bretterwände gekrochen und lastete wie ein schmieriger Film auf meiner Haut. Vorsichtig stemmte ich mich hoch. Zu meiner Überraschung ging es erstaunlich gut. Nicht einmal meine geprellten Rippen schmerzten noch.

»Sei vorsichtig«, sagte eine Stimme neben mir. Ich wandte den Blick, erkannte Shannon und sah ihn fragend an.

»Du bist in keinem guten Zustand«, sagte der junge Magier erklärend. »Du darfst nicht zuviel von deinem Körper verlangen. Er könnte sich rächen.«

»Ich fühle mich gut«, widersprach ich, aber Shannon machte nur eine unwillige Handbewegung.

»Ich habe die verborgenen Kräfte deines Körpers aktiviert«, sagte er. »Aber diese Reserven reichen nicht lange. Also schone dich. Du wirst deine Kräfte noch dringend brauchen.«

Ich nickte, setzte mich – weitaus vorsichtiger – ganz auf und ließ die Beine vom Rand der wackeligen Liege baumeln, auf der ich erwacht war. In meinem Kopf war ein dumpfes Rauschen wie eine noch nicht ganz überwundene Benommenheit, und als ich aufstehen wollte, zuckte ein dünner, aber tiefgehender Stich durch meine Brust. Ich zog eine Grimasse und ließ mich wieder zurücksinken. Shannon hatte wohl recht. Es hatte nicht allzuviel Sinn, den Helden zu spielen, nachdem man am Tage zuvor von einem Profi zusammengeschlagen worden war.

Shannon umrundete mein Bett, ließ sich auf einen freien Stuhl sinken und reichte mir einen zerbeulten Blechteller, auf dem eine undefinierbare braune Substanz lag.

»Was ist das?« fragte ich ihn, als er mir eine rostige Gabel mit verbogenen Zinken reichte.

Shannon lächelte flüchtig. »Willst du es erst wissen, oder willst du lieber erst essen?«

Ich starrte ihn an aber ich war mehr als bloß hungrig, und so zog ich es vor, nicht über den Inhalt meines Tellers nachzudenken, sondern ihn zu verspeisen. Er schmeckte nicht halb so schlimm, wie er aussah.

»Worauf warten wir eigentlich?« fragte ich, nachdem ich fertig war und hastig abgewunken hatte, als Shannon fragend auf meinen Teller deutete.

»Auf die Nacht«, antwortete er. »Es wäre nicht gut, bei hellem Tageslicht von hier fortzugehen. Tergards Leute sind nicht dumm. Sie werden die Augen offenhalten.«

»Was weißt du über Tergard?« fragte ich.

Shannon zuckte mit den Achseln. »Nicht viel mehr, als daß er da ist und mit Dagon zusammenarbeitet.«

»Er ist ein Templer«, sagte ich.

Shannon nickte. Er wirkte nicht besonders überrascht.

»Ein *Master* des Templerordens«, fuhr ich fort. »Du kennst diese Männer?«

»Nein«, erwiderte Shannon. »Aber ich habe von ihnen gehört. Sie und Necron sind … keine Freunde.« Ich hatte das sichere Gefühl, daß er in Wahrheit etwas ganz anderes hatte sagen wollen, hakte jedoch nicht nach, sondern blickte noch einmal zum Fenster und sah dann wieder zu Shannon auf.

»Wir haben Zeit«, sagte ich. »Warum erzählst du mir

nicht alles? Wie kommst du hierher, Shannon? Zwei Jahre in die Vergangenheit?«

»Auf dem gleichen Wege wie du«, antwortete Shannon. »Necron beherrscht die *Tore*, zumindest zu einem geringen Teil.«

»Das ist keine Antwort«, sagte ich. »Gestern abend hast du gesagt, daß du geflohen bist. Warum ausgerechnet hierher?«

»Weil ich wußte, daß ich dich hier finden würde«, antwortete Shannon.

»Woher?«

»Auf Krakatau befindet sich das zweite SIEGEL«, sagte Shannon, als wäre dies Antwort genug. Mir jedenfalls reichte es nicht. Ich stellte eine entsprechende Frage.

Shannon schwieg ein Weile, aber er schien zu begreifen, daß ich mich diesmal nicht mehr mit Ausflüchten zufriedengeben würde. Schließlich nickte er, griff unter seinen Rock, förderte einen kleinen, in ein braunes Stück Kattun eingeschlagenen Gegenstand zutage und gab ihn mir.

»Das hier habe ich Necron gestohlen, ehe ich geflohen bin«, sagte er. »Ich ... kann es dir nicht genau erklären, denn nicht einmal Necron selbst weiß wirklich, auf welche Weise es funktioniert, aber es ist eine Art ...« Er zögerte, suchte einen Moment sichtlich nach Worten und fuhr mit einem unsicheren Lächeln fort: »Eine Art Kompaß, wenn du so willst. Ein Kompaß, der nur einem einzigen Zweck dient – die SIEGEL zu finden. Wer ihn besitzt und ein *Tor* benutzt, wird in die Nähe eines SIEGELS gebracht. Frage mich jetzt nicht, wieso, oder woher Necron ihn hat, ich weiß es nämlich nicht. Ich weiß nur, daß es so ist. Necron gedachte ihn zu benutzen, um die sechs anderen SIEGEL aufzuspüren.«

Verstört blickte ich auf die kaum münzgroße Metallscheibe in meinen Händen. Sie war völlig glatt und fühlte sich kalt wie Eis an. Einen Moment lang wunderte ich mich, keinerlei Anzeichen von Magie zu spüren, denn auch das war etwas, das ich in den letzten Jahren fast gegen meinen Willen gelernt hatte. Erst nach Sekunden kam mir wieder zu Bewußtsein, daß meine magischen Kräfte nach der Begegnung mit Tergard ungefähr so stark entwickelt waren wie die einer Kellerassel. Enttäuscht reichte ich Shannon den *Kompaß* zurück.

»Das erklärt, warum du hier bist«, sagte ich. »Aber nicht, was mich hierher verschlagen hat.«

Shannon steckte die Metallscheibe weg, nachdem er sie sorgfältig wieder eingewickelt hatte. »Du bist ein Magier wie ich«, sagte er schließlich. »Möglicherweise ist deine angeborene Begabung sogar stärker. Vielleicht stärker als die Necrons.«

»Unsinn«, widersprach ich, aber Shannon beharrte auf seiner Meinung.

»Necron hat Angst vor dir, Robert«, sagte er plötzlich. »Ist dir das klar?«

»Angst? Vor mir?« Ich versuchte zu lachen, aber es gelang nicht ganz. »Du machst Witze.«

»Keineswegs«, sagte Shannon ernst. »Er haßt dich, weil er dich fürchtet, Robert. Er hat Angst vor dir, weil er ahnt, daß du ihn vernichten könntest, irgendwann einmal. Es ist der gleiche Grund, aus dem er mich getötet hätte, wäre ich nicht geflohen. Der Grund, aus dem er das Mädchen gefangenhält.«

Ich fuhr auf, wie von einem Schlag getroffen.

»Das Mädchen?!« Ich schrie fast. »Welches Mädchen, Shannon?«

Shannon antwortete nicht, sondern blickte mich nur

mit einer Mischung aus Schrecken und allmählich aufkeimendem Mitleid an, und ich begriff, daß er etwas gesagt hatte, was er ganz und gar nicht hatte sagen wollen.

Das Mädchen …

»Priscylla«, murmelte ich. »Dann … dann lebt sie? Sie … sie ist … ist am Leben, Shannon? Sie lebt noch?« Plötzlich begann meine Stimme zu zittern, und in meiner Brust erwachte ein neuer, grausamer Schmerz, der nichts mit meinen Verletzungen zu tun hatte und den keine Magie der Welt zu lindern imstande war. Ich hatte gehofft, ihn durch Vergessen abtöten zu können, aber Shannons Worte hatten mir bewiesen, daß auch das nicht ging. Er war noch da, grausam und quälend wie am ersten Tag.

»Pri«, murmelte ich erneut. Ein harter, schmerzhafter Kloß saß plötzlich in meiner Kehle. »Hast du … hast du sie gesehen?«

Shannon nickte.

»Sie lebt«, bestätigte Shannon. »Aber sie ist …« Er sprach nicht weiter, und mit einem Male – eigentlich zum allerersten Male, seit ich ihn kennengelernt hatte – konnte er meinem Blick nicht mehr standhalten und starrte beinahe betreten zu

Boden. »Es tut mir leid, Robert«, sagte er. »Ich wollte nicht darüber reden. Es war ein Fehler, der dir nur weh getan hat. Verzeih.«

»Sie lebt?« beharrte ich. Ich fühlte mich wie in Trance. Meine Gefühle waren aufgewühlt, als wäre am Grunde meiner Seele ein Vulkan aufgebrochen. Meine Hände zitterten.

Shannon nickte, aber die Bewegung war so sacht, daß ich sie kaum sah. »Sie lebt, aber Necron hat sie in Schlaf versetzt, Robert. Einen magischen Schlaf, aus dem nur er sie wieder erwecken kann.« Plötzlich hob er den Kopf und sah mir mit neu gewonnener Festigkeit in die Augen. »Vergiß sie, Robert«, sagte er sanft. »Selbst wenn sie wieder erwachen sollte, wird sie nicht mehr ...«

Er kam nicht dazu, den Satz zu Ende zu bringen. Mit einem Sprung war ich auf den Füßen und bei ihm, riß ihn an den Jackenaufschlägen in die Höhe und ballte die Hand unter seinem Gesicht.

»Sag so etwas nie wieder, Shannon!« schrie ich. »Nie, hörst du? Sag nie wieder, daß ich sie vergessen soll!«

Shannon blickte mich an, schüttelte traurig den Kopf und drückte meine Hände mit einer beinahe sanften Geste zur Seite. Meine Wut verrauchte, so schnell wie sie gekommen war, und mit einem Male fühlte ich mich nur noch elend. Mir war im wahrsten Sinne des Wortes zum Heulen zumute.

»Entschuldige, Shannon«, sagte ich. »Ich ... habe die Beherrschung verloren. Ich wollte das nicht.«

»Wir haben beide Fehler gemacht«, sagte Shannon sanft. »Warum vergessen wir sie nicht auch beide.« Er schwieg einen Moment, lächelte traurig und fügte mit noch leiserer Stimme hinzu: »Bedeutet dir dieses Mädchen so viel? Nach all der Zeit?«

Ich antwortete nicht, denn ich konnte es nicht. Bei Gott – wie oft hatte ich mir das Hirn zermartert, um selbst eine Antwort auf diese Frage zu finden? Ich liebte sie, ja, mehr als alles andere auf der Welt, aber – war es wirklich Liebe? Ich hatte sie ja kaum gekannt. Die wenigen Tage, die ich zusammen mit ihr in London verbracht hatte, hatten ja nicht einmal ausgereicht, sie wirklich kennenzulernen, und die Jahre danach ...

»Ich weiß es nicht«, gestand ich, ohne Shannon anzublicken.

»Du hattest kaum Zeit, sie wirklich zu lieben«, sagte Shannon, fast als hätte er meine Gedanken gelesen. »Du hast zwei Jahre neben einer Kranken gelebt, Robert. Einem Mädchen, das nicht Herr ihrer selbst war. Vielleicht ist es nur Mitleid.«

Ich sah auf, atmete hörbar ein und blickte ihn fest an. »Hast du jemals geliebt, Shannon?« fragte ich.

Es dauerte lange, bis Shannon antwortete, fast als müsse er erst gründlich über meine Frage nachdenken. Dann schüttelte er den Kopf. »Du hast recht«, sagte er. »Man sollte nicht über etwas reden, was man niemals kennengelernt hat.« Plötzlich lächelte er und sprach mit veränderter Stimme weiter: »Und so wie die Dinge liegen, kommen wir im Moment ohnehin nicht zu einer Lösung. Ich verspreche dir, daß ich dir helfen werde, sie zu befreien. Wenn das alles hier vorüber ist.«

»Befreien? Ich weiß ja nicht einmal, wo sie ist. Und für dich wäre es Selbstmord, auch nur in Necrons Nähe zu kommen. Er wird nicht sehr erbaut davon sein, daß du ihm dieses Ding gestohlen hast.« Ich deutete auf die Tasche, in der er den magischen Kompaß trug. »Außerdem hast du ganz recht – im Augenblick gibt es Wichtigeres zu tun. Hast du schon einen Plan?« Shannon lachte befreit auf. »Ich dachte schon, du würdest mich nie fragen«, sagte er. »Hör zu …«

Der große Platz inmitten des Gefangenenlagers wirkte wie ausgestorben. Die Türen der hufeisenförmig angelegten Baracken waren ausnahmslos geschlossen, die Läden vorgelegt, und auch das normalerweise niemals abreißende Hin und Her der Wachen auf den Wehrgängen jenseits des doppelten Stacheldrahtverhaues hatte aufgehört. Selbst in den warmen Hauch des Krakatau, der vom Gipfel des Vulkans herabtrieb und aus der Erde drang, hatte sich etwas wie Kälte gemischt.

Tergard fröstelte. Die Sonne stand hoch am Himmel, und es hätte unerträglich warm sein müssen. Aber wenn er die Augen schloß, dann glaubte er Schnee und Eis zu spüren.

Trotzdem war er in Schweiß gebadet. Er hatte die Hände unter den Stoff seines weißen Zeremonienmantels geschoben, damit Roosfeld und die anderen nicht sahen, wie stark seine Finger zitterten.

»Er kommt«, sagte Roosfeld plötzlich. Er sah aus, als wäre er mit knapper Not einem Fleischwolf entsprungen. Zu seinem verbundenen, verrenkten Arm trug er einen passenden Mullverband um die blauglänzende Stirn.

Tergard nickte, drehte sich mit bewußt langsamen Bewegungen herum und blickte auf die langgestreckte Baracke, die den Abschluß des freien Platzes bildete, der zwischen den anderen Gebäuden des Gefangenenlagers lag. Ihre Tür stand offen, und erst vor Minuten hatte Roosfeld auch die innere, aus Metall gefertigte Tür aufgeschlossen, so daß die rote Glut der Lava aus dem brennenden Gebäude leuchtete. Es sah aus, als brenne das Haus. Für einen Moment schloß Tergard die Augen und versuchte, das Chaos hinter seiner Stirn zu beruhigen. Er hatte Angst, und er gestand es sich selbst gegenüber ein. Ein Fehler, ein falsches Wort, ja, eine falsche Betonung, und er war verloren.

Aber der Preis, der ihm winkte, wenn er Erfolg hatte, war den Einsatz wert. Wenn er obsiegte, dachte er mit einem raschen, warmen Gefühl vorweggenommenen Triumphes, dann waren seine Tage auf diesem gottverlassenen Eiland am Ende der Welt gezählt. Dann würde *er* die Robe des Großmeisters tragen. Vielleicht mehr.

Unter der offenstehenden Tür erschien eine Gestalt, und Tergard rief sich innerlich zur Ordnung. Seinen Sieg konnte er feiern, wenn er ihn errungen hatte. Nicht eher.

»Ihr bleibt hier«, sagte er, als Roosfeld und zwei der anderen ihm folgen wollten. »Ich rede allein mit ihm.«

Roosfeld widersprach nicht, sondern wich beinahe hastig drei, vier Schritte zurück, sichtbar froh, ihm nicht folgen zu müssen. Tergard beschloß in Gedanken, sich bald nach einem neuen Mann umzusehen, der Roosfelds Stelle einnehmen konnte. Er war zweimal hintereinander geschlagen worden, und wie bei allen Männern, die im Grunde ihres Herzens feige waren, war eine einzige Niederlage für ihn schon zuviel. Wenn er das nächste Mal in eine gefährliche Situation kam, würde Roosfeld versagen, das wußte er.

Langsam näherte sich der Tempelritter der Baracke und der schlanken Gestalt, die aus der Tür getreten war, blieb in zwei Schritten Abstand stehen und deutete mit der linken Hand auf die zweite Gestalt, die hinter der ersten aufgetaucht war, einem Wesen wie aus Horn und erstarrter Nacht, ohne Gesicht, ohne Leben, ohne Seele. Seine andere Hand lag verborgen unter dem Mantel auf dem Schwertgriff; eine Geste, die ihm sicherlich keinen Schutz gab gegen dieses Wesen, die ihn aber beruhigte.

»Schicke diese Kreatur fort«, sagte er kalt.

»Du hast hier nichts zu befehlen«, entgegnete der Mann, dem er gegenüberstand. Seine faustgroßen Fischaugen musterten Tergard kalt. »Du …«

»Dieses Wesen ist eine Kreatur der Hölle«, unterbrach ihn Tergard. »Schicke es fort, oder ich gehe wieder. Du wolltest mit mir sprechen, und ich bin hier, um mit dir zu reden. Aber nur mit dir.«

Dagon starrte ihn an und preßte wütend die Lippen aufeinander. Dann fuhr er mit einem Ruck herum, machte eine befehlende Geste und gab einen zischenden Laut von sich. Der Gesichtslose verschwand lautlos im Haus und löste sich in der lodernden Glut hinter seiner Tür auf.

»Jetzt können wir reden«, sagte Tergard. »Du hast mich gerufen?«

»Spiele nicht den Narren, *Mensch*!« fauchte Dagon. »Du weißt sehr wohl, aus welchem Grund ich dich herbefohlen habe. Hast du unser Abkommen vergessen?«

»Keineswegs«, antwortete Tergard mit einem flüchtigen, fast abfällig wirkenden Lächeln. »Ich halte es, so gut ich kann.«

»Du hältst es?« Dagon schrie beinahe. »Versuche nicht, mich zum Narren zu machen, Tergard! Du hast versprochen, mir Sklaven zu schicken, aber meine …«

»Das habe ich getan«, unterbrach ihn Tergard. »Hunderte, Dagon, in den letzten zwei Jahren. Meine Männer bringen so viele, wie sie nur können.«

»Nicht genug!« fauchte Dagon. »Ich brauche mehr, Tergard, weit mehr. Noch heute.«

»Das ist unmöglich«, sagte Tergard bedauernd. »Sieh dich um. Das Lager ist leer. Du hast alle Männer bekommen, die ich dir geben kann.« Plötzlich wurde sein Stimme schärfer, nur eine Spur, aber doch so, daß Dagon die Drohung darin nicht überhören konnte. »Was verlangst du? Meine Männer haben Schiffe geentert und dir die Passagiere gebracht. Wir haben das Gerücht ausgestreut, daß es Gold und edle Metalle auf Krakatau gibt, um Abenteurer und anderes Gesindel anzulocken, und wir haben dir die Fischer gebracht, die allein auf das Meer hinausfuhren. Was verlangst du noch? Soll ich meine Männer die Städte überfallen und dir die Einwohner bringen lassen. Ich habe dir zahllose Opfer gebracht!«

»Es sind zu wenige!« beharrte Dagon. »*Ihr* Hunger ist unersättlich, und der Moment rückt heran, da …«

»Ich kann dir nicht helfen«, unterbrach ihn Tergard kalt. »Es ist niemand mehr da, den ich dir bringen könnte. Ich habe schon mehr getan, als ich dürfte. Man beginnt bereits zu reden, Dagon. Es fällt auf, wenn auf einer Insel wie Krakatau Hunderte von Menschen verschwinden. Sie werden kommen und nachsehen, wenn wir nicht vorsichtig sind.«

»Bis dahin ist es zu spät!« sagte Dagon heftig. »Noch wenige Tage, und es ist vollbracht, Tergard. Dann können sie mit einer Armee kommen, und wir werden ihnen widerstehen. Aber ich brauche Opfer. Lebende Opfer.«

»Ich kann sie dir nicht geben«, beharrte Tergard. »Es tut mir leid.«

»Du betrügst mich!« behauptete Dagon.

»Dich? Einen *Gott*?« Tergards Stimme troff geradezu vor Hohn.

»Ich warne dich, Tergard«, sagte Dagon leise. »Versuche, mich zu hintergehen, und meine Rache wird furchtbar sein.«

Tergard zog die linke Augenbraue hoch. »So?« fragte er lauernd. »Ich glaube nicht, daß du irgend etwas gegen mich unternehmen wirst, Dagon. Ich habe meinen Teil der Abmachung gehalten, so gut es mir möglich war. Und ich glaube auch nicht, daß du mir wirklich drohen solltest.«

»Ich kann dich vernichten.«

»Das *könntest* du«, korrigierte Tergard. »Wenn du Zeit dazu hättest. Und wenn es einen Mann namens Robert Craven nicht gäbe.« Er lachte leise. »Ich nehme an, er ist dir entkommen.«

Dagon antwortete nicht, sondern starrte ihn nur aus vor Haß lodernden Augen an, und nach einer Weile fuhr Tergard fort.

»Es tut mir leid, Dagon. Ich bin nicht in der Lage, dir zu helfen. Wenn du Futter für die Ungeheuer brauchst, die du dort unten züchtest, so mußt du es dir schon selbst besorgen. Und ich würde dir raten, es rasch zu tun. Bald wird die Sonne untergehen, und du hast es selbst gesagt: *ihr* Hunger ist unersättlich. Sie werden sich holen, was du ihnen nicht freiwillig gibst.«

»Dann brichst du unser Abkommen?«

Tergard schüttelte den Kopf. »Nein. Ich halte es, Dagon. Ich habe niemals versprochen, deine Arbeit zu tun, erinnere dich. Niemand wird diese Insel betreten oder verlassen, bis nicht der nächste Vollmond herangekommen ist, dafür garantiere ich. Mehr kann ich nicht tun.« Er starrte Dagon einen Moment lang herablassend an und machte dann eine spöttische Verbeugung. »Und nun entschuldige mich, Dagon«, sagte er. »Ich habe zu tun. Ich muß den Mann fangen, der dir und deinen Kreaturen entkommen ist. Und diesmal werde ich ihn selbst töten.«

Damit wandte er sich um und ging, ohne der Gestalt des Fischgottes auch nur noch einen einzigen Blick zu widmen.

Roosfelds Gesicht war grau vor Furcht, als er zu ihm zurückkam. »Nun?« fragte der Leutnant. »Was ... was hat er gesagt?«

»Er hat mir gedroht«, antwortete Tergard, »aber damit habe ich gerechnet.«

»Aber er glaubt Ihnen?«

Tergard zuckte mit den Schultern. »Ich weiß es nicht«, gestand er. »Aber so wie die Dinge liegen, hat er kaum genügend Zeit, herauszufinden, ob ich ihn belüge oder nicht.« Plötzlich lachte er. »Wir werden siegen, Roosfeld. Dieser Craven war jeden einzelnen Hieb wert, den er dir versetzt hat.«

Roosfelds Gesicht verdüsterte sich bei Tergards Worten, was diesen zu einem noch zufriedeneren Lächeln veranlaßte. »Vergiß es, Roosfeld«, sagte er. »Du hast diesen Mann unterschätzt, und du hast dafür bezahlt.«

»Ich werde ihn umbringen!« versprach Roosfeld. »Wenn ich ihn das nächste Mal in die Finger bekomme …«

»… wirst du ihn schön in Ruhe lassen«, unterbrach ihn Tergard. »Ich brauche ihn noch; mehr als dieser Narr auch nur ahnt. Und nun komm. Die Zeit wird knapp. Wir müssen Craven finden, ehe Dagon es tut.«

Der Ort lag unter uns, nicht mehr als vier oder allerhöchstens fünf Meilen entfernt, aber der Dschungel hatte seine Lichter schon nach wenigen Schritten verschlungen, und seit die Sonne untergegangen war, hatte ich das Gefühl, durch eine Welt zu marschieren – genauer gesagt, mich hindurchzu*tasten* –, die nur noch aus Dunkelheit und wechselweise reißenden wie schlagenden oder stolpernlassenden Schatten bestand. Shannon hatte mir ein halbes dutzendmal aufhelfen müssen, weil ich gestürzt war, und einmal war ich geradewegs vor einen Baum gerannt und hatte mir den Schädel blutig geschlagen. Wie Shannon das Kunststück fertigbrachte, bei der herrschenden Dunkelheit nicht die Orientierung zu verlieren, war mir ein Rätsel.

»Sie kommen«, erklang die Stimme des jungen Magiers links von mir, und ich schrak abrupt aus meinen düsteren Überlegungen hoch. Vorsichtig richtete ich mich hinter dem stacheligen Busch auf, den ich mir sinnigerweise als Deckung auserkoren hatte und der mir seit einer Viertelstunde das Gesicht und die Hände zerkratzte, und lugte aus zusammengekniffenen Augen über die Lichtung.

Ich sah absolut nichts, aber das war auch nicht weiter verwunderlich: Was Shannon in einem Anfall von mir unverständlichem Humor als Lichtung bezeichnet hatte, war nichts als ein runder Platz von vielleicht dreißig Schritten Durchmesser, auf dem keine Bäume und kaum Unterholz wuchsen; was die Urwaldriesen nicht daran hinderte, ihre Kronen über unseren Köpfen wie laubbewachsene Finger ineinanderzukrallen, so daß es hier unten so pechschwarz war wie im eigentlichen Dschungel.

Nun, zumindest wußte ich, worauf wir warteten. Shannon hatte mir seinen Plan erklärt. Und er war so einfach wie verzweifelt. Wir beide allein hätten in hundert Jahren keine vernünftige Chance, Dagon aufzuhalten, geschweige denn, ihn zu besiegen. Wir brauchten Unterstützung. Und die einzige Hilfe, auf die wir hoffen konnten, waren die Eingeborenen Krakataus. Das hieß, wenn sie uns nicht kurzerhand die Köpfe abschnitten oder andere unerfreuliche Dinge mit uns taten.

Auf der anderen Seite der ›Lichtung‹ raschelte etwas im Unterholz, und einen Moment später glaubte ich einen kleinen, gedrungenen Körper zu erkennen, der sich behutsam durch das Dornengestrüpp schob. Instinktiv senkte ich die Hand zum Gürtel und umklammerte den Griff des Buschmessers, das ich in Eldekerks Haus gefunden und mitgenommen hatte.

»Das würde ich nicht tun, Robert«, sagte Shannon ruhig. »Sie sind sehr mißtrauisch. Du darfst sie nicht reizen.«

»Sie sehen es ja nicht«, knurrte ich.

Shannon lachte leise. »Warum wirfst du nicht einen Blick nach hinten, ehe du weitersprichst?« fragte er.

Ich gehorchte – und zog die Hand so rasch vom Griff des Buschmessers, als hätte ich sie mir verbrannt.

Um uns herum herrschte beinahe undurchdringliche Finsternis. Aber so dunkel die Nacht war, reichte das bißchen verbliebene Helligkeit doch aus, die vier kleinwüchsigen Gestalten zu erkennen, die mich in kaum einem Yard Abstand umringten. Zwei von ihnen zielten mit Bögen auf mich, die ein gutes Stück größer waren als ihre Besitzer.

»Sie beobachten uns schon seit einer halben Stunde«, sagte Shannon ruhig. »Keine Sorge. Wenn sie uns umbringen wollten, wären wir längst tot. Aber sei vorsichtig, wenn du aufstehst.«

Ich bedankte mich für seinen guten Rat mit einem gifttriefenden Blick, hob vorsichtig die Arme in Schulterhöhe und stand ungeschickt auf. Die beiden Bögen folgten meiner Bewegung mit der Sturheit lauernder Schlangen.

Shannon trat langsam an meine Stelle, und hinter ihm wuchs ein weiteres halbes Dutzend Majunde-Krieger aus der Nacht. »Laß mich reden«, wisperte Shannon. »Ich spreche Ihre Sprache.«

»Gibt es irgend etwas, was du nicht kannst?« fragte ich.

»Ja«, antwortete Shannon ernsthaft. »Kochen.« Er grinste, wurde übergangslos wieder ernst und trat dem vordersten Eingeborenen einen halben Schritt entgegen, blieb aber sofort wieder stehen, als dieser drohend seinen Bogen hob.

»*Tiagunge*«, begann Shannon. »*Owagi chai* ...«

»Brechen sie sich nicht die Zunge ab, Mister«, sagte einer der Eingeborenen. »Ich spreche Ihre Sprache.«

Shannon brach verblüfft ab. »Wer sind Sie?« fragte er, an den Mann gewandt, der zwischen den anderen hervorgetreten war. Er war der einzige, der keine Waffen trug, wie mir jetzt auffiel.

»Mein Name ist Yo Mai«, antwortete der Majunde. »Sind Sie Shannon?«

Shannon nickte. Auf seinem Gesicht machte sich ein deutlicher Ausdruck von Erleichterung breit. »Sie haben mit Eldekerk gesprochen.«

Yo Mai nickte und kam einen Schritt näher, so daß ich sein Gesicht erkennen konnte. Er war klein und schmalschultrig wie auch die anderen Männer, und seine Haut war – soweit ich das bei der miserablen Beleuchtung erkennen konnte – von der Farbe dunkel gewordenen Kupfers. Sein Gesicht wies einen stark asiatischen Schlag auf, aber seine Lippen waren wulstig wie die eines afrikanischen Negers. Wie die anderen Majunde war er nackt, sah man von seinem barbarischen Halsschmuck und der bunten Feder ab, die er sich durch das linke Ohr gestochen hatte. Und er sprach beinahe besser Englisch als ich.

»Wer ist er?« fragte Yo Mai, während er mit der Hand auf mich deutete.

»Ein Freund«, sagte Shannon hastig. »Wir sind gekommen, um ...«

»Ich weiß, weshalb Sie hier sind«, unterbrach ihn Yo Mai. »Eldekerk hat es uns gesagt. Wir werden darüber reden, doch nicht hier. Gebt eure Waffen.«

Er streckte befehlend die Hand aus. Vorsichtig zog ich das Buschmesser aus dem Gürtel und reichte es ihm, während Shannon, der wie üblich genug Mordinstrumente mit sich herumschleppte, um eine kleine Armee auszurüsten, seine Waffensammlung an einen der anderen Majunde aushändigte. Yo Mai drehte mein

Messer ein paarmal in den Händen, schürzte verächtlich die Lippen und schleuderte die Waffe achtlos in den Busch.

»Gehen wir«, sagte er.

Es war sehr still geworden in der Höhle. Das Zischen und Brodeln des verflüssigten Steines klang gedämpft, und gleichzeitig hatte sich etwas körperloses Drohendes, Finsteres über die gewaltige Halle tief unter dem flammengekrönten Haupt des Krakatau ausgebreitet.

Dagons Blick hing wie gebannt an der faustgroßen Kugel aus wasserklarem Kristall, die unmittelbar vor ihm lag. Das Gebilde schwebte eine Handbreit über einem mächtigen, mit verwirrenden Linien und Symbolen bedeckten Block aus schwarzem Basalt, und manchmal glaubte Dagon ein rasches Huschen und Wogen wie von Nebeln oder kleinen, faserigen Gebilden in ihrem Inneren zu gewahren, das jedoch immer wieder verschwand, ehe er es wirklich erkennen konnte.

Der Anblick machte ihm angst.

Nicht nur diese Kugel oder der schwarze Altarstein erfüllten ihn mit Furcht, sondern dieser ganze Raum, das Herz des Vulkans, zwei Meilen unter seinem Gipfel und Hunderte von Yards unter dem Meeresspiegel gelegen. Er gehörte nicht mehr ganz zu dieser Welt, das spürte er, aber auch noch nicht zu der anderen, aus der seine Schöpfer stammten.

Es war das zweite Mal, seit er hierhergekommen war, daß er diesen Raum betrat, und wie beim allerersten Mal erschütterte ihn der Anblick bis in die tiefsten Gründe seiner Seele.

Die Halle war riesig; eine Kuppel aus schwarzer Lava, deren Zenit sich gute hundert Meter über seinem Kopf spannte, und wie der größte Teil des gewaltigen

Labyrinthes, das den Krakatau durchzog, war sie vom blutigen roten Licht der Lava erfüllt, Licht und Hitze, die aus zahllosen Rissen und Klüften im Boden oder den Wänden drängten. In ihrem hinteren Drittel, direkt unter dem einzigen Eingang, so daß jeder Sterbliche, der es wagen sollte, hierherzukommen, unweigerlich hineinstürzen und elendiglich verbrennen mußte, war der Boden geschmolzen und zu einem brodelnden Teich geworden, und von ihrer Südwand rieselte ein brennender Wasserfall aus Lava.

Die gegenüberliegende Wand bestand aus Wasser.

Der Anblick erschreckte ihn jetzt so wie beim ersten Mal. Wo massiver Fels sein sollte, erhob sich eine spiegelnde Wand aus schwarzem Wasser, erstarrt zur Festigkeit von Eis oder Stahl. Dagon hatte versucht, ihr Geheimnis mit Hilfe seiner magischen Kräfte zu erkunden, aber es war ihm nicht gelungen. Der Zauber, der das Meer davon abhielt, ins Innere des Krakatau zu stürzen, war zu stark.

Aber er wußte, daß es die Kugel war, sie und der Block aus lichtschluckendem schwarzen Basalt, die der magischen Bann aufrechterhielten. Das SIEGEL ...

Dagon atmete hörbar ein und erhob sich aus der knienden, demütigen Haltung, in der er die letzte halbe Stunde vor dem Altar und dem SIEGEL gehockt hatte. Angst und Ratlosigkeit hatten ihn hier herabgetrieben, sie und die verzweifelte Hoffnung, eine Antwort auf die drängenden Fragen zu finden, die ihn quälten. Aber das SIEGEL hatte geschwiegen, und seine Furcht war eher noch schlimmer geworden.

Ihm blieb nicht mehr viel Zeit. Bald würde die Mitternacht herankommen, und mit ihr die Boten der *Mächtigen*. Die *Ssaddit* würden hungrig sein, hungriger denn je, und wenn er nichts hatte, ihre Gier zu stillen ...

Dagon schauderte. Gleichzeitig verspürte er eine heiße Woge mörderischer, hilfloser Wut, als er an Tergard dachte. Er hatte geahnt, daß dieser Mann ihn betrügen würde, früher oder später, und er war darauf vorbereitet gewesen. Womit er nicht gerechnet hatte, war der Zeitpunkt.

Nur wenige Tage! dachte er voller Zorn. Nur wenige Tage noch, und er wäre am Ziel gewesen, fünftausend Jahre voller Angst und Flucht, fünf Millennien des Versteckens und Davonlaufens beendet.

Er dachte an alles, was er getan hatte, seit er das *Zeittor* geöffnet und um fast ein Jahrzehnt zurück in die Vergangenheit geflogen war, die einzige Richtung, in der er seine Spur wenigstens für eine Weile zu verwischen hoffte, all seine sorgfältigen Vorbereitungen, sein Planen und vorsichtiges Handeln, und sein Zorn wuchs erneut. All das sollte vergebens sein, nur wegen eines armseligen, machtgierigen *Menschen*? Die jahrhundertelangen Vorbereitungen, die ungeheure Anstrengung, die es gekostet hatte, die Falle …

Dagon zwang sich mit aller Macht, den Gedanken nicht zu Ende zu denken. Er durfte es nicht, nicht hier, nicht einmal oben, wo er nur in der Nähe der geistlosen *Ssaddit* und ihrer gefräßigen Jungen war.

Mit einem entschlossenen Ruck wandte sich Dagon um und verließ die Höhle. Die Zeit wurde knapp, und er mußte handeln, wollte er eine Katastrophe verhindern. Später würde Zeit genug sein, sich mit Tergard zu beschäftigen.

Dagon freute sich bereits darauf. Dieser Narr würde begreifen, was es hieß, einen Gott betrügen zu wollen!

Das Lager der Majunde lag nur wenige Meilen von der Küste entfernt, aber so gut verborgen im Dschungel Krakataus, daß es ebensogut auf dem Mond hätte liegen können. Wir waren eine weitere halbe Stunde durch den Wald gestolpert, als der Dschungel plötzlich wie abgeschnitten endete und sich eine halbkreisförmige, eine gute Viertelmeile messende Lichtung vor uns auftat.

An die dreißig runde, mit spitzen Blätterdächern versehene Hütten gruppierten sich im Halbkreis um einen flachen See herum, dessen Wasser im Mondlicht wie geschmolzenes Pech schimmerte. Ein gewaltiges Lagerfeuer loderte im Zentrum des Eingeborenendorfes. Schattenhafte Gestalten bewegten sich davor, und die Nacht trug Fetzen eines fremdartig klingenden, aber sehr melodischen Gesanges heran.

Yo Mai gebot uns mit Gesten, stehenzubleiben, als wir die Lichtung zur Hälfte überquert hatten, und verschwand rasch in der Dunkelheit. Die anderen Majunde-Krieger umringten Shannon und mich weiter, und das ungute Gefühl in mir nahm weiter zu, jetzt, als ich sie im hellen Mondlicht erkennen konnte.

Selbst der größte von ihnen reichte mir gerade bis zur Schulter, und ich bin, obgleich nicht gerade klein, so doch auch alles andere als ein Riese. Aber was ihnen an Größe fehlte, das machten sie an Wildheit wieder wett. Ihre Gesichter waren – anders als das Yo Mais – mit bunten Farben bemalt, was ihnen ein schreckenerregendes Äußeres gab, und die Bögen in ihren Händen erweckten nicht gerade den Eindruck, als ob sie damit nur auf Paradiesvögel zu schießen gewohnt wären. Ein leiser Schauer überlief mich, als ich daran dachte, daß der Kannibalismus in diesem Teil der Welt nicht unbedingt so ungewöhnlich war wie in England.

Nach einer schieren Ewigkeit kam Yo Mai zurück. »Unser Ältester erwartet euch«, sagte er. Shannon nickte und wollte losgehen, aber Yo Mai hielt ihn mit einer fast hastigen Geste noch einmal zurück.

»Behandle ihn respektvoll«, sagte er warnend. »Und denke immer daran, daß ihr nur noch lebt, weil Eldekerk für euch gesprochen hat. Unsere Gastfreundschaft kennt Grenzen.«

Shannon nickte abermals, warf mir einen auffordernden Blick zu und ging weiter. Ich folgte ihm.

Mit einer Mischung aus Neugier und Unbehagen sah ich mich um, als wir das Majunde-Dorf durchquerten. Trotz unserer mißlichen Lage schlug mich das Bild auf sonderbare Weise in seinen Bann.

Es war wie eine Reise in die Vergangenheit der Vergangenheit. Nur wenige Stunden hinter uns gab es eine Stadt, die, wenngleich über die Maßen ärmlich, so doch eindeutig zum neunzehnten Jahrhundert gehörte, und noch nicht einmal eine Woche zurück, war ich auf einem Schiff gewesen, das die Weltmeere mit der Kraft von hundert Elefanten kreuzte, aber dieses kleine Dorf hier schien geradewegs in die Steinzeit zu gehören.

Die Hütten waren aus Bast und Stroh und großen, fingerartigen Blättern gefertigt und ausnahmslos rund. Es gab keine Fenster, sondern nur eine niedrige, halbrunde Tür, durch die man wohl eher in ihr Inneres kriechen mußte, als man gehen konnte, und einen Rauchabzug im Dach, aber alles war von einer erstaunlichen Reinlichkeit. Verglichen mit dem Majunde-Dorf war Eldekerks Haus unten in der Stadt schlichtweg ein Saustall. Von der *Van Helsing* gar nicht erst zu reden.

Und auch die Majunde selbst kamen mir auf sonderbare Weise – obgleich behangen – zivilisiert vor. Ihre Gesichter waren voller Mißtrauen, und in so manchem

Blick, der Shannon und mich traf, las ich einen tiefen, in endlosen Jahren der Feindschaft gewachsenen Groll; aber nirgendwo Falschheit.

»Gefällt große Massa, was weiße Massa sehen?« fragte Yo Mai plötzlich.

Ich wandte den Blick und sah ihn einen Moment an, bis ich begriff, was sein absichtliches Radebrechen bedeutete. Ein heftiger Ärger ergriff von mir Besitz.

»Ihr Zynismus ist fehl am Platze, mein Freund«, sagte ich. »Ich gestehe, daß ich überrascht bin. Angenehm überrascht.«

Yo Mai lächelte entschuldigend. »Verzeihen Sie, Mister Craven. Ich wollte Sie nicht beleidigen.«

»Das haben Sie aber«, sagte ich patzig.

Ich sah, wie er unter meinen Worten zusammenfuhr, und sie taten mir fast im selben Moment wieder leid. »Ich bin ein wenig gereizt«, sagte ich erklärend. »Es macht mich nervös, wenn jemand mit einem Bogen auf mich zielt.«

Yo Mai nickte. »Das kann ich verstehen«, sagte er. »Mir geht es ähnlich. Bei Gewehren.«

»Sie haben schlechte Erfahrungen mit Weißen gemacht«, vermutete ich.

Yo Mai schnaubte. »Schlechte Erfahrungen? Ich habe fünf Jahre unter Ihresgleichen gelebt, Mister Craven. Ich brauche keine Erfahrungen mehr zu machen.«

So, wie er das Wort *Erfahrungen* aussprach, klang es nach einer Obszönität, aber wir hatten mittlerweile das Zentrum des Platzes und das flackernde Lagerfeuer erreicht, so daß ich der unangenehmen Pflicht enthoben war, ihn zu fragen, wie er seine Worte gemeint habe. Yo Mai hob die Hand, um uns zu bedeuten, daß wir stehenzubleiben hätten, umrundete das Feuer und verschwand in einer Hütte. Wenige Augenblicke später kam er zurück, begleitet von dem mit Abstand ältesten Menschen, dem ich jemals begegnet war.

Der Majunde mußte weit über hundert Jahre alt sein. Seine Schultern waren gebeugt, als schleppe er eine unsichtbare Zentnerlast mit sich, und sein Gesicht glich einer verwirrenden Landschaft aus Falten und Runzeln, in die ein Paar kleiner, vom Alter trübe gewordener Augen eingebettet waren. Er hatte nicht mehr die Kraft, allein zu gehen; ein Mann, der ihn begleitete, mußte ihn stützen. Plötzlich begriff ich, warum Yo Mai uns befohlen hatte, diesen Alten respektvoll zu behandeln.

Mühsam umrundete er das Feuer, blieb auf Armeslänge vor Shannon und mir stehen und sah uns beide nacheinander und sehr ausgiebig an. Es war schwer, auf seinem faltenzerfurchten Gesicht irgendeine Regung abzulesen, aber als ich ihn von nahem sah, korrigierte ich meine Schätzung sein Alter betreffend noch einmal um einige Jahre. Nach oben.

Schließlich begann er zu sprechen. Seine Stimme war so dünn, daß sie fast im Prasseln des Feuers unterging, und ich sah an der Reaktion auf Shannons Gesicht, daß er einen Dialekt sprach, von dem er keinen Ton verstand. Gottlob war Yo Mai da, der seine Worte übersetzte, kaum daß er geendet hatte.

»Ihr seid die Weißen Teufel, die uns um Hilfe bitten«, sagte der junge Majunde. »Ich biete euch Gastfreundschaft für die Dauer dieses Gespräches und meinen Schutz. Sprecht – und sprecht schnell, denn unsere Geduld ist fast so kurz wie die eure.«

Diese Formulierung gefiel mir nicht besonders, aber ich war klug genug, den Mund zu halten und Shannon reden zu lassen.

»Sage dem Ältesten«, wandte er sich an Yo Mai, »daß

wir ihm für seinen Schutz und seine Gastfreundschaft danken. Und daß wir nicht hier sind, um eure Hilfe zu erbitten, sondern um euch vor einer großen Gefahr zu warnen, die uns allen droht, gleich ob weißen Männern oder dem tapferen Volk der Majunde.«

Yo Mai stutzte, übersetzte aber gehorsam Shannons Worte. Der Alte hörte mit unbewegtem Gesicht zu und schwieg länger als fünf Minuten, ehe er antwortete.

Yo Mai übersetzte: »Wir fürchten keine Gefahr, weißer Mann, denn unsere Götter schützen uns.«

Der Alte hob den Arm und deutete mit einer von Gicht verkrümmten Hand zum Krater des Krakatau hinauf, der anderthalb Meilen über dem Eingeborenendorf Flammen gegen den Himmel spie. »Der große Gott Krakatau hält seine Hand über seine Kinder, wie er es seit Anbeginn der Welt getan hat. Wir vertrauen auf ihn. Die Gefahr mag die Weißen Teufel vernichten, doch wir wissen, daß Krakatau uns schützen wird.«

»Gegen die ostindische Gesellschaft hat er euch wenig genutzt«, knurrte ich. Shannon warf mir einen raschen, fast erschrockenen Blick zu, aber Yo Mai hatte meine Worte verstanden und übersetzte sie.

Seltsamerweise reagierte der Alte ganz anders, als ich erwartet hatte. Einen Moment lang starrte er mich an, dann lachte er, leise und auf eine Art, die mich an das Meckern einer Ziege erinnerte, und Yo Mai übersetzte: »Du hast recht, Weißer Teufel. Doch der weiße Mann ist gekommen und wieder gegangen, und die Majunde und Krakatau sind geblieben.«

»Tergard und seine Bande sind noch da«, erinnerte ich, Shannons verzweifeltes Grimassenschneiden ignorierend.

»Du hast recht, weißer Mann«, antwortete der Alte. »Die weißen Hunde, die im Zeichen des Kreuzes töten, sind noch da. Doch wir fürchten sie nicht. Der Wald schützt uns, und unser Gott wird sie vernichten. Wir spüren sein Zürnen schon seit langer Zeit. Seine Geduld ist groß, doch bald wird die Zeit der weißen Mörder abgelaufen sein.«

»Es geht nicht nur um sie«, sagte Shannon. Er hob die Hände und machte eine fast verzweifelte Geste. »Yo Mai, erkläre ihm, daß wir nicht wegen dieser Baphomet-Anbeter hier sind. Ich glaube euch, daß euer Gott das Volk der Majunde schützt. Doch es sind fremde Götter gekommen, Götter, die mächtiger und böser sind als die der weißen Männer. Mächtiger als euer Gott.«

»Hüte deine Zunge, du weißer Hund!« sagte eine Stimme hinter ihm. »Niemand beleidigt ungestraft unsere Götter!«

Shannon und ich fuhren beinahe im selben Moment herum. Der gesamte Stamm schien zusammengekommen zu sein und bildete einen weit gespannten, aber auch dicht geschlossenen Halbkreis um uns, das Feuer und den Alten. Jetzt hatte sich dieser Halbkreis geteilt, um einem hochgewachsenen Mann Platz zu machen, der einen buntbestickten Mantel und eine hölzerne Maske vor dem Gesicht trug. Seiner Aufmachung nach zu schließen, mußte er so etwas wie der Medizinmann oder Magier des Stammes sein. Natürlich, dachte ich wütend. Irgendeiner mußte immer stänkern.

Shannon deutete eine Verbeugung an. »Es lag mir fern, euren Gott zu beleidigen«, sagte er mit einer Stimme, die vor Kälte beinahe knisterte. »Doch ich weiß, wovon ich spreche. Euer Gott mag mächtig und gut sein, doch sie, vor denen zu warnen wir gekommen sind, sind mächtig und böse. Sie sind es, denen eure Brüder und Schwestern geopfert wurden, deren Tod ihr beklagt, und sie werden noch mehr töten.«

»Du lügst!« behauptete der Maskierte. Seine Stimme klang nur dumpf unter der hölzernen Maske hervor, und ihr verzerrtes Echo ließ mich schaudern. Und ich spürte, daß ich nicht der einzige war, der urplötzlich Furcht vor diesem Mann empfand. Der Abstand, den die Eingeborenen zu ihm hielten, die schüchternen Blicke und verborgenen Gesten waren kein Respekt. Wenn die Majunde für diesen Mann irgend etwas empfanden, dann Angst.

Plötzlich trat er einen Schritt zurück, hob den linken Arm und schob den anderen unter den Mantel. Seine freie Hand deutete auf mich.

»Diese beiden sind gekommen, um uns mit ihren Lügen zu täuschen!« behauptete er. »Aber der mächtige Gott der Majunde läßt sich nicht täuschen. Seht, was er denen tut, die seine Kinder zu belügen versuchen!«

Ein furchtbarer Schmerz schoß durch meine Brust, so plötzlich, als hätte jemand einen glühenden Dolch direkt in mein Herz gestoßen. Ich keuchte, taumelte einen Schritt zurück und brach in die Knie. Ein vielstimmiger Schrei drang aus der Reihe der Majunde, aber ich hörte ihn kaum, sondern kämpfte mit verzweifelter Kraft darum, atmen zu können. Der Schmerz wurde immer stärker, steigerte sich zu purer Agonie und ließ das Lager vor meinen Augen hinter einem Vorhang aus wabernden roten Schemen verschwimmen.

»Hör auf!« Yo Mais Stimme übersetzte die Worte des Alten, so laut und in einem derart befehlenden, herrischen Tonfall, daß der Maskierte unwillkürlich den Blick hob. Seine rechte Hand kroch unter dem Umhang hervor, und im selben Moment erlosch der fürchterliche Schmerz in meiner Brust.

Mit einem erleichterten Keuchen sank ich nach vorn,

fiel auf das Gesicht und rang würgend nach Atem. Der glühende Dolch war aus meiner Brust verschwunden, aber allein die Erinnerung an den Schmerz ließ mich weiter stöhnen und mich wie einen getretenen Wurm winden. Ich atmete, aber ich hatte noch immer das Gefühl, keine Luft zu bekommen; in meiner Kehle schien flüssige Lava zu sein, und eine unsichtbare Hand preßte mein Herz zusammen. Mein Pulsschlag war unregelmäßig und rasend und tat weh.

Erst als Shannon neben mir niederkniete und die Hand auf mein Herz legte, ließen Schmerz und Atemnot allmählich nach. Aber es dauerte lange, und ich fühlte, wie schwer es dem jungen Magier fiel, das zu tun, was er mit *die geheimen Kräfte meines Körpers mobilisieren* meinte. Erst nach endlosen Minuten war ich wieder soweit, mich zu erheben und – kraftlos auf Shannons Arm gestützt – auf Yo Mai und den Alten zuzuwanken.

»Verzeiht unserem Magier«, übersetzte Yo Mai die Worte des Ältesten. »Er ist unbeherrscht und jung, und er haßt die Weißen Teufel, denn sie haben seine Familie verschleppt und getötet.«

Yo Mais Stimme klang dabei warm und voll ehrli chem Bedauern, aber ich hörte auch die Worte des Alten, die der junge Majunde übersetzte. In ihnen war nichts von dem ehrlichen Zorn, den Yo Mai empfand.

»Um all dem ein Ende zu bereiten, sind wir hier«, sagte Shannon. »Ich flehe dich an, Yo Mai – mach eurem Ältesten klar, daß wir es ehrlich meinen.«

»Wann hat es der Weiße Teufel jemals ehrlich gemeint?« fauchte der Magier. Wütend trat er zwischen Shannon und den Alten und machte eine herrische Geste mit der Hand. »Ich respektiere deinen Befehl, Ältester«, sagte er zornig. »Doch ich warne dich – die

Weißen Teufel werden Tod und Unheil über das Volk der Majunde bringen, wie sie es immer getan haben. Sie reden mit den Zungen von Engeln, doch in ihren Herzen sind Teufel.«

»Idiot«, sagte ich, wohlweislich aber so leise, daß außer Shannon niemand das Wort verstehen konnte. Dabei konnte ich den Mann durchaus begreifen, bei allem Zorn, den seine Worte in mir auslösten. Bis vor ein paar Tagen hatte ich nicht einmal gewußt, daß es diese Insel gab, und bis vor wenigen Stunden gar hätte ich mir unter Majunde wahrscheinlich ein exotisches Gericht vorgestellt. Aber ich mußte dieses Volk auch nicht kennen, um mir seine Geschichte vorstellen zu können. Es war immer das gleiche, überall. Wo die sogenannten zivilisierten Nationen auf Urvölker trafen, gingen diese unter, früher oder später. Meist früher.

»Genug jetzt!« übersetzte Yo Mai die Worte des Alten. »Die beiden Weißen mögen warten. Der Ältestenrat wird entscheiden, was mit ihnen zu geschehen hat.«

»Entscheiden?« keuchte ich. »Aber ihr … ihr wißt ja noch gar nicht, was wir von euch wollen!«

»Wir wissen genug«, sagte Yo Mai. »Geht in jene Hütte dort und wartet. Ich werde zu euch kommen, sobald die Ältesten entschieden haben.«

Tergard stand hoch aufgerichtet auf der Klippe und sah auf das nachtschwarze Meer hinab. Der Wind war verstummt, und im selben Moment, in dem die bleiche Scheibe des Mondes hinter den Wolken hervorgekommen war, waren die Lichter über dem Meer erschienen; kurz darauf die Schiffe.

Wenn es Schiffe waren und nicht irgend etwas anderes ...

Der schlanke *Master* des Templer-Ordens schauderte. Er sollte Triumph empfinden, denn die Dinge entwickelten sich ganz so, wie er es vorausgesehen und erhofft hatte: Dagon schäumte vor Wut und verbrachte wahrscheinlich den größten Teil seiner Zeit damit, Rachepläne zu schmieden, aber er würde nicht mehr die Zeit haben, sie auszuführen. Von Osten her kamen die Schiffe, und sie brachten eine Fracht, die keinen Aufschub duldete. Dagon war in Zeitdruck, und er, Tergard, würde dafür sorgen, daß sich dieser Zustand nicht änderte, ehe es nicht zu spät war.

Und trotzdem fühlte er sich alles andere als wohl. Die Schiffe dort unten irritierten ihn. Er hatte *gewußt*, mit welchen Mächten er sich einließ, und er hatte vom ersten Tag an gewußt, daß es ein Spiel mit dem Feuer war, in einer gleich doppelten Bedeutung des Wortes. Aber er hatte es nie *gesehen*.

»Das ist ... unheimlich«, murmelte Roosfeld neben ihm. Seine Stimme bebte vor Angst »Was sind das für ... für Wesen?

»Die Boten des Satans«, antwortete Tergard, und die Stille fing seine Worte auf und schien ihnen einen neuen, angstmachenden Inhalt zu verleihen. »Teufelswerk, Roosfeld«, sagte er.

»Das ist alles nicht richtig«, sagte Roosfeld nach einer Weile.

Tergard wandte den Kopf und blickte ihn scharf an. »Was willst du damit sagen?«

»Nichts«, versicherte Roosfeld heftig. »Es ist nur ...«

»Ja?« Tergards Stimme klang lauernd, und Roosfeld registrierte ihren veränderten Klang sehr wohl.

»Wir kämpfen im Namen Gottes«, sagte er unsicher.

»Es ist nicht richtig, wenn wir mit dem Teufel gemeinsame Sache machen.«

»Wir machen keine gemeinsame Sache mit ihm«, belehrte ihn Tergard, laut und in sehr scharfem Ton. »Wir benutzen das Böse, um es am Ende gegen sich selbst zu richten, Roosfeld. Es wird sich selber zerstören. Das ist das Wesen des Bösen. Es vernichtet sich immer selbst.«

Roosfeld antwortete nicht, aber wieder schien es Tergard, als antworte statt seiner die Stille auf seine Worte.

Und er war fast sicher, ein ganz leises, aber sehr sehr böses Lachen durch die Nacht wehen zu hören.

Die Hütte war weitaus geräumiger, als ihr Äußeres hatte vermuten lassen, und die Majunde waren um ein Gutteil gastfreundlicher, als ihr barbarisches Aussehen erwarten ließ. Yo Mai und die vier Männer, die uns zu dem kleinen Rundbau am Ufer des Sees begleiteten, ließen keinen Zweifel daran, daß wir Gefangene waren und uns als solche zu benehmen hatten, aber wir wurden trotzdem mit großer Freundlichkeit behandelt, und nach einer Weile kam sogar eine Majunde-Frau und brachte uns Wasser und zu essen, beides in geschickt gefalteten Palmblättern.

Danach sahen wir für gute zwei Stunden niemanden mehr; bis auf die beiden Wachen natürlich, die mit steinerner Miene und untergeschlagenen Beinen auf der anderen Seite der Hütte hockten und das Kunststück fertigbrachten, uns unentwegt anzustarren und dabei so zu tun, als gäbe es uns gar nicht. Wovon wir keine Spur sahen, war Eldekerk. Ich wandte mich mit einer entsprechenden Frage an Shannon, aber er zuckte nur mit den Schultern.

»Wahrscheinlich hat er das Weite gesucht, bei der ersten Gelegenheit«, sagte er. »Ich kann es ihm nicht verdenken. Die Majunde kennen ihn – er ist einer der wenigen Weißen, die hierher kommen können, ohne sofort umgebracht zu werden. Aber er ist kein tapferer Mann.«

»Oh«, sagte ich mit einem schiefen Lächeln. »Das bin ich auch nicht. Es gibt Dinge, die es einem abgewöhnen können, tapfer ...«

»Still!«

Shannon richtete sich kerzengerade auf, hob warnend die Hand und starrte zum Ausgang hinüber, und aus den Augenwinkeln sah ich, wie auch die beiden Majunde aus ihrer geschauspielerten Gleichgültigkeit auffuhren und wechselweise Shannon und den Ausgang anstarrten.

»Was ist los?« fragte ich. Aber ich bekam auch diesmal keine Antwort. Shannon stand auf und ging auf den Ausgang zu. Einer der beiden Majunde vertrat ihm den Weg, während der andere warnend nach seinem Messer griff.

Shannon begann wie wild zu gestikulieren. »Ich muß hinaus!« sagte er. »Etwas geschieht. Ihr ... holt Yo Mai. Schnell!«

Natürlich verstanden ihn die beiden nicht, aber zumindest schienen sie den Namen Yo Mai zu verstehen, denn der, der Shannon zurückgehalten hatte, nickte plötzlich und bedeutete ihm mit einer befehlenden Geste, sich wieder zu setzen, während sein Kamerad geduckt aus der Hütte lief.

»Zum Teufel, was ist los?« fauchte ich.

Shannon starrte mich an und runzelte die Stirn. »Ich weiß es nicht«, gestand er. »Aber es ist ... irgend etwas geht vor, Robert. Spürst du es nicht?«

Beinahe verzweifelt schüttelte ich den Kopf. Tergards Bann lähmte mein magisches Erbe noch immer, und ich spürte erst jetzt, wie hilflos und blind ich im Grunde war. Das Erbe meines Vaters war stärker in mir gewesen, als ich mir bewußt gewesen war, aber ich begann dies erst jetzt zu begreifen, nachdem ich es verloren hatte.

»Tergard?« murmelte ich.

Shannon schüttelte den Kopf und setzte zu einer Antwort an. Im selben Moment zerriß ein gellender Schrei die Stille der Nacht.

Shannon, ich selbst und der Majunde fuhren in einer einzigen, erschrockenen Bewegung herum. Der Eingeborene rief ein Wort in seiner Muttersprache und begann mit seinem Messer zu fuchteln, als Shannon erneut zum Ausgang stürzen wollte; eine halbe Sekunde später hockte er auf dem Boden und starrte verblüfft seine leeren Hände an, während Shannon bereits an ihm vorbei war und aus der Hütte stürmte. Ich folgte ihm, so schnell ich nur konnte.

Als ich auf den Platz hinausstürzte, erscholl ein zweiter Schrei.

Und dann brach im wahrsten Sinne des Wortes die Hölle los.

Ein grelles, beinahe schmerzhaft intensives Licht ließ das Lagerfeuer im Zentrum des Dorfes verblassen. Die Erde begann zu zittern, und durch den Chor gellender Schreie, der mit einem Male losbrüllte, drang ein tiefes, mahlendes Stöhnen, ein Laut, der direkt aus der Erde hervorbrach, als winde sich die Insel wie ein gewaltiges leidendes Tier. Ein greller, weißorangefarbener Blitz zerriß die Nacht.

Im ersten Moment glaubte ich ernsthaft, einen Ausbruch des Krakatau zu erleben, aber dann ergriff Shannon meine Hand und riß mich herum, und als ich zum Nordrand des Eingeborenendorfes blickte, erkannte ich, was es wirklich war.

Dicht vor dem Waldrand, einer willkürlich gezackten Linie folgend, war der Erdboden aufgebrochen. Hitze und rotes Licht und Flammen, prasselnd und so hoch wie die gewaltigen Urwaldriesen dahinter, schossen aus der klaffenden Wunde im Erdreich, und noch während ich versuchte, den furchtbaren Anblick zu verarbeiten, bebte der Boden erneut, und der Riß verbreiterte sich, wurde zu einer zehn Yards breiten, lodernden Spalte, in der Lava wie grellrotes Blut emporstieg. Ein peitschender Ton erscholl, und der Riß im Boden wuchs, wurde von einer spinnenfingrigen Linie zu einem gewaltigen, feurigen Halbkreis, der das Dorf zum Dschungel hin abschloß und die Nacht mit Flammen und unglaublich intensivem Licht durchwob. Der ganze, schreckliche Vorgang dauerte nicht länger als wenige Sekunden, aber ich sah alles mit einer fast übernatürlichen Klarheit.

Unter den Majunde brach eine Panik aus. Der Boden zuckte und bebte immer stärker, und aus dem Riß loderten gewaltige Flammen, die wie mit feurigen Händen nach den fliehenden Eingeborenen griffen. Ich sah, wie einer der Männer von dem Gluthauch gestreift und zu Boden geworfen wurde, sich vier-, fünfmal überschlug und verzweifelt wieder auf die Beine zu kommen versuchte.

Er führte die Bewegung nie zu Ende.

Plötzlich schien eine unsichtbare Hand eine dünne, grellweiße Linie auf den Boden rings um ihn herum zu malen, einen unregelmäßigen Kreis von gut zwei Yards Durchmesser, der sich schneller schloß, als das Auge der Bewegung folgen konnte. Aus der bleistiftdünnen, weißen Linie wurde ein Spalt, der gezackte rote Blitze ins Innere des Kreises sandte, und plötzlich schossen Flammen aus der Erde, vereinigten sich zu einem tödlichen Kreis um den unglückseligen Majunde herum – und dann brach der Boden ein.

Es ging so schnell, als täte sich eine Fallgrube unter dem Mann auf. Der Boden zerbrach zu Hunderten kleinerer Brocken, zwischen denen zähflüssige Lava emporquoll, und mit einem Male war die Gestalt des Majunde verschwunden. Wo der Eingeborene gelegen hatte, gähnte ein zwei Yards messender, weißglühender Teich aus zischender Lava.

Lava, in deren Zentrum sich *etwas bewegte*!

Für einen winzigen Moment hatte ich den Eindruck eines großen wurmartigen Leibes, massig und in zahllose hell- und dunkelrot glühende Segmente gegliedert; ein Gigant, der sich in der weißglühenden Lava wand, ehe er wieder versank, eine gewaltige Stichflamme gegen den Himmel schleudernd.

»Mein Gott!« keuchte Shannon. »Was ist das?«

»Dagon!« antwortete ich »Das sind Dagons Geschöpfe, Shannon! Er … er greift an!«

Shannon fuhr herum. Sein Gesicht war schreckensbleich, aber seine Antwort ging im neuerlichen, urgewaltigen Brüllen der Flammen unter, als die Erde gleich an einem Dutzend anderer Stellen aufbrach, Lava und Hitze und grauenhafte Wurmgeschöpfe ausstoßend. Plötzlich meinte ich auch am Grunde des Risses drüben am Waldrand lodernde rote Bewegung wahrzunehmen.

Es war die Hölle. Männer, Frauen und Kinder irrten ziellos und schreiend durcheinander, und mehr als ein Eingeborener versank lautlos in rotglühender Lava. Zwei, drei der aus trockenem Geäst erbauten Hütten fingen Feuer; Gestalten rannten kreischend an uns vorüber, und ein kleines Grüppchen beherzter Männer versuchte gar, sich den höllischen Kreaturen entgegenzuwerfen und begann mit Bögen auf die zehn Yards langen Ungeheuer zu schießen.

Die schlanken Holzpfeile fingen Feuer, lange ehe sie die glühenden Leiber der *Ssaddit* überhaupt erreichten, aber die Kreaturen schienen instinktiv zu spüren, daß sie angegriffen wurden, denn sie hielten für einen Moment in ihrem stummen Vormarsch inne – und wandten sich den Majunde zu, die auf sie geschossen hatten!

Es war ein Bild wie aus einem Alptraum. Die bronzefarbenen Krieger wichen Schritt für Schritt vor der unsichtbaren Hitzewoge zurück, die den Ungeheuern vorauseilte, und obgleich sie erkennen mußten, wie sinnlos ihr Tun war, schossen sie Pfeil auf Pfeil auf die Bestien ab ohne sie indes auch nur verletzen zu können. Mit zuckenden Bewegungen krochen die Kreaturen heran, eine Spur aus geschmolzener Erde und brennenden Steinen hinterlassend. Es waren vier, angeführt von einem besonders großen Exemplar, dessen vorderes, augenloses Ende sich immer wieder wie der Kopf eines blinden Wurmes in die Höhe erhob und witternd hierhin und dorthin stieß.

Der Anblick schlug mich so stark in seinen Bann, daß Shannon mich grob an der Schulter packen und herumreißen mußte, um mich aus meiner Starre zu wecken.

»Zum See!« brüllte Shannon über das Prasseln der Flammen und das Schreien der Majunde hinweg. »Schnell!«

Wie von Furien gehetzt, rannten wir los. Der See war nur wenige Dutzend Schritte entfernt, aber die Majunde reagierten in ihrer Panik wie erschrockene

Tiere – nämlich genau richtig – und suchten wie wir instinktiv im Wasser Schutz vor der Hitze und den heranrückenden Höllenkreaturen.

Die flache Böschung, die den etwas höher gelegenen See vom Ort trennte, war von gleich Dutzenden fliehender Männer und Frauen blockiert, und unmittelbar vor meinen entsetzt aufgerissenen Augen stürzte eine alte Frau zu Boden und wurde von den Nachdrängenden zu Tode getrampelt. Etwas traf mich in die Rippen und ließ mich vor Schmerz aufstöhnen, und für einen kurzen Moment erkannte ich eine hochgewachsene, in einen bunten Mantel gehüllte Gestalt zwischen den flüchtenden Majunde, deren Gesicht hinter einer hölzernen Maske verborgen war. Eine Hitzewelle folgte uns. Die Luft stank so nach Rauch und brennender Erde, daß ich kaum mehr zu atmen vermochte.

Mit letzter Kraft stolperte ich den geröllübersäten Hang hinauf, kämpfte mich mit Händen und Ellbogen zwischen den Majunde hindurch und taumelte ins Wasser. Mein Rücken schien in Flammen zu stehen; ich bildete mir ein, meine Haare in der Hitze knistern zu hören, und der Himmel über dem Dorf strahlte im Widerschein der Lava, als hätte das Firmament selbst Feuer gefangen.

Erst als ich fast bis zur Hüfte ins Wasser gewatet war, wagte ich es, stehenzubleiben und mich umzudrehen.

Der gesamte Ort stand in Flammen. Und längst nicht alle Eingeborenen waren in den See geflohen. Es mußten noch Dutzende sein, die in kopfloser Panik zwischen den brennenden Hütten umherliefen, verzweifelt auf der Flucht vor den riesigen, brennenden Wurmungeheuern und den Rissen, die in der Erde klafften. Ein ganzer Teil des Ortes war abgeschnitten, von allen Seiten umgeben von breiten Schluchten voller rotglühender Lava, und überall zwischen den brennenden Gebäuden war der Boden aufgebrochen, *Ssaddit* in allen nur denkbaren Größen ausspeiend.

»Das ist der Fluch der Weißen Teufel!« gellte eine Stimme hinter mir. »Ich habe es euch gesagt! Sie haben den Tod gebracht! Sie sprachen von Hilfe, und jetzt seht, was sie euch getan haben!«

Mit einem Fluch fuhr ich herum. Die Gestalt des Magiers stand hoch aufgerichtet auf der Uferböschung, vom Widerschein des brennenden Dorfes in ein unheimliches Licht getaucht. Seine Stimme überschlug sich beinahe, als er nacheinander auf Shannon und mich deutete.

»Es ist ihre Schuld!« kreischte er. »Sie waren es, die die fremden Dämonen zu uns geführt haben! Vernichtet sie!«

Ein wütenden Aufschrei ging durch die Menge der Eingeborenen. Fäuste wurden geschüttelt, und mit einem Male blitzten Messer und Pfeilspitzen in der Nacht. Sieben, acht Majunde-Krieger drangen auf Shannon und mich ein.

Ich duckte mich unter einem Messerstich hinweg, packte den Burschen am Arm und tauchte ihn so kräftig unter, daß er seine Waffe fallen ließ; beinahe gleichzeitig stieß ich einem zweiten die flache Hand vor die Brust, daß er mit wild rudernden Armen nach hinten kippte und ins Wasser klatschte.

Aber es war ein Kampf ohne die geringste Chance. Das hüfthohe Wasser behinderte mich, und selbst wenn es anders gewesen wäre – Shannon und ich standen einer fast fünfzigfachen Übermacht gegenüber. Selbst für zwei so hochtrainierte Kämpfer wie uns ein wenig zu viel. Binnen weniger Augenblicke waren wir von Dutzenden von Männern und Frauen umringt, die mit Keulen, Messern und bloßen Fäusten auf uns eindrangen.

Ich wehrte mich, so gut es ging; boxte, schlug und trat um mich, aber für jeden Majunde, den ich wegstieß, drängten zehn andere heran, und der Zauberer peitschte die Menge mit gellenden Schreien zu immer größerer Wut an. Die Situation war geradezu absurd – nicht einmal zwanzig Yards hinter diesen Männern und Frauen starben ihre Brüder, und sie hatten nichts anderes zu tun, als uns umzubringen!

Plötzlich schrie Shannon auf und riß die Arme in die Höhe. Ich war sicher, daß er die Männer vor sich dabei nicht berührt hatte; trotzdem wurden zwei von ihnen wie von Faustschlägen getroffen zurückgeschleudert, und auch die anderen prallten zurück. Mehr als einer verlor das Gleichgewicht und versank gurgelnd im Wasser.

Und dann spürte ich es auch.

Es war wie eine körperlose Woge der Furcht, die aus dem Nichts heranraste und meine Gedanken wie ein Tornado traf. Ich schrie auf, taumelte zur Seite und fiel. Für Sekunden geriet ich unter Wasser.

Als ich wieder auftauchte, bot sich mir ein völlig verändertes Bild. Der aufgepeitschte Mob, der uns noch vor Sekunden nach dem Leben getrachtet hatte, hatte sich in einen Haufen panikerfüllter Menschen verwandelt, die schreiend vor Shannon und mir zurückwichen, gepackt von einem Entsetzen, das mit Worten nicht zu beschreiben war.

Und auch ich spürte die Furcht. Ich ahnte, daß das, was ich empfand, nur ein schwaches Echo dessen sein konnte, was Shannon in die Gehirne der Majunde projizierte, und trotzdem krümmte ich mich vor Furcht und Grauen.

Das Gefühl war unbeschreiblich. Es war Angst, bloße, nur unbegründete und gerade daher um so schlimmere Angst, die jegliche Abwehr durchbrach und die tiefsten Abgründe meiner Seele berührte, die Urangst jeglicher lebenden Kreatur, erweckt zu lodernder Wut.

Dann hörte es auf. Shannon taumelte vor Erschöpfung, fing sich im letzten Moment wieder und deutete zornig auf den Majunde-Zauberer, der noch immer hoch aufgerichtet auf der Böschung stand.

»Du verdammter Narr!« schrie er. »Um euch vor dieser Gefahr zu warnen, sind wir hier! Es sind nicht unsere Dämonen, sondern eure und unsere Feinde, die eure Brüder töten!«

»Du lügst!« keuchte der Magier. »Du bist ein Weißer, und alle Weißen sind Teufel! Du lügst, um auch uns noch zu verderben. Aber ich werde dir beweisen, daß unsere Götter stärker sind als die euren. Ich werde die Dämonen vernichten! Sieh her!«

Damit wandte er sich um und sprang mit weit ausgebreiteten Armen von der Böschung hinunter, um in das brennende Dorf zurückzulaufen.

»Dieser Idiot!« keuchte Shannon. »Er wird ...« Er brach ab, ballte eine halbe Sekunde lang in stummer Wut die Hände zu Fäusten und watete dann ebenfalls los, zurück zum Ufer. Diesmal wichen die Eingeborenen beinahe panikerfüllt vor uns zurück. Niemand machte auch nur noch den Versuch, uns anzugreifen.

Die Hitze traf mein Gesicht wie eine glühende Hand, und meine Augen begannen zu tränen, als ich versuchte, auf den brennenden Ort hinunterzublicken. Das Gebiet vom See bis zum Dschungel hatte sich in ein Muster aus flammenden Tümpeln und gezackten, weiß- und rotglühenden Rissen und Spalten verwandelt, zwischen und in denen sich glühende Leiber wanden. Es mußten Hunderte sein; *Ssaddit* in allen nur denkbaren Größen. Dagon mußte den größten Teil seiner Armee aufgeboten haben, um das Majunde-Dorf zu überfallen.

Shannon ergriff mich am Arm und deutete mit der anderen Hand auf den Zauberer, der lauthals schreiend und die Arme zu einer beschwörenden Geste erhoben auf den vordersten Höllenwurm zurannte. »Dieser Narr!« keuchte er. »Er wird sich umbringen!«

Sein Griff verstärkte sich so sehr, daß ich aufstöhnte – und plötzlich machte irgend etwas ganz deutlich *Klick* hinter meiner Stirn.

Die Welt veränderte sich. Licht und Finsternis kippten um; aus hell wurde dunkel, aus dunkel hell, die Farben verschwanden, und ich sah alles nur noch wie in einer monochromen, noch dazu ins Negative verkehrten photographischen Aufnahme.

Es war nicht das erste Mal, daß ich durch Shannons Augen sah.

Der Nachthimmel war zu einer weißen, sonderbar bleichen Fläche geworden, die brennenden Risse und Klüfte im Boden zu finsteren Schächten, die Dunkelheit wie übles Pestlicht verstrahlten, die *Ssaddit* zu schwarzen Kreaturen der Hölle, die Spuren aus vernichtender Dunkelheit hinterließen, wo sie über den hellen Erdboden krochen.

Dann spürte ich, wie etwas Unsichtbares, unglaublich Kaltes aus Shannon herauskroch und einen verborgenen Teil meiner Seele berührte, und mit einem Male hatte ich das Gefühl, ausgesaugt zu werden, binnen Sekundenbruchteilen jeglicher Kraft beraubt und leer. Ich taumelte. Wäre Shannons Hand nicht gewesen, wäre ich gestürzt.

Plötzlich schrie Shannon auf, riß den Arm in die Höhe und deutete mit Zeigefinger und Ringfinger auf den Riesenwurm, auf den der Zauberer zurannte. Etwas Schwarzes, körperloses Böses brach wie ein finsterer Blitz aus seinen Fingern, jagte an der rennenden Gestalt vorbei und traf den *Ssaddit*.

Der Wurm explodierte.

Ein Keim tiefschwarzer Finsternis glomm in seinem Körper auf, fraß das matte Schwarz, in dem ich ihn in der bizarren Unicolor-Welt sah, die ich durch Shannons Augen erblickte, und zerriß seinen Körper.

Shannon deutete auf einen zweiten *Ssaddit* und schleuderte noch einmal einen Blitz purer, destruktiver Macht auf die Höllenkreatur.

Doch diesmal blieb die erhoffte Wirkung aus. Ich sah, wie sich die Bestie wie unter einem Stromschlag aufbäumte und sich in wilder Agonie zu winden begann, aber die lautlose Explosion, auf die ich wartete, kam nicht, und als ich mich zu Shannon umwandte, war sein Gesicht eine Maske aus Erschöpfung und Schrecken geworden. Keuchend ließ er meine Hand los, und die Welt schnappte mit einem fast schmerzhaften Ruck in die Normalität zurück.

»Ich schaffe es nicht!« stöhnte Shannon. »Sie sind zu stark. Irgend etwas schützt sie.«

»Aber du mußt sie aufhalten!« keuchte ich. »Sie werden uns umbringen, Shannon. Alle!«

Shannon nickte. Nervös fuhr er sich mit der Zungenspitze über die Lippen, starrte einen Moment an mir vorbei auf das chaotische Bild und nickte abgehackt. »Es gibt eine Möglichkeit«, sagte er. »Aber es ist riskant.« Er sah mich an. »Lauf und hol diesen verdammten Trottel da unten zurück, Robert. Wir brauchen ihn. Und beeil dich!«

Ich zögerte. Allein der Gedanke, in den lichterloh brennenden Ort zurücklaufen zu sollen, schien irgend etwas in mir zum Erstarren zu bringen. Aber Shannon hatte recht – wenn der Majunde-Magier starb, hatten wir keine Chance mehr, das Vertrauen der Eingeborenen zu gewinnen. Ich raffte allen Mut zusammen, hob schützend die Hände vors Gesicht – und rannte los.

Die Hitze spottete jeder Beschreibung. Ich bekam keine Luft mehr; meine Haare und Brauen und Wimpern schienen zu brennen. Halb blind von dem gleißenden Licht, das aus der geborstenen Erde drang, torkelte ich die Böschung hinab, setzte über eine brennende Erdspalte hinweg und versuchte die Gestalt des Magiers vor mir auszumachen. Es gelang mir, und er war nicht einmal sehr weit entfernt, kaum zwanzig Schritte, aber es waren zwanzig Schritte in die Hölle hinein.

Als ich die Hälfte der Entfernung überwunden hatte, brach die Erde vor mir auf. Mit einem peitschenden Knall riß der Boden auseinander, Steinsplitter und Spritzer rotglühender Lava trafen mich. Etwas Großes, Helles bewegte sich in dem klaffenden Riß.

Ich dachte in diesem Moment nicht mehr, sondern reagierte rein instinktiv. Statt zurückzuprallen und so wahrscheinlich das Gleichgewicht zu verlieren und zu stürzen, was einem Todesurteil gleichgekommen wäre, warf ich mich nach vorn und stieß mich mit aller Kraft ab.

Es dauerte nur eine Sekunde, aber für mich verging eine Ewigkeit, und ich sah jedes noch so winzige Detail des Geschehens mit grausamer Klarheit. Der Riß weitete sich wie ein gierig schnappendes steinernes Maul, und ein ungeheuerliches weißglühendes Scheusal stieß seinen gesichtslosen Kopf aus der brodelnden Lava, gigantisch und heiß wie die Hölle und sich aufbäumend wie eine angreifende Kobra. Sein riesiges, zahn- und lippenloses Maul schnappte nach meinen Beinen und verfehlte sie um Haaresbreite, während ich mit einem verzweifelten Hechtsprung über die Kluft hinwegsetzte. Die Hitze ließ meine Kleider aufflammen.

Ich fiel, rollte mich instinktiv zur Seite und stieß mich mit aller Kraft ab, die ich unter normalen Umständen nicht zu einem Zehntel aufgebracht hätte. Hinter mir erklang ein gräßlicher, zischender Laut. Die Erde bebte, als der weißglühende Leib des *Ssaddit* wie ein brennender Fels dort niederkrachte, wo ich vor Bruchteilen von Sekunden noch gelegen hatte.

Wie von Sinnen sprang ich auf, setzte über ein kaum handlanges Exemplar von Dagons Höllenkreaturen hinweg und rannte im Zickzack auf den Majunde-Zauberer zu. Der Mann war gestürzt, als Shannon den *Ssaddit* zum Explodieren gebracht hatte, und er mußte verletzt sein, denn als ich näherkam und er mich erkannte, versuchte er, sich auf Hände und Knie hochzustemmen, fiel aber mit einem wimmernden Laut wieder zurück und blieb verkrümmt liegen.

Ich vergeudete keine Zeit damit, ihn anzusprechen, sondern riß ihn an den Schultern in die Höhe.

Um ein Haar wäre es meine letzte Bewegung gewesen. In den Händen des Majunde blitzten plötzlich fünf Zoll rasiermesserscharf geschliffener Stahl, und zu den zahllosen brennenden Schmerzen gesellte sich ein weiterer, als der Dolch meine Kehle verfehlte und mir einen gehörigen Schmiß in der Wange zufügte.

»Hund!« kreischte er. »Du Teufel! Du hast die Dämonen gerufen, und dafür werde ich dich töten!«

Mein Geduldsfaden riß endgültig.

Als er das nächste Mal mit dem Dolch nach mir ausholte, verdrehte ich ihm das Handgelenk, bis er die Waffe fallen ließ, packte ihn grob mit der Linken und knallte ihm eine, daß seine Holzmaske in hohem Bogen davonflog. Dahinter kam ein schmales, erstaunlich junges Gesicht zum Vorschein. Ich lud mir seinen plötzlich erschlafften Körper wie eine leblose Last auf die Schulter und wandte mich um, um zum See zurückzulaufen.

Wenigstens wollte ich es.

Aber da, wo vor Augenblicken noch fester Boden gewesen war, brodelte plötzlich ein Teich aus kochender Lava. Ich drehte mich mit meiner leblosen Last herum – und erstarrte.

Auch hinter mir war der Boden gerissen und erbrach Lava und die Glut der Hölle! Weißes Licht drang aus dem gezackten Riß und stach wie mit glühenden Nadeln in meine Augen, und die ätzenden Dämpfe, die aus der Erde quollen, verbrannten mir schier die Lungen.

Verzweifelt drehte ich mich einmal um meine Achse, aber das Bild war überall gleich. Ich war gefangen. Gefangen in einem kaum zehn Schritte messenden Kreis aus Glut und waberndem roten Licht. Und ich begann bereits zu spüren, wie der Boden unter meinen Füßen zitterte. Haarfeine Risse bildeten sich, und mit einem Male drang ein unheimlicher roter Schein aus der Erde, auf der ich stand.

»Robert! Paß auf!«

Shannons Schrei ging beinahe im Prasseln der hochschießenden Flammen unter. Keuchend drehte ich mich um und versuchte seine Gestalt hinter der Wand aus Glut zu erkennen.

Er stand noch immer an derselben Stelle, an der er zurückgeblieben war, wenn auch in sonderbar verkrampfter Haltung, nach vorn gebeugt und erstarrt, als schiebe er eine unsichtbare, unglaublich schwere Last von sich.

Dann ...

Für den Bruchteil einer Sekunde glaubte ich ein Licht zu sehen, einen grellen, unglaublich blendenden Schein, der aus dem Nichts kam und wie eine lodernde Zwergensonne direkt über Shannons Gestalt erstrahlte. Plötzlich stieß Shannon einen Schrei aus und machte eine Bewegung mit der Hand, und der feurige Ball wurde zu einem Blitz, der wenige Schritte neben ihm in den Boden fuhr.

Die Uferböschung barst in einer lautlosen Explosion ungeheuerlicher Gewalten auseinander, und Wasser ergoß sich schäumend und sprudelnd in das Dorf. Ich sah, wie Shannon wie von einer Riesenfaust gepackt in die Höhe geschleudert wurde, dann erreichte die sprudelnde Woge die Lavafront.

Und die Welt ging unter.

Es war wie das Aufeinanderprallen zweier urgewaltiger Götter. Feuer und Wasser vereinigten sich in einer ungeheuerlichen, brüllenden Explosion aus Dampf und himmelhoch spritzendem Schaum und explodierender Erde. Ein Hammerschlag der Götter traf den Boden, riß mich von den Füßen und ließ mich hilflos davonrollen, geradewegs auf den lavagefüllten Graben zu, aber das Wasser war schneller.

Plötzlich ergriff mich eine unsichtbare Hand, riß mich in die Höhe und schleuderte mich wie einen Spielball davon. Ich schluckte Wasser, drehte mich wie ein Kreisel in der irrsinnigen Strömung und sah Licht und brodelndes Wasser und heißen Schaum, als ich wieder auftauchte. Wenige Yards neben mir schoß eine Wand aus kochendem Dampf in die Höhe, fünfzig oder mehr Yards senkrecht gegen den Himmel und durchwoben von Fetzen rotglühender Lava, und darunter, unter dem sprudelnden Wasser nur als verschwommener Schatten zu erkennen, wand sich ein gigantischer Wurm im Todeskampf.

Das Wasser riß mich weiter, schleuderte mich auf die Reste einer Hütte zu, die brennend auf dem Wasser trieb und unter meinem Anprall zerbrach. Wie in einer schrecklichen Vision sah ich den Waldrand und den bodenlosen, selbst unter dem Wasser noch von weißglühender Lava und sich windenden Wurmleibern erfüllten Riß auf mich zurasen, griff in blinder Panik um mich und bekam irgend etwas zu fassen, aber nur, um gleich wieder herumgeschleudert und unter Wasser gedrückt zu werden.

Als ich wieder nach oben kam, sah ich den Waldrand auf mich zurasen, dann einen einzelnen, mehr als dreifach mannsdicken verkrusteten Stamm, dessen unteres Drittel in Flammen stand und der wie ein heranrasendes Raumschiff auf mich zielte.

Den Anprall spürte ich schon nicht mehr.

Aus einer Entfernung von zwei Meilen betrachtet, sah es aus, als wäre ein neuer Krater auf der Flanke des Krakatau ausgebrochen, dort, wo das Dorf der Eingeborenen gelegen hatte. Der Widerschein der Flammen hatte den Himmel selbst in Brand gesetzt, und selbst jetzt, wo das Feuer erloschen war, drang noch ein unheimliches Glühen und Lodern aus der Erde, denn das Wasser hatte sich seinen Weg gesucht und dabei nicht alle Wunden gelöscht, die die finstere Magie des Fischgottes der Erde geschlagen hatte.

Tergard setzte das Fernglas ab, rieb sich mit Daumen und Zeigefinger über die vom langen Starren in die weiße Glut brennenden Augen und seufzte tief. Die Nacht war kalt, wie es tropische Nächte sehr oft sind; er fror. Und er war müde. Es war die zweite Nacht, in der er seinem Körper keinen Schlaf hatte gönnen können. Und er wußte, daß noch sehr viel Zeit vergehen würde, ehe er sich wieder ein paar Stunden Schlaf stehlen konnte. Die nächsten Stunden – vielleicht Tage – waren zu wichtig, um sie mit etwas so Banalem wie Schlaf zu vertun.

Das Geräusch leiser Schritte ließ ihn aus seinen Gedanken hochfahren. Mit einer beinahe erschrockenen Bewegung wandte er sich um, wechselte das Fernglas in die Linke und legte die freigewordene Hand auf den Schwertgriff.

Aber es war nur Roosfeld, der aus dem Unterholz trat. Tergard schalt sich in Gedanken einen Narren. Er hatte mehr als genug getan, um sicher zu sein. Seine Feinde – *all* seine Feinde, auch die, die noch gar nicht wußten, daß er sie dazu deklariert hatte, dachte er voller boshafter Befriedigung – hatten im Augenblick alle Hände voll zu tun, am Leben zu bleiben. Aber sein Erschrecken war auch ein deutliches Warnzeichen für den Grad seiner Erschöpfung. Tergard nahm sich vor, deutlicher auf solche Warnungen zu achten. Es wäre fatal, im entscheidenden Moment einen Fehler zu machen, nur weil er vielleicht zu müde war, um noch klar zu denken. Vielleicht würde er sich doch einige Stunden Schlaf gönnen müssen.

»Hat er gesprochen?« fragte er.

Roosfeld schüttelte den Kopf. »Nicht mehr, als wir schon wußten«, antwortete er. »Er weiß nicht, wer dieser Fremde ist. Aber er hat Angst vor ihm.«

»Bist du sicher, daß er die Wahrheit gesagt hat?« fragte Tergard.

»Bisher hat mich noch keiner belogen, wenn ich ihn wirklich ernsthaft verhört habe«, antwortete Roosfeld beleidigt. Tergard musterte ihn einen Moment, und als er näher an den Leutnant herantrat, sah er, daß seine Hände voller Blut waren. Seine Verachtung für Roosfeld stieg. Tergard verabscheute Gewalt, wo sie nicht nötig war. Sein Entschluß, sich von Roosfeld zu trennen, so bald er jemanden gefunden hatte, der seinen Platz einnehmen konnte, festigte sich.

»Ich werde ihn selbst noch einmal fragen«, sagte er. »Sicher ist sicher.«

»Er weiß nichts«, sagte Roosfeld.

»Aber du gestattest, daß ich mich selbst davon überzeuge?« schnappte Tergard. Roosfeld nickte hastig, und Tergard reichte ihm mit einer groben Bewegung das Fernglas und ging an ihm vorbei.

Eldekerk lag auf der Erde, das Gesicht im weichen Boden vergraben und die Hände gegen den Leib gepreßt. Die beiden Soldaten, die ihn bewachten, wichen Tergards Blick aus, als er sie ansah.

Langsam kniete der *Master* des Templer-Ordens neben dem Holländer nieder, drehte ihn auf den Rücken und betrachtete sein blutüberströmtes Gesicht. Eldekerk würde sterben, das sah man sofort. Die Verletzungen, die Roosfeld ihm zugefügt hatte, waren zu schlimm.

Beinahe behutsam berührte Tergard Eldekerks Stirn und sandte beruhigende Impulse in seinen Geist. Nach wenigen Augenblicken schon begann sich Eldekerks keuchender Atem zu beruhigen. Seine Hände hörten auf zu zittern, und nach einer weiteren Minute hatte er sogar die Kraft, die Augen zu öffnen.

Aber in seinem Blick waren nur Entsetzen und Angst, als er Tergard ansah.

»Keine Sorge, mein Freund«, sagte Tergard. »Es ist

vorbei. Niemand wird Ihnen mehr weh tun.« Er unterstützte seine Worte mit einer Woge suggestiver Impulse, gegen die Eldekerks erlöschendes Bewußtsein machtlos war. Sekundenlang starrte ihn der Holländer weiter mit diesem Ausdruck grenzenlosen Entsetzens an, dann glätteten sich seine Züge, und die Andeutung eines Lächelns erschien auf seinen blutverkrusteten Lippen.

»Ich werde Ihnen helfen«, fuhr Tergard fort. »Aber Sie müssen mir die Wahrheit sagen. Was haben Craven und Shannon vor?«

Natürlich antwortete Eldekerk nicht. Er konnte es nicht mehr. Sein geschundener Körper besaß kaum noch genug Kraft, sein Herz schlagen zu lassen. Aber Tergard las die Antwort auf seine Frage im Bewußtsein des Sterbenden so deutlich, als hätte er gesprochen.

Mit einem zufriedenen Nicken richtete er sich wieder auf und wandte sich an Roosfeld. »Du hattest recht«, sagte er. »Er weiß wirklich nichts. Aber es ist nicht schwer zu erraten, was sie vorhaben.« Er schwieg einen Moment, und als er weitersprach, schwang ein Tonfall in seiner Stimme mit, den Roosfeld falsch deutete und der – fast – amüsiert klang. »Wer weiß, Roosfeld«, sagte er. »Vielleicht bekommst du doch noch Gelegenheit zu einer Revanche, was Robert Craven betrifft. Wenn dieser Shannon wirklich der Mann ist, an den sich Craven erinnerte, brauchen wir diesen englischen Hund nicht mehr.«

Er wandte sich mit einem Ruck um und ging, blieb dann aber noch einmal stehen und deutete auf Eldekerk hinab. »Er ist nutzlos geworden«, sagte er. »Tötet ihn.«

Ich hatte Schlimmes erwartet, nachdem ich aufgestanden und zum Waldrand zurückgegangen war, Bilder, wie sie in der Phantasie der Menschen mit dem Wort Vernichtung gepaart sind – verbrannte Häuser, zerborstene Erde, Leichen, die Spuren von Bränden ..

Nichts von alledem war zu sehen.

Der Ort war nicht zerstört.

Er war einfach nicht mehr da.

Was das Feuer und Dagons Höllenkreaturen übriggelassen hatten, hatte das Wasser weggeschwemmt. Das ovale Areal zwischen dem Dschungel und dem See hatte sich in eine schlammige Fläche verwandelt, einem Sumpf gleich, in dessen erst halb erstarrter, brauner Oberfläche dunkle formlose Dinge eingebettet waren, durchzogen von gezackten Rissen und Klüften, zum Teil mit blasig erstarrter Lava, zum Teil mit Wasser gefüllt.

Noch immer lag ein Hauch von unwirklicher Wärme über der Lichtung, und von Zeit zu Zeit glaubte ich ein ganz leises, mahlendes Grollen zu hören, ein Geräusch, das anders war als der Pulsschlag des Krakatau, der in fast regelmäßigen Abständen erklang und tief unter meinen Füßen entstand. Tief im Leib der Erde, die vielleicht eine Wunde davongetragen hatte, die viel tiefer war, als wir jetzt schon ahnen mochten.

Ich muß wohl zehn Minuten oder länger wie versteinert dagestanden haben, unfähig, wirklich zu *begreifen*, was hier geschehen war. Obwohl ich das Chaos so unmittelbar erlebt hatte, wie es nur möglich war, weigerte sich etwas in mir, die Erinnerung an die schrecklichen Sekunden freizugeben.

Eine Hand berührte mich an der Schulter, und ich wußte, daß es Shannon war, ohne daß ich mich umdrehen mußte. Ich hatte gespürt, daß er kam. Meine magischen Kräfte begannen wieder zu erwachen, sehr langsam und zögernd noch, so daß es Tage, wenn nicht Wochen währen mochte, bis sie mir in gewohnter

Stärke wieder zur Verfügung standen. Aber sie regten sich. Vielleicht war es der Schock gewesen, der Tergards Bann gebrochen hatte. Für Sekunden war ich fest davon überzeugt gewesen, zu sterben.

»Es ist fürchterlich, nicht?« sagte Shannon. »Ich war nicht sicher, ob es mir gelingen würde.«

Ich sah ihn noch immer nicht an, sondern versuchte das Chaos hinter meiner Stirn zu beruhigen. Ich war den Rest der Nacht ohne Bewußtsein gewesen, und als ich endlich erwachte, hatte Shannon neben mir gesessen, und seine Hand hatte meine Stirn berührt, was die Frage beantwortete, *warum* ich so lange ohne Bewußtsein gewesen war.

Trotzdem fühlte ich mich noch immer wie in Trance. Dies alles hier war so unwirklich, daß ich mich fragte, ob es wirklich passiert war.

Mein Blick blieb auf einem finsteren, verkrümmten Ding haften, das halb in den braunen Schlamm eingesunken war, der die Lichtung bedeckte. Im ersten Moment dachte ich, einem verkohlten Baumstamm gegenüberzustehen, dann erkannte ich die regelmäßige Struktur seiner Oberfläche. Es war ein *Ssaddit,* einer von Dagons Höllenwürmern, vom Wasser zu schwarzer Schlacke verbrannt, wie ein lebendes Wesen in dem Element verbrannt wäre, in dem es normalerweise existierte. Seltsamerweise erweckte der Anblick keinen Triumph in mir; nicht einmal Zufriedenheit.

Nur Schrecken.

»Sind sie alle tot?« fragte ich.

»Alle, die hier waren«, bestätigte Shannon. »Aber ich fürchte, es werden noch mehr da sein. Trotzdem haben wir Dagon einen gehörigen Schlag versetzt.«

Ich trat zur Seite, so daß seine Hand von meiner Schulter herabglitt, und starrte ihn aus brennenden

Augen an. »Ist das alles, was dir dazu einfällt?« fragte ich, schärfer, als ich eigentlich beabsichtigt hatte. »Beinahe dreißig Majunde sind tot, Shannon. Und wir ...« Ich brach ab, rang einen Moment hörbar nach Atem und deutete mit einer zornigen Bewegung auf die Lichtung hinaus. »Wir hätten diese ganze verdammte Insel in die Luft sprengen können, ist dir das klar? Wenn das Wasser tief genug in den Berg gedrungen wäre, um eine große Lavaader zu erreichen ...«

»Das ist es aber nicht, unterbrach mich Shannon. »Das Risiko war mir klar, Robert. Aber ich hatte keine Wahl. Dagons Haustierchen hätten uns alle umgebracht, wenn ich sie nicht vernichtet hätte. Wir haben ihn nicht geschlagen, aber wir haben wenigstens etwas Zeit herausgeschunden. Er wird Tage brauchen, um sich davon zu erholen. Wenn nicht Wochen.«

Wieder dauerte es lange, bis ich antwortete, und als ich es tat, überlegte ich mir jedes einzelne Wort sehr genau. Ich war gereizt, und das furchtbare Geschehen – und mehr noch der Gedanke an das, was hätte geschehen *können* – wühlte mein Innerstes auf. Shannon hatte keine Wahl gehabt. Nicht in den wenigen Sekundenbruchteilen, die ihm geblieben waren, sich zu entscheiden. Es hatte wenig Sinn, wenn wir stritten.

»Ich begreife den Sinn dieses ganzen Überfalles nicht«, sagte ich, eigentlich nur, um auf ein anderes Thema zu kommen.

»Er konnte nicht ahnen, daß wir ihn so vernichtend schlagen würden«, antwortete Shannon.

Ich schüttelte den Kopf. »Trotzdem ergibt es keinen Sinn«, sagte ich. »Es war auf jeden Fall ein Risiko. Und ich kenne Dagon. Man kann ihm eine Menge nachsagen, aber er ist nicht dumm.«

»Vielleicht finden wir die Antwort«, sagte Shannon.

»Der Zauberer ist erwacht. Ich dachte mir, daß du dabei sein willst, wenn ich mit ihm rede.«

»Natürlich.« Ich nickte, obwohl ich im Moment alles andere als Lust hatte, mit einem Mann zu reden, der mir noch vor wenigen Stunden seine Lebensrettung mit einem Messerstich gedankt hatte. Aber ich war noch immer wie erschlagen. Vielleicht war es das klügste, wenn ich irgend etwas tat, um meine Gedanken abzulenken.

Die Eingeborenen lagerten unweit des Waldrandes. Nachdem das Feuer erloschen war, hatten sie vorsichtig den See verlassen und den Rest der Nacht damit verbracht, nach Überlebenden des Gemetzels zu suchen. Sie hatten keine gefunden.

Aber es waren auch keine Leichen gefunden worden. Die *Ssaddit* hatten jede Spur von Leben aus dem Dorf getilgt, lange ehe das Wasser kam und sie tötete.

Als ich auf das hastig von Unterholz befreite Waldstück hinaustrat, auf dem das knappe Hundert überlebender Majunde lagerte, glaubte ich die dumpfe Verzweiflung, die von den Eingeborenen Besitz ergriffen hatte, geradezu körperlich zu spüren. Niemand sprach. Ein Kind weinte, aber das war der einzige Laut, den die annähernd einhundert Menschen von sich gaben, und plötzlich begriff ich, daß ihr Entsetzen noch viel tiefer sein mußte, als ich bisher angenommen hatte.

Ich war beinahe froh, an Shannons Seite neben den Magier des Majunde-Stammes treten und meine Gedanken mit anderen Dingen beschäftigen zu können.

Das Gesicht des Mannes war auf der linken Seite geschwollen, wo ihn meine Faust getroffen hatte. Er konnte nur ein Auge öffnen, aber damit starrte er mich mit einem solchen Haß an, daß mir ein eisiger Schauer den Rücken hinablief. Ich begriff den Grund dieses Gefühles nicht. Was ich sah, war weit mehr als der Groll, den man dem Angehörigen eines verhaßten Volkes entgegenbrachte. Es war ein Haß, der mir ganz persönlich galt.

Shannon kniete neben dem Eingeborenen nieder, blickte ihm einen Moment fest in die Augen und sagte: »Wir müssen mit dir reden. Wirst du uns einige Fragen beantworten?«

Der Magier spuckte ihn an.

Eine Sekunde lang blieb Shannon wie versteinert sitzen, dann hob er ganz langsam den Arm, wischte sich das Gesicht sauber und legte dem Mann in der gleichen Bewegung die Hand auf die Schulter.

»Was haben wir dir getan?« fragte er. »Warum haßt du uns so? Wir stehen auf deiner Seite.«

Der Majunde schnaubte, hob die Hand, um Shannons Arm beiseite zu schlagen – und erstarrte. Der Glanz seiner Augen erlosch. Seine Züge erschlafften, während sich Shannons Finger so tief in seine Schulter gruben, daß er eigentlich vor Schmerz hätte aufschreien müssen. Aber er regte sich nicht, sondern blieb weiter stumm und wie erstarrt sitzen.

»Was tut er da?«

Ich drehte mich herum, als ich Yo Mais Stimme erkannte. Der kleinwüchsige Majunde war so leise hinter mich getreten, daß ich seine Schritte nicht einmal gehört hatte, und ganz offensichtlich stand er schon eine ganze Weile da und beobachtete uns.

»Nichts, was dir Grund zur Angst gäbe«, sagte ich hastig. »Er … versucht die Wahrheit herauszubekommen.« Ich deutete auf den Majunde-Zauberer. »Euer Magier haßt uns. Wir wollen wissen, warum.«

»Die Wahrheit?« Yo Mai blickte irritiert auf Shannon und den Magier herab. »Ist er … ein Zauberer?«

»Man könnte es so nennen«, sagte ich nach kurzem Überlegen. »Ja. Das Wort mag für den Augenblick genügen. Aber du brauchst keine Angst zu haben.«

»Angst?« Yo Mai starrte mich an, als hätte ich ihn gefragt, ob er an den Weihnachtsmann glaubte. »Angst?« wiederholte er. »Ich habe keine Angst, weißer Mann. Keiner von uns hat noch Angst nach der vergangenen Nacht.«

Das verstand ich nicht, aber Yo Mai redete weiter, ohne mir Gelegenheit zu einer Zwischenfrage zu geben: »Die Götter haben uns gewarnt, weißer Mann. Vor euch. Sie haben gesagt, daß eines Tages ein Weißer kommen wird, der großes Unheil und Leid über das Volk der Majunde bringt. Die alten Prophezeiungen haben vorausgesagt, daß dies geschehen wird. Wir hatten Angst; schon vorher. Jetzt, da es geschehen ist, haben wir keine Angst mehr.« Er brach ab, blickte einen Moment lang an mir vorbei auf die Reihen der stumm dasitzenden Eingeborenen und fügte mit sehr leiser, beinahe tonloser Stimme hinzu: »Wir wissen, daß wir sterben werden.«

Bei jedem anderen und in jeder anderen Situation hätte ich vermutlich über diese Worte gelacht.

Jetzt nicht. Yo Mais Worte waren von einem solchen Ernst, daß ich abermals einen raschen, eisigen Schauer spürte. Trotzdem widersprach ich ihm.

»Niemand spricht vom Sterben, Yo Mai«, sagte ich. »Ihr habt …«

Yo Mai unterbrach mich. »Du weißt nicht die ganze Prophezeiung, weißer Mann«, sagte er. »Die alten Lieder sagen, daß der große Gott selbst sich erheben und seine Feinde verschlingen wird, zusammen mit seinen Kindern. Wir wissen, daß es geschehen wird.«

Es dauerte einen Moment, bis ich begriff. *Der große Gott selbst …*

Der Krakatau.

Der gewaltige Vulkan, dessen waldbedeckte Flanken diese Insel bildeten. Unwillkürlich hob ich den Blick und blinzelte zum schwarzen Gipfel des Berges hinauf, der selbst jetzt, im hellen Licht des Tages, noch von einer Krone aus lodernder roter Glast gekrönt war.

Yo Mai lächelte, als er meinen Blick bemerkte. »Du glaubst mir nicht«, sagte er. »Ich habe das erwartet. Aber du wirst es erleben. Es wird nicht mehr lange dauern.«

»Das … das da oben ist kein Gott«, widersprach ich ihm. »Es ist ein Vulkan, Yo Mai, nicht mehr und nicht weniger.« Meine Stimme wurde fast flehend, als ich sein verzeihendes Lächeln sah. »Yo Mai, du bist ein gebildeter Mann!« fuhr ich fort. »Du sprichst unsere Sprache und hast unter uns gelebt. Eurem Zauberer und dem alten Mann sehe ich es nach, aber du solltest wissen, daß dieser Berg nichts mit irgendwelchen Göttern oder Dämonen zu tun hat.«

»Sollte ich das?« fragte Yo Mai. »Es mag sein, daß ich ein gebildeter Mann bin – wenn das Erlernen einer fremden Zunge und ein paar Bücher schon Bildung sind, Robert Craven. Doch ich bin auch ein Majunde, und wir wissen, daß es mehr Dinge auf der Welt gibt, als in euren Büchern stehen. Was die Alten sagen, wird eintreffen. Ihr Weißen glaubt, alles erklären zu müssen. Dinge, die ihr nicht versteht, leugnet ihr weg, und die alten Werte gelten euch nichts. Aber ihr täuscht euch. Du wirst es erleben. Bist du nicht selbst hergekommen, um uns um Beistand zu bitten, Beistand im Kampf gegen Wesen, deren Existenz auch Männer deines Volkes verleugnen?«

»Das ist etwas anderes«, widersprach ich, in dem sicheren Bewußtsein, daß es ganz und gar *nichts* anderes war. Warum fiel es mir plötzlich so schwer, die richtigen Worte zu finden? Die Tatsache, daß es dieser einfache Majunde-Krieger fertiggebracht hatte, mich mit wenigen Worten aus der Fassung zu bringen, irritierte mich.

Yo Mai wollte antworten, aber in diesem Moment erklang neben uns ein leises Stöhnen, und als ich zu Shannon hinabsah, sah ich gerade noch, wie der Magier erschlaffte und in seinen Armen zusammensank. Behutsam legte Shannon ihn zu Boden, richtete sich auf und sah erst Yo Mai, dann mich mit deutlicher Sorge an.

»Was ist?« fragte ich. »Was hast du erfahren?«

»Eine Menge«, antwortete Shannon. »Und nichts davon gefällt mir, Robert.« Er deutete auf den Majunde, der mit offenen Augen, aber reglos und wie erstarrt, auf dem Boden lag. Sein Atem ging sehr langsam. »Er hatte einen guten Grund, uns zu hassen, Robert. Es war kein Zufall, daß diese Kreaturen angegriffen haben. Und ich fürchte, das heute nacht war erst der Anfang.«

Ich verstand überhaupt nichts mehr, und ich sagte es ihm.

»Tergard«, sagte Shannon. »Hinter allem steckt dieser machtgierige Baphomet-Anbeter.«

Es war das zweite Mal, daß Shannon die Tempelherren mit diesem Namen bedachte, aber wie beim ersten Male kam ich nicht dazu, ihn danach zu fragen, wie seine Worte gemeint waren, denn Shannon fuhr, nun deutlich erregt, fort: »Tergard hat ihm erzählt, daß du die Ungeheuer mitgebracht hast. Er denkt, diese Bestien wären unsere Diener.«

»Und das glaubt er wirklich?«

Shannon schnaubte. »Tergard hat Mittel und Wege,

seinen Worten Nachdruck zu verleihen, das solltest du wissen. Erinnerst du dich an das, was Tergard mit dir getan hat, Robert?«

Das war eine reichlich überflüssige Frage, aber sie war auch wohl rein rhetorischer Natur, denn Shannon sprach rasch weiter, ehe ich auch nur Zeit zu einem Kopfschütteln gefunden hatte: »Dieser Mann weiß jetzt alles über dich, Robert. Er weiß alles, was du über Dagon weißt, über die THUL SADUUN …« Er machte eine flatternde Handbewegung. »Du hast ihm die Augen geöffnet. Er weiß jetzt, daß Dagon alles andere als ein Gott ist, sondern nur ein kleiner Zauberer, der durch Zufall ein paar außergewöhnliche Tricks gelernt hat.«

Das war die Untertreibung des Jahres, aber ich begriff, worauf Shannon hinaus wollte. Ich hatte weit mehr getan, als Tergard gegen meinen Willen ein paar Informationen zu geben. Trotz allem war der Templer ein intelligenter Mann; er würde aus dem, was er in meinen Gedanken gelesen hatte, die richtigen Schlüsse ziehen.

»Du glaubst, er versucht Dagon aufs Kreuz zu legen?«

Shannon lächelte. »Ich hätte es anders formuliert, aber es läuft darauf hinaus, ja. Du hast das Lager gesehen, in das er seine Gefangenen verschleppen läßt, um sie Dagon und seinen widerlichen Kreaturen zu opfern. Es existiert seit Jahren. Er hat schon Hunderte von Menschen auf diese Weise verschwinden lassen.«

»Und jetzt …«

»Tut er es nicht mehr«, führte Shannon den Satz mit einem grimmigen Nicken zu Ende. »Ganz recht. Mit dem Wissen, das er von dir hat, glaubt er sich Dagon überlegen.«

Ich schauderte, als mir die Konsequenzen aus Shannons Worten klar wurden. Wenn Shannon mit seiner Vermutung recht hatte, dann machte der nächtliche Überfall der *Ssaddit* mit einem Male Sinn. Dagon hatte gar keine andere Wahl gehabt, als seine Höllenkreaturen auf die Eingeborenen loszulassen, wenn Tergard ihm den Nachschub an Opfern für seine gräßlichen Zeremonien entzog! Die *Ssaddit* verlangten ihre Opfer, lebende Opfer, und Dagon mußte sie ihnen geben, wollte er nicht Gefahr laufen, von den Ungeheuern vernichtet zu werden, die er gerufen hatte!

»Mein Gott!« stöhnte ich. »Dann ... dann werden sie wiederkommen.«

Shannon nickte. »Ich fürchte es. Der Angriff heute nacht war nicht der letzte. Sie werden wiederkommen.«

»Aber wir werden nicht mehr da sein.«

Shannon und ich wandten uns gleichzeitig um und sahen Yo Mai an. Der Majunde war unserem Gespräch mit unbewegtem Gesicht gefolgt, aber der entschlossene, harte Ausdruck, der in seinem Blick war, hatte eher noch an Intensität gewonnen.

»Natürlich werdet ihr nicht mehr da sein«, sagte Shannon unwillig, der Yo Mais Worte falsch deutete. »Ihr müßt fort. Das beste wird sein, wenn ihr eure Frauen und Kinder an einen sicheren Ort bringt und ...«

»Du verstehst nicht, was er meint«, unterbrach ich ihn, ohne den Blick von Yo Mais Gesicht zu nehmen.

Shannon starrte mich an. »Was soll das bedeuten?«

»Das, was dein Freund richtig erkannt hat, weißer Mann«, entgegnete Yo Mai. »Wir werden zu unserem Gott gehen.« Er wies mit einer Kopfbewegung hinauf zum Gipfel des Krakatau. »Dort oben, in den heiligen

Höhlen unseres Volkes, werden wir die Entscheidung der Götter abwarten, weißer Mann.«

»Dort oben?« keuchte Shannon. »Aber das ist Wahnsinn! Ihr lauft Dagon ja geradezu in die Arme. Er will euch alle umbringen.«

»Wenn es der Wille der Götter ist, wird das geschehen. Wenn nicht, nicht«, antwortete Yo Mai. Shannon wollte abermals auffahren, aber der junge Majunde hob rasch die Hand, und Shannon schien zu begreifen, daß es sinnlos war, dem Eingeborenen widersprechen zu wollen.

»Der Wille des mächtigen Gottes Krakatau wird geschehen«, sagte Yo Mai entschieden. »In den heiligen Höhlen wird sich entscheiden, ob das Volk der Majunde leben oder untergehen wird. Es liegt nicht in unserer Hand, irgend etwas daran zu ändern.«

»Das ist Wahnsinn«, murmelte Shannon, aber es war kein echter Widerspruch mehr, sondern weitaus mehr Ausdruck seiner Hilflosigkeit.

Und Wut.

Einen Moment lang versuchte ich mir einzureden, daß ich mich täuschte, aber der Ausdruck auf Shannons Gesicht war zu deutlich. Shannon war wütend. Aber worüber? Etwa über die Tatsache, daß sich seine Hoffnung nicht erfüllte und die Majunde uns die Waffenhilfe verweigerten, die wir uns von ihnen erhofft hatten?

Yo Mai hielt Shannons Blick noch einen Moment lang stand, dann drehte er sich mit einem sonderbar traurigen Lächeln um und ging zu seinen Leuten zurück.

Shannon starrte ihm wütend nach. »Dieser Narr!« keuchte er. »Diese hirnverbrannten Idioten! Sie werden Dagons Kreaturen direkt in die Mäuler laufen, wenn sie wirklich dort hinaufgehen!« Zornig ballte er die Hände zu Fäusten. In seinen Augen blitzte es. Dann bemerkte er, daß ich ihn anstarrte, und erschrak sichtbar. Der Ausdruck von Wut verschwand von seinen Zügen und machte dem einer tiefen, schuldbewußten Betroffenheit Platz.

»Entschuldige, Robert«, murmelte er. »Ich ... habe die Beherrschung verloren. Es tut mir leid.«

»Schon gut«, sagte ich, obwohl in Wahrheit absolut nichts *schon gut* war. Die Wut, die ich in Shannons Augen gelesen hatte, hatte mich erschüttert. Es war einfach nicht fair, daß alles, was er empfand, während er dem Todesurteil eines ganzen Volkes lauschte, *Wut* war.

Dann wurde ich mir der Tatsache bewußt, daß meine Gedanken auch alles andere als fair waren. Shannon war der mit Abstand begabteste und wohl auch stärkste Mann, dem ich jemals begegnet war, aber das bedeutete nicht, daß ich in irgendeiner Form das Recht hatte, ihm menschliche Schwächen abzusprechen. Auch für ihn mußte das, was wir erlebt und durchgemacht hatten, bis an die Grenzen seiner Kräfte gegangen sein.

War es da ein Wunder, daß auch er anders als gewohnt und vielleicht sogar falsch reagierte?

Eigentlich nur, um die Peinlichkeit, die der Moment für uns beide gewonnen hatte, zu überwinden, drehte ich mich um und beugte mich zu dem Majunde-Magier hinab, der noch immer reglos und stumm dasaß und Shannon und mich aus weit gewordenen Augen anstarrte.

»Geht es dir besser?« fragte ich.

Sein Blick schien geradewegs durch mich hindurchzugehen, und als er sprach, war seine Stimme kaum mehr als ein heiseres Flüstern.

»Ist es wahr, was dein Freund gesagt hat?« murmelte er.

»Was? Die Sache mit Tergard und Dagon?«

»Er hat mich belogen«, murmelte der Majunde. »Er hat mit der Stimme der Götter gesprochen, und der große Gott Krakatau selbst hat ...«

»Ich weiß nicht, was Tergard dir gesagt hat«, unterbrach ihn Shannon kühl, »und auf welche Weise. Aber ich gebe dir mein Wort, daß er so wenig mit deinen Göttern zu tun hat wie wir. Tergard ist ein Meister der Lüge wie alle seine Brüder.«

»Aber er hat mit der Stimme der Götter gesprochen!« begehrte der Magier auf. Seine Stimme kippte fast über, und seine Augen schienen vor Entsetzen schier aus den Höhlen quellen zu wollen. Ich hatte keine Ahnung, was diese Stimme der Götter war, aber was immer sich hinter diesem Wort verbarg, der bloße Gedanke daran, daß sie *gelogen* hatte, mußte den Majunde beinahe um den Verstand bringen.

»Tergard ist ein gefährlicher Mann«, sagte ich rasch, ehe Shannon auf seine wenig diplomatische Art vielleicht noch mehr Schaden anrichten konnte. »Er hat dich getäuscht, Magier, wie so viele. Er hat alle belogen. Selbst die, mit denen er sich verbündet hat.« Ich schwieg einen Moment, tauschte einen raschen Blick mit Shannon und fuhr mir nervös mit der Zunge über die Lippen. Ich war mir klar darüber, wie sinnlos meine nächsten Worte waren, aber ich mußte es wenigstens versuchen.

»Ihr dürft nicht dort hinaufgehen«, sagte ich mit einer Geste auf den Krakatau. »Es wäre der Untergang für dein Volk, Zauberer.«

Wie ich es erwartet hatte, reagierte der Magier gar nicht auf meine Worte, sondern starrte mich nur weiter an. Seine Lippen bebten.

»Die Stimme der Götter«, murmelte er. »Gelogen. Dieser Weiße Teufel hat die Stimme der Götter mißbraucht.« Plötzlich veränderte sich etwas in seinem Blick. »Ich hätte ihn töten sollen, weißer Mann«, sagte er. »Ich hätte dich töten sollen. Alle Weißen sind Teufel. Ich hätte tun sollen, was die Stimme der Götter befohlen hat.«

»Du irrst dich«, sagte ich eindringlich. »Tergard hat euch hintergangen, so wie er alle belogen hat, selbst Dagon. Um so wichtiger ist es, daß euer Volk jetzt weiterlebt. Ihr müßt fliehen.«

Es war sinnlos. Der Blick des Majunde-Magiers verschleierte sich wieder, und plötzlich begann er Worte in seiner Muttersprache zu stammeln, die ich nicht verstand. Seine schlanken Hände öffneten und schlossen sich unentwegt, als wolle er etwas packen und zermalmen.

»Das hat keinen Zweck mehr, Robert«, sagte Shannon leise.

Ich nickte, richtete mich widerstrebend auf und starrte an ihm vorbei auf den flammengebenden Gipfel des Krakatau. Sein Glühen schien plötzlich etwas Unheimliches und Drohendes zu haben.

Und trotzdem fror ich plötzlich.

Der Hauch des Todes lag über der Lichtung. Menschen waren hier gestorben, eines unnatürlichen, gewaltsamen Todes, und ihr Sterben hatte Spuren hinterlassen, unsichtbar, aber trotzdem zu fühlen für den, der die geheimen Zeichen der Natur zu deuten wußte.

Tergard war bis zur Mitte des halberstarrten Sumpfes gegangen, der sich dort erstreckte, wo noch am Abend zuvor das Majunde-Dorf gestanden hatte. Er hatte den Kampf beobachtet, aus sicherer Entfernung heraus zwar, aber doch nahe genug, um sich ein Bild dessen machen zu können, was sich abgespielt hatte. Und trotzdem erschreckte ihn der furchtbare Anblick.

Langsam drehte er sich um, machte einen Schritt auf einen gewaltigen, halb im Schlamm vergrabenen dunklen Körper zu und blieb abrupt wieder stehen, als er erkannte, was da vor ihm lag.

Der Leib des Höllenwurmes war geborsten wie trockene Holzkohle, wie von einem Hammerschlag in drei Teile zersprengt und noch im Tode auf schier unmögliche Weise verdreht und verzerrt. Selbst jetzt, als es nichts mehr war als ein Stück verbrannter Schlacke, strahlte das Wesen etwas Unheimliches aus. Es war ein Geschöpf Satans, dessen war sich Tergard sicher, ganz gleich, mit welchen Namen die anderen Dagon und seine Kreaturen bedachten. Eine sonderbare Mischung aus Stolz und Furcht ergriff von Tergard Besitz, als er diesen Gedanken dachte, und plötzlich breitete sich eine fast hysterische Belustigung in ihm aus. Balestrano hatte ihn bisher auf diese Insel am Ende der Welt verbannt, damit er sich *bewähren* konnte, als Strafe für das, was Tergard als seine Pflicht und Balestrano als Fehler bezeichnet hatte.

Und er, ausgerechnet er, Tergard, der verstoßene *Master*, der Mann, der in Ungnade gefallen war und dessen Name selbst der geringste Knappe mit Verachtung in der Stimme aussprach, ausgerechnet er würde es sein, der die entscheidende Schlacht schlug, der das Armageddon herbeiführte und zugunsten des wahren Herren entschied!

Wäre er nicht so müde gewesen, hätte er lauthals gelacht, als ihm die hintergründige Ironie dieses Gedankens voll zu Bewußtsein kam. Wie sagte Balestrano immer: *Die Wege des Herrn sind voller Rätsel.*

Ja, dachte er zufrieden. Das sind sie wirklich. Und

voller Überraschungen, insbesondere und vor allem für einen senilen Trottel, der auf seinem Thron in Paris saß und sich für den Nabel der Welt hielt. Balestrano würde der erste sein, den er vernichtete, wenn er erst einmal die Macht ergriffen hatte.

Tergard drehte sich um, um zum Waldrand zurückzugehen, verhielt aber dann plötzlich mitten im Schritt und blickte auf einen kleinen, halb im Schlamm versunkenen Gegenstand. Eine Sekunde lang zögerte er, dann ließ er sich in die Hocke sinken, hob seinen Fund auf und wischte mit einem Zipfel seines Mantels den gröbsten Schmutz ab.

Ein überraschtes Stirnrunzeln zog seine Brauen zusammen, als er erkannte, was er da gefunden hatte. Aber dann lächelte er erneut. »Die Wege des Herrn sind wirklich rätselhaft«, sagte er, während er aufstand, seinen Fund sorgfältig in eine Tasche seines Mantels schob und mit schnellen Schritten zum Waldrand und den wartenden Soldaten zurückging.

Mit dem Tag war die Stille gekommen. Nichts hatte sich an der Höhle geändert: das rote, düstere Licht war wie immer, das Zischen der Lava erfüllte die labyrinthischen Gänge und Stollen wie ein Chor unheilvoll wispernder böser Stimmen, und von Zeit zu Zeit bebte der Berg unter seinen Füßen, als wolle der Geist des Krakatau Dagon daran erinnern, daß er keineswegs der unumschränkte Herrscher dieser Insel war. Und doch war es stiller geworden, wenngleich es eine Stille jenseits des Hörbaren war, ein Schweigen, das düster und schwer auf seiner Seele lastete und eine unausgesprochene Drohung mit sich führte.

Dagon starrte mit einer Mischung aus Verzweiflung

und hilfloser Wut auf das wimmelnde Rot unter sich. Hier und da war die Oberfläche des Lavasees zu schwarzen, zerborstenen Eisschollen erstarrt, und die Hitze, die es normalerweise selbst ihm verbot, länger als wenige Augenblicke hier zu stehen, hatte merklich abgenommen. Nur manchmal bewegte sich etwas in der lodernden Glut tief unter ihm. Aus dem gewaltigen Heer flammengeborener *Ssaddit* war ein armseliger Haufen geworden, wenige Dutzend, wo am Abend zuvor noch Hunderte seiner Diener gewesen waren.

Der zweite Fehler, dachte er. Es war das zweite Mal gewesen, daß er Robert Craven unterschätzt hatte, und wie beim ersten Mal hatte er um ein Haar mit dem Verlust all dessen, was er in Jahren geduldig aufgebaut hatte, bezahlt. Aus der gewaltigen Armee unbesiegbarer *Ssaddit,* mit deren Hilfe er die Ankunft der THUL SADUUN vorbereiten wollte, war ein armseliger Haufen geworden, eine Handvoll, wo Hunderte vonnöten gewesen wären.

Es war nicht die Zahl seiner Diener, die er verloren hatte, die ihn so hart traf, sondern die Tatsache, daß es die größten und stärksten der Höllenwürmer gewesen waren. Ihre Zahl spielte keine Rolle. Wenn die Nacht kam, würden *ihre* Diener aus dem Meer kommen und neue *Ssaddit* bringen, Hunderte, wenn er es wünschte, Tausende, die seine brennende Armee rasch wieder auffüllen würden.

Aber er hatte keine Möglichkeit mehr, sie wieder zu dem zu machen, was sie gewesen war. Dagon befand sich in der Lage eines Feldherren, der über eine unbegrenzte Zahl von Kriegern gebieten konnte – und nicht die Möglichkeit hatte, sein Heer auch nur einen Tag zu ernähren.

Die Schatten aus dem Meer würden die Dämoneneier

bringen, die die THUL SADUUN durch die Abgründe der Zeit sandten, aber es würde nichts als eine gewaltige Zahl gefräßiger kleiner Monster sein, Ungeheuer, die Dagon selbst und seine Diener vernichten würden, wenn er ihnen kein anderes Opfer anbieten konnte.

Nun, dachte er grimmig, was das anging, so *hatte* er noch Mittel und Wege, sich Opfer für die *Ssaddit* zu beschaffen, wenn ihm auch der Gedanke nicht gefiel, denn er würde Aufsehen erregen, und Dagon hätte es vorgezogen, sein Tun so lange wie möglich geheimzuhalten.

Dagon hob die Hand und machte eine befehlende Geste.

Die Bewegung blieb ohne die geringste sichtbare Reaktion, aber weit draußen, in den lichtlosen Tiefen des Ozeans, begannen sich Tentakel zu regen, erhoben sich bizarre, aufgedunsene Körper aus dem sandigen Grund.

Der achtarmige Tod erwachte.

Das Lager war verlassen, wie wir es erwartet hatten. Das Haupttor stand offen, und wo bei meiner ersten Ankunft in Tergards teuflischem Gefangenenlager schwerbewaffnete Wachen gestanden hatten, spielte nun nur noch der Wind mit Abfällen und abgestorbenem Geäst. Wie die meisten Gebäude, die von ihren Bewohnern verlassen worden waren, machte die Anlage einen unheimlichen Eindruck.

Aber vielleicht war es auch nur die Erinnerung an das, was ich hier erlebt hatte, die mich erneut schaudern ließ, als ich neben Shannon durch das zweite, innere Tor trat und stehenblieb. Vielleicht auch die Angst vor dem, was wir tun würden.

Mein Blick suchte das niedrige, quer stehende Gebäude am Ende der doppelten Reihen einfacher Baracken, die den inneren Teil des Lagers bildeten. Seine Türen standen offen, und ein unheimlicher roter Schein fiel auf den festgestampften Lehm des Bodens hinaus. Ich glaubte die Hitze zu spüren, die aus dem Schacht drang, der sich dahinter verbarg.

»Du kannst es dir noch überlegen«, sagte Shannon leise. »Ich würde es verstehen, wenn du nicht mitkommst.«

Ich blickte ihn an und versuchte zu lachen, aber es wurde eher ein hysterisches Kreischen daraus. »Willst du wirklich eine Antwort darauf haben?« fragte ich.

Shannon nickte. »Ich meine es ernst, Robert. Du wärest mir ohnehin keine große Hilfe. Nicht, solange du nicht im Vollbesitz deiner Kräfte bist.«

»Sie kehren zurück«, sagte ich heftig. »Tergard hat sie nur gelähmt, mehr nicht.«

»Das weiß ich«, antwortete Shannon. »Aber es kann Tage dauern, bis du dich völlig erholt hast. So viel Zeit bleibt uns nicht.«

»Deshalb komme ich ja auch gleich mit«, sagte ich, und fügte, in bewußt ärgerlichem Tonfall, hinzu: »Gib dir keine Mühe, Shannon. Ich werde ganz bestimmt nicht hierbleiben und die Wolken zählen, während du dort hinuntergehst und dich ganz allein mit Dagon und den Bestien herumschlägst. Ich komme mit.«

Shannon sah wohl ein, wie sinnlos es war, und beschränkte sich auf ein resignierendes Seufzen.

Ich konnte mir lebhaft vorstellen, wie es in seinem Inneren aussah – wenig anders als in meinem. Das Schlimme war, daß weder Shannon noch ich auch nur die geringste Ahnung hatten, was wir dort unten antreffen würden.

Geschweige denn, was wir überhaupt dort *wollten.*

Unser ganzer Plan bestand darin, Dagon aufzuhalten. Irgendwie.

Seufzend wandte sich Shannon um und deutete mit einer Kopfbewegung auf den vorderen Teil des Lagers. Der Platz hinter dem inneren Tor war von den Überlebenden des Majunde-Stammes bevölkert, an die hundert Männer, Frauen und Kinder, die in kleinen Gruppen oder auch allein auf dem nackten Boden saßen. Es war ein bizarres Bild – das Lager war von seinen legitimen Besitzern verlassen, und es gab genug Räumlichkeiten, auch eine weit größere Zahl von Menschen aufzunehmen, als es Yo Mais Stamm darstellte, aber nicht ein einziger Eingeborener hatte eines der Gebäude betreten. Die Majunde mußten so hungrig und durstig sein wie ich – und ich hätte im Moment ein halbes Pferd verspeisen können –, aber es war, als hielte sie irgend etwas davon zurück, den Steinbauten auch nur nahe zu kommen. Viele ihrer Stammesbrüder hatten hier ihr Leben lassen müssen. Es hatte Shannon und mich unsere ganze Überredungskunst gekostet, die Majunde allein dazu zu überreden, das Lager zu betreten, um eine Rast einzulegen.

Wir gingen zwischen den stumm dahockenden Eingeborenen hindurch und näherten uns dem größten der rechteckigen Steinbauten, die den Festungsteil des Lagers bildeten. Ich hatte noch mehrere Male versucht, die Majunde von ihrem Vorhaben abzubringen, zum Gipfel des Krakatau hinaufzugehen und dort die Entscheidung ihrer Götter abzuwarten, aber das Ergebnis war jedesmal das gleiche gewesen. Schließlich hatten Shannon und ich uns entschieden, ihnen ein Stück zu folgen, denn der Weg, den die Majunde nahmen, um zu ihren heiligen Höhlen zu gelangen, führte direkt an Tergards Lager vorbei.

Von hier ab würden sich unsere Wege trennen, denn während Yo Mai und seine Leute einem ungewissen Schicksal und dem Gipfel des Vulkans entgegengingen, würden Shannon und ich die entgegengesetzte Richtung nehmen: lotrecht in die Erde hinab, hinunter zu Dagon und seinen *Ssaddit*. Und dem, was wir sonst noch dort finden mochten.

Ich vertrieb den Gedanken, schloß mit raschen Schritten zu Shannon auf und trat hinter ihm ins Innere des Hauptgebäudes. Dunkelheit und der unangenehme Geruch von abgestandenem Tabaksqualm und zu vielen Menschen, die zu lange auf zu engem Raum zusammengelebt hatten, schlugen uns entgegen. Rasch und ohne ein überflüssiges Wort durchsuchten wir das Gebäude. Das Haus machte den Eindruck eines Gebäudes, das von seinen Bewohnern in höchster Eile verlassen worden war – Möbel waren umgestoßen und achtlos liegengelassen worden, auf den Tischen standen Teller mit nur halb verzehrten Mahlzeiten, Türen standen offen.

Schließlich fanden wir, wonach wir suchten – die Küche. Nach den Erfahrungen, die ich mit Shannons Kochkunst gemacht hatte, schüttelte ich rasch den Kopf, als er sich anbot, eine Mahlzeit zuzubereiten, und erklärte, daß ein wenig kaltes Fleisch und Brot ihren Dienst täten.

Nach neuerlichem, kurzem Suchen fanden wir die Speisekammer, und ich trug Brot und Pökelfleisch und ein Stück gesalzenen Schinken auf einem Tisch gleich neben der Tür auf, während Shannon das Feuer im Herd zu neuer Glut entfachte und Kaffee kochte.

Die nächste halbe Stunde verbrachten wir mit Essen. Shannons Kaffee schmeckte noch scheußlicher als sein Essen, aber er vertrieb wenigstens die bleierne Müdigkeit, die von mir Besitz ergriffen hatte. Im Grunde war diese Mahlzeit überflüssig. Es spielte keine besondere Rolle, ob wir mit knurrenden Mägen oder satt in Dagons unterirdisches Reich hinunterstiegen; wahrscheinlich würden wir ohnehin nicht mehr lange genug leben, um wirklichen Hunger zu bekommen. Es war nur ein Vorwand gewesen, den wir beide mit Freuden ergriffen hatten, das Unausweichliche noch einmal hinauszuschieben, und sei es nur für eine halbe Stunde.

Als wir fertig waren, wollte Shannon aufstehen, aber ich machte eine rasche Geste, sitzenzubleiben.

»Warte noch«, bat ich. »Ich ... habe noch ein paar Fragen.«

Shannon sah mich an, und – es war verrückt, aber ich war absolut sicher – für einen Moment spiegelte sein Gesicht den gleichen Ärger, den ich schon einmal an ihm bemerkt hatte, am Morgen, als er mit Yo Mai sprach. Aber ich schob das Gefühl, wie schon einmal, auf den desolaten Zustand, in dem sich seine Nerven befinden mußten.

»Was ... was geschieht, wenn wir Erfolg haben?« fragte ich.

Shannon legte den Kopf auf die Seite und sah mich mißtrauisch an. »Wie meinst du das?« fragte er.

»Wie ich es sagte«, antwortete ich gereizt. »Was wirst du tun, wenn wir Dagon wirklich besiegen sollten?«

Shannon schwieg einige Sekunden, dann nickte er. »Ich verstehe«, sagte er. »Necron.«

»Necron«, bestätigte ich. »Du wirst zu ihm zurückkehren?«

Shannon nickte. »Ja. Aber aus anderen Gründen, als er ahnt.«

»Ich werde dich begleiten«, sagte ich.

Shannon lachte. »Du bist verrückt«, sagte er.

»Glaube mir, Robert, du würdest seiner Drachenburg nicht einmal nahe genug kommen, um sie zu sehen. Ich weiß nicht mal, ob es mir gelingt.«

»Trotzdem werde ich dich begleiten«, beharrte ich. »Necron wird nicht aufgeben, nur weil du ihm entkommen bist und ihm seinen magischen Kompaß gestohlen hast.«

»Wenn wir das hier überleben«, sagte Shannon überzeugt, »hat er keinen Grund mehr, dich zu jagen, Robert.«

»Wie meinst du das?« fragte ich verwirrt.

Shannon lächelte flüchtig und wurde sofort wieder ernst. »Es gibt nur einen Weg, Dagon aufzuhalten«, sagte er. »Das weißt du so gut wie ich. Wir müssen das SIEGEL in unsere Hand bekommen, denn das ist es, woher er seine Kräfte nimmt. Ohne das SIEGEL DER MACHT ist er nichts weiter als ein kleiner Zauberlehrling, der nicht einmal mir gewachsen ist. Er ist ein Nichts, Robert, ein Mann, der von geliehener Kraft zehrt und es nicht mal weiß.«

»Du weißt eine Menge über einen Mann, über den du nichts weißt«, sagte ich.

Shannon überging meinen Einwurf. »Wenn wir das SIEGEL in unsere Hand bekommen, ist nicht nur Dagon besiegt«, sagte er, »sondern auch Necron.«

Diesmal war ich ehrlich überrascht, und Shannon schwieg eine ganze Weile, als genösse er es, sich an meiner Verwirrung zu weiden. »Ich werde es dir erklären«, sagte er schließlich, »schon, damit du begreifst, wie wichtig es ist, daß wir Erfolg haben. Es geht hier um mehr als diese Insel, Robert. Dagon ist im Besitz der ersten beiden SIEGEL gewesen, aber er ahnt nicht einmal, welche Macht in seinen Händen liegt, glaube mir. Necron weiß es sehr wohl, und er wird seine Diener in

Scharen schicken, sobald er herausgefunden hat, wo sich das zweite Siegel befindet.« Seine Miene verdüsterte sich. »Und ich fürchte, es wird nicht mehr lange dauern. Aber sie werden zu spät kommen.«

»Du willst es zerstören?« vermutete ich.

Shannon nickte. »Wenn es mir gelingt. Aber es muß gelingen. Ohne dieses SIEGEL sind die anderen wertlos für Necron.«

»Wieso?«

»Es sind sieben, Robert«, erklärte Shannon. »SIEBEN SIEGEL DER MACHT, geschaffen von den ÄLTEREN GÖTTERN. SIEBEN SIEGEL, die die GROSSEN ALTEN selbst jetzt noch bannen und verhindern, daß sie Besitz von dieser Welt ergreifen. Du hast mir erzählt, daß du dabei warst, als dreizehn von ihnen in die Gegenwart gekommen sind, aber du kennst nur einen Teil der Wahrheit. Sie haben den Abgrund der Zeit überwunden, aber die, die sie vor Jahrmilliarden besiegten, sahen selbst diese Möglichkeit voraus. Sie schufen die SIEBEN SIEGEL DER MACHT, sieben magische Siegel, die die wahre Macht der GROSSEN ALTEN bannen.

Sie sind Ungeheuer, furchtbare, schreckliche Dämonen, Robert, aber ihre wahre Macht können sie erst entfalten, wenn auch das siebente Siegel erbrochen wurde. Und sie müssen *alle* geöffnet werden, begreifst du? Es nutzt Necron überhaupt nichts, nur fünf oder meinetwegen auch sechs Siegel in seinem Besitz zu haben. Das Spiel heißt alles oder nichts. Wenn es mir gelingt, dieses SIEGEL zu zerstören, das sich in Dagons Besitz befindet, ist Necron erledigt. Shub-Niggurath wird ihn töten, wenn er auch diesmal versagt.«

Ich wollte antworten, aber in diesem Moment schoß ein dünner, heftiger Schmerz durch meine Brust. Hastig hob ich meine Tasse mit kalt gewordenem Kaffee und versuchte, mich dahinter zu verkriechen. Shannon mußte nicht sehen, in welch schlechtem Zustand ich mich noch immer befand. Er war dazu fähig, auf eigene Faust loszugehen und mich zurückzulassen.

»Und wie willst du es tun?« fragte ich gepreßt.

»Was? Das SIEGEL vernichten?«

Ich nickte, und Shannon antwortete: »Es ist leicht, Robert. Magie hat es geschaffen, und Magie wird es wieder zerstören.«

»Gerade hast du das Gegenteil behauptet«, antwortete ich. Es fiel mir schwer, zu sprechen. Der dünne Schmerz in meiner Brust nahm nicht ab, sondern im Gegenteil zu. Mein Herz begann schneller zu schlagen. Was, zum Teufel, geschah mit mir?

»Es ist leicht, es zu vernichten, verglichen mit der Mühe, die es kosten würde, es zu brechen«, antwortete Shannon. »Auch Necrons Macht reicht längst nicht dazu aus, Robert. Er ist nur ein Werkzeug. Wenn er alle sieben SIEGEL in seinem Besitz hat, dann ...«

Der Schmerz in meiner Brust explodierte. Ein weißglühender Draht schien sich direkt in mein Herz zu bohren. Ich fuhr wie unter einem Peitschenhieb zusammen, versuchte zu schreien und bekam nur ein Stöhnen heraus. Die Kaffeetasse fiel aus meiner Hand und polterte zu Boden.

»Stell dich nicht so an«, sagte Shannon scherzhaft. »*So* schlecht ist mein Kaffee nun auch wieder nicht.«

Seine Gestalt begann vor meinen Augen zu verschwimmen. Ich keuchte, sackte haltlos zur Seite und fiel zu Boden, von Qualen geschüttelt und noch immer unfähig, auch nur den geringsten Laut hervorzubringen.

Ich hörte, wie Shannon ein erschrockenes Keuchen ausstieß und so heftig aufsprang, daß sein Stuhl umfiel, fühlte mich plötzlich an der Schulter gepackt und herumgerissen, aber vor meinen Augen waren nichts als wogende rote Schemen, und der glühende Draht, der in meinem Herzen wühlte, wurde zu einer weißglühenden Schwertklinge. Ein neues Gefühl gesellte sich zu dem Schmerz: ein Druck, der wuchs und wuchs und wuchs, bis ich glaubte, mein Herz wäre eine stählerne Feder, die bis zum Zerreißen gespannt war. Ich bekam noch immer keine Luft.

Shannon fiel neben mir auf die Knie, packte mich beim Kragen und schüttelte mich wild. »Robert!« schrie er. »Was ist los?« Ich versuchte zu sprechen, aber ich konnte es nicht. Verzweifelt hob ich die Hände, klammerte mich wie ein Ertrinkender an Shannon fest und stieß erstickte Laute aus.

»Ma … gier«, krächzte ich. Woher ich die Kraft nahm, überhaupt zu sprechen, begriff ich selbst nicht. Der Druck auf mein Herz stieg noch immer an. »Majunde. Der … der Zauberer …«

Und endlich begriff Shannon. Hastig hob er mich in die Höhe, setzte mich wie eine Puppe auf den Stuhl zurück, preßte die linke Hand auf meine Stirn und legte die andere mit weit gespreizten Fingern auf meine Brust, als wolle er mein Herz umfassen.

Der Schmerz erlosch, aber nicht sofort, wie die Male zuvor, als ich die unheimliche heilende Macht von Shannons Händen gespürt hatte, sondern nur langsam, zögernd und widerwillig, als würde in meinem Inneren ein verbissener Kampf ausgefochten. Ich sah, wie sich Shannons Gesicht vor Anstrengung verzerrte und Schweiß auf seine Stirn trat.

Die unsichtbare Feder in meiner Brust spannte sich weiter – und war verschwunden.

Mit einem erleichterten Keuchen sank ich nach vorn,

prallte mit dem Gesicht auf die Tischplatte und rang nach Atem. Mein Herz hämmerte, und jeder einzelne Pulsschlag tat weh, unglaublich *weh.* Aber der glühende Draht war aus meinem Herzen verschwunden.

»Der Magier«, stöhnte ich. »Er ... er bringt mich um, Shannon. Er tötet mich.«

Shannon antwortete, aber ich verstand seine Worte nicht, denn in meinen Ohren war plötzlich ein dumpfes, an- und abschwellendes Rauschen, das ich erst nach endlosen Sekunden als das Geräusch meines eigenen Blutes identifizierte.

Erst als mich Shannon reichlich unsanft in die Höhe riß und mich zwang, ihn anzusehen, zerriß der erstickende Schleier, der sich um meine Gedanken gelegt hatte. Mühsam schob ich seine Hände beiseite, hielt mich an der Tischkante fest und preßte die Hand auf die Brust. Shannons Gestalt begann sich vor meinen Augen zu verbiegen und verdrehen, als betrachte ich sie durch einen Zerrspiegel. Der Geschmack nach salzigem Blut war in meinem Mund. Ich hatte mir auf die Zunge gebissen, ohne es überhaupt zu merken.

»Was hast du damit gemeint – der Magier?« fragte Shannon.

»Er hat versucht, mich umzubringen, Shannon«, murmelte ich. Was war los mit ihm? Er hätte den magischen Angriff so deutlich spüren müssen wie ich – schließlich waren *seine* Kräfte nicht durch einen Bann gelähmt. Aber ich war noch viel zu verstört, um den Gedanken konsequent zu Ende zu verfolgen. »Ich weiß nicht, was er tut, aber es war ... es war das gleiche wie gestern nacht.«

Einen Moment lang blickte mich Shannon unsicher an, dann wandte er sich um und wollte aus dem Zimmer stürmen. Ich hielt ihn zurück.

»Ich komme mit dir.« Der Gedanke, allein hier zurückzubleiben und womöglich einem zweiten Angriff des Majunde-Zauberers hilflos ausgeliefert zu sein, ließ mich innerlich frösteln.

Shannon lachte. »Red keinen Unsinn«, sagte er. »Du kannst doch kaum stehen. Du wartest hier, bis ich zurück bin. Ich werde mir den Burschen vorknöpfen.«

»Ich begleite dich«, sagte ich entschieden. »Schließlich hat er *mich* angegriffen, nicht dich.«

Diesmal widersprach Shannon nicht mehr.

Das Lager hatte sich verändert, als wir aus dem Haus stürmten. Die Majunde hatten sich zu kleinen Gruppen zusammengefunden und Feuer entzündet, über denen sie mitgebrachte Lebensmittel erhitzten, und hier und da hatte sich einer auf dem nackten Boden ausgestreckt und schlief.

Shannon deutete auf Yo Mai, der zusammen mit einer Handvoll Majunde-Krieger am Tor stand und ganz offensichtlich in eine erregte Diskussion verstrickt war. Wir eilten zu ihnen, und Shannon riß den Majunde grob an der Schulter herum, ohne auf die drohenden Blicke der anderen zu achten.

»Wo ist euer Magier?« schnauzte er.

Yo Mai blickte ihn einen Moment unverstehend an. »Unser Magier?« wiederholte er. »Warum? Was willst du von ihm?«

»Nichts«, fauchte Shannon. »Aber ich habe das Gefühl, er will etwas von uns.« Zornig deutete er auf mich. »Um ein Haar hätte er meinen Freund hier umgebracht, Wilder! Wo ist er?«

»Ich ... weiß es nicht«, gestand Yo Mai verwirrt. »Ich werde ihn suchen.« Er wandte sich an die Männer, die im Halbkreis um uns standen, und wechselte ein paar rasche Worte im Dialekt des Stammes mit ihnen. Sie entfernten sich. Dann drehte er sich wieder zu Shannon um. Die Verwirrung war aus seinen Zügen gewichen und hatte allmählich aufkeimendem Zorn Platz gemacht. »Was bedeutet das alles?« fragte er. »Ihr habt unser Wort, daß wir uns nicht in eure Dinge mischen.«

»Deines vielleicht«, sagte Shannon wütend. »Aber euer Hinterhofzauberer schert sich einen Dreck darum. Wäre ich nicht dabeigewesen, wäre Robert jetzt tot.«

Yo Mai erschrak sichtlich, sah mich einen Moment verunsichert an und schüttelte ein paarmal den Kopf, als könne er nicht glauben, was er hörte.

Nach einer Weile kehrten die Eingeborenen zurück, die er weggeschickt hatte, um nach dem Magier zu suchen. Und sie kamen allein. Es war nicht schwer, den Ausdruck auf ihren exotisch geschnittenen Gesichtern zu deuten.

»Er ... ist nicht mehr da«, sagte Yo Mai stockend, nachdem er mit seinen Leuten gesprochen hatte. »Ich verstehe das nicht!«

»Was soll das heißen, nicht mehr da?« schnappte Shannon. Seine Wut – die ich noch immer nicht verstand – war keineswegs besänftigt, sondern schien durch die Worte des Majunde eher noch weiter angestachelt zu werden.

»Er ist ... nicht im Lager«, gestand Yo Mai, wobei er Shannons Blick auswich. »Ein paar Männer haben gesehen, wie er weggegangen ist, kurz ehe wir hierherkamen.«

»Wohin?« fauchte Shannon.

Yo Mai sah auf, aber er blickte mich an, nicht Shannon. Dann hob er die Hand und deutete auf den Gipfel des Krakatau. »Dorthin«, sagte er. »Zu den heiligen Höhlen unseres Volkes.«

Ich wollte antworten, aber ich kam nicht dazu, denn

in diesem Moment flammte ein neuer, quälender Schmerz in meiner Brust auf.

Es war längst nicht so schlimm wie der erste Angriff, eigentlich nur ein dünner, tiefgehender Stich, eher lästig als wirklich schmerzhaft. Aber er blieb.

Die Wärme des Vulkans machte sich hier oben, näher an seinem Krater als an der Küste und dem Meeresspiegel, unangenehm bemerkbar. Trotz des hellen Sonnenlichtes schien der Himmel unmittelbar über dem wie abgeschnitten wirkenden Gipfel des Berges in düsterem Rot zu glühen, und in fast regelmäßigen Abständen ertönte ein dumpfes, knirschendes Grollen, manchmal gefolgt von einer Säule feuriger Lava, die aus der Caldera des Vulkans emporschoß und fauchend wieder zurücksank.

»Der Berg ist unruhig«, sagte Roosfeld.

Tergard zog eine Grimasse. »Eine ungemein intelligente Feststellung, Roosfeld«, murmelte er. »Was würde ich nur ohne dich tun?«

Roosfeld schluckte, senkte den Blick und konzentrierte sich ganz darauf, neben Tergard den abschüssigen Hang hinaufzusteigen, ohne auf dem losen Geröll das Gleichgewicht zu verlieren. Tergard war gereizt, und Roosfeld wußte nur zu gut, wie unberechenbar der Templer sein konnte, wenn er schlechter Laune war.

Schweigend stiegen sie weiter, überwanden den Hang und drangen wieder in den Dschungel ein, der hier oben nicht ganz so undurchdringlich war wie weiter unten an der Küste. Trotzdem würden sie den Krater nicht vor Sonnenuntergang erreichen, das wußte Roosfeld. Und seit der vergangenen Nacht hatte er Angst, nach Dunkelwerden hier zu sein. Er wußte, daß die Feuerwürmer wiederkommen würden. Tergard mochte ihn als Idioten betrachten, aber so dumm, sich nicht auszurechnen, daß Dagon sie mit aller Macht verfolgen würde, war er nun auch wieder nicht.

Tergard blieb stehen, als sie einige Schritte in den Wald eingedrungen waren. Ein angespannter Ausdruck lag mit einem Male auf seinem Gesicht. Roosfeld sah, daß seine Rechte unter dem Mantel zum Schwert kroch.

»Was ist?« fragte er alarmiert.

Tergard machte eine rasche, ungeduldige Geste, zu schweigen, und sah sich aufmerksam um. Auch Roosfeld lauschte, aber er hörte nichts außer dem mühsamen Hämmern seines eigenen Herzens und den natürlichen Geräuschen des Waldes, in die sich das Grollen des Berges wie düsterer Trommelschlag gemischt hatte.

Die Bäume vereinigten ihre Kronen fünfzig Yards über ihren Köpfen zu einem beinahe völlig geschlossenen Blätterdach, das nur wenig Licht hindurchließ, so daß sie in schattigem Halbdunkel standen, in dem die Schatten zu furchtbarem eigenem Leben zu erwachen schienen.

»Irgend etwas ist hier nicht in Ordnung«, murmelte Tergard. Plötzlich drehte er sich herum, hob den Arm und bedeutete den Soldaten, die ihnen in wenigen Schritten Abstand gefolgt waren, mit ungeduldigen Gesten, aufzuschließen. Die Männer gehorchten und bildeten einen weit gespannten Kreis um Tergard und Roosfeld.

Es war ein beinahe bizarrer Anblick. Wie Tergard selbst und auch Roosfeld hatten die Soldaten ihre niederländischen Marineuniformen gegen die zeremoniellen Gewänder der Tempelherren getauscht – schwarze Hosen und Stiefel, Kettenhemden und darüber ein hüftlanges, weißes Gewand mit einem aufgestickten roten Kreuz. Bisher hatte Roosfeld immer einen Hauch von Ehrfurcht verspürt, wenn er diese Gewänder sah. Hier, inmitten des tropischen Dschungels und im Angesicht des flammenspeienden Giganten über ihren Köpfen, kamen sie ihm albern vor.

»Irgend jemand belauert uns«, murmelte Tergard. »Ich spüre es. Wir ...«

Der Rest des Satzes ging in einem peitschenden Laut und dem gellenden Schrei eines der Templer unter. Roosfeld hatte den flüchtigen Eindruck eines langgestreckten, schlanken Schattens, der aus dem Unterholz herausflog, und beinahe im selben Augenblick griff sich einer der Soldaten an den Hals und brach in die Knie, beide Hände um den Schaft des Pfeiles gekrallt, der plötzlich aus seiner Kehle ragte.

»Das ist ein Überfall!« brüllte Tergard. »In Deckung!«

Aber wenn die Männer seine Worte überhaupt verstanden, so blieb ihnen keine Zeit, darauf zu reagieren. Plötzlich sirrten ein zweiter und dritter Pfeil heran, und ein weiterer Tempelherr brach getroffen zusammen.

Aber der Augenblick der Überraschung währte nicht lange. Auf Tergards befehlenden Schrei hin zogen sich die Männer zu einem engen, Schulter an Schulter geschlossenen Kreis zusammen, lösten die großen dreieckigen Schilde von den Rücken und knieten dahinter nieder, eine lebende Schutzmauer um Tergard und Roosfeld bildend.

Der nächste Pfeilhagel prallte harmlos von den schweren Eichenschilden ab.

»Da sind sie!« Tergard deutete auf eine Stelle im Unterholz, an der sich die Schatten bewegt hatten. »Greift an!«

Die Männer gehorchten. Während die Hälfte von

ihnen zurückblieb, um ihren *Master* zu beschützen, sprangen die anderen auf und rannten, die Schilde schützend erhoben und die Schwerter gezückt, los. Rücksichtslos brachen sie durch das Unterholz und waren verschwunden. Wenige Augenblicke später erscholl ein ganzer Chor gellender Schreie, und dann hörte Roosfeld Kampflärm.

Er sah die Bewegung im letzten Augenblick, aber seine Reaktion kam zu spät. Ein kleiner, bronzebraun gebrannter Körper stürzte auf ihn herab, riß ihn mit dem ungestümen Schwung seines Anpralles nach hinten und schwang ein fast armlanges Messer. Roosfeld wich einem wütenden Stich aus und packte das Handgelenk des Eingeborenen. Rechts und links von ihm erschienen weitere Majunde, stürzten aus den Ästen der Bäume oder erschienen wie aus dem Boden gewachsen hinter Unterholz und Geäst, um sich mit verbissener Wut auf die kleine Templerarmee zu stürzen.

Roosfeld kämpfte wie ein Besessener. Er war viel stärker als der Majunde, der ihn angefallen hatte, aber der Eingeborene kämpfte mit der Wut und Schnelligkeit einer Wildkatze, und Roosfeld wurde durch seinen verbundenen Arm stark behindert.

In Todesangst bäumte er sich auf, stieß den Majunde von seiner Brust und versuchte abermals, seinen Arm zu packen. Seine Bewegung war nicht schnell genug; er verfehlte den Arm des braungebrannten Kriegers, und die Messerklinge fuhr in seine Hand.

Roosfeld taumelte zurück und brach in die Knie. Der Majunde wirbelte herum, schlug ihm mit dem Ellbogen ins Gesicht und stieß ihm den Dolch in den Leib.

Es tat nicht einmal besonders weh, aber es war, als wiche von einem Sekundenbruchteil auf den anderen jegliche Energie aus Roosfelds Körper. Der weiße Stoff seines Templergewandes begann sich dunkel zu färben.

Roosfeld kippte nach vorn, aber seine Arme hatten nicht mehr die Kraft, das Gewicht seines Körpers zu tragen. Ein stechender Schmerz durchzuckte seine Brust, dann wurde ihm schwarz vor Augen.

Er erwachte aus seiner Ohnmacht, als ihn eine Hand an der Schulter berührte und ihn auf den Rücken drehte. Über seinem Gesicht erschien ein verschwommener Fleck, den er erst nach Sekunden als Tergards Antlitz identifizierte. Der *Master* des Templerordens war verletzt: Über seinem Auge klaffte ein blutender Schnitt, und es sah aus, als hätte man ihm ein Büschel Haare ausgerissen. Aber keine dieser Verletzungen war ernsthaft.

»Steh auf, Roosfeld«, begann er ungeduldig. »Sie sind geflohen. Wir müssen weiter.« Er stockte, als sein Blick über Roosfelds Leib glitt und er den allmählich größer werdenden, dunklen Fleck auf seinem Gewand gewahrte, aus dessen Mitte der lederumwickelte Griff des Messers ragte.

»Helfen … Sie mir«, stöhnte Roosfeld. Die Schwäche in seinen Gliedern wurde immer schlimmer, und hinter seinen Gedanken begann sich etwas Dunkles zusammenzuballen.

»Helfen?« In Tergards Blick war kein Mitleid, als er den Kopf schüttelte. »Wie soll ich dir helfen, du Narr?« fragte er. »Wir sind meilenweit von der Garnison entfernt. Ich kann nichts für dich tun.«

Er stand auf, schob sein Schwert in den Gürtel zurück und wies mit einer herrischen Geste nach Westen, zum Gipfel des Krakatau. »Weiter!« befahl er. »Wir müssen vor Sonnenuntergang oben sein.«

Gehorsam wandten sich die Templer um und gingen, und nach einem letzten, mitleidlosen Blick auf Roosfeld drehte sich auch Tergard selbst um.

»Helfen Sie mir!« flehte Roosfeld. »Sie … Sie können mich doch nicht einfach hier zurücklassen.«

Beinahe war er überrascht, als Tergard tatsächlich noch einmal stehenblieb und zu ihm zurücksah. Aber plötzlich lächelte der Tempelherr; ein dünnes, grausames Lächeln, das Roosfeld beinahe mehr traf als der Schmerz, der nun allmählich in seinem Leib emporkroch.

»Doch, Roosfeld«, sagte Tergard leise. »Ich kann.«

Vor einer Stunde war der Dschungel hinter uns zurückgeblieben, und die letzte Meile der Strecke zum Gipfel hinauf waren wir durch eine Landschaft aus Felsen und scharfkantigen Lavatrümmern und jäh aufklaffenden Spalten geirrt, wie sie bizarrer kaum auf der Oberfläche eines fremden Sternes sein konnte. Die Luft schmeckte scharf und brannte beim Atmen in den Lungen, und vom Himmel strahlte der blutigrote Widerschein der Lava auf uns herab.

Ich vermochte kaum noch zu gehen. Immer wieder verschwamm der Gipfel vor meinen Augen, und wäre Shannon nicht gewesen, der mich von Zeit zu Zeit sanft an der Stirn berührte und mir neue Kraft gab, wäre ich wahrscheinlich schon nach der Hälfte des Weges zusammengebrochen. Die Schmerzen kamen jetzt in Schüben, wie ein Bombardement kleiner, weißglühender Nadeln, die sich tief in meine Brust bohrten und sich meinem Herzen jedesmal ein Stückchen weiter näherten, und wenngleich sie noch immer nicht so heftig waren, daß ich nicht mehr hätte weitergehen können, zehrten sie doch an meinen Kräften.

Das Schlimme war, daß mir Shannon diesmal nicht helfen konnte. Er hatte es getan, unten im Lager, und den Schmerz vertrieben, aber es kostete ihn jedesmal große Anstrengung, es zu tun. Und er konnte mich nicht ununterbrochen bewachen, während unser geheimnisvoller Feind nach Gutdünken zuschlagen konnte.

Das hieß – so geheimnisvoll war unser Gegner gar nicht. Weder Yo Mai noch ich hatten eine Erklärung dafür gefunden, warum er mich nach allem, was er gesehen und gehört hatte, noch immer angriff, aber der wühlende Schmerz in meiner Brust bewies mir, daß er es tat. Vielleicht war Tergards hypnotischer Bann doch stärker gewesen, als wir angenommen hatten, oder der Haß auf alle Weißen war so stark in ihm, daß er keinen Unterschied mehr zwischen uns und Tergards Mörderbande machte. Vielleicht hatte er auch schlichtweg den Verstand verloren – was ihn nicht daran hindern würde, mich umzubringen, wenn wir ihn nicht rechtzeitig fanden. Unsere einzige Hoffnung war, daß Yo Mai und eine Handvoll seiner Leute uns begleitet hatten, um uns den Weg zu den heiligen Höhlen ihres Volkes zu zeigen.

Im Moment allerdings zweifelte ich ernsthaft daran, ob wir diese Höhlen überhaupt noch erreichen würden. Der Hang wurde immer steiler, und auch das letzte Zeichen von Leben war längst hinter uns zurückgeblieben; wir stolperten über eine verbrannte, geborstene Landschaft, über die nach Schwefel stinkende Dämpfe trieben und von deren Himmel es manchmal Feuer regnete.

Obwohl die Sonne sank und unten im Tal längst die Dämmerung hereingebrochen sein mußte, war es hier oben noch immer taghell. Aber es war ein hartes, rotes

Licht, das nicht vom Himmel, sondern aus dem Schlund des Vulkankraters vor uns kam, und es brachte eine erstickende Hitze mit sich.

Beides würde noch schlimmer werden, sobald wir den Grat überstiegen hatten, denn der Eingang der heiligen Höhlen lag auf der Innenseite des Kraters.

Die Sonne ging vollends unter, als wir den Grat überschritten und die Caldera des Krakatau unter uns lag – ein gigantisches, weit über eine Meile messendes Oval, dessen jäh in die Tiefe stürzende Flanken aus schwarzverbrannter, wie poliertes Glas schimmernder Lava bestanden und das von flüssigem Feuer erfüllt war.

Der höllische See tief unter uns war von brodelnder Bewegung erfüllt. Gewaltige, träge Blasen stiegen in dem geschmolzenen Stein hoch und zerplatzten, und manchmal schossen feurige Geysire hundert und mehr Yards steil in die Höhe und ließen Feuer und brennende Lavatropfen vom Himmel regnen. Ein dumpfes unablässiges Grollen schlug uns entgegen, ein Laut, der mich an das zornige Fauchen eines gewaltigen steinernen Ungeheuers erinnerte, das uns verschlingen würde, wenn wir ihm zu nahe kamen.

Plötzlich verstand ich, warum dieser flammenspeiende Berg für die Majunde ein Gott war. In gewisser Beziehung war er es wohl wirklich.

»Wo sind diese Höhlen?« wandte sich Shannon an Yo Mai, der dicht hinter uns den Hang hinaufgestiegen und zwischen Shannon und mir stehengeblieben war, um keuchend nach Atem zu ringen. Es erfüllte mich mit einer absurden Zufriedenheit, daß auch die anderen unter dem Biß der schwefelgesättigten Luft litten

Yo Mai deutete nach rechts unten. »Dort«, sagte er. »Nicht sehr weit. Aber der Weg ist gefährlich. Laßt mich vorausgehen.«

Er machte einen Schritt, aber Shannon griff blitzschnell zu und hielt ihn zurück, mit einem so festen Griff, daß sich das Gesicht des jungen Majunde für Sekunden vor Schmerz verzerrte.

»Keine Tricks, Eingeborener«, sagte Shannon kalt. »Wenn du versuchst, uns zu hintergehen, endest du dort unten.« Er wies mit einer Kopfbewegung auf den See aus brennender Lava und stieß Yo Mai von sich, so heftig, daß dieser um ein Haar das Gleichgewicht verloren hätte.

Yo Mai starrte ihn eine Sekunde lang mit unverhohlenem Haß an. »Du täuschst dich, weißer Mann«, sagte er zornig. »Ich habe euch nicht begleitet, um euch zu helfen. Was unser Magier getan hat, hat unsere Ehre beschmutzt. Er hat die angegriffen, die unter unserem Schutz stehen, und unsere Gastfreundschaft gebrochen. Dafür werde ich ihn bestrafen. Ihr interessiert mich nicht.« Damit wandte er sich um und lief weiter, und Shannon und ich folgten ihm.

»Warum bist du so feindselig?« fragte ich. »Er meint es ehrlich.«

»Feindselig?« Einen Moment lang starrte mich Shannon wütend an, dann blickte er zu Boden, zuckte mit den Achseln und seufzte. »Du hast recht«, sagte er. »Entschuldige. Aber es wird … es wird alles zu viel. Verdammt, als ob es nicht genug wäre, gleichzeitig gegen Tergard und diesen irrsinnigen Fischanbeter zu kämpfen. Meine Nerven sind einfach nicht mehr die besten.«

»Vielleicht wirst du alt«, vermutete ich scherzhaft.

»Das hoffe ich«, antwortete Shannon. »Uralt sogar. Ich habe vor, im Bett zu sterben. Irgendwann in der zweiten Hälfte des zwanzigsten Jahrhunderts.« Er lachte, und nach wenigen Sekunden stimmte auch ich –

wenn auch etwas gequält – in sein Lachen ein. Wir waren wohl beide überanstrengt und dadurch reizbarer, als gut war.

Eine Sekunde später hörte ich auf zu lachen und griff haltsuchend nach Shannons Hand, als ein neuer, greller Schmerz durch meine Brust schoß. Shannon fluchte, hielt mich mit der linken Hand aufrecht und fummelte mit der anderen an meinem Hals herum. Eine Sekunde später erlosch der Schmerz wie abgeschnitten. Keuchend rang ich um Atem. Diesmal war es schlimmer gewesen als zuvor. Noch zwei, drei solcher Attacken, dachte ich schaudernd, und es war aus.

»Geht es wieder?« fragte Shannon besorgt.

Ich nickte, schob seine Hand zur Seite und machte einen vorsichtigen Schritt. »Alles in Ordnung«, murmelte ich, mit einer Stimme, die meine Worte Lügen strafte. »Was ist das, Shannon? Welche Art von Magie benutzt er?«

Shannon runzelte die Stirn. »Eine, die er gar nicht kennen dürfte«, sagte er stockend. »Ich ... habe davon gehört. Voodoo.«

»Was?« fragte ich.

Shannon lächelte flüchtig. »Ein Kult«, erklärte er. »Und eine Methode, sich seiner Gegner zu entledigen, ohne sie auch nur zu berühren. Es ist sogar ziemlich weit verbreitet, allerdings nicht in diesem Teil der Welt. Ich vermute, Tergard hat ihm diesen kleinen schmutzigen Trick beigebracht. Aber es ist auch unsere einzige Hoffnung.«

»Oh«, sagte ich sarkastisch. »Das beruhigt mich ungemein.«

»Wenn ich recht habe«, murmelte Shannon unbeirrt, »dann bleibt uns noch etwas Zeit. Der Schmerz, den du spürst, ist das, was er der Voodoo-Puppe antut, die er von dir gemacht hat. Aber ein Voodoo-Zauber braucht Zeit, um zu wirken. Wenn wir ihn rechtzeitig genug finden und ihm die Puppe abnehmen, hat er keine Macht mehr über dich.«

»Wenn das so ist, sollten wir uns beeilen«, murmelte ich mit einer Kopfbewegung auf Yo Mai, der schon ein gutes Stück Vorsprung gewonnen hatte. »Ich habe keine besondere Lust, herauszufinden, ob dieser Bubu-Kram wirklich funktioniert.«

»Voodoo«, lächelte Shannon. »Und er funktioniert, mein Wort darauf.«

Wir gingen weiter, dem flammenden See aus Hitze am Grunde des Kraters und dem Eingang der heiligen Majunde-Höhlen entgegen. Die erstarrte Lava unter unseren Füßen wurde so heiß, daß ich es selbst durch die dicken Sohlen meiner Schuhe hindurch unangenehm zu spüren begann. Wie Yo Mai und seine Begleiter – barfüßig – die Hitze ertrugen, war mir ein Rätsel.

Schließlich erreichten wir den Eingang der Höhlen.

Nach allem, was ich darüber gehört hatte, war ich beinahe enttäuscht, als ich dicht hinter Shannon geduckt durch den niedrigen Eingang trat. Die Höhle war nicht einmal hoch genug, um aufrecht darin stehen zu können, und von düsterem, flackerndem, rotem Licht erfüllt, und aus einem schmalen, dreieckigen Gang, der tiefer in den Leib des Berges hineinführte, drang ein Schwall erstickend warmer, trockener Luft.

»Er ist hier«, sagte Shannon plötzlich.

Yo Mai und ich sahen ihn gleichzeitig verwirrt an.

»Woher willst du das wissen?« fragte ich.

»Ich spüre es«, murmelte Shannon. Seine Stimme klang gepreßt. Irgend etwas schien ihn zu verunsichern. »Aber da ist noch etwas. Ich …« Er brach ab, schwieg einen Moment und sah Yo Mai an.

»Wohin führt dieser Gang?« fragte er, während er auf den Tunnel am Ende der Höhle deutete.

»Tiefer in den Berg hinein«, sagte Yo Mai. »Zu den eigentlichen Höhlen. Aber es ist Fremden verboten, sie zu betreten. Ihr werdet hier warten. Meine Brüder und ich werden gehen und den Zauberer suchen.«

»Und wir bleiben hier?« Shannon ließ ein leises, häßliches Lachen ertönen. »Du bist verrückt, wenn du das wirklich glaubst, Wilder.«

»Ihr bleibt!« beharrte Yo Mai. Drohend trat er einen Schritt auf Shannon zu und starrte ihn herausfordernd an. Daß der junge Drachenkrieger beinahe zwei Köpfe größer als er und sehr viel kräftiger war, schien ihn nicht im mindesten zu beeindrucken.

»Kein weißer Mann wird jemals die heiligen Höhlen betreten, so spricht das uralte Gesetz des großen Gottes Krakatau«, sagte er.

»Und du willst mich daran hindern?« fragte Shannon spöttisch.

Yo Mai nickte ernst. »Du wirst mich töten müssen, wenn du diesen Gang gehen willst«, sagte er. »Und meine Brüder auch.«

Wie um seine Worte zu unterstreichen, traten die drei Majunde-Krieger, die uns begleitet hatten, hinter Yo Mai und legten die Hände auf ihre Waffen. Shannons Lächeln wurde noch eine Spur spöttischer. Ich sah, wie er ganz leicht die Beine spreizte und auf dem rauhen Boden nach festem Stand suchte.

»Seid ihr verrückt geworden?« keuchte ich. »Shannon! Yo Mai – was ist in euch gefahren? Wir sind nicht hergekommen, um uns zu streiten!«

Shannon brachte mich mit einer herrischen Geste zum Verstummen. »Halt den Mund, Robert!« fauchte er. »Ich werde das klären, und zwar gleich. Dieser verdammte Magier ist dort drinnen, und ich werde hineingehen und ihn holen. Versuche mich aufzuhalten, wenn du es wagst, Majunde!« Die letzten Worte waren an Yo Mai gerichtet gewesen, der noch immer mit erhobenen Armen vor dem Stollen stand und Shannon den Weg verwehrte. Ich war sehr sicher, daß er nicht weichen würde.

»Shannon!« sagte ich verzweifelt. »Was, in drei Teufels Namen, ist in dich gefahren? Was geschieht mit dir?«

Shannons Antwort ging in einem peitschenden Knall unter, der von der verwirrenden Akustik der Höhle noch verstärkt und tausendfach gebrochen wurde. Yo Mai keuchte, machte einen unsicheren Schritt nach vorne – und brach in die Knie.

Aus seiner Schulter ragte der zitternde Schaft eines Pfeiles …

Shannon reagierte, noch ehe ich den Anblick wirklich zur Kenntnis genommen hatte. Mit einem Schrei stieß er mich beiseite, sprang vor und warf sich mit weit ausgebreiteten Armen auf die drei Majunde-Krieger, um sie zu Boden zu reißen.

Keine Sekunde zu spät. Ein zweiter Pfeil zischte aus dem Gang und zerbrach am Fels, dort, wo ich gerade noch gestanden hatte. Shannon sprang mit einer unglaublich schnellen Bewegung auf die Füße und rannte los, direkt auf den Stollen zu!

Den dritten Pfeil fing er auf.

Ich weiß, daß es unmöglich ist. Nicht einmal die überzüchteten Reflexe eines Drachenkriegers konnten schnell genug sein, einen aus allernächster Nähe abgeschossenen Pfeil im Fluge zu fangen, aber er tat es, zerbrach das Geschoß mit einem wütenden Schrei und rannte weiter, um in die Schwärze jenseits des Höhleneingangs einzutauchen. Sekunden später erscholl ein dumpfer Laut, und dann war Stille.

Vorsichtig stemmte ich mich in die Höhe, näherte mich dem Stollen und versuchte, irgend etwas zu erkennen. Er war nicht sehr lang, und die Höhle, in der er endete, war von düsterem rotem Licht erfüllt. Shannon stand wenige Schritte jenseits des Gangendes, breitbeinig und leicht über eine reglose Gestalt gebeugt, die vor seinen Füßen lag. In den Händen hielt er einen mannsgroßen Majunde-Bogen, den er in zwei Teile zerbrach, als ich hinter ihm aus dem Gang trat.

Verwirrt blickte ich mich um.

Die Höhle war gigantisch, ein Dom aus Lava, in dem ich mir winzig und verloren vorkam, aber schon wenige Schritte vor uns brach der Boden entlang einer messerscharf gezogenen Kante jäh ab. Dahinter, und gut hundert Yards tiefer, loderte die brennende Lava des Krakatau. Eine schmale, geländerlose Steinbrücke führte direkt vor uns über den brennenden Abgrund. Allein der Gedanke, sie betreten zu sollen, ließ mich schaudern. Und plötzlich spürte ich, daß es vielleicht besser gewesen wäre, Yo Mais Warnung ernst zu nehmen. Es war etwas Unheimliches an diesem Ort. Kein Weißer sollte hier sein. Dies war ein Reich von Kräften, mit denen zu messen weder Shannon noch ich stark genug waren.

Aber solcherlei Überlegungen kamen wohl zu spät. Ich hörte Schritte hinter mir und wußte, daß es die drei Majunde waren, und auch ohne mich umzudrehen, wußte ich, daß sie ihre Waffen gehoben und auf Shannon und mich angelegt hatten.

Ohne ein weiteres Wort trat ich an Shannon vorbei und beugte mich über den Eingeborenen, den er niedergeschlagen hatte. Ich war nicht überrascht, als ich feststellte, daß er tot war. Nur schockiert.

»Warum hast du ihn umgebracht?« fragte ich leise.

In Shannons Augen blitzte es trotzig auf. »Er wollte uns töten«, antwortete er. Wütend warf er mir den zerbrochenen Bogen vor die Füße. »Damit. Hast du das schon vergessen?«

»Du hättest ihn nicht töten müssen«, sagte ich matt. »Mein Gott, Shannon – was ist los mit dir? Was hat dieser Teufel Necron mit dir gemacht? Du ... du bist nicht mehr der Mann, den ich gekannt habe.«

Shannon schürzte abfällig die Lippen. »Vielleicht hast du mich niemals richtig gekannt, kleiner Hexer«, sagte er böse. »Vielleicht wäre es auch besser gewesen, wenn ich nicht gekommen wäre, um dich zu retten.« Er brach ab, blickte einen Moment wortlos auf einen Punkt irgendwo hinter mir und fuhr in veränderter Tonlage fort: »So, wie es aussieht, spielt das keine Rolle mehr. Schau hinter dich.«

Gehorsam drehte ich mich um.

Die Gestalt war wie ein Schatten aus dem Nichts erschienen. Die Flammen der brennenden Lava zeichneten huschende Schatten und verwirrende Lichtreflexe auf die hölzerne Tiermaske, die ihre Züge verbarg. Es war der Magier, der Zauberer des Majunde-Stammes, der mir den Tod geschworen hatte. In seinen Händen lag eine kleine, roh gefertigte Stoffpuppe, und hinter ihm bewegten sich weitere Schatten. Ich schätzte, daß wir einem knappen Dutzend Eingeborener gegenüberstanden. Die drei nicht einmal mitgerechnet, die uns den Rückweg verwehrten. Selbst ohne die gespannten Bögen in den Händen der Krieger kein sehr gutes Verhältnis.

»Ihr Weißen Teufel!« zischte er. »Ihr wagt es, selbst

das Heiligtum unseres Volkes zu entweihen. Ich werde euch vernichten. Der große Gott Krakatau selbst wird sich an euch rächen, an euch und eurem ganzen Volk.«

»Du täuscht dich, Magier«, sagte Shannon kalt. »Nicht wir sind deine Feinde. Deine eigene Dummheit wird dich umbringen.«

Der Magier nahm die Beleidigung ohne die geringste sichtbare Reaktion hin. Nur die Krieger, die in seiner Begleitung waren, rückten ein Stück näher. Nervös sah ich mich nach einem Fluchtweg um, aber die einzige Richtung, die uns blieb, war die steinerne Brücke, die über den Abgrund führte. Ich vergaß den Gedanken an eine Flucht sehr rasch wieder. Eine bessere Zielscheibe als einen Mann, der über diesen kaum armbreiten Steg balancierte, konnten sich die Eingeborenen gar nicht wünschen.

»Rühr dich nicht«, flüsterte Shannon plötzlich. »Und bleib ganz dicht bei mir, gleich, was geschieht.« Laut und an den Zauberer gewandt, fuhr er fort: »Du selbst hast diesen Ort entweiht, Magier, denn du hast einen deiner Brüder ermorden lassen, hier, in den heiligen Höhlen deines Volkes, in denen das Blut keines Majunde jemals vergossen werden darf.«

»Lüge!« kreischte der Magier. Seine Finger krallten sich zornig um die kleine Stoffpuppe, und ich hob instinktiv die Hand an die Brust. Aber der Schmerz, auf den ich wartete, kam nicht. Noch nicht.

»Yo Mai ist ein Verräter!« fuhr der Magier erregt fort. »*Er* hat die heiligen Höhlen entweiht, nicht ich. Er hätte euch nie hierherbringen dürfen. Er mußte sterben. So wie ihr.«

»Aber sicher«, sagte Shannon ruhig. »Trotzdem schlage ich vor, daß wir uns später darüber streiten

Warum legst du nicht die Puppe zu Boden und kommst her? Und ihr anderen, werft eure Waffen weg – *bitte.*«

Die Eingeborenen gehorchten.

Langsam, als hielte er eine kostbare Last aus zerbrechlichem Glas, legte der Magier die Voodoo-Puppe vor sich auf den Fels, während seine Krieger ihre Bögen entspannten und nacheinander in den Abgrund warfen.

Sekundenlang starrte ich fassungslos auf das unglaubliche Bild. Dann begriff ich. Shannon hatte nichts anderes getan als das, was auch ich versucht hätte, wäre ich noch im Vollbesitz meiner geistigen Kräfte gewesen – die Majunde-Krieger und ihr Stammeszauberer standen unter seinem hypnotischen Bann. Und wahrscheinlich merkten sie es nicht einmal.

»Und jetzt komm her«, sagte Shannon. Seine Stimme klang kalt und so schneidend wie Stahl, aber ich schob es auf die enorme Konzentration, die es ihm abverlangen mußte, mehr als ein Dutzend Männer gleichzeitig unter Kontrolle zu behalten. Ich fragte mich, wie lange Shannon diese Anstrengung durchhalten würde.

Gehorsam kam der Magier näher, blieb in zwei Schritten Abstand vor uns stehen und nahm seine Zeremonienmaske ab, als Shannon die Hand hob. Das Gesicht des Majunde war so starr wie die Maske. Der Glanz seiner Augen war erloschen.

»Du wirst jetzt gehen«, sagte Shannon. Seine Stimme bebte; ganz sachte nur, aber doch hörbar. »Du wirst gehen und deine Krieger mitnehmen, hast du das verstanden? Ihr werdet uns nicht mehr angreifen.«

»Das wird auch gar nicht mehr nötig sein«, sagte eine Stimme hinter ihm. »Es wäre ziemlich dumm, einen toten Mann anzugreifen, oder?«

Wie von der Tarantel gestochen fuhr ich herum – und erstarrte.

Die Gestalt in der weißen Templerrobe stand wie ein Dämon aus einer anderen Welt hinter uns, so daß das rote Licht der Lava ihr Gesicht beschien und zu einer schrecklichen Dämonenfratze machte.

Auch Shannon war herumgefahren, und ich hörte, wie die Majunde hinter uns aus ihrer Starre erwachten, als sein hypnotischer Bann brach. Erschrockene, wütende Schreie wurden laut und rissen bizarre Echos aus der Weite der Lavahöhle. Dann klirrte Metall hinter uns auf dem Stein. Ich sah über die Schulter zurück und erkannte weitere Männer in den weißen Roben der Templer, die die Majunde umringt hatten und mit ihren Waffen in Schach hielten.

»Tergard!« murmelte Shannon.

Der Templer nickte. »Ganz recht. Und Sie müssen Shannon sein. Ich habe von ihnen gehört, mein Freund.« Er seufzte. »Aber ich fürchte, leider nichts Gutes.« Ein dünnes, böses Lächeln huschte über seine Züge, als er auf den Krieger hinabsah, den Shannon getötet hatte. »Ich hoffe doch, daß ich nicht zu spät gekommen bin, um den interessanten Teil der Vorstellung zu verpassen«, sagte er hämisch. »Wie ich sehe, haben sie sich mit meinen kleinen braunen Freunden schon bekannt gemacht. Das vereinfacht die Sache.«

Ich wollte antworten, aber in diesem Moment stieß der Majunde-Zauberer Shannon mit einem Schrei beiseite und sprang auf Tergard zu. »Du Teufel!« kreischte er. »Weißer Hund! Du sprichst mit gespaltener Zunge und entweihst unser Heiligtum! Die Götter werden dich strafen!«

Tergard sah ihm scheinbar ungerührt entgegen. Reglos wartete er, bis der Zauberer ihn beinahe erreicht hatte, sprang mit einer blitzschnellen Bewegung zur Seite und hob den Arm.

Der Magier schrie auf, taumelte wie vom Blitz getroffen zurück und krallte die Hände über der Brust in den Stoff seines Gewandes. Das buntgefärbte Leinen begann sich dunkel zu färben, und im roten Licht der Lava sah ich eine winzige Messerklinge in Tergards Händen blitzen. Der Majunde taumelte, brach in die Knie und fiel auf die Seite.

»Mörder«, murmelte ich. »Sie verdammter Mörder! Ist das die Art, auf die Sie die Regeln Ihres Ordens schützen?«

Tergard lächelte kalt, steckte seine Waffe weg und zog einen handgroßen Gegenstand unter dem weißen Gewand hervor. Ich konnte nicht erkennen, was es war, aber Tergards Lächeln wurde noch breiter, und Shannon stieß einen überraschten Laut aus.

»Wissen Sie, Craven«, sagte Tergard beinahe gelangweilt, »Sie beginnen, mir auf die Nerven zu gehen. Aber ich weiß ein gutes Mittel dagegen.« Damit griff er abermals unter sein Gewand und zog eine lange, glitzernde Nadel hervor, um sie tief in den sackähnlichen kleinen Gegenstand zu stoßen, den er in der Rechten trug.

Ein Schwerthieb traf mein Herz.

Ich brach in die Knie, krümmte mich und krallte die Hände in meine Brust. Flüssiges Feuer füllte meine Lungen, und mein ganzer Körper bestand nur noch aus Qual. Ich schrie, fiel nach vorn und riß mir das Gesicht an der scharfkantigen Lava auf.

Plötzlich war der Schmerz fort, so schnell, wie er gekommen war, aber ich blieb weiter keuchend liegen, unfähig, mich zu rühren oder auch nur einen klaren Gedanken zu fassen. Wie von weit, weit her hörte ich

Shannons Stimme irgend etwas schreien, ohne die Worte zu verstehen, dann ertönte ein dumpfer, klatschender Laut, und Shannon brach neben mir in die Knie.

Der Templer, der ihn mit der Breitseite seines Schwertes niedergeschlagen hatte, versetzte ihm noch einen Tritt und trat zurück, um Platz für Tergard zu machen. Ein höhnisches Lächeln verzerrte die Züge des *Masters*, als er sich vor mir in die Hocke sinken ließ und die rechte Hand ausstreckte.

»Sie sind ein intelligenter Mann, Robert«, sagte er. »Und trotzdem haben Sie sich wie ein Narr benommen. Sie haben die ganze Zeit den falschen Mann verfolgt, wissen Sie das?«

Stöhnend richtete ich mich auf, blinzelte die Schleier weg, die vor meinen Augen wogten und starrte auf Tergards Hand.

In seinen Fingern lag eine Puppe.

Eine kleine, grob zusammengenähte Voodoo-Puppe, auf deren Kopf jemand mit ungelenken Strichen eine häßliche Karikatur meiner Züge gemalt hatte. In ihrem Strohhaar schimmerte eine weiße Strähne.

»Sehen Sie?« Tergard lachte. »Dieser idiotische Eingeborene hatte die Güte, sie zu verlieren, und ich habe mir erlaubt, sie aufzuheben. Man soll nichts verkommen lassen, nicht wahr?«

»Sie ... Sie sind ja wahnsinnig!« stöhnte ich.

Tergard lächelte, hob die Nadel, die er in der Hand trug – und trieb sie mit einem Ruck tief in den Kopf der Stoffpuppe.

Als ich wieder zu Bewußtsein kam, lag ich auf dem Rücken. Blut lief über mein Gesicht, und der Schmerz in meinem Schädel war unerträglich.

Einer von Tergards Männern riß mich in die Höhe und zwang mich, den Tempelherren anzusehen. Das

Lächeln in Tergards Augen war erloschen und hatte einem grausamen, entschlossenen Ausdruck Platz gemacht.

»Sie werden jetzt sterben, Mister Craven«, sagte er. »Es tut mir leid, daß mir nicht mehr Zeit bleibt, mich mit Ihnen zu befassen, aber ich bin sicher, Sie wissen die Mühe zu würdigen, die ich mir gemacht habe. Das hier«, er hob die Voodoo-Puppe und hielt sie mir ganz dicht vor die Augen, »ist jedenfalls ein angemesseneres Ende für den Sohn eines Hexers, als von einem hirnlosen Idioten wie Roosfeld zu Tode geprügelt zu werden, nicht wahr?«

»Gehen Sie ... zum ... Teufel«, krächzte ich.

Tergard lachte. »Ich fürchte, dorthin werden erst Sie gehen, mein Freund. Ich wünsche Ihnen eine gute Reise. Und wer weiß – vielleicht sehen wir uns ja ba...«

Er brach mitten im Wort ab. Seine Augen weiteten sich, und plötzlich, völlig warnungslos, verzerrte sich sein Gesicht zu einer Grimasse. Tergard schrie auf, taumelte zurück und rutschte an der Wand entlang zu Boden. Die Voodoo-Puppe entglitt seinen Fingern und fiel auf den Fels.

Der Schlag betäubte mich fast.

»Der Magier!« kreischte Tergard. »Der Majunde! Tötet ihn! Bringt ihn um!« Seine Stimme kippte über, wurde zu einem hysterischen Kreischen.

Mühsam drehte ich mich herum.

Der Stammeszauberer war zurückgekrochen und hatte sich auf Hände und Knie erhoben. Sein Gesicht war schmerzverzerrt, und die Wunde in seiner Brust blutete stärker. Trotzdem brachte er die Kraft auf, sich noch einmal zu erheben und auf den Abgrund zuzutaumeln. In seinen Händen lag ein kleiner, dunkler Gegenstand.

»Erschießt ihn!« schrie Tergard. »Sofort!«

Eine Bogensehne sirrte. Der Magier bäumte sich auf, gleichzeitig von drei, vier Pfeilen getroffen. Dann brach er in die Knie, stemmte sich noch einmal hoch und wankte weiter auf den Abgrund zu.

Der nächste Pfeil zischte heran. Der Majunde taumelte, drehte sich einmal um seine Achse und fiel, von zwei weiteren Pfeilen getroffen, nach hinten.

Direkt in den Abgrund hinein.

Tief unter uns erscholl ein dunkles Klatschen, als der Leichnam des Zauberers in die geschmolzene Lava stürzte.

Im selben Augenblick verwandelte sich Tergard in eine lebende Fackel.

Es ging unglaublich schnell. Mit einem Male züngelten Flammen aus seinen Kleidern und Haaren, griffen blitzartig auf seine ganze Gestalt über und hüllten ihn in einen Mantel aus wabernder Hitze. Binnen einer Sekunde zerfiel der *Master* des Templer-Ordens vor meinen Augen zu Asche.

So schnell wie ein menschlicher Körper zerfällt, der in tausend Grad heiße Lava geschleudert wird.

Und plötzlich war die Höhle voller Schreie, ringenden Gestalten und den Geräuschen des Kampfes, der entbrannte, als sich die Majunde auf die Tempelritter stürzten. Die weißgekleideten Krieger leisteten kaum Widerstand, jetzt, da sie ohne Führer und Tergards geistigem Einfluß entkommen waren.

Ich bekam von dem Kampf kaum etwas mit. Selbst, als sich Shannon neben mir stöhnend erhob, sich das Blut aus dem Gesicht wischte und sich umdrehte, um den Eingeborenen zu Hilfe zu eilen, blieb ich reglos auf den Knien hocken und betrachtete die kleine, schmuddelige Stoffpuppe, die Tergards Händen entglitten war.

Eine Puppe mit meinem Gesicht und meinem Haar.

Aber eigentlich sah ich sie gar nicht. Vor meinem inneren Auge stand das Bild einer zweiten, gleichartigen Voodoo-Puppe. Einer Puppe, auf deren Schädel ein Büschel ausgerissener Menschenhaare geklebt und auf deren Brust ein gleichschenkeliges rotes Balkenkreuz gemalt gewesen war.

Ich hatte sie nur eine knappe Sekunde lang wirklich gesehen, im selben Augenblick, in dem sie auch Tergard erblickt und die Wahrheit erkannt hatte.

Eine Voodoo-Puppe mit seinem eigenen Gesicht.

Die Puppe, die der Majunde-Zauberer in den Händen gehalten hatte, als er in die Tiefe stürzte …

Siebtes Buch

Die Sonne war aufgegangen. Es war früher Morgen, der dritte oder vierte, seit ich die tropische Insel in der Sundastraße betreten hatte – so genau wußte ich das nicht mehr, denn während der letzten Tage war zu viel geschehen –, und vom Meer wehte eine kühle, nach Salzwasser riechende Brise herauf, die selbst hier oben, fünfhundert Yards über und anderthalb Meilen von der Küste entfernt, noch deutlich zu spüren war.

Trotzdem schienen die niedrigen, von kleinen rechteckigen Zinnen gekrönten Gebäude der Garnison, vor der ich auf der Lauer lag, bereits wieder hinter einem Vorhang aus wabernder Hitze auf und ab zu schwingen. Die Sonne, gerade erst hinter dem Horizont hervorgekrochen und noch längst nicht so grell, wie sie tagsüber vom wolkenlosen Himmel Krakataus herabbrannte, überschüttete die Insel bereits mit einem Übermaß an Wärme. Selbst die Nebelfetzen, die noch wie ein letzter Gruß der vergangenen Nacht zwischen den Bäumen hingen, schienen *warm* zu sein. Ich hatte das Gefühl, am ganzen Leib klebrig zu sein und mich ununterbrochen kratzen zu müssen.

Ein Rascheln in den Büschen neben mir riß mich aus meinen düsteren Überlegungen. Ich sah auf, gewahrte einen Schatten und kurz darauf Shannons Gesicht, das im roten Licht der Sonne schweißnaß glänzte. Wenn man genau hinsah, dann konnte man die dunklen, tief eingegrabenen Ringe unter seinen Augen entdecken, die Zeugnis davon ablegten, daß die Anstrengungen der letzten Nacht auch an ihm nicht spurlos vorübergegangen waren. Gerade an ihm nicht. Shannon hatte wieder einmal den Hauptteil des Kampfes ausgetragen, der eigentlich mir zugestanden hätte. Ohne ihn wäre ich zu diesem Zeitpunkt wahrscheinlich längst tot gewesen – zum wievielten Male eigentlich?

»Alles in Ordnung«, sagte er, nachdem er neben mir angelangt war und sich rasch nach beiden Seiten umgeblickt hatte. »Es ist niemand zu sehen.«

»Keine Wachen?« erkundigte ich mich. »Niemand – auch nicht am Tor?«

Shannon schüttelte den Kopf. »Die Schilderhäuschen sind leer«, sagte er. »Ich war dort. Wenn Tergard Soldaten zurückgelassen hat, dann schlafen sie alle oder spielen Karten.«

Verwirrt blickte ich zu den weißgekalkten Gebäuden der Garnison hinüber. Nicht, daß ich Shannon nicht glaubte – wenn er sagte, dort drüben wäre niemand, dann *war* dort niemand. Aber der Gedanke, daß Tergard sein geheimes Hauptquartier von allen Truppen entblößt haben sollte, nur um mich und Shannon zu jagen, ging mir ebensowenig ein. Er hatte weniger als ein Dut zend Männer bei sich gehabt, als wir ihn oben in den heiligen Höhlen der Majunde stellten, und ich hatte allein zweimal so viele Männer gesehen, als ich das erste Mal hier gewesen war. Von der Besatzung seines teuflischen Konzentrationslagers am Fuße des Krakatau ganz zu schweigen. Nein – irgend etwas stimmte hier nicht.

Trotzdem erhob ich mich ohne ein weiteres Wort, als Shannon mir das Zeichen dazu gab, trat geduckt hinter dem dornigen Busch hervor, der uns bisher Deckung gegeben hatte, und huschte hinter dem schwarzgekleideten Drachenkrieger auf die zwei Yards hohe Einfriedung der Garnison zu, jeden Moment auf einen Schrei oder gar einen Schuß gefaßt.

Aber wir erreichten die Mauer unbehelligt, und als wir uns dem Tor näherten, sah ich, daß Shannon die Wahrheit gesagt hatte – die beiden Schilderhäuschen rechts und links des geschlossenen Tores standen leer. Von den Soldaten, die darin Wache stehen sollten, war nicht die geringste Spur zu sehen. Abermals blieben wir stehen, und Shannon machte mich mit Gesten darauf aufmerksam, daß das Tor nicht verschlossen, sondern nur angelehnt war.

»Irgend etwas stimmt hier nicht«, murmelte ich. Shannon sah zu mir zurück, lächelte flüchtig und vollführte eine vage Bewegung mit der Hand.

»Sie werden sich wohl einen schönen Tag machen, solange Tergard nicht da ist«, sagte er spöttisch.

Ich antwortete gar nicht darauf. Shannon wußte so gut wie ich, wie unsinnig seine Vermutung war. Die Männer in dem Gebäude jenseits der Mauer waren Templer, und die machten sich garantiert keinen schönen Tag, nur weil ihr Kommandant nicht hier war!

Shannon schlich bis zur Mitte des Tores, ließ sich auf ein Knie sinken und schob einen der Torflügel etwas weiter auf, um durch den Spalt zu spähen. Fast eine Minute lang verharrte er so, dann stand er auf und winkte mir, näherzukommen.

»Alles ruhig«, sagte er. »Es scheint niemand mehr hier zu sein.«

Verwirrt – aber auch in immer stärkerem Maße beunruhigt – trat ich neben ihn und blinzelte ebenfalls durch das Tor. Es war, wie er gesagt hatte: Der Hof lag verlassen im Licht der Morgensonne da, und selbst die Gebäude dahinter wirkten auf schwer zu bestimmende Weise *leer*.

Shannon schob mich zur Seite, drückte das Tor weiter auf und trat mit einem entschlossenen Schritt hindurch, und nach einer weiteren Sekunde des Zögerns folgte ich ihm, wenn auch weit weniger entschlossen und mit klopfendem Herzen.

Nichts geschah. Ich hatte noch immer halbwegs damit gerechnet, Schreie zu hören oder Männer aus den

Gebäuden stürmen zu sehen, aber der Hof blieb still und verlassen, wie er war.

Langsam näherten wir uns dem ersten Gebäude, das – wenn mich meine Erinnerung nicht trog – eine Art Mannschaftsunterkunft sein mußte und nur durch einen schmalen, überdachten Gang mit dem eigentlichen Haupttrakt der Garnison verbunden war. Shannon zog seinen Dolch aus dem Gürtel, ehe er die Tür öffnete.

Eine Vorsichtsmaßnahme, die nicht nötig gewesen wäre, denn das Haus war leer. Sein Inneres bestand aus einem einzigen großen Raum, der äußerst kärglich möbliert war: eine doppelte Reihe zweigeschossiger, unbequem aussehender Betten zog sich rechts und links der Tür an den Wänden entlang, dazwischen drängelten sich einfache hölzerne Tische und dreibeinige Schemel, und in der Mitte des Raumes thronte ein gewaltiger Kanonenofen.

Ein sonderbares Gefühl machte sich in mir breit, als ich hinter Shannon durch die Tür trat. Der Raum war nur unzureichend erhellt, denn vor den Fenstern lagen hölzerne Läden, die nur schmale Streifen Licht hereinließen, aber vielleicht war es gerade diese dämmrige Beleuchtung, die der Unterkunft ein so unheimliches Aussehen gab.

Es waren nur Kleinigkeiten: Gleich neben der Tür lag ein umgestürzter Schemel, den aufzustellen sich niemand die Mühe gemacht hatte; auf einem der Tische standen Teller mit den Resten einer Mahlzeit, schmutziges Besteck lag daneben, und eine Gabel war zu Boden gefallen und offenbar achtlos liegengelassen worden. Vielleicht hatte ihr Besitzer auch nicht mehr die Zeit gehabt, sie aufzuheben.

Einige der Betten waren zerwühlt, was mir bei Männern von der Disziplin und Zucht der Tempelherren mehr als nur merkwürdig vorkam.

»Du hast recht«, murmelte Shannon plötzlich. »Irgend etwas stimmt hier nicht …« Er trat ein Stück weiter in den Raum hinein, hob plötzlich die Hand und deutete auf eine Stelle vor seinen Füßen. Ich gewahrte einen kopfgroßen, bräunlichen Fleck auf den sorgsam gewischten Dielen.

»Ist das … Blut?« murmelte ich.

Shannon zuckte mit den Achseln. »Oder Kaffee«, murmelte er. »Komm weiter. Sehen wir uns die anderen Gebäude an.«

Wir verließen die Mannschaftsunterkunft, wandten uns nach rechts und gingen quer über den kopfsteingepflasterten Hof auf das Hauptgebäude zu.

Das ungute Gefühl in mir wuchs fast bis zur Intensität echten körperlichen Schmerzes heran, während ich hinter Shannon auf das festungsähnliche Gebäude zuging, aber es waren wohl eher die unguten Erinnerungen, die mit diesem Anblick verbunden waren. Es war noch nicht lange her, daß ich hier gewesen war, in Ketten und mehr tot als lebendig …

Ich vertrieb den Gedanken und beeilte mich, zu Shannon aufzuschließen.

Hinter der Eingangstür war es so dunkel wie draußen in der Unterkunft, denn auch vor dem einzigen schmalen Fenster der Halle lag ein geschlossener Laden, aber Shannon schien über das Sehvermögen einer Katze zu verfügen, denn er bedeutete mir ungeduldig, einzutreten, zog die Tür hinter sich ins Schloß und ging zielsicher auf die tiefer ins Haus führende Tür zu.

Ich dagegen rührte mich nicht von der Stelle.

Es war wie ein Hieb.

Das Gefühl war nicht zu beschreiben, denn es war etwas, wofür es in der menschlichen Sprache keine Entsprechung gibt. Es war … ein Gefühl der Bedrohung, mehr noch, ein körperlich faßbares Empfinden von Gewalt, die hier stattgefunden hatte, der finster-dräuende Atem des Bösen, der von diesem Haus Besitz ergriffen hatte und auf unsichtbaren Spinnenbeinen in meine Seele kroch. Ich fror, gleichzeitig war mir siedend heiß. Meine Handflächen wurden feucht vom Schweiß, und ich hatte das Gefühl, daß sich jedes einzelne Haar auf meinem Kopf kerzengerade aufrichtete. Eine unsichtbare, eisige Hand schien mein Rückgrat entlangzufahren.

»Was ist los?« fragte Shannon unwillig. »Worauf wartest du?«

Ich wollte antworten, aber die Furcht schnürte mir schier die Kehle zu; ich konnte nichts anderes tun, als reglos dazustehen und ihn anzustarren. *Spürte er es denn nicht?*

Mit aller Kraft, die mir verblieben war, befreite ich mich von dem unseligen Bann und eilte zu ihm hinüber. Shannon knurrte ungeduldig, stieß die Tür mit dem Fuß auf – und blieb wie erstarrt stehen.

Vor uns breitete sich ein großer, in der Art eines Salons möblierter Raum aus, der der Unterkunft hochgestellter Gäste oder vielleicht auch gelegentlichen Festlichkeiten dienen mochte.

Und er war total verwüstet.

Die Möbel waren zertrümmert: Stühle waren umgestürzt und zerborsten, die beiden Tische zerschlagen, so daß das Geschirr, das darauf gestanden hatte, auf dem Boden zerbrochen war, Lampen und Bilder waren von den Wänden gerissen und selbst die Tapeten zerfetzt und besudelt. Ein zerbrochenes Schwert lag direkt hinter der Tür auf dem Boden und gleich daneben, wie um den Anachronismus noch zu betonen, ein modernes Selbstladergewehr, dessen Lauf auf sonderbare Weise verbogen schien. Und überall war Blut. In diesem Zimmer mußte ein fürchterlicher Kampf getobt haben.

»Gott im Himmel«, murmelte ich, »was ist hier passiert?«

Shannon wandte den Kopf, blickte mich eine Sekunde lang auf sonderbare Weise an und ging dann mit schnellen Schritten in den Raum hinein. Zögernd folgte ich ihm, blieb jedoch gleich hinter der Tür stehen, während Shannon daranging, das Zimmer gründlich zu durchsuchen.

Abermals tastete mein Blick über das zerbrochene Schwert, huschte weiter und blieb schließlich an der Winchester-Büchse hängen, die einen Fußbreit daneben lag, und wieder fiel mir auf, auf welche absurde Weise ihr Lauf verbogen war.

Und nicht nur er war beschädigt. Schloß und Hahn der Waffe waren glattweg abgerissen, und der Kolben, der – wie ich wußte – aus dem härtesten Eichenholz geschnitzt war, war mehrfach gesplittert und an seinem unteren Ende zusammengedrückt, als hätte ihn ein Hammerschlag getroffen. Die Büchse sah aus, als wäre sie von einer unbeschreiblichen Gewalt gepackt und zusammengepreßt worden. Zögernd löste ich mich von meinem Platz an der Tür, kniete neben ihr nieder und streckte die Hand danach aus.

»Nicht!«

Ich zog die Hand abrupt zurück, als ich Shannons Warnung hörte, und sah zu ihm auf. Shannon winkte noch einmal warnend mit der Hand, kam auf mich zu und ließ sich neben mich in die Hocke sinken, ehe er behutsam seinen Dolch nahm und das Gewehr damit herumdrehte.

Als ich seine Rückseite sah, war ich froh, es nicht angefaßt zu haben.

Schaft und Lauf der Winchester waren dick mit einer klaren, leicht grünlich schimmernden Schicht einer schleimigen Substanz beschmiert, in der kleine, körnige Einschlüsse schimmerten, deren bloßer Anblick mir Übelkeit bereitete. Shannon hob den Lauf der Winchester mit dem Dolch an, und ich sah, wie die Gallertmasse dünne, klebrige Fäden zog, aber nicht zerriß, sondern das Gewehr wie widerliche Spinnweben festhielt. Schließlich ließ Shannon die Waffe fallen, wischte seinen Dolch sorgfältig am Teppich ab und schob ihn wieder unter den Gürtel.

»Das Zeug ist hier überall«, sagte er. »Ich weiß nicht, was es ist, aber es ist besser, wenn wir es nicht berühren.« Er stand auf, biß sich nachdenklich auf die Lippen und sah mich an. »Weißt du noch, wo Tergards Zimmer liegt?«

»Auf der anderen Seite der Halle.«

»Dann komm. Und bete, daß deine Sachen dort sind und wir nicht lange suchen müssen. Ich möchte nicht länger hierbleiben als unbedingt nötig.«

Ich zögerte keine Sekunde, seinem Wink zu folgen und das auf so schreckliche Weise verwüstete Zimmer zu verlassen. Ich verstand weniger denn je, was hier geschehen war, aber ich wollte es plötzlich auch gar nicht mehr wissen. Alles, was ich wollte, war, hier herauszukommen, so schnell wie möglich.

Wir durchquerten die Halle ein zweites Mal, und wieder spürte ich das unheimliche Etwas, das von diesem Haus Besitz ergriffen hatte. Es war, als hätten das Morden und die Gewalt, deren stumme Zeugen wir gesehen hatten, ihre Spuren in der Wirklichkeit hinterlassen. Mit einem Male hatte ich das Gefühl, nicht mehr richtig atmen zu können.

Shannon stieß eine Tür auf, und ich erkannte den Korridor wieder, an dessen Ende Tergards Räumlichkeiten lagen. Die Tür stand offen, aber sie war nicht angelehnt, sondern hing, wie von einem ungeheuren Schlag getroffen, schräg in den Angeln und quietschte hörbar, als Shannon sie mit der Schulter aufschob.

Auch hier waren die Spuren eines Kampfes zu sehen, wenngleich auch längst nicht so schlimm wie in dem Saal. Ein paar Stühle waren umgeworfen worden, der Schreibtisch, hinter dem Tergard mich verhört hatte, hatte ein Bein eingebüßt, so daß er in bedenklicher Schräglage dastand, und eines der Fenster war gesplittert. An den Splittern klebte eingetrocknetes Blut, und sie waren nach *innen* gedrückt – als hätte jemand versucht, in heller Panik durch die geschlossene Scheibe zu springen und wäre im letzten Moment von einer übermächtigen Kraft wieder zurückgerissen worden. Ich dachte an die verbogene Winchester und schauderte.

Shannon eilte auf den Schreibtisch zu und riß nacheinander alle Schubladen auf, fand aber nicht das, wonach er suchte, denn als er fertig war, warf er die letzte Lade verärgert wieder zu, mit solcher Wucht, daß der Tisch endgültig die Balance verlor und polternd umfiel.

»Das Amulett ist nicht hier«, sagte er wütend. »Und dein Degen auch nicht. Weißt du, ob Tergard ...« Er stockte, sah mich einen weiteren Moment lang nachdenklich an – und fuhr plötzlich auf dem Absatz herum. Mit zwei, drei raschen Schritten war er beim Kamin, riß das Bild, das darüber an der Wand hing, herunter und stieß ein triumphierendes Krächzen aus, als dahinter kein Mauerwerk, sondern das matte Schwarz einer Safetür zum Vorschein kam.

»Gut, daß Tergard kein einfallsreicherer Mann war«, sagte er. »Ich bin sicher, dort drinnen ist alles, was wir brauchen.«

Er trat einen Schritt zurück, fuhr sich nervös mit der Zungenspitze über die Lippen und starrte den Safe an. Ein angespannter, konzentrierter Ausdruck erschien auf seinen Zügen.

Ich beobachtete Shannon mit gemischten Gefühlen. Wir waren hierhergekommen, um meinen Stockdegen und Andaras Amulett zu holen, die Tergard mir abgenommen hatte, aber im Moment hätte ich liebend gern auf beides verzichtet, wenn ich nur aus diesem verfluchten Gebäude herausgekonnt hätte. Die Stille, die wie ein übler Geruch in den Mauern der Garnison nistete, schien sich mit jeder Sekunde dichter um mich zusammenzuziehen, und das brodelnde Gefühl der Beunruhigung war mittlerweile zu etwas herangewachsen, das nicht mehr sehr weit von echter Panik entfernt war.

»Hilf mir«, sagte Shannon plötzlich. Seine Stimme klang so gepreßt und flach, daß ich alarmiert aufsah. Sein Gesicht war verzerrt. Feiner, glitzernder Schweiß bedeckte seine Stirn, und seine Hände, die in einer fast beschwörenden Geste erhoben waren und auf den Safe deuteten, zitterten sichtbar.

Auf einen stummen Wink hin trat ich an den Geldschrank, legte die Hand auf das kleine, vom vielen Gebrauch zerschrammte Zahlenrad und sah ihn auffordernd an.

Shannons Blick wurde glasig. Sein Atem ging schneller. »Nach … rechts«, sagte er mühsam. »Vier.«

Ich fragte ihn lieber gar nicht erst, woher er diese Information hatte, sondern gehorchte. Das kleine Rädchen drehte sich lautlos und rastete dann mit einem spürbaren Klicken ein. Der Safe war nicht gerade von hervorragender Qualität; wir hätten ihn wohl auch ohne Shannons magische Fähigkeiten aufbekommen, wenn auch nicht so rasch.

»Links«, sagte Shannon. »Neunzehn. Dann rechts die Eins und noch einmal rechts die Achtunddreißig.«

Ich gehorchte, und kaum hatte ich die letzte Zahl eingestellt, ertönte ein leises, metallisches ›Klack‹, und die handstarke Tür aus feuerfestem Stahl schwang ein Stück nach außen.

Ich unterdrückte einen Freudenschrei, als ich meinen Stockdegen im Inneren des Safes gewahrte. Tergard hatte das Zwischenfach herausgenommen, um die sperrige Waffe diagonal in dem Wandsafe unterbringen zu können. Ich griff hinein, nahm ihn an mich und stellte mich auf die Zehenspitzen, um nach Andaras Amulett Ausschau zu halten. Es lag auf einem mit Bindfaden zusammengehaltenen Stapel zerfledderter Pergamentblätter, die ich achtlos liegen ließ. Hastig steckte ich den fünfzackigen goldenen Stern ein, schob den Stockdegen wie einen Dolch unter meinen Gürtel und wandte mich mit einem gleichermaßen zufriedenen wie erleichterten Nicken zu Shannon um.

»An dir ist ein Safeknacker verlorengegangen«, sagte ich scherzhaft. »Und jetzt komm. Nichts wie raus hier.«

Aber statt sich umzudrehen und zu gehen, kam Shannon näher, schob mich mit sanfter Gewalt beiseite und begann den Inhalt des Safes auszuräumen und auf dem Boden auszubreiten. Ich sah ihm mit wachsender Nervosität zu. Der Geldschrank enthielt mehr, als ich gedacht hatte, denn er war recht tief – nacheinander förderte Shannon mehrere Bündel der mir schon bekannten Pergamente, ein sorgsam in Ölpapier gewickeltes, großformatiges Buch, zwei dicke Bündel mit Geldscheinen und ein ledernes Säckchen, das Gold- und Silbermünzen enthielt, zutage. Das Geld schob er achtlos beiseite, während er dem Buch und den Pergamenten größere Aufmerksamkeit schenkte, als mir lieb war.

»Was tust du da, zum Teufel?« fragte ich unwillig.

Shannon sah flüchtig auf und konzentrierte sich dann wieder auf Tergards Papiere. »Diese Aufzeichnungen hier sind sehr alt«, sagte er. »Vielleicht finden wir etwas, das uns weiterhilft. Immerhin war er mit Dagon im Bunde. Ein Mann wie Tergard wird sich abgesichert haben.«

Ich konnte ihm kaum widersprechen – was nichts daran änderte, daß ich ihn am liebsten gepackt und an den Haaren aus dem Haus geschleift hätte. Ich fühlte mich von Sekunde zu Sekunde weniger wohl in meiner Haut. Das Gefühl, meine Waffe und Andaras Amulett wiederzuhaben, beruhigte mich ein wenig, aber die Gefahr, die wie ein Pesthauch aus den Wänden strömte, der Atem des Fremden, Bösen, nahm eine geradezu körperliche Intensität an.

Trotzdem regte sich meine Neugier. Ich trat an Shannons Seite, beugte mich leicht über ihn und blickte auf die Pergamente, die er mit fliegenden Fingern sortierte. Die vergilbten Blätter waren mit kleinen, unleserlichen Schriftzeichen bedeckt.

»Kannst du das entziffern?« fragte ich.

»Nein«, antwortete Shannon – und fuhr fort, die Papiere zu zwei ungleichen Stapeln zu sortieren.

Ungeduldig trat ich zurück, legte die Hand auf den

fast faustgroßen Knauf meines Degens und blickte mich um. Die Spuren des Kampfes, der hier stattgefunden hatte, waren überdeutlich. Das hieß – ein *Kampf* schien es nicht einmal direkt gewesen zu sein. Eher eine Flucht, die auf grausame Weise beendet worden war. Die Szene, so schrecklich sie anmutete, erweckte ein starkes Gefühl des *Déjà vu* in mir. Ich hatte etwas Ähnliches schon einmal gesehen, vor nicht sehr langer Zeit. Die Verbindung war da, aber ich konnte sie nicht greifen.

Vielleicht war es etwas, das ich draußen in der Mannschaftsunterkunft gesehen hatte. Mit aller Anstrengung versuchte ich, mir das Bild noch einmal vor Augen zu führen: die umgestürzten Stühle, die zerwühlten Betten, das Geschirr, das benutzt auf dem Tisch stand, als hätten die Männer ihre Mahlzeit in aller Hast unterbrochen …

Das war es.

»Das Lager!« entfuhr es mir.

Shannon sah auf. »Wie bitte?«

»Das Lager!« wiederholte ich erregt. »Erinnere dich, Shannon – Tergards Konzentrationslager oben in den Bergen. Es war dort ganz genau so! Alles war in höchster Eile verlassen! Siehst du denn nicht, wie ähnlich sich alles ist? Wir haben gedacht, Tergards Männer hätten das Lager geräumt, aber dort muß das gleiche passiert sein wie hier!«

Shannon sah mich einen Herzschlag lang mit undeutbarem Ausdruck an und fuhr dann fort, die Pergamente zu sortieren, wenngleich auch mit plötzlich viel größerer Eile und nicht mehr so sorgfältig wie bisher. Binnen weniger Minuten war er fertig, stand auf und schob sich einen Packen von vielleicht fünfzig Blättern zusammengefaltet unter den Gürtel. Auch das Buch steckte er ein, ohne sich die Mühe zu machen, es auszuwickeln.

Ich atmete innerlich auf, als wir Tergards Zimmer verließen und wieder auf den kurzen Gang hinaustraten, der in die Halle führte.

Plötzlich blieb Shannon so erregt stehen, als wäre er gegen eine unsichtbare Wand geprallt.

»Was ist los?« fragte ich alarmiert.

Shannon antwortete nicht, gebot mir aber mit einer hastigen Geste, zu schweigen, und legte den Kopf auf die Seite. Und dann hörte ich es auch: ein schweres, feuchtes Gleiten und Schleifen, ein Geräusch, als würde eine ungeheuerliche Masse nassen Tuches oder Leders über den hölzernen Boden gezerrt, so düster und unheilschwanger, daß ich erneut wie unter der Berührung einer unsichtbaren eisigen Hand erschauerte. Der Laut kam aus der Halle, die wir vor wenigen Minuten durchquert hatten, aber er schien auf Pfaden, die die Barrieren der Wirklichkeit umgingen, direkt in unsere Seelen zu kriechen.

Vorsichtig ging Shannon weiter. Der Laut nahm an Intensität ab, je mehr wir uns dem Ende des Ganges näherten, und ich bemerkte, daß Shannons Schritte immer langsamer wurden. Schließlich blieb er, die Hand nach dem Türgriff ausgestreckt, stehen, und wartete, bis der Laut vollends verklungen war. Ich hatte nichts dagegen, denn auch ich war nicht sonderlich neugierig darauf, dem zu begegnen, was dieses schreckliche Geräusch verursachte. Ich wußte nicht, was es war – der Laut entsprach nichts von dem, was ich jemals gehört hatte. Aber was immer es war, es mußte unglaublich *groß* sein.

Schließlich herrschte auf der anderen Seite der Tür Stille. Trotzdem wartete Shannon eine gute Minute ab, ehe er behutsam die Klinke hinunterdrückte und die Tür einen Fingerbreit aufschob.

Die Halle war leer, aber irgend jemand – oder etwas – mußte während unserer Abwesenheit hier gewesen sein, denn der Laden war vom Fenster verschwunden, und die Tür stand weit offen, so daß helles Sonnenlicht hereinfiel.

Die goldfarbene Helligkeit zeigte uns ein fürchterliches Bild.

Wo vor wenigen Minuten noch sauberer Holzboden gewesen war, zog sich jetzt eine breite, eklig glitzernde Spur einer wässerigen, leicht grünschillernden Substanz dahin, von der ein stechender Geruch ausging. Hier und da gewahrte ich einen kleinen, körnigen Einschluß, und als ich hinter Shannon aus der Tür trat und vorsichtig näher an die Schleimspur heranging, sah ich, daß der Boden an manchen Stellen aufgerauht war, wie von Säure zerfressen. Das Ganze erinnerte mich an die Spur einer ins Absurde vergrößerten Schnecke.

Ein dicker, bitter schmeckender Kloß war plötzlich in meinem Hals. Ich schluckte ein paarmal, bekam ihn aber nicht herunter und mußte gezwungen tief einatmen, um der Übelkeit Paroli zu bieten. »Bei Gott, was ist das?«

Statt einer Antwort deutete Shannon nach links.

Als ich der Geste mit Blicken folgte, fuhr ich wie unter einem Schlag zusammen. Die schreckliche Schleimspur verlief diagonal durch den Raum und führte die Treppe ins obere Geschoß des Hauses hinauf, durchquerte die Halle und verschwand durch eine zersplitterte Tür.

Es dauerte einen Moment, bis ich die Bedeutung dieser Beobachtung begriff. *Was immer diese Spur verursacht hatte, es war noch im Haus gewesen, als wir hereinkamen!*

Ein heißer, lähmender Schrecken durchfuhr mich, als ich begriff, wie knapp wir dem Tod oder vielleicht auch Schlimmerem entronnen waren, denn was immer diese Spur verursacht hatte, mußte die Schuld an all dem Schrecklichen tragen, das hier geschehen war. Ich war so starr vor Schrecken, daß ich nicht einmal protestieren konnte, als Shannon mit einem großen Schritt über die Kriechspur hinwegtrat und sich der zerborstenen Tür näherte, hinter der sie verschwand, sondern ihm beinahe willenlos folgte.

Der Raum dahinter bot einen Anblick des Chaos. Das Mobiliar war zertrümmert, als wäre eine Bombe in seiner Mitte explodiert; selbst die Wände waren beschädigt, gerissen und von faustgroßen, wie hineingefressen aussehenden Löchern durchbrochen, und der weißgrüne Schleim bildete hier keine Schleifspur mehr, sondern war an die Wände und gegen die Fenster, ja, selbst gegen die gut drei Yards hohe Decke gespritzt.

Der harte Kloß in meinem Hals begann sich zu würgender Übelkeit aufzulösen. Bitterer Speichel füllte meinen Mund. Trotzdem folgte ich Shannon tapfer, als er den Raum mit beinahe grotesk anmutenden Schritten, um nirgends auf die widerliche Masse zu treten, durchquerte und durch die gegenüberliegende Tür verschwand.

Der Raum dahinter war auf die gleiche furchtbare Weise verwüstet, wie auch der nächste, in den wir kamen. Es sah aus, als hätte, was immer hier entlanggekrochen war, mit unglaublicher Wut getobt und seinen Zorn an allem ausgelassen, was ihm in den Weg kam. Es war eine Spur totaler Vernichtung, die sich quer durch das Gebäude zog und zum Teil sogar durch massive Wände brach.

Dann erreichten wir den letzten Raum, eine große,

aber fensterlose Kammer, die wohl als Lagerraum gedient hatte, jetzt jedoch ein Bild des Chaos bot wie alle anderen Zimmer, durch die wir gekommen waren. Die schleimige Spur führte in gerader Linie hindurch, wobei sie einige Truhen und Kisten, die ihr im Wege gestanden hatten, schlichtweg zermalmt hatte, und endete vor einem gewaltigen, mehr als mannshohen und doppelt so breiten Loch, als hätte ein Faustschlag die Wand getroffen und wie Papier nach außen gedrückt. Überall waren Steine, Kalk und zersplittertes Holz verteilt, und die Wucht des Hiebes hatte einen der Dachbalken geknickt, so daß das gesamte Dach in bedenklicher Schräglage über unseren Köpfen hing.

Aber darauf achtete ich kaum, sondern trat, beinahe gelähmt vor Unglauben und Schrecken, neben Shannon und beugte mich nach vorn – aber nur, um mich hastig zurückzuziehen und mit der Hand an einem Mauerstück Halt zu suchen, denn hinter der Mauer war – nichts mehr!

Die Garnison erhob sich unmittelbar über der an dieser Stelle gut zweihundert Yards hohen Steilküste Krakataus. Die Wand, vor der wir standen, schloß wie eine gemauerte Verlängerung des Felsens senkrecht mit der Oberkante der Steilküste ab.

Was nichts anderes bedeutete, als daß das gewaltige Loch, das in der Wand vor uns gähnte, auf einen zweihundert Yards tiefen Abgrund hinausführte. Was immer hier durch die Mauer gebrochen war, mußte entweder an einer senkrechten Wand hinabkriechen – oder fliegen können!

Siebzehntausend Meilen entfernt und zwei Jahre später:

Der prunkvolle Sessel ächzte hörbar, als Nemo sich hineinfallen ließ. Der Kapitän der NAUTILUS schien um Jahre gealtert zu sein in der letzten Woche. Howard glaubte zu wissen, daß Nemo vor vier Tagen zum letztenmal geschlafen hatte.

»Nun, mein Freund?« fragte er. »Wie weit sind die Reparaturarbeiten an der NAUTILUS gediehen?«

Nemo zögerte einen Moment, ehe er antwortete, und Howard konnte ihm direkt ansehen, wie schwer es ihm fiel, sich auf Howards Frage zu konzentrieren.

»Wir sind ... so gut wie fertig«, sagte er schließlich. »Soweit das mit unseren beschränkten Mitteln überhaupt möglich ist.«

»Das heißt, wir kommen hier heraus?« fragte Howard.

Nemo nickte. »Ja. Aber mehr auch nicht. Um die NAUTILUS wieder voll manövrierfähig zu bekommen, müssen wir zur Basis zurück.«

»Gefällt mer nich«, mischte sich Rowlf ein. »Was is mittem Kleinen?«

»Monsieur Craven?« erkundigte sich Nemo verwirrt.

Rowlf nickte. »Sachich doch.«

»Meine Männer haben den See abgesucht«, sagte Nemo. »Und auch die Gebäude, die noch begehbar waren. Aber sie haben keine Spur von ihm gefunden. Es tut mir leid.«

»Dann sollnse noch mal suchen«, grollte Rowlf. »Ich denke ja nich dran, den Kleen' im Stich zu lassn. Immerhin hatter uns alln 's Leben gerettet, nich?«

»Das bestreitet niemand«, sagte Nemo, in einem Ton, als müsse er sich verteidigen. »Aber ich habe erstens nicht genug Leute, um den See so gründlich abzusuchen, wie es nötig wäre«, erklärte er, »und zweitens wäre es reichlich sinnlos. Wenn er noch lebt, ist er nicht mehr hier.«

»Wieso?«

»Weil der Sauerstoffvorrat, den er in seinem Tank hatte, nur für zwei Stunden ausreichte«, antwortete Howard an Nemos Stelle. »Nicht für vier Tage. Nemo hat recht, Rowlf – es hat keinen Sinn, weiter nach ihm zu suchen. Außerdem bin ich sicher, daß er noch lebt.«

Rowlf wollte abermals widersprechen, aber diesmal schnitt ihm Howard mit einer befehlenden Geste das Wort ab und wandte sich demonstrativ zur Tür, so daß Nemo und Rowlf ihm folgen mußten.

Schweigend durchquerten sie die NAUTILUS und gingen die Treppe zum Salon hinauf. Der Raum hatte sich verändert, seit Howard das letzte Mal hiergewesen war. Die Bodenplatten, die herausgerissen worden waren, um den Mechanikern Zugang zu den beschädigten Teilen des Schiffes zu gewähren, waren wieder an Ort und Stelle, und auch das Kommandopult, von dem aus Nemo das gewaltige Unterseeboot steuern konnte, war wiederhergestellt worden. Es sah alles ein bißchen provisorisch aus, fand Howard, würde aber sicher seinen Dienst tun.

Nemo ging schweigend an ihm vorbei, nahm hinter dem kompliziert aussehenden Pult Platz und fuhr beinahe liebkosend mit den Händen über die zahllosen Schalter, Stellräder und Tasten, die die polierte Metallfläche in nur scheinbarer Unordnung bedeckten.

»Wann geht es los?« fragte Howard.

Nemo zuckte mit den Achseln. »Sobald die Maschinen laufen. In einer Stunde, vielleicht zwei.« Sein Blick bohrte sich in das wogende Schwarz jenseits der riesigen Sichtscheiben, die beinahe die gesamten gegenüberliegenden Wände des Salons einnahmen. Die Außenscheinwerfer des Schiffes waren abgeschaltet worden, um die Batterien zu schonen, und jenseits der zollstarken Quarzglasscheiben herrschte nur die Nacht. Wenn man zu lange hinsah, dachte Howard schaudernd, dann begann sich die Dunkelheit zu bewegen, eigenes, amorphes Leben zu entwickeln, das nicht wirklich da war, sondern nur seinen eigenen Ängsten entsprang, deswegen aber keineswegs weniger schrecklich war. Er vertrieb den Gedanken, ließ sich auf einen freien Stuhl sinken und zog mit einer umständlichen Bewegung eine dünne, schwarze Zigarre aus der Brusttasche seines Rockes. Nemo kommentierte die Bewegung mit einem finsteren Blick, enthielt sich aber jeder Bemerkung, auch, als Howard ein Streichholz anriß und den blauen Qualm mit sichtlichem Genuß inhalierte.

Ein sonderbares, lastendes Schweigen breitete sich zwischen den drei Männern aus, eine Stille, die sich wie eine unsichtbare Wand zwischen Howard und Nemo senkte, und die auch keiner von ihnen zu durchbrechen wagte.

Es war nicht nur die Erleichterung über ihre wundersame Genesung; nicht einmal nur die Sorge um Robert, die Howard mehr und mehr in düsteres Schweigen versinken ließ. Jetzt erst, als alles vorbei war, begann er den Druck zu spüren, unter dem Rowlf und er während der letzten Wochen gestanden hatten. Es war, als begreife er erst jetzt wirklich, was während dieser Zeit alles geschehen war.

»Kriegst du das Schiff wieder hin?« fragte er plötzlich.

Nemo, der ebenso in seine eigenen Gedanken versunken gewesen war, fuhr mit einem sichtlichen Ruck auf.

»Die NAUTILUS?« Er nickte, um seine eigene Frage zu beantworten. »Sicherlich. Schlimmstenfalls könnte ich sie neu bauen lassen, aber das wird nicht notwendig sein. Wir haben in der Basis alles, was wir brauchen, um das Schiff wieder seetüchtig zu machen.«

»Ich mache mir Vorwürfe«, gestand Howard. »Ich hätte dich niemals in diese Sache hineinziehen dürfen.«

»Unsinn«, widersprach Nemo. »*Ich* habe *dich* in diese Sache hineingezogen, wenn du es vergessen haben solltest. Als ich auf diese unterseeische Stadt und Dagons Kreaturen stieß, war mir sofort klar, daß ich deine Hilfe brauchen würde.«

»Das meinte ich gar nicht«, murmelte Howard.

»Aber du warst sicher. Die ganze Welt hielt dich für tot und die NAUTILUS für zerstört – bis du an Land gegangen bist, um Robert zu holen. Jetzt wird die ganze Hetzjagd von vorne beginnen.«

Seltsamerweise lächelte Nemo. »Du vergißt, daß du es warst, der mir diesen wahrhaft bühnenreifen Abgang auf Lincoln, der *geheimnisvollen Insel*, ermöglichte«, sagte er. »Überdies weiß bisher rein niemand, daß die NAUTILUS nach wie vor existiert. Und dabei wird es auch eine ganze Weile bleiben. Dieser Cyrus Smith und seine Leute waren von meinem Tod überzeugt, da bin ich mir sicher. Mein Gott, daß das schon 16 Jahre zurückliegt ...«

Ein heller Gongton unterbrach Nemos gerade erst in Schwung gekommenen Redefluß. Der Kapitän der NAUTILUS drehte sich im Stuhl herum, griff nach dem Sprachrohr, das aus der rechten Seite des Kommandopultes wuchs, und sprach ein paar schnelle Worte in seiner Muttersprache hinein, die Howard nicht verstand, ebensowenig wie die Antwort, die Augenblicke später aus dem Rohr kam. Aber Nemo schien äußerst zufrieden, als er das Instrument zurücklegte.

»Wir können starten«, sagte er. »Die Maschinen werden in wenigen Augenblicken anlaufen. Aber bleibt bitte sitzen«, fügte er rasch hinzu, als sich Howard erheben wollte, um an seine Seite zu treten. »Es könnte ein wenig holprig werden. Wir müssen gegen die Strömung fahren, und ich habe nur ein Viertel unserer normalen Kraft zur Verfügung.«

Wie um seine Worte zu bestätigen, begann der Boden plötzlich ganz sanft zu zittern, und Sekunden später drang das erste, noch mühsame Pochen der großen Motoren an Howards Ohr. Der Laut schwoll rasch an und wurde schließlich zu einem machtvollen, monotonen Wummern, das den gesamten Leib der NAUTILUS wie das Schlagen eines riesigen stählernen Herzens ausfüllte. Trotzdem wartete Nemo noch beinahe fünf Minuten, ehe er sich endlich vorbeugte und mit raschen, routinierten Bewegungen Schalter und Hebel auf seinem Pult zu bedienen begann. Binnen Sekunden erwachte das Kommandopult zu blinkendem Leben.

Dann zerriß der grellweiße Kegel eines mächtigen Lichtstrahles das Dunkel jenseits des Fensters, als Nemo die Scheinwerfer einschaltete. Für Augenblicke sah Howard nichts außer schwarzem Wasser, in dem kleine, an tanzende Schneeflocken erinnernde weiße Partikel hüpften; darunter der dunkle, wie eine erstarrte Dünung gewellte Boden des Sees. Dann durchlief ein zweites, machtvolleres Zittern den gewaltigen Rumpf der NAUTILUS, und plötzlich quollen Schlammwolken in den Lichtstrahl der Scheinwerfer. Langsam, wie ein mächtiges stählernes Tier, das sich nur mühsam seiner Ketten entledigt, hob sich die

NAUTILUS vom Seegrund, vollführte einen Schwenk um annähernd hundertachtzig Grad und begann, schneller werdend, auf den östlichen Rand des Sees zuzugleiten.

Howard schwieg, während die NAUTILUS über den Trümmern der ehemaligen Stadt des Fischgottes dahinglitt und sich dem Tunnel näherte, der sie hinaus ins freie Meer bringen würde. Der Anblick der fürchterlichen Verwüstungen, die die Schlacht angerichtet hatte, die hier vor Tagen getobt hatte, erfüllte ihn nicht mit Triumph oder Zufriedenheit, obwohl es eine Bastion ihrer Feinde gewesen war.

Erst nach Sekunden merkte er, daß Nemo von seinem Pult aufgesehen hatte und ihn anblickte. »Du siehst nicht sonderlich glücklich aus, wenn ich mir die Bemerkung gestatten darf, mon ami«, sagte Nemo leise.

Howard versuchte zu lächeln, aber er spürte selbst, daß es wohl eher zu einer Grimasse geriet. »Das stimmt«, sagte er und deutete auf die Bilder der Zerstörung, die vor dem Bullauge vorbeiglitten. »Sollte ich es sein?«

»Es war eine Stadt Dagons«, gab Nemo zu bedenken.

»Davon rede ich nicht.« Ungeachtet Nemos Warnung stand Howard auf, trat dicht an das riesige Aussichtsfenster heran und deutete auf ein zusammengestürztes riesiges Etwas, in dem nicht einmal mehr mit sehr viel Phantasie die hundert Yards hohe fünfseitige Pyramide zu erkennen war, die es einmal dargestellt hatte.

»Das hat ein einziger Torpedo angerichtet«, sagte er.

»Zwei«, verbesserte Nemo. »Um genau zu sein.«

»Meinetwegen zwanzig«, schnappte Howard so verärgert, daß er es sich im ersten Moment selbst nicht erklären konnte und rasch lächelte, um seinen Worten wenigstens etwas von ihrer Schärfe zu nehmen. »Es ist einfach nicht richtig, Nemo. Eine Zerstörungskraft wie diese dürfte nicht in menschliche Hände gelegt werden.«

»Ohne sie wären wir jetzt vielleicht tot.«

»Wahrscheinlich«, gestand Howard.

»Aber das ändert nichts. Diesmal haben wir diese Macht gegen die Feinde der Menschen eingesetzt, aber das Böse wird nicht besser, wenn man es gegen sich selbst richtet. Was, wenn Menschen eines Tages diese furchtbaren Waffen gegen Menschen einsetzen?«

»Torpedos?« Nemo schüttelte überzeugt den Kopf. »Niemals, mein Freund. Ich gestehe dir zu, daß die Mitglieder der menschlichen Rasse manchmal von geradezu sträflicher Dummheit sind, aber sie sind trotz allem doch eine intelligente Spezies. Ich selbst habe Sorge getragen, daß die Pläne für die NAUTILUS und ihre Torpedos niemals in falsche Hände geraten werden.«

»Und wenn ein anderer sie neu erfindet?«

»Wird er die gleiche Entscheidung treffen«, sagte Nemo überzeugt. »Ich besitze Informationen, daß die britische Marine bereits seit Jahren mit Torpedos experimentiert, wenngleich sie längst nicht so effektiv sind wie die der NAUTILUS. Aber ich weiß auch, daß seit ebenso langer Zeit Bestrebungen im Gange sind, diese unmenschliche Waffe zu ächten. Man wird es tun, mein Freund. Am Schluß wird die Vernunft den Sieg davontragen.«

»Genau das befürchte ich«, murmelte Howard, aber er sagte es so leise, daß Nemo die Worte nicht verstand. Nach einem letzten, sehr langen Blick auf die verwüstete Stadt, die unter der NAUTILUS dahinglitt, ging er zu seinem Sessel zurück, ließ sich hineinfallen und schloß erschöpft die Augen. Plötzlich war er müde, furchtbar müde, und es war eine Müdigkeit, die sich nicht auf seinen Körper allein beschränkte. Aber es würde noch lange, sehr sehr lange dauern, bis er ihr nachgeben konnte. Vielleicht nie.

Das dumpfe Hämmern des stählernen Pulsschlages der NAUTILUS änderte sich plötzlich, und als Howard die Augen öffnete, sah er, daß das Schiff angehalten hatte und nun senkrecht in die Tiefe glitt, direkt auf den gewaltigen schwarzen Schlund zu, der im Boden des Sees gähnte. Der Anblick ließ ihn schaudern, erinnerte er ihn doch mehr als alles andere an ein gigantisches, gierig aufgerissenes Maul, das sich unter dem Schiff aufgetan hatte, um es zu verschlingen.

Die tanzenden Schemen im Licht der Scheinwerfer wichen hartem, wie Stahl glänzendem Fels, als die NAUTILUS in den Schacht eindrang und sich langsam um ihre Achse drehte, um den Bug mit dem gezackten Rammsporn auf den Tunnel auszurichten, der tief durch den natürlich gewachsenen Fels ins offene Meer hinausführte. Langsam, mit einer Behutsamkeit, die Howard einem Schiff von der Größe der NAUTILUS niemals zugetraut hätte, begann das Schiff Fahrt aufzunehmen und in den steinernen Tunnel hineinzugleiten.

Die Zeit schien stillzustehen, während Nemo das riesige Schiff mit der Geschicklichkeit eines Chirurgen, der an einem offenen Herzen arbeitet, durch den Stollen lenkte, dessen Durchmesser oftmals nur wenig mehr als der der NAUTILUS betrug. Die Strömung begann das Schiff zu packen und hin und her zu schwenken, und mehr als einmal verzerrte sich Nemos Gesicht vor Anspannung – vielleicht auch vor Furcht –, wenn die unsichtbare Kraft des Wassers die NAUTILUS wie eine riesige Hand gegen den Felsen drückte.

Zweimal prallte das Schiff tatsächlich gegen den Stein, und einmal ging ein ungeheurer Schlag durch seinen Rumpf, gefolgt von einem dumpfen, bedrohlichen Knirschen und Ächzen, als der hervorstehende Turm der NAUTILUS gegen einen Felszacken traf, der aus der Tunneldecke hervorwuchs.

Es dauerte eine volle Stunde, bis am Ende der gleißenden Scheinwerferbündel, die der NAUTILUS wie tastende Finger vorausglitten, keine wogende Finsternis, sondern ein unregelmäßiger Kreis blaßgrüner Helligkeit war, und selbst dann vergingen noch endlose Minuten, bis das Schiff den Stollen vollends verlassen hatte und das offene Meer vor ihm lag.

Nemo atmete hörbar auf, griff nach dem Geschwindigkeitsregler und schob ihn mit einer erleichtert wirkenden Bewegung ganz nach vorn. Das dumpfe Hämmern der Maschinen steigerte sich zu einem wütenden Brüllen und sank gleich darauf zu einem Geräusch dicht oberhalb der Hörgrenze herab. Die NAUTILUS machte einen Satz und schoß regelrecht ins Meer hinaus.

»Das wäre geschafft«, sagte Nemo. Seine Stimme zitterte, und sein Gesicht war blaß. Noch einmal beugte er sich über sein Pult, nahm das Sprachrohr und gab seinen Männern auf der Brücke Befehl, die Steuerung der NAUTILUS zu übernehmen. Dann wies Nemo mit einer erschöpfenden Kopfbewegung zur Tür und wartete darauf, daß Howard und Rowlf aufstanden und seiner Einladung folgten.

Plötzlich stieß Rowlf einen Schrei aus und deutete auf eines der Fenster. Rowlf und Howard fuhren im selben Augenblick herum.

Die NAUTILUS schoß mit der Geschwindigkeit eines Torpedos durch das Wasser, aber sie war nicht allein.

Ein Schwarm gewaltiger, dunkler Körper begleitete das Schiff, ein Stück neben und über ihm; Schatten, die Howard im ersten Augenblick für Fische hielt, wenn auch ihre Bewegungen irgendwie falsch wirkten.

Nemo stürzte zum Kommandopult zurück, und eine Sekunde später schwenkte einer der mächtigen Scheinwerferstrahlen herum und richtete sich auf das wogende Gewimmel, das die NAUTILUS mittlerweile beinahe zur Hälfte einschloß.

Diesmal schrie auch Howard auf.

Es waren keine Fische.

Es waren *Kraken*!

Hunderte, wenn nicht Tausende der achtarmigen, wie lebende Torpedos geformten Tiere, die ohne sichtliche Anstrengung mit der Geschwindigkeit der NAUTILUS mithielten und sogar aufschlossen, die Arme eng nach hinten gelegt und die spitzen, kegelförmigen Leiber mit den starrenden Telleraugen wie lebendige Pfeilspitzen auf den Rumpf des Schiffes gerichtet. Howard konnte deutlich sehen, wie sie pumpend Wasser einsaugten und wieder ausstießen, sich mit ihrem von der Natur geschaffenen Fortbewegungsmechanismus wie kleine Raketen durch das Wasser schleudernd.

»Gott!« keuchte Howard. »Was ist das?«

»Es besteht keine Gefahr«, sagte Nemo so hastig, daß Howard ziemlich sicher war, daß seine Worte wohl eher Wunsch als Überzeugung waren. »Sie können dem Schiff nichts anhaben.«

Howard antwortete nicht darauf, sondern trat näher an die Scheibe heran und betrachtete ungläubig den gewaltigen Schwarm der Oktopoden, der sich wie eine lebende Klammer um das Schiff zusammenzuziehen begann. Es gab Tiere in allen nur erdenklichen Größen – angefangen von kaum fingergroßen Winzlingen, die wie Staub im Licht der Scheinwerfer glitzerten, bis hin zu gewaltigen Kreaturen, deren Tentakel zehn oder mehr Yards messen mußten.

Und dann sah er etwas, das ihm schier den Atem stocken ließ.

Inmitten des gräßlichen Schwarmes befand sich *eine menschliche Gestalt*!

»Aber das ... das ist doch ... unmöglich!« stammelte Nemo, als die Gestalt näherkam. Auch Howard verspürte einen neuerlichen, ungläubigen Schrecken, als sich der Schwarm dicht vor dem Rumpf der NAUTILUS teilte und er mehr als einen bloßen Umriß erkennen konnte.

Es war eine Frau.

Wenigstens zum Teil.

Bis zu den Hüften hinab war sie durchaus menschlich, sah man von ihrer tiefblauen, wie geschliffener Diamant schimmernden Haut ab. Langes, im Wasser wie eine dunkle Wolke wogendes Haar umgab ein wunderschönes Gesicht, aus dem zwei tiefblaue Augen seinen Blick erwiderten, und ihr Körper war so perfekt geformt, daß sie jeder griechischen Göttin Konkurrenz hätte machen können.

Wie gesagt, bis zu den Hüften. Darunter ...

Howards Verstand weigerte sich einfach, das, was er da sah, als Realität anzuerkennen. Es war unmöglich. *Un-mög-lich!*

Und doch war es da.

»Da fällt mir nix mehr ein«, murmelte Rowlf. »Absolut gar Nixe.«

Howard warf ihm einen bösen Blick zu und konzentrierte sich wieder auf das Bild jenseits der Scheibe. Im Moment war wahrhaftig nicht der richtige Augenblick für Rowlfs dumme Witze.

Langsam schwamm das bizarre Wesen näher an die NAUTILUS heran, näherte sich dem Fenster und hob die Hand, um zu winken. Es dauerte einen Moment, bis Howard begriff, was ihr Gestikulieren bedeutete.

Sie winkte nicht, sondern versuchte, ihn mit Gesten dazu zu bewegen, das *Schiff anzuhalten*! Immer wieder bewegte sie die gespreizten Finger ihrer Linken nach unten und deutete mit der anderen Hand auf einen Punkt an der Unterseite des Schiffes.

»Die ... die Luke«, sagte er stockend. »Mein Gott, Nemo – sie meint die Bodenschleuse. Sie will an Bord kommen!«

Nemo gab ein Geräusch von sich, das wie ein krächzender Schrei klang, rührte sich aber nicht.

Die Nixe kam näher, begann ungeduldiger zu gestikulieren und schlug schließlich mit der flachen Hand gegen die Scheibe. Ihr Mund bewegte sich, aber das Dröhnen der Maschinen und das Rauschen des rasch vorbeigleitenden Wassers verschluckten ihre Worte.

»Du mußt anhalten«, sagte Howard. »Bitte, Nemo!«

»Den Teufel werde ich tun!« antwortete Nemo gepreßt. Seine Augen waren unnatürlich geweitet. Howard sah die Furcht in seinem Blick. »Glaubst du, ich lasse dieses Monstrum an Bord meines Schiffes? Was, wenn es uns angreift?«

»Angreifen?« Howard schüttelte den Kopf. »Wenn es das wollte, wäre es längst geschehen, Nemo«, sagte er überzeugt. »Sieh dort hinaus.«

Nemos Blick folgte der Richtung, in die Howards ausgestreckter Arm wies – und plötzlich erbleichte der Kapitän der NAUTILUS noch mehr.

Hinter dem wirbelnden Schwarm aus Kraken war ein weiteres Tier aufgetaucht. Es näherte sich der NAU-

TILUS nicht, sondern hielt einen gleichmäßigen Abstand, aber selbst aus der Entfernung von sicher mehr als einer Meile war sein Anblick noch majestätisch genug, auch Howard den Atem stocken zu lassen.

Es war ein Krake, ein Tier, das sich kaum von den Millionen und Abermillionen seiner Rassengenossen unterschied, die der NAUTILUS ein stummes Geleit gaben. Der einzige wirkliche Unterschied war seine Größe.

Es war ein Gigant; der größte Oktopus, den Howard und selbst Nemo jemals zu Gesicht bekommen hatten. Jeder einzelne seiner acht riesigen, mit kopfgroßen Saugnäpfen versehenen Fangarme war ein gutes Stück länger als die ganze NAUTILUS.

Zehn, fünfzehn Sekunden lang starrte Nemo diesen Titanen der Meere an, dann wandte er sich – mit einer sonderbar ruckhaften, gezwungenen Bewegung – wieder dem Steuerpult zu und griff zum Sprachrohr.

»Hier Nemo«, sagte er. »Nehmen Sie Fahrt weg. Wir drehen bei.«

Dagon stöhnte leise. Vielleicht war es das erste Mal in seinem nach Millionen zählenden Leben, daß er spürte, was das Wort Furcht *in seiner ureigensten Bedeutung besagte; eine Erfahrung, die er zum ersten Mal gemacht hatte und kein zweites Mal überleben würde.*

Das Innere der faustgroßen Kugel, die vor ihm auf der Oberfläche des Altarsteines ruhte, war noch immer von wirbelnden roten Schwaden erfüllt, aber die Schmerzen waren vorbei, der Griff der fremden, unsäglich düsteren Macht war verschwunden. Trotzdem hatte er kaum die Kraft, sich aus der knienden Stellung, in der er die letzte Stunde – die für ihn zu einer Ewigkeit geworden war – verbracht hatte, zu erheben und rückwärts gehend von Altar und Stein zurückzuweichen.

Die Stimme – diese gräßliche, furchtbare Stimme in seinem Innern war verstummt, aber er hatte die Worte nicht vergessen, die sie gesprochen hatte, denn sie hatten sich wie mit weißglühenden Lettern in sein Bewußtsein eingebrannt, zu tief, als daß er sie jemals wieder daraus verdrängen konnte.

Er hatte versagt. Er hatte eine zweite Chance bekommen, trotz des Verrates, den er begangen hatte, und er hatte versagt. Um ein Haar hätte ein gewöhnlicher, sterblicher Mensch alles zunichte gemacht. Schon jetzt war der Zorn der THUL SADUUN *gewaltig, denn sie waren keine geduldigen Götter, obgleich sie es gewohnt waren, in Zeiträumen zu denken, die selbst Dagons Vorstellungskraft sprengten. Aber sie hatten zu lange gewartet, und obwohl sie noch ein Abgrund von unvorstellbarer Tiefe vom Hier und der Illusion, die die Menschen als Wirklichkeit kannten, trennte, wachten sie mißtrauisch über jede einzelne seiner Handlungen. Sie spürten den grausamen Hunger der* Ssaddit, *und sie spürten, daß sich die Zeit ihres Wartens verlängerte, solange er nicht gestillt war.*

Dagon taumelte mehr aus der Höhle, als er ging. Sie hatten ihn gewarnt, ihm gesagt, daß dies die unwiderruflich letzte Warnung war, bevor sie ihren Plan aufgaben und sich einen anderen Diener suchten, der geeigneter war. Sie hatten ihm gesagt – und gezeigt! –, was geschehen würde, wenn er auch diese allerletzte Chance verspielte.

Und trotzdem vermochte er einen erschrockenen Aufschrei nicht zu unterdrücken, als er für einen Moment innehielt und auf seine Hände hinabblickte …

Das Dorf hatte sich verändert, seit ich das letzte Mal hier gewesen war. Es war keine Veränderung des Sichtbaren – die Handvoll kleiner, ärmlicher Hütten, zwischen denen die vier weißgekalkten Gebäude des ›Zentrums‹ wie groteske Fremdkörper emporragten, die schlammige Straße, die sich irgendwo auf halbem Wege zwischen dem Ortsrand und dem Dschungel in Morast und Unkraut verlor, und der kleine, eigentlich nur aus ein paar in den Uferschlamm getriebenen Pfählen bestehende Hafen waren noch genau so, wie ich sie in Erinnerung hatte.

»Spürst du es auch?« fragte Shannon.

Ich nickte ruckhaft. Es war das gleiche wie in der Garnison, weniger präsent und aggressiv zwar, aber doch unverkennbar. Das Böse hatte seine Hand bereits nach dem Ort ausgestreckt.

Mein Blick suchte das Meer. Der Ozean lag still da, eine gewaltige, vielfach gewellte Ebene, die das Licht der Sonne millionenfach reflektierte und scheinbar bar jeden Lebens war. Aber ich wußte, wie sehr dieser Eindruck täuschte. Ich glaubte den namenlosen Schrecken, der tief unter der unbewegten Meeresoberfläche lauerte, regelrecht riechen zu können.

»Gehen wir«, sagte ich. Shannon nickte, bog die Zweige des Gebüsches auseinander, hinter dem wir Deckung gesucht hatten, und trat mit einem großen Schritt auf den schlammigen Pfad hinaus, der zur Stadt hinabführte.

Ich fühle mich müde. Meine Waden schmerzten, denn wir hatten den Großteil des Weges von der Garnison bis hierher – und das waren immerhin mehr als fünf Meilen – im Laufschritt zurückgelegt; bei Temperaturen noch dazu, die sich irgendwo dicht unterhalb der 40-Grad-Marke bewegen mußten. Im Schatten, versteht sich. Ich merkte erst jetzt, als wir aus dem Dschungel heraus waren, wie sehr uns sein Blätterdach trotz allem vor den sengenden Strahlen der Sonne geschützt hatte.

Das ungute Gefühl in meinem Magen verstärkte sich, als wir den Ort erreichten. Aus der Nähe wirkte er keineswegs so ausgestorben, wie es von weitem den Anschein gehabt hatte – im Gegenteil. Eine erstaunlich große Anzahl Männer und Frauen bewegte sich zwischen den niedrigen, zum Großteil aus Stroh oder anderen natürlichen Baustoffen errichteten Gebäuden, und aus einem an einer Seite offenen Schuppen drang das Grölen von mehreren Männern, die ungeachtet der noch frühen Stunde bereits betrunken waren.

Und trotzdem … Nichts von alledem wirkte *echt*. Das Leben, das uns begegnete, wirkte irgendwie falsch, die Fröhlichkeit gezwungen. Ich hatte das Gefühl, mich in einer Theaterkulisse zu befinden, nicht in einer wirklichen Stadt mit wirklichen Menschen.

Ich versuchte den Gedanken zu verscheuchen, aber er blieb, wie ein übler Geschmack, den man nicht von der Zunge bekommt, und als ich einen raschen Blick in Shannons Gesicht warf, sah ich, daß es ihm nicht anders erging.

Wir durchquerten den Ort fast ganz und blieben stehen. »Wohin jetzt?« fragte ich leise. »Zum Hafen?«

Shannon nickte, schüttelte aber gleich darauf den Kopf und deutete auf das Wirtshaus, aus dem der Gesang der Betrunkenen noch lauter geworden war. Schweigend folgte ich ihm, blieb jedoch etwas außerhalb des Gebäudes im Schatten seines überhängenden Vordaches stehen.

Die Hafenkneipe – wenn die baufällige Bretterbude diese Bezeichnung überhaupt verdiente – war überraschend gut besucht. Außer den vier grölenden Matrosen, die wir schon von weitem gehört hatten, hockte noch ein gutes Dutzend weiterer Männer in dem großen, in angenehmes Halbdunkel getauchten Raum, tranken und redeten oder aßen einen unappetitlich anmutenden Brei von verbeulten Blechtellern.

Die vier Randalierer, die an einem der wackeligen Tische saßen, hörten abrupt mit ihrem Gesang auf, als sie Shannon erblickten. Verwirrt senkten sie ihre Becher und starrten ihn an – was ich ihnen nicht weiter verübeln konnte. An einem Ort wie diesem mochte man an die abenteuerlichsten Erscheinungen gewöhnt sein, aber ein Mann wie Shannon mußte selbst hier auffallen. Wer außer einem Verrückten, dachte ich mit sanftem Spott, konnte schon auf den Gedanken verfallen, an einem der heißesten Orte der Erde in pechschwarzer Kleidung herumzulaufen? Es hatte mich alle Mühe gekostet, Shannon wenigstens dazu zu überreden, Umhang, Handschuhe und seine turbanähnliche Kopfbedeckung abzulegen, ehe wir die Stadt betraten ...

Shannon ignorierte die halb spöttischen, halb herausfordernden Blicke, die ihm die vier Burschen zuwarfen, trat an den Tresen und drehte sich herum.

»Meine Herren«, sagte er. Er sprach nicht einmal sehr laut, aber seine Worte waren von einer solchen Schärfe, daß auch die letzten Gespräche abrupt verstummten und sich die Blicke aller auf ihn richteten.

»Verzeihen Sie, wenn ich Sie unterbreche«, sagte Shannon höflich, »aber mein Freund und ich«, er deutete auf mich, und für eine sehr unangenehme Sekunde sah ich mich von mehr als einem Dutzend Augenpaaren durchdringend angestarrt, »benötigen dringend ein Boot. Wo kann man hier ein Schiff und einen kundigen Seemann finden?«

Niemand antwortete ihm, aber es schien, als verändere sich etwas an der Art, in der die Zecher vor uns schwiegen. Ich bemerkte, wie einer der vier Matrosen an dem Tisch gleich neben Shannon die Stirn runzelte und Anstalten machte, aufzustehen, jedoch von seinem Nebenmann mit einer raschen Bewegung daran gehindert wurde.

Shannon wartete ebenso geduldig wie vergebens auf eine Antwort, zuckte nach einer Ewigkeit mit den Achseln und drehte sich um, um sich an den Barkeeper zu wenden, einen kleinen, kahlköpfigen Burschen mit einem sonnenverbrannten Gesicht, dessen kreolischer Schnitt nicht zu übersehen war. Ich sah, wie sich der Matrose hinter ihm spannte, fing aber fast im selben Moment einen Blick von Shannon auf, der mir sagte, daß auch ihm die Bewegung keineswegs entgangen war und ich mir keine Sorgen zu machen brauchte.

»Vielleicht können Sie mir weiterhelfen«, begann Shannon von neuem. »Es ist wirklich dringend, verstehen Sie? Wir brauchen dringend ein Boot. Und wir sind bereit, sehr gut dafür zu zahlen.« Dann griff er unter seinen Gürtel, zog einen Golddollar hervor und legte ihn vor sich auf die Theke.

Der Kreole schob die Münze zurück, ohne sie auch nur anzusehen – was höchst sonderbar war, denn das Geldstück mußte ungefähr dem Gegenwert seiner Kaschemme entsprechen, falls er jemanden fand, der einen Liebhaberpreis bezahlte ... Aber der Mann beachtete es gar nicht.

»Hier gibt es keine Boote«, sagte er. »Nicht für euch.«

Shannon runzelte die Stirn. Der Mann hinter ihm spannte sich weiter, legte die Hände flach nebeneinander auf den Tisch und stand ganz langsam auf, ebenso wie seine drei Begleiter. Wieder bedeutete mir Shannon mit einem raschen Blick, mich zurückzuhalten, und wieder nickte ich ebenso unmerklich. Allmählich begann er selbst mir unheimlich zu werden. *Hatte er Augen im Hinterkopf?*

»Vielleicht habe ich mich nicht richtig ausgedrückt«, sagte Shannon, noch immer freundlich, aber plötzlich mit einer Stimme, die so kalt war wie Glas. »Das hier ist für Sie. Das Boot bezahlen wir extra.« Er schob den Dollar abermals über die Theke.

Der Kreole starrte ihn an, nahm den Golddollar – und warf ihn zielsicher in den Spucknapf, der neben Shannons Füßen vor dem Tresen stand. »Ihr kriegt kein Boot«, sagte er kalt. »Verschwindet. Alle beide.« Gleichzeitig gab er den Männern hinter Shannon einen Wink.

Plötzlich ging alles unglaublich schnell. Mit einer einzigen Bewegung sprangen die vier Kerle vollends auf und stürzten sich gleichzeitig auf Shannon, so rasch, daß ich die Bewegung kaum wahrnahm.

Shannon war trotzdem schneller.

Ich konnte nicht genau erkennen, was er tat – aber einer der vier krümmte sich plötzlich auf dem Fußboden, während der zweite wie von Geisterhand den Boden unter den Füßen verlor und gegen den dritten Burschen prallte, um ihn von den Füßen zu reißen. Noch bevor die beiden auf dem Boden aufprallten, hatte Shannon den vierten gepackt, herumgedreht und ihm von hinten den Arm um den Hals geschlungen; gleichzeitig bohrte sich sein Knie in den Rücken des Burschen.

»*Shannon! Paß auf!*« Mein Schrei vermischte sich mit dem Klirren von Glas, als der Kreole in Shannons Rücken eine Weinflasche beim Hals ergriff und auf der Theke zerschlug. Ich gewahrte die Bewegung im allerletzten Augenblick, aber meine Warnung wäre trotzdem zu spät gekommen, wäre der kreolische Barkeeper nicht beim Klang meiner Stimme zusammengefahren und hätte den Bruchteil eines Atemzuges gezögert. So blieb mir genug Zeit, mit einem Sprung über seinen Tresen zu flanken, den Stockdegen hervorzureißen und ihm die Spitze der Waffe gegen den Adamsapfel zu drücken.

Der Bursche erstarrte mitten in der Bewegung. Das zerborstene Ende der Flasche, bereits zum Schlag erhoben, entglitt seinen Fingern und zerschellte auf dem Boden.

»Danke«, sagte Shannon, ohne sich umzublicken oder den Würgegriff um den Hals seines Gefangenen auch nur einen Deut zu lockern. Der Mann zerrte mit aller Kraft an Shannons Arm, aber genausogut hätte er versuchen können, einen Felsen mit bloßen Händen zu verrücken. Ich sah, wie sein Gesicht allmählich rot anlief und seine Augen aus den Höhlen zu quellen begannen.

»Du bringst ihn um, Shannon«, sagte ich erschrocken.

Shannon schürzte abfällig die Lippen. »Und?« sagte er. »Das ist nichts anderes, als was sie mit mir vorhatten – mit dir übrigens auch.« Trotzdem lockerte er seinen Griff; der Gefangene rang keuchend nach Luft und erschlaffte in seinen Armen.

»Also«, fuhr Shannon mit erhobener Stimme fort. »Was soll das? Ist das eure Art, Fremde zu behandeln?«

Natürlich erhielt er keine Antwort, aber die Männer, die nunmehr alle herangekommen waren und einen dicht geschlossenen Halbkreis um Shannon und seinen Gefangenen bildeten, rückten drohend näher.

Shannon lächelte kalt. »Noch einen Schritt«, sagte er ruhig, »und ich breche ihm das Rückgrat.« Gleichzeitig verstärkte er den Druck seines Knies auf den Rücken des Matrosen. Der Mann ächzte gequält, war jedoch klug genug, keinen Versuch der Gegenwehr zu machen.

Shannons Worte ließen irgend etwas in mir erstarren, denn ich spürte, daß er sie ganz genau so meinte, wie er es sagte. Es war keine leere Drohung, mit der er die Männer einschüchtern wollte! Betroffen – aber auch stärker verunsichert, als ich es in diesem Moment mir selbst gegenüber einzugestehen bereit war – trat ich einen halben Schritt zurück und nahm die Degenspitze vom Hals des Kreolen.

Der Bursche keuchte, hob die Finger an die Kehle und starrte erschrocken auf das Blut, das aus einem winzigen Schnitt in seiner Haut quoll. Sofort hob ich den Degen wieder, berührte ihn aber nicht noch einmal, sondern beschränkte mich darauf, einen Moment lang mit der Klinge vor seinem Gesicht herumzufuchteln und dabei die finsterste Miene aufzusetzen, zu der ich fähig war.

»Vielleicht haben Sie die Worte meines Freundes nicht richtig verstanden«, sagte ich drohend. »Ich kann gerne nachhelfen.«

Der Kreole erbleichte unter seiner Sonnenbräune. Aber dann flammte Trotz in seinem Blick auf. Und ein Zorn, den ich mir absolut nicht zu erklären vermochte. »Was wollt ihr von uns?« schnappte er. »Habt ihr nicht schon genug angerichtet? Verschwindet endlich.«

»Was soll das heißen?« fauchte ich. »Was sollen wir angerichtet haben?«

Der Kreole starrte mich an – und spie mir direkt vor die Füße; angesichts der Degenklinge, die ich noch immer auf sein Gesicht richtete, eine Geste erstaunlichen Mutes.

»Mörder!« sagte er angewidert. »Ihr verdammtes Mörderpack. Haut endlich ab. Hier kriegt ihr kein Boot, und wenn ihr uns alle umbringt!«

Ich verstand nun rein gar nichts mehr, aber die Entschlossenheit, die in den Worten des Kreolen mitgeschwungen hatte, überzeugte mich davon, daß wir vielleicht wirklich gut daran taten, so schnell wie möglich von hier zu verschwinden. Ich hatte keine Ahnung, welchen Verbrechens er uns bezichtigte, aber er schien mit seiner Meinung nicht allein dazustehen. Und gegen eine ganze Stadt voller aufgebrachter Männer würden uns auch Shannons Kampfkünste nicht mehr weiterhelfen …

Shannon schien zu einer ähnlichen Überlegung gekommen zu sein, denn noch bevor ich etwas sagen konnte, versetzte er seinem Gefangenen einen Stoß, der ihn nach vorn taumeln und auf die Knie fallen ließ, zog seinen Dolch aus dem Gürtel und schnitt einen blitzenden Halbkreis in die Luft. Die Blitzartigkeit der Bewegung ließ die im Ansatz befindliche Bewegung der Männer vor ihm erstarren. Sie waren fast ein Dutzend und hätten ihn wahrscheinlich überwältigen können, aber keiner von ihnen schien große Lust zu haben, als erster mit Shannons Waffe in Bekanntschaft zu treten.

Rückwärts gehend und von einer stummen Reihe drohender Gestalten verfolgt, verließen wir die Kaschemme und traten auf die Straße hinaus. Shannon deutete mit einer Kopfbewegung zum Meer.

Ich verstand. Den Ort noch einmal zu durchqueren, erschien mir wenig ratsam, und letztlich waren wir hierhergekommen, um ein Boot zu besorgen – warum also keines stehlen?

Schritt für Schritt entfernten wir uns von der Hafenkneipe und näherten uns dem Meer. Seltsamerweise verzichteten die Männer, die uns gerade noch mit Freuden in Stücke gerissen hätten, darauf, uns zu verfolgen – obgleich sie hier draußen, wo sie sich nicht mehr gegenseitig behindern würden, eine gute Chance gehabt hätten, uns zu überwältigen.

Als ich mich herumdrehte, wußte ich auch, warum sie es nicht taten.

Wir waren keine zwanzig Schritte mehr von der Brandungslinie und den rettenden Booten entfernt, die in der Dünung schaukelten. Aber genausogut hätten es auch zwanzig Meilen sein können.

Auf halber Strecke zwischen uns und dem Meer stand ein Mann. Er war sehr groß, hatte ein strenggeschnittenes, kantiges Gesicht und trug das Haar straff zurückgekämmt, was den militärischen Anstrich seiner dunkelblauen Marineuniform noch verstärkte. Und er war nicht allein.

Hinter ihm stand ein halbes Dutzend Soldaten. In ihren Händen lagen Gewehre. Und die Mündungen dieser Gewehre deuteten drohend auf Shannon und mich ...

»Lauf los, wenn du soweit bist«, sagte Shannon gepreßt. »Ich zähle bis drei. Eins, zwei ...«

»Warum drehen Sie sich nicht erst um, bevor Sie etwas tun, was Ihnen vielleicht leid täte«, sagte der Mann in der Offiziersuniform kalt.

Shannon erstarrte für eine halbe Sekunde, fuhr mit einem Schrei herum und hob instinktiv den Dolch; eine Geste, die angesichts der sechs Automatikgewehre, die auf uns gerichtet waren, allerdings äußerst lächerlich wirkte.

Der Marineoffizier schüttelte mißbilligend den Kopf. »Das würde ich nicht tun«, sagte er. »Aber bitte – es ist

Ihre Entscheidung. Wir können Sie auch gleich hier erschießen.«

»Was soll das heißen?« schnappte Shannon. »Was bedeutet dieser Zirkus? Wer sind Sie?«

»Mein Name ist Harmfeld«, sagte der Offizier. »Leutnant Harmfeld, um genau zu sein. Sie sind Mister Craven?«

Die Frage galt mir. Ich nickte, und Harmfeld fuhr, mit einer knappen Geste auf Shannon, fort:

»Ihren Freund kenne ich nicht, Mister Craven, aber das ändert nichts. Ich erkläre Sie beide für verhaftet. Bitte leisten Sie keinen Widerstand.«

»Verhaftet?« ächzte Shannon. »Was soll der Schwachsinn, Harmfeld?«

»*Leutnant* Harmfeld, wenn ich bitten darf«, sagte Harmfeld ruhig. »Und als Schwachsinn würde ich es nicht gerade bezeichnen.« Er lächelte, aber es war das kälteste Lächeln, das ich jemals bei einem Menschen gesehen hatte. Harmfeld hob die Hand und deutete auf einen Punkt hinter uns. Ich mußte mich nicht umdrehen, um zu wissen, daß die Männer aus der Hafenkneipe gekommen waren und uns drohend umstanden.

»Betrachten Sie es als eine Maßnahme, die Ihrem eigenen Schutz dient«, fuhr er fort. »Vorerst jedenfalls.«

»Schutz?« Ich schüttelte verstört den Kopf, bemerkte plötzlich, daß ich den Degen noch immer in der Hand hielt, und steckte ihn so hastig weg, daß ich mir dabei in den Daumen schnitt. »Was soll das heißen, Leutnant?«

Harmfeld zuckte mit den Achseln. »Vielleicht ziehen Sie es vor, hierzubleiben«, sagte er. »Aber ich fürchte, dann bleiben Sie nicht mehr lange am Leben. Jop Eldekerk war hier sehr beliebt, wissen Sie?«

»Eldekerk?« Plötzlich fielen mir die Worte des Kreolen wieder ein, und der Haß, den ich in seinen Augen gelesen hatte. Eine furchtbare Ahnung stieg in mir empor. »Wollen Sie damit sagen, daß ...«

Harmfeld schnitt mir mit einer ärgerlichen Handbewegung das Wort ab. »Spielen Sie nicht den Narren, Craven«, sagte er. »Sie wissen genau, daß er tot ist.« Mit einem Male nahm seine Stimme einen kalten, offiziellen Klang an. »Ich verhafte Sie beide unter dem dringenden Verdacht des Mordes an Jop Eldekerk und Leutnant Hendrick Roosfeld. Und wahrscheinlich noch einigen Männern mehr«, fügte er etwas leiser hinzu.

Ich starrte ihn an, rang vergeblich nach Worten und brachte nur ein hilfloses Krächzen zustande.

Anders Shannon. Wenn ihn Harmfelds Worte überhaupt überraschten, dann überspielte er es hervorragend. Seine einzige Reaktion bestand aus einem kalten, abfälligen Lächeln, das den schwelenden Zorn in Harmfelds Augen zu neuer Glut entfachte.

»Sie sind ein Idiot, *Leutnant* Harmfeld«, sagte Shannon betont. »Glauben Sie wirklich, wir wären so dumm, am hellen Tag hierherzukommen, wenn wir mit Eldekerks Tod irgend etwas zu tun hätten?«

Harmfeld atmete hörbar ein. »Ich weiß nicht, was Sie gedacht haben und warum«, sagte er gepreßt. »Und es geht mich auch nichts an. Legen Sie die Waffe weg und heben Sie die Hände.«

Shannon reagierte nicht. Aber ich spürte, daß eine sonderbare Veränderung mit ihm vonstatten ging. Er rührte nicht einen Muskel, aber mit einem Male schien eine fühlbare Spannung von ihm auszugehen. Von einer Sekunde auf die andere erinnerte er mich an ein Raubtier, das nur auf eine Gelegenheit wartete, loszuspringen.

»Das alles ist ein schrecklicher Irrtum, Leutnant«, sagte ich. »Wir haben nichts mit Eldekerks Tod zu tun. Ich wußte nicht einmal, daß ...«

»Warum erzählen Sie das alles nicht dem Richter?« unterbrach mich Harmfeld. Ärgerlich trat er auf Shannon und mich zu – wobei er sorgsam darauf achtete, nicht in die Schußbahn seiner Leute zu geraten –, nahm Shannon den Dolch weg und streckte fordernd die Hand nach meinem Degen aus. Ich zögerte einen winzigen Moment, aber das halbe Dutzend drohend erhobener Gewehre zehn Schritte vor mir überzeugte mich rasch davon, wie sinnlos jeglicher Widerstand sein mußte. Seufzend händigte ich ihm die Waffe aus.

»Sie begehen einen furchtbaren Fehler, Harmfeld«, sagte ich.

Der Leutnant zuckte mit den Achseln. »Möglich«, sagte er. »Wenn ja, werde ich mich entschuldigen. Wenn nicht, wird es mir ein großes Vergnügen sein, Sie höchstpersönlich an den Fockmast der *Zuidermaar* zu knüpfen.«

Ich sah ihn fragend an, aber Harmfeld ignorierte meinen Blick, trat zurück und machte eine Bewegung mit der Hand. Zwei seiner Männer ließen die Gewehre sinken, kamen auf uns zu und banden Shannon und mir die Hände auf den Rücken. Ich spürte, wie Shannons Spannung weiter stieg, und warf ihm einen fast flehenden Blick zu. Zu meiner Erleichterung machte er keinerlei Anstalten, sich zu wehren.

Erst als wir beide sicher gebunden waren und die Läufe der beiden Gewehre im Rücken verspürten, ließen die vier verbliebenen Marinesoldaten ihre Waffen sinken.

Harmfeld hob abermals die Hand, und zwei der Männer liefen durch die niedrige Brandung zu einer flachrümpfigen Pinasse hinüber, die zwischen den schäbigen Fischerbooten der Dorfbewohner dümpelte. Das Schiff fiel mir erst jetzt auf. Ebenso wie das Emblem an seinem Bug.

Überrascht wandte ich mich an Harmfeld. »Die niederländische Marine?« fragte ich. »Was, in drei Teufels Namen, hat das zu bedeuten? Was suchen Sie hier?«

Harmfeld lächelte kalt. »Nichts. Eigentlich ist es ein purer Zufall, daß wir Krakatau angelaufen haben. Aber ich würde Sie auch aufhängen, wenn ich zur transsylvanischen Gebirgsmarine gehörte, Craven. Eldekerk war ein persönlicher Freund von mir.«

»Sie irren sich!« protestierte ich verzweifelt. »Sie ...«

Harmfeld unterbrach mich mit einem Stoß in den Rücken, der mich vorwärtstaumeln ließ. »Erzählen Sie das alles dem Gouverneur von Borneo«, sagte er. »Und jetzt gehen Sie, ehe meine Geduld endgültig erschöpft ist.«

Angetrieben von den harten Stößen des Gewehrlaufes in meinem Rücken, stolperte ich durch die eiskalte Brandung, kletterte ungeschickt und durch meine auf den Rücken gebundenen Hände arg behindert an Bord der Pinasse und ließ mich in ihrem Heck nieder. Shannon nahm neben mir Platz, und nach Harmfeld stiegen auch die Soldaten der Reihe nach in das Schiffchen.

Zwei von ihnen nahmen uns gegenüber Platz und zielten weiter mit ihren Gewehren auf unsere Gesichter, während die anderen nach den Riemen griffen und kräftig zu pullen begannen. Rasch drehte sich das Schiffchen in die Brandung und begann, sich von der Küste zu entfernen.

Erst in diesem Augenblick entdeckte ich das Schiff.

Es war sehr groß; ein Dreimaster, der vor Waffen nur

so starrte und weniger als eine halbe Meile vor der Küste lag. Ich hatte ihn bisher nicht gesehen – was allerdings in Anbetracht der Umstände nur zu verständlich war. Das mußte die *Zuidermaar* sein, von der Harmfeld gesprochen hatte.

»Ihr Schiff?« Die Frage war höchst überflüssig, aber Harmfeld antwortete trotzdem darauf. »Ja. Sie werden es bald kennenlernen.«

»Das glaube ich nicht«, sagte Shannon ruhig.

Harmfeld blinzelte. Ich sah, wie sich der Mann neben ihm spannte und den Kolben seines Gewehres ein wenig fester umklammerte.

»Wie meinen Sie das?« fragte Harmfeld lauernd.

Shannon lächelte. »Ich meine«, antwortete er, »daß es genug ist. Wir sind weit genug von der Küste entfernt. Sie können uns die Fesseln abnehmen.«

Harmfeld starrte ihn an. Sein Unterkiefer klappte herunter, als wolle er etwas sagen, aber dann brachte er nur einen krächzenden Laut zustande.

Der ruhige, beinahe monotone Klang von Shannons Stimme hätte mich warnen müssen, aber ich begriff erst, was er tat, als Harmfelds Blick erlosch und die Gesichtszüge der beiden Bewaffneten erschlafften, als hätten sie plötzlich jegliche Kontrolle über ihre Muskeln verloren.

»Legt die Waffen weg und nehmt uns die Fesseln ab«, sagte Shannon, und diesmal war seine Stimme nicht mehr sanft und freundlich, sondern von einem so harten, suggestiven Klang, daß selbst ich die Ausstrahlung seiner hypnotischen Macht spürte: eine Woge unsichtbarer, knisternder Kraft, die an mir vorüberbrandete und den letzten Rest freien Willens, der den Männern vor uns verblieben sein mochte, wie eine Flutwelle zerschmetterte.

»Tut, was … der Mann sagt«, sagte Harmfeld stockend.

Die beiden Männer mit den Gewehren standen auf, mit Bewegungen, die mehr an die von Puppen als an die lebender Menschen erinnerten. Wortlos warfen sie ihre Gewehre über Bord, traten hinter Shannon und mich und lösten die Stricke, die unsere Handgelenke hielten.

Shannon nahm aufatmend die Hände vom Rücken und begann seine Gelenke zu massieren, um das gestaute Blut wieder in Fluß zu bringen. Sein Blick wich dabei keine Sekunde von dem Harmfelds. »Gut«, fuhr er fort, noch immer in dem gleichen, monotonen Ton, »und jetzt springt über Bord. Alle.«

Ich wollte auffahren, aber ich kam nicht dazu, denn Shannon schien die Bewegung zu spüren, ehe ich sie überhaupt begonnen hatte. Sein Kopf ruckte herum, und für den Bruchteil einer Sekunde war *ich* es, der die ganze hypnotische Macht seines Blickes spürte. Kraftlos sank ich zurück auf die harte Bank und sah zu, wie Harmfeld und seine Leute gehorsam wie Marionetten aufstanden – und einer nach dem anderen über Bord sprang!

Erst, als auch der letzte Matrose im Wasser war, fiel der lähmende Bann von mir ab. Mit einem Schrei sprang ich auf, verlor auf dem schwankenden Boden den Halt und fiel der Länge nach hin.

Shannon lachte leise, beugte sich vor und streckte die Hand aus, um mir aufzuhelfen. Ich funkelte ihn an, schlug seinen Arm beiseite und stemmte mich aus eigener Kraft hoch.

»Bist du wahnsinnig?« keuchte ich. »Die Männer werden ertrinken. Du …«

»Das werden sie nicht«, widersprach Shannon. »Es

sind Seeleute, oder? Und wir brauchen das Boot.« Er sagte es in einem Ton, als wären diese Worte allein Entschuldigung genug. Das hieß – nein, nicht Entschuldigung: *Grund*. Shannon brauchte keine Entschuldigung für das, was er tat.

Eine Sekunde lang starrte ich ihn wie vor den Kopf geschlagen an, dann fuhr ich herum und blickte zu Harmfeld und seinen Männern.

Sie waren ein gutes Stück zurückgefallen, denn das Boot war mittlerweile in den Griff der Strömung geraten und glitt rasch weiter ins offene Meer hinaus und dabei weg von der *Zuidermaar*. Harmfeld und das halbe Dutzend Matrosen schwammen nach Kräften, und nachdem ich sie einen Moment lang beobachtet hatte, war ich ziemlich sicher, daß sie die Strecke bis zu ihrem Schiff schaffen würden. Außerdem hatte man auf der *Zuidermaar* sicherlich beobachtet, was hier vorgefallen war, und würde ihnen ein Boot entgegenschicken. Aber das änderte nichts.

»Du ... du mußt wahnsinnig geworden sein!« stammelte ich. »Wir wissen nicht einmal genau, was diese Männer von uns wollten!«

»So?« Shannon verzog verächtlich die Lippen. »Mir reicht, was ich gehört habe. Wer weiß«, er zuckte mit den Achseln, »vielleicht sind sie sogar Freunde Tergards. Aber das spielt keine Rolle.« Er grinste, ließ die Hand auf die Ruderbank neben sich klatschen und griff nach einem der Riemen. »Wir sind in die Stadt gekommen, weil wir ein Boot brauchten«, fuhr er fort, während er mit der anderen Hand auf einen zweiten Riemen wies und mir ungeduldig bedeutete, danach zu greifen. »Wir haben ein Boot. Alles andere zählt nicht.«

Ich starrte ihn an, noch immer schier unfähig, zu glauben, was ich erlebt und gehört hatte. »Was ist mit dir geschehen, Shannon?« murmelte ich. »Mein Gott, was ... was hat Necron dir angetan, das dich so verändert hat?«

Shannon runzelte die Stirn. »Mit mir ist gar nichts geschehen, Robert«, sagte er. »Aber ich fürchte, mit dir. Du wirst weich, und das ist etwas, das wir uns nicht leisten können. Muß ich dich daran erinnern, daß mehr auf dem Spiel steht als das Leben ein paar größenwahnsinniger Seeleute?«

Ich wollte antworten, aber ich wurde abermals davon abgehalten – und diesmal auf eine so drastische Art, daß ich alles, was ich Shannon ins Gesicht hatte schleudern wollen, unverzüglich vergaß.

Ein dumpfer, seltsam trockener Donnerschlag rollte über das Meer zu uns heran, und eine halbe Sekunde später löste sich von der Reling der *Zuidermaar* eine kleine weiße Dampfwolke und zerstob im Wind.

Es dauerte einen Moment, bis ich begriff, daß man an Bord des Kriegsschiffes tatsächlich beobachtet haben mußte, was Shannon getan hatte. Und daß man keineswegs gewillt schien, uns ungeschoren davonkommen zu lassen.

Präzise ausgedrückt, brauchte ich genau zwei Sekunden, bis diese Erkenntnis in mein Bewußtsein drang.

Genau so lange, wie die erste Kanonenkugel benötigte, die Distanz von der *Zuidermaar* zu uns zu überwinden und zwei Yards neben der Pinasse ins Wasser zu klatschen.

Ich vergaß Shannon und Necron und mein ungläubiges Entsetzen, packte den Riemen fester und ruderte um mein Leben.

Die Tauchkammer war von sanftem elektrischen Licht erfüllt, und das Pochen der Maschinen klang hier unten viel lauter und aggressiver als oben im Salon. Das Geräusch vermischte sich mit dem Gluckern und Rauschen des Wassers, das durch die offene Bodenschleuse eingedrungen war und nun von den starken Elektropumpen der NAUTILUS wieder hinausgepreßt wurde, aber Howard hörte es kaum. Gebannt starrte er auf die schlanke Gestalt, die sich dicht unter der Wasseroberfläche wand und bewegte.

Etwas war nicht in Ordnung. Nemo, Rowlf und er standen auf der schmalen Galerie, die sich dicht über dem mit Wasser gefüllten Teil der Tauchkammer dahinzog, und das Licht, das sich auf der Wasseroberfläche spiegelte und brach, machte es beinahe unmöglich, mehr als einen Schemen zu erkennen. Trotzdem sah er, wie sich die Frauengestalt wie unter Schmerzen wand. Ihr Gesicht zuckte und schien sich zu einer Grimasse zu verzerren, und aus dem Wasser drangen schreckliche, gurgelnde Töne, die Howard schaudern ließen.

»Da stimmt was nicht«, sagte er. »Ich gehe hinunter.« Er wollte sich umwenden und unverzüglich die schmale Eisentreppe hinuntereilen, aber Nemo hielt ihn zurück.

»Warte«, sagte er. Howard gehorchte, wenn auch mit gemischten Gefühlen. Seine Finger schmiegten sich nervös um das schmale Eisengeländer, während er sich vorbeugte.

Der Wasserspiegel sank jetzt rasend schnell. Schon nach wenigen Augenblicken war die Mädchengestalt auf dem Grunde der Tauchkammer deutlicher zu erkennen, dann zog sich das Wasser vollends zurück und gab eine zusammengekauerte, *blauhäutige* Gestalt frei.

Aber das war es nicht, was Howard für Sekunden an seinem Verstand zweifeln ließ.

Es war vielmehr der Anblick der schlanken, wohlproportionierten *Beine* des Mädchens – Beine, die dort waren, wo Nemo und Rowlf und er noch vor Minuten einen gewaltigen, schuppenbedeckten Fischschwanz gesehen hatten!

»Das gibt's doch nich!« keuchte Rowlf. »Das ... das is doch unmöglich! Ich spinn doch nich!«

Howard achtete gar nicht auf seine Worte, sondern war mit zwei, drei raschen Sätzen die Treppe hinunter und bei dem Mädchen. Durch seine übergroße Hast verlor er auf dem schlüpfrig gewordenen Metall des Bodens die Balance und fiel mehr neben ihr hin, als er sich kniete, aber auch das registrierte er kaum.

Sein Unglauben und Staunen hatte einem lähmenden, eisigen Entsetzen Platz gemacht, als er begriff, warum die schlanke Frauengestalt in so sonderbar verkrümmter Haltung vor ihm kauerte, was das krampfhafte Zucken und Beben ihrer Schultern zu bedeuten hatte ...

Das Mädchen starb!

Die würgenden, schrecklichen Laute, die er gehört und für das Geräusch des abfließenden Wassers gehalten hatte, kamen in Wirklichkeit aus ihrer Kehle; Laute, wie sie ein Mensch ausstoßen mochte, der qualvoll ertrank oder erstickte.

Mit bebenden Händen griff Howard nach ihren Schultern. Die Haut des Mädchens fühlte sich eiskalt an, gar nicht wie die eines Menschen, sondern vielmehr wie die eines Fisches oder einer Schlange, und ihr Haar, das jetzt in unansehnlichen, verklebten Strähnen an ihrem Kopf klebte, kam ihm für Augenblicke viel mehr wie grober Tang denn wie menschliches Haar vor. Zwischen ihren Fingern spannten sich feine, durchscheinende Schwimmhäutchen, und an den Seiten ihres Halses verliefen vierfache Reihen dünner, gerader Schlitze, die Howard im ersten Moment für schlecht verheilte Schnittwunden hielt, bis er begriff, daß es *Kiemen* waren.

Das Gesicht des Mädchens war zu einer Grimasse der Pein verzerrt, als es den Kopf hob und Howard ansah. In ihren Augen loderte ein Schmerz, der Howard schaudern ließ; ihre Lippen bewegten sich in einer Art, die Howard auf schreckliche Weise an das vergebliche Luftschnappen eines Fisches erinnerte, der unversehens auf das Trockene geraten ist, aber nicht der geringste Laut kam über ihre Lippen. Sie zitterte, zuckte wie unter einem Krampf zusammen und fiel zur Seite. Howard konnte sie im letzten Moment auffangen, ehe sie auf den harten Metallboden prallte.

»Sie stirbt!« schrie er entsetzt. »Nemo – ruf Doktor Obote. Um Himmels willen – *schnell*!« Aber er wußte im selben Moment, in dem er die Worte sprach, daß der Bordarzt der NAUTILUS zu spät kommen würde. Das Mädchen hatte bestenfalls noch Sekunden zu leben. Ihre Bewegungen wurden bereits schwächer, und der Blick ihrer dunklen, aquamarinblauen Augen begann sich zu verschleiern.

Und dann geschah das Unfaßbare:

Vor Howards ungläubig geweiteten Augen begann sich der Körper der jungen Frau zu verändern, auf eine unglaubliche, bizarre Weise. Der bläuliche Ton ihrer Haut verblaßte zum blassen Teint ganz normaler, menschlicher Haut, ihr Haar glättete sich und wurde gleichzeitig auf unheimliche Weise feiner und seidiger, die Schwimmhäute zwischen ihren Fingern verschwanden, und innerhalb einer einzigen Sekunde glättete sich ihr Hals; die Kiemenöffnungen waren fort, als hätte es sie niemals gegeben.

Und dann hob sich ihre Brust in einem ersten, qualvollen Atemzug.

»Großer Gott!« keuchte Nemo. Er war herumgefahren und hatte die Kammer schon halbwegs verlassen, war jedoch unter der Tür noch einmal stehengeblieben und ebenso wie Rowlf und Howard selbst Zeuge der phantastischen Veränderung geworden, die mit dem Mädchen vonstatten gegangen war. Howard sah, wie sich ein Schatten hinter ihm bewegte und ein neugieriges Augenpaar über seine Schultern zu blicken versuchte.

»Schließ die Tür, Nemo«, sagte er hastig. Dann wandte er sich wieder der Mädchengestalt zu, schlüpfte mit einer fahrigen Bewegung aus seinem Rock und legte ihn wie eine Decke um ihre bloßen Schultern; danach stützte er sie behutsam.

Die Lider des Mädchens öffneten sich. Ihr Blick war wieder klar, und der Ausdruck von Schmerz war aus ihren Augen gewichen.

Aber nur er, dachte Howard schaudernd. Die Angst war geblieben. Angst wovor?

Erneut versuchte das Mädchen zu sprechen, aber wieder bekam es nur eine Anzahl würgender, mühsamer Töne hervor. Mit einer schwächlichen Bewegung befreite es sich aus Howards Umarmung, setzte sich auf und machte eine vage, nicht zu deutende Geste mit der Hand.

»Beruhigen Sie sich«, sagte Howard rasch. »Es besteht kein Grund mehr, Angst zu haben, Miß. Der Doktor wird gleich kommen.«

Das Mädchen schüttelte den Kopf. »Keinen … Arzt«, sagte sie. »Ich brauche nur … ein wenig Ruhe.«

Howard nickte, stand auf und winkte Rowlf zu sich herab. »Bring sie in Nemos Kabine«, sagte er.

Aber wieder wehrte das dunkelhaarige Mädchen ab, als sich Rowlf nach ihr bücken und sie hochheben wollte.

»Dazu ist jetzt keine Zeit«, sagte sie. Ihre Stimme klang gehetzt; sie atmete schwer wie ein Mensch, der bis zum Zusammenbruch gerannt war. Aber Howard war sicher, daß das nicht an der phantastischen Verwandlung lag, deren Zeuge sie geworden waren. Das Mädchen hatte Angst. Panische Angst.

»Ich muß mit Mister Lovecraft sprechen«, sagte sie plötzlich. »Sind Sie Lovecraft?«

Howard nickte überrascht. »Woher ... kennen Sie mich?« fragte er.

»Robert hat von Ihnen erzählt«, antwortete das Mädchen. »Er sagte, Sie wären sein Freund, und ich könnte mich an Sie wenden, wenn ich Hilfe brauchte.«

»Hilfe?« Howard blinzelte verwirrt. »Wobei?«

»Es geht nicht um mich, Mister Lovecraft«, antwortete das Mädchen. »Es ist Robert, der Hilfe braucht. Er ist in Gefahr und nicht nur er. Möglicherweise ...« Sie stockte, einen ganz kurzen Moment nur, aber doch so, daß Howard es hörte und richtig deutete. » ... möglicherweise die ganze Welt, Mister Lovecraft.«

Eine Sekunde lang starrte Howard noch verwirrt auf das dunkelhaarige Mädchen hinab, dann richtete er sich mit einem Ruck auf und nickte Rowlf zum zweiten Male auffordernd zu.

»Bring sie in Nemos Kabine«, sagte er noch einmal. »Schnell.«

Die *Zuidermaar* hatte noch drei weitere Schüsse auf uns abgegeben. Keiner war auch nur in gefährlicher Nähe des Bootes eingeschlagen, und jetzt, nachdem der erste Schrecken vorüber war und ich Zeit gefunden hatte, zu mir selbst zu kommen und über die Dinge nachzudenken, war ich ziemlich sicher, daß sie auch nicht hatten treffen *sollen*. Es wäre dem riesigen Kriegsschiff wahrscheinlich ein leichtes gewesen, uns mit einer vollen Breitseite seiner möglicherweise antiquierten, nichtsdestotrotz aber äußerst wirkungsvollen Zwölfpfünder zu versenken.

Nein – die vier Kanonenkugeln, die man uns nachgeschickt hatte, waren nicht mehr als eine Warnung gewesen. Man wollte uns lebend.

Ich teilte das Ergebnis meiner Überlegungen Shannon mit, aber er zuckte nur mit den Achseln und forderte mich ziemlich grob auf, weiter zu rudern und meinen Atem für wichtigere Dinge aufzusparen.

Shannon hatte sich verändert, das war mir schon vor geraumer Zeit aufgefallen. Aber erst die unglaubliche Brutalität, mit der er Harmfeld und seine Männer gezwungen hatte, über Bord zu springen und durch die haifischverseuchten Gewässer Krakataus zur *Zuidermaar* zu schwimmen, hatte mir mit aller Deutlichkeit vor Augen geführt, *wie* stark diese Veränderung war.

Der schwarzgekleidete, blonde junge Mann, dem ich gegenübersaß, war nur noch äußerlich der Shannon, den ich kennengelernt und der mir zweimal das Leben gerettet hatte, ohne auf sein eigenes Rücksicht zu nehmen. War es wirklich nur Necrons Einfluß, den ich beobachtete? dachte ich schaudernd. Und wenn, würde es ihm je gelingen, wieder zu dem warmherzigen, stets zu einem Lächeln bereiten jungen Mann zu werden, als den ich ihn kennengelernt hatte?

Wir näherten uns der Küste, und die Brandung begann sich stärker bemerkbar zu machen, so daß ich für die nächste Viertelstunde voll und ganz damit beschäftigt war, das Boot wenigstens notdürftig auf Kurs zu halten und gleichzeitig auf die Felsen und Riffe zu achten, die diesem Teil Krakataus vorgelagert waren und wie steinerne Zähne darauf warteten, sich in den Rumpf unserer Pinasse bohren zu können. Das Schiff war schwer zu navigieren, denn es war für eine weitaus größere Mannschaft gebaut; ohne Shannons schier übermenschliche Kräfte wären wir wahrscheinlich – wieder einmal – verloren gewesen.

Schließlich erreichten wir das Ufer, durchnäßt bis auf die Haut und völlig erschöpft, aber unbeschadet, an einer Stelle, die kaum drei nautische Meilen vom Hafen und der *Zuidermaar* entfernt war, aber durch eine weit ins Meer vorspringende Felsbarriere und das an dieser Stelle sehr seichte Wasser vor einer Verfolgung durch das Kriegsschiff sicher.

Erschöpft stieg ich aus dem Boot und wollte mich in den nassen Ufersand sinken lassen, um Atem zu schöpfen, aber Shannon gönnte mir nicht die geringste Verschnaufpause, sondern bestand darauf, daß wir die Pinasse den Strand hinauf und in die Deckung einiger Büsche zerrten, die dem eigentlichen Dschungel an dieser Stelle vorgelagert waren – eine Aufgabe, die meine Kräfte schier zu übersteigen drohte. Als wir fertig waren und das kleine Schiff wenigstens vor einer Entdeckung vom Meer her sicher, war ich mit meinen Kräften vollends am Ende. Shannon mußte mich stützen, damit ich die Sicherheit des Waldes erreichte.

Danach tat er irgend etwas an meinem Hals – was, bekam ich nicht einmal mit, erschöpft und ausgelaugt, wie ich war –, aber hinterher fühlte ich mich, wenn auch nicht wie neugeboren, so doch wesentlich besser.

Ich wollte aufstehen, aber Shannon schob mich mit sanfter Gewalt zurück und schüttelte den Kopf. »Bleib sitzen«, sagte er. »Ruh dich erst einmal richtig aus. Wir haben Zeit genug.« Er runzelte die Stirn und fuhr in deutlich verärgertem Tonfall fort: »Vor dem Dunkelwerden wäre es zu riskant, weiterzufahren. Dieses verdammte Schiff ist wirklich im allerungünstigsten Augenblick aufgetaucht.«

»Ich verstehe das alles nicht«, gestand ich. »Was soll das bedeuten – Eldekerk tot und wir schuld daran?«

»Du«, korrigierte mich Shannon sanft und fuhr, so hastig, als hätte er etwas gesagt, was er eigentlich nicht hatte sagen wollen, fort: »Ich weiß es so wenig wie du, Robert. Vielleicht ein letzter Gruß unseres Freundes Tergard.«

»Tergard ist tot«, erinnerte ich.

»Möglicherweise ist einer seiner Männer entkommen.« Shannon zuckte mit einem Desinteresse, von dem ich sehr sicher war, daß er es nicht bloß heuchelte, die Achseln. »Dich eines Mordes zu bezichtigen, scheint mir eine ziemlich elegante Methode, dich aus dem Weg zu räumen. Aber das braucht uns alles nicht zu kümmern. Sobald die Sonne untergegangen ist, fahren wir zu der Bucht, die Eldekerk mir gezeigt hat, und schnappen uns Dagon. Und danach verschwinden wir auf Nimmerwiedersehen von dieser verdammten Insel.«

Ich antwortete nicht darauf, sondern ließ mich zurücksinken, lehnte den Kopf gegen die rauhe Rinde eines Baumes und schloß für Sekunden die Augen. Shannons Worte hatten mir wieder den Grund in Erinnerung gerufen, aus dem wir überhaupt hierhergekommen waren in dieses gottverlassene Kaff an der Ostküste Krakataus, von dem ich nicht einmal den Namen wußte.

Das, was wir in der verlassenen Garnison erlebt hatten, hatte uns recht drastisch vor Augen geführt, wie naiv unser Vorhaben, einfach in Dagons unterirdisches Reich zu spazieren und ihm auf die Finger klopfen zu wollen, gewesen war.

Im Grunde hatte es keiner von uns wirklich gewollt, vielmehr war es einfach so gewesen, daß wir beide nicht so recht weitergewußt hatten. Schließlich hatte Shannon vorgeschlagen, ein Boot zu besorgen und zu der verborgenen Bucht auf der anderen Seite der Insel hinauszufahren, in der Dagon Nacht für Nacht erschien, um sich mit den Meeresdämonen zu treffen.

Der Gedanke führte mir schmerzhaft ins Bewußtsein, wie wenig wir im Grunde über die Wesen wußten, die die wahren Herren dieser Insel waren. Und wie aussichtslos unser Kampf ...

Ich kam nicht dazu, den Gedanken weiter zu verfolgen. Die Anstrengungen der letzten Stunden machten sich mit Macht bemerkbar, und die Wärme, die selbst hier im Dschungel herrschte, tat ein übriges. Ich schlief ein.

»Trinken Sie das«, sagte Nemo. »Es wird Ihnen guttun.« Er lächelte auffordernd, als Jennifer zögerte, nach dem Glas mit Portwein zu greifen, das er ihr hinhielt, und schließlich überwand das Mädchen seine Hemmungen, griff nach dem geschliffenen Kristallglas und nahm einen beachtlichen Zug daraus.

»Danke«, sagte sie. »Sie haben recht. Es tut wirklich gut.« Sie reichte Nemo das Glas zurück, schmiegte sich enger gegen das weiche Leder der Couch, auf der sie Platz genommen hatte, und zog die Beine an den Körper. Die Decke, die Nemo ihr gereicht hatte, verrutschte dabei ein wenig; hastig zog sie sie wieder enger zusammen. Nemo hatte sich angeboten, ihr Hosen und Hemd eines kleinwüchsigen Besatzungsmitgliedes bringen zu lassen, dessen Figur der ihren – wenigstens, was die Größe anging – nahekam, aber sie hatte es abgelehnt. Trotzdem hatte Howard den sicheren Eindruck, daß sie fror, obgleich es in Nemos Kabine eher zu warm als zu kalt war.

»Und nun erzählen Sie, Jennifer«, begann er. »Das war doch Ihr Name?«

Jennifer nickte. »Jennifer Borden, genau gesagt. Aber Jennifer reicht vollkommen.«

»Borden?« Howard runzelte die Stirn und tauschte einen raschen, fragenden Blick mit Rowlf. »War das nicht der Name, den Robert ...«

»Er kannte meine Mutter«, unterbrach ihn Jennifer rasch. »Ich bin Several Bordens Tochter.«

»*Diese* Jennifer?« entfuhr es Nemo. »Aber natürlich – warum bin ich nicht gleich darauf gekommen, ich Narr? Nach dem, was ich vor einer halben Stunde gesehen habe, können Sie niemand anderes sein. Robert hat von Ihnen erzählt.«

»Aber er hat nicht gesagt, wozu Sie fähig sind«, fügte Howard hinzu. »Ich muß sagen, ich bin nicht leicht zu beeindrucken, aber Sie haben es geschafft.«

»Ich wußte es selbst nicht«, gestand Jennifer. »Dagon hat ... irgend etwas mit mir getan. Es ... begann nach unserer Rückkehr von der *Dagon*.«

»Der *was*?« Nemo fuhr wie von der Tarantel gestochen auf. »Sie wollen sagen, daß Sie dieses Schiff gesehen haben? Es existiert also wirklich?«

»Nicht mehr«, antwortete Jennifer. Aus einem Grund, den sich Howard nicht erklären konnte, klang ihre Stimme bei diesen Worten sehr traurig. »Sie wurde zerstört, kurz nachdem wir von Bord gegangen sind.« Sie schwieg einen Moment, und ihr Blick verschleierte sich, als brächten die Worte Erinnerungen mit sich, die ihr Pein bereiteten. Dann sah sie auf, blickte Howard für einen endlosen Augenblick durchdringend und mit undeutbarem Ausdruck an und begann zu erzählen.

Es war eine sehr lange Geschichte. Sie begann mit dem Abend, an dem sie von McGillycaddy und ihrem eigenen Vater auf Loch Firth ausgesetzt und Dagons Bekanntschaft gemacht hatte, berichtete von ihrem Zusammentreffen mit Robert und dem Exodus der Einwohner des kleinen Küstendorfes. Sie erzählte von der Irrfahrt der *Dagon* und dem verzweifelten Kampf gegen die Drachenkrieger, die so plötzlich aus dem Nichts aufgetaucht waren. Als sie vom Tod ihrer Mutter berichtete, lief eine einzelne, glitzernde Träne über ihre Wange, aber sie sprach tapfer weiter und fing sich bereits nach wenigen Augenblicken wieder.

»Die … die Veränderung begann, als wir zurück waren«, schloß sie. »Ich weiß nicht, was es ist, Mister Lovecraft. Ich weiß nicht einmal, ob Dagon es so gewollt hat oder was aus mir werden wird. Aber seither bin ich fähig, unter Wasser zu atmen und schneller zu schwimmen als ein Fisch. Ich … ich fühle mich unwohl, wenn ich an Land bin. Vielleicht kann ich eines Tages überhaupt nur noch im Wasser leben.«

Für eine lange, endlose Minute herrschte völliges Schweigen in der kleinen Kabine. Schließlich räusperte sich Howard hörbar. »Das … ist eine sehr beeindruckende Geschichte«, begann er.

»Aber Sie glauben sie nicht«, sagte Jennifer.

Howard lächelte nervös. »Es fällt mir schwer«,

gestand er. »Auch verstehe ich nicht, warum Robert mit Dagon gegangen ist.«

»Sie ... wissen es wirklich nicht?« fragte Jennifer. »Sie wissen nicht, womit Dagon Robert gezwungen hat, ihn an Bord seines Schiffes zu begleiten?«

Howard schüttelte stumm den Kopf.

»Sie«, sagte Jennifer. »Ihr Leben, Mister Lovecraft. Ihres und das Ihrer Freunde auf diesem Schiff hier. Das war der Preis dafür, daß Robert mit Dagon ging. Ich war dabei, als er diesen Handel schloß.«

Howard starrte sie an. Er fühlte sich wie vor den Kopf geschlagen.

Jennifer wandte sich an Nemo. »Glauben Sie wirklich, *Sie* hätten den *Shoggoten* besiegt, den Dagon gegen die NAUTILUS eingesetzt hatte?« fragte sie. »Es war Dagon, der ihn zurückrief. Sie haben ihn verletzt, aber er hätte Sie und Ihr Schiff trotzdem noch vernichten können, wenn er gewollt hätte.«

»Was soll das?« fragte Howard scharf. »Sind Sie nur gekommen, um uns zu erzählen, was für ein herzensguter Mensch Dagon in Wahrheit ist?«

Jennifer lächelte sehr traurig, schüttelte den Kopf und wischte sich eine Strähne ihres pechschwarzen Haares aus der Stirn. »Nein«, antwortete sie. »Das ist er sicher nicht. Wahrscheinlich ist er nicht einmal ein Mensch. – Aber ich bin nicht gekommen, um mit Ihnen über Dagon zu sprechen, Kapitän. Jedenfalls nicht nur.«

»Was dann?« fragte Nemo.

Diesmal zögerte Jennifer sichtlich, ehe sie antwortete, und als sie es tat, sah sie Howard dabei an, nicht Nemo.

»Ich will zu Dagon«, sagte sie. »Und Sie können mich hinbringen. Nur Sie.«

Howard ächzte. »Sie … Sie wollen, daß wir …«

»Ich sagte bereits«, unterbrach ihn Jennifer, »daß es auch um Robert geht. Sie wollen ihn wiederfinden, nicht? Aber Sie wissen nicht, wo er ist. Ich weiß es.«

»Und dafür, daß Sie uns sagen, wo Craven ist, sollen wir Sie zu Dagon bringen?« fragte Nemo spöttisch. »Sie sind verrückt, Kindchen. Was wollen Sie von diesem Monstrum? Reicht Ihnen noch nicht, was er Ihnen und Ihrer Mutter angetan hat?«

»Das ist meine Sache«, antwortete Jennifer heftig. »Sie würden es nicht einmal verstehen, wenn ich es Ihnen erklären würde, Nemo.«

Nemo wollte auffahren, aber Howard beendete den drohenden Streit, ehe er wirklich beginnen konnte, und fragte: »Sie schlagen uns also ein Geschäft vor, wenn ich Sie richtig verstehe? Wir bringen Sie zu Dagon, und Sie sagen uns dafür, wo Robert ist.«

Jennifer nickte. Die Bewegung wirkte irgendwie trotzig. »Wenn Sie es so nennen wollen …«

»Was sollte uns daran hindern, Ihr Angebot abzuschlagen und Robert Craven auf eigene Faust zu suchen?« fragte Nemo.

Jennifers Lächeln verriet Howard, daß sie genau auf diese Frage gewartet hatte. »Ich gebe Ihnen mein Wort, Kapitän Nemo«, sagte sie betont, »daß Sie ihn nicht finden würden. Außerdem bliebe Ihnen nicht mehr genug Zeit, alle Weltmeere nach einem einzelnen Mann abzusuchen.«

Nemo erbleichte, war aber gottlob klug genug, nicht auf die unausgesprochene Herausforderung in Jennifers Worten einzugehen.

»Was meinen Sie damit«, fragte er, »uns bleibt keine Zeit?«

»Robert Craven befindet sich nicht in dieser Zeit«,

antwortete Jennifer. »Das magische *Tor* auf der *Dagon* hat ihn um etwas mehr als zwei Jahre in die Vergangenheit versetzt, Kapitän Nemo. Genau wie Dagon.«

»In die Vergangenheit?« ächzte Nemo.

»Und wenn ich Ihnen sage, an welchen Ort, werden Sie begreifen, was ich gemeint habe, als ich sagte, es wäre nicht mehr sehr viel Zeit. Ich meine es ernst.« Sie brach ab, legte eine ganz genau bemessene Pause ein und wandte sich an Howard. »Nun?«

»Ich ... kann das nicht entscheiden«, antwortete Howard ausweichend. »Die NAUTILUS ist nicht mein Schiff.«

Jennifer antwortete nicht darauf, und plötzlich begriff Howard, wie sehr er dieses Mädchen unterschätzt hatte. Ihre zarte Gestalt und das beinahe noch kindliche Gesicht hatten ihn getäuscht, aber hinter dem sanften Blick ihrer meerblauen Augen verbargen sich ein eiserner Wille und ein Verstand, der ganz genau wußte, was er wollte.

»In Ordnung«, sagte er schließlich. »Sagen Sie uns, wo wir hinfahren müssen.«

»Auf die andere Seite der Erde«, antwortete Jennifer. »Wie lange braucht Ihr Schiff, um siebzehntausend Meilen zurückzulegen, Kapitän Nemo?«

»Siebzehntausend Meilen?« Nemo schrie fast. »Sie sind verrückt, Miß Borden! Dieses Schiff wird keine siebzehnhundert Meilen mehr fahren, geschweige denn siebzehntausend! Die Hälfte unserer Maschinen ist schrottreif, und der Rest wird nur durch die Gebete unserer Mechaniker zusammengehalten. Die NAUTILUS muß für mindestens zwei Wochen ins Dock.«

»Dann«, sagte Jennifer ruhig, »wird Robert Craven sterben, Nemo. Und sehr viele andere Menschen mit ihm.«

Howards Geduld war nun endgültig erschöpft. Wütend trat er auf Jennifer zu und streckte den Arm aus, um sie bei den Schultern zu packen und wie ein störrisches Kind zu schütteln, tat es aber dann schließlich doch nicht, sondern beschränkte sich darauf, sie anzufahren: »Zum Teufel, Jennifer, was soll das? Wir sind hier nicht im Kindergarten und spielen Ratespielchen. Wo ist Robert?«

»In der Vergangenheit«, sagte Jennifer noch einmal. »Etwas mehr als zwei Jahre. Auf einer Insel namens Krakatau.«

Das Lächeln in ihren Augen wurde beinahe bösartig, als sie sich an Nemo wandte. »Sagt Ihnen dieser Name etwas, Kapitän?«

Nemo antwortete nicht.

Aber Howard konnte sehen, wie er erbleichte.

Weniger als eine halbe Stunde später nahm die NAUTILUS zum zweiten Mal Fahrt auf und lief mit voller Kraft in die offene See hinaus.

Etwas an der Nacht war falsch.

Ich konnte das Gefühl nicht in Worte fassen, aber es war da, überdeutlich und so quälend wie ein Schmerz, der dicht unter der Grenze des Fühlbaren bohrt. Es schien, als wäre mit der Dunkelheit noch etwas aus dem Meer heraufgekrochen, etwas Körperloses und Finsteres und Böses, das sich stets in den Schatten hielt; ein Gefühl, als wären wir von einer Armee unsichtbarer, lauernder Dinge umgeben, die stets verschwanden, kurz bevor man sie sehen konnte.

Ich versuchte den Gedanken zu verscheuchen und machte es damit eher noch schlimmer, und als ich zu Shannon aufsah, dessen Gesicht in der Nacht neben mir zu einer weißen Fläche geworden war, spürte ich auch seine Nervosität. Aber er sagte kein Wort.

So, fügte ich in Gedanken hinzu, wie er seit meinem Erwachen am späten Nachmittag kaum ein Wort mit mir gesprochen hatte. Shannon hatte mich erst geweckt, als die Sonne bereits den Horizont berührt und der Dschungel sich in einen Dom aus blasser werdenden Farben und langen, greifenden Schatten verwandelt hatte.

Wir hatten das Boot aus seinem Versteck geholt und über einen Strand, der von der einsetzenden Ebbe auf das Fünffache seiner vorherigen Breite verlängert worden war, ins Meer hinausgeschoben. Dann waren wir hierhergerudert, um die halbe Breite der Insel herum, und die letzten anderthalb Meilen so dicht an der Küste, daß es mir noch jetzt wie ein Wunder vorkam, daß wir nicht an einem der zahllosen Riffe oder der Steilküste selbst zerschmettert worden waren. Jetzt lag die kleine Pinasse hinter einer der beiden Felsnasen, die den Strand vor uns wie natürlich gewachsene Wehrmauern nach beiden Seiten abschirmten, sorgsam vertäut und unter einigen hastig ausgerissenen Büschen und Palmblättern verborgen, die sie zumindest während der dunklen Stunden vor einer Entdeckung vom Meer aus schützen mochten.

Und vor uns lag die Höhle. Shannon hatte mir davon erzählt. Schon einmal war er auf diesem Wege in Dagons unterirdisches Reich eingedrungen, und genau das gleiche hatten wir wieder vor, sobald die Mitternacht vorüber und Dagons unheimliche Besucher wieder im Meer verschwunden waren.

Wie von selbst glitt mein Blick auf das Meer hinaus und suchte die winzigen irrlichternden Leuchtpunkte, die weit vor der Küste aus der Nacht aufgetaucht waren. Shannon hatte mir davon erzählt, so detailliert, daß ich sie mir gut hatte vorstellen können. Und trotzdem erschreckte mich der Anblick bis ins Mark. Es waren nicht nur das Licht und die Schatten und die sonderbaren, an- und abschwellenden Laute, die ihr Auftauchen begleiteten und die an Lautstärke gewannen, je mehr sich die Lichter und die bizarren Schattengebilde der Küste näherten. Es war ein Schrecken in ihnen, der irgend etwas tief am Grunde meiner Seele anrührte.

Wir warteten. Die Zeit schien träge wie Sirup zu fließen, und mein Herz begann vor Erregung schneller zu hämmern, je näher die unheimliche Flotte kam. Bald erkannte ich, daß es sich um ein gutes Dutzend absurder Gebilde handelte – Dinge, die wie eine reichlich mißlungene Kreuzung zwischen skelettierten Riesentieren und irgend etwas Pflanzlichem aussahen und die von grotesken, knöchernen Wesen mit langen Stangen durch das seichte Wasser gestakt wurden. Zwischen ihnen tanzte scheinbar schwerelos eine große Anzahl kopfgroßer, in allen Farben des Regenbogens schillernder Kugeln auf dem Meer, und auch in den Booten selbst gewahrte ich große Mengen davon. Der Anblick erinnerte mich an etwas, und es war eine Erinnerung, die deutlich mit dem Empfinden von Gefahr gepaart war. Aber ich vermochte sie nicht zu fassen.

Shannon berührte mich am Arm und deutete nach rechts zum Eingang der Höhle, der wie ein aufgerissenes steinernes Maul in der Felswand klaffte. Vor Augenblicken war er noch leer gewesen, aber jetzt stand eine dunkle, nur als schwarzer Schatten gegen einen lavaglühenden Hintergrund zu erkennende Gestalt dort.

»Dagon«, flüsterte Shannon, so leise, daß ich das Wort kaum verstand.

Ich strengte nach Kräften meine Augen an, um die Gestalt vor dem Höhleneingang deutlicher erkennen zu können, sah aber weiterhin nichts als einen Schatten. Aber etwas an diesem Schatten war ... sonderbar. Ich kannte Dagon zu gut, um seine hünenhafte, breitschultrige Gestalt zu verwechseln, nicht einmal bei einer so schlechten Sicht wie jetzt. Und der Schatten dort drüben war ganz entschieden *nicht* der des Fischgottes. Sicher, auch er war ein Gigant; ein Riese, selbst noch größer als Shannon. Aber er wirkte irgendwie ... deformiert. Zusammengestaucht und auf furchtbare, nicht zu beschreibende Weise verdreht und verzerrt, als hätte jemand einen Klumpen Lehm genommen und versucht, eine menschliche Gestalt daraus zu formen, ohne auch nur die mindeste Ahnung von menschlichen Proportionen zu haben. Der Anblick ließ mich schaudern.

»Bist du sicher?« flüsterte ich.

Shannon antwortete nicht, sondern machte eine unwillige Geste mit der Hand, die mir gebot, zu schweigen. Gebannt blickten wir auf die See hinaus.

Das Licht und der düstere Gesang waren stärker geworden, und die bizarren Schiffe kamen näher. Obwohl wir kaum einen Steinwurf entfernt waren, konnte ich nicht genau erkennen, was geschah. Schatten wogten hin und her, Dinge bewegten sich auf dem Strand, und ein Chor düsterer, auf bedrückende Weise angstmachender Stimmen mischte sich in das dumpfe Hämmern meines Herzens.

Es mußte eine halbe Stunde dauern, vielleicht länger, bis sich die knöcherne Armee wieder in die See zurückgezogen hatte.

Aber es war noch nicht zu Ende.

Ich wollte mich erheben, als das letzte Schiff in Nebel und Nacht verschwunden war, aber Shannon berührte mich rasch an der Hand und schüttelte den Kopf. Dann deutete er, ohne ein Wort zu sagen, zum Höhleneingang hinüber.

Die Gestalt war verschwunden, nachdem sich die Schiffe wieder entfernt hatten, aber das steinerne Maul der Höhle war nicht leer. Zwei kleinere, schmächtige Schatten waren vor dem roten Licht der brennenden Lava erschienen, die ich nach Sekunden als die Männer identifizierte, die ich bei meinem ersten unfreiwilligen Besuch in Dagons unterirdischem Reich getroffen hatte. Sie taten nichts, sondern standen einfach nur da, die Köpfe gehoben und die Blicke auf das Meer gerichtet. Es sah aus, als warteten sie auf irgend etwas. Oder jemanden.

Shannon zerbiß einen Fluch auf den Lippen. »Verdammt noch mal, worauf warten die?« murmelte er. »Das war noch nie da.«

Ich schwieg. Der Gedanke, abermals in Dagons unterirdisches, feuriges Reich eindringen zu sollen, lastete wie ein dumpfer, lähmender Druck auf meiner Seele. Schon einmal war ich dem chthonischen Labyrinth und seinen mörderischen Beherrschern nur mit äußerster Mühe und – wie könnte es anders sein? – nur durch Shannons Eingreifen entkommen. Gut; diesmal mochten die Karten etwas besser verteilt sein: Wir hatten den Vorteil der Überraschung auf unserer Seite, und ich war fast wieder im Vollbesitz meiner magischen Kräfte. Aber – um bei dem einmal gewählten Vergleich zu bleiben – wir hatten allerhöchstens ein paar Siebener gegen Dagons Royal Flush.

Plötzlich berührte mich Shannon abermals an der Schulter und deutete hinaus auf die See.

Die bizarre Flotte der Knochenmänner war verschwunden, aber das Meer war keineswegs leer. Ich *spürte* einfach, daß sich unter der trügerisch glatten Oberfläche der See etwas Finsteres, ungemein Böses zusammenbraute. Es war wie der Pestgestank schwarzer Magie, der den Geruch der Normalität vergiftete.

Plötzlich begann sich das schwarzglänzende Wasser unweit der Küste zu kräuseln. Der Mond war wieder hinter schwarzen, schweren Wolkenfäusten verschwunden, so daß ich nicht genau auszumachen vermochte, was es war, das da aus dem Wasser kam und sich schnell dem weißen Sand des Strandes näherte, aber ich sah immerhin, daß es groß war, groß und dunkel und ungeheuer schwerfällig. Wie ein Wal näherte es sich der Küste, begann mit einem schauerlichen Schleifen und Scharren den Sand hinaufzukriechen und verharrte schließlich auf halber Strecke zwischen uns und dem Höhleneingang.

Dann begann es sich zu verändern.

Obwohl das Licht immer schwächer wurde und ich ihn jetzt weniger denn je erkennen konnte, sah ich zumindest, wie der kolossale buckelige Umriß in sich zusammenzusacken begann wie ein Ballon, aus dem die Luft entweicht. Ein grausiger, keuchender Laut erklang, und eine halbe Sekunde später schlug eine Woge gräßlichen Gestankes über Shannon und mir zusammen und nahm uns den Atem.

Dann riß die Wolkendecke auf, und das silberne Licht des Mondes offenbarte uns einen Anblick, wie er fürchterlicher kaum sein konnte:

Das *Ding*, das aus dem Meer hervorgekrochen war, hatte tatsächlich keinen festen Umriß, sondern ähnelte einem riesenhaften, schwarzglänzenden Sack aus feuchtem Leder, doppelt so groß wie ein Blauwal und zuckend und bebend wie ein aus dem Rhythmus gekommenes, hektisch schlagendes Herz. Sein Körper war von einer Unzahl kopfgroßer Auswüchse übersät, die eine ölig glänzende Flüssigkeit absonderten. Und plötzlich begann es sich zu teilen. Ein furchtbarer, reißender Laut erklang, als sich das gigantische Scheusal in zwei Teile spaltete. Gleichzeitig platzten einige der Auswüchse auf und gebaren lange, peitschende Krakenarme. Das ganze gräßliche Geschöpf klaffte wie eine düstere Blüte auseinander. Ein Schwall schwarzer Flüssigkeit sprudelte hervor, und der Gestank wurde so übermächtig, daß ich nur noch mit Mühe einen Brechreiz unterdrücken konnte.

»O mein Gott!« stöhnte Shannon plötzlich. »Schau dir das an!«

Ich hörte seine Worte kaum. Das fürchterliche Geschehen, das sich wenige hundert Yards vor uns auf dem Strand abspielte, lähmte mich vollkommen.

Die zuckenden Tentakel des Monstrums begannen sich wie Beine einer sterbenden Spinne nach innen zu biegen, griffen direkt in seinen Leib hinein und nahmen etwas heraus, etwas, das ich nach wenigen Augenblicken als *menschliche Körper* identifizierte!

»Sie ... sie leben!« entfuhr es Shannon. »Mein Gott, Robert, *sie leben noch*!«

Vielleicht war das das Schlimmste. Ich hatte es im selben Moment erkannt wie Shannon, aber mein Verstand weigerte sich einfach, es zu glauben. Die Männer und Frauen, die sich im Griff der fürchterlichen Krakenarme wanden, *lebten!*

Meine Hände begannen zu zittern. Ein leiser, stöhnender Laut kam über meine Lippen, ohne daß ich etwas dagegen tun konnte. Meine Fähigkeit, Schrecken zu ertragen, war erschöpft. Ich spürte, daß ich gleich etwas furchtbar Dummes tun würde, aber ich war hilflos dagegen.

Shannons Hand berührte mich so heftig im Nacken, daß ich vor Schmerz zusammenzuckte. Sein Blick war hart wie Stahl, als er mich ansah.

»Tu jetzt nichts Unüberlegtes, Robert«, sagte er. »Wir können ihnen nicht helfen.«

»Aber sie ... sie leben!« keuchte ich. »Wir müssen sie retten, Shannon!«

Er schüttelte den Kopf. »Das geht nicht, Robert«, sagte er, und mit einem Male war ein neuer, warnender Ton in seiner Stimme.

Ich begriff eine Sekunde zu spät, was er tat. Mein Versuch, mein Bewußtsein abzuschotten, kam zu spät.

»Wir sind nicht hier, um diese Menschen zu retten, sondern um Dagon zu vernichten«, sagte er. »Das ist unser Ziel: Dagon unschädlich zu machen und das SIEGEL in unsere Hände zu bekommen.«

Das leuchtete mir ein. Wie hatte ich nur so dumm sein können, mich von ein paar lächerlichen Gefühlen um ein Haar zu einer Unbedachtsamkeit hinreißen zu lassen? Ich nickte, ließ mich wieder zurücksinken und sah zu, was weiter geschah.

Aus dem Höhleneingang waren Männer gekommen, sehr viele Männer, die die halb betäubten Menschen, die das Ungeheuer am Strand ablud, in die Höhle zu treiben begannen, ungeachtet der Tatsache, daß viele von ihnen verletzt waren und sich kaum auf den Beinen halten konnten. Der Anblick berührte mich nicht mehr. Shannon hatte wohl recht – es ging hier um viel mehr, als daß ich mich um das Schicksal von wenigen Menschen kümmern konnte. Vielleicht stand das Schicksal der ganzen menschlichen Rasse auf dem Spiel.

Das furchtbare Geschehen dauerte fast eine halbe Stunde, dann schloß sich der riesige fette Balg wieder.

Die Tentakel krochen in den Leib des Scheusals zurück, und plötzlich begann es sich aufzuplustern wie ein gigantischer lebender Blasebalg. Zuckend, mit spasmischen, nur scheinbar ziellosen Bewegungen, begann es ins Meer zurückzukriechen – nein, zu *fließen*, wobei es eine breite, glitzernde Spur aus Schleim auf dem Strand zurückließ.

Auch der Zug der Verlorenen vor uns war beinahe beendet. Ich schätzte, daß es an die siebzig Männer und Frauen gewesen sein mußten, die im Leib des Vulkanes verschwunden waren. Jetzt waren es nur mehr wenige: drei, vielleicht vier, die von einer kleinen Gruppe von Dagons Kreaturen auf den Höhleneingang zugetrieben wurden.

Plötzlich strauchelte eine der gebückt gehenden Gestalten, stürzte in den Sand und wälzte sich auf den Rücken. Sein Bewacher stieß ein wütendes Knurren aus und schwang seine Peitsche.

Er kam nicht dazu, zuzuschlagen.

Mit einem Male wirbelte einer der anderen Gefangenen herum, entriß ihm die Peitsche und schlug ihm den hölzernen Stiel ins Gesicht. Der Bursche brüllte, schlug beide Hände vor den Mund und fiel auf den Rücken.

Eine Sekunde später fielen die drei übrigen Wächter gemeinsam über den widerspenstigen Gefangenen her. Der Kampf währte nur Sekunden. Der Bursche wehrte sich tapfer, aber gegen die Wächter hatte er keine Chance. Er stürzte, krümmte sich im Sand und versuchte, das Gesicht mit den Armen zu decken. Für eine Sekunde geriet sein Gesicht ins helle Mondlicht, und ich erkannte ihn trotz der großen Entfernung.

Es war Yo Mai.

Der Anblick ließ irgend etwas in mir zerbrechen. Es war ein Gefühl, als würde eine Stahlfeder irgendwo in mir bis zum Zerreißen gespannt – und mit einem Ruck losgelassen.

Ich keuchte, fiel zur Seite und kämpfte eine Sekunde lang gegen den immer schlimmer werdenden Schwindel, der plötzlich hinter meiner Stirn wühlte. Shannon beugte sich über mich und versuchte mich hochzuheben.

Ich schlug seine Hand beiseite, schwang die Faust und holte aus, schlug aber nicht zu. Aber mein Blick sprühte vor Zorn.

»Rühr mich nicht an!« keuchte ich. »Rühr mich nie wieder an, Shannon!«

Einen Moment lang wurde Shannons Blick hart, und ich wappnete mich instinktiv gegen einen neuerlichen hypnotischen Angriff. Aber er kam nicht. Statt dessen senkte Shannon beinahe betreten den Blick und seufzte hörbar.

»Es tut mir leid, Robert«, sagte er leise. »Aber ich mußte es tun. Du ... du hättest alles verdorben.«

Ich starrte ihn an, für Sekunden derart gelähmt vor Entsetzen und Unglauben, daß ich nicht einmal einen klaren Gedanken fassen konnte, geschweige denn antworten.

»Tu das nie wieder, Shannon«, sagte ich. »Niemals.«

Shannon sah auf. In seinem Blick stand ein vager Ausdruck von Trauer. Aber auch von Trotz und Zorn. »Ich mußte es tun«, verteidigte er sich. »Was hättest du denn gemacht? Wolltest du allein gegen fünfzig von Dagons Kreaturen kämpfen? Du hättest uns umgebracht, du Narr!«

Er hatte recht, aber das war es nicht, warum ich am liebsten geschrien hätte. Und Shannon wußte das.

»Du hast mich hypnotisiert«, sagte ich zornig. »Du hast mich dazu gebracht, über Menschen wie über

Spielfiguren zu denken, Shannon.« Ich deutete zornig auf die Höhle, in der die Majunde verschwunden waren. »Du hast mich gezwungen, sie wie *Dinge* zu betrachten, Shannon, und das verzeihe ich dir nie. Tu es nie wieder, hörst du? Nie! Wenn du es noch einmal tust, dann töte ich dich.«

Shannon blickte mich an, schüttelte ein paarmal den Kopf und seufzte, war aber klug genug, nicht direkt auf meine Worte zu reagieren. Er mußte wohl spüren, daß mich die Erregung Dinge sagen ließ, die ich vielleicht unter anderen Umständen nicht gesagt hätte.

Aber nicht einmal dessen war ich mir ganz sicher …

Ich stand vollends auf, blickte mich rasch nach beiden Seiten um und begann, noch immer im Schutze der Felsen, auf die Höhle zuzuhuschen. Ich sah nicht einmal zurück, um mich davon zu überzeugen, ob Shannon mir folgte oder nicht. Selbst das war mir im Moment egal.

Als ich die Felswand erreichte, waren bis auf Yo Mai und zwei von Dagons Hungerleiderkreaturen alle verschwunden. Einer der beiden blutete aus dem Mund; es mußte der sein, den Yo Mai niedergeschlagen hatte. Und so, wie es aussah, schien er sich entschlossen zu haben, dem Majunde den Hieb mit größerer Münze heimzuzahlen, denn er hatte die Peitsche gegen einen kopfgroßen Stein getauscht, den er mit beiden Händen schwang, während sein Kamerad wie eine übergroße Spinne auf Yo Mais Brust hockte und seine Arme mit den Knien in den Sand nagelte.

Ich erreichte sie eine Sekunde, ehe der Kerl den Stein niedersausen lassen konnte.

Der Zorn gab mir übermenschliche Kräfte. Mit einem Satz war ich bei dem Burschen, trat ihm in die Kniekehlen und schmetterte ihm gleichzeitig die Faust in den Rücken. Der Kerl brüllte, ließ seinen Stein fallen und kippte in einer fast grotesken Bewegung nach hinten. Ich steppte an ihm vorbei, schmetterte ihm den Ellbogen gegen die Stirn und versetzte dem anderen noch aus derselben Bewegung heraus einen Tritt, der ihn von Yo Mais Brust herunter und der Länge nach in den Sand fliegen ließ.

Als er sich hochstemmen wollte, war ich über ihm, packte ihn im Nacken und versetzte ihm mit der anderen Hand einen Hieb gegen die Schläfe, der ihm für den Rest der Nacht einen besonders tiefen Schlaf bescheren würde. Dann richtete ich mich auf, überzeugte mich mit einem raschen Blick davon, daß auch der andere im Augenblick keine Gefahr mehr darstellte, und kniete neben Yo Mai nieder.

Der ganze Kampf war so schnell vorüber gewesen, daß der junge Majunde-Krieger nicht einmal richtig mitbekommen hatte, was überhaupt geschah. Vielleicht hätte er es aber auch sonst nicht gemerkt, denn der Blick seiner Augen war verschleiert; ich war mir nicht mal sicher, ob er mich erkannte, obwohl er mich ansah.

Sein Gesicht bot einen fürchterlichen Anblick. Die Männer mußten ihre ganze Wut an ihm ausgelassen haben. Er blutete aus zahllosen Wunden, und sein rechter Arm schien gebrochen zu sein.

Behutsam beugte ich mich über ihn, legte seinen Kopf in eine bequemere Lage und berührte ihn mit der Hand zwischen den Augen. Ich spürte …

Schmerz. Einen grausamen, nicht lokalisierbaren Schmerz, der irgendwo tief in seinem Inneren wühlte. Und Angst. Dann etwas Großes, Finsteres, das sich wie eine rauchige Faust am Grunde seiner Seele zusammenballte und mit unsichtbaren eisigen Fingern nach seinen Gedanken zu greifen begann …

Hinter mir waren Schritte, und als ich aufsah, begegnete ich Shannons Blick. Er hatte sein Schwert gezogen und stand breitbeinig hinter mir, bereit, mir den Rücken zu decken, falls weitere von Dagons Kreaturen aus der Höhle kommen sollten.

»Er stirbt«, sagte ich leise.

Von Shannons Gesicht war keine Regung abzulesen, und so wandte ich mich wieder dem jungen Majunde zu und tat das einzige, was ich noch für ihn tun konnte: Ich berührte ihn abermals an der Stirn, nahm Kontakt mit seinem Bewußtsein auf und linderte den Schmerz, so gut ich konnte.

Yo Mais Blick klärte sich. Drei, vier endlose, schreckliche Sekunden lang starrte er mich an, dann verzog sich sein zerschlagenes Gesicht zu einem Lächeln.

»Du bist ... gekommen, weißer Mann«, stöhnte er. »Was ... was hast du getan?«

»Nicht genug«, antwortete ich leise. »Aber du brauchst keine Angst mehr zu haben. Die Schmerzen werden nicht wiederkommen.«

Yo Mai versuchte zu nicken. »Ich ... weiß«, sagte er stockend. »Ich habe ... keine Angst. Der Tod tut niemandem ... weh.«

»Unsinn«, widersprach ich.

»O doch, Robert Craven«, antwortete er. »Ich sterbe. Aber das ... das macht nichts.« Er brach ab, verzog das Gesicht zu einer Grimasse der Pein und rang hörbar nach Atem. Ich verstärkte meinen geistigen Griff, aber ich spürte, wie das Finstere, Körperlose hinter seinen Gedanken stärker wurde.

»Du hattest recht, weißer Mann«, fuhr Yo Mai fort. »Die ... fremden Götter sind stärker als die unseren.« Er hustete, wand sich abermals wie unter Schmerzen und wollte weitersprechen, schien aber plötzlich nicht mehr die Kraft dazu zu haben.

»Shannon!« sagte ich. »Bitte!«

Shannon zögerte einen Moment, dann gab er sich einen sichtbaren Ruck, kniete neben mir nieder, legte das Schwert aus der Hand und berührte Yo Mai an der Schläfe. Ich wußte nicht, was er tat, aber was immer es war, es mußte ungleich stärker sein als das bißchen Hilfe, das ich Yo Mai hatte zuteil werden lassen, denn sein Blick klärte sich wieder, und als er weitersprach, klang seine Stimme hörbar kräftiger.

»Was ist geschehen, Yo Mai?« fragte Shannon leise.

Der Majunde sah mich an, als er antwortete. »Die fremden Götter«, sagte er. »Sie sind gekommen, Robert Craven. Mein … mein Volk suchte Zuflucht in den heiligen Höhlen, aber sie waren schon da.«

»Wer – *sie*?« drängte Shannon. Ich warf ihm einen beschwörenden Blick zu, sah aber ein, daß Shannon recht hatte. Wir mußten wissen, was geschehen war, wollten wir nicht Gefahr laufen, von den selben Wesen überwältigt zu werden wie Yo Mais Stamm.

»Die Dämonen«, stöhnte Yo Mai. »Sie … sie kamen mit der Nacht. Unser Gott hat gezürnt, aber sie waren stärker.«

»Wer?« drängte Shannon.

Yo Mai begann zu stöhnen. Ich sah, wie sich sein Blick wieder verschleierte, und diesmal war es etwas, das selbst stärker als Shannons Macht war.

»Laß ihn«, sagte ich leise. »Er stirbt.«

»Die Dämonen«, wimmerte Yo Mai. »Sie kommen aus dem Meer, weißer Mann. Sie haben das Volk Krakataus geholt, und sie werden euer Volk holen.«

»Was willst du damit sagen?« fauchte Shannon.

Noch einmal klärte sich Yo Mais Blick, aber ich spürte, daß es diesmal das unwiderruflich letzte Aufbegehren war. Seine Hand krallte sich so tief in meinen

Arm, daß ich vor Schmerz die Zähne zusammenbiß.

»Das Meer«, flüsterte er. »Der Tod kommt aus dem Meer, weißer Mann. Er hat unseren Gott besiegt, und er wird auch den euren besiegen. Er wird kommen, sobald sich die Nacht hebt. Ihr werdet sterben. Ihr alle werdet sterben, so wie mein Volk ge…«

Er sprach nicht weiter. Seine Augen brachen, und plötzlich erschlaffte sein Griff. Er war tot.

Sekundenlang blieb ich reglos sitzen, dann beugte ich mich vor, schloß behutsam seine Augen und sah zu Shannon auf.

»Du weißt, was er gemeint hat«, sagte ich.

Shannon schüttelte den Kopf, aber ich spürte, daß er log. Ich hätte es auch ohne meine magische Fähigkeit, Lüge von Wahrheit zu unterscheiden, gespürt.

»Die Stadt«, sagte ich. »Sie werden die Stadt überfallen.«

Shannon starrte mich an, schwieg einen Moment und sagte: »Das ist nur eine Vermutung.«

»Vermutung?« Ich traute meinen Ohren kaum. »Was soll das, Shannon? Du hast dieses Ungeheuer gesehen! Du hast Tergards Garnison gesehen! Hast du schon vergessen, was dort geschehen ist? Das war dieselbe Bestie! Sie ist an Land gekrochen, um Tergards Männer zu holen, sie ist gekommen, um die Majunde zu überfallen, und sie wird zurückkehren, um die Stadt anzugreifen!«

»Das ist nur eine Vermutung«, widersprach Shannon. »Die Worte eines Sterbenden, der vielleicht nicht mehr klar bei Verstand war, durch nichts bestätigt! Was denkst du, sollen wir jetzt tun?« Zornig deutete er aufs Meer. »Vielleicht dem Vieh nachschwimmen und es ersäufen?«

»Nein«, antwortete ich wütend. »Die Stadt warnen.«

»Warnen?« Shannon ächzte. »Bist du verrückt? Harmfeld wartet doch nur darauf, daß wir uns zeigen. Und wir haben keine Zeit. Dagon wird nicht warten, bis wir wiederkommen. Wenn er das *Siegel* erbricht und damit die THUL SADUUN in die Gegenwart holt, ist mehr verloren als eine Stadt, Robert!«

Es waren diese Worte, die die Entscheidung brachten. Worte, aus denen die gleiche Kälte und Gefühllosigkeit sprachen, zu der er mich gezwungen hatte.

Ich stand auf.

»Ich gehe zurück«, sagte ich. »Harmfeld und sein Schiff sind mir herzlich egal. Der Irrtum wird sich irgendwie aufklären.«

»Sie werden dich am höchsten Mast der *Zuidermaar* aufhängen!« ächzte Shannon. »Robert, ich flehe dich an – das hier ist vielleicht unsere letzte Chance, Dagon aufzuhalten! Verspiele sie nicht.«

»Ich gehe«, beharrte ich. »Wenn du glaubst, daß es so schlimm ist, dann geh allein zu Dagon. Wahrscheinlich wäre ich dir sowieso nur eine Last.«

Shannon ballte zornig die Hand zur Faust, aber ich schnitt ihm mit einer entschlossenen Bewegung das Wort ab und sagte noch einmal: »Ich gehe, Shannon, ob es dir paßt oder nicht.«

Shannon schürzte wütend die Lippen. »Meinetwegen«, fauchte er. »Aber wenn du denkst, ich würde wieder im letzten Moment auftauchen, um dich herauszupauken, dann täuschst du dich.« Er stand auf, riß mit einer zornigen Bewegung das Schwert hoch und rammte es in die Scheide zurück. Plötzlich verschwand der wütende Ausdruck von seinen Zügen, aber ich spürte, daß selbst das nicht echt, sondern pure Berechnung war, vielleicht wie alles, was ich erlebt hatte, seit wir uns wiederbegegnet waren.

»Wir waren einmal Freunde, Robert«, sagte er sanft. »Ich flehe dich im Namen unserer Freundschaft an, tu es nicht!«

»Freunde?« Ich schüttelte den Kopf. »O nein, Shannon. Dem Mann, dessen Freund ich gerne gewesen wäre, bin ich das letzte Mal auf der *Dagon* begegnet. Ich weiß nicht, was mit ihm geschehen ist, aber du bist es jedenfalls nicht. Nicht mehr.« Ich deutete mit einer Kopfbewegung zurück in die Richtung, in der die Stadt lag. »Kann ich das Boot nehmen?«

»Meinetwegen«, sagte Shannon zornig. Dann drehte er sich um und verschwand mit schnellen Schritten in der Höhle.

Er wünschte mir nicht einmal Glück.

Wieder herrschte die Nacht vor den großen Fenstern, die wie zwei gläserne runde Augen im Turm der NAUTILUS prangten, aber es war eine Nacht jenseits der Dunkelheit, ein Schwarz tiefer als Schwarz, ein Schweigen jenseits der Stille, eine Einsamkeit weit tiefer als alle Leere, die das gewaltige stählerne Schiff einhüllte. Das Pochen der Maschinen war verstummt, und selbst das Rauschen des am Rumpf des Schiffes vorübergleitenden Wassers war einem anderen, unbeschreiblichen Laut gewichen: ein Gleiten und Fließen, als striche die Ewigkeit selbst mit samtenen Fingern über den blauschwarzen Stahl der NAUTILUS.

»Wie lange noch?«

Nemos Stimme klang fremd; verzerrt und störend und mißtönend nach der schier endlosen Stille, die in der kleinen runden Turmkammer geherrscht hatte. Blauschwarze Schemen aus zusammengeballtem Nichts wogten vor den runden Bullaugen aus zollstarkem Panzerglas. Die NAUTILUS schien sich zu schütteln wie ein verwundetes Tier, obgleich sie sich nicht im mindesten bewegte.

Nemo schauderte. Das Meer, durch das die NAUTILUS seit einer unbestimmten Zeitspanne glitt, gehörte zu einer Welt, in der sie nicht sein sollten. Alles hier machte ihm angst. Er konnte seinen Augen und Ohren nicht mehr trauen. Die Welt war aus den Fugen geraten, seit Howard begonnen hatte …

Ja, was tat er eigentlich?

Nemo war während der ganzen Zeit keine Sekunde von seiner Seite gewichen, aber es war ihm nicht gelungen, auch nur in Ansätzen nachzuempfinden, was der schwarzhaarige Mann mit dem Asketengesicht neben ihm tat. Äußerlich stand er reglos, beinahe wie erstarrt vor einem der Bullaugen, so still, daß man schon mehr als genau hinsehen mußte, um überhaupt zu erkennen, daß er noch atmete. Und trotzdem hatte er damit begonnen, die Wirklichkeit zu verändern.

Dann geschah etwas. Nemo konnte nicht sagen, was, aber das unsichtbare Wogen dort draußen war plötzlich anders, schneller und hektischer und irgendwie gerafft, und mit einem Male waren *wirklich* Schatten in den wogenden Schemen. Ein spürbarer, knirschender Ruck ging durch das Schiff, und dann waren auch die Geräusche der Wirklichkeit wieder da; das Pochen der Maschinen, das Rauschen und Klatschen des vorüberrasenden Wassers, die leisen, einzeln nicht wahrnehmbaren Laute, die den Atem des Schiffes bildeten, dies alles schlug wie eine Flutwelle über Nemo zusammen; so warnungslos, daß er im ersten Moment erschrocken zusammenfuhr.

Als er aufblickte, sah er gerade noch, wie Howard zusammenbrach.

Mit einem Schrei war er bei ihm, aber Rowlf war schneller. Geschickt fing er Howard auf, ließ ihn behutsam zu Boden gleiten und zog seine Jacke aus, um sie zusammenzuknüllen und wie ein Kissen unter Howards Kopf zu legen.

»Was ist passiert?« fragte Nemo erschrocken.

»Nix«, antwortete Rowlf. »Das wird wieda.«

Nemo blickte verwirrt zwischen den Bullaugen und Howards Gesicht hin und her. Vor den gläsernen Augen der NAUTILUS war wieder das Meer, und in der Ferne zeichnete sich ein verschwommener schwarzer Schatten ab, das einzige Anzeichen des Schwarmes aus Millionen und Abermillionen Kraken und Tintenfischen, die dem Schiff noch immer folgten. Aber aus Howards Gesicht schien alles Leben gewichen zu sein. Er atmete, aber so flach, daß es kaum zu bemerken war, und sein Antlitz war bleich wie Kalk.

»Was ist mit ihm?« fragte Nemo noch einmal. Er glaubte nicht, daß es Zufall war, daß Lovecraft im selben Moment zusammengebrochen war, in dem die NAUTILUS wieder in die Wirklichkeit zurückfiel. »Soll ... soll ich Obote holen?« fragte er stockend.

Rowlf blickte kurz auf, schüttelte den Kopf und beugte sich wieder über Howard. »Nee«, sagte er. »Der kannem sowieso nich helfn. 's wird schon wieda.«

Nemo wollte impulsiv widersprechen, aber in diesem Moment öffnete Howard stöhnend die Augen. Sein Blick war verschleiert. Er zitterte vor Kälte und Schwäche, obwohl Schweiß seine Stirn bedeckte.

»Du und deine verdammten Zaubertricks«, murmelte Nemo kopfschüttelnd. Er versuchte zu lächeln und seine Worte scherzhaft klingen zu lassen, um Howard über seine wirklichen Gefühle hinwegzutäuschen. Aber natürlich gelang ihm weder das eine noch das andere.

»Es sind keine Zaubertricks«, murmelte Howard schwach. »Es sind ...«

Nemo machte eine Handbewegung. »Verschone mich mit langen Erklärungen, mein Freund«, sagte er. »Erklär dir lieber selbst, daß auch *deiner* Leistungsfähigkeit gewisse Grenzen gesetzt sind.«

»Danke, gleichfalls«, sagte Howard. Er versuchte sich aufzurichten, aber seine Kräfte reichten nicht.

Nemos Gesicht verdüsterte sich in übertrieben geschauspielertem Zorn. »Immerhin lasse ich mich nicht mit einem verrückten Haufen übriggebliebener Kreuzritter ein, die mir irgendwelchen Firlefanz beibringen.«

Howard lächelte. »*Firlefanz?* Nun ja ...«

Es war Nemo klar, daß sein Freund nicht weiter über dieses Thema sprechen wollte. Er wußte, daß Howard mehr gewesen war als ein x-beliebiges Mitglied der Templer; ebenso, wie diese mehr waren als ein Haufen übriggebliebener Kreuzritter. Howard Phillips Lovecraft war einer der legendären *Master* dieses Ordens gewesen, ein Mann, der über ein Wissen und eine Macht verfügte, die ihn in den Augen der allermeisten anderen Menschen zu einem Magier gemacht hätten. Was er tat, hatte im Grunde nichts mit Magie zu tun – und trotzdem: war es nicht eine Art von Zauberei, ein gewaltiges Schiff wie die NAUTILUS nur durch die pure Kraft seines Willens *durch die Zeit* zu befördern? Denn das war die besondere Fähigkeit des *Time-Masters*.

Nemo schauderte innerlich, als er sich vorzustellen versuchte, über welch unvorstellbare Macht ein Mann verfügte, der die Zeit zu manipulieren imstande war.

Howard hatte dies wohl auch begriffen, den Orden verlassen und sich geschworen, seine Kräfte nie wieder einzusetzen.

Bis heute.

In diesem Moment drängte sich ein schriller Pfiff in Nemos Gedanken. Verärgert drehte er sich herum, nahm den Hörer der Bordsprechanlage zur Hand und hielt ihn gegen das Ohr. »Ja?« fauchte er.

»Schiff ahoi, mon capitaine«, erscholl die Stimme des wachhabenden Offiziers aus dem Instrument. »Vier Meilen Backbord voraus.«

»Zum Teufel, dann gehen Sie tiefer!« antwortete Nemo verärgert. »Ich habe jetzt keine Zeit.«

Er konnte beinahe hören, wie der Mann am anderen Ende der Leitung nervös zusammenfuhr. »Es ... es tut mir leid, mon capitaine«, fuhr der Offizier nach einer kleinen, aber bedeutungsschweren Pause fort. »Aber Sie sollten hier herunterkommen. Da ... da ist noch etwas.«

Nemo fragte nicht mehr, sondern hängte das Gerät ein, drehte sich auf dem Absatz um und stürmte hinunter in den Salon der NAUTILUS.

Das Schiff lag wie ein schlafender Wal vor der Küste; selbst aus der Nähe nicht mehr als ein Schatten im Mondlicht, der gigantisch vor mir emporwuchs. Die Laute der Nacht vermischten sich mit dem leisen Klatschen, mit dem die Wellen gegen seinen hölzernen Rumpf brandeten, dem Knarren und Ächzen des riesigen hölzernen Rumpfes und dem Singen des Tauwerks, und wenn ich genau hinhörte, konnte ich sogar die Schritte der Deckswache vernehmen, die ihre monotonen Runden zog.

Ich näherte mich dem Schiff von der Seeseite her. Ich hatte kaum damit gerechnet, wirklich unentdeckt so weit zu kommen, aber das Schicksal schien es ausnahmsweise einmal gut mit mir zu meinen. Die Sicht war so schlecht, daß der Mann auf dem Deck der *Zuidermaar* die kleine Pinasse höchstwahrscheinlich nicht einmal bemerkt hätte, wenn er nach mir gesucht hätte; und außerdem rechnete auf dem Schiff wohl kaum jemand damit, daß ich freiwillig zurückkäme. Noch dazu aus dem offenen Meer.

Erschöpft ließ ich die Riemen sinken und überließ es der Strömung, mich die letzten hundert Yards auf das Schiff zuzutreiben. Mein Blick glitt über die schwarz daliegende See, wanderte weiter und tastete über die dunkle Küstenlinie Krakataus. Die Stadt lag völlig dunkel da; nicht das mindeste Licht brannte. Einen Moment lang mußte ich mich gegen die bedrückende Vorstellung wehren, zu spät zu kommen und wieder nichts als verlassene Gebäude und die Spuren eines fürchterlichen, ungleichen Kampfes zu sehen …

Ich verjagte die düsteren Bilder, drehte mich herum und blickte wieder auf das Meer hinaus, und zum wiederholten Male spürte ich dieses dumpfe, bedrückende Gefühl, ein Empfinden, als würde ich von unsichtbaren bösen Augen angestarrt und taxiert. Das Meer war glatt und wirkte blind wie ein gewellter, erstarrter Spiegel, der selbst das schwache Licht, das die Wolken durchdrang, noch zum größten Teil absorbierte und dafür etwas Fremdes und namenlos Böses freigab.

Aber war es wirklich nur Einbildung?

Behutsam, vorsichtig wie ein Mann, der die Hand nach einem Eisen ausstreckt und fürchtet, es glühend heiß vorzufinden, öffnete ich mein Bewußtsein und tastete hinaus in die lichtlose Weite des Meeres.

Und spürte ...

Gier.

Eine unbeschreibliche, animalische Gier, gepaart mit fleischlichem Hunger.

Und Wut.

Wut auf alles Lebende, auf die Wesen, die ihnen die Welt gestohlen hatten, die von Rechts wegen ihnen gehörte, ein Haß, der irgend etwas in mir berührte und sich wie ein brennender Schmerz in meinen Leib fraß ...

Erschrocken zog ich mich zurück, schirmte mein Bewußtsein mit aller Macht gegen die destruktiven Impulse ab und schloß die Augen. Meine Hände zitterten. Der Kontakt hatte kaum eine Sekunde gedauert, aber schon diese kurze Zeitspanne hatte gereicht, mich an den Rand des Wahnsinns zu treiben.

Es dauerte Sekunden, bis ich begriff, was es gewesen war. Was ich gespürt hatte, war nichts anderes als das Bewußtsein des schrecklichen schwarzen *Dinges* gewesen, das Shannon und ich beobachtet hatten. Es war kein Denken im eigentlichen Sinne des Wortes gewesen, sondern ein Bewußtsein auf einer viel tieferen Stufe selbst noch als der des Tierischen, ein Ding, das nur aus Instinkten und dumpfen Reflexen zu bestehen schien, so düster und fremd, daß ein intensiver Kontakt reichen mußte, mein Bewußtsein zu zerbrechen.

Ein dumpfer Schlag brachte mich in die Wirklichkeit zurück. Ich fuhr auf, griff instinktiv nach meinem Degen und atmete erleichtert auf, als ich sah, daß es nur die *Zuidermaar* war, gegen die mein Schiffchen gestoßen war, kein schwarzes Scheusal, das plötzlich aus dem Meer auftauchte.

Aber die Bestie war nahe, sehr nahe. Ich konnte sie spüren. Und ich spürte, daß sie näherkam ...

Hastig griff ich wieder nach einen Riemen, stakte mich an der Bordwand entlang und starrte nach oben.

Ich mußte nicht lange warten. Der dumpfe Schlag, mit dem die Pinasse gegen den Rumpf des Kriegsschiffes geprallt war, war gehört worden, und schon nach wenigen Augenblicken erschien der Schatten der Bordwache über der Reling. Ich stand auf, ließ den Riemen achtlos ins Wasser klatschen und begann wild mit den Händen zu gestikulieren.

Meine Kenntnisse des Holländischen beschränkten sich auf die beiden Worte *Mijnheer* und *bedank*, so daß ich nur hoffen konnte, daß der Mann über mir die Bedeutung meiner Gesten erkannte.

Der Mann rief etwas, das ich nicht verstand, wartete wenige Sekunden und verschwand von der Reling. Ich konnte seine Schritte auf dem Deck des Schiffes poltern hören.

Aber ich hörte auch noch etwas …

In das monotone Klatschen der Wellen hatte sich ein anderes Geräusch gemischt, ein Laut, als glitte tief unter der Wasseroberfläche ein gewaltiger, mißgestalteter Körper heran.

Erschrocken fuhr ich herum. Die abrupte Bewegung ließ mein kleines Boot schwanken, so daß ich das Gleichgewicht verlor und mich mit einer Hand am Rumpf der *Zuidermaar* festhalten mußte, um nicht zu stürzen.

Als ich mich wieder aufrichtete, sah ich die Wellen.

Es war ein bizarrer, fürchterlicher Anblick. Vielleicht eine Viertelmeile jenseits der *Zuidermaar* begann sich die Wasseroberfläche zu kräuseln, als stiege irgend etwas Gigantisches aus den Tiefen des Meeres empor. Eine pfeilförmige, schäumende Bugwelle erschien auf der See, bewegte sich einen Moment lang scheinbar ziellos nach beiden Seiten – und richtete sich dann mit tödlicher Präzision auf mein kleines Schiff!

Plötzlich waren über mir wieder Stimmen. Ich sah auf, gewahrte gleich ein halbes Dutzend Schatten, die sich über die Reling und zu mir herabbeugten, und hörte ein Gewirr durcheinanderrufender Stimmen.

»Um Gottes willen, beeilt euch!« schrie ich. Ich hatte keine Ahnung, ob meine Worte verstanden worden waren oder ob es Zufall war, aber in der nächsten Sekunde fiel ein Schatten über die Reling, wickelte sich auf und wurde zu einer Strickleiter, die keine zwei Yards vor meinem Boot gegen den Schiffsrumpf prallte.

Ich warf einen hastigen Blick auf die See hinaus. Die schäumende Bugwelle war nähergekommen, und sie hatte noch an Geschwindigkeit gewonnen! Allerhöchstens noch hundert Yards trennten sie von der *Zuidermaar* – und mir. Für einen winzigen Moment bildete ich mir ein, einen absurd aufgedunsenen Schatten darunter wahrzunehmen, den Umriß eines gigantischen, verzerrten Balges, der sich pumpend und zitternd auf mich zubewegte, schwarze Tentakelarme wie zuckende Nervenfäden nach mir ausstreckend ...

Über mir wurden die Stimmen aufgeregter, als auch die Männer an Deck des Schiffes das gigantische Etwas entdeckten, das wie ein lebender Torpedo auf die *Zuidermaar* zuschoß, und plötzlich hörte ich ein fürchterliches Rauschen und Klatschen, keine zehn Yards hinter mir!

Mit aller Kraft zog ich mich an der Strickleiter empor

Plötzlich erscholl ein fürchterliches Splittern und Bersten, und eine halbe Sekunde später war das Boot unter meinen Füßen verschwunden und das Meer voller Schaum und Schwärze und zerborstener Trümmer. Ein ungeheurer Schlag ging durch das Schiff. Die *Zui-*

dermaar ächzte, legte sich in einer nur scheinbar trägen Bewegung auf die Seite und krängte für einen Moment gefährlich über. Ich schrie auf, klammerte mich mit aller Gewalt an der Strickleiter fest und keuchte vor Anstrengung, als das Schiff in einer umgekehrten Bewegung zur anderen Seite kippte und seine Wand wie eine hölzerne Faust nach mir schlug. Irgendwie gelang es mir, die Strickleiter weiter zu umklammern, und irgendwie brachte ich auch das Kunststück fertig, nicht in die Tiefe geschleudert zu werden, sondern mit zusammengebissenen Zähnen weiterzuklettern.

Verzweifelt blickte ich in die Tiefe. Von meinem Boot war keine Spur mehr zu sehen. Das Meer unter mir war verschwunden, und statt dessen brodelte eine gewaltige, schwarzglänzende Masse dort, ein schreckliches Etwas, aus dem peitschende Krakenarme nach oben griffen und scharrend am Rumpf des Schiffes entlangfuhren.

Dann ertastete einer der Arme die Strickleiter, wickelte sich darum und zog sie mit einem fürchterlichen Ruck bis zur Zerreißprobe straff. Der Ruck schleuderte mich um ein Haar in die Tiefe.

Und dann sah ich, wie ein zweiter, armdicker Tentakel aus der schwarzen Masse herauswuchs und zitternd wie ein blinder Wurm zu mir emporkroch!

Mit verzweifelter Anstrengung kletterte ich weiter. Der Tentakel folgte mir. Seine ungeheure Größe verlieh seinen Bewegungen etwas trügerisch Langsames, aber er kam in Wahrheit rasend schnell näher. Wie von Sinnen kletterte ich weiter, sah eine Hand nach der meinen greifen und klammerte mich blind vor Furcht daran. Eine zweite Hand erschien, dann eine dritte, vierte, und plötzlich wurde ich nach oben und über die Reling des Schiffes gezerrt.

Beinahe jedenfalls.

Mit einem Ruck, der mir schier das Bein aus dem Leib zu reißen schien, wickelte sich der Tentakel um meinen linken Fuß und holte mich zurück. Ich keuchte vor Schrecken und Schmerz, prallte mit dem Kinn gegen die Reling und verlor um ein Haar das Bewußtsein. Mehr Hände griffen nach mir, und plötzlich war ich von Körpern umringt, die sich mit aller Macht gegen den Zug des Schlangenarmes stemmten und mich an Bord des Schiffes zu zerren versuchten. Ich rechnete schon damit, glattweg in zwei Teile gerissen zu werden, da kam endlich einer der Matrosen auf die richtige Idee, zog ein gewaltiges Messer aus dem Gürtel und hackte den Tentakel mit einem einzigen Hieb ab. Die Männer, die die Bewegung ein wenig zu spät registrierten, zerrten weiter an mir – mit dem Ergebnis, daß wir alle gemeinsam auf die Planken stürzten.

Als ich aufsah, hatte sich das Deck rings um mich herum in ein Chaos verwandelt. Ich lag auf dem Boden, so daß mir der Schiffsrumpf den Blick auf das Meer verwehrte und ich nicht sehen konnte, was dort unten geschah, aber aus der Tiefe griffen zahllose schwarze Tentakel nach oben, ein ganzer Wald peitschender, schwarzglitzernder Schlangen, der über der Reling emporwuchs und nach den verschreckten Matrosen griff. Schreie gellten auf, dann peitschte ein Schuß, und plötzlich war einer der Männer verschwunden und hing mit zappelnden Armen und Beinen zwei Yards über der Reling in der Luft, umklammert von einer schwarzen Ranke, die ihn in die Tiefe zerrte.

Ich dachte nicht mehr an die Gefahr, in der ich vor Sekundenbruchteilen noch geschwebt hatte, sondern sprang auf, riß den Stockdegen aus seiner Hülle und trieb den geschliffenen Stahl bis zum Knauf in das schwarze Fleisch.

Das Ergebnis war so dramatisch, wie ich gehofft hatte.

Der Tentakel zuckte, schnellte wie unter einem Krampf herum und schleuderte den Matrosen zurück auf das Deck. Eine faustgroße, graue Wunde entstand da, wo ihn der Stahl meiner Waffe getroffen hatte. Das unheilige Fleisch des Ungeheuers begann zu kochen, zerlief zu einer schwammigen, grauen Masse und löste sich in ätzenden Dampf auf. Und die Vernichtung blieb keineswegs auf einen kleinen Teil des Monstrums beschränkt, sondern lief rasend schnell weiter, erreichte die Spitze des Tentakels und raste gleichzeitig in die Tiefe. Der ganze gewaltige schwarze Strang färbte sich grau und zerlief wie Wachs, das zu lange in der Sonne gelegen hatte.

Ich achtete nicht weiter darauf, sondern fuhr herum, stach meine Klinge in einen zweiten Tentakel und trennte einen dritten mit einem einzigen Hieb ab, gerade als er sich um eine Gestalt wickeln wollte, die gestrauchelt war und nicht zu begreifen schien, in welcher Gefahr sie schwebte.

Ein neuerlicher harter Schlag traf das Schiff und ließ es in seinen Verbänden erbeben, und in das Schäumen und Kochen des Wassers unter uns mischte sich ein Laut, wie ich ihn schrecklicher noch nie zuvor gehört hatte: ein Schrei voller Zorn und unbändiger Wut.

Auch hinter mir gellte ein Schrei auf. Ich fuhr herum, sah eine Bewegung aus den Augenwinkeln und schlug blindlings mit dem Stockdegen zu. Der Tentakel, der nach mir hatte greifen wollen, zerfiel zu grauem Schleim, aber im selben Moment gellte wieder dieser Schrei in meinen Ohren. Ich sah eine Gestalt an mir vorübertaumeln, sah sie straucheln und sah den schwarzen Schlangenarm, der sich plötzlich um ihre Beine wickelte und sie auf die Reling zuzuzerren begann.

Mit einem kühnen Sprung war ich zur Stelle, schwang meine Waffe und zertrennte den widerlichen Strang. Grauer Dampf wallte auf, und ein säuerlicher Gestank nahm mir schier den Atem. Ich hustete, stieß das abgetrennte Stück des Tentakels mit dem Fuß von mir und half dem Gestürzten keuchend auf die Beine.

Erst in diesem Moment erkannte ich, wem ich gerade das Leben gerettet hatte.

Leutnant Harmfeld mußte genauso überrascht sein wie ich, denn trotz der prekären Situation, in der wir uns befanden, starrte er mich drei, vier Sekunden lang fassungslos an. »Craven?« keuchte er ungläubig. »Sie?«

Das war eine ziemlich überflüssige Frage, aber mir blieb ohnehin keine Zeit, darauf zu antworten, denn das schwarze Monstrum unter uns gab keineswegs auf. Ich hatte ihm weh getan, aber selbst die Macht meines Stockdegens reichte nicht aus, es zu vernichten. Wahrscheinlich hatte ich es nur wütend gemacht, denn der wirkliche Angriff begann erst.

Durch die Optik des Sehrohres betrachtet, wirkte das Schiff klein, verloren wie ein Spielzeug in der unendlichen Weite der See. Es trieb, die Segel schlaff wie große, naß gewordene Tuchstreifen von den Rahen hängend, mit der Strömung auf die englischen Inseln zu, eingehüllt in eine wogende Nebelbank. Sonderbarerweise war es der einzige Nebel weit und breit; das Periskop war stark genug, das Meer über Meilen und Meilen zu überblicken, aber wohin Nemo auch sah, war die Sicht klar. Nur rings um das Schiff kräuselte sich leichter

Nebel wie Dampf, der von der Wasseroberfläche aufstieg.

»War es das, was Sie mir zeigen wollten?« wandte er sich an seinen Leitenden Offizier, nachdem er das Periskop wieder eingefahren hatte und zurückgetreten war.

Der Mann schüttelte den Kopf, fuhr sich nervös mit der Zungenspitze über die Lippen und deutete auf einen runden, mattgrauen Schirm, der wie ein blinder Spiegel inmitten des mit Schaltern und Skalen übersäten Steuerpultes der NAUTILUS lag. »Nein, mon capitaine«, sagte er. »Schauen Sie.«

Nemo trat neugierig neben den Mann, beugte sich über das Pult – und zog erstaunt die Brauen zusammen. Auf der matten Glasfläche war nur ein scheinbar sinnloses Gewirr von Linien, Strichen und konturlosen Schatten zu erkennen, das sich aber für das kundige Auge zu einem verblüffend genauen Abbild des Seegebietes verwandelte, durch das sich das Unterseeboot bewegte. Nemos Blick verharrte für eine Sekunde auf einem verschwommenen, langgestreckten, wolkigen Gebilde, das – wie er wußte – nichts anderes als das Abbild des Schiffes war, das er soeben durch das Periskop beobachtet hatte, und wanderte dann weiter, um an einem anderen, viel größeren Etwas hängenzubleiben.

»Was ist das?«

Nemo wandte sich überrascht um, als er die Stimme hörte. »Howard!« sagte er, halb erleichtert, halb aber auch erschrocken. »Du solltest in deiner Kabine liegen und dich ausruhen.«

Lovecraft fegte seine Worte mit einer unwilligen Handbewegung beiseite. Er sah krank aus. Sein Gesicht hatte zwar die unnatürliche Blässe verloren, war aber noch weit davon entfernt, eine normale Farbe zu haben. Es schimmerte grau. In seinen Augen stand ein fiebriger Glanz.

»Was ist das, Nemo?« wiederholte er, nachdem er sich über das Pult gebeugt und einen Moment stirnrunzelnd auf die runde Glasfläche geblickt hatte.

»Das«, Nemo deutete auf den kleineren Schatten, »ist das Schiff, das der Ausguck gesichtet hat.« Sein Finger wanderte weiter und blieb einen Moment auf dem zweiten, größeren Schatten hängen. Es war sonderbar: Obwohl es nur ein verschwommener, heller Fleck auf dem mattgrauen Glas war, der zudem noch unentwegt Form und Größe zu verändern schien, strahlte er etwas spürbar Beunruhigendes aus. »Was ich nicht weiß, ist, was das dort bedeutet.«

»Ein zweites Schiff?«

»Fünfzig Faden unter Wasser?«

Howard überlegte einen Moment. »Ein Tier? Vielleicht ein Wal?«

»Kaum«, antwortete Nemo nach kurzem Nachdenken. »Es ist viel zu groß. Selbst ein Pottwal erreicht nicht ein Viertel dieser Größe.«

Wieder blickte Howard lange – sehr lange – und sehr nachdenklich auf die runde Glasfläche. Auf seinem Gesicht erschien ein sonderbarer, fast bestürzter Ausdruck.

»Zwei Jahre«, murmelte er plötzlich. »Bei Gott, es ... es könnte sein.«

»*Was* könnte sein?« fragte Nemo betont.

Howard schien seine Frage gar nicht gehört zu haben. »Unsere Position«, sagte er. »Wie ist unsere genaue Position, Nemo?«

Nemo sagte es ihm, und der bestürzte Ausdruck auf Howards Zügen verstärkte sich. »Das Schiff!« sagte er. »Wo ist es? Kreuzen wir seinen Kurs?«

Nemo verneinte. »Ich kann es dir zeigen«, sagte er mit einer Geste auf das Periskop. »Aber was soll damit sein? Wir befinden uns zwei Jahre in der Vergangenheit, Howard. Robert wird kaum an Bord sein!«

Wieder schien Howard seine Worte gar nicht gehört zu haben. Mit einem Satz war er am Periskop, fuhr das Gerät aus und preßte die Augen gegen das Okular. Zehn, fünfzehn Sekunden lang starrte er gebannt durch die Optik. Plötzlich stieß er einen überschnappenden Schrei aus, sprang zurück und winkte Rowlf, der bisher schweigend unter der Tür gestanden hatte, mit wilden Gesten zu sich heran.

»Schau durch, Rowlf!« befahl er. »Rasch. Sag mir, daß ich mich nicht täusche!«

Howards hünenhafter Diener gehorchte schweigend. Wie Howard starrte er sekundenlang durch die Optik des Fernrohres, und wie er stieß er plötzlich einen überraschten Schrei aus. »Das gibt es nich!« keuchte er. »Das isse. Verdammich, das isse! 's is die Lady!«

»*Lady?*« Nemo verstand nun gar nichts mehr. »Wovon sprecht ihr, Howard? Kennst du dieses Schiff?«

»*Kennen?*« Howard ächzte. »Kennen? Mein Gott, Nemo, das ist ... das dort ist die *Lady of the Mist*! Wir ... wir müssen sofort den Kurs ändern.«

»Den Kurs ändern? Wozu?«

»Bitte frag jetzt nicht, Nemo«, sagte Howard gehetzt. »Tu einfach, was ich dir sage – ich flehe dich an! Es ... es kann sein, daß dieser ganze Wahnsinn mit einem Schlag ein Ende hat.«

Nemo blickte ihn an, schüttelte reichlich verwirrt den Kopf, drehte sich dann aber gehorsam um und gab dem Mann am Steuerpult einen Wink. Im dumpfen Pochen der Maschinen änderte sich nichts, aber Howard wußte, daß die NAUTILUS sich jetzt mit aller

Kraft gegen die Strömung stemmte und den Rammsporn an ihrem Bug auf das kleine Schiff fünf Seemeilen voraus richtete. Mit einem raschen Schritt trat er neben den Steuermann, beugte sich über seine Schultern und starrte sekundenlang auf den grauen Schirm und die beiden ungleichen Schatten, die er zeigte.

»Mein Gott, es könnte gelingen«, sagte er noch einmal. »Mit ein wenig Glück, Nemo. Nur ein ganz kleines bißchen Glück, und …«

»Und was?« fragte eine scharfe Stimme von der Tür aus. Howard fuhr hoch, drehte sich abrupt um und blickte die dunkelhaarige, schlanke Frau an, die unter dem runden Schott erschienen war.

»Und was?« wiederholte Jennifer scharf, als Howard nicht antwortete.

»Nichts«, sagte Howard schließlich. »Dies hier ist etwas, das Sie nichts angeht.«

»Glauben Sie?« Jennifer löste sich mit einer raschen Bewegung von der Tür, kam auf Howard zu und blickte über seine Schulter hinweg auf den Schirm. Plötzlich erbleichte sie.

»Sind Sie wahnsinnig geworden?« entfuhr es ihr. »Sie wissen ganz genau, daß Sie das nicht dürfen!«

»Daß er *was* nicht darf?« mischte sich Nemo ein. »Zum Teufel, würde mir vielleicht irgend jemand endlich sagen, was hier vorgeht?«

»Ihr Freund Howard hat den Verstand verloren!« antwortete Jennifer. »Er wird uns alle umbringen. Und nicht nur uns!«

Nemo blinzelte irritiert. »Was soll das heißen, Howard?«

Howard antwortete auch diesmal nicht, und so wandte sich Nemo wieder an Jennifer. »Wenn Sie mir nicht gleich sagen, was Ihr Auftritt zu bedeuten hat, verbringen Sie den Rest der Reise in der Gefangenenkabine, junge Dame«, sagte er zornig. »Was hat es mit diesem Schiff auf sich? Und was ist das für ein Ding, das ihm folgt?«

»Dieses Schiff, Kapitän Nemo«, antwortete Jennifer, ohne Howard eine Sekunde aus den Augen zu lassen, »ist die *Lady of the Mist*, das Schiff, mit dem Robert Craven und Roderick Andara im Jahre 1883 die schottische Küste erreichten.«

»Andara?« keuchte Nemo. »Andara ist an Bord?«

»Er ist an Bord, und er wird sterben«, sagte Jennifer.

»Nicht, wenn wir es verhindern können«, sagte Howard. Er wandte sich an Nemo. Seine Stimme wurde beschwörend. »Überlege doch nur, Nemo!« sagte er. »Roderick ist hundertmal stärker als Robert. Sein Tod wäre so sinnlos! Zusammen mit ihm können wir diese ganze verdammte Bande dorthin zurückjagen, wo sie hergekommen ist. Er könnte Roberts Ausbildung beenden, zehnmal schneller und besser als ich, und er ...«

»Und der Schatten, der dem Schiff folgt«, fuhr Jennifer unbeeindruckt fort, »ist eine Inkarnation Yog-Sothoths, Nemo. Das Ungeheuer, das die *Lady* vernichten und Roderick Andara töten wird.«

»Yog-Soth...« Nemos Stimme versagte. Seine Augen wurden groß, als er Howard anstarrte. »Du ... du willst, daß ich einen der GROSSEN ALTEN selbst angreife?«

»Keinen GROSSEN ALTEN«, sagte Howard zornig. »Nur seine Verkörperung. Ein Wesen aus Fleisch und Blut, das verwundbar ist und getötet werden kann. Die NAUTILUS ist stark genug, ihn zu vernichten. Ein einziger Torpedo, und der Spuk ist aus, Nemo.« Beschwörend hob er die Hände. »Ich flehe dich an! Eine Chance wie diese bekommen wir vielleicht nie mehr.«

»Eine Chance, die Zukunft zu verändern«, sagte Jennifer. »Sie wissen genau, was passiert, wenn Sie das riskieren, Lovecraft. Gerade Sie sollten wissen, wie empfindlich das Gefüge der Zeit ist. Ein winziger Eingriff, ein Fehler, und das Schicksal der gesamten Welt kann sich ändern.«

Nemo schwieg sekundenlang. »Ist das wahr?« fragte er schließlich.

Howard antwortete nicht, aber es war gerade dieses Schweigen, das deutlicher war als alles, was er hätte sagen können.

»Natürlich ist es wahr«, antwortete Jennifer an seiner Stelle. Sie blickte noch einmal auf den Schirm und wandte sich an Howard, und mit einem Male klang ihre Stimme beinahe bedauernd. »Ich verstehe Sie ja, Howard«, sagte sie. »An Bord dieses Schiffes befindet sich Ihr bester Freund, ein Mann, der in wenigen Stunden den Tod finden wird. Aber Sie wissen, daß Sie nicht an Dinge rühren dürfen, die einmal geschehen sind. Zu viel würde sich ändern, würde Andara lebend nach England kommen. Wenn die NAUTILUS Yog-Sothoth angreift und vernichtet, dann würde dies ein Zeitparadoxon auslösen.«

»Stimmt das, Howard?« fragte Nemo ganz leise.

Howard wich seinem Blick aus. »Es ist *möglich*«, antwortete er. »Aber es kann auch ganz anders kommen. Verdammt, Nemo, du weißt, wie dringend wir auf jede Hilfe angewiesen sind, die wir bekommen können. Andara weiß mehr über die GROSSEN ALTEN als wir zusammen. Er ist stark genug, um Cthulhu selbst die Stirn bieten zu können, begreife doch!«

Nemos Blick wandte sich nach Norden, dorthin, wo unsichtbar im schwarzen Wasser des Meeres die *Lady* und ihr dämonischer Schatten trieben. »Ich begreife, daß du deinen Freund retten willst, Howard«, sagte er schließlich. Er deutete auf Jennifer. »Und wenn sie recht hat, dann würde das ein ... wie haben Sie es genannt?«

»Ein Zeitparadoxon«, sagte Jennifer.

»Ein Zeitparadoxon bedeuten«, schloß Nemo. »Ich verstehe nichts von der Zeit, Howard. Du schon. Du hast es bewiesen. Ich frage dich: Kannst du garantieren, daß der Schaden nicht größer ist als der Nutzen?«

Howard schwieg, und nach einiger Zeit sagte Jennifer an seiner Stelle: »Das kann er nicht, Nemo. Möglicherweise würde nichts geschehen. Möglicherweise würde Roderick Andara leben und die GROSSEN ALTEN vernichten. Möglicherweise würden wir alle den Tod finden. Niemand weiß, was geschehen kann, wenn man an den Grundfesten der Zeit rüttelt. Vielleicht würde unsere ganze Welt einfach aufhören zu existieren, im selben Moment, in dem Sie den ersten Torpedo abschießen.«

Lange, sehr lange sagte Nemo gar nichts. Dann wandte er sich nach einem letzten, unendlich traurigen Blick auf Howard an den Steuermann und hob die Hand. »Wir tauchen«, sagte er. »Tanks fluten, Kurs Süd.«

Wieder war im Stampfen und Pochen des Schiffes keine Veränderung zu bemerken, aber sie alle wußten, daß das mächtige Schiff jetzt schnell wie ein Torpedo in die Tiefe sank und seinen Kurs abermals wechselte.

Und eine halbe Meile über und fünf Meilen nördlich von ihnen lief ein kleines Schiff namens *Lady of the Mist* seinem Schicksal entgegen ...

Das Schiff zitterte, aber es war kein harter, vernichtender Schlag mehr, sondern ein dumpfes Knirschen und Ächzen, als schlösse sich eine gewaltige Faust um den

Rumpf der *Zuidermaar* und beginne mit unbarmherziger Kraft zuzudrücken.

Irgendwo auf der anderen Seite des Schiffes gellte ein Schrei auf, und plötzlich krachte eine ganze Salve von Schüssen. Männer begannen durcheinanderzubrüllen, und das Zittern des Schiffsrumpfes verstärkte sich. Etwas Schwarzes, Glänzendes wuchs plötzlich hinter Harmfeld auf und tastete mit züngelnden Armen nach ihm.

Ich riß ihn zurück und führte einen schnellen Hieb mit dem Stockdegen nach den Tentakeln, aber das Ungeheuer schien die Gefahr, die von der Klinge ausging, endlich begriffen zu haben; die schwarzen Stränge zogen sich blitzartig zurück, fächerten auseinander und versuchten mich aus einem Dutzend Richtungen gleichzeitig zu packen. Ich sprang zurück, packte die Klinge mit beiden Händen und schlug und hieb wie wild um mich.

Der rasiermesserscharfe Stahl zertrennte ein halbes Dutzend der widerlichen Gebilde und verschaffte mir für Sekunden Luft, aber schon wuchsen neue Pseudopodien aus dem Meer – und plötzlich änderte die Bestie ihre Taktik!

Voller Entsetzen sah ich, daß es diesmal nicht die armdicken, fürchterlichen Krakenarme waren, die nach mir griffen, sondern eine Unzahl fadendünner, glänzender Stränge, kaum stärker als ein Haar. Und es waren Tausende! Das Monstrum schien instinktiv begriffen zu haben, daß ich der einzige ernstzunehmende Gegner an Bord dieses Schiffes war; der einzige, der ihm wirklichen Schaden zufügen konnte – und es war nicht annähernd das tumbe Ungeheuer, als das ich es bisher betrachtet hatte, sondern verfügte ganz augenscheinlich über eine dämonische Intelligenz.

Ich prallte zurück, hieb wie von Sinnen mit dem Degen um mich und schnitt die dünnen Fäden durch, die wie todbringender schwarzer Altweibersommer mit einem Male in der Luft um mich herum waren, über das Deck herankrochen oder sich zu dicken Bündeln zusammenballten, die sofort auseinanderfächerten, wenn meine Klinge auch nur in ihre Nähe kam. Aber für jeden Strang, den ich zerschlug, schienen hundert neue aufzutauchen.

Und dann kam, was kommen mußte ...

Etwas berührte mich im Gesicht, sanft, tastend, weich und klebrig. Ich schrie auf, taumelte zurück und schlug den Faden herunter, aber die halbe Sekunde der Unaufmerksamkeit war genug gewesen. Hundert, zweihundert der dünnen Fäden peitschten auf mich nieder, wickelten sich um meinen rechten Arm und das Handgelenk und rissen mich zu Boden. Ich schrie auf, fiel und versuchte meine Hand hin und her zu biegen, um so viele Fäden wie möglich zu durchtrennen, aber meine Bewegungsfreiheit war zu sehr eingeschränkt.

Dann verstärkte sich der Druck der Minitentakel blitzartig.

Ich spürte, wie der Degen meinen Händen entglitt und auf das Deck polterte. Gleichzeitig rasten immer mehr Schlangenarme heran, umschlangen auch meine Füße und Beine und zerrten mich mit unbarmherziger Kraft auf die Reling zu.

Verzweifelt versuchte ich mich mit der linken, freigebliebenen Hand irgendwo festzuklammern, aber selbst wenn ich Halt gefunden hätte, hätten meine Kräfte schwerlich ausgereicht, dem Ungeheuer zu widerstehen. Erbarmungslos wurde ich auf die Reling zugezerrt, prallte dagegen und wurde in die Höhe gerissen.

Schiff und Himmel kippten über mir zur Seite, als das schwarze Monstrum seine Anstrengungen verdoppelte, um mich über Bord und in die Tiefe zu reißen.

Plötzlich war eine Gestalt neben mir. Metall blitzte auf, und etwas zerschnitt die Fäden, die meine Arme hielten. Ich stürzte, rollte mich zur Seite und fiel ein zweites Mal, als Harmfeld den Degen wie eine Sense über den Boden scharren ließ und die haardünnen Stränge zerschnitt, die meine Beine hielten.

Eine halbe Sekunde lang blieb ich liegen, schwindelnd vor Anstrengung und Erleichterung, dann richtete ich mich auf, rang keuchend nach Luft, warf Harmfeld einen dankbaren Blick zu und streckte die Hand nach dem Stockdegen aus.

Der Leutnant zögerte, und in seinen Augen flammte ein schwer zu deutender Ausdruck auf. Plötzlich nickte er, warf mir die Waffe zu und zog seinen Offizierssäbel aus dem Gürtel. »Wir sind quitt, Craven«, sagte er. Damit wandte er sich um, schwang seine Waffe und eilte zu einer anderen Seite der Reling, um seinen Leuten beizustehen.

Der Kampf näherte sich seinem Ende. Harmfelds Männer hackten die Tentakel fast schneller ab, als sie aus dem Meer emporwachsen konnten, und wenn ich auch keine Sekunde daran zweifelte, daß ihr Tun nichts als Nadelstiche für das schiffsgroße Monster bedeutete, so waren es doch *viele* Nadelstiche. Und die Hiebe, die ich dem Scheusal versetzte, taten weh, denn die Tentakel, die meinem Degen zum Opfer fielen, wuchsen nicht wieder nach.

Nach kaum fünf Minuten verlor der Angriff der schwarzen Bestie sichtlich an Schwung, und plötzlich erzitterte die *Zuidermaar* ein letztes Mal wie unter einem Hieb; das Meer schäumte und brodelte, und der schwarze Gigant verschwand wieder in den lichtlosen Tiefen, aus denen er emporgestiegen war.

Erschöpft ließ ich meine Waffe sinken, lehnte mich einen Moment an die Reling und rang mühsam nach Atem. Als ich mich wieder aufrichtete, stand Leutnant Harmfeld hinter mir. In den Händen hielt er ein Gewehr. Und der Ausdruck auf seinem Gesicht ließ keinen Zweifel daran, daß er entschlossen war, es zu benutzen.

»Was ... was soll das?« murmelte ich.

Harmfeld verzog keine Miene. »Legen Sie die Waffe weg, Craven«, sagte er leise. »Und dann nehmen Sie die Hände hoch. Ich erkläre Sie für verhaftet.«

Wahrscheinlich begann Harmfeld spätestens in diesem Moment ernsthaft an meinem Verstand zu zweifeln – aber ich begann lauthals und schallend zu lachen. Ich hörte nicht einmal damit auf, als mir zwei seiner Männer den Degen abnahmen und mir die Hände auf den Rücken banden.

Achtes Buch

Über das Meer wehten Schreie heran, Schreie voller Angst und Tod und Wahnsinn. Die Nacht war zerrissen vom Peitschen der Schüsse und dem Prasseln und Krachen der brennenden Häuser, und dann und wann durchbrach ein fürchterlicher, brüllender Laut das höllische Crescendo; ein Geräusch, das den Männern an Bord der *Zuidermaar* einen eisigen Schauer über den Rücken jagte und ihre Seelen erstarren ließ.

Denn es war kein Laut, wie ihn die Kehle irgendeines lebenden Wesens hervorbringen konnte.

»Was muß noch passieren, damit Sie mir endlich glauben?« fragte ich gepreßt. »Dort drüben sterben Menschen, Harmfeld. *Unschuldige* Menschen!«

Der Kapitän der *Zuidermaar* antwortete nicht auf meine Worte, aber er sah mich auch nicht an, sondern wich meinem Blick aus, und ich spürte, daß er innerlich ganz und gar nicht so unbewegt war, wie er zu sein vorgab. Seine Hände schmiegten sich so fest um die Reling, als wolle er das armdicke Holz zerbrechen.

Es war kalt auf dem Deck des gewaltigen Kriegsschiffes. Die Nacht lag wie ein Vorhang aus Schwärze ringsum auf dem Meer, und bis auf die Todesschreie der sterbenden Stadt war es völlig still. Selbst das Rauschen und Murmeln des Meeres war verstummt. Man hätte glauben können, in einer anderen Welt zu sein. Vielleicht waren wir es auch.

»Zum Teufel, lassen Sie endlich Segel setzen!« sagte ich, obwohl ich ganz genau wußte, wie sinnlos meine Worte waren. »Wir müssen von hier verschwinden!«

Kapitän Harmfeld richtete sich an der Reling auf, riß seinen Blick mit sichtlicher Anstrengung von dem schrecklichen Schauspiel am Ufer los und sah mich an. Obwohl die Nacht sehr dunkel war, konnte ich sehen, wie eingefallen und blaß sein Gesicht wirkte. Es war drei Stunden her, daß wir den Angriff der Bestie abgeschlagen hatten, aber der Schrecken saß dem Holländer noch so tief in den Knochen, als wäre es erst Augenblicke her.

»Das kann ich nicht, Craven«, sagte er. Es klang beinahe bedauernd. »Ich muß warten, bis die Boote zurück sind.« Er ballte die Hand zur Faust und blickte abermals zur Insel hinüber. »Wenn man wenigstens etwas sehen könnte!«

»Ich kann Ihnen sagen, was dort drüben geschieht«, antwortete ich wütend. »Es sind die gleichen Ungeheuer wie jenes, das die *Zuidermaar* angegriffen hat. Sie sind gerade dabei, die Stadt auszulöschen. Und Ihre Männer dazu.«

Harmfeld wurde noch blasser. Sein Adamsapfel hüpfte nervös, und ich sah, wie sich seine Rechte zur Faust ballte. Aber er sagte kein Wort, sondern wandte sich nur mit einem Ruck ab und fuhr fort, die brennende Stadt anzustarren.

Es hatte vor einer halben Stunde begonnen. Harmfeld und ich hatten in der Kapitänskajüte gesessen, einerseits, um unsere Wunden verbinden zu lassen – von denen wir wahrlich genug abbekommen hatten, auch wenn keine davon wirklich gefährlich war –, andererseits, weil ich geglaubt hatte, daß der Kapitän nach allem, was geschehen war, endlich Vernunft annehmen würde. Aber das war nicht der Fall. Ich hatte ihm so ziemlich alles erzählt, was nach meiner Ankunft auf Krakatau geschehen war; aber natürlich hatte er mir kein Wort geglaubt. Vielleicht hätte ich umgekehrt auch nicht anders reagiert.

Dann hatten uns die ersten Schreie an Deck gelockt. Trotz des bleichen Mondes war die Nacht zu dunkel, als daß wir irgendwelche Einzelheiten erkennen konnten, aber bei dem ersten Schrei war es nicht geblieben. Schon nach Augenblicken hatten Schüsse die Stille zerrissen, und wenig später waren die ersten Brände aufgeflammt.

Im Grunde hatte Harmfeld nichts anderes als seine Pflicht getan, als er alle fünf Pinassen der *Zuidermaar* mit fast der Hälfte seiner Marinesoldaten bemannen ließ, um sie zum Ufer zu schicken. Und trotzdem war es das falscheste, was er überhaupt tun konnte. Ich hatte versucht, ihn zu warnen. Aber natürlich hatte er nicht auf mich gehört.

Ich war sehr sicher, daß er keinen einzigen seiner Männer lebend wiedersehen würde. Selbst die hell lodernden Brände, die im Laufe der letzten halben Stunde auf die ganze Stadt und den Hafen und sogar auf das Meer übergegriffen hatten, als triebe brennendes Öl auf den Wogen, ließen uns nicht erkennen, was dort drüben wirklich geschah.

Aber das war auch nicht nötig. Meine Phantasie reichte durchaus, mir das zu zeigen, was meine Augen nicht sehen konnten: Es waren Dagons Kreaturen, die gleichen protoplasmischen Ungeheuer, von denen eines die *Zuidermaar* angegriffen und die Majunde verschleppt hatten, und vermutlich auch einige seiner fürchterlichen *Ssaddit*, wie die überall aufflammenden Brände bewiesen.

Nein – Harmfeld würde nicht einen seiner Männer wiedersehen. Und wenn wir noch lange hierblieben, waren vermutlich auch wir verloren. Wir hatten den ersten Angriff der Ungeheuer abgeschlagen, aber das besagte nicht viel. Ich kannte Dagon zu genau, um mir auch nur eine Sekunde lang einzubilden, daß er so leicht aufgeben würde.

»Dann nehmen Sie mir wenigstens die Handschellen

ab!« sagte ich. »Die Dinger sind nicht besonders bequem.«

Harmfeld runzelte die Stirn, sah einen Moment auf die dünne silberne Kette hinab, die meine Handgelenke aneinander band, als müsse er ernsthaft überlegen, wozu sie überhaupt da waren, dann schüttelte er den Kopf. »Das ist auch nicht der Sinn von Handschellen«, sagte er.

»Zum Teufel, Harmfeld, ich habe Ihnen das Leben gerettet!« fuhr ich auf.

Harmfeld fuhr zusammen wie unter einem Hieb. »Sie werden unfair, Craven«, sagte er. »Ich bin Ihnen wirklich dankbar, aber ...« Er sprach nicht weiter, sondern seufzte abermals und starrte wieder zur Küste hinüber. »Ich kann es nicht«, sagte er. Es klang wie eine Entschuldigung. »Ich habe meine Befehle, und ich muß mich daran halten. Sie wissen, warum wir Sie und Ihren Freund gefangengenommen haben«, begann er.

»Nein«, sagte ich zornig. »Aber Sie werden es mir sagen.«

Harmfelds Miene verdüsterte sich. »Warum machen Sie es sich und mir so schwer?« fragte er. »Sie werden nicht bestreiten, daß Sie Eldekerk gekannt haben. Sie sind zusammen gesehen worden.«

»Aber ich habe ihn nicht umgebracht!« fauchte ich. »Und Shannon auch nicht. Im Gegenteil, Harmfeld. Eldekerk stand auf unserer Seite!«

»Unserer Seite?« hakte Harmfeld nach. »Was heißt das?«

»Warum erzählen Sie mir nicht einfach, was passiert ist?« fragte ich anstelle einer direkten Antwort. »Was bringt Sie auf die Idee, daß Shannon und ich Eldekerk ermordet haben sollen?«

»Seine eigene Aussage«, antwortete Harmfeld. »Er

wurde gefunden, Craven, mit einem Messer im Bauch. Er konnte gerade noch Ihren Namen sagen, ehe er starb.«

»Und das reicht für Sie, mich eines *Mordes* zu bezichtigen?« keuchte ich. »Sind Sie von Sinnen?«

Harmfeld lächelte. »Nein. Vielleicht sind Sie ja wirklich unschuldig, Craven. Aber wenn, dann frage ich mich, warum Sie und Ihr sonderbarer Freund nicht einfach mit uns gekommen sind. Sie müssen zugeben, daß es etwas befremdlich wirkt, wenn jemand, der sich nichts vorzuwerfen hat, unter ziemlich dramatischen Umständen flieht, kaum daß ich auftauche.«

»Aber ich habe es Ihnen erklärt«, sagte ich wütend. »Mehr als einmal.«

Harmfeld bedachte mich mit einem fast mitleidigen Blick; einem Blick, der den dumpfen Zorn, der in mir brodelte, zu neuer Glut entfachte. Für einen Moment war ich nahe daran, ihn schlichtweg zu hypnotisieren, wie Shannon es zuvor getan hatte. Aber ich tat es nicht. Ich war mir nicht einmal sicher, ob ich es gekonnt hätte, denn was immer Tergard mit meinem Geist angestellt hatte, wirkte noch immer nach; meine magischen Kräfte waren längst noch nicht wieder völlig regeneriert.

Aber ich hätte es wohl auch nicht getan, wäre ich im Vollbesitz meiner Fähigkeiten gewesen. Es hat mir schon immer widerstrebt, einen Menschen zu Dingen zu zwingen, die er nicht wollte; und in diesem Falle wäre es allerhöchstens schädlich gewesen. Hypnose ist ein zweischneidiges Schwert. Man kann einen Mann dazu bringen, seine eigene Mutter auf dem Sklavenmarkt zu verkaufen, aber egal, wie perfekt man ist, jemand, der unter Hypnose handelt, ist wenig mehr als eine Puppe, kaum zu eigenen Entscheidungen fähig.

Ich wußte noch immer nicht genau, was auf dieser Insel vorging, aber was immer es war, es war etwas Gewaltiges; etwas, bei dem ich keine Helfer brauchen konnte, die mit Mühe und Not bis drei zählen können.

Vom Gipfel des Krakatau her erscholl ein dumpfes, drohendes Grollen, wie um meine Gedanken zu unterstreichen. Harmfeld sah auf und blickte aus eng zusammengepreßten Augen zur Caldera des Riesenvulkanes hinauf. Flammen und rotglühendes Gestein, das durch die große Entfernung wie ein Schwarm harmloser kleiner Fünkchen aussah, schossen gegen die tiefhängenden Wolken. Für einen Moment glaubte ich ein sanftes, aber ungemein machtvolles Zittern und Beben unter den Füßen zu spüren.

»Der Berg ist unruhig«, murmelte Harmfeld.

»Wird er ausbrechen?« fragte ich.

»Ausbrechen?« Der Kapitän der *Zuidermaar* wiederholte das Wort mit sonderbarer Betonung, sah mich an und schüttelte den Kopf. »Ich glaube nicht«, sagte er. »Ich bin seit mehr als zehn Jahren hier, aber er ist noch nie ausgebrochen. Ein bißchen Gerumpel, ein paar Flammen ... aber das war auch alles.« Er seufzte, wandte sich mit einem Ruck ab und blickte wieder zur Stadt hinüber. Die Flammen tobten wie eh und je, aber das Schießen und Schreien hatte abgenommen. Ich war mir nicht sicher, ob das wirklich ein gutes Zeichen war.

Plötzlich erscholl über uns der helle Laut einer Schiffspfeife. Harmfeld sah rasch zum Mast hinauf, wandte sich dann wieder der Insel zu und lehnte sich über die Reling, so weit er konnte. »Die Boote kommen zurück!« Einen Moment lang blickte er aus zusammengepreßten Augen hinaus in die Dunkelheit, dann wandte er sich halb um und machte ein Zeichen mit der Hand. Sekunden später ertönte ein scharfer Knall, und ein Magnesiumgeschoß stieg vom Deck der *Zuidermaar* auf und warf zuckendes, grellweißes Licht auf das Meer.

Harmfeld stieß einen entsetzten Schrei aus.

Statt der erwarteten Flotte kleiner Pinassen trieb nur ein einziger massiger Umriß auf die *Zuidermaar* zu. Und es war auch kein Boot, sondern ein gräßliches, braunschwarz glitzerndes Etwas, zuckend und peitschend wie ein Klumpen ekelhafter Gallerte, der auf einem Dutzend grotesk mißgestalteter Beine über das Meer herangestakst kam!

»Das ... ist das Ungeheuer, das die Majunde entführt hat!« keuchte ich. »Um Gottes willen, Harmfeld – *wir müssen hier verschwinden!*«

Aber es war, als würde der Kapitän der *Zuidermaar* meine Worte überhaupt nicht hören. Gelähmt und starr vor Schrecken stand er da und starrte die näherkommende Scheußlichkeit an. Die Leuchtkugel brannte aus, aber beinahe sofort stieg ein zweites Geschoß vom Deck des Schiffes auf und illuminierte das näherkommende Ungeheuer.

Und endlich erwachte Harmfeld aus seiner Erstarrung.

Wenn auch auf andere Art, als mir lieb gewesen wäre. Plötzlich, von einer Sekunde auf die andere, fuhr er herum, begann wie wild mit den Armen zu fuchteln und Befehle in seiner Heimatsprache zu schreien. Sekunden später brach auf Deck der *Zuidermaar* eine geradezu hektische Aktivität los. Männer hetzten hierhin und dorthin, kletterten behende wie Affen in die Wanten hinauf oder schleppten Dinge durch die Gegend. Das Schiff begann zu zittern, als schlüge tief in seinem Rumpf ein gewaltiges nervöses Herz.

Harmfeld wandte sich wieder der Reling zu. Über

dem Meer verzischte die vierte Leuchtkugel und wurde von einer neuen abgelöst, und in ihrem flackernden Schein konnte ich erkennen, daß das protoplasmische Ungeheuer schon mehr als die Hälfte der Entfernung zur *Zuidermaar* zurückgelegt hatte. Sein aufgedunsener Körper zuckte und bebte unentwegt, und was im ersten Augenblick wie staksende Spinnenbeine ausgesehen hatte, erwies sich beim näheren Hinsehen als ein ganzer Strang peitschender, mannsdicker Tentakel, mit deren Hilfe es sich mit phantastischer Geschwindigkeit durch das Wasser wühlte. Noch wenige Augenblicke, und es würde die *Zuidermaar* erreicht haben!

Aber es kam nicht dazu. Harmfeld schrie einen Befehl, und augenblicklich stieß eine orangerote Flamme aus dem Rumpf des Schiffes. Ein ungeheures Krachen erscholl, und eine Sekunde später spritzte dicht vor dem Monstrum das Meer auf. Die Luft stank plötzlich durchdringend nach Pulverdampf. Harmfeld hob den Arm, und eine zweite Kanone entlud sich donnernd. Diesmal war der Schuß besser gezielt.

Das Ungeheuer bäumte sich auf. Seine Tentakel begannen wie wild zu peitschen, und plötzlich war das Meer schwarz vom gräßlichen Blut der Spottgeburt; große Brocken zerfetzten Plasmas wirbelten durch die Luft und klatschten ins Wasser zurück, und ich sah, wie einer der schrecklichen Fangarme abgerissen wurde und zuckend im Meer versank. Ich wußte zwar, daß diesen Ungetümen mit mechanischer Gewalt kaum beizukommen war – aber allein die Wucht der Kanonenkugel hatte gereicht, seinen Körper nahezu in zwei Stücke zu zerreißen und es weit zurückzutreiben.

»Jetzt!« schrie Harmfeld.

Die *Zuidermaar* feuerte eine ganze Salve auf das Ungeheuer. Und jeder einzelne Schuß saß im Ziel.

Das Monstrum wurde regelrecht zerfetzt. Eine gewaltige Säule aus kochendem Meerwasser und schwarzem, stinkendem Schleim schoß in die Höhe und sank in weitem Umkreis auf das Meer herab. Das Schiff zitterte unter dem Rückschlag seiner eigenen Kanonen, legte sich träge auf die Seite und kippte wieder in die Waagerechte zurück.

Als sich der Pulverdampf verzog, war der Ozean leer. Nur hier und da schwamm noch ein kleiner Brocken schwarz-schleimiger Materie, und tief unter dem Wasser schien etwas Gewaltiges, Körperloses zu zucken und zu beben.

Harmfeld ließ sich mit einem erschöpften Seufzer auf die Reling sinken, fuhr sich mit der Hand über das Gesicht und sah mich an. »Sehen Sie, Craven«, sagte er. »Soviel zu Ihren unbesiegbaren Horror-Monstern. Eine gute niederländische Kanone schafft zur Not auch noch die. Es ist vorbei.«

Ich antwortete nicht, sondern drehte mich – eigentlich ohne so recht zu wissen, weshalb – herum und blickte in die entgegengesetzte Richtung. Über dem Meer waren die Wolken auseinandergerissen. Und im selben Moment, in dem das Mondlicht das Meer berührte, wußte ich, daß Harmfeld unrecht hatte.

Es war nicht vorbei. Im Gegenteil.

Es begann erst.

Es war sehr warm hier unten, tausend Yards unter der Erde und zweimal tausend Yards unter dem flammenspeienden Krater des Krakatau. Und es war eine unangenehme, auf schwer in Worte zu fassende Weise *bedrohlich* wirkende Wärme, ein erstickender Hauch, der aus den Wänden, der Decke und dem Boden drang, aus den brodelnden Lavaseen emporstieg und mit dem Zischen flammender Feuergeysire die Luft durchwob.

Seit einer Stunde stand Dagon reglos am Ufer des gewaltigen Lavasees und starrte auf das Wogen und Kriechen unter sich hinab. Die Oberfläche des rotglühenden Sees war in beständiger, zuckender Bewegung. Aber es war nicht nur das Brodeln weißglühenden Gesteins, nicht nur der Pulsschlag des Vulkans. Gewaltige, wurmähnliche *Dinge* bewegten sich unter der hitzeatmenden Oberfläche, stießen manchmal wie im Spiel hindurch und versanken wieder, weißglühende Spritzer geschmolzenen Steins zehn, fünfzehn Yards hoch in die Luft schleudernd. Dann und wann drang ein tiefes, beunruhigendes Grollen an Dagons Ohr, und manchmal reckte sich der augenlose Schädel eines *Ssaddit* aus dem geschmolzenen Stein wie ein Fisch, der nach Luft schnappt.

Ihre Zahl war wieder gestiegen. Dagons Diener hatten ihm Opfer gebracht, genug, selbst die Gier der THUL SADUUN zu befriedigen. Der Moment, auf den er all die Jahre gewartet hatte, war nicht mehr weit.

Dagon verspürte einen leisen Schauer von Furcht, als er daran dachte, wie viele Leben zerstört worden waren, um diese Armee des Schreckens zu schaffen. Selbst ihm, für den das Leben eines Menschen oder irgendeiner anderen Kreatur weniger galt als der Schmutz unter seinen Füßen, wurde angst, als er daran dachte, *welcher* Art die Wesen waren, die zu erwecken er hergekommen war.

Aber es war zu spät, um jetzt noch zurück zu können. Er hatte den entscheidenden Schritt noch nicht getan, aber die Tür ins Land der Schrecken war bereits einen Spaltbreit aufgestoßen. Er hatte den eisigen Hauch der Hölle gespürt, und seine Hände, die jetzt sorgsam unter dem lang wallenden Umhang verborgen waren, legten Zeugnis davon ab.

Dagon vertrieb den Gedanken mit einem ärgerlichen Schnauben, erwachte endlich aus seiner Erstarrung und wandte sich mit einem Ruck ab. Als würden die *Ssaddit* das Gehen ihres Meisters – aber war er das überhaupt? – spüren, begann der See aus geschmolzenem Gestein heftiger zu brodeln und zu zischen. Die Lava spritzte so hoch, daß seine Diener, die sich im Kreis um den gewaltigen flammenden Krater aufgestellt hatten, ein paar Schritte zurückwichen, und die Schatten begannen hektischer hin und her zu huschen.

Einer seiner Diener vertrat ihm den Weg, als Dagon die schmale steinerne Treppe ansteuerte, die hinab in jenen Bereich des Krakatau führte, den zu betreten nur ihm allein gestattet war. Es war ein kleiner hagerer Mann, dessen nackter Oberkörper vor Schweiß glänzte und dessen Gesicht vor Schmutz starrte und gezeichnet war vom Tod; wie die Gesichter aller, die zu lange hier unten nahe dem schlagenden Herzen des Berges waren. Der Krakatau war wie ein feuriger Gott, der kein anderes Leben in seiner Nähe duldete. Er tötete, allein durch seine Nähe.

»Was gibt es?« herrschte Dagon den Mann an.

»Verzeiht, wenn ich Euch störe, Herr«, antwortete der Sklave. »Aber wir haben einen Eindringling gefaßt.«

»Einen Eindringling?« Dagon zog eine Grimasse. »Dann tötet ihn.«

Er wollte weitergehen, aber wieder hob der Mann schüchtern die Hand, und Dagon blieb abermals stehen. »Was ist noch?« fauchte er ungeduldig.

»Ihr solltet ihn … Euch ansehen, Herr«, antwortete der Sklave kleinlaut. »Er ist … anders als die anderen.«

»Anders?« Dagon runzelte die Stirn. »Was soll das heißen?«

Aber diesmal antwortete der Mann nicht mehr. Sein Blick flackerte vor Angst.

»Gut«, sagte Dagon. »Ich sehe ihn mir an. Führe mich zu ihm.«

Der Sklave nickte heftig, drehte sich herum und ging so schnell voraus, daß Dagon fast Mühe hatte, ihm überhaupt zu folgen. Sie durchquerten die Höhle in entgegengesetzter Richtung und betraten einen niedrigen, von blutigrotem Licht erfüllten Stollen, der tiefer hinein in das steinerne Herz des Berges führte.

Sie erreichten eine hohe, domartig gewölbte Kammer, die als bisher einziger Raum etwas wie eine Möblierung aufwies – in einer Ecke gab es eine niedrige, mit feuchtem Stroh gedeckte Bettstatt, davor einen einzelnen Stuhl.

Auf dem Bett lag ein Mann. Er war an Händen und Füßen gefesselt und so grob hingeworfen worden, daß Dagon sein Gesicht nicht erkennen konnte. Und trotzdem spürte er sofort, warum ihn der Sklave geholt hatte.

Etwas an diesem Mann war sonderbar. Dagon glaubte die Gefahr, die er verströmte, beinahe greifen zu können. Es war bizarr, ja beinahe lächerlich: der schwarzgekleidete Fremde war an Händen und Füßen gebunden – und trotzdem hatte Dagon das Gefühl, einer tödlichen Viper gegenüberzustehen, nicht einem hilflosen Mann …

»Er hat vier von uns getötet, Herr«, sagte der Sklave leise. »Mit bloßen Händen. Wir mußten ihn zu zehnt angreifen, um ihn zu überwältigen.«

Dagon nickte. »Es ist gut«, sagte er. »Du kannst gehen.«

Der Sklave entfernte sich schweigend, und Dagon trat vollends an das Bett heran. Der Mann rührte sich nicht, und sein Atem ging langsam und so gleichmäßig wie der eines Schlafenden. Aber davon ließ sich Dagon nicht täuschen.

»Wir sind allein«, sagte er. »Sie brauchen sich nicht mehr zu verstellen. Ich weiß, daß Sie wach sind.«

Einen Moment lang schien es, als würde der Gefangene weiter den Schlafenden spielen, und Dagon spürte einen raschen Anflug von Ungeduld, ja, beinahe Zorn. Aber dann hob der Mann den Kopf, drehte sich auf den Rücken und setzte sich auf; mit einer Behendigkeit, als spüre er die stramm angelegten Fesseln gar nicht. Dagon sah, wie er sich spannte, obgleich sein Gesicht völlig ausdruckslos blieb.

»Versuchen Sie es nicht«, sagte Dagon ruhig. »Meine Diener haben mir berichtet, wie gefährlich Sie sind. Aber ich bin viel stärker als ein Mensch.«

Der Fremde sah auf, und während sein Blick über das Gesicht Dagons huschte, nutzte der Fischgott seinerseits die Gelegenheit, seinen Gefangenen eingehender zu betrachten. Der Fremde war überraschend jung; nicht mehr als zwanzig, allerhöchstens zweiundzwanzig Jahre nach der Zeitrechnung der Menschen, und von schlankem, aber sehr kräftigem Wuchs Seine Hände waren von jener Sehnigkeit, die große Kraft verriet, und der Blick seiner hellblauen, wasserklaren Augen war wie Stahl. Selbst Dagon begann sich unter diesem Blick unwohl zu fühlen.

»Wer sind Sie?« fragte er.

»Shannon«, sagte der junge Mann. »Mein Name ist Shannon.«

»Shannon ...« Dagon wiederholte den Namen ein paarmal, als versuche er, sich an seinen Klang zu gewöhnen. Dann nickte er. »Ich erinnere mich. Du bist der junge Magier, der zusammen mit Robert Craven kam. Was willst du?«

Der Fremde antwortete nicht, sondern starrte ihn nur weiter an. Plötzlich huschte ein sonderbares, schwer zu deutendes Lächeln über sein Gesicht. »Du bist Dagon«, sagte er.

Dagon nickte. »Das ist richtig. Du kennst mich?«

»Nicht persönlich«, antwortete der Fremde. »Aber ich habe von dir gehört. Ich bin hier, weil ich dich gesucht habe.«

Dagon lächelte dünn. »Du hast mich gefunden. Aber ich glaube nicht, daß du Grund hast, dich darüber zu freuen. Was willst du?«

»Mit dir reden«, antwortete der Fremde. »Dir einen Vorschlag machen.«

»Einen Vorschlag?« Dagon schüttelte den Kopf. Er war ein wenig enttäuscht. »Was immer es ist, es interessiert mich nicht.«

»Warum hast du mich dann nicht gleich umbringen lassen?« fragte Shannon ruhig.

»Ich wollte den Mann sehen, der meine Sklaven in Furcht zu versetzen vermag«, antwortete Dagon. »Aber ich habe etwas anderes erwartet.«

Shannon nickte, richtete sich noch ein wenig weiter auf – und hob plötzlich die Hände hinter dem Rücken hervor. »So etwas, zum Beispiel?« fragte er ruhig.

Dagon keuchte vor Überraschung. Shannon hatte die Fesseln nicht etwa zerrissen; obwohl sie aus daumendicken Hanfstricken bestanden, hätte Dagon dies kaum erschreckt, denn Kraft war etwas Relatives, und die Menschen waren im allgemeinen so schwach.

Nein – die Fesseln waren verschwunden. Genauer gesagt, sie hatten sich *verwandelt*!

Aus den zerfaserten braunen Stricken waren zwei dünne, schwarzgrün glänzende Schlangen geworden, die sich zischend und züngelnd um Shannons Handgelenke wanden!

Es dauerte Sekunden, bis Dagon seine Fassung wiederfand. »Das ist ... beeindruckend«, sagte er stockend. »Aber mehr auch nicht. Glaubst du, dein Leben mit ein paar Taschenspielertricks retten zu können?«

»Das wird kaum nötig sein, Dagon«, antwortete Shannon, und irgend etwas war in seiner Stimme, was den Fischgott abermals aufblicken und das glatte Jungengesicht seines Gegenübers genauer ansehen ließ. Täuschte er sich, oder hatte es sich verändert? Dagon vermochte es nicht genau zu sagen, aber es schien, als wäre Shannons Gesicht reifer geworden, härter und ... Ja, dachte er verstört. *Älter*.

»Was hat das zu bedeuten?« fragte er scharf.

Shannon lächelte, aber es war ein ganz und gar grausames Lächeln, ohne die mindeste Spur eines echten menschlichen Gefühls.

»Ich habe dir einen Vorschlag zu machen, Dagon«, sagte Shannon. »Einen Vorschlag, der wahrscheinlich dein Leben retten wird. Ich bin nicht hier, um dich zu vernichten. Wäre ich deshalb gekommen, dann wäre ich kaum so närrisch gewesen, mich von deinen Dienern fangen zu lassen, glaube mir.« Er setzte sich vollends auf, schwang die Beine vom Bett und stand nach sekundenlangem Zögern auf. Dagon bemerkte, daß seine Bewegungen viel von ihrer Eleganz verloren hatten. Sie wirkten noch immer schnell und kraftvoll, aber es waren nicht mehr die eines jungen Mannes. Und die Fesseln an Händen und Füßen waren nun vollends verschwunden.

»Du hast es mir sehr schwer gemacht, Dagon, dich zu finden«, fuhr Shannon fort. »Aber noch ist es nicht zu spät. Wenn du tust, was ich dir sage, dann kann ich die Verwandlung aufhalten.«

Dagon keuchte. »Die ...«

In Shannons Augen glomm ein rasches, kaltes Lächeln auf. »Spiel nicht den Narren. Ich kenne dein Geheimnis, Dagon.« Er deutete mit einer Kopfbewegung auf den Mantel des Fischgottes. »Es hat bereits begonnen, nicht?«

Dagon starrte ihn an. Seine schillernden Fischaugen waren weit vor Schrecken, und plötzlich, beinahe gegen seinen Willen und in einer Bewegung, die er nicht einmal aufhalten konnte, als er es versuchte, hob er die Hände unter dem Mantel hervor und streckte sie dem schwarzgekleideten Magier entgegen.

Es waren nicht die Hände eines Menschen – aber das waren sie ja nie gewesen –, aber auch nicht mehr die Hände Dagons, des Fischgottes. Die schlanken, mit durchscheinenden Schwimmhäuten verbundenen Finger waren zu plumpen, schwärzlich-braun glitzernden Pranken geworden, verkrümmt und knotig und von Pusteln und nässenden Geschwüren übersät. Aus seinen Daumen wuchsen gräßliche Raubtierkrallen hervor, und auch die anderen Nägel waren blutig; das schimmernde Weiß frischer Nägel, die sich zu Fängen auswuchsen, glänzte durch das zerfetzte Fleisch.

Und die Veränderung war nicht allein auf seine Hände beschränkt. Wie braune, unterschiedlich lange Handschuhe zog sich die fürchterliche Färbung seine Arme hinauf; Haut, die zu Horn und irgend etwas anderem Schrecklichen geworden war.

Einen Moment lang betrachtete Shannon die Krallenhände des Fischgottes interessiert, dann trat er zurück, seufzte und fuhr sich mit den Fingern über das Gesicht. Seine Haut schien dunkler zu werden, und abermals hatte Dagon das Gefühl, den jungen Mann vor seinen Augen altern zu sehen.

»Es ist schon schlimmer, als ich dachte«, sagte Shannon. »Aber nicht zu schlimm.« Er lächelte kalt. »Sie beginnen, dich in einen der Ihren zu verwandeln, nicht wahr?«

Dagon nickte. »Woher ... woher weißt du das?«

»Ich weiß manches«, antwortete Shannon unwillig. »Und ich kann manches. Ich kann dir zum Beispiel helfen.«

»Du?« keuchte Dagon. »Du kannst ...«

Shannon schnitt ihm mit einer unwilligen Bewegung das Wort ab. »Hör mir zu«, sagte er. »Es ist nicht mehr viel Zeit. Bald wird sich das *Tor* vollends öffnen, und die THUL SADUUN werden auferstehen. Wenn dies geschieht, wirst du zu einem der Ihren, nicht nur körperlich, und du weißt es. Dann wirst du deinen Plan wohl kaum noch ausführen können.« Er lächelte abermals, legte eine ganz genau berechnete Pause ein und fuhr mit ebenso genau berechneter, veränderter Stimme fort: »Es sei denn, du nimmst meine Hilfe an.«

»Deine Hilfe?« wiederholte Dagon verstärkt. »Die Hilfe meines Feindes?«

»Feind!« Shannon lachte. »Du bist ein Narr, Dagon. Ich wollte dir Robert Craven auf einem silbernen Tablett servieren, aber dieser Trottel hat plötzlich sein Gewissen entdeckt und ist zurückgerannt, um sich umbringen zu lassen. Ich bin nicht dein Feind. Im Gegenteil – wir sind gewissermaßen Verbündete. Du kennst mich.«

Er trat einen Schritt zurück, hob die Arme und begann leise, unverständliche Worte zu murmeln.

Worte, die selbst in Dagon ein spürbares Schaudern hervorriefen.

Dann begann er sich zu verändern.

Es ging ganz schnell. Rings um die hohe, in die Farbe der Nacht gekleidete Gestalt des jungen Magiers ballten sich Schatten und Finsternis zusammen, sein Gesicht verschwand hinter einem Schleier aus huschender Dunkelheit, und etwas geschah mit seiner Gestalt. Sie schien zu schrumpfen, sich auf unbeschreibliche Weise zu verbiegen und zu drehen. Der bizarre Vorgang dauerte nur wenige Sekunden.

Aber als er beendet war, war aus dem jungen, hünenhaft gebauten Mann ein vom Alter gebeugter Greis geworden, ein Mann mit einem Gesicht aus Runzeln und Falten, in dem einzig die Augen noch zu leben schienen.

»Du kennst mich, Dagon«, sagte er noch einmal, und plötzlich sprach er mit einer zitternden Greisenstimme. »Wenn auch nicht unter dem Namen Shannon. Dieser Körper war nicht mehr als ein Mantel, in den ich schlüpfte, um das Vertrauen dieses Narren Craven zu erringen – und dich zu finden. Mein wahrer Name ist Necron.«

Das Meer glühte. Ein unheimliches, rotgelbes Licht brannte irgendwo tief unter seiner Oberfläche, und dahinter, nur als verschwommener Schatten wahrzunehmen, schoß ein kolossales Etwas heran, ein Ding wie ein Wal, aber dreimal so groß und schnell wie ein Pfeil. Eine schaumige Spur markierte seine Bahn; eine weiße, wie mit einem Lineal gezogene Linie, die geradewegs aus dem offenen Meer kam – und genau auf die *Zuidermaar* deutete!

Harmfeld bemerkte die neue Gefahr eine halbe

Sekunde nach mir. Und diesmal reagierte er ungleich schneller als beim ersten Mal. Mit einem Satz war er herum, hetzte über das Schiff und begann gleichzeitig Kommandos zu brüllen. Unter mir wurden knallend die Geschützluken geöffnet, Männer schrien, und überall flammten plötzlich Fackeln und kleine brennende Lunten auf.

Mit einem Satz war ich bei Harmfeld und versuchte ihn zurückzureißen. »Sind Sie wahnsinnig, Kapitän?« schrie ich. »Was immer dort herankommt, es ist größer als Ihr Schiff!«

Harmfeld fuhr herum. Seine Hände zuckten, als wolle er mich packen. »Was soll ich tun, Ihrer Meinung nach?« fauchte er.

»Hier verschwinden!« antwortete ich, ebenso zornig wie er.

Harmfeld schnaubte. »Sie sind ja verrückt! Die *Zuidermaar* ist ein Kriegsschiff, Sie Witzbold, kein Paddelboot! Ich brauche eine halbe Stunde, um das Schiff auch nur von der Stelle zu bekommen.« Er ballte die Hand zur Faust, blickte die näherkommende Leuchterscheinung und die schäumende Bugwelle an und schüttelte noch einmal den Kopf. »Was immer dort herankommt – wir werden kämpfen müssen.«

Und es sah ganz so aus, als hätte er recht.

Ich versuchte in Gedanken, die Zeit abzuschätzen, die noch bis zum Zusammenprall vergehen mußte – eine, allerhöchstens zwei Minuten, dann würde uns dieses Ding vermutlich in den Meeresboden hineinrammen. Ich legte die aneinandergebundenen Hände auf die Reling und spreizte instinktiv die Beine, um mich auf den Anprall vorzubereiten – eine, logisch betrachtet, höchst lächerliche Reaktion in Anbetracht dieses schwimmenden Berges.

Aber dann wurde der Schatten langsamer. Das unheimliche, rotgelbe Licht, das er ausstrahlte, glühte heller auf, tastete wie der Strahl eines Scheinwerfers hierhin und dorthin und glitt, eine Handbreit unter der Wasseroberfläche, über den Rumpf der *Zuidermaar*. Noch immer war der Riese nur als verschwommener Schatten unter dem Meer zu erkennen, aber ich sah deutlich, wie er langsamer und langsamer wurde und schließlich in einem engen Halbkreis herumschwenkte, bis er sich nahezu parallel zu unserem Schiff bewegte. Die Bugwelle verlief sich allmählich, aber über seinem Rücken begann mit einemmal das Wasser zu brodeln wie bei einem Wal, der Luft abbläst. Der gewaltige Schatten begann zu wachsen, als das Ungetüm der Wasseroberfläche entgegenstrebte. Ich erkannte mehr Einzelheiten: den schlanken, zackenbesetzten Leib, die riesige Heckflosse, unter der das Meer sprudelte, den fürchterlichen Rammsporn an seinem Schädel, die beiden gewaltigen, runden Augen, die grelle Lichtnadeln durch das Meer stießen …

Und plötzlich wußte ich, was wir vor uns hatten!

»Es taucht auf!« sagte Harmfeld. Und dann, etwas lauter: »Kanoniere – Achtung. Feuer frei, sobald es oben ist.«

Sekunden vergingen, bis seine Worte in mein Bewußtsein drangen. Dann fuhr ich herum, packte Harmfeld bei den Rockaufschlägen und deutete wild auf das Meer hinaus. »Um Gottes willen, nicht!« keuchte ich. »Das ist kein Ungeheuer, Kapitän! Das ist …«

Harmfeld versetzte mir einen Stoß vor die Brust, der mich zurück und gegen die Reling taumeln ließ. Wütend hob er die Hand, als wolle er mich schlagen. »Sind Sie übergeschnappt, Craven?« schrie er. »Noch ein Wort, und ich lasse Sie in Ketten legen und unter Deck bringen!«

»Aber das ist …«

Harmfeld machte eine blitzschnelle Bewegung mit der Hand, und zwei seiner Marinesoldaten packten mich und zerrten mich grob zurück. Ich wehrte mich verzweifelt, aber mit gefesselten Händen hatte ich keine große Chance gegen die beiden kräftigen Männer. Rasch wurde ich über das Deck und in Richtung des Achterkastells gezerrt.

»Harmfeld!« schrie ich verzweifelt. »Nicht schießen! Das ist kein Ungeheuer! Sie werden …«

Meine Worte gingen in einem ungeheuren Krach unter, als sich die Bordgeschütze der *Zuidermaar* nahezu gleichzeitig entluden. Zwei-, dreihundert Yards weiter draußen auf dem Meer spritzte das Wasser auf, Schaum und weiße Gischt schossen in die Höhe, und zwischen dem weißen Brodeln stoben Funken in die Luft, als die Kanonenkugeln gegen zolldicken Stahl schlugen. Die beiden Männer, die mich hielten, blieben unwillkürlich stehen, um dem phantastischen Schauspiel zuzusehen.

Das Donnern der Geschützsalve war verstummt, aber das Meer kochte weiter und gebar weißen Schaum, als der Gigant weiter auftauchte. Die *Zuidermaar* begann zu zittern, als gewaltige Wellen das Meer kräuselten und gegen ihre Flanke prallten.

Und plötzlich erhob sich vom Deck des Schiffes ein vielstimmiger, gellender Aufschrei, denn inmitten der sprudelnden Gischt erschien ein Alptraumschädel, gewaltig und schwarzgrün schimmernd, von einem Zackenkamm gekrönt und aus zwei riesigen, grell lodernden Augen glotzend.

»Feuer frei!« brüllte Harmfeld. Seine Stimme überschlug sich fast. Ich konnte die Angst darin beinahe greifen.

Die Backbordgeschütze der *Zuidermaar* feuerten eine zweite Salve. Wieder spritzte das Meer auf, und wieder sah ich Funken und Metallsplitter davonfliegen, als die Geschosse gegen den stählernen Schädel des vermeintlichen Ungeheuers prallten und zersplitterten. Dann stach eine orangerote Flamme aus dem brodelnden Gischt, ein helles, boshaftes Sirren erklang – und zwanzig Yards über unseren Köpfen löste sich ein Teil des Mastes in einer feurigen Wolke auf. Brennende Trümmerstücke prasselten auf das Deck, und das gewaltige Kriegsschiff erbebte wie unter einem Hammerschlag.

Die beiden Männer, die mich hielten, waren für einen Moment abgelenkt, und ich nutzte die Chance, die sich mir bot. Blitzschnell riß ich mich los, packte den einen und schleuderte ihn wuchtig gegen seinen Kameraden. Die beiden Matrosen gingen zu Boden. Ich rannte zu Harmfeld zurück, packte ihn an den Schultern und riß ihn herum.

»Hören Sie endlich auf, Sie Idiot!« brüllte ich. »Stellen Sie das Feuer ein, ehe Sie uns alle umbringen!«

Harmfeld keuchte und versuchte, sich aus meinem Griff zu befreien, aber die Wut gab mir zusätzliche Kraft. Ich stieß ihn gegen die Reling, versetzte einem seiner Soldaten, der mich zurückzerren wollte, einen Stoß mit dem Ellbogen, und packte Harmfeld erneut am Kragen.

»Das da draußen sind nicht unsere Feinde!« keuchte ich. »Ihr sogenanntes Seeungeheuer hätte uns mit dem ersten Schuß versenken können, ist Ihnen das klar? Es ist ein Unterseeboot, verdammt!«

Harmfeld wollte antworten, aber in diesem Moment

erscholl ein ungeheures Pfeifen und Dröhnen, und eine Sekunde später rollte eine menschliche Stimme über das Meer heran, verzerrt und von einer phantastischen Technik hundertfach verstärkt. Eine Stimme, die ich nur zu gut kannte!

»Achtung, Kapitän der *Zuidermaar*! Hier spricht Kapitän Nemo von Bord der NAUTILUS. Stellen Sie das Feuer ein!«

Harmfeld erstarrte. Bleich vor Schrecken wandte er sich um, starrte aus hervorquellenden Augen auf den vermeintlichen Monsterschädel – der nichts anderes als der Turm des Unterseebootes war – und versuchte, Worte hervorzubringen. Aber alles, was über seine Lippen kam, war ein unartikuliertes Stöhnen.

»Stellen Sie das Feuer ein und streichen Sie Ihre Flagge!« fuhr die hundertfach verstärkte Baßstimme Nemos fort. »Sie haben genau eine Minute Zeit, sich zu ergeben. Danach versenken wir Sie.«

Harmfeld begann am ganzen Leibe zu zittern »Die ... die NAUTILUS?« wimmerte er. »Das ist ... das ist ganz unmöglich. Das ist ...«

»Noch fünfundvierzig Sekunden!« schrien die Lautsprecher der NAUTILUS.

»Zum Teufel, Kapitän, antworten Sie!« sagte ich. »Nemo meint es ernst.«

»Aber das ist unmöglich!« keuchte Harmfeld. Seine Stimme klang schrill, fast kreischend. Sein Blick flackerte. »Die NAUTILUS ist eine Legende. Seemannsgarn. Es gibt dieses Schiff nicht!«

»Noch dreißig Sekunden«, sagte Nemo.

»Ihre Legende wird uns bis auf den Mond sprengen, wenn Sie nicht kapitulieren!« sagte ich verzweifelt. »Geben Sie Befehl, die Flagge zu streichen!«

Aber Harmfeld schien meine Worte gar nicht zu

hören. Gelähmt vor Schrecken starrte er abwechselnd die NAUTILUS und mich an.

»Ihre Bedenkzeit ist um, mes amis«, sagte Nemo freundlich. »Ich bedaure es zutiefst, aber Sie zwingen mich, Dinge zu tun, die mir im Grunde meiner Seele widerstreben. Pardonnez-moi.«

Und damit stach eine zweite, feurige Lanze zwischen den Bullaugen der NAUTILUS hervor. Ein ungeheures Krachen erklang, und für einen Moment wurde die Nacht zum Tage, als hoch über unseren Köpfen die niederländische Flagge mitsamt einem Teil des Hauptmastes in Flammen aufging.

Mein Herz schien mit einem schmerzhaften Sprung direkt in meinen Hals hinaufzuhüpfen und dort wie ein toll gewordenes Hammerwerk weiterzuschlagen. Verzweifelt sah ich mich nach einer Fluchtmöglichkeit um. Für einen Moment war ich nahe daran, schlichtweg über Bord zu springen, um das rettende Ufer schwimmend zu erreichen. Aber ich verwarf den Gedanken, kaum daß er mir gekommen war. Wenn Nemo wirklich einen seiner schrecklichen Torpedos auf die *Zuidermaar* abschoß, würden von diesem Schiff kaum mehr Trümmerstücke übrigbleiben.

Aber die tödliche, alles auslöschende Explosion, auf die ich wartete, kam nicht. Statt dessen begann plötzlich dicht vor der Reling das Meer zu brodeln, und eine Anzahl gewaltiger, schwarzglänzender Körper durchbrach die Wasseroberfläche. Harmfeld taumelte von der Reling zurück und fuchtelte wild und unkontrolliert mit den Händen umher. An Bord des Schiffes begann eine Panik auszubrechen. Der einzige, der nicht versuchte, eine möglichst große Entfernung zwischen sich und die Reling zu bringen, war ich.

Im Gegenteil. So rasch es mir mit meinen gefesselten

Händen möglich war, ergriff ich eine der zusammengerollten Strickleitern, die längs der Reling lagen, warf sie über Bord und sah zu, wie die Riesengestalten hintereinander daran emporzuklettern begannen. Trotz ihres plumpen Äußeren bewegten sie sich äußerst geschickt und schnell. Schon nach wenigen Sekunden stiegen die ersten Männer über die Reling.

Es waren wahrhaftig Giganten. Keiner von ihnen war kleiner als zwei Yards, und ihre Schulterbreite betrug beinahe das Doppelte eines normalen Menschen. Selbst auf mich, der wußte, daß ihr monströses Äußeres nur auf die schweren Tiefseemonturen zurückzuführen war, die sie trugen, wirkte der Anblick fast beängstigend.

Während sich die Männer der NAUTILUS im Halbkreis um die Strickleiter verteilten und warteten, bis auch der letzte an Bord gekommen war, trat ich auf Harmfeld zu. Der Kapitän der *Zuidermaar* war fast bis zur gegenüberliegenden Reling zurückgewichen und starrte aus hervorquellenden Augen auf die Horrorgestalten. Ein Teil seiner Mannschaft hatte sich um ihn geschart; die meisten bewaffnet, aber ebenso erstarrt vor Schrecken wie ihr Kapitän.

»Geben Sie Ihren Männern Befehl, die Waffen zu senken«, sagte ich hastig. »Ein einziger Schuß löst eine Katastrophe aus!«

Natürlich reagierte Harmfeld auch jetzt nicht auf meine Worte. Aber seine Männer hatten sie verstanden, und der Anblick der finsteren Giganten unterstrich meine Worte und überzeugte sie davon, daß es besser war, auf mich zu hören. Einer nach dem anderen senkten sie ihre Gewehre. Ich atmete innerlich auf.

Mittlerweile war auch der letzte Mann der NAUTILUS an Bord gekommen, und als ich mich umwandte, traten drei der monströsen Gestalten auf Harmfeld und mich zu. Eine von ihnen überragte selbst die schwarzgekleideten Riesen noch um mehr als Haupteslänge. Ich hätte noch nicht einmal durch die Frontscheibe ihres Helmes blicken müssen, um sie zu erkennen.

»Rowlf!« sagte ich erleichtert. »Ihr hättet wirklich keine Minute später kommen dürfen!«

Howards Leibdiener trat auf mich zu und blickte kopfschüttelnd zu mir herab. »Issoch immer's selbe mit dir«, sagte er. »Kaum läßt ma dich 'n Moment ausse Augen, bisse wieda inne Klemme.« Er seufzte, nahm umständlich seinen Helm ab und legte ihn vor sich auf das Deck.

»Was … was bedeutet das, Craven?« krächzte Harmfeld. »Sie kennen diese … diese Männer?«

»Das will ich meinen, mon ami«, sagte eine der beiden anderen Gestalten. »Sie sind der Kapitän dieses famosen Schiffes, nehme ich an?«

Harmfeld starrte den Mann im Taucheranzug an und sagte kein Wort. Nach wenigen Sekunden hob der Mann – wie Rowlf zuvor – die Hände an den Kopf, löste seinen Helm und reichte ihn an seinen Begleiter weiter. Das schmale, ausgezehrt wirkende Asketengesicht mit dem weißen Haar, das unter dem Taucherhelm zum Vorschein kam, wirkte über den monströsen Schultern der Tiefseemontur beinahe lächerlich.

»Wenn ich mich vorstellen darf?« fragte er. »Mein Name ist Nemo. Kapitän Nemo. Und Sie sind …«

»Harm… Harmfeld«, stammelte Harmfeld. »Sie … Sie sind Nemo? Der … *der* Nemo?«

»In der Tat, mein Lieber, *der* Nemo«, erwiderte Nemo mit einem raschen, flüchtigen Lächeln. Er hob den Arm, deutete mit der Metallklaue seines Anzuges auf seine übrigen Begleiter und schloß auch mich in die

Geste ein. »Dies hier sind meine Leute, mon capitain«, sagte er. »Und wie Sie schon ganz richtig vermutet haben, handelt es sich bei Monsieur Craven um einen guten alten Bekannten von mir. Man könnte beinahe sagen, einen Freund.« Er runzelte die Stirn. »Ich sehe, er ist in Ketten?« fragte er. »Was hat er getan?«

Harmfelds Gesicht verlor noch ein wenig mehr an Farbe. »Nichts«, sagte er rasch. »Es handelt sich wohl um ... um einen Irrtum.«

Nemo nickte. »Das scheint mir auch so, mon capitain. Es tut mir übrigens ausgesprochen leid, daß ich Ihr prachtvolles Schiff ein wenig beschädigen mußte, aber unsere Zeit ist knapp bemessen, und Ihre Kanonen drohten die NAUTILUS in Mitleidenschaft zu ziehen.«

»Was ... was wollen Sie von uns?« stammelte Harmfeld.

»Das ist in der Kürze der Zeit und unter den gegebenen Umständen leider nicht so einfach zu erklären«, antwortete Nemo knapp. »Aber ich darf Sie vielleicht bitten, mich an Bord meines Schiffes zu begleiten, mein lieber Freund. Dort werden Sie alles erfahren, was vonnöten ist.«

»Ich ... ich bin Ihr Gefangener?« fragte Harmfeld.

Nemo seufzte. »Ich hätte vielleicht ein anderes Wort dafür gefunden«, sagte er. »Aber ja, sicher, man könnte es so nennen. Sagen wir der Einfachheit halber, daß Sie Ihr prachtvolles Schiff vorübergehend als geentert betrachten dürfen.«

»Dann ist es also wahr, was man sich über Sie erzählt!« sagte Harmfeld wütend. Er hatte den ärgsten Schrecken überwunden und fand seine Fassung jetzt wieder. »Sie sind nichts als ein gemeiner Pirat!«

»Aber ich bitte Sie, mon ami!« erwiderte Nemo in leicht beleidigtem Ton. »Nichts liegt mir ferner, als einen Akt der Piraterie zu begehen. Es ist nur so, daß wir aus einem ganz bestimmten Grund hier sind. Sie werden später alles erfahren, aber nehmen Sie jetzt damit vorlieb, daß wir Ihr Schiff brauchen.«

»Und wozu?« fragte Harmfeld.

»Um diese Insel zu evakuieren«, antwortete Nemo.

»Evakuieren?« Harmfeld blinzelte irritiert. »Wie meinen Sie das? Was soll der Unsinn?«

»Ich fürchte, es ist alles andere als Unsinn«, sagte Nemo in eindeutig bedauerndem Ton. »Dies ist die Insel Krakatau, nicht wahr?«

Harmfeld nickte, und Nemo fuhr fort: »Der Vulkan wird ausbrechen, mon capitain. In weniger als zwei Tagen wird fast die gesamte Insel in einer einzigen, gewaltigen Explosion vom Antlitz dieses Planeten getilgt werden.«

Das Wesen fraß sich tiefer und tiefer in die Erde. Längst hatte es den Leib des Berges über sich zurückgelassen, die Insel, ja selbst den jahrmillionenalten Granit des Meeresbodens durchstoßen, aber immer noch fraß es sich weiter. Sein Leib, heiß wie das Herz einer Sonne, hatte eine feurige Wunde in die Erde gegraben, einen flammenden Kanal, erfüllt mit kochender Lava und Hitze, aber noch hatte es sein Ziel nicht erreicht.

Der Ssaddit hielt für einen Moment in seinem gierigen Fressen und Graben inne, um neue Kraft zu schöpfen. Rings um den schrecklichen Lavawurm herum glühte der Fels, und mit dem winzigen, nur von Instinkten beherrschten Etwas, das er anstelle eines Verstandes trug, spürte er die Verlockung des feurigen Erdinneren wie einen düsteren Ruf, der von tief, tief unten erscholl. Dort war sein Ziel. Dort, im kochenden Herz der Erde, in dem die Erinnerung an die Jugend dieses blauen Planeten noch frisch war, würde er seine Erfüllung finden. Selbst er würde sterben, wenn ihn die Umarmung des flammenden Magmas umfing, aber das spielte keine Rolle. Den Weg dorthin zu graben, war der einzige Zweck seines Daseins. Seines und dem seiner zahllosen Artgenossen, die sich jetzt noch tatenlos in den sprudelnden Lavaseen des Krakatau suhlten, abwartend, aber bereit, ihm zu folgen, wenn er den Ort der Bestimmung erreicht hatte.

Die Kerker der THUL SADUUN.

Die NAUTILUS war längsseits gegangen. Das gewaltige Turmluk hatte sich geöffnet, und einer von Nemos Männern hatte eine Laufplanke ausgelegt, so daß wir das Unterseeboot trockenen Fußes erreichen konnten. Harmfeld hatte sich nicht mehr gesträubt, Nemos ›Einladung‹ Folge zu leisten und an Bord der NAUTILUS überzuwechseln – wenn auch höchstwahrscheinlich weniger aus Einsicht als vielmehr, weil er von dem Gehörten und Erlebten viel zu schockiert war, um überhaupt zu so etwas wie Widerspruch fähig zu sein. Ich war ein wenig enttäuscht, Howard nicht im Turm vorzufinden, aber Nemo erklärte mir, daß er im Salon auf mich und den Kapitän der *Zuidermaar* warten würde, und ich beeilte mich, die gewendelte Eisentreppe hinunter in die Kommandozentrale der NAUTILUS zu laufen.

Unser Wiedersehen war so herzlich, wie man es nach allem, was in der Zwischenzeit geschehen war, erwarten konnte. Howard schloß mich schlichtweg in die Arme und preßte mich so heftig an sich wie eine Mutter, die ihren totgeglaubten Sohn wiedergefunden hat. Einen Moment lang ließ ich seine stürmischen Freudenbezeugungen über mich ergehen, dann löste ich mich aus seiner Umarmung, trat einen Schritt zurück und musterte ihn von Kopf bis Fuß.

Howard sah nicht gut aus. Tiefe graue Schatten lagen auf seinen Wangen, und seine Augen hatten einen fiebrigen Glanz, der wohl nur zum Teil auf seine Erregung zurückzuführen war. Seine Hände zitterten ganz leicht, als er einen Zigarillo aus der Rocktasche nahm und anzündete.

»Wie schön, dich wiederzusehen, Junge«, sagte er – zum wahrscheinlich dreißigsten Male. »Ich hatte die Hoffnung bereits aufgegeben.«

»Du weißt doch: Unkraut vergeht nicht«, antwortete ich.

Howard lächelte, aber der ernste Ausdruck in seinen Augen nahm eher zu. Er setzte sich, schnippte die Zigarrenasche auf den Boden und wies mich mit einer einladenden Geste an, ihm gegenüber Platz zu nehmen.

Ich sah zur Tür zurück, ehe ich gehorchte. Das halbrunde Stahlschott hatte sich hinter mir wieder geschlossen.

»Ich habe darum gebeten, daß man uns für einige Minuten in Ruhe läßt«, sagte Howard, der meinen Blick richtig deutete. »Wir haben eine Menge zu bereden. Und nicht sehr viel Zeit. Was ist passiert?«

Ich zögerte einen Moment, zu antworten. Mir brannten selbst tausend Fragen auf der Zunge, angefangen mit der, wieso die NAUTILUS plötzlich hier aufgetaucht war – nicht nur Tausende von Meilen von der schottischen Küste entfernt, sondern noch dazu zwei Jahre in der *Vergangenheit*. Aber ich kannte Howard auch gut genug, um zu wissen, daß ich ohnehin keine Antwort bekommen würde, ehe nicht sein

Wissensdurst gestillt war. So fügte ich mich denn und erzählte ihm alles, was seit unserer letzten Begegnung geschehen war, über die verzweifelte Odyssee der *Dagon* und mein Zusammentreffen mit dem geheimnisvollen Feind der GROSSEN ALTEN, bis hin zu dem, was sich auf Krakatau selbst zugetragen hatte. Howard sagte während der ganzen Zeit kein Wort, aber er hatte seine Physiognomie nicht gut genug unter Kontrolle, daß ich nicht darin hätte lesen können. Nicht sehr viel von dem, was er hörte, schien ihn zu überraschen.

Auch als ich zu Ende berichtet hatte, schwieg Howard weiter, und schließlich hielt ich es nicht mehr aus und platzte heraus: »Was hat das alles zu bedeuten, Howard? Wie kommt die NAUTILUS hierher? Woher wußtet ihr überhaupt, wo ich bin, und was hat Nemo damit gemeint: Diese Insel wird vom Angesicht des Planeten getilgt werden?«

Howard lächelte, wurde aber sofort wieder ernst. »Mein alter Freund Nemo befleißigt sich manchmal einer etwas blumenreichen Ausdrucksweise«, sagte er. »Aber er hat recht, Robert. Sagt dir der Name Krakatau wirklich so wenig? Denk zurück – zwei Jahre ungefähr.«

Ich überlegte einen Moment, schüttelte aber dann den Kopf. Vor zwei Jahren war ich gerade in London eingetroffen und hatte versucht, mich in die Geheimnisse einzuarbeiten, die mir mein Vater zusammen mit seinem Riesenvermögen hinterlassen hatte. Ich hatte während dieser Zeit kaum etwas von dem mitbekommen, was rings um mich herum auf der Welt vorging.

»Zwei Jahre in der Vergangenheit, das ist jetzt«, sagte Howard. »Der Vulkan wird ausbrechen, in einer der größten Eruptionen seit Menschengedenken.«

»Und es gibt ... keine Möglichkeit, es ... es zu verhindern?«

Howard schüttelte traurig den Kopf. »Wie willst du etwas verhindern, was schon geschehen ist, Robert?« fragte er. »Wir können nur versuchen, so viele Menschen wie möglich von der Insel fortzuschaffen, ehe die Katastrophe hereinbricht.«

»Deshalb hat Nemo die *Zuidermaar* einfach entern lassen«, sagte ich.

Howard nickte. »Ja. Für lange Erklärungen bleibt keine Zeit. Wir haben achtundvierzig Stunden, um Krakatau zu evakuieren, von hier zu verschwinden und so weit aufs Meer hinauszufahren, wie wir nur können. Dieses holländische Kriegsschiff hat sogar noch weniger Zeit. Es muß einen Hafen erreichen, ehe die Flutwelle kommt.« Er seufzte, stand auf und kam mit einer zerknitterten Seekarte wieder. Ich sah, daß er einige Punkte darauf mit roten Strichen markiert hatte.

»Einen Vorteil haben wir«, sagte er, während er die Karte auseinanderfaltete und mit dem Handrücken glattstrich. »Wenn auch einen kleinen. Da wir wissen, wo und wie schlimm die Springflut zugeschlagen hat, können wir dem Kapitän des Schiffes ziemlich genau sagen, wohin er segeln muß, um zu überleben.«

»Und ... alles andere?« fragte ich stockend. »Dagon und Shannon und ...«

»Dazu bleibt keine Zeit«, unterbrach mich Howard leise, aber sehr ernst. »Auf dieser Insel leben an die tausend Menschen. Wir werden kaum alle retten können, aber jeder Moment ist kostbar. Dein fischgesichtiger Freund wird zusammen mit dem Vulkan in die Luft fliegen.«

»Und Shannon auch«, fügte ich düster hinzu.

Howard wich meinem Blick aus. »Ich fürchte es«,

murmelte er. Er schwieg einen Moment, sah mich dann doch an und fragte: »Du magst ihn sehr, wie?«

»Ich ... ich weiß nicht«, antwortete ich ausweichend. »Bis vor ein paar Tagen dachte ich, er wäre mein Freund, aber jetzt ...« Ich suchte vergeblich nach den passenden Worten. Wie hätte ich die Enttäuschung, ja, das *Entsetzen,* mit dem mich Shannons so plötzliche Verwandlung erfüllt hatte, auch ausdrücken sollen?

»Wir können nichts für ihn tun«, sagte Howard leise. »Nicht, wenn er wirklich zu Dagon gegangen ist.«

»Ich könnte versuchen, ihn herauszuholen«, sagte ich.

Howard lachte. Es klang nicht besonders amüsiert. »Nach allem, was du mir erzählt hast? Du bist verrückt, Junge.«

»Aber er ist wenigstens kein Verräter!« sagte eine Stimme hinter mir.

Howard fuhr auf und preßte wütend die Lippen zusammen, und auch ich drehte mich herum – und unterdrückte im letzten Augenblick einen erschrockenen Ausruf.

Das Schott hatte sich lautlos wieder geöffnet, und Nemo, Rowlf und Kapitän Harmfeld waren hereingekommen, begleitet von zwei Matrosen der NAUTILUS, die wie zufällig rechts und links von Harmfeld standen. Und einem jungen, dunkelhaarigen Mädchen, das Howard und mich abwechselnd mit zornsprühenden Blicken anstarrte.

»Jennifer!« entfuhr es mir. »Wie ... wie kommst du hierher?« Ich sprang auf und eilte ihr entgegen, aber Jennifer ignorierte mich und ging mit schnellen Schritten auf Howard zu.

»Halten Sie so Ihr Wort, Lovecraft?« fauchte sie. »Wir hatten etwas anderes vereinbart.«

»Unsinn«, verteidigte sich Howard. »Wir haben versichert, daß wir Sie hierherbringen, mehr nicht. Und selbst wenn – es stehen Menschenleben auf dem Spiel, was gilt da ein gegebenes Wort?«

»Was hat das alles zu bedeuten?« fragte ich verstört.

»Das fragst du besser deinen Freund Howard«, schnappte Jennifer wütend. »Wir hatten eine Abmachung.«

»Eine Abmachung?« Ich sah Howard an.

»Das stimmt«, gestand er. »Wir ... haben versprochen, sie zu Dagon zu bringen. Als Gegenleistung hat sie uns verraten, wo du bist. Und *wann*«, fügte er mit sonderbarer Betonung hinzu.

»Und Sie betrügen mich«, sagte Jennifer böse. »Ich habe mein Wort gehalten und Sie zu Craven geführt. Jetzt bringen Sie mich zu Dagon.«

»Kindchen«, begann Howard, »das ist ...«

Jennifer fuhr ihm mit einer wütenden Bewegung ins Wort. »Das ist, was wir vereinbart haben, Lovecraft. Ich habe mein Wort gehalten, jetzt halten Sie das Ihre. Wenn nicht ...« Sie sprach nicht weiter, aber vielleicht war es gerade das, war ihren Worten ein solches Gewicht verlieh. Howard preßte die Lippen aufeinander, aber ich spürte, daß sein Zorn nicht ganz echt war, und daß sich eine Furcht dahinter verbarg, die ich nicht verstand.

Ehe er antworten und damit alles nur noch schlimmer machen konnte, trat ich zwischen ihn und das schwarzhaarige Mädchen, um so wenigstens den Blickkontakt zwischen den beiden ungleichen Kampfhähnen zu unterbrechen.

»Jenny«, sagte ich, »warum erzählst du mir nicht einfach, was geschehen ist. Vielleicht finden wii eine Lösung.«

»Da gibt es nicht viel zu erzählen«, antwortete sie wütend. »Ich hatte eine Abmachung mit Lovecraft und Nemo. Ich habe ihnen gesagt, wo Sie zu finden sind, und dafür haben sie sich verpflichtet, mich zu Dagon zu bringen.«

»Warum?« fragte ich. »Was versprichst du dir davon?«

»Das geht dich nichts an«, antwortete sie wütend.

»Ich denke doch«, widersprach ich. »Mir ist auch daran gelegen, Dagon zu finden, ehe hier alles in die Luft fliegt, aber wenn ich dir helfen soll, dann muß ich wissen, auf welcher Seite du stehst, Jenny.«

»Siehst du das wirklich nicht, Robert?« fragte Howard leise. »Schau sie dir doch an. Sie liebt ihn. Sie liebt dieses Ungeheuer!«

Seine Stimme troff dabei so von Verachtung, daß Jenny wie von der Tarantel gestochen herumfuhr und es für einen Moment so aussah, als wolle sie sich auf ihn stürzen.

»Wollen Sie es bestreiten?« fragte Howard kühl.

Ich drehte mich wütend herum. »Howard, zum Teufel, was soll das?« schnappte ich.

Ich bekam keine Antwort, aber das zornige Funkeln in Howards Augen verstärkte sich weiter. Einen Moment lang erwiderte ich seinen Blick, dann drehte ich mich wieder zu Jennifer um und versuchte zu lächeln. Ganz gelang es mir nicht.

»Ist es wahr?« fragte ich. »Liebst du Dagon immer noch? Obwohl er dich und die anderen einfach im Stich gelassen hat?«

Das Mädchen schürzte wütend die Lippen. »Und wenn?« fragte sie.

»Wenn«, antwortete ich, sehr leise und in aufrichtig bedauerndem Ton, »kann ich dir nicht helfen, Jenny.

Das mußt du einsehen. Dagon ist unser Feind, und nicht nur unserer.«

»Ach?« fragte Jennifer. »Ist er das?«

Ich stutzte. Ihre Worte waren genau in dem Ton vorgebracht, in dem ein störrisches Kind reden mochte, das ausprobiert, wie weit es gehen kann. Und trotzdem ließ mich etwas darin aufhorchen.

»Wie meinst du das?« fragte ich.

In Jennifers Augen blitzte es. »Warum kommst du nicht mit mir und fragst ihn selbst?« sagte sie.

Ich wollte antworten, aber ich konnte es nicht. Jennifer haßte mich, das war mir klar, im selben Moment, in dem ich in ihre Augen sah. Sie haßte Howard, Nemo, mich – überhaupt jeden hier, denn in den letzten Augenblicken hatte sie vermutlich die größte Enttäuschung ihres Lebens erlebt. Ich wußte noch immer nicht genau, was Howard und sie vereinbart hatten – aber es schien, als hätte *sie* ihren Teil dieses sonderbaren Handels eingehalten. Wenn Howard jetzt die Vereinbarung brach, dann mußte ihr dies wie Betrug vorkommen. Genaugenommen war es das wohl auch. Und genaugenommen konnte ich es nicht gutheißen, ganz gleich, aus welchen Gründen heraus Howard und Nemo handeln mochten. Auch ein Betrug an einem Feind bleibt ein Betrug, egal, wie man es dreht und wendet.

Aber da war noch mehr. Über diese Tatsache hinaus konnte ich Jennifer nur zu gut verstehen. Ich wußte aus eigener schmerzlicher Erfahrung, wie eng Liebe und Leid miteinander verbunden sind. Auch ich hatte eine Enttäuschung erlebt, die ich selbst jetzt, nach mehr als zwei Jahren, noch nicht vollends verwunden hatte.

Schließlich senkte ich den Blick, starrte einen Moment zu Boden und wandte mich dann wieder an Howard. »Du bleibst dabei?«

»Die NAUTILUS wird sich keinen Fuß von der Stelle rühren«, sagte Howard hart – und in einem Ton, der mich davon abhielt, noch einmal zu fragen.

»Gut«, antwortete ich. »Dann werde ich zusammen mit Jenny gehen.«

Howard keuchte. »Du willst ...«

»Morgen früh«, fuhr ich fort, mit ganz leicht erhobener Stimme. »Nur wir zwei. Alles, was ich brauche, sind frische Kleider und ein Gewehr. Und vierundzwanzig Stunden Zeit. Habe ich die?«

Howard antwortete nicht sofort, sondern tauschte einen fragenden Blick mit Nemo. Der Kapitän der NAUTILUS nickte beinahe unmerklich.

»Gut«, sagte Howard. Seine Stimme klang seltsam. Zorn war darin, aber auch noch etwas anderes, das ich nicht zu benennen vermochte. »Vierundzwanzig Stunden. Keine Minute länger, Robert. Übermorgen bei Sonnenaufgang stechen wir in See, ob du an Bord bist oder nicht. Wenn wir bleiben, ist es unser aller Tod.«

Über dem Strand lag das Schweigen des Todes. Die Luft war still, beinahe unbewegt, und selbst das monotone Rauschen und Wispern der Brandung klang wie von weit, weit her, obwohl die Wellen nur wenige Handbreiten hinter den Füßen der Männer gegen den Strand leckten.

Während der zweiten Hälfte der Nacht waren das Schreien und Schießen verklungen und die Brände einer nach dem anderen erloschen, und jetzt lagen die Häuser dunkel und bar jeden Lebens da; eine halbhohe, im grauen Licht der Dämmerung wie eine gezackte Zinnenmauer wirkende Wand, die sich vor dem größeren Schatten des Berges abhob. Brandgeruch hing in der Luft, und hier und da kräuselte sich noch Rauch in den Himmel.

Eine Mauer des Schweigens. Es hätte der grünweißen, mit kleinen glitzernden Klümpchen durchsetzten Schleimspur auf dem Strand nicht einmal bedurft, um mir zu sagen, daß in diesem Ort nichts Lebendes mehr war.

»Warten Sie«, sagte Harmfeld, als ich weitergehen wollte, um einer Welle auszuweichen, die schäumend herangerollt kam. »Irgend etwas stimmt hier nicht.«

»Ach?« erwiderte ich spitz. »Wie kommen Sie darauf?«

Harmfeld runzelte die Stirn, schenkte mir einen bösen Blick und sah aus zusammengekniffenen Augen zurück zum Meer, wo sich die *Zuidermaar* wie ein gewaltiger schwimmender Berg erhob. Das Schiff war näher an die Küste herangekommen, so nahe, wie es einem Schiff dieser nicht unbeträchtlichen Größe eben möglich war, bevor es Gefahr lief, plötzlich auf dem seichten Strand aufzusetzen. Trotzdem war es noch eine gute halbe Meile vom Ufer entfernt. Selbst die NAUTILUS, deren Turm wie eine stählerne Klippe unweit des Schiffes aus dem Meer ragte, erschien mir unendlich weit entfernt.

Das Bild erinnerte mich an Howard und Rowlf, die beiden einzigen Freunde, die ich besaß, und die auf diesem Schiff zurückgeblieben waren. Es tat weh. Ich hatte bis vor wenigen Stunden noch nicht einmal zu hoffen gewagt, sie überhaupt wiederzusehen. Und dann war dieses Wiedersehen ganz, ganz anders verlaufen, als ich mir erträumt hatte.

Wie kam es nur, daß Howard und ich, die beide für den anderen eine große Hochachtung und ebenso tiefe Zuneigung empfanden, sich fast ununterbrochen stritten? Was war der Grund – waren wir zu verschieden oder zu ähnlich? Oder war es vielleicht so, daß man nicht tagtäglich mit dem Bösen umgehen konnte, ohne selbst so zu werden? Vielleicht war es wirklich so, wie Howard einmal – nicht ganz im Scherz – gemeint hatte: *Es ist, als würdest du mit den Händen im Dreck wühlen, Junge. Du kannst ihn fortwerfen, so weit du willst. Etwas bleibt immer an dir haften.*

Ich verscheuchte den Gedanken, trat – Harmfelds Befehl mißachtend – zwei Schritte weiter auf den Strand hinauf und sah schadenfroh zu, wie Harmfeld und seine Leute nasse Füße bekamen. Auch Jennifer hatte sich ein Stück weit den Strand hinauf bewegt, obwohl sie gewiß nicht wasserscheu war. Ein flüchtiges Lächeln verzog ihre Lippen, als sie Harmfelds Mißgeschick bemerkte. Der Holländer fluchte, trat an meine Seite und blickte wieder zum Ort hinüber.

Ein besorgter, ja beinahe schon ängstlicher Ausdruck begann sich auf seinen Zügen breitzumachen, während sein Blick über die niedergebrannten Häuser tastete. Seine Hand legte sich in einer unbewußten Geste auf den Griff des Paradesäbels, der von seiner Seite baumelte. Nirgends war eine Spur von Leben zu erblicken, aber das hatten wir auch nicht erwartet. Aber es war auch nicht ein einziger Toter zu sehen. Und das war beinahe schlimmer.

Langsam gingen wir weiter, flankiert von dem Dutzend Männer, das Harmfeld und mich begleitete. Keiner von uns sprach, und selbst Jennifers Antlitz zeigte Furcht und Schrecken, als wir in die niedergebrannte Stadt eindrangen. Der Ort wirkte – so absurd es klingt – auf beunruhigende Weise friedlich. In dem kleinen, zum Hafen deklarierten Straßenabschnitt, in dem unsere Pinasse angelegt hatte, dümpelte ein halbes

Dutzend Fischerboote in der Brandung, ein Stück weiter nördlich lugte das halbverfaulte Wrack eines etwas größeren Bootes aus dem Wasser, das vor Jahren einmal hier aufgelaufen sein mußte, ohne daß sich jemand die Mühe gemacht hatte, es zu bergen. Ein Stück den Strand hinauf, auf halber Strecke zwischen der Flutlinie und dem eigentlichen Ort, erhob sich das windschiefe Gebäude der Hafenkneipe, in der Shannon und ich am Tage zuvor um ein Haar gelyncht worden wären. Seine Tür stand offen, so daß ich ungehindert in sein Inneres blicken konnte. Es war leer. Durch eine Laune des Zufalls war es eines der wenigen Gebäude, die den Brand überstanden hatten. Nicht einmal seine Wände waren geschwärzt.

Harmfeld schickte einen seiner Soldaten mit einer knappen Handbewegung in die Kneipe, nahm die Finger endlich von seinem Säbel und zog statt dessen einen langläufigen Revolver unter seiner Uniformjacke hervor. Das Knacken, mit dem er den Hahn zurückzog, klang in der unheimlichen Stille wie ein Peitschenhieb.

Wir gingen weiter, instinktiv enger zusammenrückend. Das Meer rauschte monoton gegen die Küste, und der Wind begann mit trockenen Abfällen und Fensterläden zu spielen; aber nirgendwo zeigte sich die geringste Spur von Leben. Harmfelds Männer schwärmten aus, um hier und da ein Haus zu durchsuchen, aber das Ergebnis war immer das gleiche.

Der Ort war leer. Die Überlebenden – falls es welche gegeben hatte – waren verschwunden, zusammen mit den Toten. Und Harmfelds Hilfstruppe.

»Was ist hier geschehen?« flüsterte Harmfeld. Seine Stimme bebte.

Es war keine Frage, auf die er eine Antwort haben wollte, und so schwieg ich

Wir durchquerten den Ort und blieben dicht vor der wuchernden grünen Mauer des Dschungels stehen. Harmfeld wich meinem Blick aus, aber ich sah, daß er immer wieder nach oben starrte, zum Gipfel des Krakatau hinauf. Der Berg spie Flammen, aber im hellen Licht der Morgensonne sah das Bild auf bedrückende Weise ästhetisch aus. Es war nichts Bedrohliches daran. Absolut nichts.

»Ich kann es einfach nicht glauben«, murmelte er. »All diese Menschen. Die ... die Insel hat beinahe sechshundert Einwohner, und ...« Er stockte, scharrte einen Moment mit der Schuhspitze im Boden und sah plötzlich mit einem Ruck auf.

»Sagen Sie mir die Wahrheit, Craven«, sagte er. Seine Stimme klang fast flehend. »Das alles ist doch nicht wahr! Das ist nur ein Trick Ihrer Freunde, damit ich keinen Widerstand leiste!«

»Leider nicht, Kapitän«, antwortete ich. »Ich fürchte, es ist so. Der Vulkan wird ausbrechen, in genau dem Moment, den Nemo Ihnen vorhergesagt hat.«

Harmfelds Augen weiteten sich ungläubig, aber irgendwie schien er zu spüren, daß ich die Wahrheit sagte. »Was sind Sie?« fragte er leise. »So eine Art Hellseher?«

»Manchmal«, antwortete ich.

Harmfeld schien noch mehr sagen zu wollen, beließ es aber dann bei einem Kopfschütteln und rammte seine Pistole mit einer übertrieben heftigen Bewegung in die Halfter zurück. »Ich lasse meine Männer die Stadt noch einmal durchsuchen, bevor wir zum Schiff zurückkehren«, sagte er. »Ich muß sichergehen.«

»Das wird Nemo nicht sehr freuen«, sagte ich. »Wir haben keine Zeit dafür.«

Harmfeld fuhr auf. »Wir sollen die Insel evakuieren, oder?« fauchte er. »Das heißt, Menschen zu retten. Und ich fange damit *hier* an.« Er ballte die Hand zur Faust, beruhigte sich aber so schnell wieder, wie er aufgefahren war.

»Und Sie wollen wirklich dort hinauf?« fragte er mit einer Kopfbewegung auf den Vulkan.

»Ja«, antwortete Jennifer an meiner Stelle. »Aber wir werden zurückkommen, Kapitän. Keine Sorge.«

Harmfelds Nicken wirkte nicht sehr überzeugend.

»Dieser Narr«, murmelte Howard. »Dieser verdammte, romantische Narr. Er wird sich umbringen!« Wütend schlug er mit der Faust auf den Tisch, so daß Tintenfaß und Kohlestifte einen wilden Tanz vollführten, zog dann einen seiner berüchtigten schwarzen Zigarillos aus der Brusttasche seines Rockes und riß ein Streichholz an.

»Du hättest ihn aufhalten können«, sagte Nemo, der auf der anderen Seite des Kartentisches Platz genommen hatte. »Warum hast du es nicht getan?«

»Aufhalten?« Howard stieß eine blaue Qualmwolke in die Luft. »Du kennst Robert nicht sehr gut, sonst hättest du das nicht gesagt«, behauptete er. »Eher hinderst du den Krakatau mit bloßen Händen daran, auszubrechen.« Wütend sog er an seiner Zigarre, daß ihr brennendes Ende fast weiß aufglühte.

Nemo hustete demonstrativ. »Was macht dich so zornig?« fragte er leise. »Die Tatsache allein, daß er gegangen ist, oder die, daß er es gegen deinen Willen getan hat?«

Howard schnaubte. »Wenn er nicht zurückkommt, war alles umsonst«, fauchte er. »Ist dir das klar? Er ist genau wie sein Vater, als der im gleichen Alter war. Immer mit dem Kopf durch die Wand. Irgendwann«, fügte er leiser hinzu, »wird er auf eine treffen, an der er sich den Schädel einrennt.«

Wir hatten nur drei Stunden gebraucht, den Weg bis zur Steilküste hinter uns zu bringen, und trotzdem fühlte ich mich, als hätte ich einen Dreißig-Meilen-Lauf hinter mich gebracht. Die Hitze war selbst im Schatten des Dschungels beinahe unerträglich gewesen, und wenn der Lärm, den Jennifer und ich gemacht hatten, auch beinahe alles Leben aus unserer Nähe verscheucht hatte, so hatten sich doch sämtliche Moskitos, Stechfliegen und andere Blutsauger der südlichen Hemisphäre auf mich gestürzt. Wenigstens fühlte ich mich so. Mein ganzer Körper schien eine einzige, unerträglich juckende Beule zu sein.

Mit einer Mischung aus Bewunderung und kaum verhohlenem Neid betrachtete ich Jennifer, die wenige Schritte neben mir ging. Irgendwie brachte sie das Kunststück fertig, sich noch immer mit der Eleganz und Grazie einer Lady zu bewegen, obgleich sie wie ich seit drei Stunden nichts anderes tat, als über Wurzeln und Baumstümpfe zu steigen, sich durch Lücken in dornigem Gestrüpp zu zwängen und tiefhängendem Geäst auszuweichen, das ihr ins Gesicht peitschen wollte. Sie hatte nicht einen einzigen Kratzer abbekommen.

Übrigens auch nicht einen einzigen Insektenstich …

Nach einer Ewigkeit hellte sich die dunkelgrüne Dämmerung vor uns auf, und ich spürte wieder den Salzwassergeruch des Meeres durch das Aroma des Waldes. Aufatmend blieb ich stehen und bedeutete Jenny mit einer Handbewegung, es mir gleichzutun.

»Was ist?« fragte sie ungeduldig.

»Nichts. Ich … brauche nur eine kleine Pause, das ist alles«, antwortete ich stockend. Ich lächelte verzeihungsheischend, als ich ihr unwilliges Stirnrunzeln bemerkte, und fügte hinzu: »Die Kletterei zum Strand hinunter wird verdammt anstrengend werden. Du solltest dich auch ein wenig ausruhen.«

»Das alles wäre nicht nötig gewesen, hätten Nemo und Lovecraft ihr Wort gehalten«, sagte Jenny verärgert, ließ sich aber nach kurzem Zögern dicht neben mir auf einen abgestorbenen Baumstumpf sinken und schloß die Augen. Feiner Schweiß bedeckte ihre Stirn. Sie atmete ein wenig schneller als normal. Aber ganz und gar nicht so schnell, wie ein Mensch, der drei geschlagene Stunden durch den Dschungel gewandert war, hätte atmen müssen.

»Mit der NAUTILUS hätten wir den Weg in einer halben Stunde geschafft«, gestand ich. »Aber Howard hatte seine Gründe. Glaube mir. Er ist kein …«

»Kein was?« unterbrach mich Jenny zornig. »Kein Betrüger?« Sie lachte. »Wolltest du das sagen?«

»Du hättest schwimmen können«, verteidigte ich mich, in die Enge getrieben durch ihren plötzlichen Ausbruch, aber auch verwirrt über den Zorn, den ich fühlte.

»Ich schon«, antwortete Jenny. »Und du?«

»Ich?« Ich verstand nicht gleich.

Jennifer lachte abfällig. »Versuch nicht, mir etwas vorzumachen«, sagte sie böse. »Du bist nicht nur mitgekommen, um mir zu helfen oder das Wort einzulösen, das Lovecraft mir gegeben hat.« Sie machte eine vage Geste zur Küste hin. »Du bist genauso interessiert daran wie ich, dort hinunter zu kommen.«

Einen Moment lang starrte ich sie an, dann nickte ich. »Ja«, sagte ich, allmählich genauso wütend wie sie.

»Dort unten ist nämlich ein Freund von mir. Und wenn er noch lebt, werde ich ihn dort herausholen.«

»Ein Freund?« Jennifer sprach das Wort aus wie eine Beschimpfung. »Nach allem, was du über ihn erzählt hast?« Sie lachte böse. »Ich glaube, wer *deine* Freunde hat, der braucht keine Feinde mehr, Robert.«

»Und Dagon?« fauchte ich. »Gib mir eine logische Erklärung, wie man ein Wesen *lieben* kann, das nicht einmal ein Mensch ist.«

Jennifer stand mit einem Ruck auf und deutete zur Küste. »Gehen wir weiter«, sagte sie.

Die beiden Matrosen waren ganz gewiß keine Schwächlinge, sondern vielmehr das, was man sich im allgemeinen vorstellte, wenn man an einen Matrosen dachte: große, sonnengebräunte Gestalten, deren Muskeln den Stoff ihrer rotblau gestreiften Hemden zu sprengen drohten. Trotzdem reichten ihre Kräfte kaum aus, den heftig um sich schlagenden Majunde zu bändigen. Der Mann wog kaum die Hälfte eines seiner beiden Gegner; aber er trat und schlug und kratzte und biß so wütend um sich, daß die beiden ihn mehr als einmal fast fallengelassen hätten. Schließlich wurde es ihnen zu viel, und sie erledigten das Problem auf ihre Art: Ein gezielter Kinnhaken ließ den Eingeborenen reglos in den Armen der Männer zusammensinken.

Howard seufzte. »Ich dachte, wir wollten diese Menschen retten«, sagte er, »nicht ihnen den Schädel einschlagen.«

»Wenn wir wenigstens ihre Sprache beherrschen würden«, murmelte Nemo. »Wie, zum Teufel, soll ich Menschen klarmachen, daß wir sie retten wollen, wenn ich nicht einmal *guten Tag* sagen kann?«

Howard verzichtete auf eine Antwort. Er konnte Nemos Besorgnis sehr gut verstehen. Es ging nicht nur darum, daß seine Männer die Majunde praktisch einzeln einfangen mußten, um sie an Bord der *Zuidermaar* zu bringen – und es ihnen nur zu oft nicht gelang, weil sich die Eingeborenen in den Dschungel retteten, nicht ahnend, daß sie damit in den sicheren Tod liefen. Die wirklichen Schwierigkeiten würden erst noch beginnen.

Howard versuchte lieber gar nicht, sich vorzustellen, was an Bord eines Schiffes geschah, auf dem sich drei-, oder auch vierhundert Wilde aufhielten, die glaubten, in die Sklaverei oder sonstwohin entführt zu werden.

Aber sie hatten keine andere Wahl. In wenigen Stunden würde es diese Insel nicht mehr geben.

Eines der vollbesetzten Beiboote erreichte in diesem Moment die *Zuidermaar*, deren Tiefgang es ihr nicht erlaubte, näher als eine dreiviertel Meile an den Strand heranzufahren. Seile und Strickleitern wurden herabgelassen, und die Matrosen fuhren mit der undankbaren Aufgabe fort, die noch immer kreischenden und um sich schlagenden Majunde an Bord des Seglers zu hieven.

Nemo sah der Rettungsaktion, die mehr und mehr zu einem wilden Handgemenge zwischen Rettern und Nicht-gerettet-werden-Wollenden wurde, einige Augenblicke lang wortlos zu, dann wandte er sich mit einem neuerlichen, sehr tiefen Seufzen zu Howard um.

Aber er sagte nichts mehr, sondern ging mit müden Bewegungen ins Innere der NAUTILUS zurück.

Obwohl ich den Höhleneingang jetzt zum ersten Male bei hellem Tageslicht sah, schien er beinahe noch bedrohlicher zu wirken: ein gähnendes, weit aufgerissenes Maul, das jeden verschlingen mußte, der schwachsinnig genug war, auch nur einen Fuß dort hinein zu setzen. Das unheimliche Glühen, das während der Nacht aus dem Berg gedrungen war, hatte zugenommen und war jetzt selbst im Sonnenlicht zu erkennen, wenn auch nur als schwacher Funke irgendwo am Ende des Tunnels.

Es war heiß. Unerträglich heiß. Aus dem Inneren der Erde wehte der Hauch der Hölle hervor.

»Worauf wartest du?« fragte Jennifer. Sie war vorausgegangen und bereits ein gutes Stück in den Tunnel vorgedrungen, während ich dicht hinter dem Eingang stehengeblieben war. Das Gewehr, das mir Harmfeld mitgegeben hatte, lag jetzt in meiner Armbeuge und war entsichert. Aber ich hatte das Gefühl, daß mir die Waffe bei dem, was uns hier erwartete, nicht sehr viel nutzen würde.

»Nicht so laut!« sagte ich warnend.

Jennifer seufzte. »Warum?« fragte sie spitz. »Hast du Angst, die Felswände könnten dich hören?«

Ich schenkte ihr einen bösen Blick und trat mit einem energischen Schritt neben sie; allerdings nicht, ohne mich noch einmal umzusehen.

»Vielleicht«, antwortete ich mit einiger Verspätung. »Wir sollten vorsichtig sein. Dagons Männer ...«

»Dagon«, unterbrach mich Jennifer mit sonderbarer Betonung, »hat im Augenblick anderes zu tun, glaube mir.«

»Ist das eine Vermutung – oder weißt du es?«

»Ich weiß es«, sagte Jennifer ungeduldig.

»Aber die Frage, woher, wirst du mir sicher nicht beantworten«, vermutete ich.

»Sicher nicht«, sagte Jennifer.

Ich seufzte, hob mein Gewehr ein wenig höher und

blinzelte ein paarmal, damit sich meine Augen, die noch an das grelle, vom Meer zusätzlich reflektierte Sonnenlicht gewöhnt waren, schneller auf das rote Halbdunkel hier unten einstellten. Ich erkannte trotzdem kaum mehr. Vor uns waren Schatten und große Bereiche absoluter Finsternis, in denen sich eine ganze Armee hätte verbergen können, ohne daß ich sie gesehen hätte.

Ein immer stärker werdendes Gefühl der Beklemmung machte sich in mir breit, je weiter wir in den Stollen eindrangen. Bald schrumpfte der Eingang hinter uns zu einem Fleck zusammen, und das düstere, drohende Leuchten der Lava nahm zu. Die Hitze wurde unerträglich. Der Fels, über den wir gingen, war so heiß, daß ich es durch die Stiefelsohlen hindurch spürte.

Howards Worte klangen in mir nach: *»Der Vulkan wird ausbrechen, in einer einzigen gewaltigen Eruption«*, und mit einem Male schienen sie eine ganz andere, unheimliche Bedeutung zu gewinnen. Bisher war mir die Vorstellung erschreckend und beunruhigend vorgekommen, aber sie hatte mich trotz allem nicht *wirklich* erschreckt; irgendwie war der Gedanke zu abstrakt wie die Nachricht von einem schrecklichen Unglück, das andere getroffen hat, aber jetzt – Gott im Himmel, dieser Vulkan würde in wenigen Stunden explodieren, *und ich befand mich auf dem Weg in sein Zentrum!*

Für einen Moment drohte mich Panik zu übermannen. Ich kämpfte sie nieder, aber es blieb eine starke Unruhe zurück. Meine Hände zitterten ganz leicht.

Nach einer Weile erreichten wir das Ende des Stollens. Zur Rechten erstreckte sich ein weiterer, gewölbter Gang, während sich der Tunnel zur Linken nach wenigen Schritten hinter einer Biegung verlor, hinter der das Zentrum des roten Glühens liegen mußte; den Geräuschen und der Hitze nach zu urteilen wohl nichts anderes als ein gigantischer Lavasee. Ich verspürte keine besondere Lust, in diese Richtung zu gehen.

»Gehen wir nach rechts«, schlug ich vor.

Jennifer antwortete nicht, aber das fiel mir erst auf, nachdem ich mich schon halb herumgedreht und einen Schritt in den Gang hinein getan hatte.

Verärgert blieb ich stehen, drehte mich ganz herum – und starrte verblüfft ins Leere.

Jennifer war nicht mehr da. Der Gang hinter mir war leer.

»Jenny?« rief ich. »Wo bist du?« Ich lauschte einen Moment, aber alles, was ich hörte, war das verzerrte Echo meiner eigenen Stimme und das unablässige Brodeln und Zischen der Lava.

»Verdammt noch mal, was soll das?« rief ich, schon ein wenig lauter. »Wir haben keine Zeit für Spielchen!«

Aber es war auch kein Spiel. Jennifer war verschwunden. Entweder zurückgegangen oder – und diese Vermutung lag erstens näher und war zweitens weit unangenehmer – in den anderen Gang hineingegangen, ohne daß ich es bemerkt hatte.

Ich schluckte einen Fluch herunter, packte mein Gewehr fester und machte mich mit klopfendem Herzen auf.

Das rote Licht steigerte sich zu einer grellen Lohe, kaum daß ich die Gangbiegung erreicht hatte. Alles, was weiter als zehn oder fünfzehn Schritte vor mir lag, schien in einem Meer roter Helligkeit aufgelöst zu sein wie in brennender Säure. Meine Haut begann zu prickeln. Die Metallteile des Gewehres wurden unerträglich heiß. Für einen Moment steigerte ich mich in die absurde Vorstellung hinein, daß die Hitze so weit ansteigen würde, bis die Munition meiner Waffe explodierte. Ich verscheuchte den Gedanken und ging weiter.

Nach einem Dutzend Schritte weitete sich der Gang zu einer gewaltigen, domartigen Höhle, die von wabernder Hitze und dem Zischen und Gluckern weißglühender Lava erfüllt war. Abrupt blieb ich stehen.

Direkt vor mir begann eine Art steinerner Brücke, aber ich wagte nicht, sie zu betreten, denn die Lava war so weit in die Höhe gestiegen, daß der Fels nur noch wenige Fingerbreiten aus der kochenden Masse herausragte. Selbst wenn er mein Gewicht noch trug wovon ich nicht unbedingt überzeugt war –, mußte er glühend heiß sein.

Von Jennifer war keine Spur zu sehen. Aber das war es nicht, was mich so abrupt stehenbleiben ließ. Es war vielmehr der Umstand, daß ich diese Höhle kannte. Ich war schon hiergewesen.

Aber damals hatte sie anders ausgesehen, völlig anders. Die zahllosen rechteckigen Lavapfützen, die sich beiderseits des Steinpfades reihten, waren drei Yards tiefe Gruben gewesen, Zellen gleich, in denen Dagon seine unglücklichen Opfer gefangenhielt. Es waren Hunderte gewesen.

Und ich wußte, was sie in lavagefüllte Höllenkessel verwandelt hatte.

Opfer.

Menschenopfer, die dargebracht wurden, damit aus Dagons Dämoneneiern die schrecklichen *Ssaddit* wurden …

Trotz der unerträglichen Hitze begann ich plötzlich zu frieren. Auch wenn ich unbewußt wohl geahnt haben mochte, was mich erwartete, traf mich der Anblick wie ein Fausthieb. Wie in einer furchtbaren Vision sah ich noch einmal das gewaltige, schwammige Ungeheuer aus dem Meer auftauchen, Dagons Mörderwurm, den er ausgesandt hatte, Opfer für seine gräßlichen Zeremonien zu finden, sah es die wehrlosen Eingeborenen an Land speien, sah Dagons Sklaven die Männer und Frauen mit Peitschenhieben hier hereintreiben.

Ich war zu spät gekommen. Ich wußte nicht einmal, ob ich wirklich hier war, um die Majunde zu retten, oder nur Shannons wegen, aber gleich, was der wahre Grund gewesen sein mochte – ich hatte versagt.

Minutenlang stand ich so da, gelähmt vor ungläubigem Schrecken und Entsetzen, bis es mir gelang, mich wenigstens herumzudrehen.

Ich war nicht einmal überrascht, als ich die Gestalt hinter mir erblickte.

»Du hast dich verändert«, sagte ich leise.

»Und du bist ein ebensolcher Narr geblieben, wie du warst«, antwortete Dagon abfällig. Seine riesigen Fischaugen musterten mich kalt, und was ich darin las, hätte mich eigentlich zum Erzittern bringen müssen. Aber ich empfand nichts. Gar nichts mehr. Vielleicht war das, was hier geschehen war, einfach zu schrecklich, als daß ich noch in irgendeiner Form darauf reagieren konnte. Alles, was ich fühlte, war eine tiefe, schmerzende Leere.

»Du hättest nicht herkommen sollen«, fuhr er fort. »Du bist mir einmal entkommen, mit Glück und der Hilfe eines anderen. Ein zweites Mal wird dir das nicht gelingen.«

»Was hast du mit mir vor?« fragte ich. »Brauchst du noch eine Fleischration für deine Bestien?« Ich versuchte, meine Stimme spöttisch klingen zu lassen, aber nicht einmal das gelang mir. Und selbst wenn, hätten die Worte ihre Wirkung auf Dagon verfehlt. Wenn jemals etwas Menschliches in ihm gewesen war, so war es nun verschwunden. Ausgelöscht. Der Dagon, den ich kennengelernt hatte, das Ungeheuer, in dem trotz allem noch ein winziger Funke seiner menschlichen Vorfahren steckte, war tot. Das Wesen, dem ich jetzt gegenüberstand, war eine Bestie.

Dagon antwortete nicht, sondern streckte nur fordernd die Hand aus und deutete auf mein Gewehr. Ich reichte ihm die Waffe. Dagon packte sie, bog ihren Lauf wie ein Stück weiches Bleirohr zusammen und warf sie in die glühende Lava. Die Munition explodierte knallend, und für einen Moment sah ich etwas Riesiges, gleißend Helles unter dem verflüssigten Gestein dahingleiten.

»Komm«, befahl Dagon. Er winkte noch einmal auffordernd mit der Hand, drehte sich herum und verließ die Höhle, ohne sich auch nur mit einem Blick davon zu überzeugen, ob ich ihm wirklich folgte.

Aber ich tat es. Wohin hätte ich auch gehen sollen? Ein Fluchtversuch erschien mir unter den gegebenen Umständen das mit Abstand sinnloseste, was ich überhaupt unternehmen könnte.

Nicht, daß es irgend etwas gab, was überhaupt noch Sinn gemacht hätte, jetzt und hier.

Dagon führte mich durch ein wahres Labyrinth von Stollen und Gängen weiter in die Tiefe. Nicht alle davon waren auf natürlichem Wege entstanden; manche wirkten so glatt wie poliertes Glas, daß ich Mühe hatte, überhaupt auf den Beinen zu bleiben; gewaltige Röhren wie in den Fels hineingebrannt. Das mußten die Gänge sein, die Dagons schreckliche Feuerwürmer hinterlassen hatten.

Nach einer Ewigkeit wurde es vor uns wieder hell, aber diesmal war es nicht das düstere Blutlicht der glühenden Lava, sondern ein grünlicher, fast milder Schein, der nicht aus einer bestimmten Quelle, sondern von überallher zugleich zu kommen schien, als leuchte die Luft selbst. Eine kurze, aus roh behauenen Steinstufen bestehende Treppe führte in die Tiefe – und endete im Nichts.

Hätte Dagon mich nicht an der Schulter gepackt und aufgehalten, dann hätte ich es vielleicht nicht einmal bemerkt, so abrupt brach die Konstruktion aus verwitterter Lava ab. Unter der letzten Stufe gähnte ein gut fünfzig Fuß tiefer Abgrund, unter dem die Höllenglut eines Lavasees loderte.

Dagons Fischlippen verzogen sich zu einem häßlichen Lachen. »Siehst du, jetzt habe ich dir schon wieder das Leben gerettet«, sagte er.

Irgend etwas an der Art, in der er die Worte aussprach, ließ mich aufsehen. Seine Stimme hatte sich verändert. Sie hatte nie wirklich menschlich geklungen, aber jetzt war ein schreckliches, hechelndes Pfeifen darin, begleitet von einer Art unheimlichem Echo. Als redeten zwei Menschen gleichzeitig.

Und plötzlich fielen mir noch mehr Veränderungen auf: Dagons Gesicht war dunkler geworden. Die filigranen Silberschuppen hatten ihren Glanz verloren und waren matt geworden, und darunter zeichneten sich haardünne, dunkle Linien ab.

Als wäre diese Beobachtung ein Stein gewesen, der andere mitriß, fielen mir plötzlich mehr und mehr Unterschiede zu dem Dagon auf, dessen Bild ich in meiner Erinnerung hatte.

Er trug einen schwarzen, vom Hals bis über die Knöchel reichenden Umhang, der keinen Quadratzoll seines Körpers unbedeckt ließ. Und plötzlich wurde mir klar, daß es zu keinem anderen Zweck diente, als die Gestalt darunter vor neugierigen Blicken zu verbergen. Dagons Körper schien mir auf sonderbare Weise verschoben, beinahe mißgestaltet.

Mein Blick war Dagon keineswegs entgangen, denn plötzlich trat ein Ausdruck von Zorn in seine Augen; er packte mich, riß mich grob an der Schulter herum und trat mit einem einzigen Schritt in das Nichts jenseits der Treppe hinaus.

Aber wir stürzten nicht. Wie von einer unsichtbaren Hand gehalten, schwebten wir ein Stück weit in die Höhle hinein, glitten in sanftem Bogen über den Lavasee hinweg und setzten in sicherer Entfernung auf; sanft wie fallende Blätter.

Trotzdem strauchelte ich und wäre um ein Haar gestürzt, als Dagon meine Schultern losließ, denn der Schrecken hatte mich erstarren lassen, und ich stand noch immer in der gleichen, unnatürlich verkrampften Haltung da, in der Dagon mich von der Treppe gezerrt hatte. Erst jetzt bemerkte ich überhaupt, daß ich vor lauter Schrecken den Atem angehalten hatte.

Dagon musterte mich kalt. »Du bist ein verdammter Narr, hierherzukommen«, sagte er. »Warum hast du nicht dein Schiff bestiegen und bist davongefahren? Jetzt stirbst du.«

Ich antwortete nicht, obwohl ich für einen Moment das sichere Gefühl hatte, daß Dagons Worte einem ganz bestimmten Zweck dienten. Fast kam es mir vor, als wolle er mir irgend etwas mitteilen, etwas Bestimmtes, das er aus irgendeinem Grund nicht klar auszudrücken wagte.

Hinter mir waren Schritte. Ich drehte mich herum, darauf gefaßt, eine von Dagons Kreaturen zu gewahren, einen der fürchterlichen Knochenmänner, vielleicht auch einen seiner lebenden Sklaven.

Aber es war keines von beiden. Hinter mir stand ein hochgewachsener, ganz in mattes Schwarz gekleideter Mann, dessen wasserklare Augen mich mit erbarmungsloser Härte anblickten.

»Ich kann dir sagen, warum er gekommen ist, Dagon«, sagte Shannon kalt. »Meinetwegen. Dieser romantische Narr ist hier, weil er glaubt, mir helfen zu müssen.« Er lachte, ein Laut, der mir einen eisigen Schauer über den Rücken laufen ließ.

»Helfen«, sagte er noch einmal und bog sich vor Lachen.

Einen Moment lang blickte ich ihn an, dann wieder Dagon, dann noch einmal Shannon, und für einen ganz kurzen Augenblick wußte ich nicht einmal, vor wem ich mehr Angst hatte – vor Dagon, der nun auch körperlich zu dem Ungeheuer zu werden begann, das er schon immer gewesen war, oder vor Shannon, der äußerlich unverändert schien, in Wahrheit aber vielleicht das größere Ungeheuer war.

»Ich dachte einmal, wir wären Freunde«, sagte ich leise.

»Freunde?« Shannon runzelte die Stirn, als müsse er ernsthaft über die Bedeutung dieses Wortes nachdenken. Dann nickte er. »O ja«, sagte er. »Freunde, sicher. Natürlich sind wir das. Und aus diesem Grunde werde ich dir auch einen letzten Freundschaftsdienst erweisen, Robert. Du wirst von meiner Hand sterben. Ganz freundschaftlich.«

Harmfelds Händedruck war kräftig und so warm wie das rote Licht der Sonne, die vor ein paar Minuten begonnen hatte, über den Horizont zu steigen. Howard wollte etwas sagen, irgendwelche Worte, die ihm passend erschienen, Worte, die Harmfeld klarmachten, daß er längst mehr als ein zufälliger Bekannter für ihn geworden war, mehr als jemand, mit dem er eine Weile aus der Not heraus zusammengearbeitet hatte, aber wie immer in solchen Augenblicken fand er einfach nicht die passenden Worte.

Vielleicht war es auch gar nicht nötig. Auch Harmfeld wirkte irgendwie betreten; vermutlich ging es ihm nicht anders als Howard und Nemo. Sie waren alle keine Männer großer Worte.

»Sie sollten gehen, Kapitän«, sagte Nemo schließlich. »Zwölf Stunden sind nicht viel Zeit, um aus dem Gefahrenbereich herauszukommen.«

Plötzlich mußte Howard sich mit aller Gewalt beherrschen, um Harmfeld nicht einfach die Wahrheit zu erzählen – nämlich, daß dies alles hier *schon geschehen* war, und daß es im Grunde völlig gleich blieb, was sie taten oder nicht. Aber natürlich tat er es nicht.

Statt dessen lächelte er Harmfeld noch einmal zum Abschied zu und trat ein Stück zurück, damit er bequem in das Boot umsteigen konnte, das am stählernen Rumpf der NAUTILUS festgemacht hatte. Schweigend sahen sie zu, wie er ablegte und auf die *Zuidermaar* zuhielt, die bereits Segel gesetzt hatte und bereit zum Auslaufen war.

»Wird er es schaffen?« fragte Nemo plötzlich.

Die Wahrheit war: Howard wußte es nicht. Er hatte viel über den Ausbruch des Krakatau gelesen und gehört, aber in keinem der Berichte war der Name der *Zuidermaar* erwähnt worden. Was auf der anderen Seite auch nicht hieß, daß sie es *nicht* geschafft hatte.

»Ja«, sagte er schließlich. Es war gelogen, und Nemo mußte es spüren, aber sie beließen es beide dabei.

»Du ... solltest auch allmählich an die Abreise denken«, sagte Howard nach einer Weile.

Nemo wandte sich nicht zu ihm um, sondern sah weiter dem kleiner werdenden Ruderboot mit Harmfeld nach.

»So schnell ist die NAUTILUS nun auch wieder nicht«, fuhr Howard fort. »Und die Schockwelle wird unter Wasser noch schlimmer als hier oben. Dir bleibt nicht mehr viel Zeit.«

»Robert ist noch nicht zurück«, sagte Nemo leise. Er sah Howard noch immer nicht an.

»Du willst ... warten?« murmelte Howard.

»Würdest du das nicht?«

»Das ist etwas anderes«, antwortete Howard. »Robert und ich sind ...«

»Freunde?« unterbrach ihn Nemo.

»Ja.«

»Siehst du?« Endlich drehte sich der Kapitän der NAUTILUS herum und sah Howard an. Er lächelte, aber sein Blick blieb ernst. »Wir warten«, sagte er noch einmal. »Noch ist ein wenig Zeit. Nicht mehr viel, aber genug.«

»Ich hoffe es«, flüsterte Howard schaudernd. »Bei Gott, ich hoffe es.«

Nemo schwieg. Wortlos standen sie nebeneinander und blickten zur Silhouette des Berges hinauf, die im ersten Licht der Morgensonne wie ein blutrotes Fanal aufleuchtete. Ein leises Grollen drang zu ihnen.

Leise. Aber sehr, sehr drohend.

Der Raum war klein und würfelförmig. Die einzige Öffnung bestand aus einem gezackten Lock, drei Yards hoch unter der Decke und unerreichbar. Der Fels war so heiß, daß es mir unmöglich war, stillzustehen oder mich gar zu setzen. Selbst das Atmen bereitete mir Schmerzen. Der Boden unter meinen Füßen zitterte ununterbrochen, und in unregelmäßigen Abständen drang ein tiefes, irgendwie schmerzhaft klingendes Stöhnen aus der Erde.

Ich wußte nicht, wie lange ich schon hier war: eine Stunde, zwei, vielleicht länger. Ich hatte tausend Fluchtpläne ersonnen und ebenso schnell wieder verworfen, Shannon und Dagon und vor allem mich selbst immer und immer wieder verflucht, daß ich so dumm gewesen war, hierherzukommen. Jetzt war ich der Verzweiflung nahe.

Das Geräusch von schleifenden Schritten drang in meine Gedanken und ließ mich aufsehen. Ich hob den Kopf und gewahrte einen finsteren, irgendwie verzerrt wirkenden Schatten, den ich erst als Dagon erkannte, als er den Kopf bewegte und sich das rote Licht in seinen riesigen Fischaugen brach.

Er sagte kein Wort, sondern hob nur die Hand unter seinem Umhang hervor und machte eine knappe, befehlende Geste. Wie schon einmal, fühlte ich mich von einer unsichtbaren Kraft ergriffen und sanft in die Höhe gehoben.

Shannon war bei ihm, stand aber in einiger Entfernung und so, daß er Dagon und mich gleichzeitig im Blick behalten konnte. Seine Augen waren kalt, und wie Dagon kam er mir irgendwie verändert vor, ohne daß ich das Gefühl im Moment in Worte zu kleiden vermochte.

»Es ist soweit«, sagte er kalt. »Komm.«

Der Griff von Dagons unsichtbarer Hand war erloschen, aber ich machte trotzdem keinen Versuch, mich zu widersetzen. Es wäre ziemlich sinnlos gewesen. Sowohl Dagon als auch Shannon waren mir haushoch überlegen.

Schweigend folgte ich ihnen bis in eine große, wie alles hier unten von blutigrotem Lavalicht erhellte Höhle. Eine ihrer Wände war durch einen schillernden Wall aus Wasser ersetzt worden – der Zugang zum Ozean, durch magische Kräfte gebändigt und zurückgedrängt.

Aber ich achtete nicht sonderlich darauf, sondern blickte wie gebannt auf einen gewaltigen Block aus schwarzem Basalt, der genau im Zentrum des steinernen Domes aufgestellt worden war.

Genauer gesagt, auf die schimmernde Kugel aus rauchfarbenem Kristall, die wenige Inches über seiner glattpolierten Oberfläche schwebte ...

Und im selben Moment, in dem ich sie sah, wußte ich, was ich vor mir hatte.

Shannon fuhr zusammen wie unter einem Peitschenhieb, blickte mich einen Herzschlag lang aus schreckgeweiteten Augen an und verzog die Lippen zu einem stummen Flehen, und ich begriff, daß er meine Gedanken gelesen hatte.

Nicht, flüsterte eine Stimme in meinen Gedanken. *Sag es nicht, Robert!*

Verwirrt blickte ich zwischen ihm und Dagon hin und her. Ein plötzlicher, furchtbarer Verdacht begann in meinen Gedanken Gestalt anzunehmen, aber er war einfach zu bizarr, um wahr zu sein.

Und trotzdem sagte mir Shannons Blick, daß es ganz genau so war. *Die raucherfüllte Kristallkugel, das Zentrum und der Quelle von Dagons Macht, war nichts anderes als das zweite der SIEBEN SIEGEL DER MACHT, und wie auf der* Dagon, *dem bizarren Dimensionsschiff, auf dem ich Shannon zum ersten Male wiederbegegnet war, war er auch jetzt nur hier, um es in seinen Besitz zu bringen!*

Mit einem Ruck blieb ich stehen, drehte mich zu Dagon um und deutete anklagend auf Shannon.

»Er betrügt dich, Dagon«, sagte ich.

Dagon erstarrte. In seinen riesigen Fischaugen entstand ein mißtrauisches Glitzern. »Wie meinst du das?« fragte er.

»Er steht nicht auf deiner Seite«, sagte ich, Shannons verzweifelte Blicke ignorierend. »Er ist hier, um das SIEGEL zu stehlen. Necron hat ihn geschickt.«

Dagon atmete hörbar ein, blickte kurz zu Shannon zurück und sah dann lange und sehr nachdenklich auf den gewaltigen Basaltblock und die schwebende Kugel. Aber seine Reaktion war ganz anders, als ich mir erhofft hatte.

»Ich weiß«, sagte er. »Aber es erstaunt mich ein wenig, daß du ihn verrätst, wo du doch damit rechnen mußt, daß ich ihn töte. Dieser Mann und du, ihr seid doch Freunde.«

»Außerdem hast du nur zum Teil recht, du Narr«, sagte Shannon kalt.

Der Klang seiner Stimme ließ etwas in mir erstarren.

Es war nicht mehr seine Stimme, sondern die Stimme eines alten, böse und hart gewordenen Mannes.

So, wie das Gesicht unter dem schwarzen Turban *nicht mehr länger Shannons Gesicht war, sondern das Gesicht eines Greises, eingefallen und faltig, mit einer scharfen Adlernase, dünnen, grausamen Lippen und Augen, die so tief in ihre Höhlen zurückgekrochen waren, daß sie wie finstere Löcher in dem pergamenthäutigen Totenschädel wirkten.*

»Necron!« flüsterte ich entsetzt.

»Es ehrt mich, daß du mich wiedererkennst, nach all der Zeit«, sagte Necron. »Vor allem, wo wir uns nur einmal begegnet sind. Aber ich nehme an, du erinnerst dich so gut daran wie ich. Du hattest mich damals ... *getötet.*«

Ich wollte antworten, aber ich konnte es nicht. Ein Haß von solcher Stärke, daß ich selbst davor erschrak, stieg in mir empor, ein Gefühl, wie ich es noch nie zuvor erlebt hatte.

Meine Hände fingen an zu zittern. Etwas begann sich in mir zu regen, etwas Dunkles und Böses, etwas, dessen Dasein ich geahnt, das ich aber bisher immer mit aller Macht bekämpft und niedergehalten hatte.

Jetzt konnte ich es nicht mehr. Der Anblick dieses zerfurchten, unendlich *bösen* Greisengesichts ließ irgend etwas in mir zerbrechen.

Ich stand *Necron* gegenüber!

Dem Mann, der mir den einzigen Menschen genommen hatte, den ich jemals geliebt hatte.

Dem Mann, der meine Freunde dazu gebracht hatte, mich zu hassen. Der mit Menschenleben spielte wie mit Schachfiguren, gnadenlos und berechnend.

»Du«, flüsterte ich heiser. »Du warst ... du ... du warst Shannon? Du warst die ganze Zeit ...«

»Aber nein«, unterbrach mich Necron kichernd. »Damals auf dem Schiff, das war wirklich Shannon. Ich gebe zu, ihn einmal selbst geschickt zu haben. Ein Fehler, wie ich leider zu spät bemerkte. Es war sein Auftrag, dich zu töten. Er hat versagt.« Er lächelte. »Ein zweites Mal wird das nicht geschehen, mein Wort darauf.«

»Du Ungeheuer«, flüsterte ich. »Du verdammtes ...«

Necron hob die Hand, und eine unsichtbare Faust

traf mich am Mund und ließ mich zurückstolpern. Ich prallte gegen Dagon, verlor das Gleichgewicht und klammerte mich instinktiv an seinem Umhang fest. Der Fischgott schrie auf, gab mir einen Stoß vor die Brust und sprang hastig zurück.

Ich fiel, aber meine Hände hielten den schwarzen Stoff fest umklammert, und als ich stürzte, wurde der Umhang von seinen Schultern gerissen.

Der Anblick ließ mich erstarren.

Plötzlich begriff ich, warum Dagon selbst hier, wo er allein war, diesen Umhang getragen hatte.

Er war nicht mehr das Wesen, als das ich ihn kennengelernt hatte. Sein Gesicht und ein Teil – nur ein Teil – seines Oberkörpers hatten noch vage Ähnlichkeit mit dem Dagon, den ich kannte, aber darunter ...

Darunter begann ein Alptraum aus schwarzem Fleisch.

Dagons Leib war zu einem gräßlichen, unförmig aufgedunsenen Balg geworden, ein pumpendes schwarzes *Ding* aus nässendem Fleisch. Schwarzblaue Adern spannten sich über seinem Leib, und hier und da wuchsen dicke, knotige Dinge aus der zerborstenen Haut. Seine Arme waren groteske Bündel aus miteinander verwachsenen Schlangen, von denen jede einzelne von schrecklichem Eigenleben erfüllt war. Ein Paar plumper, säulenförmiger Beine, die in unförmigen Klauenfüßen endeten, trugen die alptraumhafte Erscheinung, und aus seinem Rücken begann etwas herauszuwachsen, das mich an verstümmelte Flügel erinnerte.

Eine Sekunde lang stand Dagon wie versteinert da, dann stieß er einen Schrei aus, bückte sich zu mir und riß mir den Mantel aus den Händen, um ihn sich hastig wieder überzustreifen.

»Das ist es also«, murmelte ich. »Das ist der Grund, aus dem du all das getan hast.«

»Schweig!« schrie Dagon.

»Du wirst zu einem der Ihren«, sagte ich »Sie verändern dich.«

»Das wird er nicht«, sagte Necron, eine Spur zu schnell, wie mir schien. »Ich werde es verhindern.«

»Du?« Ich stemmte mich hoch, blickte Dagon an und wandte mich dann wieder an Necron. »Ist es das, was du ihm angeboten hast, als Preis für das SIEGEL?«

Necron nickte, und ich begann leise – und so böse, wie ich nur konnte – zu lachen.

»Und das glaubst du?« fragte ich, an Dagon gewandt. »Er ist hierhergekommen und verlangt das SIEGEL, als Preis für deine Rettung?«

»Schweig, Craven, oder ich töte dich gleich hier«, sagte Necron wütend.

Aber ich schwieg nicht, sondern fuhr im Gegenteil mit erhobener Stimme fort: »Weißt du nicht, wer dieser Mann ist, Dagon?«

»Du sollst schweigen!« befahl Necron. Seine Rechte hob sich, und wieder spürte ich das Heranrasen unsichtbarer magischer Energien.

Aber diesmal traf mich der Hieb nicht unvorbereitet. Er war zehnmal so hart wie der erste, aber ich wußte nun, wem ich gegenüberstand, und hatte keine Skrupel mehr, mit gleicher Münze heimzuzahlen. Ich blockte den magischen Hieb ab, sprang blitzschnell zurück, bis ich mit dem Rücken gegen den Basaltbrocken gelehnt dastand, und tat so, als krümmte ich mich vor Schmerz. Meine Rechte näherte sich Inch für Inch der schwebenden Kristallkugel.

»Das nutzt dir nichts, Necron«, stöhnte ich in gespieltem Schmerz. »Du kannst mich umbringen, aber dein Plan wird nicht aufgehen.«

Necron fauchte vor Wut wie eine Katze, der man versehentlich auf den Schwanz tritt, ballte die Hände zur Fäusten und holte zu einem weiteren, noch mächtigeren magischen Hieb aus.

Er kam nicht dazu, die Bewegung zu Ende zu führen. Meine Hand hatte das SIEGEL erreicht, und meine Fingerspitzen berührten den glatten Kristall der Kugel.

Der Effekt war genau der, den ich mir erhofft hatte.

Nur ungefähr hundertmal so stark.

Ein sengender Blitz schien in mein Gehirn zu fahren. Ich keuchte vor Überraschung und Schmerz, ließ die Kugel aber nicht los, sondern hielt sie weiter und mit aller Kraft fest und versuchte an nichts anderes zu denken als an die ungeheuren magischen Energien, die aus der schimmernden Kugel in mein Gehirn fluteten, ergriff den Strom sengender Macht und lenkte ihn um, bändigte die tobende Springflut purer *Macht*, ganz genau so, wie es mir Shannon gezeigt hatte vor so langer Zeit – und schleuderte sie mit aller Gewalt gegen Necron.

Der Körper des greisen Magiers schien von einem unsichtbaren Hammerschlag getroffen zu werden. Er wurde mehrere Yards weit in die Luft geschleudert. Hellblaue, tausendfach verästelte Blitze zuckten aus meinen Fingerspitzen und schlugen krachend in seinen Leib. Ich sah, wie meine Nägel schwarz wurden und die Haut an meinen Fingerspitzen verkohlte, aber ich spürte nicht den mindesten Schmerz, nicht einmal Wärme.

Necron schrie und brüllte wie von Sinnen, aber ich gab ihm keine Chance. Immer und immer wieder trafen die dünnen Blitze den greisen Magier, bis er sich schreiend auf dem Boden wälzte.

»Dieser Mann ist nicht dein Verbündeter, Dagon«, sagte ich kalt. »Er wird dich betrügen. Dieser Mann ist kein Feind der GROSSEN ALTEN, sondern ihr treuester Verbündeter. Der Mann, den sie auserwählt haben, ihre Rückkehr auf die Erde vorzubereiten.«

»Ich weiß«, sagte Dagon ruhig.

Dann schlug er mir eine seiner deformierten Klauenhände mit solcher Wucht in den Nacken, daß ich bewußtlos zu Boden stürzte.

Jennifer preßte sich so dicht gegen den Fels, daß ihr Schatten mit dem Schwarzgrau der erstarrten Lava zu verschmelzen schien. Der Stein war heiß; der dünne Stoff ihres Kleides begann sich braun zu verfärben, und die Haut darunter schlug Blasen. Trotzdem kam nicht der mindeste Schmerzlaut über ihre Lippen.

Jennifer beobachtete mit angehaltenem Atem, wie Robert Craven bewußtlos zusammenbrach. Der Anblick erfüllte sie mit Schrecken. Sie hätte viel darum gegeben, hätte sie gehört, was er und Dagon gerade besprochen hatten.

Aber sie hatte es nicht riskieren können, noch näher heranzugehen. Schon daß sie so weit in das Labyrinth unter dem Krakatau vorgedrungen war, ohne entdeckt zu werden, glich einem Wunder (zugegeben, sie hatte diesem *Wunder* ein wenig nachgeholfen), aber sie wußte auch, daß sie ihr Glück nicht über die Maßen strapazieren durfte.

Was nicht hieß, daß sie tatenlos dastehen und zusehen würde, was weiter geschah. O nein, ganz bestimmt nicht.

Sie wartete auf einen Augenblick, in dem die beiden Gestalten nicht in ihre Richtung blickten, dann löste sie sich aus der Nische, in der sie sich verborgen gehalten und zugesehen hatte, und huschte näher heran. Lautlos wie ein Schatten.

Necron spuckte mich an. Während der letzten Minuten – seit er mich mit einem Fußtritt aus meiner Bewußtlosigkeit geweckt hatte – hatte er nichts anderes getan, als mich zu beschimpfen und abwechselnd zu treten und zu schlagen, bis Dagon ihn reichlich grob zurückgezerrt hatte.

Der Herr der Drachenburg tobte vor Zorn. Sein Gesicht war verzerrt, und auf seiner faltigen Totenhaut waren große, rotleuchtende Brandblasen erschienen. Seine Hände waren blutig.

»Du Hund!« kreischte er. »Dafür stirbst du tausend Tode, das schwöre ich! Ich werde dich vernichten! Tausend Jahre sollst du in der *Dschehenna* brennen, bis du mich um deinen Tod anwinselst, du verfluchter Christenhund!«

Ich richtete mich mühsam auf, blinzelte die blutigen Schleier fort, die vor meinem Blick auf und ab wogten, und versuchte zu lachen, aber alles, was ich herausbekam, war ein gequälter Laut, der sich wohl eher wie ein Husten anhörte. Necron keuchte und wollte sich schon wieder auf mich stürzen, aber Dagon hielt ihn zurück, packte ihn grob bei den Schultern und schüttelte ihn.

»Hör jetzt auf, Necron!« befahl er. »Wir haben Wichtigeres zu tun! Der Augenblick ist da!«

Necron beruhigte sich tatsächlich, aber der Blick, den er mir zuwarf, schien vor Haß zu brennen.

Trotzdem sagte er nichts mehr, sondern folgte Dagon, bis sie vor dem Basaltblock standen, über dem das *SIEGEL* schwebte. Ich richtete mich vollends auf, wischte mir mit dem Arm das gröbste Blut aus dem Gesicht und machte ein paar Schritte in ihre Richtung, bis Dagon aufsah und drohend die Hand hob.

Aber ich war auch so nahe genug, zu erkennen, was vorging.

Die blitzende Kristallkugel war höher gestiegen, bis sie schwerelos in gleicher Höhe mit Dagons und Necrons Gesichtern schwebte. Und sie schien auf geheimnisvolle Weise gewachsen zu sein, denn sie hatte jetzt die Größe eines Balles, nicht mehr einer Kinderfaust. Die Schatten in ihrem Inneren begannen stärker zu wogen, wirbelten wie vom Sturm gepeitscht durcheinander und bildeten vergängliche Umrisse und Schemen.

Plötzlich lief ein krampfhaftes Zucken durch die Kugel. Die Schatten verblaßten und machten einem strahlenden, giftgrünen Licht Platz, das heller und immer heller wurde, bis sich selbst Dagon und Necron stöhnend abwandten und die Arme vor die Gesichter hoben.

Der Ball aus blendendem Licht wuchs weiter, und dann erschien in seinem Inneren ein winziger dunkler Fleck, weitete sich rasend schnell aus und griff mit rauchigen Armen um sich wie ein Tornado. In Sekunden verschlang er die Lichtkugel.

Irgend etwas klirrte, und ich sah, wie das SIEGEL, wieder zu seiner ursprünglichen Größe zusammengeschrumpft und zu einer toten Kugel aus Glas erloschen, auf den Block herabfiel, ein Stück zur Seite rollte und dann liegenblieb.

Aber der schwarze Wirbel war noch immer da, und er wuchs weiter, wenn auch nicht mehr so rasch wie zuvor.

Und in seinem Inneren war irgend etwas, das dunkler war als dunkel, schwärzer als schwarz, groß und mächtig und *böse ... böse ... böse ...*

Ein dumpfer Schlag ließ den Boden erzittern. Irgendwo, unendlich tief unter mir, schien die Erde zu zerbersten, und plötzlich erschütterten ein zweiter, dritter und vierter Schlag den Boden. Die Höhle bebte. Steine krachten von der Decke, zerbarsten auf dem Boden oder klatschten in die flüssige, hoch aufspritzende Lava.

Ein Schrei erklang; ein Schrei von solcher Urgewalt und Wut, daß ich auf die Knie fiel und die Hände gegen die Schläfen preßte. Aber es nutzte nichts, ich hörte den Schrei noch immer, deutlicher und schriller als zuvor. Und dann begann diese schreckliche, unmenschlich kreischende Stimme *Worte* hervorzustoßen, zwei Worte, immer und immer und immer wieder nur diese beiden, fürchterlichen Worte.

»THUL!« schrie die Stimme. »THUUUUL! THUL SADUUN! THUL SADUUN!«

Etwas Dunkles begann aus der geronnenen Schwärze emporzukriechen, etwas wie ein Wurm, sich windend, gigantisch und furchteinflößend, glitzernd wie lebender Stahl und augenlos, ein Alptraum, dessen bloßer Anblick genügen mußte, mich in den Wahnsinn zu treiben, wenn er erst ganz materialisiert war. Tastend und zitternd wie ein blinder Arm griff er hinaus in die Wirklichkeit, zog sich wieder ein Stück zurück und griff abermals hinaus, wurde massiver, größer ...

Der Gedanke traf mich wie ein Fausthieb. Dieses Ungeheuer war ein THUL SADUUN!

»Nein«, flüsterte ich entsetzt. »Das ... das kannst du nicht tun, Dagon!«

Obwohl ich sehr leise gesprochen hatte, mußte Dagon meine Worte gehört haben, denn er fuhr plötzlich herum und starrte auf mich herab.

»Ich muß!« keuchte er. Es klang fast wie eine Entschuldigung. »Ich muß, wenn ich nicht so werden soll wie *sie*!«

Aus dem schwarzen Wirbel erklang ein Schrei, und Dagon fuhr wieder herum.

Die gewaltige, wurmähnliche Kreatur hatte sich wieder zurückgezogen und war nur mehr als bloßer Schatten zu erkennen, aber ich sah, daß sie sich wie in irrer Wut hin und her warf, mit ungeheuerlicher Kraft an den Wänden ihres unsichtbaren Gefängnisses zerrend, und trotz allem zu schwach, es zu zerbrechen.

»Etwas fehlt!« sagte Necron. Er richtete sich auf, starrte wild in die Runde – und deutete mit einer zornigen Bewegung auf mich.

»Sie brauchen Leben!« keuchte er. »Ihn! Töte ihn!«

Seltsamerweise zögerte Dagon. Sein Blick irrte unstet zwischen dem gigantischen THUL SADUUN und mir hin und her, und ich glaubte den inneren Kampf, den er durchstand, direkt auf seinem Gesicht ablesen zu können.

»Tu es!« befahl Necron. Seine Stimme wurde schrill, überschlug sich fast. »Tu es! Ich *befehle* es dir!«

Langsam, als koste ihn die Bewegung unendliche Kraft, drehte sich Dagon herum, hob die Hände und machte einen schwerfälligen Schritt auf mich zu.

Er führte die Bewegung nie zu Ende.

»Halt!«

Die Stimme schien aus allen Richtungen gleichzeitig zu kommen, und sie erfüllte den Raum wie ein Donnerschlag.

Dagon und Necron fuhren herum und starrten auf die Gestalt, die ich bereits gesehen hatte, als sie hinter einem Felsen hervorgetreten war.

»Jennifer!« murmelte ich fassungslos.

Das Mädchen blieb stehen, wandte den Kopf und blickte auf mich herab.

Und im selben Moment, in dem ich in ihre Augen sah, wußte ich, daß sie nicht Jennifer war.

»Du?« keuchte Dagon. Hinter ihm tobte der THUL SADUUN noch immer in seinem Gefängnis aus Schatten und Nichts, aber Dagon schien das bizarre Wesen vergessen zu haben.

»Du?« wiederholte er. »Wer ... bist du?«

Jennifer trat auf ihn zu, hob die Hand und berührte ihn beinahe sanft an der Stirn.

Dagon brüllte, taumelte nach hinten und prallte gegen den Basaltblock. Die Kristallkugel rollte aus ihrer Ruheposition, hüpfte über den Rand des Blockes und fiel klirrend zu Boden, aber das bemerkte er nicht einmal.

Eine furchtbare Veränderung ging mit seinem Körper vonstatten. Was schon begonnen hatte, vollendete sich; aus Dagon, dem Fischmenschen, wurde ein Ungeheuer, eine Bestie, die zu beschreiben sich mein Bewußtsein weigerte.

Jeglicher Rest von Menschlichkeit verschwand, sein Körper verwandelte sich, wurde zu einem peitschenden, sich windenden gräßlichen Ding, das fürchterliche, glucksende Laute ausstieß. Kopf und Gesicht verschwanden, wurden eins mit der fürchterlichen Gallertmasse.

Aber auch Jennifer veränderte sich.

Die Umrisse ihres Körpers schienen zu flackern, als sei sie in Wirklichkeit nichts als das Bild einer *Laterna magica*, lösten sich auf, trieben wie farbiger Nebel auseinander und formten sich neu.

Und dann war auch aus dem Mädchen ein Ungeheuer geworden.

Es war kleiner als Dagon – oder das, zu dem er geworden war –, wirkte aber auf seine Weise noch gräßlicher, noch bedrohlicher und finsterer. Ein Paar gewaltiger, feuchter Flügel war dicht an seinen Körper angelegt und zuckte unentwegt.

Es war das gleiche Wesen, dem ich auf der *Dagon* begegnet war, das *Fremde* das mir damals gegen Necrons Drachenkrieger beigestanden hatte.

Dagon kreischte, ein Laut voller entsetzlicher Angst, aber das Wesen, das einmal Jennifer gewesen war, beugte sich zu ihm nieder, berührte ihn mit einem seiner schrecklichen Tentakelhände, und aus Dagons Angstschreien wurde ein Wimmern.

Auch der THUL SADUUN in seinem Gefängnis aus Finsternis begann sich stärker zu winden und zu toben. Das Jennifer-Ungeheuer richtete sich auf, hob die Hand und deutete mit einer befehlenden Geste auf den Kreis aus Finsternis.

Er begann zu schrumpfen, wurde zu einem kleinen pulsierenden Fleck – und verschwand.

»Das nutzt dir nichts!« keuchte Necron.

Der Krakenköpfige drehte sich herum, musterte ihn einen Moment aus seinen riesigen gelben Augen und trat drohend auf ihn zu. Necron wich hastig zurück.

Seine Stimme zitterte, aber in seinen Augen blitzte der Trotz.

»Ich weiß nicht, wer du bist!« keuchte er. »Und ich weiß nicht, was du hier willst – aber es wird dir nichts nutzen. Das *Tor* ist geöffnet, und *sie* werden hindurchgehen. Keine Macht der Welt kann sie noch aufhalten. Auch du nicht.«

»Du weißt nicht, wer ich bin?« fragte das Krakenungeheuer. »Das solltest du. Du selbst bist es gewesen, der mich gerufen hat, Necron.«

Necrons Augen weiteten sich. Er wurde blaß. »Du?« keuchte er. »Du … du bist …«

»Sprich den Namen nicht aus!« sagte der Riese drohend. »Es wäre dein Tod.«

Necrons Lippen begannen zu zittern. Der Ausdruck von Trotz in seinem Blick war purem Grauen gewichen.

»Du!« keuchte er. »Aber das ist unmöglich. Du kannst … kannst nicht hier sein. Du bist …«

»Ich *bin* hier!« unterbrach ihn mein geheimnisvoller Lebensretter. »Um zu verhindern, was du und dieser Narr Dagon beinahe getan hättet.«

»Dazu ist es zu spät«, behauptete Necron. »Das Tor ist geöffnet. Niemand kann *sie* noch aufhalten. Das weißt du. Du weißt es, weil es bereits geschehen ist.«

Wieder wich er einen Schritt zurück, blieb stehen, blickte auf etwas hinab, das zu seinen Füßen lag, und starrte wieder den krakenköpfigen Dämon an. »Nicht einmal du kannst die Zeit verändern.«

»Bist du dir da so sicher?« fragte das Ungeheuer.

»Das bin ich«, antwortete Necron.

Und plötzlich verschwand seine Hand unter dem Umhang, kam wieder zum Vorschein und machte eine blitzschnelle Bewegung. Der Krakenköpfige schrie wütend auf und wollte auf ihn zuspringen.

Aber zwischen ihm und dem Zauberer war plötzlich ein silberner, blitzender Nebel, ein flirrendes Etwas, das sich wie ein zerbrochenes Spinnennetz auf seinen Körper legte. Tausende winziger Explosionen schleuderten das bizarre Wesen zurück. Es schrie, torkelte, fiel plötzlich zur Seite und kam mit einem wütenden Fauchen wieder auf die Füße. Necrons Angriff hatte ihn überrascht, mehr nicht.

Aber mehr war auch nicht nötig gewesen.

Necron war blitzschnell herumgefahren und hatte ein zweites Mal die Hände gehoben, und in der leeren Luft hinter ihm war ein flimmerndes, grünliches Etwas erschienen, ein Tunnel in die Unendlichkeit, den ich nur zu gut kannte – ein Tor!

Necron hatte ein *Tor* geöffnet, mit der Kraft seines puren Willens. Und noch bevor sich das Ungeheuer vom Boden erhoben und auf ihn gestürzt hatte, sprang er hinein und war verschwunden. Der grüne Lichtkreis des *Tores* erlosch hinter ihm wieder.

Aber so schnell er auch verschwunden war – er hatte noch immer Zeit gefunden, sich zu bücken und die kleine Kugel an sich zu reißen.

Es dauerte einen Sekundenbruchteil, bis ich begriff, was er *wirklich* getan hatte – und dann war es beinahe zu spät. Ich starrte Dagon an, und ich verschwendete noch einmal kostbare Augenblicke, mich über den entsetzten Ausdruck seines Gesichtes zu wundern, ehe mir klar wurde, daß er gar nicht mich ansah – sondern etwas *hinter* mir.

Ich fuhr herum und schrie auf, aber das Geräusch ging in dem ungeheuerlichen Krachen und Tosen unter, *in dem die hintere Wand des Raumes zusammenzubrechen begann.*

Necron hatte mehr mitgenommen als nur das zweite SIEGEL – er hatte den Zauber zerstört, der das Wasser des Meeres Jahrmillionen lang daran gehindert hatte, in diese Höhle zu strömen.

,etzt gab es dieses Hindernis nicht mehr. Das Wasser neigte sich – absurd genug – in einer einzigen, senkrechten Fläche nach vorn, stürzte brüllend und schäumend herein – und erstarrte.

Selbst Dagon stand sekundenlang einfach da und blickte das unglaubliche Bild an. Das Wasser bildete keine lotrechte Fläche mehr, sondern eine bizarre, nach oben und außen und innen und rechts und links gleichzeitig gewölbte, verzerrte und verdrehte Skulptur, die mit Millionen kleiner und großer Auswüchse, Spitzen, Stacheln und Speeren übersät war, erstarrte Wasserspritzer und Tropfen, die Skulptur eines verrückten Glasbläsers, von einer anderen, kaum weniger starken Magie gebändigt. Es war ein Bild wie aus einem Alptraum, denn etwas bewegte sich darin, das mit Blicken nicht richtig zu erfassen war. Und endlich begriff ich.

Es war Jennifer – das *Jennifer-Ding*, dessen Magie die Wassermassen hielt.

Dummerweise begriff Dagon das auch – und leider einen winzigen Moment *vor* mir.

Mit einem urgewaltigen Brüllen stürzte er los, schwang seine deformierten Klauen und fegte mich mit einer fast beiläufigen Bewegung zur Seite. Ich versuchte, den Hieb abzufangen, aber alles, was ich erreichte, war, daß mir der Schlag nicht gleich sämtliche Knochen im Leib brach, sondern mich nur zu Boden schleuderte und hilflos durch die halbe Höhle rutschen ließ. Wie von weit, weit her hörte ich Dagons Wutschrei; und noch einen anderen, unheimlicheren Laut, den ich nicht einordnen konnte.

Mühsam setzte ich mich auf, versuchte die Benommenheit abzuschütteln und schmeckte mein eigenes Blut. Ich konnte kaum noch richtig sehen. Selbst dieser nur mit einem Bruchteil seiner wirklichen Kraft geführte Hieb hatte ausgereicht, mich um ein Haar umzubringen.

Wie durch einen Nebelschleier sah ich, wie sich Dagon auf den Unaussprechlichen zu stürzen versuchte. Der Unheimliche machte eine Bewegung, die zu schnell war, als daß ich sie erkennen konnte – aber Dagon *spürte* sie. Etwas traf ihn und ließ ihn fast genausoweit und hilflos zurücktaumeln wie mich zuvor.

Leider war der Bursche ein wenig härter im Nehmen als ich. Er taumelte, fiel auf die Knie (oder das, was er dafür hielt) und stemmte sich mit einem tierischen Knurren sofort wieder in die Höhe, um erneut auf den Unaussprechlichen einzudringen. Wieder wurde er zurückgeschleudert, aber mir fiel auch auf, daß der Hieb nicht mehr so hart war wie der erste. Offensichtlich ließen die Kräfte meines Verbündeten rasch nach.

Etwas in mir warnte mich, es zu tun – aber es war noch nie meine Art gewesen, in Momenten wie diesem *vernünftig* zu sein. Ich sprang hoch, stürmte auf Dagon los – und fing mir eine Maulschelle ein, die mich diesmal wirklich für Sekunden das Bewußtsein verlieren ließ.

Dagon und ich kamen im selben Moment wieder auf die Füße. Ich taumelte, und auch Dagon bewegte sich nicht mehr so schnell und kraftvoll wie bisher. Er war angeschlagen – aber keineswegs besiegt.

Wieder drang er auf den Unaussprechlichen ein, und diesmal *erreichte* er ihn. Seine Klauen hinterließen eine tiefe blutige Spur im Rücken des Wesens, ehe ihn ein fürchterlicher Hieb traf und erneut zu Boden schleuderte. Dagon schrie vor Schmerz – aber auch sein Gegner wankte.

Und mit ihm die Wasserwand.

Aus Dagons Wutschreien wurde ein triumphierendes Kreischen, als er begriff, daß die Kräfte seines Gegners nicht ausreichten, ihn zu besiegen und gleichzeitig den Zauber aufrechtzuerhalten, der das Wasser bändigte. Ich sah, wie sich seine mächtigen Muskelstränge spannten, als er sich zum letzten Mal mit einem gewaltigen Satz auf seinen Gegner warf.

Und ich mich auf ihn.

Der Unaussprechliche drehte sich im gleichen Moment herum, in dem wir in der Luft zusammenprallten.

Dagons Klauen verfehlten meinen Schädel um Haaresbreite und fuhren mit furchtbarer Gewalt auf meine Schultern nieder, ein Hieb, der meinen Körper nahezu lähmte und mir die Tränen in die Augen trieb. Der Griff, mit dem ich ihn zu packen und niederzuringen gedacht hatte, erschlaffte.

Aber die pure Wucht meines Anpralles ließ ihn zurücktaumeln. Eine halbe Sekunde lang stand er mit wild rudernden Armen da. Während ich hilflos zu Boden stürzte, sah ich, wie auch er das Gleichgewicht verlor und nach hinten fiel.

Direkt in einen der nadelspitzen Speere aus erstarrtem Wasser hinein.

Er keuchte. Seine Augen wurden groß vor Schmerz, dann trübten sie sich, und ich konnte sehen, wie alles Leben aus ihm wich. Wäre die Situation nicht so entsetzlich gewesen, so wäre mir in diesem Moment vielleicht die Ironie des Schicksals zu Bewußtsein gekommen: Dagon, der Gott des Meeres, ein Geschöpf, dessen Element das Wasser war – durch Wasser getötet …

»Geh, Robert«, sagte der Unaussprechliche mit leiser Stimme. Ich sah auf – und erschrak erneut, als ich in sein Gesicht blickte. Es war verzerrt vor Anstrengung. Seine Hände, die in einer befehlenden Geste ausgestreckt waren, zitterten.

»Geh«, sagte er noch einmal. »Schnell. Ich … kann es

nicht mehr lange halten. Selbst meinen Kräften sind Grenzen gesetzt. Geh und bring dich in Sicherheit. Es ist noch nicht zu spät.«

»Und … die THUL SADUUN?« fragte ich zögernd.

»Sie werden untergehen«, antwortete das Wesen. »Sie werden zusammen mit diesem Berg sterben, in einer gewaltigen Explosion. Geh. Ich versuche, es aufzuhalten, so lange ich kann, aber es wird nicht sehr lange sein *Geh!*«

Und obwohl ich wußte, daß jede weitere Sekunde des Zögerns über meinen Tod oder mein Weiterleben entscheiden konnte, verharrte ich noch einen letzten Moment reglos neben dem riesigen fremdartigen Wesen. Es war mir plötzlich nicht mehr möglich, es als einen Feind zu sehen, der nur eine Art Burgfrieden mit mir geschlossen hatte. Und plötzlich wußte ich, daß er das auch niemals gewesen war. Ich wünschte ihm, daß er es schaffen würde, lebend hier herauszukommen; irgendwie.

Dann fuhr ich herum und machte mich auf den schweren, entsetzlich *langen* Weg, der vor mir lag.

Über der Insel brannte der Himmel. Tiefhängende, von glühender Vulkanasche blutrot gefärbte Wolken brodelten wie kochender Nebel dicht über den Wipfeln der Urwaldriesen. In fast regelmäßigen Abständen erzitterte die Erde wie unter dem Tritt eines unsichtbaren Giganten, und manchmal zerrissen grelle Blitze die dräuenden Wolken. Das Meer, das nur manchmal hinter diesem Vorhang aus Chaos sichtbar wurde, schien zu kochen, und etwas, das wie Nebel aussah, stieg von seiner Oberfläche auf und verband sich mit den Wolken.

Mehr als zwei Stunden war ich gelaufen, um die Küste zu erreichen, immer in Gefahr, von stürzenden

Bäumen oder herunterprasselndem Geäste erschlagen zu werden, in jäh aufklaffende Erdspalten zu stürzen oder von einem der glühenden Brocken getroffen zu werden, die wie brennende Meteore aus den Wolken niederregneten.

Die Insel starb einen langsamen, qualvollen Tod. Krakatau, der Gott der Majunde, hatte seine schreckliche Stimme erhoben, und mit jedem Schrei des Vulkans kam das Ende näher. Das Chaos hatte seine Hand nach Krakatau ausgestreckt, und sein Griff war fürchterlich.

Ich erreichte den Waldrand, lehnte mich gegen einen Baum, der mir massiv genug erschien, nicht beim nächsten Erdstoß umzukippen und mich unter sich zu begraben, und rang einen Moment keuchend nach Atem. Meine Lungen brannten. Die Luft schmeckte bitter und heiß, und die schwarze Lavaasche tanzte wie finsterer Regen vor mir auf und ab.

Alles, was ich anfaßte, fühlte sich heiß und schmierig an. Der Dschungel dampfte, und immer wieder flackerten kleinere Brände auf. Die meisten erloschen sofort wieder, denn Krakatau war von einem tropischen Regenwald bedeckt, der mit Feuchtigkeit vollgesogen war wie ein großer grüner Schwamm. Aber wenn die Hitze weiter so anstieg, dann würde es nicht mehr lange dauern, bis die ganze Insel wie eine gigantische Fackel in Flammen aufging; lange, bevor der Krakatau eruptierte.

Ich versuchte, den Gedanken zu verscheuchen, atmete tief ein und lief weiter. Die Sonne war vor vier Stunden aufgegangen, und wenn Howard seine Drohung wahrgemacht hatte, dann würde ich den Strand leer vorfinden. Die Frist, in der er auf mich warten wollte, war abgelaufen. Aber irgendwie konnte ich nicht so recht daran glauben, daß er mich im Stich lassen würde. Vielleicht *wollte* ich es auch nicht.

Die letzten Bäume wichen zur Seite, als ich rücksichtslos durch das Unterholz brach, und dann lag die Stadt vor mir – oder das, was davon übriggeblieben war. Der Feuerregen und die unablässigen Erdstöße hatten das, was der Brand übersehen hatte, endgültig vernichtet. Der Ort lag in Trümmern. Überall qualmte und brannte es, und quer über die Hauptstraße zog sich ein meterbreiter, klaffender Riß, aus dem Funken und fettiger schwarzer Qualm emporstiegen.

Die Küste war hinter einem Vorhang aus Rauch und brodelndem Dampf verschwunden, und doch hätte ich ein wartendes Schiff sofort sehen müssen.

Ich konnte keines ausmachen.

Die *Zuidermaar* war fort.

Obwohl ich damit gerechnet hatte, durchfuhr mich eisiger Schrecken.

So schnell ich konnte, rannte ich weiter, setzte mit einem gewagten Sprung über die Erdspalte hinweg und lief durch eine bizarre Allee aus brennenden Häusern weiter zur Küste hinunter.

Endlich erreichte ich den schmalen weißen Sandstreifen, der vor der Brandungslinie lag. Der Geruch nach heißem Wasser und brennender Erde nahm mir den Atem. Die Gischt spritzte hoch auf, und das Meer war aufgewühlt, als winde es sich in Krämpfen. Ein Stück vor der Küste mußte eine unterseeische Magmaader aufgebrochen sein, denn das Meer kochte und spie Dampf und kleine zischende Steinbrocken in den Himmel.

Wieder bebte die Erde wie unter einem Hammerschlag, und diesmal vermochte ich der Erschütterung nicht mehr standzuhalten. Ich stolperte, fiel der Länge nach ins knietiefe Wasser und kam keuchend und nach Atem ringend wieder hoch. Eine Welle brühheißer Luft fauchte von der Insel aufs Meer hinaus, versengte meinen Rücken und trieb die Nebelschwaden auseinander.

Verzweifelt blickte ich die Küstenlinie entlang. Vergebens. Die *Zuidermaar* war fort. Aber was hatte ich denn erwartet? Daß Harmfeld Hunderte von Menschenleben aufs Spiel setzte, nur um das meine zu retten?

Und auch meine letzte Hoffnung, wenigstens noch die NAUTILUS anzutreffen, hatte sich nicht erfüllt. Ich war gefangen – auf einem Pulverfaß, das in wenigen Stunden explodieren würde.

Ich ließ mich in den weichen Sand fallen und starrte aufs Meer hinaus. Doch bevor ich noch vollends resignierten konnte, hörte ich Stimmen – hinter mir!

Mit einem Sprung war ich auf den Beinen und fuhr herum.

Es waren drei von Nemos Männern! Sie schienen nicht halb so überrascht, mich zu sehen, wie umgekehrt.

»Ah, Monsieur Craven!« rief einer von ihnen und lief auf mich zu. »Gott sei Dank! Wir hielten Sie schon für tot.«

»Viel hat auch nicht gefehlt«, antwortete ich grimmig. »Was ist geschehen? Wo sind die *Zuidermaar* und die NAUTILUS?«

»Die *Zuidermaar* ist abgesegelt, vor Stunden schon«, sagte der Matrose. »Wir haben gut dreihundert Eingeborene auf dem Schiff untergebracht; das war alles, was wir in der kurzen Zeit ...«

»Schon gut«, fiel ich ihm ins Wort. »Was ist mit der NAUTILUS?«

Der Matrose wies auf die kochende See hinaus. »Nemo wartet auf uns«, sagte er. »Allerdings in sicherer Entfernung von der Küste.« Er zog ein flaches, eigentümlich geformtes Etui unter seiner Jacke hervor. »Wir sollten so lange wie möglich hier warten, ob Sie zurückkehren, Monsieur.« Er machte eine bedeutungsvolle Pause, bevor er schloß: »Wir wollten eben das Signal geben. Sie kamen in buchstäblich letzter Minute.«

Damit klappte er das kleine Metalletui auf und legte einen Schalter in seinem Inneren um. Eine kleine Glaskugel leuchtete blendend hell auf.

Obwohl mich das seltsame Gerät faszinierte, stellte ich keine Fragen; dazu war hier weder der rechte Ort noch die rechte Zeit.

Der Matrose hob die Lampe hoch über seinen Kopf und schwenkte sie hin und her.

Eine Minute lang geschah nichts. Dann begann die See weit draußen zu brodeln, und etwas Schwarzes schob sich aus den Wellen.

Die NAUTILUS nahm Kurs auf den Strand.

Die Stunde der Katastrophe brach an, aber noch lag das Meer ruhig da. Die einzige Bewegung kam von den Schrauben der NAUTILUS, die wie rasend arbeiteten, um das Schiff nach Westen zu treiben; fort, nur fort von der Insel und dem, was in wenigen Minuten geschehen würde.

Es fiel mir schwer, meine Gedanken darauf zu konzentrieren. Nemo hatte mir alles erzählt. Alles, was geschehen würde – was bereits geschehen *war*, aber die Worte kamen mir sonderbar leer vor, ohne wirkliche Bedeutung, ohne Sinn.

Sechsunddreißigtausend Tote.

Vielleicht war es diese Zahl, die der Vorstellung ihren Schrecken nahm, auf einen bloßen, abstrakten Begriff reduziert, an dem mein Bewußtsein nichts Schlimmes mehr zu entdecken wußte; einfach, weil sie zu groß war, zu unvorstellbar, um wirklich begriffen zu werden.

Sechsunddreißigtausend.

Ich versuchte, den Gedanken zu verarbeiten, aber es ging nicht. Sechsunddreißigtausend, das war die Zahl der Todesopfer, die die Explosion des Krakatau und die anschließende Springflut an den Küsten Javas und Borneos fordern würde.

Ich blickte auf das Meer hinaus. Die NAUTILUS schoß durch das Wasser wie ein Pfeil, aber Krakatau war noch immer sichtbar, eine grelle Flamme, die die Nacht durchstach. In wenigen Augenblicken würde aus den Flammen ein lodernder Ball werden, und es war die Energie dieser Explosion, die die NAUTILUS durch Zeit und Raum wieder um zwei Jahre in unsere Gegenwart schleudern würde. Jedenfalls war es das, was Nemo mir gesagt hatte.

Aber irgendwie glaubte ich ihm nicht.

Ich hatte die heimlichen Blicke gesehen, die Howard und er getauscht hatten; und ich war nicht so dumm, daß mir die gletscherspaltentiefen Lücken, die in der Geschichte klafften, wie die NAUTILUS angeblich hierher in die Vergangenheit gekommen war, entgangen wären. Die beiden verbargen etwas vor mir, und ich war ziemlich sicher, daß es etwas mit der unheimlichen Zeitreise der NAUTILUS zu tun hatte – und mit Howard. Ganz sicher mit Howard.

Ich würde ihn fragen, sobald wir hier heraus waren und einem Moment der Muße fanden. Und, bei Gott, ich hatte mir fest vorgenommen, ihm seine verdammten stinkenden Zigarren einzeln bis in den Magen hinunterzustopfen, wenn er mir *diesmal* nicht die Wahrheit sagte.

Trotzdem war dies im Moment nicht meine größte Sorge.

Es war vorbei. Wir hatten vielleicht nicht gewonnen, aber wir waren immerhin noch am Leben, und wir hatten zumindest verhindern können, daß die THUL SADUUN zu neuem Leben und neuer Macht erwachten.

Was ich nicht hatte verhindern können, war, daß Necron ein weiteres der SIEGEL in die Hand bekam. Viele fehlten ihm jetzt nicht mehr.

Nein – es war kein Sieg gewesen, nicht einmal ein kleiner.

In diesem Moment zerriß ein blendend weißer Blitz die Nacht hinter uns, und als ich herumfuhr, sah ich eine neue, lodernd weiße Sonne über dem Meer aufgehen, einen Ball aus höllischem Feuer, der die Insel Krakatau aus dem Meeresboden riß und sich zu einem meilenhohen wabernden Pilz aus Flammen und Glut formte.

Nemo gab einen scharfen Befehl, und die NAUTILUS begann zu tauchen, um der Flutwelle zu entgehen, die in wenigen Minuten den Ozean durchpflügen würde.

Kurz bevor sich das Wasser über dem Turm des Schiffes schloß, erreichte uns der Schall der Explosion: ein ungeheures Dröhnen und Kreischen, als stürzten ganze Berge zusammen.

Aber in meinen Ohren klang es wie ein Schrei.

Der Todesschrei aus sechsunddreißigtausend Kehlen.

ENDE

Die Wiederbelebung eines alten Mythos:

Wir schreiben das Jahr 1883: Vor der Küste Schottlands zerschellt ein Viermaster auf den tückischen Riffen. Nur wenige Menschen überleben die Katastrophe. Unter ihnen ein Mann, der die Schuld an dem Unglück trägt. Ein Mann, der gejagt wird von uralten finsteren Göttern …

Band 14 336

Craven ist der Sohn eines mächtigen Magiers. Es gibt nur einen Weg, den finsteren Göttern zu entkommen – die Magie eines uralten, sagenumwobenen Buches, in dem der Wahnsinn haust. Zusammen mit seinem Freund H. P. Lovecraft macht er sich auf die Suche nach dem *Necronomicon* …

Band 14 337

Vor der Küste Englands wird ein schreckliches Seeungeheuer gesichtet, das gnadenlos Kriegsschiffe angreift und versenkt. Unter dem Meer schmiedet ein Wesen seine dunklen Pläne, das Äonen alt ist und sich nun aufmacht, das Land zu erobern. Seine Diener sind überall, und nur der Hexer kann sie aufhalten …

Band 14 338

Die grossen Alten sind zurück!

'or undenklichen
Zeiten herrschten
chreckliche Gott--
ıeiten über jed--
vede Kreatur: die
GROSSEN ALTEN.
hr Frevel rief
nächtigere Götter
'on den Sternen
ıerbei, und in
iner einzigen feu-
igen Nacht ver-
ɔannten sie die
GROSSEN ALTEN.
3is heute, denn der
'ag ist nicht mehr
ern, da die Siegel
hres Kerkers
gebrochen werden
ollen …

Band 14 339

In jener Nacht, in der das letzte Siegel fiel und dreizehn der abgrundtief bösen Götter in die Wirklichkeit entkamen, in jener Nacht wurde der Sohn des Hexers ge- - boren. Ein Teil von Robert Cravens Geist und Magie ging auf den Knaben über und machte ihn zum Erben der Macht – und zum gefährlich-sten Feind der GROSSEN ALTEN.

Band 14 340

London, 1892. Das geschäftige Treiben der Metropole wird gestört, als vor der Küste eine Insel mit einem geheimnisvollen Labyrinth aus dem Meer auftaucht. Fortan treibt das Böse sein Un--wesen in der Stadt. Zusätzlich schildert dieser Band die Vor--geschichte der Hexer-Bände mit Robert Cravens Vater Roderick Andara.

Band 14 341

Für alle Freunde von Peter Hamilton:
meisterhafte SF, spannend und hintergründig!

New Crobuzon ist ein Moloch von einer Stadt. Menschen und Mutanten leben in ihr, Arbeiter und Sklaven, Künstler und Huren, Magier und Wissenschaftler.
Tausende Jahre lang sorgte eine brutale Miliz für Frieden.
Und dann kommt ein Fremder in die Stadt. Mit Gold in den Taschen und einem unmöglichen Anliegen. Und er löst eine Katastrophe aus: Ein ›Falter‹, ein alles vernichtender Mutant, entkommt den Labors der Wissenschaftler und beginnt die Stadt zu verwüsten ...

ISBN 3–404–23245–3

BASTEI LÜBBE